珞珈之子文库

文学·艺术

默读者

野莽 著

中国言实出版社

图书在版编目（CIP）数据

默读者 / 野莽著 . –– 北京：中国言实出版社，
2020.4
（珞珈之子文库 / 刘道玉主编）
ISBN 978–7–5171–3431–2

Ⅰ . ①默… Ⅱ . ①野… Ⅲ . ①序跋—作品集—中国—
当代 Ⅳ . ① I267

中国版本图书馆 CIP 数据核字（2020）第 034894 号

出 版 人	王昕朋
责任编辑	王建玲
责任校对	崔文婷
封面肖像	余登明

出版发行 中国言实出版社
　　　　　地　　址：北京市朝阳区北苑路 180 号加利大厦 5 号楼 105 室
　　　　　邮　　编：100101
　　　　　编辑部：北京市海淀区花园路 6 号院 B 座 6 层
　　　　　邮　　编：100088
　　　　　电　　话：64924853（总编室）　64924716（发行部）
　　　　　网　　址：www.zgyscbs.cn
　　　　　E–mail：zgyscbs@263.net
经　　销 新华书店
印　　刷 北京盛通印刷股份有限公司
版　　次 2021 年 8 月第 1 版　　2021 年 8 月第 1 次印刷
规　　格 710 毫米 ×1000 毫米　1/16　35.75 印张
字　　数 600 千字
定　　价 78.00 元　　ISBN 978–7–5171–3431–2

总　序

　　在 20 世纪 80 年代，借助解放思想的强大动力，武汉大学率先揭开了教学制度改革的序幕。为了营造自由民主的学风，我们首创了一系列新的教学制度，充分调动了广大学生们学习的主动性、积极性和创造性，因而从他们之中涌现出了各学科领域的大批杰出人才。

　　十五年前，我写过一本书，名叫《大学的名片——我的人才理念与实践》。我认为，一所名牌大学，固然不能光有名楼，但光有名师也还不够。归根结底，最终还得培养出一批优秀学生，成为国家栋梁、社会精英。这样的学生，也可以叫作名生。所以名师、名生、名楼，是一所名牌大学的三宝。

　　武汉大学自创建以来，名师云集，名生辈出，名楼日兴，可谓集三宝于一身。尤其是新中国成立以后，自 20 世纪 50 年代以来，武汉大学培养的人才，遍布祖国各地，各行各业，为国家的建设和发展，作出了无可估量的贡献。改革开放四十多年来，更因为锐意革新，砥砺精进，而使学校的发展和人才培养，上了一个新的台阶。我担任副校长和校长的十五年间，正是武汉大学革故鼎新、励精图治的蜕变时期。我倡导和主持的各项改革措施，集中到一点，就是既出人才又出成果，着力把武汉大学建成既是教学中心又是科学研究中心，二者是相辅相成的辩证关系。

归根到底，人才兴校是至关重要的，没有高水平的人才，何以有高水平的科研成果呢？同理，如果学生只是死读书，而不善于从科学研究中学习，那也绝对不可能成为杰出的人才。因此，我在任职期间，秉持"不拘一格降人才"的思想，把发现人才，选拔人才，培育人才，保护人才作为学校改革和发展的一项战略措施来抓。所幸的是，我们的这些努力都没有白费。如今，我们培养的这些人才，有些是蜚声海内外的著名哲学家、经济学家、文学家、艺术家、科学家、发明家。另外，从各系的毕业生中，涌现出了诸如田源、陈东升、毛振华、雷军、阎志、艾路明等享誉全球的著名企业家群体。在 2020 年武汉遭遇新冠肺炎的肆虐中，他们挺身而出，一人捐建十所医院者有，竞相捐赠亿万之资者有，武大企业家联谊会从韩国购买一百八十一吨防疫用品和医疗设备，租用四架专机运抵武汉，捐给武汉抗疫指挥部，充分体现了他们赤子之心和奉献精神。

同样，在这次罕见的疫情中，毕业于武大医学院的学子挺身而出，其中有最早发出疫情预警的艾芬、李文亮，第一个确诊新冠肺炎并报告院领导的张继先；更有多位医生献出了宝贵的生命，他们是李文亮、刘智明、肖俊、黄文军、徐友明……毕业于武大新闻与传播学院的学子或直逼现场，实情播报，或联袂发声，建言献策；毕业于武大其他院系的学子无论身在海内外，万众一心，英勇无畏，纷纷在自己的专业、专长和岗位上倾心尽力。

大学是思想启蒙之地，是一个人的人格和精神的养成之所，是一个社会的智识和思想的孵化器。大学培养的人才，不光要有高深的专业知识，还要有高尚的人格，深邃的智慧。武汉大学培养的人才，不是那种书呆子式的人才，而是要有求异、求变和求新的创新精神，在人格方面有道义担当，在思想方面有独立思考的人才。从武汉大学毕业的学生，走出校门以后，在各自的专业领域戛戛独造，在经济社会发展的重要部门，都有独特建树。他们都在各自的星座上闪烁着耀眼的光亮。他们都是武大一张张亮丽的名片，是武大的光荣和骄傲！

编撰"珞珈之子文库"，目的在于以文字的形式反映这些杰出校友们的成就。这套文库是一项巨大的文字工程，其编撰的指导思想是，要有真实性、思想性和前瞻性，为后人留下一笔思想财富。文库收入的范围，主要集中展示自 20 世纪 50 年代以来，七十年间武大优秀毕业生的人生经历、精神旅程和事业成就。"珞珈之子文库"由这些优秀毕业生"夫子自道"，或随笔精品，或选辑佳作，或记录人生感悟，或接受采访，或自述经历，或总结经验，或集合演讲，总之都是他们人生全部的直接展示。

"珞珈之子文库"将分为五辑，即"哲学·教育""文学·艺术""史学·法律""经济·企业""科学·技术"。鉴于出版、发行和读者的面向，这套文库暂时不包括专深的科学与技术学术论著或论文集，此类学术成果，将会以其他形式奉献给读者，也一定要载入武汉大学的史册。

长江后浪推前浪，一代新人胜旧人。时代在前进，科学教育日新月异，相信武汉大学未来将会培养出更多杰出人才。因此，"珞珈之子文库"是一项滚动计划，希望一代又一代地传承下去，使她成为母校的一个品牌，将历届毕业的优秀珞珈学子的成就收入这套文库，通过这种直接的展示，我们不但能得见其人，而且能得闻其事，能领略其思想人格和精神风貌，实在是一件功德无量的大好事。

也许，五十年甚至一百年以后，当我们再回望她的意义时，她将会是一部记录人才成长的史料库，一部表现独立思考的思想库，一部具有前瞻性的信息库，充分展现"珞珈之子"的精神风采，是一座熠熠生辉的文字丰碑。

　　我的学生野莽是从中文系首届插班生走出的著名作家，迄今他已著作等身，现在正处于创作的黄金年龄。去年秋天，他和几位作家倡导准备编撰"珞珈之子文库"，拟邀请我担任总主编，我已垂垂老矣，而且还要照顾病重的老伴，自知力不从心。但鉴于我们都经历了那个改革的黄金时代，于情于理又都不能拒绝，故只能勉力为之。

　　是为序。

刘道玉

2020 年 3 月 9 日

于珞珈山寒成斋

自　序

　　这部书我为它命名《默读者》，是因为近年有一个名叫《朗读者》的电视节目风靡海内，节目中一人穿着好看的衣服站在台上，面部化了淡妆，手捧一本打开的书。一位佳人宣布开始，朗读者便朗声读起。一段即毕，台下掌声大作，佳人泪眼婆娑，把朗读者自己也感动了。其实让人在屏幕上面读字，原本是一件平常不过的事，如若没有，倒成了哑剧，默片，即便在下方打出字幕，也无非是会动的连环画，都不如有声的好。

　　而且"朗读"二字，自上小学一年级起，老师就是这么教的，声音小了要瞪眼睛，书声琅琅从此而来。何时起小学生的朗读成为摩登，我想原因无外乎是有人不老实，假装博学，没读书却说读了，把道听途说的一些词句，抄进自己的著作令人佩服。人想揭发，又无实证，就发明出了这个办法，点名让有关人士上台站着，请他大声地读，现场与电视机前的观众朋友听他发音准否，有没有错别字。

　　而我三十年来所担任的角色，恰好相反，是在台下没有观众的一隅，一张桌，一盏灯，一摞书——它们往往并不是书，只是有百分之几可能成为书的一堆纸稿——外加一双迟早要被它们弄成玻璃体浑浊的眼睛。若有一个观众把我观着，我反倒读不下去。而且也不能像朗读者那样穿得太好，有时会卧床不起，或端坐于白瓷马桶，因此更不便发出声音，否则让娘子听见就是个神经病。此情颇似欧阳修公，只是将他"余平生所做文章，多在三上，乃马上，枕上，

1

厕上"之"所做"二字，易为"所读"，另外还把"马上"再改成"火车的车厢里"。我甚至因为作者的望眼欲穿，还在公交汽车上读过他们的大作。

我的历程也与诸多同业呈逆行状，坊间一般是由编辑而作家，如做嫁衣，先为别的新娘做，瞅个空子，便为自己做将起来，尼姑嫁得，我也嫁得。嗣后一胎一胎怀孕生子，争当母亲英雄，以后再也不回到铺子来了。我则不然，距今三十五年以前，我几乎已经是一个专门的青年写作者，因追慕珞珈仙境，求学二年，下山却改行做了缝纫，从此恪尽职守，兢兢业业，黑天白日为陌生嫁娘赶做旗袍，兼扶上轿，且吹唢呐欢送一程。

许多时候，我的身份除却裁缝、歌师，又似教练、导游，将汗与血洒在了别人的赛场和跑道上，甚而至于还背着高玉宝式的娇儿过完了河，飞也似的隐身在树林子里不让人看见。总之是被迫忘却了少年的初心，抑或未忘，只是无力践行，静夜思之，曾作《作嫁歌》一首自谑："我也爱穿孔雀衣，我也想披狐狸皮。无奈案头呼声急，舞尺弄剪不停蹄。鸭儿哟，一看自己光着脊。"吟罢一笑，不想让人认出是苦的。

三十年间，我向国外荐介中国当代作家两百多位，使其作品变成英文、法文以及其他外国文字，让世界知道这边也有会写的人。编书一千余种，两亿余字，精彩推广逾百万言，默读的书文恒河沙数。但毕竟心骚手痒，趁更深时也试着重操旧业，创作长、中、短篇小说及散文随笔一千多万字，出版专著近一百部。也曾仿《陋室铭》作茧而自缚之：醉心于文学梦中，隐身于文学圈外。盖因我的时间本就比别人少，这样总能省下一些。回望我与文学，正好比十七岁暗恋一女，二十七岁廊桥初会，山盟海誓，富贵贫贱威武皆不移不屈，此情非世间万般好处可以换得，自然也不是千重困苦挡得了的。

这部文集所编入的篇章，全都是这些年里，我为自己主编的中、英、法、双语文学书刊所撰序、跋、评中可以找到的一部分，另有一些已年久散佚，无从找起。虽如此，甫一汇集仍令我惊悚，我非评家，亦无文坛统领之才，书中文字仅为尽其职能。今得以首次结集，欲效前人愧称敝帚自珍，又恐伤了以敝帚归拢的真正值得收藏的他人珍品，遂换一句话说叫作收捡。时逢公历新年，农历岁尾，借此收捡一下自己的旧物，庶几不算是一件无聊的事吧。

顺便，忍无可忍向读者泄露一点天机，在这部冠名珞珈之子的大型文库中，唯我与校长的身份是双重的。事情原本由我发起，密谋于教育家刘道玉先生米寿之际，二十五位昔日就读于武汉大学的作家联袂出版一套文学丛书，献给我们敬爱的校长，让他高兴，按照自己的规划往一百二十岁上雄赳赳地活下去，争取看到明天他所理想的教育。不料消息走漏，校长高屋建瓴，要把一碗水端平，提出文、史、哲、美、经、理、工、商学子应兼收并蓄，因此改作家文丛为多科学子文库，推荐选拔百名之众，由他亲任主编，撰总序并领衔首卷，命我执行。又致函以转告诸学子："时间紧迫，务必抓紧，也希望入编的校友们大力支持，把这套文库作为我们大家献给母校的一颗赤子之心。我已老迈，将与各位校友互相勉励。"

我今忝列，与有荣焉，且颤颤然。幸喜学无止境，亦无止时，不及处愿余年踏镫加鞭，以求不污珞珈之名。

2020 年元月 1 日写于老家竹溪

目录

1

上

部

捐给世界的东方遗产

——中国文学宝库（中英对照一百卷）总序

即将过去的二十世纪，自五十年代之初至九十年代之末，新中国唯一对外翻译出版机构中国外文局主办的英文版《中国文学》，正好走过了五十年。孔子说"五十而知天命"，而这份杂志的所有编辑、翻译、出版、发行和其他工作人员，所有中国同人和外籍专家，合共也比不上一个孔子，因为大家对自己五十岁后的命运浑然不知。仅有些感觉，中国的出版业变成自负盈亏式企业化管理之后，由上述诸多人士组成的庞大队伍，背负着销售市场远在欧洲和美国的外文图书，与运营链中减掉一群中外译者，又少去一条太平洋的中文图书同台竞争，正好比沙漠中的骆驼与草原骏马抢一块生死牌，获生的希望几乎为无。

这是一个经济学的问题，百无一用的文学自己不能解决。

还有一点区别，是用我们规定的菜单做好菜品，让舌头不同的人种花钱买去品尝，这一点委实蛮横了些。人家不买，我们的厨子再会颠勺也无计可施，限于这个，去跟办席给自家本族人吃的餐馆打擂，头一个回合就得趴下。

现在，我们自己能够解决的问题，只能是出于半个世纪难以割舍的情结，面对一个因无力支撑而即将坍塌的家，最要紧的事是赶快搬出里面最可宝贵的财产，将它们转移到安全地带，分发给需要的人，散于民间，散于四海，如此也不失为一条自我保存的措施。于是我们成立了一个紧急抢救中心小组，简称为急救中心，由我任这场保卫战的总指挥。

我们的具体做法是把创刊于五十年前的《中国文学》的英文版，数百册印制无比精美的杂志孤本，无限悲壮地铺展在出版社一个最大的房间，根据当初开设的栏目，摘选出《诗经》《楚辞》《史记》《魏晋笔记》《唐传奇》《唐诗》《宋词》《元曲》《聊斋》和分期连载的《红楼梦》等古典名著，以及现代鲁迅、沈从文、萧红，当代汪曾祺、王蒙、贾平凹等代表性作家的代表性作品，将它们重新整合，分门别类地编成一百卷，以英文和中文对照的方式印制出来，献给全世界的双语读者。

当然也可以各取所需。

它们的译者是以杨宪益、叶君健、殷书训等领衔的英文翻译家和以戴乃迭等为首的外籍翻译家。出于怀念和敬重，我将五十年来这套最大的被称为宝库的丛书，主编署上了已八十多岁高龄隐居深宅的杨宪益和戴乃迭的鼎鼎大名。

这项工程繁复而又艰巨，欲让读者对照，必有译者对照在先，一百卷书中的英文当年都是中外翻译合作而成，他们或朝夕相处，或同室操笔，或本身就是心有灵犀的夫妻情侣，翻译的过程也从容不迫，以供应得上一季一期的用量即可。而今这些老翻译们多已回归和移居国外，有的甚至辞世多年，多年的政治运动不免渗入文学作品的选、编、译中，所载篇目尚须再选，留下的也得另作注释，这些看似按部就班的工作就又变得字斟句酌起来，分类合集时需要修订的地方，只能依仗本国的年轻翻译了。

时间之紧，任务之重，质量之高，要求之严，在我近乎无情的催逼之下，大家一年之内几无宁日。

虽如此，世纪末的最后一年我们依然未能圆满完成这个宏伟的计划，正好在前面一半的火焰山上歇下脚来，把余下的一半留给海水，留给蔚蓝的下世纪之初，此为天意，意味着这是一项跨世纪的漫长工程。此时我们建设半生的家园已隐隐传来地动的消息，传说中这个有五十年历史的、中国独家输出海外的、国人与外籍友人同胞共谋的文学期刊，终于因为文学和翻译以外的原因，要解体或曰被兼并了。

满怀悲壮，我们用尽最后一丝力气，为世界捐出了这笔东方的遗产。

于心亦无愧矣。

1998 年 10 月 1 日写于北京百万庄

4

不仅是为了纪念

——走向世界的中国作家文库（一百卷）总序

在一切都趋于商业化的今天，真正的文学已经不再具有二十世纪八十年代的神话般的魅力，所有以经济利益为目标的文化团队与个体，像日光灯下的脱衣舞者表演到了最后，无须让好看的羽衣霓裳作任何的掩饰，因为再好看的东西也莫过于货币的图案。所谓的文学书籍虽然也仍在零星地出版着，却多半只是在文学的旗帜下，以新奇重大的事件，冠以惊心动魄的书名，摆在书店的入口处，引诱对文学一知半解的人。

这套文库的出版者则能打破业内对于经济利益的最高追求，尝试着出版一套既是典藏也是桥梁的书，并为此做好了经受些许经济风险的准备。我告诉他们，风险不止于此，还得准备接受来自作者的误会以及此项计划在实施过程中的意外遭遇。

受邀担任这套文库的主编，对我而言简单得就好比将多年前已备好的课复诵一遍，依照出版者的原始设计，一是把新时期以来中国作家被翻译到国外的，重要和发生影响的长篇以下的小说，以母语的形式再次集中出版，作为中国当代文学的经典收藏；二是精选这些作家尚未出境的新作，出版之后推荐给国外的翻译家和出版家。入选作家的年龄不限，年代不限，在国内文学圈中的排名不限，作品的风格和流派不限，陆续而分期分批地进入文库，每位作者的每本容量为十五万字左右。就我过去的阅读积累，我可以闭上眼睛念出一大片在国内外已被认知的作品和它们的作者的名字，以及这些作者还未被翻译的本世纪的新作。

有了这个文库，除去为国内的文学读者提供怀旧、收藏和跟踪阅读的机会，也的确还能为世界文学的交流起到一定的媒介作用，尤其是国外的翻译出版者，可以省去很多在汪洋大海中盲目打捞的精力和时间。为此我向这个大型文库的编委会提议，在编辑出版家外增加国内的著名作家、著名翻译家，以及国外的汉学家、翻译家和出版家，希望大家共同关心和参与文库的遴选工作，荟萃各方专家的智慧，尽可能少地遗漏一些重要的作家和作品，这方法自然比所谓的慧眼独具要科学和公正得多。

遗漏总会有的，但或许是因为其他障碍所致，譬如出版社的版权专有，作家的版税标准，等等。为了实现文库的预期目的，那些障碍在全书的编辑出版过程中，出版者会力所能及地逐步解决，在此我对他们的倾情付出表示敬意。

2015 年 3 月 15 日写于北京竹影居

怀念一种中国的批评方式

——"中国当代长篇小说绘画评点"丛书（十八卷）总序

　　由我们中国的出版社出版一套这样的丛书，我以为是合理的和应该的，因为评点文学这种独特的批评方式，原本只能诞生于中国。评是评议，点是圈点，以拼音字母组成漫长句式的西方文学，即便伟大如《荷马史诗》，也不好在上面加点挽圈，因此它简直非中国的方块字莫属。西人没有这个条件，就索性长篇大论地在书外进行某种主义的研究，而中国的古人一见好诗妙文，也顾不得保持页面的清洁，往往信手写下心得体会，卷前便是眉批，卷后便是尾批，卷侧便是旁批，字里行间便是夹批，题下便是题下批，把一卷书涂抹得丹黄一片，那书离洛阳纸贵的畅销书也就不远了。评点文学，想必就缘此产生。

　　这种批评方式最早依附的文学品类自然不是小说，而是最早出现的诗，次为词、曲、赋、骈文、散文、戏剧。"二十四史"作为写史散文的一种，除元史无人问津外，其他各史的评点者众，这却是已知的。而"街谈巷语，道听途说者之所造也"的小说乃在最后，但这种批评方式一进入小说就不得了，文士竞相评点，读者也争先赏阅，其繁荣的景象为后来居上的小说赢足了面子。

　　专家考证，评点文学的源头有二。一为训诂，"古今异言，解之使人知也"。

《毛诗》注释《君子偕老》，"夫人淫乱，失事君子之道，故陈人君之德，服装之盛，宜与君子偕老也"；《楚辞章句》注释《九歌》，"屈原放逐……出见俗人祭祀之礼，歌舞之乐，其词鄙陋，因为作《九歌》之曲"。一为史书。以前四史各传的尾批为例，司马迁有"太史公曰"，班固有"赞曰"，范晔有"论曰"，陈寿有"评曰"。但此时只评不点，并且是作者自己评自己，真正发展成为评点文学，乃在唐宋。

"点"字最初的意思与后来是相反的，诗文写得不好，作者自己用笔圈点抹去，"以笔灭字为点"，即后世小学老师批评学生的话，卷子上有墨疙瘩，责令誊抄整了再交来。后渐演变成对他人文章的赞赏，在绝妙字句的下面加点，周边加圈，以至醒目。并且点有单点、双点、圆点、三角点之分，圈有单圈、双圈、三角圈之别。此举也被后世的语文老师学习了去，用于表彰作文写得好的学生，有双圈者可以荣获九十多分。

南宋刘辰翁是中国第一位评点大师，也是第一个评点"小说家者流"的作品的吃螃蟹人，为刘义庆的《世说新语》命名小说，也是这位须溪居士。《魏武将见匈奴使》一篇，他在书眉批曰"谓追杀此史，乃小说常情"。《王子猷作桓车骑骑兵参军》，他又眉批"亦似小说书袋子"。此后有明代的王世贞，再后又出了写过《焚书》和《续焚书》的李贽李卓吾，三人同评《世说新语》，各是一路笔墨。

李贽较金圣叹评点《水浒传》竟早了半个多世纪，见鲁智深三拳打死镇关西，已评出"千古若活"的妙语，又将鲁智深、李逵、武松、阮小七、石勇、呼延灼、刘唐这七条急性汉子作一对比："不必见其姓名，一睹事实，就知某人某人也，读者亦以为然乎？"在李贽的率领下，评点文学的队伍中不仅有公安派的创始人袁宏道，竟陵派的领袖钟惺、谭无春，连小说家冯梦龙和戏剧家汤显祖也跻身其中，一时间评书点文，蔚然成风。编罢"三言"、《情史》的冯梦龙评点的艳歌《挂枝儿》，"妻不如妾，妾不如婢，婢不如妓，妓不如偷，偷得着不如偷不着"成了名言，以致今日艳词已去，唯余冯评。

明末清初，唐诗、宋词、元曲、明小说的盛世过去，《红楼梦》尚未诞生，评点文学作为文学的一类适时填充了文坛的虚空。正如李杜、苏辛、关汤、罗施是各个时期与品类的代表人物，金圣叹和毛氏父子高高举起了评点文学的大旗。从来也没有人研究过，四大名著之一的《西游记》，似乎只被李贽潦草地评点过一次，它的冷遇会否与金圣叹有关？因为这位最终受一桩哭庙案的牵连，高呼着花生米与豆腐干同嚼火腿味的口号走上刑场的率性汉子，在评点《水浒传》时顺手把《西游记》打了一金箍棒，"《水浒传》不说鬼神怪异之事，是他气力过人处。《西游记》每到弄不来时，便是南海观音救了"。又评，"《水浒传》写一百〇八个人性格，真是一百〇八样，若别一部书，任他写一千个人，也只是一样，便只写得两个人，也只是一样"。

金大师评点的《水浒传》，实在是大出了评点的范围，他能大笔删去一百二十回本中宋江诸人招安后的内容，剩七十回，全书以卢员外梦见梁山好汉悉数被朝廷诛杀为完结。这比后来莫名其妙出现在中国大地上的一场评《水浒》、批宋江、反对投降主义的全民运动要早出三百多年，说明这个问题，并非某个政治家的英明发现。

人们已习惯称呼《三国演义》的首席评点家为毛宗岗父子，我认为这个称呼是不对头的。金圣叹因评点《水浒传》和《西厢记》走红，有江苏同乡毛纶者欲与争锋，决定评点《三国演义》和《琵琶记》，遂针对金圣叹《读第五才子书法》中列举的倒插法、夹叙法等诸多读法，也罗数了《三国演义》中的追本穷源之妙、巧收幻结之妙等诸般妙处，故此得出"读《三国》胜读《水浒传》……吾谓才子书之目，宜以《三国演义》为第一"的结论。可惜用功过度，双目失明，只好采取现在流行的口述实录，父亲动嘴，儿子动手，让毛宗岗协助着他将评点事业进行到底。依照今天的知识产权法，创意与策划是毛纶的，并且他亲自动笔，只不该写着写着写瞎了眼睛。虽如此，但评点本的后半截也有他的口述，当年若能买到一个小录音机，再花钱雇位文秘，没有毛宗岗他照样可以完成这个工作。因此，著作权至少应有一多半在他身上，后世该称他们为毛纶父子才对。

读者晓得李笠翁，多从《闲情偶记》，从《十二楼》，而评点《三国演义》和《金瓶梅》之事，因毛纶父子与此后张竹坡的压倒之势，则知之不众。其实李渔本身作为小说家和戏剧家，他的评点语言恰恰是很好看的，生动处他说"如见"，诙谐处他说"有趣"，精彩处他说"好看、好笑"。《金瓶梅》中西门庆一边与宋惠莲性交，一边夸她的莲花小脚比潘金莲的还小，被潘金莲在窗外听到，李渔便说："从脚引到金莲，线索甚微。"意思是，如果夸她身体别的器官长得比潘金莲好，那淫妇更得一下气翻。与李渔同时代的评点大师，还有名妓柳如是的夫君钱谦益，冯舒、冯班兄弟，清初三大思想家的黄宗羲、王夫之等，不过限于诗歌散文。

9

陆次云评点别人诗文，自己却写小说，一篇《圆圆传》没有写好，不该说了农民起义领袖李自成与陈圆圆的几句什么坏话，一生的工作都白干了，后来基本就没人提到他了。将其打入次类，让人不知所云。嗣后，有与陆次云同姓同籍同在浙江杭州的陆云龙，不仅自己写小说，且将评点的笔墨也转向小说。短篇集《型世言》中《不乱坐怀终友托，力培正直抗权奸》一篇，这位翠娱阁主人评道："交不难一时之热，而难于到底如初。舟中同帐而不乱，权贵相逼而不移，更何事能寒其盟而夺其志？"如让鲁迅为此评点作一评点，必将又会笑其"近伪"，然而真要与男朋友所托的女朋友在帐中乱了，虽则打破了封建道学，但终究也有点对不起人。况且，小说写出这样的结尾，恐怕早被摩登男女笑嘻嘻地一口猜个正着。

清初只活了二十八岁的张竹坡，这个痴迷的文学青年，用他生命的最后三年精彩评点了《金瓶梅》。他将他的创作思想，也就是为什么写的问题告诉他的弟弟："吾岂谋利而为之耶？吾将梓以问世，使天下共赏奇文之美，不亦可乎？"年轻轻的，眼力胜过情场老手李渔，把兰陵笑笑生的性描写一下看进了字缝里。"李瓶儿隔墙密约，迎春儿隙底私窥"一回，他在回评中评道："写瓶儿春意，一用迎春眼中，再用金莲口中，再用手卷一影，再用金莲看手卷效尤一影，总是不用正笔，纯用烘云托月之法。"烘云托月法取自金圣叹的评点，时人遂以"可以继武圣叹"而语张生。

十八世纪之后的清代文坛，相继出现了考据与评点相参照的乾嘉学派，理论与评点相结合的桐城派。前如《四库全书》的总编修纪昀纪晓岚，后如惜抱先生姚鼐，惜的是惜抱先生对评点文学的最高认识，"圈点之妙有胜于人意者"，唯一没有落实在小说上。个中原委，或许因前人的小说名著都有大师反复评点过了，既难超越，遂不宜重蹈覆辙亦未可知。在此期间，倒有大批量的一般评点工作者对于一般小说的一般评点，直到《聊斋志异》《儒林外史》《红楼梦》的相继问世，名作方使有眼力的评者成为名家。冯镇峦评点《聊斋志异》，居然胜出蒲松龄送书上门的王士禛，"《聊斋》之妙，同于化工赋物，人各面目，每篇各具局面，排场不一，意境翻新"。一部《儒林外史》招致评点家如云，最著名的有卧闲草堂、齐省堂、天目山樵者三。见仁见智，三人竟在评点中PK起来，卧闲草堂说"虞博士是书中第一人"，天目山樵说"郭孝子才是书中第一人"，卧闲草堂说"名士风流带出一分脂粉气"，天目山樵说"浮淡"。这才是百花齐放，这才是百家争鸣。

《红楼梦》的红至今日，解梦人的解至今日，不能说不与脂砚斋、畸笏叟的评点没有关系。正是有了同期的评点，"起是梦中，宝玉情是梦中，贾瑞淫又是梦中，可卿家计长策又是梦中，今诗也是梦中，是故红楼梦也。今余亦在梦中，特为批评梦中之人而特作此一大梦也"，才有了随后的追梦者如护花主人、大某山民、太平闲人，也才有了评点派、索隐派、考证派和评论派，也才有了几百年后央视《百家讲坛》上的众讲纷纭。有人说，一部书必得等到著者已成故人，盖棺论定，无媚人之嫌，无罪人之虞，方可下手，斯言大谬。《石头记》的评点文字透露消息，脂、畸二人恰就在著者的身边，或红袖添香，或厮鬓弄墨。与健在的著者笔谈于书眉行间，页侧篇尾，可释困疑，亦可免误读，而且还不会留下"可恨同时不相识，几回掩卷哭曹侯"的千秋之憾。此诗的前两句是"传神文笔足千秋，不是情人不泪流"，著作者与评点者手握一卷，泪流一处，我不知道这样做有什么不好。

去岁于鸿宾楼与友人欢聚，席间有拉美文学专家，兼多部拉美小说的翻译，饮了酒口吐真言。说国内一走红作家应邀演讲拉美文学，又不能读原版书，借助他人译著，直讲得眉飞色舞期间还擦汗两次，却似多情单恋，连马尔克斯本人也不便承认大风吹牛乃是魔幻。专家静坐台下，默然聆听，深觉国人误读的悲哀。我便又想到中国的评点文学，似乎它不是这样，它有一只会说一，有二绝不说三，没把握时大可嬉皮笑脸，效法深谙评点之术的李卓吾，问罢了"读者亦以为然乎"，还能再问一声"作者亦以为然乎"？

中华民国以降，现代白话小说少有评点，新文化运动伊始，西风东渐，散文诗歌也易为新体，浅白通俗，国人以为没有了评点的必要，于是在怀抱西书的噬嚼声中，慢慢忘却了金圣叹推荐的小说读法。

应该承认，中国的评点文学是有缺点的，它随心所欲，口无遮拦，如听京剧唱到好处就大喝其彩，不从昆曲源头徽班进京说到生旦净丑四大行当唱念做打四大形式梅程荀尚四大名旦以至八大样板戏，没有一个大部头的理论体系进行归纳。然而，尝到美食立刻抒发舌尖的快感，看见佳人一语就能道出她是个瓜子脸，这比那些摆开架势从动植物和人的基因开始进入，三小时后论到人体器官味觉和视觉的大评论来，它的短小正好成了特长。我是这样想的，要是在圈点和旁批中尽兴地表达感觉，在眉批和总评中严谨地阐述理论，我就不信，中国式的评点文学不能发扬光大，推陈出新。

距今整整十年，1998 年秋，我去西安，被平凹兄接风于一家古雅酒店，

11

有旧式的凉亭花台，竹帘雕窗。饮酒间忽然由文学评论说到评论文学，说到评点文学，说到评点小说，我当场提出要光复这一好玩的传统，开二十世纪今人评点今人著述之先，且明确挑出他的四部长篇小说为一系列，请西安的孙见喜、费秉勋、穆涛、肖云儒四人执笔评点，我做总序。此书既成，翌年由长江文艺出版社出版，数次重印。越年，北京的同心出版社又出版了另外两种，深圳陈泽评点，再过一年，文化艺术出版社出版第七种，依然是陈泽评点。

随后在新世纪，国内文学期刊如《莽原》《北京文学·中篇小说月报》者，也开辟了短篇小说名作的评点专栏。改版后的《广州文艺》又增设了与此类似的，附有短评的经典小说重读专栏。这些行为，犹如从行将死灭的灶洞里刨出一粒曾经那么热烈的火种，并把它小心地呵护传递下去，重燃篝火，让世界看到它活泼调皮的异样光焰，红飘飘地从中国来，从中国很早以前的那个朝代。

这套即将问世的评点本丛书，计划把中国当代最优秀的长篇小说进行陆续评点，适时推出，使之成为书界的风景，文坛的档案，读者的珍藏，作家的宝镜，中国评点文学史上裂冰地带的一列跳石，连接当今，通往后日。具体的做法是搜索名作，确选评者，在评点文学极其丰富的诸手段中，先行只选择旁批和总评这两种形式，不加圈点，不套双色。这样做的理由，不仅简便了排版和印制的繁复工艺，而且也使得页面爽洁，阅之悦之。不过这并不是永远的规定，世界在变，出版尤须与时俱进。

最后才说，评点才子书者最好也是才子，这人思域奔放，洞见深刻，用足以配得上原著的奇思妙语，发泄阅读的快乐并将其传染给远方与后来的文学知音。须率真如儿童，亲切如故友，了然如本人，见什么说什么，说多少是多少。不板面孔，不端架子，随时随地，随去随来，无顾无忌，无法无天，嬉笑怒骂，拍案惊奇。如此还不尽兴，再于篇尾发表一篇汪洋恣肆的高蹈纵论。

遵中国工人出版社李阳先生命，主编这套大书并作小序，是欣然的。

2008 年 5 月 5 日写于北京听风楼

九头鸟的诞生

——"九头鸟"丛书（十五卷）总序

　　遵作者命为此套丛书作序，首先便是一喜。闻世人曰："天上九头鸟，地下湖北佬。"言者讥赞不一，闻者争论不休。我曾以同类的荣辱之心，考阅辞书，乃得阐释，九头鸟原是一种神鸟，它以九倍于凡鸟的智慧优势，看问题往往可以从九个方面；它顽强，斩去一头，尚有八头，缺者则又瞬间复生，斩斩不绝，生生不息。便想那血色镜头是何等的壮烈！简直是一个关于中华民族的寓言。若非神话，又岂不可荐它作一只国鸟？私心得意，祝贺自己居然亦属可匹敌于天上九头鸟的地下湖北佬中之一员。

　　湖北是楚文化的发祥之地，屈原宋玉，公安竟陵，才子风流，文士如云，领尽百代诗文风骚，大言唯楚有材不惭。俱往矣，却说二十世纪八九十年代的中国新时期文学史上，自第一届全国优秀小说奖始，湖北作家又夺奖不绝：刘富道的《眼镜》《南湖月》，姜天民的《第九个售货亭》，喻杉的《女大学生宿舍》，李叔德的《赔你一只金凤凰》，楚良的《抢劫即将发生》《玛丽娜一世》，王振武的《最后一篓春茶》，映泉的《同船过渡》《桃花湾的娘儿们》，池莉的《烦恼人生》。鸿篇巨制获奖以及获誉者，有姚雪垠的《李自成》，鄂国培的《长江三部曲》，李尔重的《新战争与和平》，杨书案的《孔子》《老子》《孙子》等系列历史文化小说，其声其势，已使国人瞩目。

以将中国作家推向世界为己任的中国文学出版社，面对国内偌大文坛，对湖北作家似乎情有独钟。近些年来，它以英文和法文，《中国文学》期刊和熊猫丛书的多种形式，向世界一百多个国家和地区翻译出版了杨书案的长篇小说《孔子》《老子》，池莉的小说集《不谈爱情》，刘醒龙的小说集《乡村教师》；合集选译了池莉的《烦恼人生》；期刊译载了姚雪垠的《李自成》部分章节，刘富道的《南湖月》，李叔德的《赔你一只金凤凰》，蒋杏的《白风筝》，晓苏的《三个人的故事》，叶梅的《撒忧的龙船河》，池莉的《烦恼人生》《月儿好》《城市包装》，刘醒龙的《村支书》《凤凰琴》；中文版选刊自创刊号始，又相继选载了池莉的《紫陌红尘》《绿水长流》，刘醒龙的《白雪满地》。

这只是有幸入选或被译的部分作家的部分作品，更多的作家和作品则仍在遭受冷落，甚而至于连以原始中文结集的机缘亦难寻得。有的一步之差，未登巅峰；有的孤诣苦心，欲创文风，惜反不为时尚所悦；有的功法早已非凡而至今不得出头，完全应归咎于鸿运未至。经济以及远见上皆处于比较贫困状态的本土出版者，对本土作家的尴尬只肯相望叹息，即便因某种压力而对先为外界捧出的作家勉强出了选集，亦多为极悭吝羞涩的小本，窄而又薄，跻身书列几近于儿童读物。英年早逝的大别山人姜天民者，便是头枕一册亦可称为遗著的处女集，含苦笑半口命归黄泉。而另一位中年未娶的王振武，临死则连如此小书亦未能一睹。

昔日太白有诗："蜀道之难，难于上青天。"呜呼，岂知与出版相比，蜀道尚易。试想上那峨眉仙山，只须一步一步爬将上去，饥餐渴饮，晓行夜宿，终有一日可见佛光，然出书之难，却使无数作家穷其终生而进不得出版大门，而其中未尝没有将被后人追认的天才及其经典出不去国门者。出书一方面难于上天，另一方面又易如反掌。君不见时下文坛，丛书系列之类已蔚然成风。主编策划似乎多为一主义，一现象，一帮派势力计。然更多的乃是为了讨个"说法"，在一句人为的口号下信手编联，牵强附会，风马牛不相及。亦有为避此忌者，故将书系之名只管伟而大之，或泛称"当代××"丛书，使人误感黑人莫里森亦已跨海为伍；或大言"中国××系列"，使人错觉吴敬梓又如何不能入书？

去年七月，有火城作家兼社会活动家周公逃暑来京，与我饮酒间论及出版，我乃笑曰，楚地作家皆姐妹兄弟，与其一花独放，何不一网打之？此举既是京城游子的乡土情结，亦是一编辑出版家的历史功绩。于是方有了"九头鸟"丛书的宏构。联想上述各类丛书，据我寡闻，以作家的生长群落为书系的，"九头鸟"之前尚无籍考。这便尤显其神鸟九头的多思善飞，奇异超凡。

尤可令人叹羡的则是与新中国同龄的中国文学出版社，四十五年来一直循规蹈矩于将方块字一个一个地弄成洋文，如今居然破例对此套丛书下了决心，实在是为那神鸟的魅力所感。现在这套丛书即将分辑面世，我预祝它在纯文学正趋复兴的大好时机里，取得各种意义的成功。

同时，还想借孙逸仙先生一句不朽勉言转勉丛书中的诸位家乡作家，那就是"同志仍须努力"。又想起神话辞书中曰：九头鸟智慧顽强，独惧天狗。天狗恶劣，举世皆知，狗胆敢吞朗月，可将一个明媚良宵变得黑暗。不过如今有电，九头鸟们夜晚闭门不出也罢，你们不是正好可以拧开台灯坐于写字桌前，为这套丛书续写新章吗？神话中的九头鸟没有诞生，诞生的是这套现实的丛书。

眼下文坛热闹，八面来风，但无论何种风起，飞得最好的自然还应是九头鸟。我以为。

1994 年 5 月 31 日写于北京神虫窟

山花为什么这样红

——"锐眼撷花"丛书（十卷）总序

在花开的日子用短句送别一株远方的落花，这是诗人吟于三月的葬花词，因这株落花最初是诗人和诗评家。小说家不这样，小说家要用他生前所钟爱的方式让他继续生在生前。我从很多的送别文章里也像他撷花一样，选出十位情深的作者，自然首先是我，将他生前一粒一粒摩挲过的文字结集成一套书，以此来作别样的纪念。

这套书的名字叫"锐眼撷花"，锐是何锐，花是《山花》。如陆游说，开在驿外断桥边的这株花儿多年来寂寞无主，上世纪末的一个风雨黄昏是经了他的全新改版，方才蜚声海内，原因乃在他用好的眼力，将好的作家的好的作品不断引进这本一天天变好的文学期刊。

回溯多年前，他正半夜三更催着我们写个好稿子的时候，我曾写过一次对他的印象，当时是好笑的，不料多年后却把一位名叫陈绍陟的资深牙医读得哭了。这位牙医自然也是余华式的诗人和作家：

"野莽所写的这人前天躺到了冰冷的水晶棺材里，一会儿就要火化了……在这个时候，我读到这些文字，这的确就是他，这些故事让人忍不住发笑，也忍不住落泪……阿弥陀佛！""他把荣誉和骄傲都给了别人，把沉默给了自己，

16

乐此不疲。他走了，人们发现他是那么的不容易，那么的有趣，那么的可爱。"

水晶棺材是牙医兼诗人为他镶嵌的童话。他的学生谢挺则用了纪实体："一位殡仪工人扛来一副亮锃锃的不锈钢担架，我们四人将何老师的遗体抬上担架，抬出重症监护室，抬进电梯，抬上殡仪车。"另一名学生李晃接着叙述："没想到，最后抬何老师一程的是寂荡老师、谢挺老师和我。谢老师说，这是缘。"

我想起八十三年前的上海，抬着鲁迅的棺材去往万国公墓的胡风、巴金、聂绀弩和萧军们。

他当然不是鲁迅，当今之世，谁又是呢？然而他们一定有着何其相似乃尔的珍稀的品质，诸如奉献与牺牲，还有冰冷的外壳里面那一腔烈火般疯狂的热情。同样地，抬棺者一定也有着胡风们的忠诚。

一方高原、边塞、以阳光缺少为域名、当年李白被流放而未达的，历史上曾经有个叫夜郎国的僻壤，一位只会编稿的老爷子驾鹤西去，悲恸者虽不比追随演艺明星的亿万粉丝更多，但一个足以顶一万个。如此换算下来，这在全民娱乐时代已是传奇。

这人一生不知何为娱乐，也未曾有过娱乐，抑或说他的娱乐是不舍昼夜地用含糊不清的男低音催促着被他看上的作家给他写稿子，写好稿子。催来了好稿子反复品咂，逢人就夸，凌晨便凌晨，半夜便半夜，随后迫不及待地编发进他执掌的新刊。

这个世界原来还有这等可乐的事。在没有网络之前，在有了文学之后，书籍和期刊不知何时已成为写作者们的驿站，这群人暗怀托孤的悲壮，将灵魂寄存于此，让肉身继续旅行。而他为自己私定的终身，正是断桥边永远寂寞的驿站长。

他有着别人所无的招魂术，点将台前所向披靡，被他盯上并登记在册者，几乎不会成为漏网之鱼。他真有一双锐眼，撷的也真是一朵朵好花，这些花儿甫一绽放，转眼便被选载，被收录，被上榜，被佳评，被奖赏，被改编成电影和电视，被译成多种文字传播于全世界。

人问文坛何为名编，明白人想一想会如此回答，所谓名编者，往往不会在有名的期刊和出版社里倚重门面坐享其成，而会仗着一己之力，使原本无名的社刊变得赫赫有名，让人闻香下马并给他而不给别人留下一件件优秀的作品。

时下文坛，这样的角色舍何锐其谁？

人又思量着，假使这位撷花使者年少时没有从四川天府去往贵州偏隅，却来到得天独厚的皇城根下，在这悠长的半个世纪里，他已浸淫出一座怎样的花园。

在重要的日子里纪念作家和诗人，常常会忘了背后一些使其成为作家和诗人的人。说是作嫁的裁缝，其实也像拉船的纤夫，他们时而在前拖拽着，时而在后推搡着，文学的船队就这样在逆水的河滩上艰难行进，把他们累得狼狈不堪。

没有这号人物的献身，多少只小船会搁浅在它们本没打算留在的滩头。

我想起有一年的秋天，这人从北京的王府井书店抱了一摞西书出来，和我进一家店里吃有脸的鲽鱼，还喝他从贵州带来的茅台酒。因他比我年长十岁，我就喝了酒说，我从鲁迅那里知道，诗人死了上帝要请去吃糖果，你若是到了那一天，我将为你编一套书。

此前我为他出版过一套"黄果树"丛书，名出支持《山花》的集团；一套"走遍中国"丛书，源于《山花》开创的栏目。他笑着看我，相信了我不是开玩笑。他的笑没有声音，只把双唇向两边拉开，让人看出一种宽阔的幸福。

现在，我和我的朋友们正在履行着这件重大的事，我们以这种方式纪念一具倒下的先驱，同时也鼓舞一批身后的来者。唯愿我们在梦中还能听到那个低沉而短促的声音，它以夜半三更的电话铃声唤醒我们，天亮了再写个好稿子。

兴许他们一生没有太多的著作，他们的著作著在我们的著作中，他们为文学所做的奉献，不是每一个写作者都愿做和能做到的。

有良心的写作者大抵会同意我的说法，而文学首先得有良心。

2019 年 5 月 15 日写于美国马里兰州

书海中的寻觅

——中国作家档案书系（第三辑十卷）总序

一群鱼在海中苦苦地寻觅，眼里闪耀着焦急而又愤怒之光。这是一群真正的读者，在茫茫书海里已经游过吃一只烤鸭的时间了，他们在寻找一位他们熟悉并且热爱，甚至可以说是有些崇拜的作家，他们满心希望在这位作家的书中看到他最近的作品，最早的作品，最棒的作品，被人捧上天去的作品和被人骂得一塌糊涂的作品，同时还要看到他全部作品的目录和出处，以及爱屋及乌地想看看他长得到底是个什么模样。

他们满世界地找着，这里找到了一本，那里找到了一本，还有一本是他和许多人的作品编在了一起，可惜这一本里没有他们要看的那一篇，那一本里没有他们要看的这一篇，第三本里他们要看的东西一篇也没有。

于是他们继续满世界地找着，这次可算是找对了，展现在他们眼前的是这位作家的一套文集，总共是十四本，他们要看的东西分别印在那十四本里，然而他们却绝望了——姑且不说这套码起来足有一尺多高的书的屁股上写着三百块钱，就是自己那个小房间的小书架上，又容得下几位作家的书呢？

假若一本书中浓缩了一位作家的精华，这群鱼儿想必真会有得水之欢。

"中国作家档案"试图来做这件事情。这是一本本酷似档案的书，档案里装的自然是纯粹的文学，以作家的重要作品和文学活动为支撑，里程碑式的各个历史阶段的名作是它的基本构成。为满足好奇读者的愿望，书中还附以作家自诞生以来的多页珍照，以便验明作家的正身。

不仅是为了读者，同时也是为了文学，必须给中国作家建立一套档案，而且必须从活跃在当代文坛的中国作家建起，不必等着百年之后盖棺论定。事实上作家的棺材随时都会被人打开，根据彼时的需要为死者的作品重作诠释，因此不必将这项有意义的工程留给后人。与当代作家同步行进的好处实在颇多，它至少可以避免图书界的欺世造伪而保证版本的绝对真实。

一位作家一个档案袋，十位作家一个档案组，一百位作家一个档案馆。它们是经济的，精致的，流动的，以传统而又新潮的姿势可握于读者之手。

谁有资格入选

1999 年 12 月出版的《中国作家大辞典》共收录中国当代作家六千九百四十九人，除去亡故者、停笔者以及主要从事文学评论、编辑、组织工作者，迄今仍在文坛舞笔拼杀者约居半数。但是有减有加，跨入二十一世纪后，年轻作家如过江之鲫，其中不乏跳龙门者。如何千里挑一？入选者要达到什么软硬指标？谁具担纲评委的权威？谁又能站在裁判的看台？建档大幕未拉，必先明确游戏规则。

既然，中国作家协会创作研究部是研究中国作家创作的专家组织，那么就理当组织出一个中国作家档案书系的编辑委员会，让创研部主任、当代著名评论家雷达先生担任主编。

入选作家不仅要写得好，佳作多，名气大，而且要在新的世纪有优秀的表现，向热爱他们的读者捧出相当数量的新作。旧的作品在他们过去的版本中出现得太多了，人越著名版本越多。

最初的两辑，确定男女两个方阵和两个方阵的领袖，一个是越骂越香的贾平凹，一个是越写越好的王安忆。

余下十八人，无一不是风云榜上的各路英豪：梁晓声、阎连科、周大新、何立伟、聂鑫森、林希、阿成、毕飞宇；铁凝、迟子建、毕淑敏、陈染、林白、叶广芩、王旭烽等。

余华、莫言、苏童等人因为新世纪以来主写长篇，档案应收的中短篇小说一时尚未出手，这是一个无法解决的难题。编委会代表广大的读者翘首以待他们的新作，随时将其补入以后的各辑。

美丽宝贵的处女作

处女作是必须要的。它们是作家走向文坛的始发站，就像是乘坐一辆公共汽车，没有第一站就没有第二站，就不能到达最终要去的那座光辉的圣殿。中国作家档案是一个溯根求源、有头有尾的信息工程，它一定要让读者一睹作家当年起跑的英姿。

二十世纪七十年代末和八十年代初，中国当代文坛仿佛一夜之间突然出现了大批的作家。这其中有一些是复出的作家，一些是新生的作家。后者多半是六十年代末上山下乡的城市知青和正在苦苦寻路的回乡知青，他们迅速占领了文坛并成为后来文坛的中流砥柱。

除了少数几位，率先进入档案书系的先期作家几乎都是这些如今人到中年的那批知青。

尽管年龄最长的林希，早在五十年代就以侯红鹅的本名开始发表诗作，命运跌宕，三十年后复出文坛，改写小说，一发而不可收。但在最初的作品中，似不能说是炉火纯青。甚至在一些作家的处女作中，我们可以看到一些稚嫩的影子。像他的短篇小说一样以诚待人的刘庆邦说："我出过好几本集子了，从没有收入过这篇处女作。我嫌她丑，我怕人家笑话我。可这本集子有一个硬性的规定，必须收入处女作。没办法，我只好把她翻出来了。"

与其相比，诞生于六十年代的毕飞宇、徐坤们是幸运的，他们登上第一辆公共汽车时，眼前已经是车水马龙了，他们想乘哪辆就乘哪辆。

然而，对于今日的文坛名宿，童年的留影已成珍照，唯其嫩稚才显得那么的宝贵，那么的美丽。

这是因为当今的作家们在文学的技巧上实在是太纯熟，太老练，太炉火纯青，简直有点石成金之术，能够变废为宝了。

成名的奥妙

我们知道，在这套中国作家档案书系的读者中，有一部分是未来了不起

21

的作家，十年之后他们将在报刊的名家专栏对人谈起这套档案。较之普通读者，他们更多了一份读书的指望，他们很想了解这些作家何时成名，怎样成名，以一篇何等伟大的作品而石破天惊，轰动文坛的。

这样的读者真是太聪明了，他们将来不当作家谁又能当作家呢？成名作是作家的第二站，这是一个大的站台，至少比处女作的那一站要大。他站在那里，不仅引起了编辑的注意，而且引起了几乎全国人民的注意，这些人是激情澎湃的普通读者，目光深沉的职业批评家，一言九鼎的文坛泰斗，这些人一起念叨着一篇作品的名字，纷纷说起它的好处，投它以票，授它以奖。那么好了，这位走运的作家就在不知不觉之中成名于天下了。

也曾有过这样的现象，即作家的处女作同时就是其成名作甚至代表作。但是在这套档案中，编者和作家本人都以各自的栏目安排了它们，因为新时期中国文学的特性是在世界文学的影响下与作家一道成长，而作家们的确是一步一个脚印地向前艰难地跋涉着。这也恰好符合了读者的心愿，因为他们想看的就是一条龙，就是这个艰难而又漫长的奋斗历程。

但是偶尔也有例外。毕淑敏的《昆仑殇》和《阿里》被分别编入处女作和成名作，其实"昆"作发表之后她就成名，这位女士是一举成名。

还有的作家成名于一片作品，而非一篇作品。贾平凹究竟是什么时候成名的呢？是轻盈灵动的《满月儿》还是潇洒沉雄的《商州初录》？恐怕是在月照九州之间。是他的产量之高和文字之美，使中国人民死死地记住了这个奇怪的名字。

代表自己的过去

由于不是盖棺论定，由于作家们全都精神抖擞地活着，档案中的代表作只能代表作家的过去。他们还在努力地写作，我们希望他们继续产生惊天动地的代表作，为未来的档案增补本提供可能。

代表作的篇幅无所谓大小，字数无所谓多少，只要能代表就行，正如列夫·托尔斯泰的代表作是《战争与和平》，而欧·亨利的代表作是《麦琪的礼物》一样。在这本大约四百页的档案中，我们收不下《战争与和平》，这里的代表作的全称应该是中短篇小说代表作。谁都知道贾平凹的代表作埋藏在他的八部长篇之中，但是我们只能选择他那个香艳凄美的爱情小中篇《美穴地》。

同样谁都知道，近年以影视和长篇引人瞩目的梁晓声，其中篇代表作是《今夜有暴风雪》，但是它的十二万字将占去一本档案的二分之一，因此只能为其存目，而代以他的《父亲》和《母亲》。父亲和母亲是他的至爱亲人，他写得痛彻肺腑，绞断肝肠，编者认为完全能代表他。

如果出现了与成名作一样的情况，作家的代表作也并非一篇，那么编者就以四面八方的考虑，从中遴取一二。

宣布代表作的做法似乎也让作家们警醒与反思。他们不仅站在文坛横向地寻找自身的位置，而且站在今天纵向地回顾自身的发展：从第一篇作品走到今天，这之间走过了一段怎样的道路，自己的进步究竟如何，能够代表自己的到底是什么。

从这个意义来说，这本档案的珍藏者更应该是作家自己，因为它有别于由单位秘密封锁的人事档案。

挨骂者笔下的真理

作文亦如做人，想不挨骂的办法本也不少，首选者是对谁都讨好，好比见人就摇尾巴才落得人见人爱的宠物。如果此法不能兼得，便宁可选择主人和强者，这样方可保得太平。

然而太平文学都不好看，卿卿我我的爱，哼哼叽叽的痛，它所滋养的只会是同样哼叽着的读者的一颗缺爱的心，而使真正有品位有见地的读者望之生腻。真正的读者无不希望深切感受到作品的锋芒，希望看到作品的思想以及艺术的独到之处。

独到的作品注定会引起争议，因为独到的本身诠释了它的单枪匹马，离群索居，它的大胆尖锐的思想伸进了他人不可触及的私密与短处并给予艺术的揭发，因而它引起了社会的一阵瘙痒疼痛，有人赞美之，有人咒骂之。这是百花园中猝然绽开的一朵野花，它在赞声中散发奇香，在骂声中怒放异彩。

这样的作品往往蕴含着旷世的真理，时而闪现如划破天空的流星，它的出世之夜乃是万众仰目之时。它舍身一跃，勇敢无畏，为了一展光辉不惜将生命燃烧得淋漓尽致。

十年前，阎连科的《夏日落》刚一升起就落下去，朝阳一般的军旅作家受人责难，险遭厄运；王安忆的《小城之恋》因恋被怨；还有林白和陈染的所谓"私人小说"……

贾平凹整整被人骂了十年，至今仍在被人骂着。他在骂声中将他的名言写进了档案："鱼把坟墓修建在人腹中，我的毁誉在民间。"

因此，在作家的档案中，应该收入这样的作品以供民间毁誉。

对话与印象

让作家自己说，可以听到他创作背后的理论，让作家的朋友说，可以看到他创作以外的故事，因为读者愿意知道这些，这里面有很多的秘密，不是从作品中可以得到的。钱锺书对国际友人说，鸡蛋好吃就吃鸡蛋得了，为什么还要看到那只下蛋的母鸡呢？他的幽默无法劝退内心执着的读者，他们偏要听母鸡下蛋的叫声以及偏要看它挣得面红耳赤的样子。

思想是行为的导演，文字是念头的走卒，知其这样写，不知其所以这样写，更不知其不这样写就绝对不行。幕后的东西总比前台的东西来得神秘而有力量，要不，幕后操纵者的罪责何以会大于案犯呢？

有品位的读者喜欢读苏格拉底和柏拉图的对话录。先哲的对话总是那么精妙绝伦，不造作，不遮饰，不修辞，赤身相见，一种大俗大雅大拙大美的语言艺术，一般的作家穷其一生也难以达到这种自然之境。

这里的印象是指作家的生活与创作，形象与心灵。少则一人一篇，多则一人两篇，作家写作家，一个作家的印象记往往又是另一个作家的美文，机智幽默，痛快恣肆，为一切其他文体所不及。

此外，读者还想掌握作家一些文学旅途中发生的事情，那可是作家通往成功的一串足迹啊！

于是在这套区别于一般选集的档案中，编者刻意安排了这么几个有趣的节目。

有凤来栖

24

对于真正的饮者，好酒的确是不怕巷子深的，大牌作家的名字本身就是一面酒旗。但是我们仍然要让这一面面鲜艳的旗帜插入闹市，迎风招展。中国作家档案始发前夕，编者以"二十一世纪文学开山工程"为题从媒体发出消息，立刻引起四面来风，京城文学、文艺、文化、新闻和知识各界所有的报纸都派要员参加了书系的首发式，连外埠电视台的采编人员也闻讯飞来，采访这一工程的策划、主编、作家，并在一周之内用卫星向全世界进行了传播。

在王府井新华书店人头攒动的门外，记者的镜头对准了这套档案的全力支持者、京城著名出版人周奎杰女士，而在门内，在新华书店的新书台前，则有众多的读者手握新书包围了签名留念的作家。

遗憾的是，贾平凹有要事缠身，开完首发式连夜乘特快返回西安，签名席上游走了他这位要把坟墓修建在人腹的大鱼，在滚滚人流中抢到他的档案的读者生气了，他们怀抱新书倚桌而立，不给签名绝不离开。这是中国银行的几位白领，他们除了读钱还要读书，还希望书扉上有作家亲笔写下的名字。这是一个美好的愿望，美好的愿望不应破灭，周奎杰女士以出版社总编辑的身份对他们许诺，发运五十本样书到西安，托当地友人代送贾舍，签名之后再返运回来，不惜代价也让这类读者保存下作家的珍贵手迹。

多么感动人的读者，多么受感动的出版人。

一个月后，银行白领开车来社取走了贾平凹的签名本，泪眼婆娑。与此同时，阎连科、刘庆邦的签名本也从他们的住地运到出版社。

三个月后，档案的第一辑开始第二次印刷。

2002 年 11 月 2 日写于北京听风楼

寄语世纪风
——"世纪风文丛"（十卷）总序

去年的春天，我主编过一套"新世纪长篇小说"丛书，在国内产生了一定的影响，其中老作家的新作占着主要篇幅。今年依然是这个时候，受代表十位作者的北京朝阳文化公司之请，我又来主编这套"世纪风文丛"。

季节相同，名字相近，只是作者相对要年轻和陌生一些。此外还有一个区别，那就是如果按照一种目前尚有争论的纪年方法，这套文丛是真正属于新世纪的。出于对历史的纪念，文丛的出版至少有着一定的意义。

原本列入这套文丛的远不止这些，经过我们严格的审查、淘汰之后留下了目前的十本。这是来自各地基层或云前沿生活中的十位作者的十本书，从体裁到题材，从形式到风格，真正体现着百花齐放和多姿多彩。

我们的出版社是中国唯一走向世界的文学出版社，半个世纪以来曾经以多种语言向国外出版了大量的古今名著，使欧美以及世界各国对我们的作家和作品第一次睁大了双眼。

二十世纪末，我们开始直接以母语关怀国内文坛，而出版这套新人的作品，自然是我们的破例之举。参加文丛审稿的都是对文学有着多年研究的我社资深编审，他们在编辑世界公认的大家名作的同时，能以同样认真的态度对待这批尚在成长期的新人的文字，无论是我还是作者，都是应当心怀敬意的了。

世纪风这个名字取得很好，当新世纪的春风吹过文坛，这里将像庄稼一样长出无数崭新的面孔。

幼小的必将渐渐长大，新生的必将接替老的，希望再过一段时光，在家乡的土地上默默耕耘的这批作者的名字，会一个一个变得响亮起来。

1999 年 8 月 1 日写于北京百万庄

希望从这里升起

——新世纪长篇小说文库（十卷）总序

      作为小说家族的长房，中国的长篇小说可溯宗于《大唐三藏法师取经记》《大宋宣和遗事》等宋元长篇话本，后经元明演史，明清言情，以至"五四"的新文学运动，几个世纪，繁衍至今，已成满堂之势。其间的观念、手段、意图，不断地因时而标新立异。"小说"二字原本出于庄周，"饰小说以干县令"，本意泛指不关道术的琐屑之言，即以庄子所见，孔子、孟子、墨子等诸家的言论著述，都是小说，本人也都不过是一般意义上的著述人，而非圣哲。后班固修《汉书·艺文志》对小说始有归纳，话是这么说的："小说家者流，盖出于稗官。街谈巷语，道听途说者之所造也。孔子曰：'虽小道，必有可观者焉，致远恐泥，是以君子弗为也。'然亦弗灭也。闾里小知者之所及，亦使缀而不忘。如或一言可采，此亦刍荛狂夫之议也。"

      鲁迅考证说诗歌起源于劳动，小说起源于休息。诗歌是抬木头时的"吭哟吭哟"，小说则是歇火时的娱乐聊天。此话有理，文艺最原始的目的就是为人民大众服务。早期的人劳动罢了坐于一处，讲些有趣的故事，其中有人口才甚好，故事也多，大家便商量着送他一些谷子，或者银两，宁可将他的那份劳动免了，让他专门讲故事给人听，历史上的第一个专业作家就这样产生了。那情形和现在国家把专业作家养起来是不一样的，受人谷子银两的人必须要有好的作品出来，否则供应就会没了。最初的小说都是短篇，因为休息的时间不会很多，即便有些也不能全都用来听小说，还得玩点杂耍以及男女之事。长篇小说需要休息时间的连贯，以便"且听下回分解"，有闲阶级自古就有，但是日夜加班读完一本小说的，恐怕还只有批评家、无聊汉和真正会痛哭流涕狂笑大骂的痴迷文人。

《中国小说史略》将中国小说，中国古典长篇小说分为话本、讲史、神魔、人情、讽刺、狭邪、侠义、公案、谴责诸类。日本汉学家青木正儿以为此分有些暧昧，不似日本小说可用几个"物语"来划，所著《中国文学概论》一书，不赞同"周树人氏"，提出"应解为银字儿，说公案、说铁骑儿，说经、说参请，讲史书"等类，并列举公案小说是指裁判事件，并非勇士战争。但是无论如何，中国的四大名著却从原本已归入各种类别的长篇小说中抽调出来，成为全世界不可争议的经典。"五四"以后，中国的长篇小说从内容到形式反而日渐单调起来，经过了几乎整整一个世纪，中国文学之重锤的长篇小说被赋予各种使命响亮地敲击着时代需要的黄钟大吕。这也是一种发明，是小说的不得已，却又是小说的很情愿，一百年的小说史，使它们自然而然地接受了这个训练。此外还有两处特别的风景，那就是金庸的剑侠和琼瑶的爱。大约仅此而已。直至世纪之末，长篇小说中才开始出现一些调侃破格之作，它们以新的手法写旧事，以旧的手法写性事，以莫名其妙的手法写不知所云之事。

长长的二十世纪完成了它的文学巡礼之后，不久后的一个夜晚它将悄然逝去，代之而来的是新世纪的美妙的钟声。在期望和欢呼的文坛上，有一套颇具规模的长篇小说丛书恰待闪亮登场。这些作家惨淡经营，面壁多年，当他们泪流满面，终于向世界捧出孕于暮鼓诞于晨钟的呕心沥血之作，我们一同仰望苍天，迎接新的时代。二十一世纪的长篇小说，相比过去是长大了一岁，它理应摈弃狭隘和偏见，理应更加成熟，更加老练，更加厚道。

二十世纪末的文坛余韵，是将同类小说的丛书冠以花草之美，灵物之奇，地域山川之颜色，为它们划出一片喻示特征的景点。然而我们没有，因为我们这套丛书不是梅苑，不是菊圃，而是整整一座花园，它能使百花吐艳，万芳争奇；也不是微湖小河，而是好大一片汪洋，它要汇聚一切，容纳所有，因着浩瀚而豪爽地拥抱全部的投奔者。它以宽阔正派的胸怀允许万舸千帆在这里犁浪而赛，踏歌而行。只要是美丽的，强健的，有血气有性格的，生命力顽强且持久的，新世纪的大海都会鼓浪而迎。

我们不想再以男女主人公的户口、所持的器具和出没之地，把小说刀切为农村小说、城市小说、军事小说、知识分子小说和历史小说，因为那一切都已变得空前的复杂化，交叉化，多变化，人的身份和战场见机而改，随时而易，新世纪的作家也不会再满足于让笔下的人物仅仅完成各自的工作。我们只可以把小说试分为写人的小说、写事的小说和写主义的小说。主义势必会多一些的，除了老牌的现实，古典的浪漫，后期所谓的新写实，模仿而尚未成型的魔幻，可能会出现真正的荒诞、象征、表现、存在以及其他正在发生和发展的现代流派，也未尝不可以将过去的神魔、讲史、侠义、公案、讽刺、谴责等类革新改造一番，使其化为神奇，开出几枝绚丽的异花。

既然，模式已经打破，钟声即将敲响，那么奇迹当然就会出现。和世纪末一道结束的是国人对于长篇小说的悲叹，借着新世纪的曙光我们从现在起就开始寻觅，开始呼唤和追捕，活跃在当代文坛的作家们，不为功利所累不为虚名所惑的真正有远大志向的长篇小说家们，可把感天动地震人魂灵的长篇小说栽进我们的书丛，因为太阳应该从这里升起。我们希望同时等待，沉默了足足两个多世纪的中国，伟大的四部长篇名著的身后应有来者。

1999 年 2 月 16 日写于北京听风楼

玲珑小序

——玲珑诗丛（中英对照八卷）总序

　　中国古典诗歌发展到唐宋时代，已成为艺术皇冠上的璀璨明珠，千百年来，它以炫目的光华，无穷的魅力，诱惑着、滋养着一代又一代沉恋文海的华夏学子。在中国，没有任何一部文学作品的传播能与唐诗宋词相比，它使泱泱大国无处不浸透着高贵典雅的古诗余韵与遗风。它众多的篇章不仅为文人学士，亦为民间妇孺所熟知，以至于村头牛背，万口传唱。纵然是在非常的岁月，它的风采也从未在战火和饥荒中湮灭。

　　曾闻有人问某文豪：你的学问都是从哪里来的？文豪答曰：三上。又问：何为三上？答曰：马上，枕上，厕上。若干年后，某出版社出版了一套"三上"丛书，内含孔孟四书云云，从书名看，想必是受启发于实话实说的文豪。而我们的这套丛书却有一个明确的宣言，虽然玲珑，但不许在"三上"读，马已没了，代者为车，眼科大夫说车上看书对眼睛有大危害。不过火车上稍可，枕上亦然。

　　而况丛书如此精美，入梦后滑落被衾，口水浸之，肘腮压之，实在可惜；厕上更是不可，因为那会有辱于诗宗词祖，李白苏轼们九泉之下会提出诉讼的。古学子诵读，须焚香净手，作摇头晃脑状，更深之时，还须红袖添香。试想如坐在一个臭烘烘的马桶上，放声朗读香山居士的"大珠小珠落玉盘"，那将成何体统。

然而这套中英对照的玲珑诗丛，又的确是旨在方便读者，希望大家以人生的点滴，汇出一个学贯中西的大文豪来。鲁迅著文是用别人喝咖啡的时间，本书的读者则可以一边喝着咖啡，一边读着小书。一诗读罢，放入兜中，留待晚上的足球节目之后再读一首。

为免困倦，我们还根据诗意配上了画，中国的诗和中国的画本就是一对美的姊妹，美诗如画，美画如诗，美诗美画再加上美的译文，我们试改"三上"为"三美"如何？

1998 年 12 月 20 日写于北京听风楼

朝花也要惜时

——《朝花惜时》（中英对照六卷）总序

顾名思义，这是一束再放的花朵。它曾经绽开在大中学生的教材里，摇曳在中文老师的讲义上，灿烂在无数学子的诵读中。春光似水，十年过去，也许五年或十五年，甚而至于更多一些年头，昔日少年已是今天的白领阶层，抑或社会各个阶层各种角色的扮演者，对于曾经在课堂上读过的文章，至今余香在口，每能忆起，那同学少年，那花样季节，那响彻幽雅校园的琅琅之声，无一不令人心醉。于是有一天，我们这一套书的编者便作如此想，假使将那十年前读过的名篇重编一书，新加评注，让旧的读者以新的心境再读一遍，连同已逝的韶华一并复习，不亦乐乎？

朝花夕拾是一句美丽的名言，半个世纪以前，它被伟大的四十七岁的鲁迅撷作书名，从此脍炙人口，被人喻为对于旧事的收藏。其实鲁迅斯时尚未到夕，尚以壮年的身心与人奋战正酣，他之所谓朝花，乃是儿时，"我有一时，曾经屡次忆起儿时在故乡所吃的蔬菜：菱角，罗汉豆，茭白，香瓜。凡这些，都是极其鲜美可口的；都曾是使我思乡的蛊惑。……惟独在记忆上，还有旧来的意味留存。他们也许要哄骗我一生，使我时时反顾"。

我们这一套书的读者当然就更年轻了，虽然你们的"朝"，较之鲁迅那

33

贪吃鲜美可口的罗汉豆的"儿时"略长了几岁，但是你们更是远未到"夕"，仍还处于氤氲而蓬勃的朝气中，因之我们决定变"夕"为"惜"，劝君惜取少年时，劝君惜读当年书，号召年轻的读书人重温学子旧梦的意思。"旧来的意味"如同初恋，那是要哄骗人的一生，使其时时反顾的，更何况被选入课本的文字，无论诗文小品，也无论古今朝代，大抵都是些大师名作，比罗汉豆们更有咀嚼和回味的价值，这便尤其有惜而拾之的必要了。

学而时习之，温故而知新，精通教育的孔子也是这样不倦地教诲着我们。

这是编者的第一思想。

几乎一道产生的第二思想乃是，将它们配上英文，以作对照，使其兼而成为学习外语的上佳读本，照亮第二类读者的眼睛。在过去的外语教材中，我们只是读莎士比亚，拜伦，雪莱，狄更斯，司各特，奥斯汀，勃朗特姐妹的《简·爱》和《呼啸山庄》，我们不约而同地忘记了我们自己的司马迁，屈原，李白，杜甫，苏轼，罗贯中，忘记了全世界最了不起的曹雪芹的《红楼梦》，还有空前绝后的鲁迅和他的天才著作。

也未曾想到当我们把伤心的眼泪纷纷抛向英国少女简·爱的时候，大洋彼岸的有情人却正为"质本洁来还洁去"的中国的林妹妹恸哭流涕。假使能有一个聪明的主意，本书系的编者这样想，在学习他国文字的同时也学习了本国文学，即以学习外国语言为直接的目的，而以学习中国名著为顺带的收获，好比乘坐帆船去一个新鲜的地方，船上却载上了自己故乡的所爱，那简直要叫作一石二鸟了。

但也许有人会这样认为，学习英语当然还是英国自己的语言文字为好，由中文翻译而成的英文能算是地道的英文吗？怀疑是大可不必的，本书系的英文译者恰恰大多是外国人，新中国近半个世纪以来，这些英、美等国的文化使者，为了研究神秘的东方文化，陆续以外籍语言专家的身份来到中国，在中国外文局的安排和中国学者的协同下，从"关关雎鸠，在河之洲"到"杜十娘怒沉百宝箱"，开始了有着几千年历史的中国文学的系统翻译。

领导这支翻译队伍从事这一伟大工程的，便是驰名中外的中国首席翻译家杨宪益先生和他的英国夫人戴乃迭女士。杨氏夫妇珠联璧合，携手共译的《红楼梦》《阿Q正传》等中国古今名著，以无可挑剔的艺术水准征服了西方文坛，从此结束了"美文不可译"的神话。

本书系是由享誉海外的中国文学出版社和称雄国内的外语教研出版社分

工合作，编辑出版的，两家同人以各自最大的优势联合起来，使即将迈入新世纪的国内出版界有了可行的先例。主要策划人蔡剑峰先生是一位留学英国并获得剑桥大学硕士学位的，有着英国绅士风度的年轻学者，他的奇思异想，大胆设计，想必会得到诸位读者的喝彩。

最后，除了喝彩，我们还希望听到一些批评的意见。

1998 年 10 月 5 日写于北京听风楼

精神的导游者

——"走遍中国"丛书（六卷）总序

    这套名字叫作"走遍中国"的旅游文学丛书，是我和我的朋友何锐先生共同策划于《山花》杂志长时期的编辑与发行，以及与诸多国内与国际朋友的文化交往中。起始是在杂志上开辟的名城写生栏目《都市镜像》，吸引了居住在中国各大名城，包括台北在内的大批作家的美妙专稿，同时发现在常年一贯持续发表的人文散文内，描绘祖国山水建筑的美文竟然如此之多。这些栏目文章的来历，原本只是在编者的盛邀之下，为一本边远地区的杂志壮壮行色，使之名副其实如"山花"一样多彩多姿，丰富烂漫，不期却激起了那么多人对它的赞美和钟爱；继而诸多公司纷纷购买这份杂志，以神奇的大国之礼赠遗给全世界最著名的一百所学府，让哈佛、剑桥、耶鲁、牛津等名校绽放出东方"山花"的勃勃英姿，于是读者的范围一下子由国内扩展到全世界。全世界各种文字的来信激情地飞落在编者的案桌上，他们是那么喜欢中国的自然风光和人文建筑：奇山秀水，妙刹绝楼，以至拥有无数美丽景观的文化名城。

    新世纪的第一个秋天，何锐先生北京之行的一次朋友聚会，使这套丛书有了最初的设想。我建议不妨利用《山花》杂志的资源和号召力，由他来挂名主编一套兼含文学、文化、历史、地理知识，各具欣赏、导游、学习、珍藏价值的配图丛书，分期分类地出版，给全国乃至全世界的精神旅游者以文化的指引。他几乎是立刻就响应了我的号召，并且我们当场拟定了丛书的名字以及在不长的时间里可以推出的几本，如《走遍中国名山》《走遍中国名水》《走遍中国名城》《走遍中国名陵》《走遍中国名刹》《走遍中国名楼》等。

这其中有相当一部分的文字业已成形在杂志的已发和待发稿中，而只要在此基础上再做一些补充约写，好质量的文章将会是取之不尽的。我们的原则是，被选入丛书每一本中的每一篇，未必全都出自名家大师之手，但必定是精彩得意之作，苛刻地要求着文章作者的亲身游历，微观细察，源考有据，感极而发，而且有情有趣，文采斐然，令读者于免费旅游、收获知识的同时又身心愉悦、大快朵颐，甚至与文字有关的美丽图片也是自己或其同行好友所摄，这样才会避免近年来最令出版界头疼的版权纠纷。

在选编的过程中的确如此。因而，倘论及文化的独创意义，这套丛书则应是当之无愧的了。

泱泱大国，物华天宝。中国驰名于世的东西实在太多，遑论刻意弘扬，编者只须悉心遵照有质量的知心读者的要求，一本一本认真地编下去，为世人喊破喉咙的爱国主义做一点书生的实事，即本套丛书的真诚心愿。是为小序，与当下可贵的旅游者以及尤为可贵的读书者们笔聊。

此书出版在即，主编何锐遥在贵州，我替他代写此序，顺笔记之。

2002 年 8 月 10 日写于北京百万庄

把三千年的过去译给未来

——古代诗词中英对照丛书（五卷）总序

　　一字一音地编读完毕这套译丛，打开电脑作序，不知怎么就跳出了这一句话。不敢说有什么诗意，倒自觉得更像是一句流行于二十世纪末的通俗歌词。不过中国最古的诗和歌生来一体，而我们的这套译丛，则恰好是五本古典诗歌的今译，于是这个序名无论似诗或歌，都可以算是比较说得过去的了。以上这段可谓啰唆的话，无非是想证明一条道理，一位年在不惑的编辑先生将五卷古诗今译初读一遍，即能信手写出一句歌词或云诗来，那么假使天资本就聪颖且又"每天喝瓶太子奶"的青少年们能够读到两遍以上，他们的未来便至少是一位诗人了。这是一项科学的论断，用了哲学上的辩证以及公安上的推理法则，并非邪说。王婆卖瓜尚不足效，王公卖书也是不足取的，虽然这五卷诗书是意识形态领域的五个西瓜。

　　而且岂止是做诗人，丛书中的六个品种，即古诗、译诗、题析、注释、图画、英译，每一种又都是一门学问，读了它除却可做诗人，还可做学者、画家和翻译，甚而至于兼各科为一的大文士。"六角雪"的含义即在于此。《宋书·符瑞志下》曰："草木花多五出，花雪独六出。"古人又云："瑞雪分六出，乐兆丰年。"出者角也，前者是说唯有雪花比草木之花多长了一角。当然这话是宋朝的脑筋急转弯，雪花与草木之花原本是不同科的，何况草木之花中花瓣比六角还多的比比皆是。后者则是说明六角瑞雪的好处。丛书取其诗意，不予雄辩，而欣喜于六角雪花的吉兆，遂以此为名。

我的要求是古诗中的每一个字词，都准确而优美地翻译在新的诗中，并且句数相等，尤其也要有着韵律。要达到以上各项指标，自然是一件困难的事情，但是我不能为了容易，就在这五卷诗书上胡作非为。我恍如独钓寒江的笠翁，忽而又拔剑四顾，在茫茫人海中寻找着合适的译者。于是除我之外，我选中了四位我所信赖的作家，两位是二十年来驰骋于中国当代文坛的短篇大王，宝刀愈锋的南王聂鑫森和倚马万言的北王阿成，一位是妙著满天的津门文侠林希，一位是名扬海外的楚天儒士杨书案。对于这套译丛而言，以上是当代作家包括走红作家中极为难得的几位，我通过他们大量文章中的文化韵味，认准了他们的涉猎之广，学识之博，修养之深，品位之高，足可以担纲译古为今的重任。

如同相信人无完人，我也相信着才有通才。回想近些年来，每当我将作出一项大的出版计划的时候，脑子里总会自然而然地走来以上几位朋友。私心中有一个想法稀奇古怪而又顽固不化，我这样想着，假使某一天我邀请他们各自写一本关于二十一世纪中国的前途和命运的书，他们同样会写得比别人精彩。当然，研究原子弹的论著应当除外。这套丛书的译者我之所以选择了曾是诗人的作家而非一直做研究的学者，还有一个主要的因素，乃是希望那些已被历朝历代无数专家逐一考证过的千古绝唱，此次能够以别一种诗，一种潇洒自如才华横溢但信达典雅再现原作的白话新诗的形式，连同精到的题析和美丽的图画，展示在不满足于仅有注释的青年读者的眼前。我是觉得我们的青年读者在咀嚼古典的同时，还应该被熏染上一点灵动的想象和飞扬的才气，能够学会作诗更好。由于我的近乎苛刻的总体构思，这一套向世界的第三个千年献礼的译丛，一定要光彩照人地出现在新世纪第一年中国首都的新书展台，因此和过去的历次合作一样，他们作为任务接受了我的邀请，并且立刻停止了手里的文事，延迟了别家的稿期，闭门谢客，埋首伏案，引经据典，高歌长吟。

二十天后，南王聂鑫森的《宋词》译注和北王阿成的《唐诗》译注几乎同时来到我的案上。写过老、庄、孔、孙、韩非诸子以及炎黄始祖的杨书案，他的选题是我命定的，因是楚人，必译《楚辞》，他居然敢继郭老沫若先生的诗译《离骚》之后，苦心孤诣将屈子那长达数百行的《离骚》一韵到底地翻译下来。而分得《乐府》的林希此时恰好处在一件好事的节骨眼上，新买的宝舍正大兴土木，连书房也进去不得，他把电脑搬到走廊上，因陋就简地给我敲起了《孔雀东南飞》。最迟也不过一月有余，海蓝色的特快专递又到了我的手中。多年来一到关键时刻，我们之间就开展着这种蓝色的联系。蓝色大信封里有一张小巧的磁盘，插入电脑软区将它打开，漂亮而工整的译诗令我心生感激。载有译诗的特快专递，使我鬼使神差想起一种名叫快译通的电器，不禁独自得意，开心不已。

"六角雪"中还有重要的一角，它对于某一类读者来说，也许有着顶尖重要的意义，那就是英译。我们的青年读者，你们知道这套经典古诗的英文译者是谁吗？二十世纪的三十年代，在英国剑桥留学的有一位名叫杨宪益的中国才子，他曾经第一个以《红楼梦》的美妙译文倾倒了西方人。这位名不虚传的中国当代首席翻译家和他的英国夫人戴乃迭，自五十年代起就领导着一批学贯中西，籍贯也横跨中西的翻译家，用了半个世纪的时间将这批古诗点滴译成，相继刊发，今天第一次汇为本译丛的洋洋五卷。非常痛心，五卷古诗的主要译者之一，英国传教士的女儿，杰出的英文翻译家，生于中国嫁于中国的戴乃迭女士，就在这五卷浸透了她一生心血的中国古诗出版的前一个月，竟长眠于她的第二故乡中国了。我们在此向她致以深深的敬意和浓浓的哀思，也请英文读者们永远地记住她的名字。

谈到英译，必须向读者说明一个大家也许很快就会觉察的问题，那就是古诗英译和白话诗译的句式、风格乃至词意的不尽相同。此中的原因非常简单，多少年前的英文译诗是直接取自古诗，而多少年后的白话译诗更是直接取自古诗，它们就好比一个父亲不同情况下的两个儿子，如果它们分别更像自己的父亲，而兄弟之间略存差异，这便恰好是比较合乎逻辑的了。在《宋词》这一卷中，其英文译作在过去的期刊上发表以及以某种对照文本结集出版的时候，均以词牌的名字替代了词名，这次因考虑到同一词牌，甚至同一作家同一词牌的作品不在少数，而词牌作为一种词作韵调句式的外在体例，是不能够代表其词的真意的，于是在本译丛的这一卷中采取了在原词牌下统统加上本词首句英译文的办法。这办法未必是最合适的，其他内容方面尚待商榷的问题也许更多，由于译、注、编、校等各个环节人员的有限的水平，谬误之处自当难免。我们从首版印发之前就开始研究解决的办法，其中包括请各界读者批评指出之后，当再版的时候我们进行认真修订，以求逐步提高和完善，使其真正成为青年必读的好书。

专家考证，自《诗经》中第一首诗歌始，迄今已有了近三千年的诗的历史。在下一个千年到来之际，向世界号称诗国的我们将三千年的经典诗词进行精编新译，隆重出版，以此作为对未来世界的一项文化献礼。

是为六角雪经典译丛总序。

1997 年 11 月 25 日写于北京听风楼

这次说五个男人

——"重说千古风流"丛书（第二辑五卷）总序

　　"重说千古风流"丛书的第一辑五本出版之后，国内新闻媒体如《文艺报》《文汇报》《文学报》《中国文化报》《中华读书报》《中国图书商报》《中国妇女报》《作家报》《文摘报》《作家文摘报》《新书报》《科学时报》《中国消费者报》《为您服务报》《人民日报海外版》，以及全国各地的晚报等五十余家，先后都发表了评论文章。

　　消息传到海外，台湾的出版商跑到大陆，洽谈要把它们改编成系列电视剧，国内的影视界则有号称大腕的导演想把其中的某部改成电影。北京的《科技新闻·生活周刊》对这套书一本一本地添加标题，重点地、连续地、系统地进行了转载，甚至应广大读者的要求在文后公布了出版社的联系电话，读者通过报刊找到了编者，又通过编者找到了作者，于是瞄准自己偏爱或感兴趣的人物，分别而直接地、坦荡而雄辩地和作者对上了话，大家心里也许是这么想的来着，既然千古可以重说，那么就允许你们重说，而不允许我们重说？

　　读者的意见提得非常简单又非常复杂，譬如在中国的风尘史上，名妓们都是在倚门卖笑的岁月里寻找着如意郎君，为什么赛金花却是为了寻找如意郎君而走上卖笑的生涯？潘金莲有那么热爱家乡吗？董小宛有那么热爱祖国吗？大清总兵吴三桂的老婆陈圆圆怎么和农民领袖李自成还有秘闻？尤其是那个母夜叉孙二娘，她不是中国古典名著中的一位女英雄吗，居然跟淫妇潘金莲扯到一起来了！亲爱的读者女士和先生们，听了你们的问题我们深受感动，在当今金潮滚滚，物欲横流的时代，你们却一如二十年前，还在看书和买书，买读炒股和发财以外的毫无功利可言的书，还在思考着文学、历史和人性，我们哪里有一丝理由不把书写得更加严肃，更加真实，同时也更加精彩？至于问题本身，请看五本书的后记，还有五位作家在北京与读者见面时的真诚谈笑。

只有一家报纸，道听途说了我们五位女主人公的鼎鼎芳名之后，刊出了一篇文章，批评我们是在发起一场逐美运动，为什么只写女人，世上的男人哪里去了，固然文学和女人是铁打的姻缘，然而没有男人的女人我看她怎么风流？态度是严厉的，看法是尖锐的，道理是颠扑不破的，我们服了。

于是"重说千古风流"丛书的第二辑，我们就坐下来重点论说男人，一个是天下最风流的男人，连皇妃娘娘都想和他做爱的唐伯虎；一个是天下最无情的男人，杀妻灭子贪求荣华的陈世美；一个是天下最好胜的男人，侠肝义胆却不容人艺高一筹的白玉堂；一个是天下最卑鄙的男人，用一个决定从此跟他过一辈子的从良妓女换取他人银子的李甲；一个是——不敢说是天下——最尴尬的男人，头戴绿帽子的男人尴尬不尴尬呢？况且给他戴绿帽子的是一个和尚，况况且绿帽子下的那个男人不是别人，而是如雷贯耳的梁山好汉杨雄啊！当年的施耐庵先生把这件血案写错了，经过我们本书作者的纠正，杨雄怒杀了潘巧云后，又仰天长啸，举剑自杀了，梁山泊聚义厅的虎皮交椅上面其实只坐了一百单七将。

五本书的详情容我按下不表，书中自有绝妙的交代。现在我要说的最后一段话是，本辑虽然重说的是五个男人，但在这五个男人的背后或者怀里，仍然有着五个甚至完全有可能数目更多的女人，这是社会和大自然不可阻止的事情，也是作家阻而不止的事情，倘若因此仍要受到非议，"重说千古风流"丛书的第三辑就实在无路可走，接下去只好重说五个和尚了。

然而和尚也不保险，历史上的和尚最善于和女人发生关系，本书男主人公之一杨雄先生的太太，为了美好的爱情而情愿死于老公剑下的潘巧云，她的婚外恋人裴如海不就是一个和尚吗？

小说的绝境

——中国当代精品文库（五卷）总序

中国的小说从文言到话本，到阅读式的白话，延续的过程一直体现为演变的过程。半个多世纪以前五四新文学的一场革命，使其迅速地引进了西方关于文学的思维和技巧，将法国，将英美，将俄国的小说，翻译过来进行研究和比较。如果不是几乎相伴着新文学的诞生和发展而不断发生的国际或国内的斗争和运动，如果这些斗争和运动给文学带来的仅仅是战争与和平的题材和思考，而并不妨碍包括艺术、技巧、风格、流派在内的文学本身的成长和成熟的话，时至今日，我们很难料想我们中国文学已经呈现出怎样一番景象，我们的哪一位方块字大师已经代表着东方的一个大国终于站在了诺贝尔文学奖的领奖台上。

也可以这样武断地认为，我们中国文学或者就说是中国小说吧，至少会比目前这样不伦不类、装模作样的情形更好。战争和政治的灾难对民族形成的对内封闭和对外排斥的格局，让国门外像堆积其他的科学和技艺一样，堆积了大多文学的形式和主义，致使某一天国门大开之时，其热烈的情景可以联想到停业仨月突然开仓的粮店前奋勇争抢的袅袅饥民。

于是根据各自对文学的识见和定义，一夜春风的新时期中国文学的整体创作局面迅速分裂，并且又迅速组合成以地域，以题材，以风格，以主张为凝聚点的创作群体的人文景观。它们之中有两类现象表现得最为突出，其一类是借鉴西方现代主义的艺术，尝试意识的流动，时空的错乱，线条的随意，事件的散漫，文字的隐喻，抒情的诗化，人物的心理分析，作品的象征意义、思辨色彩和哲学意蕴；另一类则是坚持民族现实主义的特色，追求故事的传奇，情节的紧凑，结构的讲究，进展的依序，语言的明快，叙事的凝练，人物的行为刻画，作品的批判性能、文化品格和美学风范。当然这只是相对而言，好的传统特色的小说同样也有象征、思辨和哲学，只不过表现为一种更加可读的形式。

收入《绝活》《绝爱》《绝妙》《绝响》这四卷书中的，无一不是传奇小说、爱情小说、幽默小说以及新历史小说中极具个性的精品。

在编辑这套书的过程中，发生了两件我们未曾料到却又颇有意义的事情，一件是在国外尤其是在欧美初有美名的英法文版熊猫丛书中抽出部分小说，以多人合集的方式翻译出版，并且对部分作家的小说以个人专集的方式翻译出版，使之作为有中国民族特色的小说形式走向世界。据说，喜欢吃中国菜的西方读者对这类小说居然并不像是有人臆想的那样持一种排他的态度；一件是不断地有作家、编辑以及读者朋友向我们热情推荐令他们拍案叫绝的小说，因为已经大概确定的卷数和容量的缘故，这些小说中有一部分为我们锦上添了花，而另一部分却被我们忍痛割了爱。我们试图在以后几卷依然以文化为特色的书里，在编辑思想进行些许调整的前提下适当再选。

1999 年春节写于北京听风楼

也说建筑

——"建筑文化名家随笔"丛书（六卷）总序

　　由中国建材工业出版社出版一套中国作家谈建材建筑的书，这是一个高明的主意。因为它既符合职业的规范，不能判它为违章建筑，同时打开来看，里面又不仅仅是钢筋和水泥。它还有很多隐形的软材料，深深地埋藏在建筑物的底层，这都是值得谈一谈的，又最好是以随笔这种适意的方式。《说文解字》解释"建"字，乃是"立朝聿也"，"聿"就是拿笔书写文章，笔在纸上忙乎着行走了一阵，一篇朝纲就写出来了，证明此字最初不是指盖房子，而是指创立国家的制度，这跟几千年后才出现的洋词"上层建筑"，意思居然是差不多的。"筑"字的古体，脚下应该还有一个"木"，是说以竹子和木头作建筑的原材料，可使建筑物坚固，《释名·释言语》中解释"筑"，也正是"坚实称也"。从造字上看，我们的古人是很忠厚的，把物体的结实耐用放在首位。

　　二十世纪中叶的汉字改革，把"筑"字脚下的"木"给抽走了，使它混用于一种有五根丝弦的古老乐器，也就是高渐离偷偷在里面灌满了铅，弹着弹着就向秦嬴政一下子抡去，妄想把暴君打死的那个筑。目前，即便是在中国民间音乐会上，也极难见到这种乐器了。

房屋建筑的功用从最原始的居住起步，由唯一的坚实到兼及一定的美观，以至于到现在大量作为一种精神的象征和观念的标志，其进化的过程，也相当于人类的吃饭和穿衣。吃的原本目的是饱肚子活命，后来才有了四菜一汤，有了满汉全席，有了彭祖和易牙一类的烹调大师，讲究色香味形。而穿的初衷也只是想跟猴子拉开距离，腰上有一条树叶裙也就行了，其次才是冬天的御寒。弄几个细长细长的服装模特儿，在 T 型台上扭来扭去，那是很多年后出现的景观。令人大开眼界的是，在最近的一次世界服装模特大赛中，恰恰有多位裸模白白地扭了半天，最终荣获冠军的是一套稍微还看得过去的服装。虽然如此，但关于衣服的文化革命早已经开始，它们正高举着创新的旗帜，对衣为蔽体的本意进行反叛。一切观念都在变化，想必建筑也是这样，我怀疑总有一天，传统的辞书会被《魔鬼辞典》一类的出版物所取代。

在中国的四大古典名著中，《三国演义》和《水浒传》主要是写与人打架，找不出多少关于建筑的文字，只有那些巍峨而坚固的城墙，在兵士们滚木礌石和乱箭的防守之下，很难被对方的云梯攻破。也不要认为《红楼梦》里的建筑写得最好，林妹妹刚到她舅舅家时，看到的几间房子也只是"雕梁画栋"，古小说里都是这样写的。然后贾宝玉的魂魄跟着秦可卿一道去游太虚幻境，到了一处，仍不过是"朱栏玉砌"。倒是在第十七回里，大观园建筑好了以后，贾政带着宝贝儿子转了一圈，见到一个建筑物，叫他给取一个名字，曹雪芹才趁着这个机会大做文章，但也是八分的风景，两分的建筑本身。不过中国古代建筑的第一学问又的确是居住环境，即便现在城市的地皮这么珍稀，楼盘这么昂贵，有人还在追求所谓的依山傍水，树绿草青，宁可食无肉，不可居无竹。

中国的阴阳先生，或者又叫风水学家，把盖房子和埋人的学问渲染得淋漓尽致，科学道理并不是一点儿没有，问题是不该把什么都往龙脉上扯，动不动就是中状元，动不动就是当宰相，动不动……其实住宅的周边环境好了，空气清新，阳光充足，小河里的水哗啦啦地流个不停，清早起来屋后的泡桐树上还有一只喜鹊在叫，年轻人坐在屋里复习功课准备考大学，心情特别愉快，精力格外集中，一日三餐的饭菜中没有化肥和农药的污染，屋子里也没有甲醛的味道，因此身体非常健康，结果一进考场就名列前茅。若干年后，大学或者硕博研究生毕业，宰相不宰相以后再说，至少铁饭碗总是搞到手了吧？当然这似乎是前些年的好事，现在国家不包分配了，但是成绩突出的还是优先就业。

建筑写得最多的，那得数《西游记》，孙悟空几乎每到一处都要按下云头，把一只毛乎乎的右手罩在他的火眼金睛前面，这时候作者就忍不住要运用夹叙夹议的艺术手法，说声好去处，怎见得，有诗为证，然后下面就来一段排比对偶的词赋之类。只可惜那地方要么是天府，要么是龙宫，那些闪闪发光的建筑材料，跟我们的钢筋水泥和无缝钢管是不搭界的。吴承恩以对天府和龙宫的辉煌描写，来实现他理想中的建筑风格，而自己丢了县丞以后，却住在一间破房子里，吭哧吭哧地写他的妖魔鬼怪。

倒是在中国的民间传说里，有不少的人事都涉及了建筑，譬如鲁班，跟人打赌，一个晚上就能建起一座大桥，非常结实，时至今日还雄伟地屹立在祖国的某个景点。然而也有反建筑的，上有天堂，下有苏杭，白蛇娘娘跟许仙在西子湖畔谈恋爱，被多管闲事的法海老禅师镇压在雷峰塔下，直到十八年后，他们的儿子中了状元，前来祭母，白娘子才得以从塔下出来，母子二人抱头大哭。二十世纪的二十年代，雷峰塔莫名其妙地倒掉了，愤怒的鲁迅先生一连写了两篇文章，痛骂那些拆砖以保平安的迷信的乡下人，以及"日日偷挖中华民国的柱石的奴才们"。此外还有一条万里长城，也是被孟姜女哭倒的，原因是她那当民工的丈夫范喜良，死后埋在了长城下面。中国的老百姓同情弱势群体，上述两位都是妇女，又都是为了伟大的爱情，因此管她是蛇精也罢，是破坏国防工事也罢，什么原则都不要了，塔该倒，长城也该倒。并非它们用了劣质的建材，施工粗糙，即所谓的豆腐渣工程，而是它们扼杀了爱，违背了中华民族的道德审美。

比北方长城更早的长城，是楚长城，建筑这道长城的原材料，用今日建材市场推销员的话说，绝对的绿色环保，因为它的主材是从山上开采的石料，土窑里烧制的石灰，辅材是糯米，北方人称浆米，蒸熟后捣成的黏体，长在阴坡的老猕猴桃藤子捶出的涎水，几种东西结合在一起，不仅坚如钢铁，而且对长年守卫长城的战士的身体也没有辐射。《左传》记载，鲁僖公四年，齐桓公率领八国联军，出兵伐楚，楚成王派大将屈完领兵拒之，齐桓公请屈完参观他的盟军大营，屈完说，我们楚国，楚长城就是我们的城墙，汉水就是我们的护城河，任你再多的军队，管个屁用！原文是这样的："齐侯曰：'以此众战，谁能御之？以此攻城，何城不克？'对曰：'君若以德绥诸侯，谁敢不服？君若以力，楚国方城以为城，汉水以为池，虽众，无所用也。'"于是齐桓公跟管仲商量了一下，就退兵了。

这道长城从春秋修到战国，东拒强齐，西抗恶秦，最终齐国倒是没有打过国境线，却被秦国给摧毁了。因此我可爱的家乡郧阳一带，后来就成了一片朝秦暮楚的土地，一会儿秦国抢过去，一会儿楚国夺回来，再后来索性长城都没有了，只剩下几截遗址。秦始皇修万里长城，继承和发展了楚成王的军事思想，然而没有学会后者的工艺，只会用砖头石块以及范喜良们的尸体硬垒。不过这又是一件好事，倘若也用糯米来捣，全国哪有那么多的糯米？老百姓正月十五还吃不吃糍粑，五月初五还吃不吃粽子了？

用糯米做建筑原材料，还有一个建筑学家未曾想到的妙处。从前有一个老地主，用糯米捣出糍粑，糍粑晒成干砖，在山上造了一幢别墅。老地主死后，小地主好吃懒做，嫖赌逍遥，家里田产卖光，成了一个贫农。有一天他挂着一根棍子出去讨饭，人家告诉他说，回去把你家的墙砖撬一块下来，在锅里一煮，就能吃了。地主变成的贫农回去一试，果不其然，味道跟糍粑一样，从此就不再讨饭了，每天在家吃一块砖。久而久之，这座神奇的房子逐渐成了比萨斜塔，终于轰的一声，估计"坐吃山崩"这一个词儿，有可能是从这里来的。二十世纪中叶，有幸居住在秦楚交界地带的饥民，听说这个故事之后，便背着挖锄，迈开筷子粗的两条细腿，踉踉跄跄，晕晕倒倒，摇摇晃晃，朝着楚长城的遗址奔去，从飞机上看，就像是来了一支秦国的军队。干什么呢？挖两千多年前楚国人民埋下的糯米，以度过据说属于自然灾害的时期。边挖边想，那时的人，才真的叫作深挖洞，广积粮。

梁思成是热爱古典建筑的，所以当北京的古城墙被下令拆除的时候，据说他抱着墙砖号啕大哭。而对于新的建筑，他将它视同为音乐和绘画的艺术，认为"只有重复而无变化，作品就必然单调枯燥；只有变化而无重复，就容易陷于散漫零乱"。另一个中国人贝聿铭则不一样，生长在姑苏城贝氏园林狮子林的贝家少爷，着迷的却是上海十三层楼的大饭店，此后他对现代主义的终生信仰和商业性的世界观，使他"已经上升到这种观念的最高成就"（保罗·戈尔登伯格语），成为现代主义的倡导者和背叛者菲利普·约翰的长期对手。从法国的密特朗总统选用他负责整修卢浮宫，他又用"令人痛苦"（攻击者语）的三角形去给美国设计国家艺术馆的情况来看，中国还出比洋人还洋的洋建筑师。

在全世界所有的文字当中，唯有中国的文字跟建筑贴近，因为它每一个字都是一幢建筑，形状各异，风格也各异。它的基本建材是若干个字根，按照各自的意思垒成一个整体，诱使着人们猜谜一样进行解读。这是一项十分有趣的工作，就跟谈论建筑一样。

最后，出版社要我补充一句话说，本书各位作家的建筑美文因写于不同时期，文中正在进行的建筑物均不代表目前的景观，从保护作品的原始风貌计编者对此一律未加修改。

2006 年 3 月 21 日写于北京听风楼

一部藏之深山的葵花宝典

——《竹溪词典》（十二卷）总序

　　很多年前，大约是二十世纪九十年代初的一次还乡，我动员一位曾经与我一起写作的朋友，不妨写一部名叫《竹溪词典》的书，系统地考证一下竹溪境内各种方言的源流。朋友很是乐意，但提出要与我一起动手，而我当时的境况是"独在异乡为异客"，如王维所说在遍插茱萸的登高节里都未必能够回去一趟，身在曹营，了不起只能把一颗热爱家乡的心放在心里。写作这部特殊的书，最好立足于本乡本土，随时采访本地居民，以便及时地进行比较、甄别、更正、取舍。

　　于是这个美妙的思想被冻结到下一代又长大到我们的当时，一位名叫喻泉源的年轻人由宣传部副部长换防为文体局正局长，当我再次还乡时对我谈起他的构思，并邀请我为他主编的这套含语言在内的地域文化丛书写一个总序。我几乎是迫不及待地答应了他，心中的窃喜竟然类似于用他的钱还了我很多年前的一笔情债，立刻把《竹溪词典》的名字也捐献出来。回到北京，我就开始等待和迎接着他组织的五位作者陆续发来的书稿，在分享着他们的光荣的同时，也分担着他们的责任。

　　被收入这部《竹溪词典》的五个分卷，按规定它们应该分别记录下竹溪的地理、人物、风俗、饮食、传说、方言与歌谣等大量内容，为此需对上述资料进行溯源式的收集和整理，考证和撰写，使之成为一方地域的典籍。这是一项艰苦的工作，它既有异于小说、散文、诗歌一类文学创作，也与理论研究大不相同，最适宜用方便阅读的文字，真实、准确、简练地完成这个竹溪历史上未曾有过的文化使命。

它的性质有些像县志的通俗文版、系列分类、参考指南。或者索性大言不惭地说，它应努力成为一部竹溪的全书，让人，本土的人和外域的人，同代的人和后世的人，通过这部典籍知道他们想要知道的关于竹溪的各种信息。如有人问，竹溪有哪些好山好水？就可以答，请看《竹溪词典》之第一卷；有人问，竹溪有哪些好人好事？就可以答，请看《竹溪词典》之第二卷；有人问，竹溪有哪些好风好俗？就可以答，请看《竹溪词典》之第三卷；有人问，竹溪有哪些好吃好喝？就可以答，请看《竹溪词典》之第四卷……有这几卷雄文在握，直到问者翻着两只眼睛再也问不出一句话来。

因此它的困难与意义同在。首先是入书之资——资料的资，资格的资。以分卷《竹溪人物》为例，自《尚书》最早记载的庸君追随武王伐纣以来，三千多年的历史中有哪些人物可供遴选，对于他们的生身之籍和生活之地如何划分和处理，即谁是我们的传主谁又不是，这是作者首要考虑的问题。

从清同治版《竹溪县志》的人物志中我们得知，此志源于《竹溪志稿》二十二卷，后者是生于康乾年间的陕籍入溪人士张懋勋所著，他的立场可资参照。此人在志稿的撰写中并非唯官僚吏差的行政级别是举，而是以德行突出的标准，为名流、才俊、清官、良吏、勇夫、孝子、义士、烈女、节妇立传或辑录入表，在这些人物中，除却以今人的道德重审旧时烈女节妇感叹之余犹添悲悯以外，绝大多数的忠勇孝义之士依然是当今国民乡党的楷模。而皓首穷经终身不仕的张懋勋先生本人，也理所应当地被后来的修志者写入了不朽的志书。

在以下的地理、风俗、传说、方言与歌谣等分卷中，功利的因素会相对少些，但它仍然考验着作者的观念、见识、学问、人生的态度和作文的标准。

竹溪古地，商周时辖于庸国，庸随武王伐纣，后为楚灭，置此地为县邑，号上庸。虽含今日邻县竹山在内，然与秦人相拒的楚长城，确乎是在竹溪边境，战国朝秦暮楚的成语典故即生于此。三国时又有史可考，汉中王刘备拔此县，令刘封、孟达守之，关羽被困荆州，派廖化飞报刘、孟出兵解围，二将未允，关羽遂败走麦城，被吴擒杀。以竹溪为县名，是从明成化十二年始，分襄阳置郧阳府，分竹山置竹溪县，自此二县并立，不即不离。其间无论正史还是传说，地名还是人物，风俗还是方言，都是这五卷书中写之不尽的精彩内容。

明成化十二年的置县，又因百万流民聚于荆襄，明宪宗闻奏恐为谋反，遣右副都御史原杰奉旨迁徙，方有湘、赣、川、豫及鄂之黄州等地移民迁竹溪为一代先民的史实。正因如此，再加古之秦、楚，今添豫、渝的四方交叉，新开发区竹溪民间的风俗习惯、饮食嗜好、语言音调，也就有了大的不同，所谓十里一风，五里一俗，此地也可谓之一个典型。

当初那一支被官兵绳捆索绑、刀枪羁押，近乎澳大利亚人之祖先的迁徙大军中，没有谁会想到此行的尽头是一片人所不知的世外桃源，未来风光无限，美景如画。五百年后，将有一套名叫《竹溪词典》的书会全面记载下这里的一切，包括他们这次艰苦卓绝的长征途中，因为生理需要稍许自由而产生的"解手"一词。

这套书的读者或许心有不甘，未能在书中看到从竹溪走出的帝王、皇妃、卿相、战神等超一流的名人。然而，请列位看官继续看下去，就会从塔儿湾竹人竹马的故事，从二十四个望娘滩的传说，从薛刚反唐的野史，从望夫座的神话，从更多遗落在民间的讲述和唱颂中看到，只要其中有一个不是以壮烈牺牲的悲剧而告终结，那就无论多么伟大和精彩的人物也都是可以产生的了。

2018 年 10 月 5 日写于北京竹影居

听聂老夫子说老

——读聂鑫森文化随笔系列《老夫说老》（五卷）

　　读书人说，读书是一件快乐的事。那么读朋友的书，是不是尤其的快乐呢？当然是的。因为手里面捧着这一本书，读着读着，冷不丁儿，字缝里就会冒出一个熟得不能再熟的人的影子，却是一脸的严肃，说起话来字斟句酌，跟前不久两人在馆子里喝酒时的嘻哈态度很不相同。于是你就会快乐得不同凡响，合上书页，立起身来，说声好你个某某某，你还有这样的一手，你的这些东西都是从哪里弄来的？

　　这五本书的作者，曾经被我戏称为三耳先生，他的文章却一如他的品性，诚实本分得很。南方古楚之地有一条灵秀的湘水，自娥皇女英开始，流至今日，流出过无数的风流人物，三耳先生乃在其中。此老夫子姓聂，名鑫森，又是三两黄金，三棵嘉木，仰仗着比常人多长了一只耳朵，常人中有聪者可以耳听八方，若用数学演算，他则以一点五倍的功能可以听到一十二方，随风入耳，所得故事于是比常人要多得多。他会写字，会作画，会下棋，会鉴宝，会作诗词散文和古色古香的小说，还会……所会的东西大约是很有些超标了，身上的肉便成了反比，瘦壳壳的一个架子，俗话说的满肚子学问，他却连肚子都是瘪的，学问都潜藏在骨头缝里。

　　猪年将临，聂老夫子又喝了一点儿酒，心血来潮，一揽子献上五只可爱的小猪崽，如同奥运会上的五个小福娃，听我召唤，聚成一丛，赐它们一个名字叫"老夫说老"。在这斑斓新潮的年代，这五本书居然固执地不赶时尚，书中内容与目前的高科技全不搭界，说的都是老话，老古董，老房子，老行当，老书画，老节庆，倒是跟那些子怀旧的人，有考据癖的人，兴趣广泛的人，喜欢打破砂锅问到底的人，热爱中国传统文化的人，有事没事都要到潘家园和琉璃厂逛一逛的人，人说是游手好闲其实是手在游而心不闲的人——跟他们的精神生活联系在一起。

　　改称聂老夫子，最初并不是我，而是他同饮一江湘水的乡党，同样能写会画的何立伟，人称伟哥，做了长沙市的文联主席，手下又唤何大官人。何大官人状聂老夫子的勤劳、智慧与惊世的才华，不屑用比兴的手法，却只讲他年轻时的一个事迹，闻者无不咧嘴。说是二十世纪八十年代，有两个人在橘子洲头打赌，一个说，中国的文学刊物上每月都有聂老夫子——那时候还是聂小伙子——的名字，另一个不相信，说实践是检验真理的唯一标准，二人便搬来一堆杂志进行检验，结果发现有一个月，那堆印刷品里终于没有了他的名字，后者正要取胜，前者指着下期的预告说，这不是聂鑫森这是哪个？

　　这是一位贯穿中国新时期文学的湘军老将，只有他举着一柄永不卷口的宝刀，呷辣椒，嚼槟榔，死守湘土，贫贱不移。做了湖南省作家协会的副主席，也不到省府长沙报到，却在湘潭与株洲之间来回地徜徉，交了一个个江湖的艺人，淘得一桩桩尘封的往事，然后躲进无暇居里，一手抚着紫砂壶，一手以炉火纯青之笔，做出一篇篇稀奇古怪的文章，让天下人来共赏。

　　读书是人生的一大快事，这个快并不是要读得快。享用好的东西必得慢条斯理，悉心领会，譬如美食、美色、美音、美景，又特别是美文，只有方便面和感冒胶囊的说明书上，才教给客户速战速决。聂老夫子的笔下，自然都是绝美的文字，用语清丽而雅趣，状物别致且从容。它令人想起在肥猪全羊的邻桌，另还有几碟子熊掌、蟹黄、鱼脸、凤爪，与油汪汪的大肉们扯开了距离，三几好友，对座小酌，行毕了酒令才轻轻举箸，耐烦地捕捉，细腻地品咂，关键时半闭上一对眼睛，体会那妙不可言的滋味。能够读入这样的境界，这书才算是没有枉读。

　　然而，这样的好书却不能复习了去高考，所谓玉颜金屋，粟米车马，书中一概是没有的，这就又达不到古人好心的担保。不过再然而，假若是一个读

55

过这类书话的年轻人，约了漂亮的女孩子去听戏，除了一个劲儿地把饮料往嘴巴里灌外，还会说出生旦净末丑以及他们的唱腔韵白，伊将成为他的堂客的可能性，就会翻上几个跟头。凭着所学的博识再去应聘，胜出聘友的概率也会更高一些，往后想过食有鱼，出有车的小康日子，就不用弹铗而歌了。还往好里头说，万一能在文化、艺术、建筑、博物之类的馆舍谋上一个官职，读了这五本书后，讲起话来不失其格，做起事来略懂常识，未来的发展道路，必定不是很狭窄的。

聂老夫子之子，名叫聂耶，比他三只耳朵的博古老爹又多了两只耳朵，被我叫作五耳公子，今夏虽然以头名考中武职，却仍要继承文的衣钵，目前的佳作已经满天飞，能够为野莽叔叔写评论了。文武双全，端的是风云三尺剑，花鸟一床书，个中成才的道理，自然与其父不无渊源，家风熏染，根正苗直，小时候才会没有泡网吧打游戏机的雄心壮志。要说读书有用，这至少不能算是无用的吧。

说到三尺剑，有一次聂老夫子果然背了一把青锋宝剑，远渡湘水，来到京城，受西子湖畔一位朋友之托，转交于我。与会代表分中央与地方，隔区住在两家饭店，我却为了听他面授葵花宝典，当夜违规与其同居一室，不料在宾馆服务生送来的京报上，他的贺会丹青被我看个正着。聚而复散，谈兴未已，别后不过十数日，又收到从南方飞来的《紫萝燕子图》，诗画书印，堪称四绝！忽然屈了手指在暗中数着，当代活着的中国作家里，似这样博艺多才的人，已经是凤之毛，麟之角了！

所以便成了稀物，所以要挑灯夜读，所以，我写了以上的几句话，是谓发乎真情。

2006 年 1 月 12 日写于北京听风楼

三绝诗书画

——中国当代才子书（四卷）总序

　　十多年前，中国文坛在王蒙的倡导下，掀起了一股作家"学者化"热，这场在某种意义上类似扫盲的运动，导致中国作家队伍及其创作，出现了两件新事，一件是以武汉大学为滥觞，国内各名牌大学纷纷举办作家插班生班，破例招收出生于二十世纪五十年代前后非正常结束了自己中初级学习生涯的作家，入校补习系统的文史理论知识。继而又有了作家研究生班，并且还曾计划创办更为高深的造就更大学者的学府。虽然，有为数不少在学者化前才华横溢、大结硕果的作家，学者化后反而进入了痛苦的歇年期，甚至不再是作家，但是更多的作家则的确是走进了新的妙境。另一件却是伴着这声散发着扑鼻书香和哲思气息的口号，文坛上打出了各种主义的旗帜，把投靠麾下的作品涂抹出炫目的色彩，以此区别于非学者化。文学作品写得满篇奥词，存心不让人读懂，是对学者化的误解，与之相反，中国作家从古至今，一直存在着另外的一支队伍，他们饱读诗书，博研群艺，使文学与艺术融会贯通，互为影响，风格迥异，意境各新。古代文人墨客如多才多艺的徐文长、唐伯虎、郑板桥、曹雪芹者，诗文书画，无所不工。二十世纪三十年代的文坛，如鲁迅对版画的热爱，郭沫若对书法的精研，已成为现代作家才子乃至文化巨人的另一风景。

此风延及当代，文坛上亦保留着这样一些有着民族特色的才子作家，他们的作品或许远离了社会的功利，或许任何时候都没有成为主旋律，或许一直以超然的风度保持着艺术的真气，因而他们如画的诗和如诗的画，如诗如画的小说和散文，竟能得到读者由衷的喜爱。受中国古典小说评论家的启发，我们尝试着称这种类型的作家为才子作家，亦尝试着选编一套符合这类条件的才子书。

才子，《辞海》上解释曰："古称才德兼备的人。"《左传·文公十八年》："昔高阳氏有才子八人……齐圣广渊，明允笃诚，天下之民，谓之八恺。"《新唐书·元稹传》："稹尤长于诗，与居易名相埒……宫中呼为元才子。"由此看来，自先秦至中唐，才子的标准纵然随着时尚而降，但仍然是比较苛刻的，继李、杜之后，偌大中唐，诗人如麻，唯元稹才有资格被宫中呼为才子，加上与其"相埒"的写新乐府的白乐天，充其量也仅两位，比起今天成千上万连三流作品也写不出来的一级作家，挣不来稿费只好去争终身津贴的人来，此二字受之实在不易。

据说是青年赋诗，中年写小说，老年作散文，此话或许自有其一定的道理，至少活跃在当今的小说家几乎都曾走过一段"啊啊"的青春之路，而想象力一旦枯弱，便以散淡的往事回忆来维持创作。然而一支笔同时从事着各种文体，并且都能写出名篇的作家，却不能算是普遍了。倘若是在诗文风流的前提下，还有一笔荡气回肠的书法，进而还有一手呼风唤雨的丹青，那就更有意思了。钢笔文化对新社会的覆盖，已将文房四宝从文体专柜挤向工艺商店，高科技的时代，电脑又索性换下了作家手中的笔。这时候，手握笔管狼毫写字作画的情景恍然已成遥远的古趣，读者从著名作家在其出版物扉页的亲笔签字上终于看出，机器正在替代着艺术。

然而，有着古代文士之风的才子型的当代作家又的确还存在着，并偶尔还会鼓舞着编辑家、出版家们产生一些新奇而有意义的想法。本丛书的选编者不敢欺世盗名，指鹿为马，故对于本套丛书的编选标准定有两个四项基本原则，一个是品种上的诗、文、书、画，一个是品格上的高、雅、清、奇。而对于入选作家，得一位便大喜不禁，悉数网罗，分辑而编。今率先入选首辑的才子作家，有北京的汪曾祺，天津的各样笔墨，读者不妨站在各自一角，品味赏析，评头论足，如冯骥才究竟是作家还是画家，抑或文化通才？忆明珠究竟是书法家还是诗人，抑或丹青妙手？大隐于市的汪曾祺除了诗、文、书、画、戏剧、文论，对民俗、音律、美食的研究如何？而喜交僧道的贾平凹又是怎样一个见无不痴，痴无不为的稀世鬼才？

有一种现象似成规律，四栖作家的文章无不好看，他们文思飘逸，词采飞扬，奇语妙句，字字珠玑，读来如饮醇醪，如品香茶。这是作家的创作已达自由之境的无意表达。他们提笔开篇，心无杂念，融诗入画，融画入文，心底搅动的是汪洋真情，笔下流出的是自然文字。这是那些以媚上而投机，以媚俗而取巧，因题材的中标而一夜辉煌，把文学作为政治的敲门砖的作家，怎么也不能达到的一种境界。

有几篇文章见报并也爱画几笔画的文人，各地时有所闻，有的则由功力、意趣、情操以及气质所限，同是画猫，却画猫成犬，皮癞目诡；同是画荷，却因胸含污泥，偏难画出那份不染的清奇。受文如其人，画如其人的警示，鉴于文坛讼事日多，不便亦不敢列为同类，《左传》对才子所要求的"齐圣广渊，明允笃诚"，即使宽大许多，最起码的一点也是得坚持的。

感谢入选作家的欣然支持，汪曾祺先生最先得知这个计划，老前辈以谦逊之态，幽默之言，自谓只能算是半个才子，且踊跃举荐后辈作家中可以四栖的年轻人。冯骥才从台湾回津的当夜给我打来电话，言大陆出版的思路已可喜地走在了仅以诗画相配的台湾之前。忆明珠先生年事虽高，但自拍自印的各类艺术照片却能如期寄我。贾平凹于受命南方任职偶回西安之隙，即将他的书画作品重托于他家乡的作家好友。

感谢受托为本丛书写传的作家，如散文家孙见喜，诗评家唐晓渡，年轻的小说家苏北等，放下案头正忙的文事，以充沛的激情，优美的文笔，为本丛书锦上添花。长江文艺出版社年轻的社长周百义先生，独具匠心和胆略，慷慨接受了这一出版选题。事实上他的工作已远远地超出了仅仅接受出版的范围。他带人北上京津，西去长安，鞍马劳顿，风尘仆仆，与作家面晤亲谈；常常是深夜里突然一个跨区电话打来，催促本丛书的进程，和选编者一道讨论本丛书的每一个细节。他是一位出色的组织者，实干家。忙碌在出版战线的同仁都会明白，任何一个即便再优秀的出版选题，倘若命运不济，没有遇上一个同样优秀的出版家，它的结局只能是被扼杀于襁褓之中。

如果确有存在道理的话，这套丛书或许将继续编下去。希望有更多的才子化作家不断入选，在编者的目力不到的地方，也欢迎毛遂式的自荐和徐庶式的举贤。最后，伴着牛年春天的到来，希望读者朋友们能接受这份像牛一样耕耘在文坛的作家、编辑家、出版家们奉献的牛年新礼。

1997 年 2 月 15 日写于北京听风楼

评点本的由来
——贾平凹长篇小说评点本（四卷）总序

1998 年秋天在西安古城，与贾平凹和他的文友们相聚几日，感慨颇多。自古文人相轻，贾平凹他们却是相亲，大家去一处吃饭，其中一人环顾左右，发现少了一个，便掏出手机嘟嘟地拨号，通了就说，你咋不来？说罢关机。果然眨眼工夫，那人就风尘仆仆地来了。

呼的人多半是穆涛，被呼的多半是孙见喜。还有一个方英文，和贾平凹一起凑成四个，吃饭一桌，打牌也一桌，创作是不谈的，与文学崇拜者们的设想简直大相径庭。见面却都攻击贾平凹的新作，你那里头的那个人，不是去年一起喝酒的 ××× 和 ××× 合成的吗？贾平凹说，你咋知道？穆涛、孙见喜、方英文说，我们咋不知道？看把人家作践的！四人便大笑，贾平凹默着，想那人是怎么进小说的。

毫无疑问，幸运的贾平凹在中国拥有很多的读者群，从中央领导到地方百姓，从女大学生到男打工仔，北京人爱看贾平凹的新作，陕西人则爱讲贾平凹的闲话。我住在西安的城市饭店，晚上出去逛街，进一面馆，老板娘是一老一少，似是婆媳，墙上挂着当地名人所赠的字画，字画下有各样面食的品牌和定价，其中有一样潲子面，我便问，贾平凹写的王观我喜欢吃哨子面，是不是

60

这个？少的老板娘说，平娃子写错了，面里要是有哨子，吃起来不是呜呜地响吗？又问，应该是臊吧，如果是潲，那不是喂猪的？老的老板娘说，你吃一碗，看是不是喂猪的？少的老板娘应声就端上一碗，看我边吃，她边诉说贾平凹离婚的事，说得气愤愤的。

翌日，我给贾平凹打传呼，寻呼小姐说，先生请留言。我就留言：请贾平凹回话。小姐忽然锐叫一声，呼贾平凹？又惊又愣还有点吓，好像西安谁都能呼，唯有此人是不能呼的。我说，要他速回话。小姐只好乖乖地给我呼了。这类趣事，于我是一个偶然，于贾平凹身边的文友们，则是朝朝暮暮。每从贾平凹的新作中读到一个故事，一个人物，相聚时必能找到出处，大家快活一通，平凹默坐着，一一认账。

贾平凹的研究者虽不如普通的读者那么多，却是专家学者，博士教授者流，甚至还有外国的汉学家，以一当百，一言九鼎，论述贾平凹的文章从主义，从流派，从情结，从意蕴入手，最后得出它的复杂、精深、玄奥和神秘。想起从贾平凹文友们嘴里出来的好听的掌故，于是在西安的时候，我有了一个即兴的构想，让贾平凹的文友们用知根知底的凭据和有别于人的见地，各自点评一番他的小说，以聪明、灵秀、妙趣、凝练的文字。在贾氏的小说林中，充任一次义务的导游，这里有什么，这里又有什么，此人从何处来，此事又在何地发生。步入一片神奇的山地的人，当务之急是要找到一个当地居民，这样才会有不犯迷糊的保证。

下次再聚，我把此想告知依然在座的诸位，席间除贾平凹本人面带几分娇娘似的羞涩外，孙见喜啊，穆涛啊，方英文啊，还有把贾氏的《废都》介绍到法国并促其获得女评委奖的吕华啊，以及中央电视台专程去拍摄大西北的童宁啊，大家都表示了衷心拥护。一件新鲜事情的开头，就这样产生在西安城中一家秋风入窗的小酒店里。

说是新鲜，却是古老，因为天才的张竹坡、金圣叹、李卓吾、毛宗岗父子以及冯梦龙们早在明清时代就已经这样做过了，而且创下一门学派，留下千古妙语，珠玑灿烂，魅力四射，以至文坛出现了无书不评的蔚然奇观。

不过后来，此风渐绝，二十世纪的新文学，在借鉴西方的创作的同时，也借鉴了西方的评论，文章书籍刊印出来，要评就是鸿篇大论，洋洋万言，独立发表在报刊上，与中国古之特有的，只言片语的，发表在书眉页侧的点评模式大异。时有读过古书的文士，偶见奇书，喜不自禁，也曾仿效旧例，点而评

61

之，却是孤芳自赏，至多供友人饭后传阅，酒间谈论，仅仅是一种个人主义的小行为，将时光倒流到以手传抄的年代，并没有引起出版家们的注目和支持。

智者说，读奇书是人生的一大享受。智者又说，读妙评是人生的一大快事。奇书能引人入胜，妙评则是借票入门。"借彼舌根，通人慧性；假彼手腕，开人心胸。"这是袁宏道对于点评的点评。既然有这诸多的好处，点评这种令读书人愉快的形式何以断送在了今代，这是一个有待考证的问题。不过那并不是我们的事情，我们的事情是如何将金圣叹们早已尝试过的文法，今天再来尝试一遍。

经过选择和自愿，参加第一批贾书点评的人中除了两位著名的美文家，孙见喜和穆涛，还有两位著名的学者，肖云儒和费秉勋，他们都是贾平凹最好的朋友，眼看着贾平凹一步一步从丹凤走到西安，又从西安走向世界的知情人。对照最初的策划，可惜少了一个出口成趣、妙笔生花的方英文，此人一定是不慎陷入了一项无法脱身的事。四位点评者以一流文采，四样风格，分别在四部长篇的右侧，胸有成竹地道出了一般读者此前绝难知晓的秘密。

曾经读过贾平凹原作的读者朋友，请打开本书，沿着他们文字的指引，你会走进一个新的妙境。

2000 年 3 月 20 日写于北京百万庄

小说的绝技

——《绝活》（三卷）总序

　　这套书的作者对自己小说的要求是双重的，即努力尝试用个性化、美文化、乐感化的语言文字，描写出典型性、特殊性、传奇性的人物故事。通过这套文库的各卷书名，读者可以看出作者对各自小说中的无论是故事还是语言，共同追求的是一个绝字，他们索性向读者坦言了小说中的众多人物所涉及的百般行当和技艺。譬如琴棋书画，壶石泥玉，衣鞋扇球，拳掌炮鞭，医相扎剃，偷混赌赖，吃喝玩乐，吹唱猎斗，无不因了一种非凡的手段而创下一样非常的结局，令小说家不得不写，也令读者不能不读，边写边读边惊叹人间竟有这等奇人奇事。同是写拳，可从几篇写拳的小说中看出几种举世无双的拳路；同是写画，又可从几篇写画的小说中看出几样旷古未有的画风；再看那老神相如何在大庭广众之中预卜大总统的前程凶吉，小神偷如何在光天化日之下盗去大朝廷的稀世国宝，一个牌子做就的神鞭如何面对洋枪，一把纸竹扎成的神扇为何要配玉坠。

　　小说家们或以器写艺，或以艺写人，或以人写事，以笔下器、艺、人、事为道具，写风情，写民俗，写社会，写世态，写伦理，写是非，写人性，写艺格，写悟道，写禅理，写哲学，写天机，或含沙射影，指桑骂槐，或曲径通幽，假途灭虢。小说家们利用笔下人物，竞相宣扬自己的美学主张，冯骥才偏重的是写技艺与效应之绝；林希偏重的是写市井与世相之绝；汪曾祺偏重的是写人品与操行之绝；邓友梅偏重的是写民俗与文化之绝；阿城偏重的是写道学与人格之绝；聂鑫森偏重的是写仇事与禅理之绝；韩少功偏重的是写人性与乡风之绝；而王蒙偏重的则是写社会与问题之绝，荒诞与现实之绝。被收入书的有很多篇是一个题材多种写法，如写画，写拳，写泥石玉器古董玩物，均各在三篇之上，其中最为典型的是同样写棋，竟有十位小说家的十篇小说，我们可以从中管窥出执笔者的十种文学风格，十种人生态度。

阿城以棋写道，写阴阳，写无为而无不为；韩少功则用滑稽、夸张以至荒诞的手法，写人世间一言难尽的生活法规，处世原则；徐晓鹤却以传奇的笔法，写世人对于棋道的信念和追求；聂鑫森以棋战而写人战，以棋理而写禅理；姜贻斌是一位唯棋主义者，棋人超乎于任何功利之外，而只求一张字条为证；孙方友以棋写心机；谈歌以棋写忠义勇烈；贾平凹的棋坛高手则对官充满了恐惧；王蒙以棋写国民，以棋乡写社会，将棋道的险恶和棋人的身世推入了历史的渊薮。

在阿城的《棋王》中，王一生的书包里装着家传的无字棋，他同时与九人下盲棋，九局连环，车轮大战，八人都先后甘拜了下风之后，最终剩下一位夺了本届地区冠军的世家后人。

王一生孤身一人坐在大屋子中央，瞪眼看着我们，双手支在膝上，铁铸一个细树桩，似无所见，似无所闻。高高的一盏电灯，暗暗地照在他脸上，眼睛深陷进去，黑黑的似俯视大千世界，茫茫宇宙。那生命像聚在一头乱发中，久久不散，又慢慢弥漫开来，灼得人脸热。众人都呆了，都不说话。外面传了半天，眼前却是个瘦小黑魂，静静地坐着，众人都不禁吸了一口凉气。

半晌，老者咳嗽一下，底气很足，十分洪亮，在屋里荡来荡去。王一生忽然目光短了，发觉了众人，轻轻地挣了一下，却不动了。老者推开搀的人，向前迈了几步，立定，双手合在腹前摩挲了一下，朗声叫道："后生，老朽身有不便，不能亲赴沙场。命人传棋，实出无奈。你小小年纪，就有这般棋道，我看了，汇道禅于一炉，神机妙算，先声有势，后发制人，遣龙治水，气贯阴阳，古今儒将，不过如此。老朽有幸与你接手，感触不少，中华棋道，毕竟不颓，愿与你做个忘年之交。老朽这盘棋下到这里，权做赏玩，不知你可愿意平手言和，给老朽一点面子？"

王一生再挣了一下，仍起不来。我和脚卵急忙过去，托住他的腋下，提他起来。他的腿仍然是坐着的样子，直不了，半空悬着。我感到手里好像只有几斤的分量，就暗示脚卵把王一生放下，用手去揉他的双腿。大家都拥过来，老者摇头叹息着。脚卵用大手在王一生身上、脸上、脖子上缓缓地用力揉，半晌，王一生的身子软下来，靠在我们手上，喉咙嘶嘶地响着，慢慢把嘴张开，又合上，再张开，"啊啊"着，很久，才呜呜地说："和了吧。"

韩少功的《棋霸》写的是偏远山村一群无知且自负的乡民，令人于哭笑不得之中，联想多多。

棋子叭叭就位，战云浓密，杀机四伏。然李某不待马头卒挺出，径直策出屏风马，活活踩杀对手的巡河车，令满座愕然。知青笑得五官皆乱，说哪有这等走法，你的拐脚马坐了直升机不成？李某眨眼不解，问何为拐脚马，远近四乡从无这一古怪规矩。于是众人捧腹喷饭更甚，有观者险些翻下桌来。

越数月，李某摸熟棋规，又零星听得橘谱梅谱诸多高雅棋法，弈技日有长进，连知青高手也莫能匹敌。每局下来，座围赞誉之声鹊起，李某搔肘搔耳，脸微红而喜不自禁。

知青陆续招工回城而去，场里棋坛仅留李某茕茕孑立，清冷难堪。李某夹其棋盒回乡访旧时棋友，寻些乐趣。不料旧友一概照行拐脚马不误，且哄笑李氏新规着实荒唐，可笑可笑。李某百般辩说，老幼无一信服，摇头嘻嘻。加上一时不适旧法，竟连败数局，李某遂耳根赤热闷闷不乐而去。

李某自恃清高，从此戒棋……

《残局》是他一位名叫徐晓鹤的老乡以类似传奇故事的笔法，写了一位在桥底下摆残局的神秘老汉对于棋道的信念和追求。

65

老汉的名气，忽然大起来了。不光是桥底下，就是桥那边茶馆里，也有人将他和里根总统一起来讨论。那位默默来去的棋手，说成是得过全国冠军的大师，好几次出国访问没有对手，却在桥底下，被那老汉砍翻了。说到此处，便要很响地喝一口茶。再数到小城有几个罕世之处，一是河西岸嘉庆年间购的砖塔，二是北坡那几亩地里种的苋菜，三是桥底下的摆棋老汉。这小城原本是太应该在世间占些地位的。

"……这多年，我一直等高手来破这局……"

"要是有人破了，你输他么子？"

"要是有人破了，"老汉一指坐在身下的铁盒，"这个盒子归他。"

……

忽听老汉大嚷："好，好，你赢了你赢了！到底，破了这残局！"仰天作笑。

第二天上午，那后生急匆匆赶来桥底下，却不见老汉和他的摊子。

"这盒子，我要还给他。一盘棋，受不得这么贵重的东西！"

"湘军"中另一位以写文化小说著称的代表作家聂鑫森在《棋殇》中这样写着：

棋子的声音清脆悦耳，每下一子，灯光也似乎跳动一下。

板川说："我的优势不可遏制，老先生可奈我何？"汪泽洋淡淡地说："未必，你虽入腹地，岂不知危机四伏？"

当走到最后几手的单官时，汪泽洋在短时间内把双方的地盘计算了一下，确定黑子比白子多三目，这种神速点目的功夫无人能及。他很得意今日的棋势，下得如此的恰到好处，让板川误以为是势均力敌。同时，他故意留下一些破绽，比如左上角的黑棋尚未活净，似乎非常危险，装着无可奈何地匆匆出一手，忍痛让白子占利二目，板川见汪泽洋下出这着臭棋，不由心花怒放，连呼吸也急促起来，周身血液奔涌呼啸，他忍不住高声喊道："汪先生，这回你输了！"

汪泽洋仰天一笑，不作声。

当最后一手下完，汪泽洋说："板川先生，你输了，只输了一目！"

这时，太阳升起老高了，这局棋下了八个小时，远远地超出了部队出发的时间，但没有谁敢提醒板川。

毕生之好只是与人下棋，若是赢了，无须付金，只要输家留下姓名，打张欠条，作为自己生命曾经有过辉煌的见证，这位超乎任何功利之外，因行为诡秘而引起特务慊疑的唯棋主义者，出现在"湘军"年轻一代作家姜贻斌的《棋痴》中：

搜半天，硬是没搜出什么来。张干部不死心，尖起眼睛，细细地扫四周的土砖墙。扫着，扫着，眼睛便盯住靠铺的墙边不动了。他发疯一样地扑过去，将一块松动的土砖起出来，就突然惊叫一声，哦呀！

跟来的两个人也实在惊住了，也哦呀。

墙里面藏了一个黑色的木盒子。取出一看，还上了一把锁。

张干部嘿嘿地笑起来，说，老狐狸，想逃出我的手掌心么？嘿！想哄我么？

举起就往地上死劲一砸，木盒子烂了，里面竟是拍满拍满的纸条子。一扎一扎，厚薄一样，用线挑好的，整整齐齐。

一看，大惊。又一看，再大惊。

如：

欠条

来佛凹牛满生于民国三十一年八月十一日上午，在汤德生家中，连败三盘于汤德生之手。是实。

欠棋人牛满生

又如：

欠条

同村汤伯生于一九六七年农历五月初八下午，在老椿树下，败一盘于汤德生之手。是实。

欠棋人汤伯生

……

张干部气得骂了一句，这个猪弄的！又狠起一脚，那一些条子于是便散乱得不成样子了。

下棋本是作为一种展示人类智慧的技艺，产生于历史的文明，进化于平等的竞争。然而在这组荒谬怪诞、貌似戏说的笔记小说里，狭隘和虚伪再一次显露出了人类的劣根，那种在六岁棋童面前以卑鄙捍卫尊严的行为，棋弈的发明者九泉有知，不知哭耶笑耶，请看冠军：

> 主任执红，让宝娃黑棋先走。宝娃不会客气，飞相攻卒，跳马出车。主任叫声厉害，左挡右拦，防不胜防，仅几个回合，老将即被将死，首盘认输。摆棋再下，换为执红先走，不料又输给宝娃。如此连摆九局，愈输愈惨。主任冷汗上来，面色时青时红，眼里闪出凶光。查家三代吓得大气不出，脸白如纸。有根暗中以手狠捏宝娃脖颈，要他让步，宝娃身心全在棋中，浑然不觉。看看一局又欲逼宫擒帅，主任趁其不备，突然倾身作观局状，右手移棋，左手同时将一黑车操在手中，大叫一声：
>
> "你将个狗鸡巴！你用啥来将？"
>
> 宝娃一看，一车没了，果然不能将军，不禁愣住，两眼满盘寻觅，却无论如何也寻不见。双手将头狠抓，焦急万分，痛苦不堪，阵脚早已大乱。主任趁此反攻，挂角卧槽，兜底逼宫，叭叭连声，将黑棋杀得大败。直身起来，拍拍宝娃脑袋，出一手稀汗，环顾左右人，哈哈大笑道：
>
> "好些年来没有对手，今天这娃娃还行。稍一让步就被他赢了，必须认真对付才能取胜。总的来看，是有培养前途的。过几天派人接到体委去，由我亲自训练一段吧！"
>
> 说罢，扣衣起身，那件白绸褂儿已汗得湿透，如从河中捞起。出门上路，直觉头昏，打一个好大跟跄。

贾平凹以文思的离经叛道，笔法的奇异诡谲而驰名文坛，在《下棋》中他写一个连镇上棋孩都让出一车的干事，一日当了书记后再向棋圣"山中老怪"挑战，竟出现了这样的一幅人生世相：

> ……一案石刻棋盘就设在那里，仍摆着一盘残棋。他看了看，看不甚明白，心里先自怯了。想在以前，这院子他是不敢进的，只是路过，远远地瞥那么一眼……正徘徊不能自已，上屋就走出那位老头。老头显得更老了，眉毛胡子全是银白，笑得却很清亮，拱拱手，

拉他坐下，说：

"怎么让书记走动？你要下棋，叫我去就是了么！"

老头递过香烟，又弯腰擦着了火柴，二流棋手早就摆好了棋，两人分坐，两军对垒，便调兵遣将起来了。

二流棋手却未观战，兀自去井上打水来，拿了煤油炉在一处燃火煮茶。那火很旺，茶也飘香，不大一会儿，茶壶嗞儿嗞儿作响，二流棋手正待加火，只听"砰"的一声，老怪大叫了：

"逼死我了！"

二流棋手进去一看，书记的双马连环直下，使老怪的帅儿出之不可，欲进不能。老怪站起身来，说："厉害，厉害，守若金汤之势，攻如破竹之力，真是大家手脚啊！"

这一赢，他的名声大震，整个山镇都知晓了。从此，他可以抬头挺胸地去各处棋摊了，每到一地，人们总是让他来下，每次又都是他赢。他越发对棋着迷了，一有空闲，就摸棋盘，甚至每次开会，会前总要代表们和他较量。而且就在这年夏天，他又组织了全镇象棋比赛，竟取得了冠军称号。

因写小说当过右派又因写小说当过部长的王蒙，却永远以其文学政治的非常姿态，居高临下。他的《棋乡轶闻》，写了飞象省双车县百十年来的棋门赵氏今日第四代传人的命运：

一面下棋一面立下了规矩。老局长境界很高，一再说："我们下棋一不赌钱二不争名次，三不做记录四不宣传报道，不争一日之短长，无所谓胜负之分野，更不要往心里去，胜败乃兵家之常事，输赢是棋艺之末节，不足挂齿，不足一提！但是我们还是要切磋一点棋艺棋道斗争哲学，长点知识学问，提高一点知性悟性，寻找一点真知灼思，体会一点为棋为人的道理。所以古人说，世事洞明皆棋艺，攻防练达即文章！另外，我们也搞一点小滑头，我们也是返老还童，不失赤子之心，平和而又略有刺激，刺激而又不失平和——我们喝凉水！就是说，下一盘，谁输了谁就喝一碗凉水。不知尊意如何呢？"

赵聚旗唯唯。但心中仍有警惕，不能动真的，下棋不是好事，不能来真的。我家三代人因下棋而遭祸，我早已痛下决心永不摸棋，此次破戒不无危险。一对一地下，你赢我就只有输，我赢你就绝对赢不了，他在此种状况之下自然又无法推辞，便只应付一下而已，只要输，不要赢，要赢并非易事，要输还会为难吗？赢不了还输不了吗？忖度已毕，他便摆出一副屎棋的样儿来。

"三十多年没有下过棋了。"他长叹一声，解释道，"最近电视台的小品怎么都那么没意思？南竹竿胡同的自由市场茄子比国营商店的还便宜。最近新出一种健老洋参精，吃了以后白头发都能重新变黑，您没服用一下试试？"赵聚旗一面下着棋一面扯着闲篇，以示潇洒。

几下，他推盘认输。

关于棋弈的故事，在曹雪芹的《红楼梦》，李汝珍的《镜花缘》，奥地利斯蒂芬·茨威格的《象棋的故事》，中国台湾张系国的《棋王》等极负盛名的小说中，早都有过精彩的描写，因为时代、国度或地区、篇幅等的限制，更因为我们的这套书并非世界棋文化大全，我们不好也不可能一网尽收。这是憾事，也是自然之事。

十多年前，文坛举行过一次同题小说的创作活动，小说命题为《临街的窗》，交卷者有王蒙、陆文夫、高晓声等一干宿将，应该说这样的活动曾经一新过国人的耳目，但因题旨的无限宽泛，写者的纵情灵活，往往以窗为名，偷身作别，致使同题小说没有达到期望的精彩。此后天津的《小说家》杂志社又举行了两次小说擂台赛，形势似乎大好，出了几个状元，然而擂台上的打法依然未立门规，譬如有的骑马，有的步战，有的使枪棒，有的使拳脚，有的是正宗世家之传，有的是左道旁门之术，说是竞技可以，说是打擂却是不怎么确切的，好在毕竟起到了一个抛砖引玉的作用，为文坛启发了一些想象。

我们的这一套书，便应该说是在前两者的尝试之后做了些微调改，如为竞技选择了校场，限定了器具，基本是在相同以及相似的题材之上，看他们如何地拿出看家本领，施展法术，卖弄手段，放开招数，亮出绝活，写棋便写棋，写画便写画，虽也有各自写单项者，却比谁能写得更绝。因此基于这种事实，本套书的总发行人高维民先生在推广说明中，声称当代中国文坛的小说高手同台打擂，精彩绝伦，史无前例，此言不谬。

天津卫地处海港码头，当年的八国联军进攻清廷从此登陆，以后洋场租界，汇集了九流三教人物，文能骂朝，武能抗敌，闲嘴能骗吃，无赖能混世，高尚者为了英雄侠义，畏葸者为了蚁命苟活，便出现了各类行业的奇才高手，他们身怀绝技，偷天换日，在中国的近代史上留下的无数令人瞠目结舌的传奇故事，有许多确是他们的真实写照。长期生活在天津的作家，如书画双绝，有中国才子之称的冯骥才和诗文皆工、扛津味小说之鼎的林希，对于他们来说，耳濡目染的传说，俯拾即得的素材，使之形成于自然的小说美学新奇而又特殊，有异于同辈小说家中的任何一家，为中国当代文坛创立了独树一帜的，跨严肃与通俗，融历史与文化于一体的绝活小说的一族。在本套由多位小说家作品构成的书中，他们两位以占全书三分之一的首卷容量，理所当然地做了先锋和主将。收入本书的他们的绝活小说代表作，如冯骥才的《神鞭》《炮打双灯》，因其独特的魅力而走进影视，又因其影视的传播而愈具魅力；又如林希的《高买》《相士无非子》，亦早已成为严肃文学和通俗文学两界读者过目不忘、众口传诵的名篇。

在北京方面，这类小说的代表作家则应推当代难得的学究型老作家，对港台文化界自称文体派的汪曾祺和对北京文化情有独钟的邓友梅。汪老先生的《陈小手》本是一夜写成，清清淡淡仅千余字，却已在海内外文坛谈笑了十年；邓友梅的《烟壶》同样只要一遍读过，必然印象不灭。此外，还有自号神州豪士的画家王为政及其夫人霍达，一个写出了以中国画为题材的名篇《听画》，一个写出了以中国玉为题材的妙品《玉王》，画里墨香四溢，玉中珠光暗射，堪称文坛夫妻双佼。

世间所有技艺无一不是历史文明的产物，没有历史与文明就没有绝活，因此愈是在历史的展览馆和文明的集中营里愈是绝活丛生。开封古称东京，西安古称长安，均为前朝都府。河南作家阎连科曾经以开封风情写过一个系列，赋名为东京九流人物记，在这套书中我们选择了其中两篇，即《斗鸡》和《横活》。陕西鬼才贾平凹曾经以长安为故事的中心，写过一中一长两部名字都叫《废都》的小说，鉴于这套书的宗旨我们没有收入，其实更为丰富多彩奇异绝妙的长安文化还在他的散文作品中，选进这套书里的《大白山记》三篇虽有绝处，但并非长安文化之绝。我们希望除了京津二地，全国有更多的小说家用小说来展现当地文化的绝活。

71

1996 年 2 月 25 日写于北京听风楼

故事的绝妙

——《绝事》（三卷）总序

自从打开窗户看见了域外的新小说，国人中积极主张并踊跃实验小说不写故事者日见其众，大家或将完整故事一拳打碎，重新组合，如将原本的火腿肉剁为肉泥之后，再灌成春都牌双汇牌的火腿肠，或将现实故事储于男女主人公的记忆中，使之因时因地绰约闪现，扑朔迷离，以此享受玩耍故事的魔方和隐身术的新奇之感。

但是却有更多的小说家尝到了故事的甜头，他们无暇好奇，自然行文，把一个个发生在人世间的故事略作渲染，或从头至尾，或重在腰身，声情并茂地说给读者，令其长吁短叹，大笑狂哭。悲者，人世间本来故事使之；喜者，亦人世间本来故事使之。这种作风，无意中竟成了小老实中的大聪明。

出于民族文化的习惯性心理，后一类的创作在国内似乎更受民众的欢呼拥戴，而且专家学者乃至作家同行亦时有赞誉。我们未曾想过要在文学发展的过程之中论其两类创作的优劣愚智是非成败，因为这是多少年后盖棺才能定论的事情，我们目前的任务只是把后一类的创作精品荟萃于一套书中，让欣赏者们阅读起来，收藏家们保存起来，批评家们论说起来，民俗家们研究起来，少却一些无谓的麻烦而增添一些应有的方便。

小说这种说给大众的文学形式从古代走到今天，面临现代生活节奏的排斥和电视电子读物的威胁，突然感到了存在的艰难，迟早灭种的阴影时而在理性的小说家的身后鬼魂般地游走，眼前有一条出路是，为日益霸道的电影电视提供文本，那就只要重视情节故事，再无须追求语言特色，因为最终显示为图像的唯有前者；而另一条出路恰恰是要把叙述艺术推向新的境界，以它的个性化、美文化、乐感化，证实其影视艺术的不可替代性，为读者创造书面阅读的美感。这是一种苛刻的要求。

目前的小说界百花盛开，仅就技术而言，大类则为以上两种，它们各有自己的批评家和读者群，井河不犯，却都滋润。本书所收的几十篇小说均属后种无疑。

再也想不出能与书中故事相匹配的绝妙之语，且此书赶排日急，无心空谈，草草收束，是为长书短序。

1998 年 2 月 24 日写于北京听风楼

生命的绝音

——《绝唱》（三卷）总序

　　距离二十一世纪尚剩最后五年的今天，中国新时期的高雅文学似乎是一道最后的圣餐，它以其充满悲壮色彩的鲜美和丰盛，沐浴着世纪末的夕阳被端进为商品所围困的文化竹园。这时候，与时代同步的名篇佳作纷纷被编入文学选本，披戴着竞相媲美的华丽包装，变换出层出不穷的名堂花样，冠以或精品大系或系列丛书，或各类中国式的流派和主义的头衔，走进在精彩的世界中绕完一圈又重新回归的、高雅文学的阅读者和收藏家们的视野。恍如一夜春来，它们奇迹般突破了风靡一时的武侠、侦破、艳情、传奇等成人童话和媚俗故事的重围，以一种久违的儒雅风度再领风骚。

　　但是阅尽不计其数的各种选本之后，我们不禁生出一丝遗憾之情，目光四射的编辑出版家们高举照耀的火炬，不厌其烦地为当今文坛的幸运者们戴上花环，而遗忘了那些更早时候也如此风光地占领过文坛，现在却再也站不起来的不幸者。因为他们永远地倒下了，流完了最后一滴痴情的血泪，他们永远地倒在了自己曾经亲吻过的土地上，倒在了缪斯女神的怀抱之中。

　　我们将为文坛弥补这个遗憾。这部三卷本一百万字的《绝唱》，就是我们从浩如烟海的新时期文学作品中，精心选出的四十部优秀中短篇小说的精华

74

本。这些小说出自十位英年早逝的天才作家之手。他们以自己横溢的创作才华，深刻的人生体验，沉重的社会忧思，独具的审美价值，越过森林般的同代作家，先后夺得了全国优秀作品奖和茅盾文学奖的桂冠，在此之后，正待将毕生的积累写成更为伟大的作品，然而，负载超重的生命却在一个黄金季节里制止了他们匆匆的步履。他们大多逝于不惑与天命之间，其中最为年少的只有三十九岁。我们之所以将本书冠名《绝唱》，乃是既明示着本书的作者们因其生命的缘故业已封笔，以上作品恰似子规啼血，同时也暗暗地希望书中的作品因其文学的价值而将影响久远，以至千古流传。

与今日流派纷呈主义代起的文学现象相比，本书的作者们各自选定的创作原则居然如此同轨，即在传统的现实主义旗帜之下，将笔触伸向最能代表社会本质和时代特征的生活的最底层，去揭示民族的劣根，历史的灾难，人类的生存和命运，当然也包括他们在种种厄运之下所表现出的纯真美好的理想和顽强坚贞的爱情。他们感恩生活，溢情笔端，其叙述的手法或古朴诚实，如出土地，出山石，出秋天的庄稼以及庄稼人结茧的老手；或水灵鲜活，如出轻风，出小溪，出林中的朝露以及朝露般含羞的村姑，不板面孔，不媚世俗，不弄玄虚，更无阿谀奉迎之态矫揉造作之气，却以生活的天然音响和颜色，文字所道，无不令人唏嘘感叹，拍案悲哭。

读罢作品再翻开他们的人生档案，人们更会掩卷愕然，十位作家的生平相伴着中国历史的某一个阶段，是带着各自的疮痍，不约而同地历尽坎坷，有爬越过历史沟壑的五十年代岁数最小的右派，有挣扎于社会底层的六十年代学龄最短的知青，有黄土地上的种田娃，有淮河岸边的逃婚者，有曾经被打成黑帮并终身未娶的江城处子。当悲剧的历史循着左方绕过一个大弯又回归正常之后，这些不守本分，险些为时代所无情湮灭的游击战士，立刻选择了以文学作为武器，呐喊着冲上了刚刚复苏的文坛。

生活的苦难所导致的人生忧患意识和社会责任感，决定了他们作品的悲怆、激愤、深沉而凝重的基调，无论是直面社会的写实，还是充满理想的描绘；无论是寓意动物的比拟，还是跃入远古的虚构，作为一种艺术风格和形式，都始终不能掩盖他们对于人类命运的忧思。人们即使无暇把收入本书的作品一一剖析，仅通过书中那些脍炙人口的，带着某种警世意味和生命预兆的篇名，譬如《人生》，如《秋之感》，如《生命闪过刃口》，如其他更多的篇章，人们自会读出，它们原是他们蘸着自己的鲜血，用生命写出的心声，我们相信这些昔日曾经催下多少人的伤心泪水，曾经激过多少人的肺腑之叹的作品，以它不灭的光彩和不朽的魅力，依然照耀着，吸引着今天的读者。

过于坎坷的生活遭遇，过于焦虑的心灵呼唤，过于激烈的人生态度，尤其是过于执着的文学追求，不可挽回地决定了这十位作家过于短暂的肉体生命。他们的早逝使热爱生活的读者痛失知己，使关注现实的文学创作蒙受损失，使日益精彩的中国文坛深为叹惜。他们的早逝不仅是一种生命的现象，而且也是一种文化的现象，它让善于哲思的人们将精神的目光投向他们的伟大先驱，天才而无畏的早逝者鲁迅。

从逝者的亲人和好友整理出来的他们生前的札记中，透过那些字体匆忙的字句，可以看到他们在生命的最后一线阳光里，仍然沉醉于文学之中。我们怀着深深的敬仰，选编了这三卷《绝唱》。李商隐的绝唱之句在冥冥中悄然吟起，"春蚕到死丝方尽，蜡炬成灰泪始干"。而我们认为这一部书，恰是他们的一捧绵绵无尽的丝，一掬涸涸不干的泪。

当浩劫之后的中国新时期文学发展到十八年后的今天，我们奠祭这十位为之献身的文坛英烈。逝者不幸，但为逝者的汗血汩汩地灌溉过并因此而充满了生命活力的文学是有幸的，这也正是逝者的九泉含笑之愿。如果——我们小心地祝愿——这三卷特别的选本能够到达读者的手中，继而进入读者的心中，这将是我们感到莫大安慰的幸事。

我们不能忘了感激为本书编者提供资料的热诚之士，如中国外文局图书馆的陈燕小姐，《求是》杂志社资料馆的馆长徐传良先生。更有本书已逝作者姜天民、王振武生前的师长和朋友，《今日名流》杂志社的副主编吴芸真女士，是她受我之托又辗转托人，从千里之外的江城寄来了作者久已散失的作品，我们尤觉一个谢字不能达意。还有军艺女学生娲娲小姐，在毕业前来我社实习期间，全力以赴地投入了本书的编校工作，为此我们把她富有神话色彩的美丽名字写在责任编辑一栏，作为唯一的纪念。

1995 年 7 月 20 日写于北京听风楼

一本用线条演示智慧的书

——吟龙漫画集《弦外之音》（两卷）序

　　我曾经好为人师地建议本书作者把这套书的名字改为《画外之音》，其根据在于它是一具美术与文字的合体，但是继而一想又把此议给取消了，觉得这名字更像是电影脚本中的某个术语，并且似乎是先有画面而后方有语言的。本书的性质则略有不同，它是用画面阐释语言，因此定它一个《弦外之音》，四字中虽无一字提画，然而袭用一句聪明人的话说，画却是一曲无声的音乐，如同诗是一轴有声的画。如此，这书名便有了它的合法的依据，便显得不仅正确而且美妙与悠长，因为它可以余音绕梁，还可以三日不绝。一套姐妹两册的书如果能够达到这样的艺术境地，也不枉费作者的一番苦心了。当然，这取名里也可透出一丝某楼居士对隔壁一楼人的专业心向往之的信息，就好像我居然也愿意为画家的书作此小序，而并没有半点冒充行家的意思。

　　用生动的线条来演示呆板的文字，已经是很早以前的事了，被称作娃娃书的连环画就是此事的明证。近年来，风靡内地的香港的蔡志忠天才地、创造性地、全面地继承、捍卫和发展了这一小朋友们喜闻乐见的艺术形式，不仅是小朋友，还包括不愿板着面孔做大人的先生也无不喜欢这种艺术。蔡氏的美术

77

专利乃是他手持一支夸张而又幽默的画笔，从传统的故事条框中杀出重围，而倚重人物重点描绘出他的思想，如画春秋乱世，列国诸子。应该说这类工程已经大于了他的望文生义，图解故事的先人，但它的确启发和带动了一大批跃跃欲试的当代画家和策划家。

这本书的作者吟龙则又有不同，他甚至可以连人物也不要了，将画笔直取思想，从思想者智慧的妙语中选撷出他能参悟的部分，借用譬喻和象征的手段，变抽象的结论为形象的演示。有时他的图画中也出现人，但大多都无脸，无五官容貌，如鲁迅曾经设想过夜间出现足以把人吓死的那一种前所未有的鬼，这就证明他是将那无脸的人形完全视为人的符号，替他卖力地演示某句妙语了。他很具备这种招标的本领，在《西方的思索》这一卷里，他用海滩边一个左手扛着钓竿和鱼篓的男性的人形右手紧搂着一条美人鱼，来演示瑞纳尔的讽喻："男人好像是为了防止恋人嫁给别人才和她结婚的。"在《东方的感悟》这一卷里，梁实秋说："睡觉也似乎是一种逃避现实的手段。"他则用在一顶关闭的帐篷外面，画了二十八条男人和女人的腿，来演示讽喻。

演示妙语的图画如果也妙，集于一书那自然也就是一本妙书了。我看吟龙画得是很不错的，起码他是理解了以后方才执行。这个毕业于北方一所大学美术系的青年美术家，最美的一点是喜欢在艺术的黑夜里长思，醒来后便背上画包像幽灵一样流浪在京城的街头。他除了爱美术，还爱培根，美术加以培根，似乎就等于《弦外之音》的早期构想。1997 年底，有一家名叫《时代姐妹》的杂志试图开辟一个《倒眼看世界》的栏目，请他做专栏画家，一直悄悄地潜伏在心底的那个声音其实是在此时正式敲响的，他画起来，边画边想，要画何不索性画一本书？

与我认识是在吟龙的流浪之中。三年前我编一份文学选刊，盖因身边没有得力的美术编辑，有人便向我举荐了他，于是吟龙走马上任。关于走马上任这一个词，将来也未尝不可以是一幅幽默画，因为区别于我们在册的编辑每日上任班车接送，如期而至，他则是遵从着另一种形式的管理，即一接到要他上任的传呼，立刻就走马而来，取走本期要画插图的小说题示，下次又按时送来画稿。无论要求多快，这位小个子的、短头发的、穿着乱七八糟的衣服的画家毫不惊慌，他往往还会略微提前一点，下周一应交的插图他本周日就急着送来，编辑部里假日没人，他就大幅度地趴下身子，通过门缝塞进里面。总之他是有思想的，有才华的，快速度的和讲信义的，我们合作得很好，后来刊物停办不是他的原因，而完全属于又一种幽默。

　　庆祝他这一套妙书的问世，不知道下一套何时出来。

1997 年 8 月 18 日写于北京百万庄

圆梦时节

——曹树厚长篇小说《好梦成真记》（两卷）序

　　与本书作者的初识，有些像目前流行的喜剧小品。二十世纪的最后一个夏天，午餐后我正依照惯例躺在沙发上睡觉，门被敲响，一位头戴巴拿马小草帽身穿灰色短袖衬衣的瘦而小的老先生推门而入，他问谁是野莽先生？我如实地回答，老先生把一封早已握在手中的薄信交给我说，这是李德先生写给你的。李德先生是我的朋友，展信读过，方知他是向我引荐一位作者，信上说这位作者住在一座大山里面，今年七十多岁，写了三十多年，全书一百万字，要求在京出版，而他的出版社若出此书则有超范围之嫌，希望我能代他关照。子曰"己所不欲，勿施于人"，李德先生却有违圣言，足可见一颗善良之心已被大山里的七旬老人深深打动。我没有了任何巧言却之的理由，遂问老先生，您老住在哪一座大山里面？老先生的表情甚是夸张，摘了帽说，十堰哪，十堰你听说过没有？就是神农架……

　　无论写信的李德先生还是持信的作者本人都绝难想到，听了这话我不睡了，从沙发上慢慢坐起，我们认了老乡，神农架野人之乡的老乡。我把老先生手中的书稿接了过来，十六开本，电脑打印，两大卷，摞起来有一块火砖那么厚，自己设计的封面上选用了彩色的仿宋字体，书名《好梦成真记》，作者曹树厚。

书稿掂在手里有一点沉，在作者的手里它的分量想必更重。我发现老先生将两卷书稿交给我时，一双老眼水光点点。就从这一刻起，我决定倾尽全力帮助他了。当然这话并不是说，凡是老乡写书我都必得出版，我还不至于把家乡所有的人一概热爱到如此程度。当时我的心里有这么几行字幕无法抹去：七十多岁，三十多年，一百万字。这实在是一个惊心动魄的故事，天若有情，天不能拒啊，下面就得看书稿本身具有的价值了。当下我就安排一位年轻的女编辑开始审读，要她尽快把意见写给我看。

小说写的是一位名叫曹厚树（注意：作者本人的名字叫曹树厚）的青年知识分子，五十年代响应党的号召，从荆楚平原来到一座号称"十万大山"的林场，从此开始了他的富于传奇色彩的一生。新中国大事记中的所有大事他都经历过了，酸甜苦辣，悲欢离合，无情的命运之舟，坚强的性格之楫，使他在半个世纪的历史长峡中艰难地漂流，奋力地抗争，爱情，婚姻，事业，人生，无一不受到恶浪迎面的袭击，他痛苦悲愤，遍体鳞伤，但他却居然从一个又一个的险滩穿了过来，停泊在世纪末柳暗花明的美丽的江边。岁月的风刀，此时已把当年的翩翩少年刻成了老人，但是这位老人却以一颗破碎然而不屈的心面对这个新的、美好的、他与他那一代人充满感激的时代，决心用鲜花来祝贺她，装饰她，让表达爱心的鲜花插满生活在这个时代的所有幸福的人。七十岁的倔强的老花翁，精心创办的爱心鲜花公司取得了巨大的成功。

家住神农架边的这位同乡老先生，写的小说和我们作家的显然不大一样，他可真是天马行空，法无定法，想怎么写就怎么写，想写到哪就写到哪。但是他的语言朴素土气，憨巴可爱，有时读之不通，需加揣摩，一旦领悟，味道就出来了，于是就逗得人笑。其实这未尝不是一种特色，如山村土院的南瓜花，不守规矩地爬得满墙满地，那黄野野疯疯癫癫的生命的势力，便恰能抵得天子脚下的龙爪菊了。书中的年代往后移着，写作的年代也往后移着，时新的话语日渐纳入书中，百万长著即可看出风格的变迁，宛如一只顺河而下的老船，款款乃乃地穿山过林驰入城区，老船工的号子里就有了如今流行的歌风。老先生从三十年前开始写，当时他还不是老先生，小学三年级的儿子以幼稚的字迹为他抄稿，现在抄稿的小学生已是一位政府官员，书稿始能成书，英年的父亲却把自己写成了老人。

年轻的女编辑领会了我的精神，夜以继日，一边不断地给我打电话汇报她读稿的感觉，一边根据我的意见对书稿进行必要的处理，事实上她是和她在北京一家文学杂志任编辑兼做多家报刊撰稿人的男朋友一起商量着处理这部特别的书稿的。三个月后，被红笔批满的书稿送到了我的案上，一百万字的长篇小说删去了三分之一，稿笺上写了一段长长密密的审读文字。我打电话告诉老先生说，出版前最好他能来京复读一遍。老先生二度进京，随行带着一位年轻的"保镖"。我把他们安排在距我家最近的北京市检察院招待所住下，那里有武装军人持枪守门，住在里面绝对安全。

想不到老先生看完删后的书稿，心疼极了，打电话投诉我说，这都是三十多年来他一个字一个字写出来的啊，这是他的命啊，太可惜了啊！老先生痛苦而又愤怒，几乎声泪俱下，气得说不下去了。我只好答应明日我再看看删改的地方，让动斧的编辑与作者对面，言之以理，我则以公正的立场来作评判。次日"两军"相对，颇似电视里的国际大专辩论赛，辩论的结果是没有结果。这是一场中国编辑出版史上未曾有过的趣事，外国有没有我不知道，在通常的情况下，编辑和作者倘若发生如此激烈的争执，要么是编辑退稿，要么是作者屈从。然而今天，面对的是一位来自我的家乡的七十多岁的老作者，情况看来是要例外了，年轻的女编辑满脸通红，看一眼怒气冲天的老先生，看一眼默不作声的我，心里肯定是充满了对我的怨怪。

从传统的长篇小说的艺术要求而言，三分之一的删除完全是对的，因为作者是把描写主人公曹厚树五十年的生活和命运作为纵线，而小说的后半部却突然以议论的手法大量融入了与主人公生活关系不大的人物和事件，打乱了小说前半部已有的结构，破坏了长篇小说的整体艺术。老先生痛苦的面容使我经受着同样的痛苦，最终我说服编辑，作了一些删后恢复。

为使这部融注了作者三十多年心血的长篇小说成功地走向市场，我曾经试想着出现在读者眼前的应该是一个如何别致的书名。但是只一提起，老先生的表情立刻又痛苦起来。《好梦成真记》好哇，好得很，我一生做了三个好梦，三个好梦都成了真，天下人人都有好梦，我愿天下人人都好梦成真。鲜花公司老董事长的脸上又有了鲜花的颜色，声音一度一度地拔高，又要展开国际大专辩论赛了。

我笑着撤退，不能再因一个非原则的问题伤害这位善良执着的老人。一锤定音，《好梦成真记》就《好梦成真记》吧。静下心来再想，这个书名也行，查阅典籍，夫梦者，东汉郑玄说是"精神所寤"，南宋朱熹说是"寐中心动"，明清之际的方以智提出了梦是"醒制逸卧"，奥地利的弗洛伊德发现了梦是"愿望达成"，钱锺书将方、弗二说相与比堪，认为"均资参证"。释梦最精彩的应数清人潘德舆的《驱梦赋》：你这个梦啊，明明是我白天没有的事，你在夜里却有，也不管它是好是坏是美是丑，逮啥来啥，乘我一不注意，把我折腾个够。原赋是这样的："凡我昼无，尔夜必有；冲踏麋至，不记妍丑；袭我不备，荡折纷糅。"然而梦却自古又是一个好东西，黄粱梦，南柯梦，庄生梦蝶，孔子梦烟，多少千古佳话，人生顿悟，都和这个"不记妍丑"的玩意儿有关。

何况老先生的梦不是"丑"梦，而是很"妍"的梦，又崇高，又纯洁，又有意义，与有些人做的梦根本不是一个类型，属于好梦是无疑的，这样的好梦难道不应该让它成真吗？唐朝的卢秀才穿着短布衫，骑着小青马，在去邯郸的一家小旅店里和吕翁老道睡左右铺，夜里对吕老道感叹时运不济，没能当上大官。吕老道塞他一个枕头，卢秀才枕着睡了，梦中便娶了大户女儿，中了进士，当了朝官，专门给皇帝起草诏书公文，官儿越当越大，最后身居宰相，五个儿子也都当了大官儿，下面还有十多个孙子，但是操劳过度，积忧成疾，他要死了。忽然醒来，身边睡着一个道士，店主人给他俩煮的黄米饭还没熟呢。还有一个侠士淳于棼，酒后得梦，做了大槐安国的驸马，又携金枝玉叶的公主去任南柯郡的太守，敌国檀萝起兵犯境，淳太守兵败卸职，公主也死了，国王命紫衣使者将其遣返故里，此公回望大槐安国，原来却是一个蚂蚁洞。

然而花了三十多年的工夫写作本书的老先生的梦，却根本不是这样的梦，他老人家一生最伟大的愿望，乃是为人们讲述一个长长的故事，让人们知道和记住，"十万大山"里有一个以成年的身躯沐浴过新中国半个世纪的风霜雨雪的人，他亲眼看到和亲身经历了这段历史的全部，他是这个时代的见证人，瘦而小的背上刻录了五十年的碑文，他还活着，还在拼搏，虽然已经老了。他是一个小人物，和无数的中国人一样，但是在这些小人物每一个细小的毛孔里却散发着大时代的真实的信息，而且他有权利对人倾诉，一个小人物在有些人的耳里也许微不足道的一生。为此，他竟然献出了几乎生命的一半！

这部由改革出版社转我的书，最终我又转给了中国戏剧出版社。人生如戏，悲剧喜剧悲喜剧，滑稽剧闹剧荒诞剧，历史也是一出多幕的戏，那么就在戏剧社上演这出戏好了，而且作者与我的初识也像戏一样。该社的张榕女士和李宝云女士接任了本书的责任编辑，两位女士都是称职的高级编辑，像精通文艺理论一样深谙中国历史，我相信她们会理解这部作品，善待这位老人。

好事多磨，好梦也未必各个能圆。真应该送上一束鲜花，老先生这个做了三十多年的梦，现在却可以圆了。好梦果然成真，这部书马上就要出版，我希望家乡的朋友，打麻将累了的时候，不妨来听听这个故事。我所谓的家乡，并不是狭义的野人出没的神农架，中国是中华之子永远的家园，老先生的故事应该讲出"十万大山"。他的故事讲得诚实本真，有些情节是很能打动人的。

1999 年 6 月 12 日写于北京听风楼

真情是人间最贵的东西

——"人间真情"丛书总序

　　谁都想不到的，编辑这套丛书的由来，是听了洪昭光教授的一番讲话。这果然是一位好医生，正如同古人说书能医愚，他讲的健康长寿之道除了运动与吃素，还得有副好心情，心自然是真心，情也自然是真情，而人世间最真的心与最真的情，则往往具体地表现在亲人、爱人与朋友间。当然我们说这话，并不是违背了托翁所提倡的博爱，我们说的只是往往，只是具体，祖国与人民，世界与人类，甚而至于月亮火星与其他的动物以及花草，我们也都要爱，但那是不能用打电话和捶背去体现的。

　　不要唯恐受人非议，爱亲人，爱爱人，爱朋友是一种自然的心理，也是一种至高的美德，它丝毫不会影响也爱其他的人。从身边最亲近的生命爱起，逐而渐之再去爱全部的人类和整个的宇宙，这种爱是真实的，是真实的心和真实的情。反过来说，为了表演自己博爱的伟大，从母亲手里把一块正在吃着的蛋糕夺下来，扔给顶头上司家的一只宠物，这样的人不是人类学习的典范，不是。这样的人如果没有其他的目的，那他简直就是一个不孝之子，或者是一个二百五。

　　人说是鲁迅先生的骨头最硬，那是对他一个也不宽恕的敌手，而对于亲人、爱人与友人，他的心肠却是很柔软的。他思念母亲，"梦里依稀慈母泪"；同情爱人，"以沫相濡亦可哀"；惜别朋友，"却折垂杨送归客"；嘱咐朋友要疼爱孩子，"无情未必真豪杰，怜子如何不丈夫。知否兴风狂啸者，回眸时看小於菟"。先生的早逝，是为太多的敌人所伤。暗夜中他愤怒地、脚手不停地掷他们以匕首与投枪，而且他还抽烟，而且，那个只会给他用呼吸器后来居然失踪了的日本国的医生，哪里比得上我们的洪教授啊！

如果一位当今的作家，在世人都为升官和发财而紧张得喘不过气来的时候，他还能梦见慈母，抚慰爱妻，折柳送客，回眸幼子，他就还算是一个有良心的作家，有善良的心和真挚的情，有人类最基本的要素和最重要的品质。那么他所写的那些恩恩怨怨、悲悲喜喜、聚聚散散、缠缠绵绵的人物，读者就可以相信，相信他笔下这些人物的血肉，乃是孕自他心中至真至诚的情爱，就可以放心地为他流眼泪了。

洪教授用现代语言告诉大家，每个心灵健康，希望身体也健康的人，要懂得孝顺父母，心疼爱人，爱抚孩子，忠于朋友。懂得爱人的人与被爱的人一样是有好心情的，好心情的人容易健康和长寿。出于演讲和写书的需要，他统计的数字已经证明了这一点。

有人似乎发现，这位医生把《圣经》和儒学融入了现代的医术，是一种古老的道德疗法，然而又承认实际情况也的确是这样。耶稣是被犹大出卖以后钉死在十字架上，其自然寿命无可估算，大力宣传仁者爱人的孔夫子，在卫生条件那么落后的时代还活了七十三岁，并且随心所欲，将一具不足八成饱的身体安放在一架破马车上，吱扭吱扭地到处游说，他老人家若是生在二十一世纪，恐怕一个半七十三岁也能活到。

亲情、爱情、友情与健康的永恒主题，在今天通过一位医生之口，再度引起聪明人的思考。一个连生身父母都不爱的人，你不能指望他去爱党爱国，爱他的行政领导和生意上的合作者，一个永远地处于虚情假意，尔虞我诈，永远地处于钩心斗角，明枪暗箭，永远地处于互相攻击，防不胜防之中的人，他的身心会感到疲惫，健康会受到影响的。同时我们又发现了，作家们的最好的文章，竟都写的是亲人、爱人与朋友，虽然没有一篇是采取现代派的手法，唐诗和宋词也基本上没有引用，但是在那字里行间，却可以看到眼泪，听到呼吸与抚摸的声音，闻到一股肌肤相亲的浓浓的气息。这些文章一方面最好，一方面又最老实巴交，几乎是顾不得用什么体裁，有人物但不可以叫小说，严格地讲连所谓的大散文也不配，它们只是在絮絮叨叨地说着，说着自己要说的话，仿若倾诉又颇似独语，是说给自己或别人听。然而因为真实，因为不功利，因为对亲人、爱人与朋友的怀念和尊重，这些文字每一个都是有生命的。

一个作家，一辈子趴在写字台上吭哧吭哧地写着别人，写着一些虚构的、跟自己不相干的、除了稿费和奖项也许根本就不值得一写的人，现在终于明白了过来，在一位别出心裁的主编的号召之下，腾出一两个晚上的时间，写一写自己的亲人、爱人与朋友了。这套丛书的内容就是这些，它大抵一口气要出十本，或者更多，分别是作家写自己的父母、爱人、孩子、朋友、恩师、同窗，以及其他难忘的亲人，还有童年、故乡和书斋。

这是一套最值得一写的书，至于是不是最值得一读，那得看我们的作家究竟写得好不好。我们的作家会努力把它写得好一些，不为别的，只为深深埋在心底的爱，最真实的心和最真实的情。为了这一个真，我们还得寸进尺地从作家尘封的老相册里讨来一些发黄的老照片，将它嵌入每一篇文章。每一位作家都再三地嘱咐着，这些老照片是他们的命，用完后一定把命还给他们。

一定是要还的，除此之外还有感谢，还有祝愿，祝愿这套丛书中的每一位作家和他们的亲人、爱人与朋友，还有我们的读者，永远的健康，永远的幸福。

2004 年 2 月 22 日写于北京听风楼

票证故事

——《票证故事》序

　　山鲁佐德小姐对国王讲了一千零一个故事，以此拯救了同样数量的姐妹，这位善良、聪明、勇敢的宰相女儿是名副其实的世界级的故事大王，而本书的作者不是。本书的作者一百八十个人才讲了一百八十个故事，又短，一分钟就是一个，又没有悬念，远没有阿里巴巴和四十大盗那样惊心动魄，险象环生。当然国王也不愿听这样没劲儿的故事，而他们的故事也不是讲给国王听的，他们只是想讲给那些生于自己同时代的朋友，讲给比自己年轻一点儿的娇妻，讲给娇妻和他生养的目前还不大懂事的更娇的儿女。也讲给自己的爹娘，让他们放心儿子现在虽已做了科长或者经理之类的领导，当年那些心酸的事情却还死死地记着。同时也讲给自己，害怕真有一天忘了，就像老祖父留下的一块旧怀表，得时常拿出来摸一摸，看一看。

　　这一百八十个人都不是作家，但是这一百八十篇文字比作家都写得好。这事一点儿都不奇怪，因为作家的文字是作出来的，过去是墨水，现在是打印色盒，而老百姓的文字却是一串串长在心上的肉，摘下来一个就要流下来一滴血，取下来一行就要淌下来一行泪。若非刻骨铭心，情不能禁，谁个肯仅为历史提供一幅展品而重揭往事的伤痕。作者们不求文采，也无心卖弄，张开嘴巴就讲，讲完了还得屁颠颠地骑车去上班呢，根本就没工夫请人写评论往诺贝尔那里寄。这是本书的不足之处，但唯其不足，方有着无人能敌的独特与新鲜。故事原本也有着一千多个，和山鲁佐德小姐不相上下，是因为本书不可再厚，于是才十里取一，剩下的也一篇篇地保存着，若是有人肯听，我们还可作为续编的选目。

这些故事是多么的动人，那是一枚枚冻伤在雪地上的小花，悲凉而又凄美。一斤粮票断送了一桩喷香的亲事，三尺布票却又结下一段滚烫的姻缘。那是纸片的故事，又是生命的故事，完整说来是把生命写在纸片上的故事。坐在今晚的火锅城里，闻着涮羊肉和炸油饼的扑鼻异香，当十八岁的牛仔青年为他们四十八岁的父母讲述的故事或是嬉笑或是诧异的时候，安坐上席的七十八岁的爷爷奶奶眼里早已涌满了幸福的泪花。

对于后者，今天已是昨日的神话，而对于前者，昨日却是今天的笑谈。一百八十个故事的结尾，几乎都有着这样一段类似的挚言："那时我想，假如有一天什么东西都不要票了，该是多么的好啊！多少年过去了……"由于百篇一律，编者将它们做了大量的删削。但是作者们当年最大的野心，和今天野心居然实现的最大的快活，仍从每一个字缝里都跳了出来。因脱靴而得罪了高力士，又因"可怜飞燕倚新妆"而得罪了杨贵妃的李谪仙，滚出宫时玄宗御赐金牌一面，上书"逢坊饮酒，遇库支钱"，其实那玩意儿也不过是今天的一张牡丹卡，吃饱喝足，从屁股兜里摸将出来，交收银台在卡上销一笔就是，什么票证也不要，嘴巴一抹，就可以打着嗝儿从手持警棍的门卫眼前走人了，比袖里别块大牌子的李白还要潇洒。

这本书编辑已毕，正待出版，某夜十一点许，我的顶头上司凌原先生突然打来一个电话，说是刚从电视里得到一个情报，中国革命博物馆正向全国征集票证，不日便要举办展览，这事和本书有没有一点关系？我说有甚至还有两点，第一点是去拍些票证的图片，用于书中；第二点是赶快把书印出来背到展厅去卖，参观者们花钱看了票证，不再花钱看看关于这些票证的故事，等于只看了半个展览，坐在全价的返程飞机火车上，那是肯定要后悔的。

于是我们来到了中国革命博物馆的征集组，先是认识了安跃华小姐，继而又认识了她的上司常建国先生，他们决定要大力地配合我们一次，约定在下周一即 11 月 23 日的这一个黄道吉日，让我们的美术编辑扛上相机前往拍照。我们的美编一听来劲了，说是要拍就得拍好，不然对不起常先生和安小姐以及征集组的全体人员，为此他得把来自全国的各种票证搬到屋外的自然光下去拍，常先生觉得好事是应该做到底的，搬出去就搬出去吧，只要不给搬丢了就行。

　　明天是个事关重大的日子，然而昨晚突然降雪，雪光下拍照自然很有亮度，可令我担忧的却是天上的雪花会否打湿地上的票证。我坐在电脑桌前，写一段序言看一眼天色，雪已停了，但还没化，我希望明天太阳出来。

　　这正如雪过日出的历史，正如本书的故事。

1998 年 11 月 22 日写于北京听风楼

血与火的燃烧

——莫言中篇小说集《红高粱》（英文版）序

1988 年，经我提议，中国文学出版社决定出版一部莫言的英文版小说集。正在物色译者的时候，刚来中国的加拿大翻译家关大维恰有此意，关大维在加拿大时对莫言的名字曾有耳闻，主要是通过在西柏林荣获金熊奖的电影《红高粱》。他相信把莫言的同名小说以及其他优秀作品译介到国外，定会受到对中国文学好奇而陌生的国外读者的欢迎。

在中国作家协会开办的鲁迅文学院研究生班里，我把这件正在进行的事情告诉了莫言，并要他准备一篇英文版小说集的序言。莫言自然是高兴的，因忙于应付各刊的约稿，还有包括英语在内的各门功课，他说序言他就不写了，请我作为编者随便写几句吧。

写几句什么呢？我想不如先从名字写起。我没问过莫言，不知他取此名何意，从中文看这二字是不要说的意思。莫言是山东高密县人，原名管谟业，这莫言与谟业在他的老家是一个读音，这可能是一个因素。另一个因素极有可能是，他认为作家是靠作品而存在，并不是靠到处发表演说，或者说作家应该用笔说话，而不应该以嘴发言。

用笔说话的莫言就开始率领着他的浩浩荡荡的红高粱家族，球形闪电式地爆炸在二十世纪八十年的中国文坛上了。这个从山东来的莫言岂止能言，他简直江河滔滔，一发而不可收，三十三岁的年龄，已经写下了三百多万字的有影响的作品。

古代农民起义军揭竿啸聚的山东，现代爱国勇士血战日本侵略军的山东，使得在它的怀抱中长大的农民的儿子莫言，童年的生命里就潜伏了雄性的热血，脑子里充满了奇诡的想象。这简直成了一种基因，成全了长大后写小说的莫言可以用独具的视线，特异的感觉，从那片别人见惯不惊的古老田土和陈年史迹中，能够翻耕出最神奇的一层，以至于一下子就语惊了四座。

同时也是血性使然，面对宇宙的五颜六色，他一次又一次地独独爱上了最富生命力的红色。透明的萝卜是红的，高粱是红的，高粱做的烈酒自然也是红的。亮晶晶的红，鲜艳艳的红，血淋淋的红，如残阳，如鲜血，如烈火。

一大片熊熊燃烧的颜色漫卷着莫言的稿纸，潜伏在童年期的欲望不安地躁动着，继而就汹涌地爆发了。他高唱酒神之歌，以山东醉汉的姿势从前人未曾走过，或者未曾走出来的文学高粱地里，一步一步地走了出来，自第一步短篇《民间音乐》，到长篇《第十三步》，一步一个脚窝，走得踏实而不乱套。

国外的读者多少应该知道莫言了。早在这三部红颜色的中篇小说翻译结集之前，他的《民间音乐》《白狗秋千架》《大风》等精致短篇，已经陆陆续续在英文版和法文版的《中国文学》上译介过了，且配有他的同窗好友刘毅然对他生活印象的精彩描写。由收入此书的小说《红高粱》改编的同名电影，在1988 年的国际电影节上，以东方民间式的野性震撼了西柏林，因而一举获得了金熊奖。

无论如何，莫言应该是中国当代文坛最有才气，最有成就的青年作家之一，他所给予二十世纪八十年代中国新时期文学的杰出贡献，与其说是纯熟的技巧，不如说是赤诚的颜色。这个爱吃大蒜，曾经在农村缺粮时期以蒜代饭，被烈性的大蒜刺激得胃出血，却依然要喝红红的高粱酒的山东汉子，这个离经叛道的文坛鬼才，他成功的奥秘乃在于他是在用一颗红堂堂的心去引爆生活，从而撞击出璀璨绚丽的耀眼火花。

这三部中篇，作为迄今为止莫言小说中的上乘之作，其艺术特色较之前次译介出去的几个短篇尤为突出和鲜明。它凭借着一股粗野狂放的西北风，一幕血红的背景，将几个中华民族的精魂显影得更加清晰和明亮，因此就具有了格外迷人的光芒。黑孩、余占鳌、九儿，他们性格各异，命运不同，但是那一团团阴魂不散的血肉，实在是不能够让人忘怀的。

相信英语国家的读者会正视这一本书，如同正视燃烧的血与火。

1989 年 3 月 12 日写于北京百万庄

一匹从冰城踏入火城的马

——鲍十中短篇小说集《丹青引》序

　　那个春天，我和几位朋友去了香港，回来时途经澳门，夜宿珠海，在订购返京车票时才孤陋寡闻地闻知，此地距广州只有一小时的车程。我几乎立刻改变主意，决定再去广州，广州还有我诸多亲友，鲍十是其中重要一位。人生经历得多了，回想起自己往日的朋友，竟然也学会了甄别，有一些人，如果未能在某次圈内的活动中正好遇上，还琢磨着能有其他相逢的机会，比方说从对方大体所在的方位路过，是否稍微地拐一个弯儿。

　　第一次与鲍十面晤，至少已有过十次以上的文字往来，在我一间名叫听风楼的书房里我们拍了一张合影。照片上的人物服装证明那是一个夏天，我的客人黑脸，短发，魁梧，身穿绿格短袖衬衫和褪色的石磨蓝牛仔裤，像一位来自草原的骑士。见面聊起，果不其然他有蒙古人血统，只是与概念化的浓眉环眼不同，他的眼睛细细长长，大约是传说中的那种丹凤眼，眯眯一笑，向人泄露出深藏在人体内部的聪明灵秀，并且他笑起来的样子很迷人，有一种与肤色和体形不相匹配的羞涩。

　　后来他每到北京，几乎都来我家，唯有一次例外，那次张艺谋要把他的中篇小说《纪念》改编成电影，请他到一家宾馆里面商榷，他抽空给我打了一个电话，向我咨询这方面的行情。鲍十是一个厚道而又干脆的人，没有乘机向老谋子要高价，事情很顺利就谈成了，由他执笔改编的那部电影，就是章子怡主演的《我的父亲母亲》，因为它是鲍十的作品，公映后我难得专门到电影院去看了一场。我看见身穿大红棉袄的章子怡端着一碗饺子没命地追赶那个初恋的男人，心想鲍十必定是最喜欢吃饺子的，也必定有一段难忘的初恋。

在我的猜测中，鲍十应该和鲍尔吉·原野同一氏族，此次相见，我问起了这件事，又是一个果不其然，他们的祖籍都是内蒙古赤峰。我喜欢鲍十叙事的安静和秀气，如同喜欢鲍尔吉·原野语言的幽默和睿智，这一点多少有些出乎读者意外，二位有着蒙古人血液的作家文字中丝毫没有马背上的民族的热烈狂放，人们或许是受了声嘶力竭的歌手腾格尔的误导，也或许文学并不能体现出作者性情的全部。

二十世纪末，《北方文学》杂志为我和鲍尔吉·原野各自开了一个专栏，我的叫《野莽笑谈》，原野的叫《原野随笔》，我们一时被人称为"二野"。原野送了我一本随笔集《金羊毛》，有一次还从东北给我打电话来，说是从我的文字中看到了三十年代的作家之风，我则对他的几篇随笔赞不绝口。后来我还知道写小说的鲍尔金娜是他的女儿，但是我们至今未能一见。

鲍尔吉·原野最初是一位优秀的小说家，《野马分鬃》给我留下的印象在很多年里不可磨灭。但是，在鲍十大规模地发表小说的时候，原野对我说他已经不会写小说了。我完全不怀疑他在说鬼话，因为我有一个阶段也不会写了，只是出于别无所长和百无聊赖才偶尔又写一点。而作为后起之秀的鲍十却不一样，他不写就不写，一写就不休，继《我的父亲母亲》之后，他的目光依然锁定在他所熟悉的东北乡村，以其和蒙古人的热烈狂放截然相反的安静、秀气、从容不迫、慢条斯理，和时下喧嚣与骚动的文学速成时代分明不大合拍的笔调，规规矩矩、细细划划地写出了一大片，这就是2014年秋天由花城出版社出版的红皮书《东北平原写生集》。

这本书让我与韩少功的《马桥词典》发生联想，韩少功以马桥人的地域性词汇作为小说的若干点线，以此经纬出一部表现人物现实生活和命运的画面，鲍十的《东北平原写生集》则将连接小说画面的核心词汇转换成东北平原的村囤的名字，让它们像据点一样担负起辐射周围大面积土地上的民众生存状态的使命。夜灯下的作者半眯着细长的丹凤眼，在一张有些发黄的硬纸上描绘着东北平原的地图，图中的乡村小囤星罗棋布，纵横勾连，如他在自序中所说："通过这些作品，让人们对中国东北的乡村社会有个大体的了解，包括历史的、政治的，以及人的命运、民风民俗，等等。"因为有"大体"二字，这个目的看来他已达到，至少已经部分地达到了。

这本书的语言是散文化的，全无雕琢和铺排，凝练而干净，如他纯朴诚实的人，如他删繁就简的名字。我说的名字是他删减过后的鲍十，而鲍玉学才是他的原名，他嫌笔画多，去了尾字，还嫌多，并且有女性的嫌疑，又去了上下，再去了一点，这就成了书封上面和文章标题下面的那一个。现在，让我们打开此书品读他的第一篇的第一句，会发现他像弹奏钢琴一样，为全书弹出一个简洁明快的基调："这个秋天比往年热，都九月了，暑气还不肯退去。"话未落音，我想起了孙犁早先写过的"月亮升起来了，院子里凉快得很"。这是一种久违的散文诗般的句子，没有一颗"凉快"的心和一颗盼望早日凉快的心，在这个喧嚣骚动的文学速成时代是不会有作家再这么写了，他们往往会选择异军突起的惊人之语，人心浮躁，恰便热爱麻辣刺激的语言。

唯有这个耐得住烦的东北汉子却还这么慢悠悠地写着，就好比在一列轰轰隆隆鸣笛奔驰的火车边有一匹低头吃草，不时还扭颈后望一眼的马，它用细长的眼睛慢慢挑选着，用结实的牙齿细细咀嚼着，用超然物外的心态回忆和想象着在这块草地上，早年曾经发生过一些什么惊心动魄或者风平浪静的故事。它能品尝出来的味道，只有它的并非太多的知音才能从它的沉醉中得到相似的感受。直到全书最后一篇的最后一句，他的贯穿始终的语言依然如是："夜里下了一场小清雪，早上，妈妈出来放鸡的时候，发现黄狗死在窝里了……"一场小清雪后，文字干净得不能再干净了，大家不妨试试，能否再删去一个可无的副词。

本世纪初的一个冬天，我和好友聂鑫森、孙方友、石钟山等一干人受《章回小说》邀请，去参加哈尔滨一年一度的冰雕节。地主阿成闻讯跑来看望我们，他在《时代文学》上看到我写的《玩石者说》，竟把女儿楠楠买的一块石头偷出来送给了我，还抱着一瓶茅台让我们在回京的火车上喝。我向他问起鲍十，才知道鲍十已经离开《小说林》去了广东，刊物现在是陈明在主编着。

鲍十去广东后我们一度失去联系，是有一次老家的青年作者请我推荐作品，直夸《广州文艺》办得大气，又专发城市题材的小说，我想到了此刊的老朋友吴幼坚，写过长篇小说《山乡风云录》的老作家吴有恒的女儿，但一打听，吴幼坚已退出编岗。继续打听还有谁在此刊任职，这样就知道了鲍十的精确去向，此前我以为他是去做专业作家。

我一如既往地向他推荐未名作家的作品，他也一如既往地信任着我，不吝给他们以突出的版面。这期间我给他写的中篇小说《北京侃爷》又被《小说月报》转载，不过他再也不能得到杂志奖励的钱了，因为他是这家杂志的社长和主编，他得把奖励发给他麾下的，像二十多年前的他一样的年轻编辑。这次广州相逢，我亲眼看见了青年编辑对他的尊敬和感激，一位广东本地的男孩儿和一位湖南大庸的女孩儿，用混合的粤语和湘音向他敬酒："在鲍老师的身边工作，我们真的好幸福哦！"

2018 年 5 月 16 日写于北京竹影居

刘耀仑的散文以及他这个散人

——刘耀仑散文集《静谷幽韵》序

　　初夏一日，耀仑偕夫人毛志平来看我父亲，我在去年我种的葫芦上烙打油诗一首赠他，因是伉俪，遂选了一个并蒂的双葫。葫芦诗曰："三十年前幸逢君，卖炭得钱仍从文。至今犹思紫阳路，欲寻旧梦到翡城。"耀仑主张将"旧梦"改成"温梦"，我说不改，你不是寻来的吗？翡翠城香留园是我的城南新居，武昌紫阳路215号则是三十年前《长江文艺》编辑部的旧址，在那里，我的短篇小说处女作《这车好炭》，有幸从一麻袋作者来稿中被耀仑翻检出来，写上一条批示拿去发表了，事后寄给我四十块钱。1980年，这笔横财相当于我一个月零十天的工资，我把它买成文房四宝，接着又写。

　　我们的友谊从此开始。那时候我只知道自己会写，岂知耀仑也会写，并且早就会写，还很会写，而我只会写小说，他却小说、散文、诗歌、评论、报告文学样样会，他写的平仄对仗偶尔还用那么两个典的对联，贴到古汉语学家的大门上没人敢往下扯。据说他还是情书圣手，我问此事确否，读者毛志平含着热泪点头三下。这且不说，耀仑尤其会写稿笺，一日我去紫阳路215号，发现一摞手稿，每篇都用回形针别着一页耀仑吊儿郎当的字，上面的短文放在今天应该叫作微博。那东西非常之重要，写得好面包什么都会有的，说句坏话你可就完蛋了。

很多年后我也做了编辑，曾一度突发奇想，若把一些后来成为名篇的始发稿签回收起来，辑为一书，那当是中国文学史上一个重要的见证，那些年，耀仑势必写了不少。后来我们成了好友我方得知，刘耀仑、刘益善、李传锋，想当年是作为一所高校的三大才子，同时被分配到湖北省作家协会的机关刊物，从此三仙过海，神通广大得坐火车、汽车、手扶拖拉机到各个基层去培养年轻的业余作者。

在我的诸多朋友之中，有的是一根双节棍独步天下，有的是十八般武艺样样都比较精通。人们误以为耀仑会是前者，然而错矣，他恰是今朝风流多才人物。他下象棋，每盘都下不过柳大华，打乒乓球，柳大华可就不是他的对手了。唱歌，跑调的时候不是太多，跳起舞来，搭档会喘着粗气要求暂停，质问他是不是歌舞团的下岗员工。

耀仑好酒，嗜烟，贪色，逞强，纵身车城文坛擒头牌才女毛志平如探囊取物。二十三年前，我们曾战球于中国外文局二楼大厅，他一球劈过来说是劈着了，我说没劈着，时无裁判，他竟闹得天翻地覆。但这诸多恶习集于一身，又铸他成一个可爱的顽童，于是我们终也没能散伙。他的逞强路人皆知，便是编书，第一本散文集《书之概》寄给我时，吓得我的身子一仰，厚厚然我竟以为是个合订本。越十五年，耀仑乃毕现楚庄王的做派，不出则已，一出五卷，曰小说，曰散文，曰诗歌，曰评论，曰纪实。经我等投票公决，敲定其红楼同窗聂震宁作纵横论，北大园烟枪聂鑫森作小说分序，未名湖酒徒李发模作诗歌分序，余下高洪波、梁必文、高晓晖者各序一册，我则重点研究他妙不可说的散文随笔。机会难得乎，一卷《静谷幽韵》，果不其然让我大开了眼界。

又且不说自一百年前胡适领导了新文化运动，迄今已难见到的国粹文言，如《述史》，如《炎帝故里赋》，词采华丽，气势磅礴，深得唐宋八大家的章法。高祖以降，刘门衰兴，神农诞地，泽被中华，咬文嚼字的俳句借用楚语以喻，那是鸡子都捣不烂的。他写《我爱黄山》，我却要写我爱此篇，爱他将黄山万千气象都人格化了，这与那些我看厌了的千山一律，千头一尾，明明是还没爬到半山腰就累个小死，偏要说征服大山于脚下的吹牛雄文相比，它让我从字里行间吸到了一口山上带露的清风。

黄山的迎客松，在他笔下是一位老英雄，无情未必真豪杰："伸出巨手，迎迓来自远方的客人，风来臂摆，频频致意。"送客松则如山姑含情："颔首

99

垂臂，一副依依惜别之态。"它们因何而来，来自何方？哦，原本是"钟情于悬崖峭壁的险绝处。只要有一粒种子，不管是鸟儿衔来，还是风儿吹来，抑或人儿撒下，有一个岩缝它都要发芽，生根，迎接那风那雨那霜那雪。"（《我爱黄山·黄山松》）这么一写，统统都如人一般有肉了。

"老汉撑船"是黄山的一尊卧石，他便想着，这人，这船，"是从远古的大海撑到今日的高山之巅吧？船那么的沉重，一定载满沧桑……"而对凡夫俗子眼里的"仙人"，他的目力能透出形体之外："看似野鹤闲云般逍遥自在，却早把天地翻覆，恩恩怨怨瞅得个明明白白。"（《我爱黄山·黄山石》）这个作者真叫沉得住气，坚持到了最后，才说出一句人世间最有骨气的话，让我顿时对此山充满了敬意："黄山从内里自信，因而耐得住寂寞，它不稀罕封禅……"（《我爱黄山·我爱黄山》）这么一写，又把五岳之尊的泰山比了下去。

我喜欢他的《画意》，画里有诗，还有一个神话般的传奇。画家送他一幅画，绿的是芭蕉，紫的是藤萝，奋飞的是麻雀，一家爱之，补壁于客厅。不料年久蒙尘，芭蕉藤萝共麻雀一色，欲擦不能，欲卸不舍。又不料，儿子以水枪演习星球大战，一股水喷在了画面上，刹那间满纸斑驳，这时"我却在画前突然发现，儿子洒上去的斑斑点点的水，都变成了淅淅沥沥的雨水。好大的雨呀，芭蕉、紫藤上有豆大的雨点，芭蕉、紫藤下还有由上至下的流滴，我禁不住惊讶，逼真极了……'芭蕉得雨便欣然，终夜作声清更妍……'"

《棋圣不胜，圣乎？》与《说狗》，可以看成是两篇杂文，耀仑认为，棋圣聂卫平输给了韩国十五岁的初段，国人可以给他摘下圣冠。这天夜里我没睡着，心想杜甫若是有一首同题诗没有超过李贺，就该揪下他头上的方巾吗？不过文章写得让人睡不着觉，总比看罢就能呼噜打鼾的好。令读者惑然不解的是，按照凡写文章都得到水深火热的生活中去进行体验的理论，此文对聂圣的鞭辟入里，倒是得力于作者也会下几盘子围棋，那么把全世界各种各样的狗都写活了，"见了官人，一副叭儿相；见了百姓，一副狼犬模样"，他又何时跟这吃屎的东西打成了一片呢？不明白，不明白，只能说这人懂的东西太多了。楚人云，认得几个字有个么事了不起的，问题是要认得人。而这个刘耀仑，他不光是认得人，他还连狗都认得，你说他有多么的了不起！

2004年，我应邀为河北教育出版社主编了一套书，书名《天地父母》，分为两卷，上卷《父亲篇》收了耀仑的《慈父》，下卷《母亲篇》收了耀仑的

《严母》，定稿时我疑心篇名有误，致电于他，他说不错，他的双亲恰好是反过来的。写《慈父》时，他的慈父尚在，身为孝子，他觉得父亲的恩情永远也写不完，因此在这本散文卷中，我又读到了八千字的《父亲的魅力》。

读到这一段，我想起我的父亲，还有朱自清的买橘子的父亲。我的电脑屏幕上的字变得模糊，原来天下的父亲都是这样：

> 忘不了我考上中学的那年，父亲为我挑着箱子、被子，一步一步，翻山越岭，汗流浃背，走三十多华里到草盘中学。安顿好我以后，他才离开。我送到操场边，站了很久很久，目送他从我视野中缓缓远去。这年我十三岁，是第一次比较长时间地离开家，颤颤地走向独立和自主，也是第一次没有流泪的心酸。不是想家，不是惆怅，而是被父亲无言的慈爱、无怨的奉献从心之深处打动。听父亲说，他们带着幼年的我和哥哥到外公家去，也是行走这条绵延起伏弯弯曲曲的山路。父亲用一对箩筐挑着我们兄弟俩，把我放在前头怕冷落了哥哥，把哥哥放在前头又怕冷落了我，于是横挑着我们走……

一对箩筐横挑着两个儿子，走在绵延弯曲的山路上，这个镜头，是儿子都忘不了。

此卷有很多动人的篇章，都值得我好好学习，天天向上。我对毛志平说，耀仑是个精力不集中的散人，所以会写散文，他若非玩性大，若非集四大恶习于一体，若非急于转业要修成正果，他会写出更多的文字，而且更好。他的学识与修养，功力与悟性，甚至超过好些后来成为著名的小说家、散文家和诗歌家，当初却被他用红笔改过许多错别字的人。耀仑不语，他的情书的读者含着热泪，一如既往地对我点头。

我想起一件事，在《怀念紫阳路215号》中我写过了，他不承认看到。二十三年前的一个雪夜，我们在一家名叫百万庄的小馆子里喝过了酒，睡在一张两尺多宽的钢丝床上，他借酒泄愤，说你这个家伙当时很狂，我到各地去给作者讲课，别人都叫我老师，只有你叫我耀仑。我借酒撒赖，说因为你比我只大七天，所以就免礼了。可是今天，当我读完这部著作，发现书中的历史、文化、技艺、常识，很多都是我此前的未知，我实在是应该叫他老师的，只不过是做了三十一年的好友，突然来这么一下，我怕他肉麻。何况，这次他偕夫人莅临野宅，已正式成为我即将赴美留学的儿子的舅舅和舅妈，亲戚之间，就算了吧。

因为在武汉的时候，我曾在他儿子的床上睡过一夜，所以他到北京，也一定要在我儿子的房中睡上一夜。那是第一次来，喝了点酒，我们在院子后面的草坪上叙旧,险些儿为一个观点又争起来,上床时半夜已过。这次来又喝酒了，喝完酒他引着我儿子的新任舅妈，假装视察的样子把我每间屋子都扫了一遍，看罢脸色突变。众皆大惊，只有我知道他的心事，抓紧拉他去一个他的视力所不及的地方，这一下立刻好了。原来那里有一块贝壳镶成的挂匾，是他二十三年前送我的结婚礼物，专门从武汉背来的，见面时我想起电影里背行军锅过雪山草地的红军炊事班长。

我在北京搬了三次家，搬到哪儿这东西都不能丢，丢了他会跟我翻脸。

总之，我与耀仓，此生仿佛有太多的缘。那车好炭，早已化成了灰，然而那个二十七岁的车夫，心中的友谊之火却一直在熊熊地燃烧着。

2011 年 5 月 15 日写于北京听风楼

利用小说贺岁是一大发明

——《都市小说》贺岁号序

在我装修敝舍的七十天里，我的儿子不断接到思平的电话，直到搬进新居我们才直接联系上。为了报答伊如此执着，我答应不仅自己给《都市小说》写个小说，而且还让我的朋友们在十天之内供应一期，这帮哥们儿写起小说都快得要命，一个短篇慢则三天，快则一夜。思平对此惊喜然而狐疑，我建议伊近期参观一次杀鸡，重点是母鸡肚子里不计其数的金色神秘小丸子，那就是每天一个的未来鸡蛋。作家其实与母鸡无异，朝夕所得的作品乃是得力于旷日持久的孕育，所以略一使劲便能日产一篇。

果不其然不足十天，我的邮箱里到齐了我的所约之人，现在我依序点出他们的鼎鼎大名以及新作：第三代京味小说掌门人星竹的《世上恩怨》，中原孙氏双雄之二墨白的《都市小说四题》，津门少帅肖克凡的《五杯热茶》，宝刀不老的湘潭老夫子聂鑫森的《墩姐乔玲》，激情燃烧的大院子女石钟山的《小镇》，潇湘才女薛媛媛的《遥远的样板戏》，中原孙氏双雄之一孙方友的《都市谎言》。些微的遗憾是当我点到邱华栋时，这位新生代的小野猪（徐坤语）恰好走马上任《青年文学》的主编，不仅暂无闲暇给我供稿，反而把我写给《都市小说》的一个要了过去，我只好以神速又补写一个《陪你闲聊到天明》，权

103

且与朋友们相聚闲聊。

墨白写了四个妙不可言的爱情故事，肖克凡打擂一般写了五个，两人都是小说高手，信手捉来几对男女，情色如茶，乍热还凉。聂老夫子擅写美人，此位小乔不嫁周郎，却与赌客站墩以谋胜局，本人则因败于无爱而自绝。有古典情结的聂老夫子一心指望当代美人洁身如许，且不见伊们大都花着贪官劣商的银子活得至少比作家要滋润五倍。在小泉纯一郎依然参拜靖国神社的今天，石钟山让当年的三个日本鬼子放下屠刀，人性复归，但愿他托尔斯泰式的人道理想不让小泉君发出深夜的暗笑。二十一世纪的中国文坛是帅哥美女作家的T型台，编辑小姐一听星竹的名字，电话里就传来激动的欢呼，我说星竹其名秀美，其形如我，对方始而平静。此番星竹给大家玩了一个新招，他的魔鬼（而非魔幻）现实主义小说使人想起魏晋笔记《赵泰游地狱》，但他笔下的阴间远比阳间可爱。

称薛媛媛是美女作家她十分不乐意，后来改称漂亮的实力派女作家关系方才有所缓和，于本刊主编王大姐跟踪多日之后，从网上发来一个样板戏，是一个少女杜拉式的多情故事，与一生暗恋和追寻的京剧名优终于相逢却不相识。孙方友对官场深刻的仇恨化为无奈的嘲笑，让假的大官给假的小官封了一个假的中官，不知提回家里的是否是假币。

乔叶的《爱情本是陌生人》在本期最长，年轻的女作家大抵都认为爱情应该是女人心中最长的路，然而这几个女人都走错了，她们跳着秧歌儿想在伊甸园里逛一逛长安大街，不幸却误踩了各种色彩斑斓的蛇。

我对这期小说的艺术质量不做一字的评判，因为真正有见地的读者拒绝广告。我只是心中略为有底，看惯了哥们儿曾经下过的绿色环保鸡蛋，相信这一个不会突然注满了水分，得知其中还有双黄，我也不会感到意外的惊喜。曾经我从报缝里读到一则致富妙招，武汉一公司有偿培训欲富者制造假鸡蛋，从此我再去肉禽蛋奶市场购买生活必需品时，便暗自手握了一把放大镜。我的朋友不干这个，要干这个早写注水长卷发财去了。

不做评判的另一原因是这只篓里的鸡蛋有我下的一个，说它好吧我怕读者骂我，说它不好又怕编者恨我，左右为难我什么都不想说，我只想中华幸福陪聊公司的李快乐早些回家，陪一陪他病中的老娘。

另外，关于都市小说的概念，窃以为大抵有三：A. 写都市的小说；B. 都市人写的小说；C. 写给都市人的小说。于是在我的黑名单上原本还有贾平凹、刘庆邦、阎连科、阿成等诸位好友，但在一刹那却又唯恐牵强附会，擅定歧义，而一者的秦地，二者的矿山，三者的耙耧山脉，四者的松花江统统会被摈弃于都市之外，后来也便未予惊扰。

内心其实一直在想，一切都应与时俱进，都市小说的概念亦然，开放一些或许更好。倘若一定要全聚德的炉工做豆皮，老通城的厨师卖烤鸭，吃客必将失去应有的口福。反之，若让每位大师各献绝技，一个店铺，一家刊物，则会更加的兴隆茂盛，四海三江的人民都来买了。

2002 年 12 月 1 日写于北京听风楼

走出心灵的暗夜

——思想随笔集《点亮心烛》序

　　这本书的名字叫《点亮心烛》，非常的美妙，它使我瞬间也想起了一个点亮心烛的故事。在俄罗斯一座古老的森林里，有一族人被他们的敌人所追杀，迁徙的路途中迷失了方向，暴雨来了，黑夜将至，他们怨恨起了带领他们走到这里的一个名叫丹柯的青年，他们愿意回去投降，甚至扬言要杀死他们的领路人。丹柯就用手撕开自己的胸膛，掏出一颗心来举在头顶，照耀着族人走出了迷途。

　　是高尔基写的这个故事，他写了一只海燕，又写了一个丹柯。他的善意是告诉青年如何奋进，不仅在大海上，而且在黑暗里。故事中的丹柯是一位勇士，但我认为他同时也是一位以身殉职的青年教师，黑暗中的烛光是他一颗燃烧的心，他用这个点亮了族人。

　　书的主编王玺，是我家乡的一位朋友，有意思的是他并非文学界人，他曾经做过文化局局长，教育局局长却是他现行的职衔。一年到头，忙罢老师的教学又忙学生的考试，同级别的学官们早已习惯做出日理万机、枕戈待旦的姿势，而他为什么还要编这样一本书，还要像青年丹柯一样点亮别人的心烛呢？这个问题在我的心里，至少还有着森林中的族人的迷惘。

　　今年六月我回老家，听他热火朝天地说起这事，我在点头赞扬的同时，内在的忧虑却是他未必会编得好，因为狩猎与捕鼠原本是两个专科，安分守己是聪明的选择。不料八月底我刚到北京，就收到了这本书的清样，当时我手里正捧着另一本书，我立刻把它换了下来，一鼓作气读了十几篇后，这次我是真的点头了。想不到他编得这样好，几乎书中的每一个故事，都让我陷入愉快的思索。

作者中有一些是我的朋友，在他们讲述的故事中，包含着他们自己生命的成长，思想以及事业的进步，走罢一段长长短短的路，回眸再看自己的脚印，他们感谢当初照亮自己心智的那一株金贵的烛光。走出黑暗，走过迷途，走到今天，这才有了此时要讲述如烟往事的美丽心情和欲望。由于是烛光的赐予，他们特别不想独自吞下这笔财富，而存心把它写成几百个字，留给后来的行路人，唯愿能带给他们同样的好运。

编者说这本书的读者是中学生，我为我的中学文化感到难过，因为我从这本书中学得了太多的知识。我把这本书借给我的孩子去读，问他上小学时能不能读懂，他说小学四年级就行；我又把这本书借给我的妻子去读，问她上大学时会不会还读这个，她说不仅是大学生，大学教授、硕导博导读了也有很大的收益；最后我又问我自己，以写书为业的作家自己读不读呢？回答是这个作家只要诚实，也会承认读了这本书后，自己的下一本书可能写得更好。原因乃在于人的道德修养和品行质量，与人的学历证书和社会身份，并不是一件事。

老子说"富贵者送人以财，仁义者送人以言"，孔子说"君子博学于文，约之以礼"，这本书恰好就是仁者的赠言，君子的课本。孔子"述而不作"，却能"诲人不倦"，编诗、书、礼、易、乐、春秋传世教人，为本书的编者做了两千五百年前的表率，王玺步其后尘，才有了这一柱点亮人之心灵的烛光。

人人都在追求光明，人人的心里却都有着随时可能不期而降的黑暗，能够用烛光照亮心扉，用明智融化暗影，这样的人，是足可令同类羡慕与祝福的幸运者，而获得如此幸运的密码，就藏在这本小小的书中。于是王玺精心主编的这本书，竟能意外地突破他预先设定的地理范围，人群界线，读者数字，而让它理所当然地成为我们汉语人类共同热爱的读物。

2008 年 8 月 2 日写于北京听风楼

印象中的竹溪
——风光摄影集《竹溪印象》序

没有比竹溪更美的名字了，在我的印象中这个名字恰是一幅半卷的画轴，丹青高手酒后的妙品。画里有竹，有溪，小写意的，为它命名的人看一眼画，再看一眼此地的山水，颔一颔首，于是便有了这个风雅的名字。命名者大抵生于东汉末年，因为方志有载，魏置竹溪邑，"竹溪"二字第一次出现在了史家的丝帛竹简。魏晋是诗的时代和酒的时代，诗酒风流的建安七子和竹林七贤，对酒当歌的三曹父子，都应该听说过这个地方的吧，未及踏莎而行，那在当时或是囿于车马不通。

东晋陶渊明的《桃花源记》，据认真者考，无论在今湖南的常德，还是在今湖北的竹山，远的相距竹溪不远，近的就与竹溪邻近。而且，竹溪本身也有一个桃花源，它是南接巴蜀的边陲之乡，名叫桃园，春天灼灼其华，秋来有蕡其实。桃园人不会因了发展本土经济的愿望，妄称陶令笔下的世外之人系自己的晋代先祖，然而这里的"良田、美池、桑竹之属"，以及对外来者"设酒杀鸡作食"的古道热肠，确乎与《桃花源记》中的描写不差几许。

正式将这诗情画意的名字定为县名，是在明成化年间，它与竹山分疆而治，同是"桑竹之属"，一方在山，一方在水，清清溪水之畔的青青竹林，自然比长在山上的更加好看。许多美丽的民间传说也就缘此而生，譬如，双竹园的故事，塔儿湾竹人竹马谋朝的故事，湘子溪的故事，汇湾河二十四个望娘滩的故事，这些关于竹子和溪水的故事满足着老翁老妪们难能可贵的想象与口才，也滋润着童男童女们人生最初的文化与精神，入夜时便常常入侵他们的梦，以至于当他们长大成年，纵使浪迹天涯，记忆里的家乡也永远是如梦如画的一片翠竹，山村半掩，一汪碧溪，潺潺而流。

作罢了一个梦，美景只好又收起去，然而看罢了一遍画，却还可以再看一遍，再看一遍，人世间真有百看不厌的好东西，那首先便是天下的美景。竹溪县宣传部的人深谙此道，他们把竹溪的山峰、峡谷、雄关、险寨、旧城、古楼、寺观、津渡、奇木、异草，尤其还有标志着这片土地的竹林和溪流，以及独有的乡风村俗，鲜明的地域特色，从自然和人文的多个角度拍摄，编排，配文，让家乡人收藏一份熟悉的档案，外地人看到一方奇妙的世界。它们往往从历史和神话的纵向走来，飞扬着千秋乃至万年的尘土，为远方来客披露它们的深邃和神秘。

除却桃园，竹溪还有无数个好听的乡镇和景区，青坪、花桥、水坪、汇湾、泉溪、天宝、双竹、梅子、十八里长峡，它们也都是一幅一幅的画，彼此相连组成一条蜿蜒的画廊，沿一旋一旋盘山的公路婀娜地展现给世人。在这些好听的名字后面，人们会听到比名字更加好听的松间流水，石上飞瀑，花开果落，鱼飞鸟叫的声音，看到此前在更大的名胜之地未必能够看到的天然景致。

说到景致，翻开清同治版的《竹溪县志》，《舆地》篇中本土最美景色共有八处，它们各自或寄托一座奇山，或倚靠一孔异洞，与天光水色，与云波雾气，与中国历史上最爱旅游的神仙和名人结合起来，如吕洞宾，如李白，再让几位受人尊敬的圣贤和佛祖修炼于山上，隐居于洞中，留下许多迷人的故事世代相传，如老子，如观音大士。自从被人取名竹溪，竹溪人也学会了取名，明成化以后的竹溪人，他们为本地八处最有画意的景点取了八个最有诗情的名字，每一个都四字成句，顿挫抑扬，隐真洞叫古洞隐真，白云岩叫云崖剑迹，文笔峰叫文笔晴岚，诰轴山叫龙山横诰，画屏山叫画屏烟雨，五星山叫五凤飞云，独松山叫独松栖鹤，仙人寨叫仙刹棋廊，汇总起来，是谓竹溪八景。每一景，县志的《艺文》篇中，都录有名士们赞美的诗文。

可惜在这本制作精美的书中，这八处清朝的景致都没有罗列进去，是来不及，竹溪的美景太多了，比自然山水更美的人文风光尤其多，得排好队，依照秩序，一个一个地娓娓道来。这本书的名字与竹溪一样好，叫《竹溪印象》，它是一张印有近影的名片，它想让竹溪给人——特别是初次踏访的远方来客——留下一些好的印象。这印象第一是真，第二是美，第三是真实的美丽。接下来它要求客人们将它复印在自己的心中，终生莫忘。

三十岁前，我是"不识庐山真面目，只缘身在此山中"的，自从那个冬天离别家乡，再见竹溪只有在秋天的假日和春天的梦中，想起来只怨那时司空见惯，全未珍惜。不过，好在，这个万夫耕耘的牛年竟然有了《竹溪印象》，我心欢然，将它置于寝室的床头，枕边，书房的案几上，何时想看，何时翻开，让家乡的竹子摇曳在我的眼前，溪水流淌在我的脚边。

无溪的北京是我的遗憾，然而我的新寓可以栽竹，我已有了一份野心，秋天到来的时候，在我的私家花园里，沿边界栽上九十九株竹子，作为久久思乡的暗语。我会把《竹溪印象》中的竹溪，印刻在我记忆之外的现实之中。

这本书，真的是本好书。

2006 年 5 月 18 日写于北京听风楼

写给远去的大山之子

——人物志《天南地北竹溪人》序

今秋十月，我回老家，为我大难不死的老父做八十大寿，年轻的朋友喻泉源到家里来，说是上次县委宣传部分兵南北的两路秀才，已把慰问采访的家乡人物全都写成文章，合并起来正好是一本书。其中有军旅将星，政坛精英，商界骄子，文化名人，更多的则是那些破山赴海，匹马单枪，以非凡的英勇历经人间传奇，创下惊人战绩的民营企业家们，这些人远去的足迹和颀长的身影，早已成为他们童年所在山村的老槐树下父老乡亲对儿孙讲述的榜样，致使方圆百里有志气的青年望其项背而又奋起追寻。

宣传部授意我做一篇书首文字，并且抢在我回京之前，打印了一摞写好的文章给我送来，要我细读。在家读了三天，这些英雄的故事令我心潮难平，回京以后我第一件要做的事情，就是完成此任。

这些英雄在一个好的天气里，如一群展翅飞出深山的凤凰，到天之涯，到地之角，到世世代代死守本土的先人梦中都未曾去过的地方。想到何处就到何处，想干何业就干何业，择梧而栖，时来即鸣，放心成就自己一番心仪的好事。可喜这些山人的后裔，飞了多高，飞了多远，飞了多少个岁月多少个时日，他们还记得此前的老巢，不忘归路，每当在异乡看见中秋的月亮，总能想起儿

111

时在家乡见过的那一个，最大最白，而且最圆，永久地挂在柳梢，也永久地挂在心头，像一面纯银打制的避邪的护心镜。

竹溪有一座龙王垭，竹溪还有一条汇湾河，竹溪人多半都知道当地民间曾有二十四个望娘滩的传说，美丽而又悲伤。说有一个穷人的孩子因误食一颗捡来的龙蛋，竟变成了一条龙，洪水滔天，巨浪翻卷，当那个即将永远离开自己瞎眼老母的早晨到来，这条龙游一步回头望一眼娘，一回头便是一个回水滩，二十四个望娘滩的典故遂源于此。现在这本书中的远行者，他们却是自己要吃前人不敢吃的龙蛋，要变前人不敢变的龙形，要纵身到遥远的江洋湖海去兴风作浪，呼风唤雨了。

听说有一句话，无论走了多远，也走不出母亲的眼睛，这话自然是对于母亲。对于儿子，则应该还有一句话，无论长成多大，也长不出母亲的怀抱。纵令是将军，文豪，高官，大款，依然出自母胎的肉身，因此除了孽子，人人都会像竹溪龙王垭下汇湾河边那条频频望娘的龙，怀一颗留恋报恩的拳拳之心，出门后仍不断地回头张望，张望故土，张望生了养了自己的母亲。

还曾听说，一娘生九子，九子九个样，那么这些远行的儿子恰好便是各务其业，各领风骚，各自以乘风破浪的努力和超凡出众的业绩，为大山母亲多皱的脸上增添哪怕只有些许的光彩。有一天在母亲的确需要的时候，他们会把各样的奉献连同自己一起展示在她的面前。当然，真正懂得儿子的母亲并不希望他们风云气短，父母情长，反倒笃信男儿有志当在四方的千古格言，唯愿他们翅膀愈硬，远走高飞，成为扶摇九万里的遮天大鹏，报效家国，福荫乡里。在那时，在倚山相望的母亲眼里，便会又多了一份不必掩饰的骄傲。

编写这一本书，在家乡竹溪是史无前例的，我说这话的依据，是我通读过以清朝康熙年间乡贤张懋勋的《竹溪志稿》为蓝本，同治年间整理重编的《竹溪县志》。志中虽有官宦、武功、列女、善行各篇，却一未荟萃成书，二因资料所限，收入人物杂芜参差且少传记，多为名录。

我有万千感慨，希望这样的书能不断地出下去，书中这样的人物能不断地生出来，长得越大，走得越远，爱乡越切。同时，家乡也越关爱他们。

2008 年 10 月 10 日写于北京听风楼

故事里的兵营

——地域文化《兵营故事》序

身在异乡，常能从朋友处看到故乡的景色，也常想那白云蓝天下的青山绿水，三千年前是否也美如目前，想那青山绿水间的白屋红亭，三千年后是否比目前更美。只因晚霞是红的，晨雾是白的，山峦是上头小下头大的，河水是有时弯有时直的，万物受之自然，亘古如是。然而，一乡若有他乡没有的逸史遗迹，他乡没有的故事传说，人物虽去，尚有一些非物质的东西存留于世，这里的青山绿水和红亭白屋就能随之一道，与全地球容易混淆的美景区别开来，那才是真真正正有看头的。

我能猜中《兵营故事》编者的芹意，他要用文字和图像复制出一个历史上曾经轰轰烈烈的兵营，唐朝的樊梨花，北宋的穆桂英，明朝的刘伯温，她们和他们或避祸难，或御外敌，或访旧主，来此产生的千古佳话。尤其是还有一些当地山民的恩仇故事，爱情传说，明鑫想把它们汇集一书，献给远来的宾客和后世的子孙。许多年里，我见多了以一市一县为区域的民间文学专集，仅只大山中一个小镇的尚属稀有，认真读了他发我邮箱的信函，方知他的蓄谋已很久了。

掐指一算，明鑫与我已是十年前的朋友，十年前我带几位外地作家来我

113

乡采风，他肩扛一台巨大的摄像机与我同行，那是初识，我记得一路行走中我好像对他谈过摄影业除了自然风光，社会人文的图片将会为这个飞速发展的时代留下更多的价值，好比说在南山一座林场小憩的时候，他拍下了我和韩少功、阿成、聂鑫森几人围着一张柴桌嗑瓜子的图片，三百年后若是有人卖到欧洲，让西土专家研究东方智者用何样手段打开这种神秘的美食，那时候可能连中国人也不嗑瓜子了，如同三千年前孔子也不嗑此物。

由于已经有过交流，此次我受命撰写他主编的此书前言，便想乘机延续一下当时的思考。他没想到我会提出去看看书中故事的发源地，虽然那个由区乡改成的水边小镇，我曾在三十八年前的一个秋日乘车去过，是乘一辆墨绿色帆布车篷的吉普车，越过五十公里土路颠颠簸簸去看一只轮渡试水的典礼，此岸是新洲，彼岸就是兵营。在那次的印象中，兵营颇似我也曾去过的湘西凤凰，也就是沈从文先生小说中的《边城》，同时也是沈从文先生自己的故乡，但我依然还想旧地重游，以唤醒我当初尚是青年的记忆。

三十八年前，兵营人用手一指一指的各个遗址上，这次多了名叫樊停岗的四角亭，名叫拴马桩的青石柱，名叫迷魂阵的石头城堡，樊梨花手握佩剑的大理石雕和穆桂英跃马勒缰的仿铜塑像。每一处的青石座碑上都用红、黄、白色的隶体字镌刻了人事的由来，以供文士吟诵，游客瞻仰。透过这些惟妙惟肖的雕塑，清晰凝练的铭文，我看见了此镇现任领导对地域建设的决心和对历史文化的尊重，他们从改革初期让文化搭台经济唱戏的狭隘、短见和势利中走了出来，走向用经济为文化搭台，最终达到双向发展的时代文明。

我在认出明鑫兼主编、摄影师、实录者于一体，书中多篇文字和全部图片为他所提供的同时，惊讶地发现首席作者是我的另一位朋友，也是三十八年前的同事张明庚。他是早年的唢呐手、曲作者、曲艺作者和民歌收集者，如今加入这本书的写作，想来倒也顺理成章，因为同样属于群众文化和民间文学。拜读老友的文字时觉新鲜，他对"兵营"二字的异议，认为是误读的"边域"二字，此论让我对当地的乡音土语发生兴趣。初读这两者的音韵确实相近，但我听兵营人把"域"并不念"浴"，而念"入"，便觉得如是民间故事可以丰富，如是学术研究又当别论了，念"入"时嘴巴嘟起，念"浴"时却是收缩的。

与正史和方志所不同类的民间文学，其性质与野史和传奇略为相近，是百姓出于自己的天然爱恨，将历史上确曾有过或前辈口耳相传的故事，用嘴巴发表在空气里。因此，同一人物和事件，往往有着不同的演绎。

也有的正史和方志闭口不提，唯独活跃在野史和小说中，如我小时候读过的《绿牡丹》，薛刚起兵于乡野，助庐陵王杀回长安逼武则天退还李氏天下，这事就与兵营故事相吻合了。同一山县，距离兵营镇百里之外的丰溪镇，还有一座薛刚墓，可说是他功成身退后终老于此，也可说是山民为纪念他而造的衣冠冢。总之，无论薛刚在校场比武打死张宰相的公子，还是在长安看灯马踏武皇帝的侄孙，被捕后其母樊梨花将他劫出法场，逃往此地招兵买马，这个兵营就是驻兵之营，这个拴马桩就是拴樊马之桩。

这根石桩拴过樊梨花的马后又拴过穆桂英的马，民间文学的自由妙境正在这里，它们要让中国古代最著名的两员女将都到此地，一位是奸臣当道英雄落难，一位是君主昏庸愧对忠良，其褒贬的立场和批判的精神跃然口齿。正好也在百里之外的泉溪镇，还有一座杨六郎坟，那个杨六郎是否杨宗保的爹爹，穆桂英的公公，杨令公杨继业之子杨元帅杨延昭，也是否追击辽军公公在先，儿媳在后，民间故事或当再续。

至于辽国大将韩匡嗣、耶律休哥（应该是两员大将）是否来过这里，辽国是否有这么一或两员大将，无须太史公们求索典籍，老百姓说是它就是，老百姓说有它就有，反正老百姓要歌颂的是樊梨花和穆桂英，而不是武则天和萧太后。创作民间文学的老百姓固然水平欠高，固然偶有疏漏，但从他们口中吐出的朴素字句却像粮食一样散发着清新而又干净的气息。

随我千里还乡的妻子，明天九十一岁大寿的父亲，他们受了兵营故事的蛊惑，与我一道坐着明鑫驾驶的汽车往返两百余里，在镇委陈书记和徐委员的陪同下，把故事中的兵营一次看了个够。妻子说，如在北京的满天雾霾中藏着这么一个清风明月的小镇，参观者得买六十块钱一张的门票。父亲兴致勃发，临别写诗一首，点赞兵营之美，他送给了镇上的毛副书记，我这里就无法抄录了。

2018 年 10 月 18 日写于湖北老家竹溪

传说堆成的山和诗歌流成的河

——《魂迷竹溪》序

多少年后忽然有人认为，白居易诗中的"养在深闺人未识"是借喻杨家有女而写的此地，又有人认为，杜牧诗中的"白云生处有人家"也是写的此地，而且不借不喻，直抒胸臆。虽说此地连这二位的鬼魂都没来过，那是怨他们不该生在唐朝，古道西风，瘦马难行，美景佳人的描写都寄生于遥远的传说。诗中的寒山，石径，白云，红枫，却都像是真的前来停车坐看过了。星罗棋布的人家，掩映在云、枫、山、石的秋色之间，村村都有杨家女子的貌，只不过是被锁在深闺。

还认为陆游诗中的"山重水复疑无路，柳暗花明又一村"还是写的此地，因为一重一重的山，是竹溪那边的竹山，一道一道的水，是竹山这边的竹溪。走着走着没有路了，路怎么会没有了呢？是行者被翠柳和鲜花迷了眼睛，拨柳踏花再走，蓬蓬丛丛的刺瑰和野菊就被前方一片遮天蔽日的桃花吞没，原来是走进了桃花源。陶令已去千年，这里又要说到崔护，"人面不知何处去，桃花依旧笑春风"，也还是写的此地。

此地的竹就更不用说了，苏东坡说的宁可不吃猪肉也要在书房门口种上几株的竹子，在此地是漫山遍岭，郁郁葱葱，从颜色上看有绿竹、黄竹、斑竹、紫竹，也还有不绿不黄不斑不紫的竹。绿竹雅称翠竹，且分楠竹、水竹、山竹、龙头竹等诸种。猪们就在各种竹子的展览会上散着步子，东坡先生来了，鱼与熊掌不可兼得，肉与竹子却是两样都可以有的；黄竹不叫黄竹，而叫金竹，这么一叫它就成了摇钱树，身价倍增，篾匠们转眼间先富了起来；斑竹大家都知道的，舜帝南游，死于苍梧，娥皇、女英寻至湘江，泪洒竹上，因是尧的两女，舜的双妃，那眼泪就永永远远不会掉了，湘妃竹含泪移居此地，大约是感觉此地有先帝舜的英灵；然而紫竹大家未必见过，传说中连根挖起，制作手杖，日能辟邪，夜能打鬼，一百八十二岁的老老太太拄在手里，独行荒山野洼，虎狼不侵。

当此地的山民接着认为，歌是配上曲子能唱的诗，大家就总算晓得了文学与艺术结缘的美妙，千家万户的杨家女又都变成了刘三姐。她们采茶就唱采茶歌，薅草就唱薅草歌，登山牧牛，临溪浣纱，无一没有歌声相伴。说来也怪，用竹溪的竹锯成竹筒，在竹溪的溪里舀一瓢饮，从喉咙里滚出的歌声女的清泠如泉，男的雄浑似瀑，男女合唱，如闻天籁。不唱歌的日子有个么子活头喔，路通雾都重庆的十八里长峡的姐儿暗自思量着，这隐秘的心事被有色胆的少年听到，就埋伏在窗外唱"姐儿生得白，白似苎麻叶"，无论这越轨的比喻科学与否，对于白面姐儿的柔情蜜意却是以拨动伊的心弦。

峡长十八里，这样的民歌多至十万八千首，个个哥哥会唱，个个姐姐会唱，个个很多年前的哥哥姐姐也都会唱，这些曾经在歌场争风的情歌王子和王妃们，一晃已是满脸的黑皱纹和满头的白头发，然而没齿不忘的爱情还永葆在他们甜蜜的歌声里。远方的客人来了，呼啦一声，老少男女都会放下手里的碗，打着饿肚子从屋里跑将出来，点起篝火，围成圆圈，手儿牵着手儿，环绕着燃烧的火焰，学着螃蟹的步伐向一侧前行，左脚跷一下子，换成右脚又跷一下子。直到火光黯淡，夜色深沉，方才挥手惜别，相约明年的这个时候可是要再来哟。

迷魂阵的地名奇诡，形貌怪异，有两个悠久的传说让人自古辨析至今，不知哪个稍微接近历史的真实，哪个完全出于秀才的虚构。一个是姜子牙布阵迷惑了商太师闻仲，令其丧魂失魄，葬身天火，附近有一座闻太师坟，还有一座绝龙岭是佐证；一个是樊梨花布阵迷惑了则天武后，惹祸打死太子的薛刚被官兵追入此阵，魂飞魄散，眼睁睁地看着薛家三公子脱身远去，日后助庐陵王李显反唐逼位，称帝长安。

塔儿湾的传说，双竹园的传说，二十四个望娘滩的传说，无一不源于此地美丽动人的山水竹木。古人将人生至境归为读万卷书，行万里路，有人最新的诠释是一边读着有天地传说的长卷，一边行走在有传说的天地长廊之中。所谓阅世，便是读山水图，读天地书，读相伴天地山水的人间万象，红尘万种不可解的物事，迷途顿悟。此为大学问，较之博士以及他们的导师要深奥得多。

比书中天地山水的传说更接地气的是同一本书中，直接长在地上的故事，它们是真实的，历史的，线装的史书、方志、家谱里有记载，斧凿的崖壁、碑石、牌位上有铭文的。远来的客人揣着这些故事登高怀古，或闻萧萧马嘶，或见猎猎旌动，楚长城上的烽烟，中峰寨下的刀光，莲花寺里的香火，锣鼓洞中的弹道，它们透过白色的纸页，用文字和图画向人讲述，多少年前此地曾经发生过什么。

还忘了说，此地在两千六百年前，公元前611年的春秋战国时期，是一个"庸人善战，秦楚莫敌"的强国之都。《尚书》里的"武王伐纣，庸首会焉"，褒扬了庸君的正义和英勇，《史记》里的"国人大悦，是岁灭庸"，哀挽着庸人的惨烈和悲壮。太史公写得简单了一点，覆灭后被楚、秦、巴三国联军瓜分的前庸国的地域，以及蜀、麇、百濮等多国和部落的方志上，幸有一些零星的补录，大致说是楚逢饥年，举国大荒，楚庄王左抱郑姬，右拥越女，终日饮酒于钟鼎鼓乐之中，庸国乘机起兵。时值楚大夫伍举、苏从借昏鸟劝谏大王，王曰"十年不鸣，一鸣惊人；十年不飞，一飞冲天"，弃二美，强兵戎，联秦巴，反败为胜。庸为之灭，土分三国，楚得大片以及庸都，设县邑，谓之上庸。

战国时代，此地是秦楚必争之地，所谓朝秦暮楚，非指立场不够坚定，而是两国反复拉锯，如鲁迅诗曰，城头变幻大王旗。三国时代，此地的故事尤其精彩，蜀将刘封、孟达取魏地上庸，关羽攻樊城不下，反失荆州，败走麦城，遣廖化往上庸求救，孟达拒不发兵，关羽被擒身死，孟达叛魏，诸葛亮召刘封回西川斩之。当年孔明发明的木牛流马，如今日的高铁，曾经运行至此，从车里泼洒出来的军粮，播在路边田野成为种子，一年一年地种到现在，今人吃了，多半会聪明如孔明。

最后我再告诉大家，此地是我的家乡。但我是一个亚里士多德主义者，吾爱吾乡，吾更爱真实。人说月是故乡明，每到阴历十五，我的家乡的月亮从蓬蓬丛丛的翠竹、金竹、斑竹、紫竹们为夜风摇动的竹梢上静悄悄地升起的时候，背衬蓝色无垠的夜空，的确比京城一万个人造月亮要明净得多。而且如此明净的月亮，天上悬着一个，竹溪的溪中还映着一个。人又说美不美，家乡水，我的家乡的水若是不美，焉能有人不远万里而来，在我的家乡桃花源边建一个水厂，瓶装它到全世界去送给最尊贵的人儿，咕嘟咕嘟往肚子饮呢？

养在深闺的我的家乡，千年以后，是该有人来初识她了。

2019 年 10 月 6 日写于北京竹影居

此出何典，何出此典

——古典长篇小说《何典》评点本序

　　二十世纪末，我受朋友之邀，带首都记者代表团赴鄂西北一个名叫郧西的山县采访，晚饭后无所事事，去小城一条老街闲走，在一块门板支起的书摊上，偶尔发现了这本书。书已旧而且脏，却是新中国成立后的横排字本，原价×元×角。想起北京的琉璃厂及潘家园，以为门板书摊的主人会要几十几百的高价，便故意做出漫不经心的样子，随口问他这本破书能不能够打点折扣，不料主人却挥一个手，叫我两块拿去。我一分也不还价，急忙掏两块钱给他，转过身子便走，一路窃喜不禁。因为这一本书，我是听说已久，却一直未能见到的，如今意外所获，实在算是有缘。

　　人对世间流传的不可靠话，爱问此出何典，意思是莫非大天白日说鬼话也？原因乃是清代乾嘉年间上海才子张南庄所著的《何典》，它的第二个名字就叫《鬼话连篇录》，书中一个一个两脚行走的动物，无一属于人类，说的是鬼话，干的是鬼事，吃的是鬼饭，看的是鬼戏，怀的是鬼胎，做的是鬼官，余下类推，最终发生的一场血腥的战争，亦不过是鬼打架而已。相比蒲松龄的《聊斋志异》，人与鬼狐的凄美恩爱，《何典》不仅是一部并不算长的长篇，而且描画的是鬼的本身，这便跟中国迄今为止所有的小说，全然地区别了开来。作为绝无仅有，它所存在的价值，此即其一。

其二，正如1926年，鲁迅应刘半农之请，为新版《何典》所做的短序中说："在死的鬼画符和鬼打墙中，展示了活的人间相，或者也可以说是将活的人间相，都看作了死的鬼画符和鬼打墙。"似觉短序太短，对不住半农，忆起光绪五年（1879年）申报馆书目续集上的文字，当日夜间，碰着东壁，又补作了一篇略长一点的文章，夸赞此书"谈鬼物正像人间，用新典一如古典"。如此看来，先生分明认为那位张生是以鬼写人的了。

不过我总觉鲁迅先生太忙，半农先生又催得紧，未顾得看完全书，急于交卷，做了一篇无非是借题发挥的杂文，保半农，骂西滢，为自己的《华盖集》作顺带的辩驳。用先生自己的话说，"还夹杂些和《何典》不相干的思想"。不然若是从容地看到第十回，看到那如林冲一般被逼上梁山的农民起义军的领袖黑漆大头鬼，率领鬼兵攻城略池，势如破竹，杀过阴阳界，直逼酆都城，却从半路上杀出本书的主人公（应作主鬼公）活死人，吃了蟹壳里仙人葫芦里的丸药，带着鬼老婆臭花娘去报效阎罗，求取功名，一个一枪将黑漆大头鬼的肚皮戳破，一个将青胖大头鬼连皮搭骨捆定活捉，致使义军覆灭，阎罗大喜的时候，先生的批评，则绝不会仅仅是"甚浅薄"，仅仅是"江南名士式的滑稽"。亦不会当1932年日本人编纂《世界幽默全集》时，对负责中国部分的增田涉先生介绍此书，称它是一个"颇有名声"的"滑稽本"了。其实若是看到最后，它会令人想到一百回本的《水浒全传》，想到宋公明哥哥领军攻打方腊的可叹、可恨与可怜。

然而先生的打抱不平，却足足令人心生感动。"说《何典》的广告怎样不高尚（刘半农先生半月前在冷摊上买得的一部不完全的石印本小书，已被上海翻印小书的人用了《鬼话连篇录》的名字，再版时他又将其还原为《何典》，虽不能说是怎样高尚，至少亦不能说是怎样低劣吧——本序作者注），不料大学教授而竟堕落于斯"，竟堕落到卖鬼书的地步，其原因却是"北京大学快要关门大吉了；他兼差又没有。那么，即使我是怎样的十足上等人，也不能反对他印卖书"。因此，"既要卖书，自然想多销，既想多销，自然要做广告，既做广告，自然要说好。难道有自己印了书，却发广告说这书很无聊，请列位不必看的么？"

所以我想，这段不朽的文字于此书今天的再版，同样是很适宜的。

其三，根据半农先生总结出的第四层（前三层是文字与技巧，没有说它的必要）意思，"此书把世间一切事事物物，全看得米小米小；凭你是天皇老子乌龟虱，作者只一例的看做了什么都不值的鬼东西。这样的态度……"或许正是今日提倡后现代的青年们所感兴趣的。无论进步与否，应不应该教育，那都是这本鬼书以外的问题，既然它证明着一种意识的必然的存在，那就让它存在着吧。

尚有其四，书里的一群人物（应作鬼物）写得实在是惟妙惟肖，倒霉如活鬼，愚蠢如雌鬼，忠义如形容鬼，势利如醋八姐，混账如刘打鬼，吃风骚饭如刘打鬼娘，热心肠如六事鬼，望婿成龙如臭鬼，苦尽甘来如臭花娘，多管闲事如蟹壳里仙人，诚心教徒如鬼谷先生，莽撞如冒失鬼，想占便宜而吃大亏如豆腐羹饭鬼，冤枉如豆腐西施，淫邪如色鬼，狠毒如畔房小姐，无用却能做官如罅鬼，阴险如饿杀鬼，不知天高地厚如催命鬼，有勇无谋如黑漆大头鬼，讲义气如青胖大头鬼，还有阎罗大王甘蔗丞相以及殿下鬼官鬼将，云云，个个呼之欲出。尤为可贵的是，尚能写出鬼的成长，鬼的演变，鬼格的复杂性以及鬼性的双重性。如贯穿本书始终的活死人，幼年受苦，少年发奋，青年立业，既见义勇为，救助弱女，又为虎作伥，镇压反民，令人始而赞赏，继则遗憾，曲终掩卷，乃为此鬼与张生共叹惜之。

有以上四个由头，《何典》问世二百多年之后，是可以再版的了。

2001 年 6 月 30 日写于北京百万庄

太后、太监和三代清帝

——叶赫颜札仪民长篇小说《禁宫艳史》序

　　这本书的内容，正如序文的题目所暗示，它有许多不等同于电影或电视的地方，中国大陆以及台湾和香港，关于清宫关于慈禧的影视，可以说是多如牛毛。时代的节奏快了，人们的事务多了，雪夜掩扉，秉烛读书的优雅生活已成为历史。尤其是电的发明，电影和电视的相继出现，更使成千上万的读者变成了观众。这时候的小说家聪明的改做了剧作家，执着的在夹缝中探索，迂腐或低能的则苟延残喘，甚或惨遭淘汰，然而电视真能替代小说吗？且不说用画外音表现心理，以雄鹰展示志向，假剧中人口而发作者之论等手法是否高明，仅就影视中人常握一卷小说在手，便足可见小说这个独特品种于任何时代都有其存在的必然。但是，我们要说的本书与影视的区别，却并非是形式上的，而是内容。

　　在这本书中，与清宫档案馆的原始档案，以及以此为依据的部分影视大不同的是，同治皇帝并非死于天花，光绪皇帝也并非死于肺结核。本书第八回里，作者已将嫔妃成群却饱受性压抑之苦，花天酒地而梦想过民间自由生活的，年仅十九岁的小皇帝同治偷偷溜出宫门，寻花问柳，染病丧生的悲剧故事，写得笔笔有据，处处合情。而下一位政治和婚姻悲剧的继承者光绪皇帝，他是怎样的欲爱不能，欲弃不得，一生抱负无法施展，维新变法竟惨遭失败，硬被囚于金丝笼中，最后终于被秘密处死。作者在描写他时，一腔冤怨愤愤之情尽倾笔端，竟自不顾小说的传统章法，不惜调出药方病案，以作千古之辩。

作者是一位八十二岁高龄的老先生，姓叶赫颜札氏，名仪民，为叶赫那拉氏近亲，晚慈禧太后两代，应以祖母相称。其生父、伯父、岳父，均曾为清廷命官，自山东、山西道抚，及朝廷内务府大臣。作者本人则因其特殊的身世，任了北京文史馆的终身研究员。作者幼时，宫中秘闻所听甚多，且多与官说相左，如大太监李莲英之死，确非善终，乃是他早年情同手足，后来又受重赠的迪威上将军江朝宗邀其到什刹海会贤堂赴宴毕了，返家时途经后海为"土匪"暗杀，尸沉海子，头抛河沿，与李莲英碑文大异。其碑文曰"太上孝钦（慈禧死后的道号）显皇后……公之退志决矣，退居之时，年已衰老。公元殒于宣统三年二月初四日"云云，以证寿终正寝，而非暴死荒郊。上述这段隐情乃是江朝宗之子江宝仓与作者聊天时亲口所云，因此实在不能算是野史。如今作为历史见证的嫡系先辈们都已相继逝去，唯儿时记忆犹新未灭，老先生有职在册，衣食可保，但他以耄耋之手，操童贞之笔，寒暑不间，以成此著，想必不会是为稻粱谋，而是如有骨鲠在喉吧？

叶赫先生不是小说家，这本书也未必是一本具有严格意义的纪实小说，耐心的读者也许可以看出，他有时用了史官记事的笔法，甚至部分章节几乎就是国中大事的实录，这势必会影响一般读者的阅读兴趣，但是这不要紧，他既敢写小说，自然也便懂得一点峰回路转，只见他老笔一转，文章也会生出花来。你看他有些篇章段落写得极好：

> ……那文喜问同治道："万岁所说的那夜市，不稀奇，要是进了大栅栏往西走，就是有名的八大胡同，里边尽是妓院，到那里去玩，才开心呢。"同治眨了眨眼睛，纳闷地问："什么叫妓院？"文喜说："都是些花枝招展的大姑娘呗。"同治问："大姑娘在那里干吗？"文喜说："她们见着有钱的人，就欢迎招待，可热情啦。"同治问："招待些嘛？"文喜说："吃吃喝喝，玩玩乐乐，快活极了。"同治便说："去吧，她要多少元宝，金锭，要多少给多少。"……同治对载徵说："明天傍晚咱们四人化装出去。"

把一个高居龙位的大清皇帝还原成一位憨痴单纯的纨绔少年。透过这样一个小小情节，将深宫生活的枯燥无味，帝王婚姻的荒唐无奈，描写得独到而又深刻。又如写慈禧太后，京城陷落后亡命荒郊，饥寒交迫，威风扫地的凄惨景象：

> ……太后迫不及待地说："有小米粥很好，患难之中，能够得此，已很知足了。"吴永退到东厢房后，让内监把粥、馒头、咸菜送入。内监出来说："上头要筷子。"吴永一听，抱怨厨子说："为什么不把筷子一同送上？"厨子吓得满头大汗，因夜间匆忙，竟忘了携带筷子。吴永慌忙把随身佩带的小刀牙筷呈上，但皇上、皇后等不够分配，太后命内侍出外去寻找秫秸秆，分发各位。当吴永派人把筷子取来时，皇上等才弃掉秫秸秆，室内一片吸溜吸溜的喝粥声和叭啦叭啦的食物争夺声。
>
> 李莲英由内房中出来，慢慢地走到吴永面前，跷起大拇指说："你很好，皇太后很喜欢。太后想吃鸡蛋，你能找来吗？"吴永"喳"了一声，马上去找，不大工夫，找来五个，煮熟后又加一撮食盐，捧交内监进呈。约半个小时，李莲英笑眯眯地又走出来，对吴永说："太后很受用，刚才所进的五个鸡蛋，太后吃了三个，其余两个赏与万岁了。太后很想吸水烟，你能找来吗？"吴永"喳"了一声，忙又寻到一个乡绅家中，果有水烟袋一具和纸煤儿多支，一并借来进呈。此时只见太后手托水烟袋，从门帘内走出来，自点自吸，神态自若。太后亲自把吴永召至跟前说："此行匆促，顾不得携带衣服，颇觉寒冷，你能设法筹备点吗？"

这在过去的小说和影视中，大约是未曾见过的吧。在过去关于慈禧太后乃至所有帝王后妃生活的各类文学作品中，我们看到的大多都是他们辉煌的一面，即便是在战乱之中，也是江山虽丧，威仪不失，群臣拱卫，尽遮寒丑。而在本书的第二十二回，何等高贵的慈禧太后此时却惶惶然如一条丧家之狗，饥饿难耐，竟顾不得什么体面，和皇上、妃嫔以及格格们大口争吃小米粥。小说写得淋漓酣畅，满纸嘲讽却又不至太过。你看那慈禧，她饥而求粥，饱而求蛋，再求烟，再求衣，一级一级地提高要求，慢慢又由丧家狗回到了西太后，这段妙笔，在过去的同类历史文学作品中，至少我还没有读到过。

作为重笔描写的对象，慈禧太后的形象是丰满的，性格是多元的：她残暴狠毒，杀八大臣，杀六君子，杀只顶了她一句嘴的珍妃，杀下棋吃了她一匹马的心腹太监崔得贵，杀菜里放咸了盐（其实是李莲英栽赃所放）的临潼知事夏楚卿；同时她也软弱，恭亲王派人杀了她的陪床太监安德海，分明是冲她来，她却哑巴吃黄连，声张不得。她穷奢极欲，万银画像，冰上撒钱，养狗玩鸟，看戏游春，建殿修园，祭祖庆寿，不惜巨资，挥霍无度，以致国库亏空，买不起抵抗八国联军的武器战舰。但她却号召嫔妃格格们自做针线，自下厨灶，而本人则在大年三十日夜，以身作则，亲自擀皮剁馅，包面饽饽，颇有一点自力更生丰衣足食的意思。她恼恨同治逛妓院，监督光绪会珍妃，而她自己却将壮汉隐于宫中，夜夜淫乐。本书第十一回，慈禧太后调戏李莲英一节，以白描手法，一次性剥光了慈禧太后的金色御衣，使其一览无余地露出荒淫本性，也表现出了权倾朝野的大太监的悲哀：

> ……每当宫女给她准备好浴盆水时，先让小李子在内间等候，再把宫女支出去说："我自己洗吧。"当宫女出去后，再到内室把李莲英叫出来。叫他进浴室侍候，并嘱咐他脱下衣服再进去。小李子有些害怕，但看见太后瞪眼叫他快脱，又怕抗旨，硬着头皮脱光了走进浴室。慈禧太后大大方方地脱光了，也走进浴室，小李子看见太后曲线毕露，心跳如鼓。而太后见小李子与她的下身大同小异，便说："小李子，你又没有那个，怕什么？"小李子不禁怀恨爹娘，为什么叫他当太监，虽然是男子汉，却连那个都没有。见太后和他谈笑自若，小李子才放开了胆，又听大后说："小李子，进浴盆里来给我搓搓，我觉得浑身痒痒。"……从这天开始……

书中另外一些人物，如袁世凯的卑鄙，荣禄的奸诈，隆裕皇后的"特务"嘴脸，珍妃的勇敢追求爱情，还有那位在中国近代史上毁誉参半的风流名妓赛金花，对她的描写虽然不多，但仅从面对被枪杀的德国公使克林德夫人，和联军司令瓦德西，她居然为英雄恩海慨慨辩护一节，作者的观点已在其中。而为报同胞之仇枪杀公使，又为国家和平挺身自首的英雄恩海，他和书中另一位弃路不逃，愿以热血唤醒国人的爱国志士，戊戌六君子之一的谭嗣同一样，已作为永远屹立的形象种进读者的心中。

书中还有两处极为精彩的论说,颇值一读。一处是求贤若渴的光绪皇帝召见上奏条陈的阔学士,那一席维新变法的宏论,可使人想起三国时孔刘著名的"隆中对";另一处是谭嗣同受康有为之托,单身赴天津游说小站练兵的袁世凯,以求治病之药而隐请强国之策,妙语试心,密谋兵变,大有辩士机锋,而又不失君子磊落。

据作者透露,台湾、香港也在联系出版这部小说,已有信函往来。本书稿的原名曾由作者定为《京都幽灵》,付梓前我们征得作者同意,易为此名,并依据小说文白相杂的特点,将每篇的标题一律改为章回小说的八字对偶,文字也作了一些必要的润饰。所有这些,原是希望在茫茫书海之中,更加受到读者的关注。

1993 年 10 月 1 日写于北京神虫窟

好一粒铜豌豆

——周汶、徐国成、张知人长篇小说《梨园情史》

读完《梨园情史》的初稿，我这样想，当今天的人们一边呷着香茶，嗑着瓜子，一边与家人同看险象迭生的电视连续剧，并因此而换掉某个正在唱念做打的戏曲频道时，大抵不会去思索荧屏和银幕的前身，恰是那演出戏剧的舞台，更不会去联想元曲以及关汉卿这一类人物，不会想到是神奇的现代科学将观众，从剧场赶回自家软和的沙发。

以为从此与剧场告别，这是一种错觉，因为戏剧并没死去。

这位元代的梨园领袖，杂剧班头，有东方莎士比亚之称的关汉卿，人们真的忘了他吗？七百多年过去了，现代剧作家田汉先生第一个依然以戏剧的形式纪念了这位伟大的古代剧作家，使这位以毕生心血塑造了无数活生生的舞台艺术形象的戏剧大师，自己也活生生地走上了舞台。又过了近半个世纪，河北省安国市（原祁州城）的三位国际关汉卿学术研究会的会员，以关汉卿家乡人的热情和使命感，已不满足于关氏的人生传奇只演出在小小的舞台上，他们以对前辈巨人的敬仰，博览了唐、宋、元三朝史书，搜集了伍仁村（原为五人村）乃至祁州城的野说，面壁几度寒暑，联袂而成此书。

三位作者以其各自的优长，分工合作，各尽其责。市文化馆创作员张知人先生长期从事基层文化工作，曾著有《关汉卿的传说》等书，进而又创作了同题的电视剧，可谓胸中早有成竹，厚积只待薄发。市委党史办公室主任徐国成先生在主研党史之余兼研文史，自文件堆中出而入小说，且构思缜密，文笔老到。市委副书记周汶先生头戴乌纱，喜交布衣，公务之余好伏书案，手持绿灯一盏，使《梨园情史》的创作一路顺畅，使执笔者尽倾才华，忧虑全消，心中只有关夫子。上述这些，构成了此书得以及时问世必不可少的条件。

作为编者，对三位作者的功劳之大小，分量之轻重，不必多加评说，但有一言是可以发的，那就是他们势成鼎足，缺一不可。在此之时，我们除了对作者的恭贺，尚有编者自身的喜悦，喜于清贫文坛，时有来者，尤其是地方有识之要员不但支持，还亲身参与，想必七百年前喋血而去的关汉卿于九泉之下再一次得到了安慰。从文学本身而言，《梨园情史》也算是一部成功之作。在这部以历史人物为轴心的长篇传记小说中，关汉卿这位在中国几乎家喻户晓的人物，撇开他的风流才华不论，仅他那"蒸不烂，煮不熟，捶不扁，炒不爆，响当当的铜豌豆"的性格，已经鲜明地跃然纸上，不管他追求的是自由的爱情，还是人间的真理。书中最精彩、最动人、最能够看出作者们通心合力之处，乃数关汉卿写杂剧《窦娥冤》，为保住剧中一段悲愤的唱词，宁可身陷大狱，宁可慷慨赴刑的几个章节，作者将关汉卿的君子节操、侠士正气，英雄胆魄，以及中国文人中最是难得的硬骨头精神，淋漓尽致地表现了出来。

《梨园情史》可以给人留下记忆的情节尚多，如小关睢与戏子巾香的爱情，与小僧万秀的友谊，成年后的关汉卿在事业上与杂剧班的荣辱与共，患难时与红袄会的神秘相逢等都写得有声有色。当然，此书的不足亦甚为明显，试举关汉卿受红袄会之邀赴杭州一章，几十年前青梅竹马红帕赠别的表妹从天而降，却由一锁在深闺的羞情少女变为西子湖畔的春院鸨母，诱关汉卿偿当年情债，始而欲，继而恨，再而绝望，终而超身为尼的一段蛇尾，此前伏笔未达，忽而异峰突起，一眼便可看出仅为猎奇而设，且证明关汉卿虽是风流情种，却更是正人君子。编者从全局计，为小说结构及人物形象免遭破坏，已替作者断然割疣。

反之，应写而未写的地方却多，尤其是集于元大都的几位杂剧界代表人物，关汉卿除与白朴在普寺、圆缘楼和关家园有过三面之缘外，与曾风传中了曲科状元的马致远，捷笔先写西厢的王实甫等，几乎则连神交也无，这就不能不说这部理应有历史和文化大背景的小说显得直线、单薄和孤立，从而损失了它的应有分量。另外，由于统稿人的疏忽，使这部合著之作时有脱节，抑或突发异象，如关汉卿出狱还乡之后，其一别数十载的原配夫人和已翻然少年的公子关佳，对他精心侍奉，给人以"眼前突兀见此屋"之感。这种突兀在于当事者关汉卿虽是正常，然而对于局外人的读者则属非常。此前作者如能在关汉卿的心理历程上作些描摹，对遭关遗弃的故园妻小作为复线给予一定的关心，那就自然可以免去读者的困惑。

生活化的语言是此书的特长，但任何特长一旦长得过度，便显出了粗糙和芜杂。编者对于此书的文字作了或删，或增，或修改润饰的较大幅度处理，以第二十八回《忘剧稿恶语责贤妻，失伙伴厚棺葬小狗》中一段为例：

（原文）……睡了一大觉，关汉卿方醒了过来。关汉卿发现自己桌上的手稿不见了，他下楼来问关夫人，关夫人向他解释说，没看见手稿……

关汉卿言道："一定是你藏了，要不，怎么会找不到呢？"

关夫人道："藏你那心肝做什么？"

关汉卿言道："你在恨我。"

关夫人赌气地回答："我恨你，谁都恨你，你是个万人恨。"

关汉卿硬要逼夫人拿出手稿，关夫人生气了。她表示就是被打死，也拿不出来。后来，她说明不是自己藏了他的手稿，让他好好找一找。关汉卿一口咬定，说是她把手稿故意藏起来了，但关夫人长着一身的嘴也解释不清。他举手要打夫人，一卷稿纸从他的衣袖中滑下去，"叭"的一声，落在地上，正是他的手稿。关汉卿看见了手稿，便立即过去拾了起来，他吃了一惊。

关汉卿自言自语地说："这是怎么回事？"

他后悔，他怆然，他心中一阵辛酸，忽然，他"扑通"一声，跪在了夫人面前。

他痛哭流涕，说："夫人，我错怪你了……"

关夫人也放声大哭起来，越哭越伤心，越哭越悲痛。

关汉卿劝道："别哭了，这事怨我……我对不起你……"

129

两个人哭个不止，哭声渐渐小起来，二人开始回忆往事了……

……从此后，那五棵大柳树越长枝越长，叶越宽，不到半年，变成了婆娑多姿的垂柳了。

这五棵柳树，柳丝细长，随风飘摇，关汉卿经常站在楼下，仰望着垂柳树的风姿，心中暗想，自己是否也像这垂柳风流潇洒……

如今，这五棵柳树中的三棵，枝黄叶凋，关汉卿的心中不禁打了一个寒战。

关汉卿说："我也像这三棵柳树，风流了一辈子，快要死了……"

关夫人反驳他的说法，不让他明说。关汉卿接着说："古书上记载，风流文人是喜欢柳树的。我也喜欢柳树，将来我死了以后，叫咱们的儿子在长堤上多栽些柳树，也算尊重了我的遗愿。"

关夫人安慰他，说我们一定牢牢记在心里。说着说着，她偷偷地掉下了几滴热泪。

……

（编后）睡过一大觉，关汉卿醒了过来，发现桌上手稿不见了，急忙下楼来对夫人道："一定是你藏了书稿！"

关夫人急道："谁藏你那心肝做什么？"

关汉卿道："你恨我。"

关夫人赌气回答："我恨你，谁都恨你，你是个万人恨！"

关汉卿举手要打夫人，一卷纸稿从他的衣袖中滑了下来，"叭"的一声落在地上，低头看时，正是他的手稿。关汉卿自语道："这是怎么回事？"一阵惶惑，继而一阵辛酸，"扑通"一声，跪在夫人面前："好夫人，我错怪你了……"

关夫人也放声大哭起来，关汉卿却先止了哭，道："别哭了，这事怨我，老糊涂了，夫人你看，我就像那不中用了的老柳……"

夫人拭着泪，随他手指望去，窗外院中那五株春上还柔丝细长，随风飘摇的垂柳，而今刚值初夏，却有三株已枝黄叶凋。

关汉卿说："我也像这柳树，飘摇了一辈子，如今快要死……"

关夫人急得堵住他的嘴，不让他再胡说下去。关汉卿挣开夫人的手，笑道："古书上记载，风流文人是喜欢柳树的。将来我死了，你切叫我们的儿子在长堤上多栽些柳树……"

最后，本书编者要和三位作者一道，感谢薄一波先生的欣然题字，感谢魏巍先生的热情题词，感谢李士伋先生的精美绣像，特别要感谢上官丰先生的苦心策划。愿本书在春末夏初风光正好的首发式上，有幸得到从事关汉卿研究和热爱关汉卿其人的专家及读者的季节般的关抚。

1993 年 10 月 3 日写于北京神虫窟

131

岛泉先生与海岛万泉之缘

——萧岛泉诗集《海南吟唱录》序

　　八十岁的萧岛泉先生当然是我的前辈，继《岛泉诗作选》行世刚满一年，新著《海南吟唱录》又将出笼。老人家命我做一篇序，我刚战战兢兢说了声晚辈不敢，电话里便传来一句厉害的话，道是如认为不辱你的大名，这事就劳驾了！随后不过两日，传达室通知我去取一件包裹，下楼取了，是京西萧家河畔邮来的，打开是两本书，一部诗稿，一封信。书是《共和国三次哲学大论战》《一代哲人杨献珍》，诗稿是《海南吟唱录》，连同这信，作者统统是我至今尚未谋面的萧岛泉先生。

　　我首先注意到两页漂亮的信笺，抬头为金凤凰海景酒店，地址在海南省三亚湾路海月广场，便知这里必是老人家上次去海南下榻之地。此行尽兴，临别依依，友人折柳，他却撕两页信笺带回北京西部的萧家河，以作纪念。当然这是玩笑话，下面我要读诗了。

　　这部诗集全都是吟唱海南的，共二十首，而且差不多全都是长诗。诗写得长，证明有话要说，中国民间有句俗话，叫有话则长，无话则短。言为心声，诗为韵言，这跟说话是一个道理。萧岛泉先生与海南岛是有缘的，一是命中注定，二是名中注定，你听他的名字，海南是岛，他也是岛，岛上有河名万泉，他也是泉。所以他一到海南岛就文思泉涌，咳一声嗓子，立刻开始吟唱，首篇《海南印象》唱道："拔地擎天五指山，遥从山巅望中原。"海南到底怎么样呢？暂不细表，只一句话："雁到此地不南飞，人到此处不思归！"

他要去四个必去之地："海口拜谒五公祠，儋州追思东坡公。凉山道人白玉蟾，崖城东渡有鉴真。"五公祠里纪念的李刚、李光、李德裕、胡铨、赵鼎五公，皆是历代被贬此地的名臣贤相，他无心玩赏祠庙的建筑，却直接想起了五公的当年——"放逐生涯多悲苦，戴罪依然报南溟""是非功过千秋论，清风明月昭人心"（《拜谒五公祠有感》）。

在苏东坡纪念馆，他的诗思刹不住了，《与天同寿与地齐——瞻仰儋州苏东坡纪念馆感赋》是全书最长的一首，分为五个部分，总长近二百行。"时值元祐八年间，坡翁二贬在岭南。朝云相伴春睡美，孰知纵笔惹祸端。"写到第三第四句，他提到一个人，用了两个典。

苏大学士贬官惠州，好像并无所谓，继续写他的诗，写了一首《纵笔》："白头萧散满霜风，小阁藤床寄病容。报道先生春睡美，道人轻打五更钟。"不料被人打小报告，送给当朝宰相章惇，章宰相说："苏子瞻尚尔快活！"翻译白话文是："姓苏的你还怪快活的嘛！"于是绍圣四年，又把他从岭南贬到海南，官职是弼马温式的琼州别驾。夫人朝云病上加气，呜呼哀哉，这下子苏子瞻"尚尔快活"不成了，赔了夫人又折笔，焉能再纵？

萧老先生接着又写，琼州别驾在海南的三年生活是这样的："饮水污浊凿泉眼，无米下锅芋薯填。欲饮老酒自己酿，就地取材冬门天。自制笔墨写诗文，险些烧了桄榔庵。"桄榔庵不是尼姑庙，而是苏东坡的栖身之所。贬到海南昌化即今天的儋州，可把他的粉丝昌化军使张中高兴坏了，"海国此奇士，官居我东邻"，一个劲儿地给他做东坡肉吃，还把他当作顾问委员会的顾问有事请教。好日子过了一年，元符元年，张中因此罢官，访察岭南的湖南提举常平官董必将苏东坡逐出官舍，他只好在城南的槟榔树丛中买了一小块地，请当地几个黎族朋友盖了五间杜甫被秋风所破的那种茅屋，这便是他的桄榔庵。

据喜欢苏东坡的人统计，在谪居儋州的三年里，他总共写了一百二十七首诗，四首词，各种表、赋、颂、碑铭、论文、书信、杂记等一百八十二篇。因为第一年住在官舍，桄榔庵中就至少写了三分之二吧。那首洒泪挥别他的难中知己的《送昌化军使张中罢官赴阙》，可能就是出于桄榔庵；那首奉诏北归时一腔深情写下的《别海南黎民表》，自然更是出于桄榔庵。萧岛泉先生痛惜

133

而又庆幸地写到"险些烧了桃榔庵"，他痛惜的是这位落魄官僚晚景的凄凉，庆幸的是这位伟大诗人毕竟留下了庵中的诗篇。

虽然萧岛泉先生在这首诗里并没有写，但是当我读了他的《共和国三次哲学大论战》，关于"思维和存在的同一性"的论战以后，我就在思考着，站在九百年前桃榔庵的遗址边，这位杨献珍先生生前的秘书，他是否由不肯同流合污而遭贬的苏东坡想到了坚持哲学真理而被批的杨献珍，由崇拜偶像而罢官的张中想到了追随良师而坐牢的他自己呢？在另一首长诗中，我果然找到了一根这样的思想线索："自古贬谪多悲苦，遭贬崖州十五名。多系良将与贤相，蒙冤受屈无处伸"。（《兴来寻访崖城镇》）

他的心里必然想到了更多人的，比方说，他还想起了一个更加了不起的人物，来到海南必须要去拜谒。而且他从历史想到当代，从古人想到今人，由文臣想到武将。《凭吊海瑞墓感赋》："古有海瑞，今有彭公。庐山会议，史官作证。直言上书，奇冤沉沉。功过是非，后人评论：海忠介公，永载民心。精诚彭公，万古长存。"他的诗思奔放如神八飞船，时间无碍，空间无疆，敬重彭德怀，一有机会他就要做彭公颂。

萧岛泉先生在给我的信中，谦称他的诗大多不合古体的章法，只能算是顺口溜和打油诗，故此取名《吟唱录》。这便令我对老先生越发的喜欢了，因为我喜欢打油诗，除了张打油的"江山一笼统，井上大窟窿，黄狗身上白，白狗身上肿"，还有鲁迅先生的《赠邬其山》："廿年居上海，每日见中华。有病不求药，无聊才读书。一阔脸就变，所砍头渐多。忽而又下野，南无阿弥陀。"这个无所不通的文豪，他故意连韵都不押，海、华、药、书，他故意要制造一种令人哭笑不得的荒唐效果，这种效果是工整的平仄对仗和灿烂的引经据典所不可比的。

诗源于歌，不好吟的诗不是好诗，不好唱的歌也不是好歌，如此说来顺口也便成了诗歌的原则。当然是原则之一，诗歌要好吟好唱，好吟好唱的却未必全是好的诗歌，诗人和歌者站在了劳动人民的对立面，所吟所唱的水平如果高到了天上，那就连人带作品都不是好东西了。萧岛泉先生自称的顺口溜和打油诗是好吟的，是好唱的，同时也是健康可爱的，如果让"我爱五指山，我爱万泉河"的曲作者谱出曲来，再让男高音李双江站在海南的椰子树下，迎着海风张开双臂放声歌唱，那一定很好听的。

《美丽呀诺达，欢乐呀诺达》中，这两段可以被选出来配曲——"但见藤缠树，又见树缠藤。究竟树缠藤，还是藤缠树""树干互交叉，如同俩夫妻。何时成的亲，谁也说不清"，他真是把诗写成了老百姓的大白话，而且重复啰唆，反葫芦倒水。但是唯其这样它才自然，它才可爱，你们看吧，一群欢乐的游人，来到神奇的树下，指点着，研究着，猜测着，争论着，最后，夫妻们纷纷以这两棵藤缠树为榜样，站在它们下面"拍照留纪念，美满过一生"。

读这首诗，我想起乐府诗中的《江南可采莲》："江南可采莲，莲叶何田田。鱼戏莲叶间，鱼戏莲叶东，鱼戏莲叶西，鱼戏莲叶南，鱼戏莲叶北。"要想不让它重复啰唆，反葫芦倒水，删去后四句而换一句"莲叶在四面"，四言是标准了，句子是凝练了，鱼儿时东时西时南时北的活泼劲儿却没有了。《美丽呀诺达，欢乐呀诺达》的作者是懂得这一点的，为了渲染呀诺达的欢乐和美丽，作者不怕人笑他重复啰唆反葫芦倒水，他偏要把游人在与藤缠树合影之前指点、研究、猜测、争论，甚而至于还走过去用手摸一摸的过程，都写出来，这首诗就跟这棵藤缠树一样活泼极了！

中国最早的诗歌选集是《诗经》，《诗经》的"风""雅""颂"里最好的是"风"，"风"里的诗都是民歌，有的现在读来看似古奥，但在当时却也是大白话。譬如"魏风"中的《硕鼠》："硕鼠硕鼠，无食我黍。三岁贯女，莫我肯顾。"大老鼠精呀大老鼠精，别吃我家的大米行不行。多年辛勤侍候你，可不能害我们！《鄘风》中还有一首《相鼠》，那就更是大白话了："相鼠有皮，人而无仪？人而无仪，不死何为？"老鼠都还有一张皮，做人怎么能没礼仪？做人连礼仪都不讲，你还活着有什么益？

知识分子写诗，自战国屈原、宋玉的楚辞之后，直到汉朝也没出现佳作。正是没有，才在汉武帝的领导下成立了一个名叫乐府的中国音乐家协会，派人到民间采集民歌，这就有了随后的乐府诗。哀帝不爱音乐，诏罢乐府，东汉复兴，光武帝又"广求民瘼，观纳风谣"，通俗浅白的乐府诗遂风行一世。汉末建安最著名的一首长诗《孔雀东南飞》，其俗白的程度妇孺皆懂："孔雀东南飞，五里一徘徊。十三能织素，十四学裁衣。十五弹箜篌，十六诵诗书。十七为君妇，心中常苦悲。"《古诗十九首》是乐府诗中最受吹捧的，然而它却是文人仿作的匿名诗，直到魏晋，才开始出现公开的创作和大诗人，如三曹，如陶渊明。

135

萧岛泉先生的诗，我看它是从乐府诗里吸取了最天然的营养。在《海南印象》中他写了一匹神鹿："神鹿回头见净土，但见琼岛即方舟。"接下来，他开始细说这匹神鹿化人的传说："悬崖大海边，神鹿在奔走。猎手紧紧追，挽弓欲下手。神鹿猛回头，化作彩云图。"这时候世间最伟大的爱情发生了，"云中一靓妹，临风婷婷立。款款走下地，眉眼传情意"（《神鹿回头百媚生》）。神鹿变成的云中靓妹与挽弓欲射的猎人帅哥结为连理，繁衍生息，这便是三亚的黎族人把鹿视为亲人的渊源。

正如神鹿化人，神鹿化人的爱情故事在多少年后也化作一道风景，化作天下后世有情人永远相爱的一个道德启示："神鹿频回首，仿佛语未休：山盟海誓石，夫妻应遵守。"（《三亚石》）三亚爱情故事的神奇与美丽，使人把三亚这个名字跟亚当联系起来，眼前的海岛于是又化作了自由浪漫的伊甸园。在这里，世间的一切都可以成为爱情的主人公，"何时成的亲，谁也说不清"的藤与树能相爱，根与石怎么就不能相爱呢？"花开红似火，如同霞满天。还有根抱石，硬将石抱穿"（《美丽呀诺达，欢乐呀诺达》）。这个"硬"字用的是何其的好，此次爱情的主人公是默默扎在地下的根，在遍地红花，满天彩霞的背景下，它对自己深爱的石头患难与共、生死相依、旁若无人、永不放弃的决心和力量，被作者用一个字，表现得简约而又精准，生动并且形象。

通俗浅白的诗不仅来自汉代的乐府，唐代的新乐府更是把有民歌风格的诗推向了文人创作的高潮，元稹与白居易联袂发起的新乐府运动，使诗坛涌现出了大批脍炙人口的好诗。白居易对村妇念诗以求其解，曾被同代诗人哂为对牛弹琴，但他以身作则写出的《卖炭翁》《观刈麦》等同情劳动人民的诗作，却成为传诵至今的千古名篇。从他的《官牛》一诗："官牛官牛驾官车，浐水岸边般载沙。一石沙，几斤重，朝载暮载将何用？"我又听到了《诗经·鄘风·相鼠》中"相鼠有皮，人而无仪"的愤怒质问，听到了《诗经·魏风·硕鼠》中"硕鼠硕鼠，无食我黍"的严厉谴责。

在杜甫最著名的"三吏三别"中，同样能够看到乐府诗的遗传，"嫁女与征夫，不如弃路旁。结发为妻子，席不暖君床。暮婚晨告别，无乃太匆忙。君行虽不远，守边赴河阳"（《新婚别》）。便是李白，不少通俗浅白的诗是被后人赋予了本来没有的深意，如《古朗月行》："小时不识月，呼作白玉盘。又疑瑶台镜，飞在青云端。"这诗本是说他的儿子伯禽，伯禽又叫明月奴，从小与老爹一样喜欢举头望明月，却不知道那个可爱的东西叫月亮，而说那是天上的玉盘和镜子。后人说李白是讽刺唐玄宗和杨贵妃，以此获罪被逐出宫廷，这是牵强。还有他的《答友人赠乌纱帽》："领得乌纱帽，全胜白接篱。山人不照镜，稚子道相宜。"也是大白话，说孩子们夸他把这项乌纱帽戴在头上，相当的合适。

萧岛泉先生写景，更是天然去雕饰的。"一海生三色，黑蓝白分明。何处有此景，唯有蜈支洲。天朗日丽明，沙滩如银粉。椰树与蕉林，鲜花护路径。人立花丛中，犹如在仙境。海水送海风，拂面好滋润。"（《咏蜈支洲岛》）古往今来，写海的诗不计其数，几乎无一例外都是蓝色，这位老先生的眼睛真好，他能看出海面因为远与近、静与动、水与浪的区别，在太阳照射下的三个层次。而且将沙滩上的沙子比作银粉，这也只能是在阳光灿烂的正午才能出现的景观。写沙的诗也不计其数，鱼玄机说"鸳鸯暖卧沙浦，鸂鶒闲飞橘林"，杜甫又说"泥融飞燕子，沙暖睡鸳鸯"，然而被海南岛上夏日的热烈阳光晒成银粉的沙子，鸳鸯是不能够卧的，它不是暖，它是烫，那一对爱情鸟卧在上面会变成烤鸭。

老先生还有一句诗，让我读了一遍，又读一遍："客房面大海，大海望无边。极目远眺望，白帆点点点。"（《礼赞三亚金凤凰粤海海景酒店》）我翻来覆去读的是第四句，想他为什么不写"白帆一点点"，不写"白帆千万点"，也不写"点点是白帆"，而偏要写"白帆点点点"呢？依照五言律诗的平仄规定，一首诗里是不可以连用三个平韵的，三点相连，恰是三平，他却不顾一切，明知不可为而为之，势必是他认为以上那些修辞都太凡俗，前人或许早已有过。这个老头儿真够胆大，他要出奇制胜，竟敢不拘一格。既然无边大海上的白帆很多，远非一二可数，千万又数不过来，那么他就索性不去数了，也不用诗人爱用的数词，点点点吧，你说多少就是多少！

湖北郧阳，汉水之畔，那是我们共同的家乡，也是三千年前《诗经》中"风"的重要采集之地，还是《诗经》中"颂"的主要作者，周幽王宫涅的老师尹吉甫的故乡和食邑。二十年前，我的朋友胡崇峻先生经过几乎一生的努力，在炎帝曾经尝草采药的郧地神农架中，搜救出了汉民族的广义神话史诗，三万多行的采集稿《黑暗传》，打破了黑格尔的"中国人（汉族）没有自己的史诗"（黑格尔《美学》第三卷）的断言。时至今日，在神农架的周边，郧县，房县，竹山，竹溪，都还保留着名声在外的民歌村和能唱三天三夜的优秀歌手。

《岛泉诗作选》的自序写道："我的父亲没上过学，但喜欢认字。经自学勉强粗通文字，最后竟可看唱本，农忙季节农户上工薅草时，要打锣鼓给大家助兴，他打起锣鼓，居然能唱全本的《梁山伯与祝英台》和全套的《盘古开天辟地》。"作者幼小的心灵为这般美妙的民歌所滋养，所迷惑，难怪长大以至到老，如此钟情于诗。

萧岛泉先生毕生所写，主要是与共和国的历史有关，与马克思主义的哲学有关，如评说杨献珍先生罹难生涯的一系列著作。毛泽东的秘书李锐先生在《共和国三次哲学大论战》一书的序言中说："十几年来，作者一直致力于调查杨献珍的生平事迹，探讨研究其哲学思想，从而为其独立的人格力量、旺盛的治学精神、罕见的理论勇气所感动，终于又抱病完成了这部书稿。作者的这种情怀和毅力，是值得大家学习的。"

他的郧县同乡，女作家梅洁含着眼泪写他："萧岛泉先生以 15 年的光阴，在遭际丧妻后巨大的孤独与寂寞中，在脑中风和腿部血管阻塞坏死的巨大病痛中，在不断经历着人生的各种打击和险情中，从 1992 年到 2007 年，从 64 岁到 79 岁，一个心怀高孤、笔耕不辍的老人，最终完成了关于一个哲学灵魂的写作与出版。"

然而这个高孤勤勉的老人，一旦走出理论研究室，由一位哲学家的秘书和角斗士的助手，还原为自然人，变成一个高龄旅行者的时候，他却是那样的童心未泯，天真烂漫，甚而至于还有些调皮，如一条江南荷池里的小鱼，在田田莲叶间东西南北地穿行游弋，尽情地享受着生命的快乐和美丽。

我与萧岛泉先生的相识在三年前，那是我刚参加完全国第七次作代会，回家接到老先生的第一次电话。他写了一部名叫《心系桑梓，情寄母校》的书，对我谈到出版事宜，由于当今的图书市场正大踏步地走向庸俗化和商业化，我为自己不能尽到一个家乡晚辈的责任，隐隐的内疚一直在我心中持续了三年。

这种尴尬此前我曾多次深尝，同样是在老家那块厚道的土地，先后有人因为著作不得经我问世，便在中国人民每人一个的博客上著书立说，贴我的匿名大字报。

杨献珍先生的秘书没有这样，他是伴随哲人十年而研究哲学二十余年的人，与杨献珍先生一样否认"思维和存在是同一的"，坚信思维并不等同于存在。反倒对我越发亲近，呼我小友，相交忘年，出了新著就寄给我，电话里用未改的乡音一次一次叫着我的小名，三年之间，我们似乎已经情投意合。

己丑年是我父亲的八十二岁大寿，我运筹着为父亲出版一本诗集以作贺礼，萧岛泉先生小我父亲一春，两人经历酷似，共同诗言颇多，近年经我做媒，已结为天南地北遥相唱和的诗友。我把父亲的诗稿《晚云集》发给萧岛泉先生，请他在政治思想和历史事件上进行把握。萧老先生一鼓作气读完，打电话来喝彩，纠正了《警思篇》中的几处误记，以示字斟句酌，笔笔不苟。翌日，他又寄来贺诗一首："己丑春于萧家河畔题云程兄《晚云集》：华发苍颜志弥坚，神思妙手绣诗篇。忆古鉴今启后世，雅调高风千秋传。"

"传神文笔足千秋，不是情人不泪流"，这是曹雪芹死之后，皇室后裔爱新觉罗·永忠哭赞他的诗，后两句是"可恨同时不相识，几回掩卷哭曹侯"。以"千秋传"夸我父亲，我会替我父亲汗颜。于是我骗萧老先生，说是最后一个字不合平仄，应改一句才好。萧老先生真就上当，遂将末句改为"雅调高风纯天然"，问我合否？我说这下合了。其实"传"与"然"是一个韵，只是纯天然要好一些，纯天然是环保的诗句。兴之所至，情不自禁，我将实话说了出来，先生谅我。

这本书是三位一体的，有诗，有书，有画，大抵这也是老先生的创意。《楹联丛话》载，郑板桥辞官归田后，一日在家宴客，有李啸村者至，送来一联，观之出句，云："三绝诗书画。"板桥曰："此难对。昔契丹使者以'三才天地人'属对，东坡对以'四诗风雅颂'，称为绝对。吾辈且共思之。"限对上后就食，久而未能，再启下联，曰："一官归去来。"咸叹其妙。

唐玄肃二宗时，有诗人郑虔，诗书画皆工，时称"郑虔三绝"。上联以郑板桥比郑虔者。

又有东晋陶潜，于彭泽令上挂冠归隐，作《归去来辞》，下联又以郑板桥比陶潜。而今萧岛泉先生要出版一本"三绝诗书画"的书，我便由此想到"一官归去来"，琢磨着他，或许不仅比喻海南美景如诗，如书，如画，还把自己晚年离休以后超然出世的生活方式也含了进去。

果真如是，这本书就更有意思了。

2009 年 2 月 10 日写于北京竹影居

蜻蜓·蝴蝶·鱼
——刘书平小说集《黑山风流事》序

　　读这本书我有些激动，我的记忆瞬间回到了十年前。那个时候，我一边自己写着小说，一边办一份内部发行的文学刊物，几乎隔两三天，我就要收到一篇字迹清秀的小说稿，有时是作者辗转托人送来，附一页言辞极是恳切的信，更多的时候，送者则是作者自己，从十几里公路以外，骑一辆半新半旧的凤凰牌自行车。那时候我们都很年轻，在我老家的那座小山城里，有一群年龄都在二十多岁的文学青年，常常无组织无纪律地聚会在一起，颇有一点儿沙龙的意味。我是他们的头儿，这本书的作者刘书平是其中的成员。

　　书平最初学的是书法，他的字已经写得小有名气了，在他的乡下老家花桥寺一带，但逢辞旧迎新的爆竹炸响，很多人家红鲜鲜湿漉漉的大门框上，都会用煮罢团年饭的很稠的米汤水，隆重刷出他的书法作品。他的字如其人，很秀气，门框的左右一边七个，门顶上四个，当然他是一个字也不敢乱写的，那都是从书报上摘下的全世界最好的话。后来，县城里居然也出现他的字了，这引起了活跃在县城里的老书法家们的注意。但是正在这个时候，他却画起了画，而且他的画很快也参加了县城里的画展，还有的送到地区乃至省城里展出。他的画也如其人，山水草木之间都融着他本人的精神，轻淡而又灵秀，柔弱但也坚决。有一年，他替我写过几副对联，是我自己创作的对文，他竟努力地要用墨汁把它的内涵渲染出来。

又有一年，他还送了我一幅画，是画在一块用木框钉好了的白布上的，混混沌沌，莽莽苍苍，白的是雾，黑的是山，悬在我那间陋室的墙上，每日起居抬头必望数次。可惜的是，1984年的冬天因为调动工作，我的弟弟替我搬家，那幅画给弄丢失了。我原以为他已有志于丹青，私心里曾暗暗做好了以后为我的书作插图的设想，却不料没过几天，便收到了他学写的第一篇小说。

有人扼腕叹息，说他这样做好不明智，根据小猫钓鱼这个寓言告诉人们的道理，这样会导致画也画不好小说也写不好，即所谓扁担无抓（读第四声），两头都要失刹。但是好奇的刘书平没有在意，失刹就失刹吧，他不听老猫的话，硬要一会儿捉蜻蜓，一会儿捉蝴蝶，不过钓鱼终究被他确定为最主要的业务。他说写就写，从此就闷头写起小说来了。他可能对上述这个著名的寓言多多少少持一点儿怀疑的态度，他想捉蜻蜓为什么不能钓鱼，钓鱼又为什么不能捉蝴蝶呢？人其实可以多才多艺，一专数能，何况文学和艺术，本来就是结过缘的。

他节衣缩食，用自己微薄的薪金购买大量的文学名著，中国的，外国的，古代的，现代的，买回去阅读研究。他有一只顾不得刷漆的两米多高的书柜，耸立在床头的正对面，那里面足足装了他家三分之二的财产。从此他再和我见面的内容，就基本简化成了两件事，一件是拿来一篇稿子，接着一件就是拿走几本稿纸。他写得真快，往往一天就能写完一个短篇的小说，在方格稿纸供应不上的时候，那就该我拜读他写在白纸上的故事了。

他写第一篇小说就差点惹了官司，这篇惹官司的小说讲的是这样一个故事：有一位掌着实权的大队书记，很受社员的热爱，社员家里一有什么事情，不管好事还是坏事，杀过年猪啦，女人生娃子啦，老辈子过生日或者小孩子满岁啦，死了人啦，两口子吵架打离婚啦，都要派人把他请到家里，坐在顶里边的上席，把酒来敬把肉来夹，不把脸上弄出猪血的颜色，决不肯放他走。时间一长这便形成了制度，为了体谅社员上门的劳苦，每家有事他不请自到。他一年到头几乎没有机会在家吃饭，每晚回去迎着开门的书记娘子就是一串嘹亮的酒嗝。但是后来土地承包到户，这位书记有一次又听到了猪叫，循声赶到杀猪人的家里，人家简直不等他来就已经吃上了新鲜肉，他来了也没人抬屁股让座，看见了当作没看见。他生气了，按照过去的办法要用重活来整治这家社员，却发现人家在自己承包的土地上唱着歌儿干活儿，完全可以不理他这一套了。

这篇小说在我编的内部刊物上发表不久，有一天忽然传来一个消息，书平的老家一带有个大队书记要到法院告他，还要告我们，说是这篇小说诬蔑了自己，因为小说中的大队书记和自己同姓。我们都哭笑不得，这场官司的结局，好像是该篇小说在上级刊物上再次发表时，那位没有吃到新鲜猪肉的大队书记只好换了一个姓。这是一件距今已有十年的旧事，过了五年，我从北京回到竹溪，就欣闻书平在全国各地的文学刊物上发表了不少的小说，有些还得了奖。一位朋友主张书平把那些红本本拿出来给我看，书平则坚决不拿，说是不值一谈。这不禁使我对这位昔日的朋友刮目相看，不是因为他那许多奖，而是因为他这一句话。这句话里有一种可以使人产生信心和希望的精神依据。

又过了五年，也就是今年的二月，在我的帮助下，书平收到中国最高文学殿堂鲁迅文学院的通知，坐飞机来京进修，我叫上一辆小轿车去机场接他。我看他瘦了，那是熬夜熬的，而且他不仅要写小说，还要当县文联主席，不瘦倒是怪了。但他自己却浑然不觉，在我书房的电脑桌前，我让妻子为我们拍了一张合影，过一段时间交到他的手里，他竟然露出吃惊的样子，我脸上是这样的吗？他问。我说是的，为伊消得人憔悴，好啊，下面还有一句是衣带渐宽终不悔。果然，他在鲁院十分遵纪守法，认真地听课，勤奋地写作，礼拜天也舍不得出去看看北京风光，几个月里，连我家也只来过两次，大老远的又坐地铁又转公汽，来了说一会儿话吃一顿饭就要忙颠颠地乘晚班车走，生怕误了明早的课程。

现在，书平的这本即将出版的小说集摊放在我面前，这是他十年创作的结晶，每一个字都浸透了他的心血和汗水，凝聚着他的劳苦和艰辛。我不知道他是怀了一桩怎样的心事，要我为这本书写一篇序言。按理说我应该婉言推辞，因为我不过是一个同龄人，然而按情说我却推辞不得，因为作为家乡的朋友，我恰要借此说几句心里话，相当于写一封书信，叙一段友谊，我想这也是他的本意之一吧。不过，还有一句成千上万的人们用在序言结尾的套话，我还得很平庸地为我的朋友沿用下来，那就是希望他在新的岁月，写得更多和更好。

1993 年 10 月 10 日写于北京神虫窟

风筝的舞蹈

——王洁中短篇小说集《看你的翅膀能够飞多远》序

《看你的翅膀能够飞多远》，这本书的名字非常好听，我几乎是带着一种使命感抢在春节以前通读过了。了解一个即便是生活中十分熟悉的作家，也不能只看她的一篇作品，而必须看她的一片作品，沿着她留在纸页上的心路走上一走，比看她现实中的写作经历要重要得多，也有意义得多。之所以作家写出的故事比作家本身的故事更值得研究，原因乃在于唯有前者才是其思想的成长史，而现实经历只会在某种现象上帮助它成长，因此从这点看虚构往往比真实更加真实。这么一来，王洁如何从当年王聪儿揭竿而起和庐陵王被贬隐居的一方小城，走到今天小说中所谓的"鹌市"，倒反而显得无足轻重了，她的翅膀飞了多远，我们只能从她的这本书中进行观测。

本书中的故事基本上都是爱情故事，婚内之爱和婚外之爱，还有未婚少女对梦中的白马王子柏拉图式的一往情深。年轻女人已习惯了琢磨爱情，写爱情故事是她们的长项，而王洁又是诗人出身，她能够把爱情写得似梦似幻，如水如月，尤其是她作品中年轻的知识女人，总善于在雨夜掩上窗帘点燃微烛，独自在小房里构筑一座理想的爱情庄园，让想象中的丈夫或情人守候在身边，做着一些自己喜欢的事，说着一些自己喜欢的话，每一句甜言蜜语都好似来自

143

天国。然而一打开门，发现事情不是这样，于是就很生气了。

《看你的翅膀能够飞多远》中的颜君的身上，不知道可否有作者自己的影子，这篇小说固然写得轻松而又浪漫，但这表面的轻松毕竟掩盖不了一个沉重的主题，貌似的浪漫也毕竟不能抚去女人的哀怨和不平。不满于自己在丈夫立志的眼里仅是一个厨娘的颜君，起因于一碗丈夫不喜欢吃的羊肉馅的饺子，她终于要离家出走了。小说一开头就写出了她的勇气，她的决心："颜君脱下下厨用的围裙和袖套，甩门而去，她将离开这个家，从此不再回来。"

这句话使我们想起二十世纪初，反封建的中国新女性的先驱凌淑华女士即以《绣枕》为喻发出了最早的呐喊。而在更早的时候挪威也发生了类似的事件，易卜生笔下的娜拉和王洁笔下的颜君何其相似乃尔，区别只在娜拉是丈夫的玩偶，而颜君则是丈夫的厨娘，这个丈夫较之前者更加功利，于是便具有了中国的特色。此外还有一个区别，三天后的早晨颜君乘坐大巴又回来了，那个外国女人却没有。大约八十年前，鲁迅对北京高等师范的女子们讲到娜拉，说英国人续写的戏剧中伊走出去后进了妓院，而上海人则称另一个译本中的伊终于又回了家。王洁是中国人，所以她的颜君也选择了回来，并且前后只过了三天。

这三天她玩儿得很好，"感觉自己就是一只自由的鸟儿"，那么干吗还要飞回笼中呢？这就是女人们一直在苦苦思索，而至今也不得其解的神秘的问题，它和生命的本身有关，和东方女人的根性有关，说它是一个小夫妻拌嘴的喜剧可以，说它是一个女人无法挣脱心灵羁绊的悲剧又何尝不可以呢？颜君们不是自由飞翔的鸟儿，她们是天空舞蹈的风筝，无论白天有多么潇洒，一到黄昏它还会回到昨天的地方。将近一个世纪过去了，反封建的主题还在继续，女性解放的呐喊声还在继续，在王洁的其他小说里，绣枕式的，风筝式的女子还在反复出现。

《盆栽》中天真纯情的少女栀子，她懂得了爱男人，却不懂得什么是男人的爱，当她热烈崇拜的偶像贾医生在她心中彻底毁灭之后，她只能找到儿时的伙伴卷毛来做替补。栀子跟颜君一样要给她未来的丈夫做饭，似乎卷毛爱她的理由和她与卷毛相爱的资本就是这个。"以后，你每天过来给我做饭吧。"卷毛抬起头说。男人抬起头来就意味着女人低下头去，"那我的工作不要了？""不要了……"卷毛说。卷毛是诚心诚意的。栀子知道面前的这个男人是一只苍鹰，而自己则是一只按时归来的风筝。还是一棵盆栽的台湾竹，葱绿，美丽，然而"在她租住的房间里正渐渐地枝叶枯萎，叶片坠地的声音越来越大"。

《焰火》是王洁擅写的三角爱。刘东明与雪儿，刘东明与鲁蓝，鲁蓝与大新，鲁蓝与刘东明。情爱与性欲，肉体与灵魂，嫉妒与猜疑，痛苦与焦虑。她引用博尔赫斯的话说，"世界首先是变丑，然后熄灭"。但是焰火在熄灭前却是无比的美丽，唯其美丽才对红尘世界产生致命的诱惑，人类方才无不惊艳于它那难以抗拒的非凡魅力。不仅城市，乡下也是如此，只要是红尘世界概莫能外。中篇小说《傻B张二水的城乡生活》是王洁所有作品中最好的一篇，女作家一反此前散文式的叙述和诗性的心理描写，化身为第一人称的男主人公，尝试着用一种通俗活泼，幽默朴实，有着乡间味道的口语化白描，继续讲说了一个悲惨的爱情故事。农村放映员张二水短暂的一生经历了三个女人，第一个是性，第二个是爱，第三个是与利益相交换的婚姻，唯一真心爱他的翠英子却只给了他一个月光下草滩上的夜晚，以及十五年后一个名叫王青儿的孤儿。小说中的幽默渐渐变得苦涩，笑声终于化作无言。

有人说诗是酒，散文是小菜，小说则是主食，因此小说家的语言最能体现"五四"以来新文学的艺术主张，三十年代两位刘姓诗人的白话新诗就已接近了分行的小说。然而小说到底不是精工巧做的小菜和杯酒，它得从大处着眼，平中见奇，抒情诗人先酒后菜再吃米饭，依序而最后成了小说家的先例不少，小说家中也常有饭间兼吃酒菜者，当然也不乏一辈子吃白饭的。王洁似乎属于前者，这样的人尤其又是女人，写小说的好处就实在是太多了，她可以用诗的语言写悲愁，用散文的语言写欢悦，根据小说的题材和环境，主人公的心绪和文化，大珠小珠，嘈切错杂而弹，作品的语言就能得心应手，丰富而又新颖了。

王洁的小说语言已经形成她的定势，散文化和诗体的侵入改造了传统小说的语言结构，冷艳，凄美，华丽，似有李清照的词风和但丁《神曲》的诗意；尖刻，锋利，乖僻，处处渲染，每每修饰，解剖灵魂几近残忍。如《盆栽》中那位以堂堂仪表迷醉了全体女护士的贾医生，她好像从他手中夺过手术刀，凌厉几下，贾医生白大褂内的骨子便露了出来，"那双大手开始在她的胸部摩挲了两下，浅尝辄止，似乎思索着从哪个部位动刀"。事毕后问："'还是第一次吧？'把单子拽起来丢进了洗衣机。"多么的干净利索，速战速决，不愧是优秀的外科医生和学术权威。《焰火》里的语言残酷而机智，描写刘东明的渴望复仇令人心悸：

145

"少女雪儿背叛的眼光正看着他……刘东明抱住了鲁蓝，在雪儿的注视下。"

　　但是有时候渲染、修饰失度，逞一时之淋漓，诗意、哲理和抒情蜂拥而上，就显得技巧过分华而不实了，如《你走了，我依然留在这里》的开篇："时间是一只硕鼠，在经历了一夜不停地啃嚼之后，终于偷走了夜的抹布，坚实而饱满的果子以拒绝的姿势⋯⋯"云云，不用说，这样的小说语言是失败的，以后不能再这样写下去的。

　　最终，我要祝贺王洁这本书的出版，祝贺鄂西北的土地上又长出一位年轻的女性作家，同时希望有更多的人对她关心，给她援助。

1997 年 12 月 10 日写于北京听风楼

坐花轿的语文教师

——邱益莲散文集《坐花轿的女儿几时回》序

　　两年前的七月，与我缘悭一面的江西小朋友旺旺先生巧立名目，以参加《教师博览》杂志论坛为借口，将我诱到南昌的大火炉里烤了数日。得知这份杂志有颇多深谙文学的才人，每临盛事，男女老少一齐上阵，内部有社长方心田，总编向晴，编辑王芸、周正旺、甘甜等，外围有撰稿者邱益莲、顾文艳、谢李英干众，若非因热爱教育而固守讲台，却聚精会神地写文章靠近旋律，他们或可能成为职业的诗人和作家。如今他们就这么里应外合着，呼朋引类着，将一块肥田躬耕得作家只能打赤脚站在田坎边上，偶尔读着他们的文章，竟能读出一种不受约束的野趣与活欢。

　　邱益莲老师任教于庐山下的一所英语学校，盖因日照香炉，遥看瀑布，天长地久便在教书之余爱上了写作，如同有一类作家创作之余又去教书，兼职某所大学的客座教授。不同者乃是作家兼教授多半教文学与文学史，教师兼作家却不守本分，无所不作。在江西上饶，弋阳龟峰，她听说我要为一棵从石孔里长出来的小树做传，就积极地跟在我的身后参观，想必是不同意钱锺书关于鸡蛋和鸡的妙语，还有意拍下合影一张，以便日后验明正身。回到北京，我果然守信地写了那篇文章，发表之后，她认为能够打六十分，这时又正好编完自

147

己的散文集，就顺口请我为她写一个序。我明知连自己都不会写什么形散而神不散的散文，又岂能将一堆散得捆不起来的东西码放在语文教师的门口。

问题是我又脱身不得，邱益莲老师早已作文一篇，题为《野莽先生无戏言》，不仅预告于网络之上，并且收编于文集之中，这便将我逼上了绝路。劳动节后，劳动罢了园子里的白菜和黄瓜，又送走首次来我竹影居小住数日的儿时同窗，回头我从微信中读她发来的篇章，我忽然为她一些零碎的描写吸住了眼睛。在这部共分九辑的散文集中，故园情思和触摸现实这两个单元，似乎更能让我动容，它们一为回顾，一为直面，回顾故园的哀婉凄美，直面现实的悲伤愤怒，若说这两辑是因故事而选择的两套笔墨，那她这整本书则是因品类而自成的九种格调。这么说有人会怀疑我用了夸张，那我就再换一句话说，说它在语言文字的组装上摇曳多姿，不拘一体总是可以的吧？

又好比一场从乡村走向城市的音乐会，开篇《故乡的年味》是用欢快的竹笛把人引回久违的童年，而定作书名的《坐花轿的女儿几时回》又换成忧伤的二胡，转身引人到遥远的村口。前者她不厌其烦，津津有味，恨不得倾尽童年的记忆，后者她继续耐着性子，搜索记忆中最珍贵的细节，许多的往事，许久的尘封，就这样生动跃然于有过乡村生活的读者眼前。她是教师，教语文，教读书，教写作，从她多变的口吻中能看出她懂得不低于七种的技巧，但她仿佛一种也没有用，她只是娓娓地说，散散地写，弯弯的水到之处，长长宽宽的渠就成了。

不过我仍得睁着眼睛说几句瞎话出来，权当是看出了她的毛病，私心认为不这样就不足以说明我的认真负责和也许是个外行。依然三点：第一，节制。不仅篇幅，也有素材，雷同的繁花适当删减几朵，可以让枝叶透一口气。小说能连载，那是有未完的故事在勾引多情的人，散文的魅力则全在语言。第二，分类。以首篇为例，若把一生最难忘的童年、故乡、初恋分为三篇，各自写入骨髓，作者难忘，读者也能记住。目前印象深刻的唯有前者，这是因童年与故乡难分难解，而又还不到初恋的季节。第三，变化。微友圈里有她连篇累牍发表的悍女传，三篇三悍，悍得惊心动魄，我想此女若能温柔一次，哪怕只有最后的五分钟，那将是一件多么可爱的事，但她在第七篇里还悍然如故，我便认为可以省下同类的四篇。

中外古今，除去邢台，人类贬师者寡，窃以为天地君亲师位的供牌上，无妨把君往后面挪，道理在于总统也是教师教出来的。由于是写作者，我尤其尊重与写作有关的教师，晚年转业为著作家的大学校长，我写过两卷本的传记；教我古文的中学老师以及师母，我接到北京家中供奉二周；历史上第一个夸奖我作文写得好的已逝的小学班主任，我至今还怀念他用红笔在我"怒发冲冠"四字下面挽的八个圆圈。关于作家的处女作之说，我的理论是，真正的处女作无不诞生于小学教师布置的作文，而走向文坛第一次发表的作品，则应该叫出嫁作，因这时的作者已长成丰满的新妇，能够放开手脚为人民生育了。

教师和作家本似分工的同行，一方管教，一方管作；教师和编辑也像合作的近邻，一方教文学的苗子如何走步，一方将会走的姑娘扶进花轿，抬上圣殿，从此光芒四射，万众瞩目。邱益莲老师的工作距作嫁不远，但这一点也不影响她自己也出一个嫁，像她不知几时回来的女儿一样，端庄地坐在这顶文学的花轿里，无须佩戴专业、一级、终身津贴等作家的金银首饰，只让有眼力的读者单看她的素颜之美。时下文界，自从天上掉下个余秀华，地上又长出个范雨素，名不副实的专业作家已被逼进尴尬的境地，更多网络作者的破土而出，越发使他们的日子难过起来。许多年后，岁月还会一层一层地扒去附加在一切文学作品之上的作者身份和荣誉，正如今天的我们置李白于张九龄之前，康熙于纳兰性德之后。也正如当年的蘅塘退士，于唐诗万首千家之中只取三百，视如毛的名家大牌于不顾，却把杜秋娘的作品做了压卷。

这么说，无非是为了激励一下邱益莲老师，愿她鸡年司晨，而且叫得比说语文教师不懂文章的肉鸡好听，好听得多。

2017 年 8 月 17 日写于北京竹影居

黄土般纷扬的乡思

——董怀禄小说集《家在牛角塬》序

董怀禄先生的语言我之所以能懂,是因为他虽非我的家乡的作家,但他的家乡却与我的家乡比邻相望,他的家乡的作家多得散漫于八百里秦川,于是他越过秦岭,来到我的家乡传道授业。古之秦楚,今之陕鄂,只隔有一道楚人先祖用糯米筑成的长城,饥馑之年,被两地灾民挖食了,如今遗址犹在,它离我具体的祖籍只有十五公里,用脚走一个时辰也就从我的家乡来到了他的家乡。很多年前我的祖母,便是我的祖父用脚走过去,用轿子抬过来的,嗣后她为我的父辈们巧手制造的美食,大抵也有这部小说集的首篇《祖母与她的偷天机》中,他的祖母所谓的"蛋蛋馍"吧——在读他这篇小说的时候,我忙里偷闲地想。

我痴迷于祖母的传奇身世和人生智慧。这位年幼时在坡上挖"野蔓青"掉进"胡圈"的讨饭女,首先是命不该绝,两条恶狼在胡圈口流了一夜涎水都没能将她吃掉。十八岁肚里怀着胎儿徒步七天爬上华山,从一位白胡子老道的袍袖里得到一部《偷天机》,从此她有了人间指南,并用它教诲膝下的儿孙。每临难关,她以此书作救命的教材,而当儿女终于长大,她却不同于全世界所有的慈母,居然逼着八个儿子分家另立。她成了伟大的哲人,从她口中吐出"分就是和（合），和（合）就要分"的偷天玄机，其深刻与睿智完全颠覆了《三国演义》开篇的偈语。她一生为人助产了三百六十个娃，不胜惊险，亲自生下并养大了十个娃，更是艰苦卓绝，由此成为名气很大的民间接生婆，选民证上威风凛凛地写着"十个娃他妈"。活着，七八个娃认她做干娘，死后，几百个娃哭着跪倒一条长街。

作者用他笃实而绵密的秦腔和楚调，用他的崇拜与感恩，用一个短篇小说的窄幅，写尽了祖母一辈子八十余年。曲终人散，把谜底揭开，她那部秘不可宣的《偷天机》，那部被人疑为铁冠和尚与刘伯温对话的《透天机》，原来是一册线装本的《道德经》，那可不就是人世间的非常之道吗？

接下来的《黄土魂》写了黄土一般古朴的父亲，到老才初离家乡，对牛角塬外的架子车、隧洞、桥梁，嘴里只会用"这狗日的"来表达无限的惊奇和赞叹。他最看得起的是面朝黄土的"土脊背"："狗日的，争得狠！"最看不起的是背离家乡的年轻人："狗日的，放着地不种，跑到城里去……"他对黄土的爱恋和保卫被村邻讥讽为"拿着放大镜到地里锄草"，以至于大病之后失去记忆，幻觉中还在痛苦地喊叫："狗日的，地里的草都长凶了！"

再接下来的《彩云归》又写了彩云一样美丽的母亲，"人活一口气，狗活一张皮"，是她对娃从小最美丽的教育，唯恐娃坏了名声，败了门风，十一二岁还"问"不到媳妇，断了夫家的种！娃从小"匪"，踏人篱笆，堵人烟囱，她抄起烧火棍痛打娃的屁股蛋子，打得自己哭了，拉着娃登门到户赔礼道歉，上房疏通。直到娃冒死从"盘过一条扁担长的大长虫"的洞里救出村邻的小孙子，母亲才觉得给她长了脸。但又有一个老汉上门告状了："把你娃呢？我今日感谢这狗日的来咧！"看官到此，连我都不免心惊肉跳，原来是老汉的老汉临死时交给后人的传家之宝，一杆用三石麦子换来的玉石嘴烟袋锅被他给弄丢了，是这娃捡到送还了他。

再接下来，《我的大大们》《赞怂叔》《笨镰大叔》《磨子爷和勾子爷》《姑婆丁想想》《石榴婆还乡》，这些篇章顾名思义，也都是抒写家乡的亲戚和长辈；再接下来，还有《我们的高二乙班》《有个姑娘叫艾香》《懒汉"丁光蛋"》《我的屁友》，文中无不有着动情的笔墨，字缝间闪烁的信息出卖了他，他的人物和故事是真的，因此他也就是感恩和重情的。我的眼光停在这本集子所署的"小说"二字，最终认定它们就是小说，无非有着明显的散文化，纪实性，自传体。他以童年记忆中的真实人物和故事垒起了大半壁的江山，看起来多了一点议论，少了几分剪裁，混了些许次序。人的思维是这样的，跳动穿越，支离破碎，他似乎是想自由一点，情感所至，随意游走，不愿在结构上多费心力。这是以后再说的话题，如果以后再写的话。

除了写人，家乡的亲人和朋友，他还写鬼，当然也是死去的乡亲。"他走到我的窑洞门口，在门旁边的木墩子上坐了下来。静了几分钟，他开始有节奏地拍我的窑门。我说：'二愣子，你不要吓唬我了，咱俩无冤无仇，小时候我踢坏过你家篱笆，我妈不是给你们修好了吗？堵过你家烟囱，我不是也给你捅开了吗？再说我对你是有恩的，我把你从胡圈背上来，差点儿把我累得吐血，我妈给我做的一件新夹袄，都永远地丢到胡圈底下了，你不感谢我，还跑来吓我！'二愣子哭丧着脸说：'哥，我哪敢吓你，我知道你是好人，你好人要做到底，阎王跟前两个索命的小鬼这些天一直在追我，我想在你家窑后拐窑里躲几天！'"（《夜半鬼敲门》）

我把这篇鬼小说看了又看，下决心要看出作者的本意。他是不是想说鬼不念好人的好，但怕恶人的恶，因为它是鬼，它不是人，况且它活着时就是个二愣子。"这天晚上，我准备了一个手电筒（照鬼），一把西瓜刀（杀鬼），一条母亲寻的二尺桂子红（捆鬼），单等鬼来拍门……"但是，此夜只听鸡拍翅，不见鬼拍门，那个不是人的二愣子鬼却不敢再来了。我宁可这样地圆说，否则我要认为，牛角塬上还有那么多的人等着他去记忆，他何必要急着写鬼呢？

由此可见作者是幽默的，陕西人的幽默从容徐缓，不动声色，后来他又把一个放屁的故事讲得风生水起，让人拍案惊奇。说是在一次传达上级重要指示的社员大会上，忽然"传出一声洪亮的屁响"，队长追问是谁放的，赞怂叔不仅坦白"是你赞怂叔"，而且还朗声诵诗一首："屁是一只虎，出来无人堵，翻过终南山，直赴咸阳府。"队长怒而以烟袋锅子敲击树干："今天我把丑话撂这儿，今后不管是谁，放屁都得注意场合，不能想放就放！"继而口授社员夹屁之法："实在想放了，你就把屁股一挫，脚后跟顶住屁眼，再用沟蛋子压住，这不就没有声了嘛！"对于没有用此宝典的赞怂叔，则展开了一场对擅自放屁分子的批斗会。

152 给我印象深刻的几篇小说中还有《喷嚏》，写得精巧而余味悠长，它让我忽然联想到契诃夫的《小公务员之死》，相比却又别有寓意。今日中国文坛偏重写实，这类写法不免吃亏，但我看作者数十年来写作情态，似乎并不直奔功名，因此也就无视风潮，又或者索性写出一大片来，庶几也能引起更大范围的关注，造成声势亦未可知。写得好看的另还有《杨木梳子》，它如民间世传工匠悉心制作的木器，精致而无雕痕。还有《狗市杂记》，写狗也写人，写市也写世，让人看到人犬之间的百杂世相。

今年春天我从美国回来，又将受邀去往西藏，此时收到未曾一见的怀禄先生的问候，我的心中虽记挂着正写的长篇和将写的游记，但仍无知地答应了他，说试试能否在车上拜读他发于我手机的书稿，回京后再花一日成篇。不料他弹指一挥就做到了，我却终于承认无法做到，因为进藏的每一霎时只能用于进藏的本身，奔驰的汽车，变化的道路，海拔五千多米的高原，远比北京的空气稀薄，下车入住却又要整理图片，记录见闻，分身有术者除非是转世活佛。为守诺言，我只能把品读这部书稿的业务挤放在回京后千头万绪的要事之首。不过我也是有所获的，作者对故乡亲人的眷眷深情感动了我，从祖母藏之一生的奇书中我学得了处世的皮毛，为此我通读了《透天机》的全文，另外，我还懂得了如何对付二愣子鬼。

所以我反而要感谢本书的作者，热烈祝贺这部小说集的出版。

2017 年 8 月 21 日写于北京竹影居

癸巳夏列车上读陈公诗会意

——陈永贵诗集《银杏诗集》序

今春四月，陈公偕夫人杜姨及贤媳入京，长公子陈华自荆门致电于我，因妻驾车未归，遂告染君贤弟护送来我城南小院竹影居。相逢一惊，一喜，二老身着红衣，光辉融面，试问方知，陈公今岁已八旬矣，此装为儿女们鼓动设计。趁二老登三楼观我书斋蘸溪坊时，我取自种葫芦中最大一枚，上烙一个长长的"寿"字，并即兴又烙打油诗四句："陈公八十寿，送公宝葫芦。愿公福禄大，寿年长悠悠。"葫芦谐音"福禄"，乃中国民间吉祥之物，再加一"寿"，可谓三星高照，落款为"兴国送永贵叔叔"。陈公欣然受葫，录诗于行将刊印的诗词集中。至此我才知晓，这些年他已写过很多的诗，而且还要出诗集了，不禁又一惊，一喜。

此前在我心中，他无非是为官一方的县委书记、地区行署专员，政繁日忙，提笔作文，开口讲话，全然为另一世界的语言和腔调。暮年挂冠，吟诗作词，与人唱和，且做了老年诗书画研究会的副会长，但终不会让我想到诗人与诗集。如今听来，惊喜之余我竟陡生愧意，责备自己不该将天下人物都归了类型。

三个月后，十堰市团委书记蒋科先生带人来我家中，请我回乡参加一项负有使命的烛光晚宴，我又有了见到陈公的机会。孰料他以为我尚在京城，

154

此时正打电话请我为诗集作序，似乎恐我推诿，声言是陈华的主意。我与陈华有兄弟情，不敢违背，而况即便不提长公子，陈公一言如泰山压顶，焉敢不从。

携了陈公诗稿，我有些迫不及待，于返京的列车上就开始研究。我绝没有想到，一方行政长官初涉翰墨，居然就有让人刮目的好诗，初时卧读，继而躺看，再继而索性坐起，拔笔在握，将诗稿中诸如此类的佳句画上波纹："无名孤岛百年树，越世镌碑千载功"（《赞荆门市漳河水库》）；"船过滩头凭舵稳，浪经顽石绽花腾"（《故里渔梁滩》二）；"一水飘然流日夜，千朝逝去枉潺缓"（《南水北调》）；"水上琉光托翠岛，日边机帆渡黄昏"（《游丹江口小太平洋》三）。这些诗句不仅形态生动，色调鲜明，而且平仄合律，对仗工整，与我惯见的那类附庸风雅的老干体顺口溜不为一流。

接下来他还有更加好听的句子，那分明是出乎民间的口语，他试着融它们入格式严谨的旧体诗，或嵌进律诗的偶联："豆腐成干传鄂北，白鱼做菜遍澄江"（《郧西县羊尾镇盛景》）；"坡下牧童唱牛调，山中老妪唤鸡声"（《仲夏登临牛头山》）；"万种艳妆贵妃羡，千般春色媚娘差"（《谢郑大华赠牡丹画》）；或放在绝句的收尾："柔枝垂下游鱼吮，恰似婵娟扭细腰。"（《太极湖之春》二）；"孺子骑牛沿岸走，笛横仰首吹山歌"（《秋韵》）；"当年急步百天路，今日谈笑四点钟"（《武汉行·喜乘动车快如风》）。盖因这些句子的加盟，使他的诗变得新鲜、活泼、风趣、俏皮，一幅幅老翁童心的行吟图跃然出现在了读者的眼前。

他也如中国历代文人一样寄情山水，咏叹花木，但他可没有心思像小布尔乔亚一样风花雪月，为花而花，他乃是以花言志，借花说人。遍读《银杏诗草》中写花的篇章，他没有首赞花王，也没有广赞百花，却让我惊讶并且惊叹的是，原来他是独喜梅花一种，仅赞美梅花的诗就写了十余首之多，他将梅花反复而不倦地作为中华民族和士子个人品格的象征,给予最大热情的讴歌。"一窗蜡象北风吹，万树银装红梅开"（《雪梅》），"雪地冰天一枝红，百花嫉妒韵无穷"（《报春》），"不与芳菲争艳色，贯迎腊月报春风"（《红梅赞》），写得最好的，我看应数《咏梅二首》。其一："花红何须绿叶扶，冰枝玉骨雪为肤。孤芳不竞李桃艳，腊月梅开品更殊。"其二："不比桃梨锦绣腮，凌寒傲雪向山栽。荒坡瘠壤霜天日，为报春风一夜开。"

如他一生做过的好事，他半生所做的好诗也不胜枚举，比方有一组最朴素也最深刻，最随意也最动人的，写身边小景小物的小诗。他写的山间小溪，比无名氏写的归向大海的百川还有壮志："万峰高压出清涓，觅路东流去不还。休道生来一身小，终归大海过千山。"（《山间小溪》）他写的园中小白菜，和郑板桥写的竹子，于谦写的石灰一样清高节烈："任你风吹兼雨打，一身青白朴无华。不攀富贵和权势，情系寻常百姓家。"（《园中小白菜》）他写的路边小草，与白居易写的离离原上之草相比不仅顽强，而且淡泊："雨打风吹头不低，含辛茹苦护芳泥。不争名谱甘沉默，只愿长青翠色齐。"（《路边小草》）

实可惜我只是一个引车卖浆者流的小说家，对于好的诗人唯有远远地敬仰，对于好的诗篇也唯有默默地诵读，无从在理论上给予评说，每有人存心要为难我，诚羞诚怒，视同加害。然而对于陈公和他的诗，我则完全可以童言无忌，因为他愿意包容我说的话，包括错的。

窃以为在他怀古言志的诗中，有两首可以算是他的代表之作。一首是《竹溪县楚长城》：

> 朝秦暮楚万山环，鄂陕相邻田亩间。
> 固筑长城御暴虏，更图坚壁号雄关。
> 碑中常记角声咽，云外唯余故事谈。
> 独倚石栏凝望远，千年长恋是青山。

它引领我们来到两千年前的烽火狼烟之中，凭吊那座浸染和埋葬了两国将士鲜血骸骨的历史上最著名的关隘。听阵外悲鸣的鼓角，看城头变幻的王旗，倚栏独望，发出逝者如斯，霸业何在，滚滚红尘唯有青山依旧的千古浩叹。

另一首是《步陈劳生老师原韵一首》：

> 古稀虽过更攀追，犹趁晚霞把笔挥。
> 近效绀弩劳役作，远钦井伯牧牛为。
> 负薪安道复弃志，挂角读书启闭扉。
> 啸傲东皋抒我意，临流而赋夕阳晖。

此诗一改前风，频频用典，想必是被陈劳生老师古卷青灯引领了走，故走到一处未曾到过的异境。

我想，晚景怡然的陈公只要心忧人民，怀揣正义，且能如他诗中自喻的负薪挂角，读书精进，八十岁后必当还会伏吟西窗，写出更多像夕阳一样壮美的诗篇。

2015 年 10 月 10 日写于北京竹影居

试说国军的造句
——周国军诗集《和树在一起》序

近些年老家出了一批写诗的青年，这本诗集的作者是其中之一。我回去的时候老朋友们给我介绍说他叫国军，国军认为他不是诗人，乾隆也不是，那个名叫崔颢的才是。这么认为就有退路了，有勇气这么认为的写诗青年不是太多，有的真把自己逼向了绝境。

那次有人要给我寄东西，我说了别寄的道理，在京时根据季节的变化我居无定所，从前因为邮件的积压和丢失还曾让人生出误会。国军听着严肃地点头，点罢了我回北京，忽然就收到他一本诗集——《和树在一起》。过几个月我换个地方去住，打开报箱里面还有一本，也是《和树在一起》。我就知道遇上一个严谨的人了，多花几角钱就断了我推说没有收到的后路，这样的人和树在一起，别人浇一瓢水他浇两瓢，成活率可不就高了嘛。

"这样想着，汉水拐弯了"，随之他又要出第二本诗集了，名字叫《一个人的汉江》，此番他将和水在一起。自从林白《一个人的战争》开始，大家都喜欢上了一个人，但是汉江怎么能是一个人的呢？再读诗句，才知道他说的是感受，"我把汉水像丝巾一样抽起来"，这种感受就是他一个人的，只想把它"柔软地搭上肩头"，顷刻之间，这条汉民族的古老河流就给人以婀娜逶迤的

158

风姿，并且连色彩都有了。

这样的句子他多得是，我发现了有国军特色的诗歌道路，在常态的生活中发生异常的想象，然后就造出一些古怪的句子。他与容易让人扯到意义的那类诗人不同，极其地不追求写什么和为什么写，只是闷着头地研究怎么写才是他的创造发明。美要美得独到，丑要丑得离奇，他对路的比喻可谓史无前例，"像大山拽出的盲肠"（《好像走在路上》），在我的印象中李白也没有这么比过，人们只习惯了说现成的羊肠小道。一个"拽"字，说明那条路还不算太弯，但是"正在发炎，春天的炎症"，他就沿着这样一条泥泞的线索去探究隐藏在大山腹部的沉疴。

"满山的苞米抱穗了，一个个持剑而立"（《走进苞米地的野鸡》），让人看到保卫婴儿的烈妇并为之生出一丝的感动，同时也祈祷着锄草农夫的身边或许正在为子觅食的野鸡；"保持身上的黑和乡土气息，是多么重要"（《坚守中的蚂蚁》），貌似表扬一群世界上最渺小的生命，实则是说大槐安国的太守醒来之后，为了安全，决定"从城市向农村撤退"，"脱下衣衫，重新走进蚁穴"，这个战略是何等的英明；把深秋的红枫比作"满山燃烧的树"（《夜，走过竹林》），虽说算不得是他的先声，然而后来，在"风纵身一跃的时候，我想到了飞翔"，这种"想到"，又成了他一个人的。

他的研究项目实在刁钻，"是为了更接近天空，还是更接近男人"（《高跟鞋》）；"桃花的症状，和感冒相似"（《病中的桃花》）；说到桃花他又有了惊喜的洞察，"桃花像个放肆的女人，顺着枝头，就凑了过来"（《桃花像个放肆的女人》），这个比喻，在汉语传统的"盛开""怒放""漫山遍野"以及亦曾有过的拟人化手段上来了一次革命。他将一个勇敢追求爱情、青春而又美貌的生命形象，忍不住悄悄指给树下那些感觉迟钝的人，"顺"是她选择的路线，"凑"是她采取的步骤，什么叫主动？这就叫主动。

诗有别于常人的语言，所以儿童、疯子、醉汉的话较之我们这些习惯使用主谓宾的人更接近诗。有一位小聪明的青年把他喜欢的小说用电脑回车键裁成短行，问我评论诗写得如何，又把他不喜欢的诗用电脑删除键并成小段，问我评论小说写得怎样，不料我都能说出令他未能得逞的话。其实只要是诗，夹在李逵的骂声中它也是的，它的味道、颜色、音节、字数和所在的位置，都能让人觉出是诗而非其他。

他有两首小诗，我在新居看了一遍，回到旧居又看了一遍，猜想着在他造这些句子的那个夜晚世界上究竟发生了什么。"把所有的爱恨都倒出来，把身体掏空了，站着的时候你看我还像个瓶子，倒下了……"（《酝酿，紫……》）他说他"酿的一场酒"，后来成了雨，又成了泪，又成了醋，总而言之是诸般的滋味，唯独不是他原本想把自己喝醉的那一种。老实说，这首诗我并没看中，我看中的是下一首的后半部分："我怀疑，一个叫人的器物，装载了我……我需要司马光，砸缸……"（《学习散步》）

既是写缸，写水，写呐喊与挣扎着的自己，又为什么要取题为《学习散步》呢？因为作者不在我身边，我又不习惯打电话采访，就只好继续猜，是否散步中的人往往会由喧嚣的机器变成孤独的思想者，他的痛苦大约就是那个夜晚的散步散出来的。不过虽然别致，耐人寻味，我并不认为这样的名字就比有关缸，有关水和水缸里的呐喊与挣扎更好。

写这篇读感的时候我又回到新居，于是把他第一次寄我的诗集找出来再看了一遍，感觉依旧。我认为有一个还没引起注意的倾向潜伏在他已经引起注意的特色之中，我不妨借此说出来，供他在散步的夜晚自思，那就是我希望他以后试着把诗句写得朴素一些，明朗一些，让自己和别人也都轻松一些，"一语天然万古新"，出口成章，了无凿痕，其实它一点都不影响诗的深刻。

还有一个好处，与友军一起饮酒行吟，可以天然妙语而惊四座。我是最喜欢苏东坡的，对贾岛则"蔫巴意思"，不知国军以为然否。

2008 年 5 月 3 日写于北京听风楼

永远的豌豆花

——柏东明诗集《樱桃》序

这个名叫柏东明的女子，她要我在她这本书的前面写几行字的唯一理由，是二十多年以前我便是她的读者。那时候她十六岁，古人说的刚过及笄之年，我在家乡小县城里编着一本内刊。当我收到一位十六岁的小诗人写的诗稿以后，曾经派人骑自行车跑了三十里路，找到她诗稿落款的那个地方。

小诗人的字是用碳素墨水写在三百个红格子一页的稿纸上的，每个都一般大，像我们家乡生长的一种马桑树上结的深紫色的桑子，俗称马桑树泡。句子又写得清丽，婉约，少年不知愁滋味，却偏要使着劲儿地假装出有些哀愁的样子。当时我记起了采桑子这个词牌，心想将来这是个李清照。派去的人回来告诉我说，羞答答的，像她的诗。

事情并没有朝着我心想的那个方向发展，二十年后我回老家，李清照成了女县长。她以分管文化教育和卫生的官员身份，带着两个文化干部，同时也是我早年的朋友，陪我进南山去，到本县最偏远的向坝乡听当地人唱民歌。那里有一条湖北与重庆相接的大峡谷，全长十八里，名字就叫十八里长峡，也得去看一看。坐在一颠一簸的小汽车上，我掌握到了她这二十年的简历，从政之余，还在灯下写着分行的文字，这些文字有一些被《诗刊》《诗林》《诗歌报》

之类的刊物发表，她也因此早已加入了湖北省的作家协会。

她让我在旋转的山路上读她新写的诗，我竟先入为主，以为她的诗风会随着身份而发生变化，变成那种锣鼓喧天红旗招展的干部体。但不是的，还是清丽，婉约，哀愁，并且还有扑朔迷离的爱情在诗行间闪烁。我觉得这事有一点儿不可思议，再往下读，头就晕了，因为汽车一鼓作气地转了好几个急弯。她的诗也令我晕眩，作者不像是女县长，却还像一个清纯女子，不过比十六岁时略大了几年。

我记得那时候她是写过豌豆花的，想不到她还在写。"山坡在行走／走到四月顿了一下／坡上的豌豆就开了花"（《豌豆花》）。这一个"顿"字写得好，它要是不顿，它要是那么大摇大摆地走过去了，没准儿豌豆就不会开花了。再往下想，豌豆花不是四季常开讨人喜欢的花，豌豆花一年只开一次，或者说一生只开一次，错过了一次也错过了一生，怎么办呢？这个有情有义的"山坡"真是细心，说是山坡，其实也可以说是山坡的四月，只有这个月份的山坡才是属于豌豆花的。

她选择的是一种很小的豆子，豆子出生之前的一种很小的花，琐碎，平淡，一点儿也不娇妍和喧哗，比起大红大紫的牡丹差远了。在四月的山坡上，同样沉默而不起眼的还有它的朋友，现在豌豆花想起它了。"坡上的老牛寂寞吗／小小的豌豆花一边开／一边朝老牛张望。"在豌豆花想着老牛的同时，她却是想着豌豆花的，"没有人知道豌豆花的秘密／那么白那么小的花朵／一定还有许多／看不见的东西"。

听听，这就是一个女县长的诗，慷慨激昂到哪里去了？豪言壮语到哪里去了？接下来她还要写，"他想起小时候／一片豌豆花／带给他的幸福"（《雨还在下》）。如果说那一片童年的豌豆花还只是幸福的记忆，那么在下一首里，豌豆花就承载了她对现实的忧伤，"豌豆花开了／不见表妹"（《表妹》）。除了山坡上的老牛，跟豌豆花一样弱势的还有表妹。"麦子金黄了／不见表妹／谷子进仓了／不见表妹"，原来，"十六岁的表妹去了南方"。为了生存，这么小的年纪就出外打工了。十五的夜晚，万家团圆的良宵，她想起了豌豆花一样的"那么小"的表妹。"梳着小辫的表妹／眯起小眼的表妹／见了生人躲在姑妈身后的表妹／小时候曾经被我吓哭的表妹呀／孤身一人在南方"。

虽然是新诗，但她非常注重字词的节奏和韵律，梳着小辫，眯起小眼，第三句是一个字数略多的复句，接下来句尾加了一个"呀"字，然后回到短句结束。这样的句式无论是看着还是念着，都有一种动人的美感。诗中的表妹像豌豆花一样琐碎、平淡，却一点一点地进入人的视觉，写到"孤身一人"的时候简直就活了起来。她在这么多的诗里，一次又一次地提到豌豆花，我就想着，不知道她是不是与表妹一起在豌豆地里度过的童年。我又分明知道，她是在写一群弱小的、不起眼的、世世代代生长在庄稼地里的生命，较之十六岁写过的豌豆花，不仅唯美，而且她此时的笔尖已经注满了对于社会和人生的思考。

她写得更多的是爱情诗，相比国内年轻女诗人中烈火一般疯狂的爱情诗派，她的爱情诗似乎不够新潮，不够开放，还依然保持着二十世纪八十年代初的朦胧诗的羞涩。"已是深夜／潮湿的月光／喊醒了满山坡的花朵／等待一个人的出现／一扇小轩窗悄悄打开／又悄悄关上"（《等待一个人的出现》）。打开了，又关上，全都是悄悄的，除了深夜里的自己，除了潮湿的月光和满山的花朵，这个世界谁都不知道此时发生在一个女人心灵深处的故事，包括那个被等待的人。"一壶黄酒刚刚开封／你身披阳光／破门而入"（《小木屋》）。终于，这人出现了，然而分明是在梦幻之中，阳光不会穿透深夜，那壶黄酒是多年的陈酿，只有在夜阑人静时才能开封独酌。诗中继续着前面的等待，这是一个天知地知的秘密，还有梦知。

梦中的爱人已别多年，"那年／你挥泪离我而去／不知你有过了／多少故事／不知你寻到了／多少美丽"（《相逢》）。他为什么要离开她，她为什么不忌恨他，这又是一个谜。我们不必去费猜疑，只要知道女主人公的痴情也就够了。"躺下／可以用落叶／作眼罩等待／可以坐在落叶上／呼喊爱人的名字"（《落叶》）。爱人还是没来，还要等多久呢？"树啊／请用枝丫／将我劫持／我用一生的等待／等你"（《山谷中》）。

等待的故事是她的主题之一。"在雨中／一只蝴蝶／藏在树枝下／等谁"（《雨中蝴蝶》）。同是天涯沦落人，你说它在等谁，总不会是等捕捉者吧？雨中蝴蝶等的只可能是另一只在雨中被打湿翅膀的蝴蝶，这是一对难中的恋人或夫妻。夫妻本是同林鸟，大难临头各自飞，这对渺小的昆虫打破了势利人类的千古哲言。是爱情，也是道德，不管是什么，都是当今越来越市场化了的人类所缺失的。

痴情的岂止女人，男人何尝不是这样，越是想她越是要躲着她，怕的是被她看见自己在漫长悠悠的思念中空白了少年头。"不是不想见你／只是害怕

163

一声喟叹 / 吹落一地的 / 飞雪流年"（《不是不想见你》）。但她终于还是来了，"女子的到来 / 不是冬青的错 / 冬青树下 / 谁哭碎了月光 / 满身的叶子颤抖如花"（《冬青》）。哭碎了月光，这个句子漂亮极了，它把冬青树下破碎、斑驳、凄清、摇曳的月影，写得崭新，写得跟他此时的心境一模一样。

这个曾经反复吟唱庄稼地里豌豆花的女子，对于长在山上的花，那些野花，她也是格外钟情的。"布谷鸟叫的时候 / 我的心 / 又隐隐疼痛起来 / 山里的杜鹃开花了吗"（《杜鹃花开的地方》）。布谷鸟的叫声依然与庄稼有关，而印象中如血如火的红杜鹃让她心疼，这是她突然想起"跟着太阳奔跑"的孩子"是否也穿上校服"，是否"还唱我教的歌谣"。"布谷鸟叫的时候 / 每个人都有自己的故事 / 我的故事还没有开始 / 心已离我远去"，怎么个去法呢？"我从身体里抽出一条小路"，到哪里去呢？"到杜鹃花 / 盛开的地方"！

那些富贵的花，包括最富贵的百花之王，她反而持一种同情的态度，恨不得要写葬花词了。"牡丹开出淡淡的忧伤 / 我不懂今晚牡丹的心思 / 看见牡丹 / 就想到洛阳"（《牡丹》）。洛阳是牡丹仙子因不遵御旨而激怒了则天女皇，被贬出首都长安到流放之地，一千三百多年过去，它的心上至今还有淡淡的忧伤。这个夜晚，它的心情远不如土生土长，身边有老牛和表妹做伴的豌豆花。

红花绿叶，命中注定要为花做一辈子陪衬的叶子，并且还是落叶，到了她的眼里竟像花一样的美丽。"我不知道这些落叶的 / 兴奋与羞涩 / 怎样在这个午后 / 使秋和冬 / 都春心萌动"（《这些落叶》）；"我不知道这些落叶 / 怀着怎样的期待 / 在这个午后 / 双颊绯红地 / 上路"。颜色发红的叶子原本是它经了九月的霜露，坚强而幸运的会独立寒秋，无力而不幸的会凋落飘零，古往今来的中国诗人几乎千篇一律地向读者暗示着它们的衰败，以及死亡。

她眼里的落叶不是这样，她眼里的这些落叶是一群红颜女子，离开树枝的原因是急着要上路出嫁。过去她们只做红花的伴娘，现在她们也身穿红衣，也要做一次真正的新娘了。新的生活即将开始，她们兴奋与羞涩，春心萌动，双颊绯红。

在她发现落叶有了新生的时候，我们也发现了她赋予落叶新生的善良，当然还有才能，因为她以现当代诗人们前所未有的细心和奇思，给了落叶如此美好浪漫的归宿。我们发现，从豌豆花开始，她对所有这些弱小的生命都是同情的，善解的，她是它们的知心爱人，她不希望有人粗心大意地埋葬这群新的人生正待开始的落叶，如同不希望有人落井下石地捕捉一只雨中等候难友的蝴蝶。

那年五月的南山之行，除了民歌与长峡，我的更大收获是体验到了很多从前自以为熟悉的家乡生活。首先我发现当一个老家的县长真不容易，特别是女县长又特别是白天到处跑，夜里还要写诗稿的女县长。别的按下不表，单说进山坐车，汽车在几百里山路上盘旋奔驰，我们可以在车中不断地补充水分，女县长却不可以。

为什么呢，深山之中，沿路之上，很难看到省会以上城市才会普及的公共厕所。男人事情紧急都在野外举行，好不容易盼到路边出现一户人家，进去一视察，往往是厕所与猪圈机构合并，一张张凶神恶煞的猪脸可不管来者是县长还是诗人。夕阳西下，下榻在乡政府里，接风洗尘毕了还得去看学校，医院，文化站，鳏寡老人的群居之家。踏月归来住进客房，双脚在搪瓷盆里的热水中泡着，或者还想写几句诗，白天颠簸一天，瞌睡又要来了。

那一沓在进山的车上把我读晕的诗，我不得而知她是何时何地，趴在一张什么桌子上写出来的。向坝乡的书记乡长向我敬酒，要我一定为向坝写篇文章，回到京城，我也想学着写一首诗，却无论如何写不出她那么动人的句子，后来只好写了一篇小说塞责，名字就叫《到向坝去》，顺手牵羊地把她写了进去。小说发表以后《小说月报》很快转载，一时间全国人民都知道了，在那遥远的大山里有一个不敢喝水的女县长，还会写诗，写爱情诗。

我不懂诗，却要不懂装懂地指导着她，如果再写，不妨尝试改变一下婉约的诗风，宁可语言粗糙一些，大山中的现实生活本身是粗糙的，这种本色的粗糙同样是美。我还说到阳刚，说写过"帘卷西风，人比黄花瘦"的李清照，那么瘦的女词人也留下了"生当作人杰，死亦为鬼雄"的壮丽诗句。我积极地为她预谋写一部诗体的报告文学，或者长诗，或者组诗，或者诗集也行，名叫《一个女县长的工作日志》，就写自己所到之处的民风，民情，民愿。

这样做的好处，省得她不再是"劈成两半的子爵"，而可以把县长与诗人合二为一，所见皆诗材，随口可吟哦。杜甫的"三吏三别"不好学，可以学白居易，见人割麦就写《观刈麦》，见人卖炭就写《卖炭翁》。白天在外面翻山越岭，晚上回到某个乡下客房洗脚的时候，膝盖上垫一个小本子，拿笔把想好的句子记在上面，得闲时稍一整理，不也是一部诗体日记。

女县长频频点头，把我当作从省里下来布置工作的领导，不久果然写了一批民生多艰的诗。她以乡下亲戚的口吻，不是表妹，却像表姐，这样叹息一

165

个小名叫作竹娃的青年："第一次见到竹娃是在姑妈家／十八岁的竹娃红着脸说／姐／我出远门了／去挣钱。"（《竹娃》）竹娃心里装着一个理想，这个理想丝毫没有崇高与远大可言，他只想"挣钱"。十八岁的年龄，就算挣钱是为了回来娶媳妇吧！

　　不想两年过后，"第二次见到竹娃是在叔叔家／二十岁的竹娃把菜从盘子运到碗里／再用另一双筷子／从碗里送到口中／染上了肝炎的竹娃一直／埋着头／竹娃黄着脸……"我们心里咯噔一响，接下去又过两年，"第三次看见竹娃／竹娃二十二岁／竹娃不声不响／竹娃住进了／骨灰盒里"。竹娃的悲惨命运令人痛惜，然而作为诗，哪怕是"一个女县长的工作日志"，又未免太现实，也太粗糙了一点。

　　我后悔不该劝她别写伤感的爱情诗了，凭什么女县长就不能有爱情？凭什么女县长就不能感伤？一个没有爱情，不懂得感伤的，铁石一般心肠的女人能当好县长吗？连自己的爱人都不思念还能思念百姓，连出外打工的表妹和染上肝炎的表弟都不关心还能关心汶川废墟下埋着的灾民，那才是怪了！

　　忽然间她却又有了好诗，把现实与浪漫，强大与弱小，豪情与忧伤，在一首诗里如此鲜明地映照起来。《站在一望无际的大地上》，她先是"看见有人／一伸手／把天空拍得啪啪作响／一弯腰成就一方阴凉"，接着"看见有人饮着大地的乳汁／撕碎／大地的衣衫／看见鱼儿在沙中梦见河流／看见一幢一幢的楼房比刺刀还锋利／趾高气扬地把大地／切割"，最后又"看见一粒一粒断子绝孙的粮食／趴在大地的对岸／啼哭／看见可怜的子孙像粮食一样挤在一起／诅咒贪财的先人"，这时候，"我的嗓子短路了"！

　　把天空拍响，让大地阴凉，正是这些高楼的趾高气扬，造就了粮食的断子绝孙，这就是一个县长诗人站在一望无际的大地上的，沉重而又痛苦的反思。看见人类由于"贪财"，从而使自己以及自己的子孙受到的必然的惩罚，比刺刀还锋利的楼房切割的哪里只是大地，还有诗人的良心，她因此悲愤，无言。

　　这样的好诗还有很多，特别是她喜欢和擅长写的，孜孜不倦写了二十多年的，从少女写成女县长的爱情诗，有些奇思妙想的句子实在让人感动。甚至，把她谈诗的理论稍加裁制，也成了诗。"喜欢什么东西／没有理由／正如心仪某人／喜欢的理由／就是喜欢"（《后记·第一个问题》）；"像一束阳光／把我的精神家园／照得干净／温暖／而我只是随缘／坐在云淡风轻之中／等待她的出现"（《后记·第二个问题》）；"一首诗能够／与疼她的人谋面／该是怎样的／一种造化／一种缘分"（《后记·第三个问题》）。

我不想再说，对他人的心灵秘史知道得太多不好，二十世纪二十年代西风东渐，自由体诗刚刚进入中国的时候，有人就曾主张诗歌是谜。谜是打出来供人猜的，猜的过程是一种精神的享受，如果有人自以为是，把谜底一个一个全都念了出来，世上的事情还有什么意思呢？

用文学的小木鱼去敲开官场的门，这样的聪明人我见得太多，好不容易当上一个打喷嚏的小公务员，便对昔日的老师和文友大讲自己为什么不再屑于写了，仿佛他的官职比"唐宋八大家"还大。评论家们已经习惯把这种现象作比江郎，其实错了，这根本不是什么才尽，以及情竭和思枯之类的问题，有些人本来就非文学的材料，当年混在合唱团里装模作样地嚷过几嗓子，单拉出来就成了滥竽。

柏东明不是这样，开工作会她老老实实地坐在县长席上，研究生产；开创作会她规规矩矩地坐在作者席上，讨论写诗。诗是她的初恋，是她永远的豌豆花。

再过三天，就是牛年。牛是柏东明反复吟唱的四月的山坡上豌豆花的朋友，所以我送她一句牛年贺词：牛年要拉上坡的车，牛年要写更牛的诗。

2008 年 2 月 4 日写于北京龙庆峡

附体在一条古溪的诗魂

——王义才诗集《沧桑的家园》序

　　猴年五月，我受邀去贵州遵义采风，见到了中国历史上最后一个古城堡海龙囤，以及李白当年被流放的古夜郎国，返程时被湖北作家协会接到三峡，朋友又开车送我转回十堰，然后再回竹溪。一路在颠簸的汽车上不失闲地想着李白，想着贵州桐梓的夜郎和湖南沅陵的夜郎，为了争说自己的这个夜郎才是诗仙一千二百年前被流放的地方，双方雇请的学者简直要打起架来；想着这个特殊的年头和月份，想着家乡有一句悲观的俗话，说是猴年马月才能如何；后来我又想着正好在二十年前，家乡竹溪的县委书记陈永贵送了我一套两卷本的，根据清同治版翻印的《竹溪县志》。

　　那里面有一段寥寥二十六字的记载，曾经去往夜郎的李白，也曾来过竹溪，还作过一首名叫《春陪商州裴使君游仙娥溪》的诗。唐代的竹溪是属竹山县的，又名寒溪，还叫檀溪，仙娥溪是竹溪仙女峰下的一条美丽的溪流，县志上载为石娥溪。我便索性在车上白日做梦地浮想着，猴年马月，竹溪是应该出一位诗人了，因为在那聪明秀气的竹林溪水之间，一年到头都摇摇晃晃地行走着诗仙酒后的魂灵，它迟早是要附体在一个人的身上。

　　并且在失足于当涂水中的李白之前，还有一位自沉汨罗的诗人，他的悲愤癫狂的双足已踏上了距离竹溪不远的汉江，"有鸟自南兮，来集汉北……望北山而流涕兮，临流水而太息"（《九章·抽思》）；"去故乡而就远兮，遵江夏以流亡"（《哀郢》），夏水是夏天汉江发洪水时向东漫延的通道，屈大夫沿江奔走，痛哭流涕，这一声声混合着巴腔楚调的凄厉嘶哑的歌吟，长悠悠地横穿过两千三百多年的历史，至今还抑扬顿挫地播放在郧阳山水的上空。

一位巴文化的学者举出最新的考证，说屈原的祖籍乃在庸国，论据是"帝高阳之苗裔兮，朕皇考曰伯庸"，他故去的父亲不是名叫伯庸，而是庸国的公伯。我对此惊喜然而讶异，翻查巴渝文化的史志，屈原祖上的籍贯却应该是夔子国，在庸国灭了鱼国的同时，与鱼国紧邻的夔子国也为楚国所灭，楚国继而灭庸，屈原也就跟着我们的祖先一道沦为了楚人。但是无论从哪一方面来说，这位原名屈平却屈而不平的大诗人，也当然是我们的老乡，他的那一顶翘然问天的峨冠和一袭漂泊无依的长袍其实离竹溪很近，如泣如诉的呼号越过起伏的郧阳群山，竹溪的仰慕者们也是隐约能够听得到的。

我还看见了比屈大夫更早的一位家乡的诗人，再往前去五百多年，商周之际，今日的竹溪与当年的房陵同属于古庸国，诞生在三百里山路之外的周太师尹吉甫，他的诗篇早已被编入不朽的《诗经》，"江汉浮浮，武夫滔滔。匪安匪游，淮夷来求"（《大雅·江汉》），他不仅写诗，还要带兵去打淮水以北的敌人；而他满含哲思理性的颂歌竟成了遗传后世的经典成语："令仪令色，小心翼翼""既明且哲，以保其身"（《大雅·烝民》）。

我就颇为不平地想着，既然已有了这些诗祖，我的家乡怎么可以不出诗的子孙，怎么可以魂断了诗的芳踪，怎么可以将景致美绝的竹林溪水黯然深藏于十万大山之中，却只能没出息地等候着某一个春天，陪同裴使君的李白再次莅临？"我来属芳节，解榻时相悦。襄帷对云峰，扬袂指松雪……"（《春陪商州裴使君游石娥溪》）。

却不料我一脚踏回家乡的土地，就读到作家协会主席王义才的激情燃烧的诗作，原来正当我这样想着的时候，他也在这样想着。"于是那位率领我伐纣的武王／将我收作他的麾下／闯入《诗经》／我的老乡／一位叫尹吉甫的西周太师／与我不期而遇／他那千古不倒的华章／为我打造出最早的诗魂"（《我是十堰人·我深爱生养我的地方》）。我再一次感到了惊喜，在年轻的女诗人柏东明为我举行的接风宴上，我对义才举起了高脚的酒杯，祝贺他面对成千上万的精彩，竟勇敢地选择了寂寞，酷似抓周的赤子视巧克力于不顾，而纵身扑

169

向什么也不能换取的诗。仅仅为此，我便要敬重他了，因为这是一个多么冒险的行动，在我久别的家乡，很多年来已经很少有人这样做了。

两千八百年前的尹吉甫是义才心中的先驱，而并非义才眼里的榜样，在他的诗里我没有看到周宣王和仲山甫的巍峨身影，相反在他的诗里，我总是看见一些满脸悲愁的农夫以难看的姿势蹲在庄稼地边："在一个春天的上午／我去看望一条与我相依为命的河流／这时的小草／该醒了／明明是春归的日子／却不见春的歌唱。"（《多想再回到水中·水与生命》）为什么呢？"蓦然间／我想起去冬无雪／今春无雨"。住进城里的义才每当春天来临的时候，还能蓦然想起乡下河边的土地，还记得过去的那些苦难的日子："雪在／水肯定活着／一旦冬倒下去／那滚滚的麦浪还能站起来么／饿怕了的同胞啊／只要一听到庄稼的哭泣／就吓得屁滚尿流。"（《多想再回到水中·梦与庄稼》）

这里的原因深奥得近乎简单，"我是玉米的儿子／习惯用玉米的眼光／打量这五彩斑斓的世界"（《上海啊，上海》）；"玉米和稻谷／大豆和红薯／是我永远的情人／我坚信只要我活着／它们就会爱我一生／并且在我死后／它们还会守在我的墓旁"（《我是十堰人·我深爱生养我的地方》）。读到这里我也会蓦然想起艾青的那句流泪的名诗："为什么我的眼里常含泪水／因为我对这土地爱得深沉"（《我爱这土地》）。热爱土地和庄稼，懂得报恩且记性又好的诗人，是真正的有良心的诗人，哪怕是人在五彩斑斓的上海，他的心也在家乡的玉米和红薯的身上。

一方面，追随着曾到竹溪作几日游的李白，以最华艳的诗句豪情万丈地讴歌人间美景："有心拽住九天的飞瀑／可那撒落的霞彩／却将我所有的惊叹／追进处女一样鲜嫩的河流／而一千五百多种花草林木走了千年万载／却怎么也走不出这神出鬼没的峡谷。"（《走进十八里长峡》）但在另一方面，由于心里住着较之美景更为重要的人，他的人生态度则更像"长太息以掩涕兮，哀民生之多艰"的屈原，更像"安得广厦千万间，大庇天下寒士俱欢颜"的杜甫和"争得大裘长万丈，与君都盖洛阳城"的白居易。

当义才意识到了诗人的渺小，为家乡的寒士造屋只能落实在图纸上的平面设计时，看见"郊外的农人／面对龟裂的稻田／欲哭无泪"，他就宁可化作比自己更加渺小的水珠："我多么渴望／自己变成一滴／永不枯竭的雨水／为缺水的生命／送去诚挚的关爱。"（《从焦渴的城镇出发，感悟焦渴的生命》）中国自唐以降对于李杜诗歌的评价，历来都因论者对艺术与思想的双重审美而此起彼伏,略晚于他们的中唐才子元稹和新乐府领袖白乐天极力主张杜胜于李,而在一千二百年后,一位美国学者编选的《世界 100 名作家排行榜》中,有幸入选的三名中国作家里面,杜甫位居第七,李白则名落榜尾。

作家与诗人的民生意识和社会责任,越来越受到世界与历史,受到人之生命本身的崇敬,义才是深谙这一点的,这并非是他精心刻意的选择,而完全有赖于他体内那一腔玉米和红薯融成的浓酽的鲜血,在引航着他的诗句自自然然地流向土地和人民。

爱是诗的无尽的泉源,这泉水把诗人的心浸泡得柔软之后,流出来就成了咸涩的泪水,在土地和庄稼的背后,在一个属于约会的黄昏,在一弯本该圆满的残月下面,义才为他曾经爱过的人儿流泪了。何止是遗恨啊,简直是在忏悔:"谁在吟唱晓风残月 / 谁在吟唱雨打芭蕉 / 一个女子离我而去 / 她是在憔悴之后 / 垂泪而去的 / 可我并不知道 / 她为我褪却了一生的红颜。"(《我是十堰人·我深爱生养我的地方》)

因为年轻而犯下的过错,只能让以往的情节重复在此后的梦中,结尾处却无法修正:"一句话你反复呓喃 / 就是不肯说再见 / 生怕再见的风景 / 黯淡了盈盈的期盼。"(《思念一》)本来两人已约好了,"就一个天高云淡的日子 / 到北京香山去看红叶",可是约期到了,"几年后的秋天 / 所有的旧话重提 / 就像风吹落的果实 / 再也回不到原来的树上"(《遥望——给 T 君》)。在他的另一首同样是写红叶的诗里,"老指望与月华牵手 / 能靓丽一生的情感 / 可谁知道 / 那一朵属于蓝天的云彩 / 飘走了 / 却再也不见回来 / 等漫山枫叶几度红遍 / 早已错过了相约的季节"(《最后一次为你举杯》)。这种心痛的感觉,足以让错过季节的人追悔一生。

不仅深爱着他的爱人,还爱他家乡太多难忘的亲人,他的那个像弯月一样,"把自己钉进庄稼地后 / 从没想过要拔出来"的父亲(《下雨了……》),那个因为贫穷三十三岁就走了的幺叔(《我幺叔》),那个偷偷地带他去抽茅叶儿,从山坡上滚下来落得终身残疾的姐姐(《我姐》),那个他在夜晚一次次梦见的,梦里也担心她会上错车次的小妹(《小妹,昨夜我又梦见了你》)。还有一些"在夜间 / 在庄严的星空和青青的草丛下 / 化作泥土"的逝去的亲人(《夏日的梦幻与失眠》),甚或一头老牛,一只鸟儿,一条河流,一棵小草,他都会在一个落雨的天气里一往情深地想起它们,接下来就长夜难眠,感伤不已。

这是一个心灵极其敏感,感情极易受伤的人,这种人天生就是诗人的坯子,为了诗句，他宁可在人群中独自行走："我早已习惯独自行走 / 不是我不合群。"那又是为什么呢？因为"独自行走的人啊 / 活着的思想 / 没有尽头。"（《独自行走》）

在这本《沧桑的家园》里，他还有不少沧桑的诗句，譬如我最欣赏的《整个上午都在打电话》，他把一个年代的喧嚣与躁动浓缩在一个上午，把四极八荒的万千烦恼像打鱼一样收归进一个电话的鱼篓，然后将自己无奈地消耗。而且他还在兴冲冲地写着，正当我为他写这篇序言的时候，我看见他刚从哪里喝完酒，又一堆动人的诗稿覆盖了他醉红的脚背，在那酒后所吐的诗的真言里，未尝没有令人期待的杰作。

在电话里，他对我说，他将移居珠海，他到了珠海还会写诗。我真是为他高兴，一边高兴一边我还想告诉他，到了珠海也要写我们的家乡，珠海是水，竹溪也是水，远方的海水自然是大一些，家乡的溪水却要甜得多。用他诗中的一句话说，那是生养我们的地方，我们不写谁去写呢？义才兄啊，我们都记好了！

2005 年 5 月 8 日写于北京听风楼

今宵我在北方听你吹笛

——芦笛诗集《手艺的废墟》序

　　这本书的作者是我的表弟，一场雪灾过后，春风再度吹来的时候，他也从网上给我吹来他要出版诗集的消息，附件里装一堆春花裹带着雪花的诗，且嘱我为他写篇序文。我非诗家，读诗甚少，又往往限于国人都读的那些多有平仄与对仗的旧体，还有的也大约是七八十年前自西洋舶来的样式，如"轻轻的我走了正如我轻轻的来"。我同意这样的态度，相比李杜苏辛，它有一种不受约束的任性调皮，说来就来，说走就走。

　　我依稀记得，二十多年以前在一座小县城的文化馆三楼的斗室，我就曾读过他的作品，他似乎并不敢来见我，托我三弟将一卷诗稿送达我的案上。那时，这一对表兄弟读诗渐多，雄心暗起，已禁不住亲自动手写了起来。我记得他们的风格很有些相近，疑似出自一人，短而单纯，两颗赤子的童心在稿纸上一跃一跳，时而有三两个新奇的字句，居然可以撩动成人的眼眸。可惜很快，轻轻的我走了，不能再读他们的新作，期间这对少年正在日复一日地长大，前程未卜。

　　忽有一日，他携八枚康熙皇帝爱吃的糟蛋和一首七言诗，找到京城我的住所，说他早已离开老家小城，应聘去了浙江一个名叫平湖的地方，先在一所

173

省级重点中学任高中英语教师，后因猝然失聪，又改做了学校图书馆的馆员。仿若是命中注定，朝夕博览群书，又唤起了未曾泯灭的早年的梦。我想起三千年前的那个周室的守藏史，亦笑亦真，握别之际，模拟德者老子赠人以言，望他乘机写出诗体的五千言。此后三年，我从他给我寄来的报刊上真就读到他相继发表的诗歌和文章。

去岁春节，家乡的刊物也隆重登出他一组还乡的诗，其中一个写蝉的短章，它让我惚兮恍兮的目光飘向窗外，北国的冬季不会有蝉，却有天空飞翔的鹰和树上栖息的鸟。我发现了表弟的善良，因善良而滋生的内疚、忏悔和忧思。"儿时……喜欢以偷袭的方式／将它捉拿归案／然后以细线缚其一肢／放飞／看假释的它／希望与绝望地盘旋"，多少年后他重回故乡，看见侄子又"从一棵棵树上／摘黑草莓一般／轻松自如地摘下"，于是这个曾经的罪人"悲伤地发现／残忍的手艺／原来／根本没有失传"（《蝉戏》）。诗中的"假释"二字，刺我心疼良久。

这应该是他有了已会捕蝉的侄子以后的诗，他的发蒙期还没有如此的老到。"童心，长在水里，捧起月色／往身上浇"（《月夜》）。浇月的时光他大约才十几岁，如山村的牧童在水牛背上短笛横吹，单纯稚气。然而今天听来，这来自清纯世界的水淋淋的笛声，恰能浇湿一颗沧桑干燥的心，洗去现代都市为它播扬的飞尘。但接下来，母亲的离去一夜改变了他的诗风，悲伤和绝望让他对逝母发出嘶喊，听起来撕心裂肺。"你连一天也不肯等我"！这个迟到一天的儿子，只能"透过火光和烟／依稀看见你坐在／金黄的迎春花中"（《纸钱》）。再接下来，父亲也老了，我们"是他箭囊中的几支响箭／当年他用吃奶的力气／把我们从山村／射向都市"而他"渐渐成为一张弃弓"，最后还要"向着冥堆的靶／射出他最后的一箭"（《想看海的父亲》），那便是他临终的自己。

我愿意相信这样的诗，如相信一个不会说谎的人，从而感动，从而敬重，无论他是否笨嘴笨舌。怀念恩重如山的生身父母，跪伏坟前的独语，泪光映照的自白，应该没有一丝表演的成分。苍天在上，这与那类为了取宠而去敲门为了哗众而去献艺的，更具才华和技艺把诗歌玩儿得简直有些炉火纯青的诗人，天生判若两群。正如他自己所谓，"诗是一种心灵的日记，它让某一个瞬间或者闪念凝固或者定格，让散失的思考在分行的格式中汇集。它是文学的一种样式，它更是灵魂的神秘轨迹。既为日记，它理所当然具有一定的私密性。它的第一也是最重要的读者首先应该是自己和自己的心灵，然后才是别人"。

但这只是他一种诗的宣言，抑或呓语，在他的另一种诗里，至少我没有读出它的私密性，刚刚说过的那些不无偏激的话，他仿佛是说过忘却。"他们在凋零破败的严冬／到处奔走／给生活的创伤打上／一处处补丁／可我们的生活／早已破烂不堪／没有了缝补的价值"（《冰》）。他是在庄严地告诉人们，童年还有这样一个寒冷的记忆："垂柳是伤逝的青丝／在水面上钓春天的叹息／舟楫是忘忧的道具／在湖水里濯生活的污迹"（《西湖》）。于是他哀伤，近乎颓废："水在水里渴死／空气在空气里窒息／花在花中凋谢／梦在梦中迷失／美丽为美丽中伤／丑恶为丑恶献礼……"因而，"岁月里还能有什么希冀"（《无题》）。

这首诗有北岛对人世间一切的质疑，拷问，不同的乃在于它的调子是悲观的，牢骚满腹；然而毕竟，很快他又坚强了起来，他佩服风，"有什么创伤能与风的创伤相比／哪怕深入骨髓／却能在时间之手里／迅速地痊愈／并且了无痕迹"（《奔走在路上》）。李白的抽刀断水，哪里及得上他的风过无痕！最后，他谴责给春天抹黑的枯树："你还在期待什么／向天空挥舞你嶙峋的瘦手／……是万念俱灰／哀莫大于心死／……在葳蕤的春野／你选择了这样／……你就这样背叛了春天／以自杀给春天蒙耻。"（《绿野的枯树》）

集子里还另有一些不错的诗，如《语丝》十一首，它使我联想起写乡愁的余光中。我的意思是想劝他，受过余氏的影响之后，还可以杂糅、超越或回避那位思乡的宝岛诗人，以保持和创造自己独有的诗风，此语也可用于《无题》。而我在此坦白地说，芦笛的诗的风格应宛如其人，宛如其名，是一支笛，短而不长，其音清越，明净，纯粹，在指尖上跳跃的音符连树上的鸟儿也能听懂。不似交响乐曲的雄浑嘈杂，海纳百川，也不似安塞腰鼓的威风猛烈，气焰冲天。

较之七十年前刘大白的过于白话，它应兼有与时俱进的现代的思想和艺术，而比当今所谓先锋的晦涩一派，又多出一份健康的诚实。网络上有人恶搞赵女诗人的梨花诗以使之妖魔化，诗外之人我则以为，那一片片绽开在三春的梨树上，白白净净活活泼泼颤颤悠悠的带雨的花瓣，天下万民共赏且不妨深宫丽妃之爱，胜却那在绚丽绢花上写满故弄玄虚和虚张声势的主义无数。大抵，这也正是我之所以爱听远去的芦笛，同时希望尔后从平湖传来的笛声更具特质，也更为曼妙的谜底所在。

同时他也写旧体诗，鼠年寄我的贺岁卡中曾附诗一首，属七言。我遂乘

175

兴和之，改从网上传去，题为《岁末听笛遥谢平湖表弟》，怀想着三年前他来京城看我，送我糟蛋，期盼着五月后我去平湖看他，驾舟偷月：

爱听野上奏芦笛，雁落平湖犹作溪。
读志曾洒国破泪，望乡又唱凤鸣曲。
风楼一去三秋念，雪路半掩两地思。
鼠夜驾舟偷月色，莫将糟蛋送康熙。

今宵作此小文，心事浩茫，想起岁首应邀写下的第一篇文章，文中提及的诗人有去年的同乡余地，往上又有十七年前的同事戈麦，眼前便再一次走来替芦笛送诗的我的三弟。戴一副深度的我为他配置的近视眼镜，苍白着脸，文弱着少年的身躯，无声地站在一根落地灯下听我评判他的诗友。他们有真诚的友谊，善良的诗心，然而除却诗人的单纯和幼稚，三弟且又多了诗人的愤怒与疯狂。数病相兼，此岸肮脏凶险的红尘世界容他不得，只好便去了理想的天国！绝未料到，很久以后在芦笛的这本诗集里，他会成为背叛春天的那一棵绿野的树，行色匆匆，没来得及遗下如许的诗作。

丁亥年是他的十周年祭，表弟芦笛，若记初时，逢此春夜你当在平湖之滨为他吹上一曲，随风送到遥远北方我的听风楼外，我会聆听。

2008 年清明写于北京听风楼

176

乡村离城市很远

——陈龙兵诗集《女儿的公园》序

只要肯花一点时间注视母亲的前额，就能读懂这样的诗句："我读不懂磨坊里精致的散曲 / 不时往磨孔添一捧黄豆 / 无言地注视母亲 / 心神倾听着石磨的诉说。"（《磨坊》）在特殊的夜晚，我尤其为这样的诗句感伤着，今天是我母亲去世的第二百天，我选择这样的时辰读他思念母亲的诗，因为那盘壕沟纵横的石磨磨光了母亲的一生。这种思念有时是惊心动魄的："窗外有松涛 / 远方有雷鸣。"

然后在另一首诗里，他又低声诉说着另一个母亲的故事："这条河流 / 它知道我的内心为什么时常疼痛 / 它知道我的伤口在多么隐秘的地方 / 它知道我为什么想起它就要落泪 /……它不是一首歌 / 有时我把它称作母亲。"（《一条河流》）把灌溉过自己生命的水域比作世上最亲的人，他的深情超过唤大堰河为保姆的艾青，而且他还敢解开胸前的领带，让母亲知道他西装覆盖下的伤口的疼痛。

初见时我以为他是一个学生，清秀，腼腆，一问才知是学生的老师，在乡下的学校里，放学以后喜欢写几句诗。从家乡寄来的内刊上，我盯上了这个名字，名字下面有些小诗写得真好，好在不遮饰自己的卑微："从乡下到城里／要走很远的路／娃子她妈在外打工／我在乡下教书／乡下没有公园／只有盘山的公路……"（《公园离乡下很远很远》）似乎要圆三岁女儿想看一眼县城公园的梦，仅一面，他竟给我写信，说教育局暑期举行公开考试，优胜者可以进城。我懂得他这话的意思，如同懂得他诗中母亲前额的沟纹，回信说真有本事你就去考！清秀腼腆的龙兵居然自负得很，似乎因我这话而稳操了胜券，说他这就敢去考了！

暑假一过，他从乡下调进城里，还是教育局。这时我才告诉他们局长是我的朋友，龙兵是个优秀的青年，他会做好想做的事。

但他依然是苦闷的，这是文学青年的病。"在这清风明月的可人之夜／一只蝴蝶误入房中／黑暗里只有窗纸又白又亮／这蝴蝶，现在只想朝窗外投奔。"（《迷途蝴蝶》）他学不会永远快乐的庄生，承认了诗人被囚于现实的挣扎，最后他呼喊着："我就是这只迷途的蝴蝶／在诗歌之窗上磕磕碰碰／有谁能伸出上帝之手／将我在冥冥之中解救？"

六月，我是说辛卯年快要过完一半时，这是我一生中最艰难的月份，我的案头上堆满了恩怨情仇。母亲去了，她不该那样地去，我把对母亲的愧疚试图弥补在父亲身上，我接他到京城，做饭，服侍，从此再没有了外出半日的潇洒和自由。

诺奖得主马里奥·巴尔加斯·略萨来到中国，社科院外文所通知我参加讲座，我为父亲备好中餐，锁他在家，火速出门又火速归来；前往福建的作家采风团邀请了我，全程七天，多好的鼓浪屿呀，我却只能推荐别人；大学校长的传记原定于今夏写完，明年要献给他的八十大寿，看来可能会延迟到秋天；中学老师带着师母第一次来京，妻子让他们住进我们的卧室，早出晚归命我陪护接送；儿子考取了公费留学，八月份将去美国，办签证，订机票，开资产证明；自己又将有两本新书出版，需不断给编辑传去一些东西……

好多的事情，多得有时走路需要小跑。

所有这些，远在家乡的龙兵都不知道，他写信说他要出一本诗文集，请我为他作一个序。我问龙兵是哪家出版社，清秀腼腆的龙兵诚实地向我坦白，这个集子是没有出版社的，他只想打印出来装订成册，让诗友们翻阅着方便一些，决不会到处去搞违法的传销。我为他的诚实与坦白所感动，最终变成不知死活的承诺，让他把文本发到我电脑里。我对他说，你得限我一个日子，否则我说不定会拖到哪一天。这一次龙兵聪明至极，他说不忙，这本集子他计划七月份印出来。

　　他说这话是在六月中旬，距他不忙的要求未足半月，做完手上的事再给他写是不可能的，为了实现他的计划必须把我的计划打乱。十多天后，送中学老师上了西站的火车，暂且搁下大学校长的传记，我决心腾出时间研究他写的诗。在诗中我捕捉到一位思想者的影子："想到太阳也会沉沦／我的灵魂在逃亡／今夜，月亮是我唯一的仟望／……无语的苍穹下／是否，有我划过的一道星光。"（《今夜，月亮是我唯一的仟望》）另一位是奋斗者的："那是一对勇敢的小号手／行进在艰难的路上。"（《喇叭花》）还有一位是航海家："百合花带来洁白的爱／你带来波涛汹涌的海洋／想到要做一个词语的航海家／我在远眺中编织着神秘的愿望。"（《眺望》）

　　龙兵的诗几乎全都是忧伤的，发现这一点不禁让我小吃一惊，这不符合他清秀腼腆的脸上永远的微笑。磨光生命的石磨，知道疼痛的河流，没有公园的乡下，误入房中的蝴蝶，太阳沉沦，仟望月亮，苍穹无语，灵魂逃亡，他是一道悄然划过夜空的星光。纵使变成勇敢的号手，未来的道路却甚是艰难，也曾有过航海的愿望，诡谲的大海又凶险未卜。我猜测这莫非与他的身世有关，以及由此而酿成的性格，一面是卑微，敏感，一面是骄傲，反抗，在强烈的光明与黑暗中，他的颜色是淡淡的霭烟。

　　我唯愿他是一个阳光少年，骑着暮归的老牛走在乡间的小路上，这样他将在现实中生活得好些。但我又明知道这不能够，他会与老牛一同忧伤，玄想他们前世今生以及下一辈子的命运。因为诗人，真正好的，生命中若是没有了善感、多愁、过敏、易忧的天质，司空见惯的一切很快就能将他训练成熟，再不会突然间伤口疼痛潸然泪落家乡的河流，不会长久注视母亲的前额倾听一盘石磨的诉说。

　　所以，我没有能力教他如何地写，只指望后来锣声响起的时候，他还能不忘初恋，依然这么忧伤地写着。

2008 年 12 月 12 日写于北京听风楼

179

写作者每夜都在天堂徜徉

——喻泉源散文集《我从天堂走过》序

多年前，文学界就流传着一个著名的比喻，比喻生活是创作的泉源，简而称之，可谓喻泉源。世事巧合，我的老家，恰好有一人以此为姓名，又恰好他在从事创作。此情便尤其印证了以上口号的英明，生活不仅是创作的泉源，而且，生活本身还可以是一个创作者。

大约在本世纪初，一位年轻的文化官员叩访我的京西陋室，此前虽曾发来通知，说是专程拜谒，我以为他是来京城参加某个会议，趁着休息时间溜来，别时竟没留他吃顿便饭。走后个把礼拜，我忽然听人说，原来他是出差武汉，事毕绕道进京见我，为的是听我当面谈几句创作，这一程果真叫作专门。从此我便心怀了极大的歉疚，深感对他不起，直到去年春天的一日，他奉命再度抵京，我才强留他与他的一干同事，特意选了一家名叫喜相逢的酒店，欢欢喜喜地相逢吃了一餐。

他就是喻泉源。这时候我已经读过他描写家乡风物的多篇散文，决定将他列入家乡的朋友了。从他的文字中我得以知晓，他的少年时代家境贫寒，体质且弱，有一年差点儿还病死在老家的一所医院里。侥幸活过来了以后，据此他写了一篇扬扬得意的文章，这篇文章的名字现在成了这本书的书名——《我

180

从天堂走过》。

天堂是个什么样子呢？写《神曲》的但丁知道，我们都不知道，因为我们现在还不能到那里去，但有朝一日总要去的，可惜去了却不能回，也便不能向读者作精彩的报告。然而这本书的作者，如同有人用他来比喻生活，他又用它来比喻人死之后灵魂去往的世界，一件人生第一伤心的事，由于一位白衣天使的出现，被他写得多么的美，多么的浪漫哦！

我把他的散文大抵分为两类，一类是对生活的感悟，一类是对家乡的追记。这两类散文，因为作者心中有爱，各有一些篇章也就写得可爱。爱真是一件奇妙的事，一个爱生活，爱家乡的人，下笔就能淌出他的涓涓深情，别看有些所谓的作家和诗人，在文章里天哪地呀妈妈哟地叫，但那叫声在天地间显得多么的空洞，虚假，涩巴巴的，喊得难听，听着也叫人讨厌。

屈指五年以前，我开始根据县志与史书的记载，以及散布在民间的野史与传说，写一部长长的，关于春秋时代被楚、秦、巴三国联军所灭的庸国的书。古之庸国，乃今之竹溪的前身，当时的很多战争和传奇，都发生在家乡和比邻的山水林寨。是这个初识不久的喻泉源，他居然为我的工作激动起来，我一边写，他一边驾着汽车，挎着相机，背着干粮和水，驱往被我从历史的废墟中深挖和复制出来的一个又一个地方，去寻找遗址，凭吊古人。

真叫作按图索骥！有一年寒冬腊月，冰天雪地，我在京城十五摄氏度的暖气房里，写到了古庸国属地神农架，他便在零度以下的天气里穿上皮袄，再一次发动他的宝马破车，直奔传说中误尝了断肠草的神农葬身处。孰料未上铁链的胶轮打滑，行至半途，险些让他见了神农。消息从嗖嗖的寒风中传来，蓦然令我心惊，一连好几个日夜不得安宁！

时隔不久，我在北方的一家杂志上，读到了他的新作《寻访一个古国的幽灵》。苍凉悲壮的字里行间，我发现了一颗旨在穿透千年烽烟的雄心，它要去寻访以下的人物和故事，以及那些故事的滋生处，亦即千百年前的历史遗址，亿万年前的传说之地。

从女娲山上的女娲补天，神农架里的神农尝草，尧子垭尧谴丹朱，骑牛山庸君伐纣；春秋时庸国联合麇、蜀三面攻楚，因麇、蜀中途违约，庸孤军强行失利，翌年楚反灭庸，关垭筑城，暮楚朝秦；三国中蜀将孟达攻房陵，杀蒯祺，得上庸，收申耽；唐朝长安和尚龙象赴小河口，修莲花寺，几位王子、公主与驸马流放房陵，囚禁致死，庐陵王李显携韦氏又遣此地；明清两朝，裘侍郎率十万民夫进慈孝沟，伐金丝楠木，修皇城奉天殿与承天门，御史大夫原杰建府划县，遣散荆襄百万流民，吴承恩把仙山武当搬进《西游记》，王士贞任郧阳抚治，张献忠兵毁竹溪，李自成火烧孔庙，左良玉大败房县罗猴山，王光恩降明守郧阳，陈一奇焚身均州城，陈世美遭诬《铡美案》，白莲教转战鄂西北，王聪儿葬身卸花坡，甘继芳义守中峰寨，曹叶儿魂断舍身岩……

在当地灿烂的民间传说中，还有迷魂阵姜子牙布兵，绝龙岭闻太师丧命，偏头山老子修身，烧田坝鲁班造庙，终南山张子房辟谷，野人谷范杞良遇救，桃花源渔人误入，仙娥溪李白留诗，白云岩吕洞宾游仙，船覆山曹国舅下棋，樊定河樊梨花遇险，泗水关薛刚起兵，幻想寨焦赞孟良被困，茅坪山杨六郎出家，张三丰死而复活，建文帝削发现身，还有一个悲喜剧的人物，乾隆朝富甲故国一方，巧运奇木巴结皇上，最终却招致杀头的王三盛……

接下来，他还要写到另一些在古庸国的土地上生长过的人，大悲大喜，时歌时哭，中国最早的诗人尹吉甫，中国最伟大的诗人屈原，以智慧减免乡人进京贡米的瘿包谏臣徐成楚，终生不仕隐居小城皓首穷经撰写《竹溪志稿》的乡贤张懋勋……悲喜歌哭毕了，面对家乡远古的流水，继而仰天发出人生的浩叹："历史注定的一场劫难，决定了它终将亡国的命运。呜咽的堵河水循着千古的方向，依然按照它原有的姿势向前流淌，后人却从这水声中听到了古国的悲壮。"

那些早已被历史湮灭的人物和故事，在我的百余万字的长卷中抖落黄尘，次第上演，而在他的"小城"系列散文里，他则信手采撷，或一枝一花，甚或一叶一瓣，杂以风情民俗，掌故传谣，引古于今，落笔现实，用另一种轻灵随意的文字，再度进行无序的重说。我认为，这样的文字也应有其并存于世的价值，它好比玲珑小巧的掌心相机，不以长焦拍摄大川，不以广焦记录高山，却忽而这里忽而那里地咔嚓一下，以极其快捷的方式留下一柱奇峰的侧影，凝住一朵险江的浪花。

他的文字看似是生活的，叙事的，又不尽然。往往一事叙罢，再抒其情，再炼其意，于章节或结尾处，并且努力赋以华彩的总结。我就在想，这是否与他多年从事的新闻写作有关系呢？其实这种努力对于散文而言，并非是一件值得提倡的事，散文的妙境是散，是隐，是曲。既然古人这么说了，那么我们就听古人言吧，除了多读一些古人山水人物的小品，还要多读一些今人历史文化的散文，腹有诗书，文气自华。

固然，散文是形散而神不散的，但那妙不可言的神采荡漾在九曲回肠的文字中，如天上的云，水中的盐，人之面部迷人的微笑，可以将这些好东西们抽出它们的载体，硬生生地摆放在一个醒目的位置上吗？新闻可以，文学却不可以。因此我寄希望，我们的喻泉源宁可一分为二，做一员文学与新闻的双枪将，也不可合二为一，将五要素融进我们纯粹的文学。哪怕一点，也不行。

喻泉源说，他从天堂走过，他却没说自己每个白天公事罢了，每个夜晚都在天堂徜徉。文学何尝不是天堂一般的精神圣地，与之有缘者在这里纵情纵性，自由自在，意马心猿，恣肆汪洋，笑天下一切可笑之事，爱世上所有应爱之人。问苍生万物，门庭洞开，还有什么地方比得上这里呢？

2008 年 8 月 18 日写于北京听风楼

拿什么奉献给你我的爱人

——阚韶辉散文集《乡情万种》序

有一次朋友写信，取笑我何时衣锦还乡，我对她说可发现你一个错别字了，从来我都是衣棉还乡，不信下次见面你摸，是全棉的。说话间那年冬天我还乡了，只见大街上的行人往两边迅速闪开，八辆小汽车从中劈出一条道路轰轰烈烈飙将过去，车主是本县某乡某村一位在外挖煤窑发了大财的人，回家过完正月初五就得重返遥远的黑色阵地，但他绝对不坐火车，绝对要亲自率领八辆小汽车轰烈而归，让乡亲们看看这家伙和拖拉机哪个厉害。这么一比我的身子就莫名地开始发颤，最后竟至于颤出一位歌星的唱词，大致意思是说，我拿什么奉献给你我的爱人。这个爱人是广义的，除了妻子和女朋友，还有家乡的父老兄弟和姐妹等可爱的人。是啊，除了汽车和现金，你让我们这些手无寸铁的读书人拿什么奉献给你呢，我的爱人？

这本书的作者势必也是这么想的。很早以前，他的父亲是我的朋友，多年以后，他又加入了我的朋友的行列，因为读类似的书和写类似的文章。这个类似的书是什么书呢？是《竹溪县志》；类似的文章又是什么文章呢？是关于《竹溪县志》中记载的山水城寨、兵事艺文、人物典故、风情民俗，只不过我把它们演绎成了客观的方志小说，存心不将自己暴露出来，他却一手揭开史料的锅盖，一手兑进自己的随想和散悟，兑进一个远方游子的浓浓乡情，淡淡哀愁。

他用沉稳的文字写画屏山，用流淌的语言写竹溪河，试图用结结实实的砖木土石一般的句子码出一座仿制的千年古城，留给现在的家乡人去检阅、怀想、凭吊和叹息。而其中那座被县志称作竹溪八景之一画屏烟雨的画屏山，则正好长在他家的窗框里，又被他的画家父亲从十多岁时就开始画起，迄今已画了近半个世纪，这样一座融入了他们父子两代，同时也融入了家乡世代人民的深情目光的山岭，他怎么可能不去写呢？

而且，他怎么可能不写得这样饱满而动人呢？

通过文章我才知道，这个名叫阚韶辉的青年，他有许多与我相近的经历与性情。譬如不喜欢做一名足可以令家乡人敬重与妒羡的笔吏，手捧一只金属饭钵盯着别人的脸色把食物小心地往自己嘴巴里喂，于是后来，他就赤手空拳地走了。只不过我们是一个往北，一个往南。他跟我一样走过一条与书有缘的长长的路：天性爱书，因而见书就读，教书为业，间或拔笔来写，要写就写家乡的千年旧事。也只不过，由于求生，由于年少，目前他得多费一些心力来作喧嚣红尘中的无奈的消费。然而人在最终获得自由之前大抵总会这样，只要他的心灵还有自由的空间，在这片刻的自由中还会记得要做的事。

我实在是敬重这样的人，如同别样的人敬重他们的同类。

韶辉的这本关于家乡的书，就是累积了无数个自由的片刻，一篇一篇，一段一段，一句一句写出来的。我知道他所栖身的温州是新时期中国最先富起来的小家电之都，若把人生成功的目标锁定在发财购买汽车之后，衣锦还乡，打马游街，那是相当可以指日可待。这人不是，我收到他从网上给我发来的一张照片，站在竹溪第一中学那棵有五百多岁的老柏树下，他要是穿上一件袍子，搭上一条围巾，再把长长的头发蓄成往两边倒的样式，那他就是一个五四青年学生或者比他们大不了几岁的热血教员。只有这种在别人眼中或许有些迂腐的人，才会逃离灯红酒绿歌舞狂欢的夜总会，躲进小楼，掩上窗帘，孤灯下默默书写他千里之外的家乡。

他是想让更多的人为他的文字所指引，于重重叠叠的大山皱褶处看见一片如今已鲜为人知的地域，那却是两千六百年前一个赫赫有名的古国，它曾经作为西部诸侯之首，率领庸、卢、濮、蜀、羌、髳、微、彭八国联军，会同周武王逼死了荒淫无道的商天子，建立了人心所向的周王朝；又曾经联合蜀、麋两国，差点儿兼并了三年不飞不鸣的楚国，结果因蜀、麋的背叛反被楚、秦、巴三国联军所灭。悲壮、屈辱、隐忍、凄凉，沦为楚地之后朝秦暮楚的史实使这片特异的土地更加富于悲剧和传奇的色彩。其次还有它的山水人物，城堡寨落，无一不留下历史的残痕。他想让人知道，那就是他的家，是他梦中常回的天堂。

他的文字是诚实的，相比那些离大海还有八百丈远就啊的一声尖叫，当晚能够泪水汪汪写出一万个字的才子，他的诚实近乎笨拙。品读他的文章不会感到一句无病的呻吟，倒能发现他硬着心肠，从古庸国坚挺的遗体上咬牙揭下千年陈痂，展示给活着的人看，他用手指着志书史籍中的记载，慢慢讲说这一块是因为什么，那一块则有可能是因为什么。"文章不写半句空"，这些文字是可以做讲义的，它的作者兼有教师与学究的风范，但是，它却分明又焕发出了斐然的文采。

有一天，我的手机里突然来了一条不短的短信，仿佛一篇微型小说，内容提要是清初顺治年间，一个名叫孟述尧的浙江人在竹溪任典史之职，某日为贼人追杀，孤身骑马从县城逃至小坝子时被贼追上，一刀砍去身首异处，土人怜之葬于当地。短信是韶辉从温州发过来的，他困惑地向我提出一个问题，说他看到的孟氏家谱上记载着孟典史死于三藩之乱，而他当年在小坝子见到的碑文所刻，三藩之乱已是康熙初年，竹溪知县叫曹席珍，典史叫沈应凤，到底孰是孰非呢？他因此请教于我。

最后我在家谱和碑刻之外又重考县志，回信说孟典史很可能是为李自成生前的大将，投明后改名郝永忠的郝摇旗部所杀。此时的县城已被李自成和张献忠所毁，政府办公迁移到去城三十里的敖家寨，知县叫张问善，典史才叫孟述尧。韶辉大喜，来信称是，排除了孟氏家谱的误记，文章写下去就合情合理了。

读着韶辉的文章，我感觉他应该是世代居住在这方古老土地上的赤子，然而不是。据说竹溪只有两户姓阚的人家，他们这一家子的来历，原是二十世纪中叶一个姓阚的四川汉子为避兵荒越过蜀道，用自己的手艺在这里剪裁出一个寄居之所，自此成为竹溪第一代阚氏移民，这便是韶辉有胆有识又有眼力的祖父。他的一门心思为竹溪作传，使我想起清康熙年间的竹溪文人张懋勋，那位也是幼年随同祖父从陕西迁入此地，得悉这样一个已被湮灭的古国，数千年的史籍文献毁于战乱，竟无一部方志可供后人考阅，于是终生不仕，埋首著书，穷六年寒暑之期，写出了长二十二卷的《竹溪志稿》，成为现世仅存的同治版

《竹溪县志》的蓝本。

那么，还有那些真正土著的文官、学子，特别是以研究史书方志为业的竹溪的太史公们，如果放弃一些于小己或有功利，于历史和大社会却根本无用的书写，也来挖一挖埋在脚下的庸国之谜，如《诗经·鄘风·桑中》里庸国的男子所唱"爰采葑矣，沬之东矣。云谁之思，美孟庸矣"，思念和关爱自己美丽的家园，那当是何等有意思的一件事啊！

目前就我所知，竹溪与韶辉一样饶有兴致做着同类事的，尚有甘启良、李盛藻等一干老儒。特别是有一个名叫喻泉源的年轻的文化官员，他从民间找到一张古庸国的手绘地图，然后按照县志舆地中记载的地名，一个一个翻山越岭地前去拍照，不幸当他拍到冰天雪地的神农架时，他和他驾驶的汽车差点儿翻在那里，此地也成为后人凭吊的古迹。

写到这里，我忍不住要腾出手来向他们致一个敬，连同这本书的作者。

2006 年 10 月 10 日写于北京听风楼

马路上的女歌手

——朱彩兰散文集《心路思语》序

　　这个说法其实算不得正确，正确的说法应该是，在夜晚的书斋里热烈赞美马路的女歌手，简称马路歌手。因为这条从外面世界曲折且跌宕地伸进大山深处，如今已经不再跑马的马路，是这位名叫朱彩兰的散文作者的工作单位，许多年来，她用许多文字一遍一遍地歌唱着它。现在这些散漫的文字已荟萃成了一本集子，名字叫作《心路思语》，我就在猜，作者可能是这么一个意思：她总在思，她的心中总是有一条路，是通往地理世界的公路，也是通往精神世界的心路，二者相兼，算得上是人生的双轨吧。

　　书编好了，她发给我，希望我为之作一篇序。我有些意外，不知道她怎么会想起我来，原因是我对公路管理的外行程度，不亚于对时下散文的研究。我想她的理由要有也无非只有一条，那就是我们生于一个共同的家乡，为歌唱我们共同家乡的歌手报一个幕，有什么不可以的呢？

　　既然可以，那我就得积极响应，忙罢手上正干的活儿，我试着看她发来的文字。看完几篇，我的顾虑消失了，这位作者原来是会写文章的，她可不单是狭隘地写路，地理的路和心理的路，更多的她是在写路边的红尘世界，以及她对这个世界的感悟。路要穿山越岭，跨涧过河，她就写路边的山水林木；世

188

上本来没有路，走的人多了便成了路，她就写走路的人；路上的人有悲欢离合，好比天上的月有阴晴圆缺，她就写人的情感和命运。这么一来，这本书就如其人，如其名，五彩斑斓，兰桂齐芳，书里的文章就有些看场了。

前年夏天我回老家，老家的一些作者要陪我登老家那座最高的山，说是那山原本叫昂首山，比五岳朝尊的武当山还要高，不敢为天下先的老子来到此山隐居之后，一脚踩偏了它高昂的头，致使它反而比武当山矮了三尺三寸，从此改名叫偏头山。我记得在那次登山中，这位管理公路的才女是穿着裙子和高底皮鞋的，有人想乘机把她背在背上而没有取得她的许可，后来她居然亲自登上去了。

回京不久，我偶尔从网上看到了她写的登山记，其中有些句子我是喜欢的，譬如她说："偏头山如一叶停泊的孤舟，亘古至今，独在茫茫林海里固守沉寂。多少个日出日落，多少个月圆月缺，它始终保持着那无风无雨也无泪的宁静。任凭旁边的山花开了又谢，谢了又开，树上的叶子绿了又黄，黄了又绿。生活只是整齐和杂乱的组合，历史只是每天必然的光明和黑暗，它习惯了，不会在乎太多。"

我喜欢"它习惯了，不会在乎太多"。不光是它被锤炼得那么干净，结实，光亮，更有它所表达出来的登山者对山的思考。其实如果把偏头山比作老子的化身，"太多"二字还嫌多了，无论是句子的本身还是山的哲学，它应该是根本"不会在乎"。甚至它对沉寂不是固守，而是追求，因此"无泪"二字也属多余。不过我喜欢的是作者对偏头山的喜欢，她在上山的路上寻寻觅觅，总算是觅得了自己对于生活和写作的理论。可惜的是登山记中有一个细节她忘了写，她穿着高底皮鞋上到山顶，下山时终于把鞋子脱了拎在手上，拜谒一次老子，有了进步，似乎也到达了"不会在乎"的境界。

读这本散文集，我发现作者往往会借一山一水，一草一木，来充分发表对于人生与世界的感慨。这里的山水草木可以是自己家乡的，也可以是旅行途中的，可以是黄河长江，也可以是苍松翠竹，在实在没有风物可借的时候，她还可以拿出直抒胸臆的勇气，独自对着天说。从这些借景和直抒的文字里，我几乎没有听到过去我从小女子文学中习惯听到的浅唱和低吟，有的是男人一般的潇洒慷慨，心雄万夫，豪情千丈，此时的作者是站在霹雳闪电之中的高山顶上，脚下有席卷而来的滚滚惊涛，却一点儿也不是在黄昏后的小花园里，墙外的一弯月儿挂上了柳梢。

这样的文字免不了泥沙俱下，由于紧张匆忙，要趁着激情汪洋一口气地将它呵成，有时就让人听到因过于恣肆而显得稍微有些嘈杂的声音。这当然也是散文中的一体，气势磅礴，战马嘶鸣，兴许在交响乐的大厅和话剧舞台以及烽火战地更能赢得暴风雨般的掌声。然而就我个人对于散文但愿不是偏颇的审美，较之干净、结实、光亮的"它习惯了，不会在乎太多"，窗前灯下，一卷在握，好像我更情愿享受后者的宁静。

据我所知，除写散文，她还写诗，为了证实自己的综合素质，还以一个莫名其妙的简水的化名在《都市小说》发表写柏拉图式爱情的中篇小说。与只会写中学文化以下的机关和乡村人物的小说作者相比，她是读过一些书的，因而作品里不时地会散发出一些书卷之气，这又好又不好，主要看她写的什么。在一般的情况下，我认为最好还是少用一些美丽的诗词，如果实在心痒难禁，可以委托作品中配得上的人物适时而言，即便这样也得尽量节制，而自己是绝对不能任性挥霍的。

同时，也要在另一端克服新闻的倾向，如同不把白天的工地搬到夜晚的书房，不把优秀的通讯寄给文学的期刊。这里的道理非常简单，因为写的是思语，而不是思雨，是心路，而不是修路。所幸作者是虚心的，听了我的这些意见，她在书稿付梓之前，又从头到尾认真地修改了一遍，告诉我说，她一定要尽自己最大的努力。

我很高兴，一不留神，家乡又出了一位热爱文学的女作者，还写得这么多，这么好，照这么写下去，等我下次再回老家，该要看到《心路思语》的姊妹篇了。

2008 年 11 月 20 日写于北京听风楼

一块玉与一峡风光

——赵璞玉摄影集《十八里长峡》序

许多年前，家乡一位青年应征入伍，他的父亲手牵着他来，请我写一句可作勉励的话。听说他的名字叫璞玉，我便信笔写了，意思大抵是祝他早经琢磨，得遇慧眼，辉光出世。然后他身着戎装去往部队，如一颗绿色的苗种撒入旷野，究竟怎样地成长与怎样地成熟我就再也不知晓了。

丁亥年夏，我应家乡感召，随中国作家采风团赴竹溪采风，所行之处，有历史遗迹，如关垭子、楚长城；有绿色生态，如梅子垭、龙王垭；有自然山水，如偏头山、十八里长峡。所有这些地方，几乎都与我结过善缘，楚长城距我的祖籍，也是我的父亲劳动改造的一个名叫黄土岭的乡村，不过三十华里，龙王垭是我因父亲的缘故沦为一名老知识青年二次插队的茶场，而那个名字长长，峡也长长的十八里长峡，我曾迎着本世纪的曙光两度重游，并且在五卷本的方志小说《庸国》中深情写到，庸国灭亡之前自毁其容的三王子子蕙凭着天险，在此领导过一次精彩的自卫反击战。

清同治本的《竹溪县志》记载，此峡原名母猪峡，又名妖怪峡，因无释义，不知此名何来。我曾试忖，喻其母猪，是否峡之两侧每有异峰突起，如肥壮母猪那两列饱满高挺性感诱人的乳头；喻其妖怪，是否峡之深处凉风飕飕，寒雾阵阵，俗说妖风迷雾，于是冠名。此峡尽头是古之巴蜀，今之重庆，重庆乃称中国的雾都，那举世闻名的雾气原来是被一阵凉风顺着这条峡谷吹过去的。至于峡长够不够十八里抑或多不多出几十丈，我想甚至连它的更名者也未必真用皮尺量过，如同表扬十八岁的姑娘青春美丽，其实她从十七岁半到十九岁零三个月的时候，模样同样是好看的。

第三次去十八里长峡，忽然得知，随着重庆从四川的划出，此地亦从与重庆接壤的竹溪最边远的向坝划分出来，成为一个相对独立的行政管理区，长官是一名解甲还乡的军人，叫赵璞玉。这个名字，让我突然记起这篇文章的开头，许多年前家乡一位青年应征入伍，他的父亲手牵着他来请我写一句可作勉励的话。采风团的作家于林间小憩饮茶，飞步赶来相见的赵长官让我对上了号，果然就是这个璞玉，果然他已辉光出世。他还手牵着他的儿子，一如当年他的父亲手牵着他，请我又给他的儿子写一句可作勉励的话。我心感慨，家风使然，这样的孩子真是可爱得很。

此番意外相逢，璞玉为我拍了一堆照片，在他的旗旎领地，用他的高级相机以及技术。回京以后，他从网上打包发来，我发现有的照得还真不错，其中一张，我上着 T 恤下着牛仔疾行于长峡青山之间，浑然似他离乡从军新兵期的威武教官。我回信夸他相照得好，想不到他却瞧照相二字不起，自诩这是摄影，疾行者是他的作品之一，应该取个一石三鸟的题目参加全国影展。

更想不到，一年多后，他要出一本摄影集了，又从网上传来图片与文字，林林总总的内容全都是关于十八里长峡，承蒙错爱，请我为之作序一篇。此时我刚从城内搬到五环城外，隐藏在我的新宅全力以赴撰写《庸国》的续书，闻讯紧急停下，研读他的图文。我感觉出来这是一本不无意义的书，无论风景、风俗，无论人物、人文，他都拍得新鲜生动，写得活蹦乱跳，尤其反映长峡山民生活的部分，让我玩味再三，不忍释卷，譬如那位憨笑的寿者，譬如那件将绝的农具，譬如那种饥馑年代活人性命，采山中树叶磨制而成名曰神仙豆腐的，许多地域似乎闻所未闻也因此而尝所未尝的神奇食品。

从这些精美的图片与文字中，人们可以读出作者对他朝夕相伴、日夜厮守的长峡的热爱，如若没有这份深情，也便没有这般兴致。相对于桂林山水、西湖风光，摄影集里的十八里长峡美景虽然令人惊美，但却除去那些哥伦布式的幸运先驱，目前尚未能让全地球的旅游者闻之如雷，趋之若鹜。正如养在深闺人暂不识的秀女，藏在大山未经雕琢的美玉，正如摄影者的父亲很早为他制订的名字，其意义与价值，也正在默默地等待着来自山外世界的更多人的认识。

或许，我想，这也恰是摄影者的苦心所在。

璞玉早年学过写作，学过书法，到了部队庶几还学过射击，学过骑马，然而当他得知这条峡谷行将成为他十八里长的书斋、案桌、靶台、疆场的时候，他想了一想，就转而端起了能把镜头伸得老远的武器。这仿佛是个聪明的选择，较之用文之地，用武之地，这片神奇的地方可以用机，相机，自然也要心机，时机。因为我为摄影试下的定义，是身背相机者费尽心机掌握时机按动快门"将世界缩成方寸"把瞬间留给永远的艺术。

希望璞玉成为这样的摄影家，摄长峡，也摄比长峡更长的大千世界。

2006 年 6 月 28 日写于北京听风楼

大山里的风景

——徐凤鸣《凤鸣国画集》序

　　五年前我回老家，发现我家从客厅通往卧室的走廊右侧那方白墙上新挂了一张横幅的画，牡丹还是芙蓉我已忘了，只记得当时被我误认成了一幅刺绣，大约是画的色彩明艳，正好又有阳光从对面大玻璃窗中照射进来的缘故，感觉非常的美好。那一年我的母亲还在，我相信她会和我一样心生欢喜。画的右下方留白处署了"凤鸣"二字，在我的想当然中这应该是一位女画家，并非仅仅因为名字，画风的柔媚和清秀也容易泄露女性的内质。我从心里感谢画家给我的父母送来喜悦，同时也为我大山之中的家乡还藏有这样的人才而高兴着，人家藏龙，我家藏凤。

　　但是我没想到，那次见面我会让她受了重伤。我记得那天是我一位写诗的朋友带了她来，眼前的年轻女子脸色红润，略微有一点娇羞的样子，可能是第一次面见生人。我主动夸奖了她的画，接着问她还画过一些什么，这时才知道她已经画了很多年，马上要出一本画集了，她也正是为这件事来见我，请我为她的处女集写一个序言。这是一个诚实无欺的女子，她不该没有打下埋伏，却坦白地说出她不知道我回老家，在此之前已有两人为她写序，一位是支持着她的上级领导，一位是投资于她的企业老板。我扳着指头计算，自己若再加入

194

这支队伍正好是个小三儿，于是为难地说，把我放在里面不合适的，等你出下一本画集我写，好吧？

就这一句话把我应该替父母还情的人轻轻搪塞过去，尤其还不懂得避开我的父母和带她来的朋友。我猜她当时一定会这么想，这年头若非凤毛麟角的大画家，无数从事绘画的人穷其一生也未必能出一本画集，出过一本已相当厉害，谁能保证再出一本？而我本人说完以后也后悔起来，不是后悔我没答应，而是后悔我怎么就学不会像我们身边的很多聪明人一样先答应着，然后事到临头要送画稿和文章到印刷厂的时候，突然大叫一声说前面两人都写绝了，专家一致认为再加一个字都是画蛇添足。我怀疑这位名叫凤鸣的女子在回家的路上就该跺起脚来骂我，而且等我下次回家连她的骂声也听不到了，她根本就不会理我，从前我遇上过这样的事。

又一个没有想到，五年后她竟真的要出第二本画集，在我这次回家，她当晚就来说了此事，包里还预备好了几张画的缩样，原来她一直把我的话当真，对我根本就没有恨过骂过。这真是让我下不了台，其实我对书画完全是个外行，为了继续搪塞她我只好不懂装懂，针对她的画样落款和题诗胡乱讲了一通齐白石的全套功夫，无非是别人对他的评价是画、印、书、诗，他本人却颇为自负地将这四种技能颠倒了顺序，称之为诗、书、印、画。我的意思是劝她不要一味地埋头作画，还应当习诗学字，多读些书，在这些本事没有练就之前最好不作诗，少题款，短画名，一幅画尽可能简短到二至三字，年号和月日必须要写那是没办法的事。

至今想来，我仍觉得这是一种无理要求，对于家乡一位痴心绘画的女子，并无师从，没上科班，更非专业，纯粹是出于一种趣好、一点天分和一片赤诚，凭良心说，能够画出这么好看的画来，我们只能由衷地表示欣赏赞叹同时报以热烈的掌声。除此之外，若没有哪怕只有一臂的力量去帮助她，反倒拿齐白石的四绝说事，这不是刁难她和吓唬她吗？这样做简直是不道德的。

凤鸣居然听进去了，至少听进去了一些，当我收到她发我邮箱的这一批作品时，我得承认其中有好多幅都是我上次希望的那样。她的画大多为传统的工细着色，譬如需要工笔描绘叶茎翎毛触须鳞甲的花鸟虫鱼等，这类作品有《火鹤》《美人蕉》《君子兰》《天竺葵》《桂顶红》《荷塘翠鸟》《令箭荷花》《荷花玉兰》《鸳鸯戏荷》《鱼水情深》；也间有水墨和小写意，如可以大笔涂抹的荷叶芭蕉竹子等，作品有《梅竹图》《清趣图》《觅食图》《傲雪烂熳》

195

《娇花醉绿》《莲香鱼水》《悠然自乐》；偶尔她还尝试一下不用双边勾线，仅以彩墨点染的没骨法，如颜色鲜艳浓郁的牡丹的花、叶，葡萄的叶、珠以及藤蔓，虽然这类作品的比例相对要小，但从《春醉清心》《风景这边独好》等几幅中也可看出她在这方面的功力。

对于上述作品所用的不同手法，乃是根据所画的不同景物而定，这说明她已具备了绘画的多种技巧而不是仅有工笔一种。五年不见，真是今非昔比，这本画集中的一些作品与曾经被我误认成刺绣的那一幅工笔牡丹或芙蓉已经不可同日而语了。

由于家住竹溪，竹溪多竹，在我们有着五千年文明的中国，梅、兰、竹、菊四君子之一的竹又是历代清高文人歌咏的对象，凤鸣的画集里出现最多的自然是竹，而且都是墨竹。如《清风竹影》《冰凌劲竹》《凌冬爱竹》《高风亮节》《兰竹报春》、竹与芭蕉和孔雀和平共处的《相依相伴》等，竹几乎占据了这本画集的五分之一。以水墨画竹的技法，一般说是始自苏东坡，因其有画论传世并发生影响，更有人说是苏的好友，尚未到任即死去的湖州太守竹痴文同文与可，东坡所谓"故画竹，必先得成竹于胸中"是夸他的。晁补之也有诗云："与可画竹时，胸中有成竹。"此语已成后世表达做事十分有把握的名言。东坡次子苏过也画竹，常与其父同室作画，深谙水墨之妙。竹本绿色，画竹不以绿而以墨，却反倒比以绿画竹更其神似，这个发明家真是了得。米芾也认为文与可是墨竹的祖宗："以墨深为面，淡墨为背，自与可始也。"虽然还有人说在北宋之前，唐朝的李隆基、吴道子、王维也曾画过墨竹，不过这都与凤鸣无关，反正她是没有见过。

以后宋末元初的赵孟頫与他的妻子管道升，明代的唐伯虎，清代的郑板桥，以及清末民初的吴昌硕也画墨竹，这些人都是画界的顶级大师，以至于丰子恺在《竹影》里说"墨画在中国画中是很高贵的一种画法"，似乎不以水墨画竹不足以彰显大师之大。我不知道凤鸣的墨竹学习与借鉴的是哪一个路数，都不像，又都像，又都非像似像。像的是竹叶，从吴道子到吴昌硕，无非是笔法的正、偏、锋，叶形的"个""介""分"以及它们的双重和多叠，行笔叶尖，手腕上提，高下欹斜，雨垂风翻，区别似乎在枝与竿上。古人画竹，形多枝细竿瘦，以状文人士子清高的品性和坚韧的精神，甚至竿瘦如枝，枝细似无，唐伯虎的"一林寒竹护山家"，郑板桥的"咬定青山不放松"，看来或都是些株干不大的小毛竹。而这本画集的作者，当代的、山野的、女性的、徐凤鸣，她笔下的竹竿却特别的粗大和茁壮，其中《清风竹影》一幅可说是她这类题材的代表之作。

在现当代的大画家中，好像有一人是这样画竹的。我从北京打回一个电话问家乡的徐凤鸣，你最初画画儿学谁？画的什么？她答学徐悲鸿，画马，这就让我找到了些许的根据。徐悲鸿的竹子恰是这样，他从西洋归来，虽学油画，然而再画中国水墨便能显出别样的审美，竹竿多壮硕，枝叶多飘飞，先画几绺零枝碎叶，将大片空白都留给主干。他全部的画作都是有力量的，愚公移山，九方皋，田横五百士，奔马。同是画马，他的马是奔的，悲的，愤的，奋的，与金代赵霖仿青石浮雕昭陵六骏而画的《六骏图》相比，徐悲鸿的《八骏图》里鬃飞蹄舞，分明是八员冲锋陷阵的猛将。

凤鸣小时候画马，可惜长大就不画了，大约是因她身边没有马做写生的对象，即便偶尔从山外牵来一匹，也站在树下吃一捆草，吃完拉泡马粪又被牵走，全然不让她看见马之为马的飒爽英姿。而她身边的竹却多的是，房前屋后，山上河边，夏荫秋肃，春来长出一锥一锥的嫩笋，于是她将眼中之竹、胸中之竹化为手中之竹，舔笔于砚上，泼墨于纸端。但她的竹与徐悲鸿的又不一样，徐悲鸿的竹是以水墨的浓淡点染出竹身的明暗，徐凤鸣则使用了书法中的枯笔，自下而上，以若虚若实、若断若续、若有若无的笔意表现出竹竿在光影下显出的粗粝和斑驳，这种方法，无论是她的发明还是借鉴，都是值得画界关注的。

齐白石自然也是画竹的高手，他的一大创新是以朱砂画红竹，二十世纪二十年代，中华民国第五任大总统曹锟寿诞他献上的《朱砂红竹》已可与宋人文同媲美且有过之。徐凤鸣虽没这么画过，但她仿佛从朱竹的身上得到了某种启示，一反千年以来画葡萄者用赭墨为藤、墨绿为叶、浅绿与暗紫为青、熟二珠，还有后来用胶矾水增加葡萄珠上的亮光以显其如冰似玉的传统技法，竟敢突破葡萄自然本真的色彩。在她的《风景这边独好》中，她别出心裁地使用了赤、橙、黄、粉等人间最漂亮的暖色，加上参差错杂的白色光点，把一串串珠圆玉润的葡萄美丽无比地挂在了墨叶与赭藤下。并且她还取了这么一个名字，挑战观者可能对她发出的质疑：天下有这种颜色的葡萄吗？有！这是我心中的颜色！是我一人独见的风景！

我还喜欢她画的萝卜，在这幅名叫《小人参》的萝卜图中，一个圆形的红皮萝卜、两个长形的白皮萝卜和它们头上翠绿的、有着正反两个颜色还有六个虫眼的萝卜缨叶和叶上几道暗黄色的茎线，嫩生生、水汪汪、活鲜鲜地亮相

197

于人们的眼前，真是爱死个人。说到此处，我忽然由萝卜想起另一样好东西，它与萝卜同为中国老百姓的主打菜之一，那就是齐白石曾经画过的白菜。齐白石画白菜本不为奇，他在白菜的左下角画了两个红辣椒也不为奇，奇的是他在白菜的右边还写了满满的两行字："牡丹为花之王，荔枝为果之先，独不论白菜为菜之王，何也？"这语气，让人看见一个木匠出身的老人胸前一部雪白的长髯在愤然地飘动着，简直就是为白菜打抱不平了。

因此，我很想对我可爱家乡的年轻女画家徐凤鸣说，以后可否多画一些长在我们老百姓身边的、像我们老百姓一样没有身份的、却和我们老百姓有着深厚感情的小草野花、山果家蔬、树鸟河鱼，而把孔雀让给花团锦簇的人画，把牡丹让给富贵的人画，把美人蕉让给闲适的人画，在有人命题作画的时候聊可显摆两下，但主要笔墨还是用来回答那一大把年纪还想不通的齐白石的愤而发问，为我们家乡的苞谷南瓜们打抱一个不平。当然，也可以用水墨来画，或用自己心中的颜色。

另外，上次说过的话我还得说，要多读书，多练字，齐活儿了，再像齐白石那样诗书画印齐上。

2015 年 5 月 15 日写于北京竹影居

画屏山下的少年

——《画屏山》创刊号序

    距离这所校园不远的地方有一座山，它的名字叫画屏山，在清朝同治版的《竹溪县志》上又称画屏烟雨，是本土最有名的八景之一。揣测赋以其名的古人所思，画屏山是一道美丽的彩屏，画屏烟雨则是这道彩屏在烟雨朦胧中尤为奇妙的景致。

    忽然，画屏山成了这本校刊的名字，命名者的用意，乃是希望倚居在山下的朋友们，教师、学生、其他的文学爱好者，拿起彩笔描绘自己的心灵故事。画山，也画山下的人；画校园，也画校园外的世界；画烟雨，也画烟雨后的晓风、朝阳、暮霞、晚月。

    我与缪斯打赌，多年后，必将有作家、诗人诞生于这本不起眼的校刊的小小作者群。时间再长一些，观局者再放耐心一些，兴许还将有大作家、大诗人。这些假以时日方可开放的奇葩，目前正在以含苞的姿势，贪婪地吸吮着山川的灵秀，雨露的神髓，日月的精华；正在跃跃欲试，磨笔霍霍；正在把画屏山以及更高的峰峦视为登临的目标，把《画屏山》以及更多的刊物当作舞文的领地，展示自己即便幼稚的身影。

    同时，将自己少年攀爬的风姿永久地刻留在这座如诗如画、有诗有画的山上。

之所以如此武断地推论，依据是此前有无数的文学大师以先行者的资格告诉后来的人，他们都是从中学甚至小学开始，就偷偷地做起了从事文学写作的梦。那时候，他们未必有画屏山这样的自然山峰做梦中仰望和登临的景点，也未必有《画屏山》这样的文学操场来追踪昨夜的梦幻，复制今日的梦境，演练明天的梦想。

写作真好，写作者是全世界最幸福的一族。将自己的爱和恨，乐和忧，希望和苦恼，理想和遗憾，所有的闻见，全部的经历，无穷的思考，不尽的想象，都能以灵动飞扬的文字写出来。写在纸上，写于空中，写进历史，写给现在和未来的知音。因此，天下没有比他们更加幸福的人。

很早就爱写作的少年，是提前享受这种幸福的骄子和宠儿。

画屏山是这所校园的天屏，《画屏山》是校园少年的银幕，画屏山下的《画屏山》上，将按时放映一幕幕美如烟雨的诗文。它们或嫌轻飘，浅薄，没有深刻的哲理启迪世人，一点儿也比不上卡夫卡，但是，少年的脸，因年少而好看。

这是由于纯真，呵一口气，将这纯真变成文字，都是美的。满纸沧桑的习作，恰似满脸早生的皱纹，那就不是真和美了。

如果不会写作，没有关系，只要会写一个"人"字。把这个人人要写的字写得不歪不斜，不偏不倒，正正当当，漂漂亮亮，同样也可以成为幸福的人。

刚从网上读到，就在我们的家乡竹溪，有一个剽窃者，他不会写作，也不会写"人"，却要把会写作者的文章偷来变成他的，用以骗取也会写作的虚名。后来让人捉住，非但不幸福，反而成了一个不幸的人，连名字都被改了，改成了张小剽。听，多难听的名字呀！

讲述这件丑闻的意思是，写作者需要学习，借鉴，然而永远不要剽窃。

剽窃，抄袭，偷盗，在道德和才华的词典上是近义词。它们的未来不是作家和诗人，而是贼。

《画屏山》上的苗木可能弱小，也势必弱小，它却是少年们的亲手栽种。

森林覆地和大树参天，那是一百年后的传奇。

2013 年 8 月 1 日写于北京竹影居

谁思美庸

——系列长篇方志小说《庸国》（五卷）自序

爱采葑矣？沬之东矣。

云谁之思？美孟庸矣。

期我乎桑中，要我乎上宫，

送我乎淇之上矣。

——《诗经·鄘风·桑中》

1

公元前约 1100 年，商朝末年，年轻的庸君率庸、卢、濮、蜀、羌、髳、微、彭西部八个诸侯国，追随周武王讨伐殷商，建立周朝。这件事曾被孔子潦草地载入《尚书》："武王伐纣，庸首会焉。"八国联军，才八个字，中国古文真好，这叫惜墨如金。但他毕竟记下来了，孔子述而不著，那就是说由他口述，弟子实录。他要是不述，弟子要是不录，后人也就无从知晓，参加那场伟大的战争的功臣，还有我们一个庸首。

那一天正值甲子日的黎明时分，周武王亲领大军来到商都城郊的牧野，左手举着黄色的大斧，右手举着白色的旄牛尾巴，甲光向日，金鳞次开，全军誓师大会上，左撇子武王发出庄严的号召："嗟！我友邦冢君御事，司徒、司马、司空、亚旅、师氏、千夫长、百夫长及庸、蜀、羌、髳、微、卢、彭、濮人，称尔戈，比尔干，立尔矛，予其誓。"啊，我友邦的国君和辅助我的大臣们，各位司徒、司马、司空、亚旅、师氏、千夫长、百夫长及庸、蜀、羌、髳、微、卢、彭、濮诸邦的将士们，请你们举起戈，拿起盾，竖起矛，听我来宣誓了！

《牧誓》里的这段文字，如果配上今天的录音录像，简直是一场现成的电影，场面恢宏，冷兵器时代的战争大片。那是一场解放商都的决定性战役，近镜头摇向妖妃苏妲己的那位荒淫无道的丈夫，一路追着他逃回朝歌，跑上鹿台，再来一个特写，用颤抖的双手敲打火镰，点着了身边的易燃物。画面一下子扩得很大，画外音，在熊熊燃烧的烈火中，一个该死的暴君连同他的王朝灰飞烟灭。

距今三千多年前的庸君，自然在那次血战中立下汗马功劳，改朝换代以后，武王封庸国为三监之一，与邶国、卫国一起监控纣王的儿子殷君武庚，以防谋反。此时的庸国不知何故被写成了鄘国，兴许是武王希望，它与邶国各自多长一只警惕的耳朵，好与卫国一起共同保卫周室。当时三监的布局是这样的：鄘国守卫在朝歌以南，邶国守卫在朝歌以北，卫国守卫在中心朝歌。

夺取政权的武王还不放心，又派他的三个弟弟进驻三国，管叔鲜驻卫，霍叔处驻邶，蔡叔度驻鄘，对三监之国又进行监控。更加不知何故的是，武王死后，成王即位，周公摄政，武庚勾结三监与东方夷族叛乱，乃遭诛杀，鄘国遂又回归庸国。后世学者对两个国名各执异说，《辞海》里便干脆这么解释着："鄘，古国名，一作庸。" 又说："鄘，本或作墉。"

"商有诸侯国庸，武王通师伐纣，庸出兵助之。春秋为楚所灭，其公族以原国名为姓，乃成庸姓。"我对《通志·氏族略》表示纳闷，自从情钟古庸国后，我曾经托故国腹地的竹溪、竹山、房县的朋友代为查访，三县竟没有一人姓庸。再查宋人无名氏编的《百家姓》，也没查出此姓，查到"冉宰郦雍"一句，倒看见一个同音的"雍"。

《通志·氏族略》说，雍是周文王的第十三个儿子，周朝建国的时候被武王封在雍这个地方，他的后人就以此为姓。这分明与庸国没有一丝的瓜葛，难道早在春秋时期，亡国之君的子孙为了寻找出路，就将自己埋名并且隐姓了吗？

现为竹溪境内的一些山川和古迹，还能隐约地倒映出三千多年前那场战争的影子，譬如，丰溪之南，大营盘是姜子牙的屯兵之寨，绝龙岭是闻太师的亡命之地，此外还有鬼门关等凶险地名，所谓的闻太师墓，自然是他死后曾经的葬身之所。以上等等，似乎对号入座，每地都有一个与《封神演义》极其吻合的故事。

关于这些，遥远的商、周史书上没有如此烦琐细腻的记载，或许天下之大，同名之多，丰富了当地居民的推测和想象。但是，庸君率领包括蜀国在内的八国诸侯，响应武王的号召讨伐纣王，脚踏商朝的封地，一路夺关斩将，不可能不发生激烈的厮杀。

天下诸侯兵临朝歌，鹿台上方火光冲天，万军丛中的庸君是否在自焚的商纣王身边发现了那个美貌的妲己，我们已经不得而知。但是他的继承者则大有可能在骊山脚下，看见另一个冷面美人，周幽王的宠妃褒姒，从而亲历了西周末年的另一个典故：烽火戏诸侯。

《诗经》最早的编辑兼作者之一，房陵人尹吉甫，是周宣王时朝中的太师，教授太子宫涅，也就是后来充当烽火典故中男主人公的周幽王。房陵是庸的地盘，这位诗人太师也便是一个庸国的人，同治版《房县志·人物篇》，第一个就以骄傲的语气点到尹吉甫："房陵人，宣王时食采于房，诗人为之赋《六月》。卒葬房之青峰山。"

烽火戏诸侯的天大坏事和地大蠢事，恰恰是他的学生宫涅长大以后接班干的，学生做了帝王，往往就不再听老师的话，嘴里虽说过去现在将来永远是我的老师，但老师如若劝他让褒姒滚开，率先滚开的估计应是老师自己。于是老太师只好告老还乡，住在房陵青峰山下，一边编着诗刊，一边自己也写上几首。不过如今周室有难，骊山烽起，那是自己的国家，他怎么会劝阻庸君不去救驾，忠义双全的庸君又焉能不挺身而出呢？

"诗人为之赋《六月》"，八成是说有一年的六月，北方的猃狁国起兵进犯，直逼镐京，尹吉甫率领一支部队去打自卫反击战，结果赶走猃狁，胜利而归，幽王的父亲宣王重赏了他，还让他在家摆酒庆贺。那一天，一位名叫张仲的诗友写了一首名叫《六月》的诗，盛赞他的精忠报国："六月栖栖，戎车既饬。四牡骙骙，载是常服。猃狁孔炽，我是用急。王于出征，以匡王国……"而他自己，一生中最引以为豪的诗篇，则是另一次打了胜仗回来，乘兴而作的《江汉》："江汉浮浮，武夫滔滔，匪安匪游，淮夷来求。既出我车，既设我旟，匪安匪舒，淮夷来铺……"

《房县志·人物篇》中，还讲了一件不该讲的家丑。尹吉甫之子尹伯奇的后母，把红糖抹在两个乳房上，引来群蜂，袒胸呼救，老实巴交的伯奇前脚进门，后脚就被尹吉甫一头撞见，后母遂向丈夫哭诉继子非礼。率滔滔武夫，渡浮浮汉水，文武全才的尹太师怒而剥光儿子的衣服，将他逐出家门。伯奇编荷而衣，采莲而食，踏霜而歌，作《履霜操》一曲洗自身以清白。

同一故事，郦道元的《水经注》则引蜀人扬雄之口，留下一个浪漫主义的版本："尹吉甫子伯奇至孝，后母谮之，自投江中。衣苔带藻，忽梦见水仙赐其美药，思惟养亲，扬声悲歌，船人闻而学之。吉甫闻船人之声，疑似伯奇援琴作子安之操。"

描写得有点儿像大难不死的哪吒三太子，还有点儿像才高八斗作七步诗的曹子建，只可惜没有录下那首《履霜操》的歌词，不知比不比得上他诗人父亲的才华。房县的太史公记下这个丑恶的故事，意在鞭后母之毒，扬继子之善，孰料却无意中暴露了主要英雄人物尹吉甫之愚，使他三突出的光辉形象略有损伤。但县志求真纪实，记载下来，它的历史价值还是有的。

公元前611年，曾经是西部八国之首的庸国联合蜀、麇两国，发兵攻楚。三军走到半路上，当年跟随庸国一道会战牧野，助周灭商的西部八国之一蜀国的军队，这一次却突然打退堂鼓，请假说是家里有事需要回去一下。麇国的军队一见蜀军变卦，也在路边扎下营寨不走了。高举灭楚大旗的盟主庸国面子下不来，只好硬着头皮孤军深入，结果大败。翌年，楚国余恨未消，心想你做在初一，我做在十五，你联合两个国家打我，我也联合两个国家打你，遂联合秦、巴两国，三面进攻。这一次谁都不许请假，一直打到庸国的首都方城山，把去年野心勃勃的主谋庸国给灭了。

司马迁在《史记·楚世家》里幸灾乐祸，所谓"国人大悦，是岁灭庸"，指的便是庸国这段悲壮的历史。太史公不能免俗地站在胜利者一边，与"至今思项羽，不肯过江东"的女词人不同，败者为寇的一页就这么轻轻地翻了过去。然而此前，他对楚庄王的看法并不是很好，说此君即位三年，从不上班，左手抱着一个郑姬，右手抱着一个越女，还不许有人劝谏，谁劝就把谁的脑袋砍了。

204

大臣们都觉得脑袋重要，只有一个名叫伍举的大夫有着不同的价值观，伍举就举手说，我看见山上有一只鸟，三年不飞也不叫，请问大王，它是个什么鸟？庄王翻他一个白眼道，三年不飞，一飞冲天，三年不鸣，一鸣惊人，你给我滚出去吧，难道我连这个道理还不明白？怀里抱着二女继续作乐。又一个名叫苏从的大夫从下面跑来，还没开口庄王就问，难道你没听到我的话吗？苏从说，只要你能成为英明的领袖，我就是死了也心甘情愿！庄王这才松开怀中二女，第二天开始上班，杀掉了好几百个坏人，提拔了好几百个好官，让不怕死的伍举和苏从，掌管楚国的国家大事。

我曾经想，假如伍举和苏从的勇敢未能战胜郑姬和越女的狐媚，公元前611年未必就是庸国的末日。蜀、麇两个胆小且无信义的国家如果不背叛当初的盟言，历史上到底是楚灭庸，还是庸灭楚，且说不定。庸国之亡，提醒后世学者要对耳朵进行研究，蜀国人耳根子软，即民间所说的"炮"耳朵，一听风吹草动，军心就会受到动摇，相比之下，楚国的庄王在跟郑姬淫乐的同时，耳朵还没被越女的软语塞住。只要真是忠言，一次听不进，还有两次，反复听也就听进去了。

须知那郑、越二位，司马迁虽然不说她们的来龙去脉，人们也能想到，妲己和西施就出在她们家乡一带，郑、越两国派这两位妖精来侍奉庄王，目的是想培养下一个纣王和夫差。照这么看，楚庄王还真是一只好鸟，玩物而未丧志，关键时刻能将两个美人一脚踹开，自己一飞冲天，成就了中国历史上一个灿烂的典故。

同时这也说明，我们的庸君是一条血性汉子，面对盟军的背叛猝然临之而不惊，一切还按原计划进行，谋略稍逊一些，但是古往今来，谁又是常胜不败之师？！灭了庸国的楚国，最终还不是被秦国灭了，而秦国又灭于汉，汉分三国，三国归晋。只要在史书上留下一页壮烈而非窝囊，便也算得上是一个时代的英雄。怪只怪，庸国这个国名实在取得暧昧，总让不读诗书的后人犯下望文生义的错误。

子思作《礼记·中庸》，"喜怒哀乐之未发，谓之中；发而皆中节，谓之和。中也者，天下之大本也；和也者，天下之达道也。致中和，天地位焉，万物育焉。"中是中正、中和之意，一个人，一个国家，为人处世达到中和的水平，天地便各归其位，万物便茁壮成长。庸是平常、常道之意，"庸德之行，庸言之谨，有所不足，不敢不勉，有余不敢尽"。平常的一言一行，都得小心翼翼，如履薄冰，如临深渊，若是按照这个标准，孤军远征的庸人既不平庸，亦非中庸，忠勇侠义，刚正豪爽，疾恶如仇，锄奸除霸，似乎恰恰便是世代庸人的天生秉性。

后来的孔子，当然不能是为庸国命名的人。庸国之名，歧义颇多，一种说法，

205

庸人的祖先是黄帝大臣容成氏，又一种说法，国君是火神祝融氏的后代。"容，融，庸"三字，上古通用，故此，庸国要么是容成氏后裔的城邦，要么是祝融氏传人的家园。因为会用青铜铸造钟鼎，庸人曾被称为镛人，近代出土的商代青铜器，大多出于镛人的制作；因为会用土石修筑城池，庸人曾被称为墉人，周天子用庸人在洛邑建筑的都城，遗址犹在，庸国自己国都方城的坚固城墙，经三千余年的飘摇风雨，国去而城不倒；还因为会用耳朵监听武庚，庸人又曾被称为鄘人。它有着许多奇异的名字，恰能证明它有这许多非凡的本领，所以它与平庸，与昏庸，与庸俗，与"天下本无事，庸人自扰之"的笑料不能构成连带。把庸国之君的庸君归入昏君一列，他本身就是一个昏君和庸人。

春秋早期，庸国的军事和综合实力已在后来联合灭它的秦、楚之上。今有学者著《古代军事考》，谓"惟庸人善战，秦楚不敌也"。庸国在最鼎盛的时期，国土面积远在灭亡了它的楚国之上，它的疆域至少延及如今湖北的竹溪、竹山、房县、保康等二十余县，以及神农架林区，陕西的平利、白河、镇坪、旬阳等二十余县，以及安康市，重庆的巫溪、巫山、奉节、云阳等近十个县，据说还有湖南的大庸，河南的新乡。楚国联合秦、巴灭庸之后，三国瓜分，庸核心部分留给了盟主楚国，沦为邑郡。而它的国都所在地上庸，因其特殊的地理位置，后来又成了秦楚两国拉锯的战场。

朝秦暮楚，这一诞生于战国烽烟的成语，并非说此地的亡国之人像墙头草一样左右摇摆，有失立场，而是说，上庸每天都处于你争我夺的血腥之中，秦楚两国的大旗在城头朝夕变幻，沐雨而低垂，迎风则飘扬。

2

公元前611年，楚、秦、巴三国联军灭庸之后，庸国的大片土地一分为三，国都附近的核心地带自然归于盟主楚国，楚国置上庸县。秦灭楚，上庸隶益州汉中郡。汉末立上庸为郡，辖五县，改后来的竹溪为武陵。南梁改武陵为新丰，析上庸置安城。北魏改新丰为上庸，改安城为竹山。北周改上庸为孔阳。隋朝改孔阳为上庸，改竹山为房州，置房陵郡，再改房州为竹山，与上庸、光迁、永清隶房陵郡，州治初在竹山，后移房陵。宋代省去上庸，归入竹山。明朝又从竹山划出一个新县，取名竹溪，实则还是此前的上庸。

由于一个来龙，两个去脉，《竹山县志》与《竹溪县志》在明宪宗成化十二年以前的记载，几乎连文字都是一样。罗贯中先生所谓"话说天下大势，分久必合，合久必分"，越想这话越是放之四海而皆准的真理。纵观中国历史，朝代更替，新君即位，无论人民生活水平提高与否，先把国号改了，再搞机构撤并，五马换六羊，六羊换三猪，折腾几千年，除了把国家和人民弄得晕头转向，别无他意，山河依旧，还得从头收拾打扫。我敢预言，若干代后，竹溪与竹山还会合二为一，县名可以叫双竹，也可以再一次打出上庸的老牌子，广场上塑一尊"武王伐纣，庸首会焉"的威武铜像，挖掘出活埋了三千年的历史资源，于开发旅游大有裨益。

楚国利用巴国灭了庸国，接着又把巴国灭了，再接着还要灭秦国的时候，却反而被更加强大的秦国所灭。抛开不战而降的齐国不论，楚国实际是最后一个真正把革命进行到底的国家，在名嘴苏秦说和六国合纵抗秦的运动中，齐、楚两国是轮流坐庄的两个霸主。楚怀王时，楚国出使齐国的大臣，乃是楚国的左徒，我们的著名诗人屈原。秦惠王趁他不在，派出另一个名嘴，鬼谷子的得意门生，苏秦的老同学张仪，来到楚国推行连横。张仪对楚怀王说，只要你关闭对齐国的大门，秦国可以给你六百里土地，你这样做有三个好处。第一个好处是削弱了齐国的力量，第二个好处是取得了秦国的友谊，第三个好处是增加了六百里国土，你且想想，我说的是不是这个道理？楚怀王想了一想，说声"是的"，就跟齐国断绝了往来，然后派使者到秦国去，办理土地过户的手续。

名嘴张仪一回到秦国，就假装喝醉了酒，从车上摔下来，三个月不露面。齐国怨恨楚国，遂与秦国联合攻楚，张仪这才出门，反而质问楚国的使者，给了你们六里土地，你们为什么不要啊？使者说，你对我们大王说的明明是六百里，怎么变成了六里呢？使者回到楚国向怀王一禀报，怀王大怒，发兵攻秦。

那六百里的国土面积，就是我们朝秦暮楚的上庸，可惜那些年朝朝暮暮都在秦国手里，夜晚也打不上楚国的灯笼。六百里土地过户没有成功，怀王怒而发兵，双方会战于丹阳，楚军大败，斩首八万，俘虏了楚国的大将屈匄，副将逢侯丑，又夺了楚国的汉中。怀王倾全国之兵，蓝田一战再败。第二年，秦国要跟别国打仗，派人来与楚国修好，又提出把上庸六县的土地还给楚国。怀王说，我不要土地，我要张仪！名嘴张仪得知这个消息，脸不变色，主动要求来见怀王。惠王说，上次你骗了人家，这次还去你不想活了吧？张仪说，我跟楚王的亲信靳尚好，靳尚跟楚王的宠姬郑袖好，我去了先跟靳尚和郑袖取得联系，你放心，我的命大着呢！

207

果不其然，张仪一到楚国，怀王就把他抓了起来。又果不其然，郑袖出面一说，怀王就把他放了出去。张仪再次劝说楚国背齐联秦，许诺还给楚国上庸六县的土地，还让两国通婚搭个亲家。怀王心里又痒痒了，答应研究研究，张仪前脚刚走，后脚屈原从齐国回来，抱怨怀王，这个一张白嘴的坏东西，你为什么不把他给杀了啊！怀王于是派人去追，张仪早已经跑得不见了。当然，上庸六县的土地还是没有还给楚国，六个城头依然迎风飘扬着六面秦国的大旗，两国的亲家也没搭成。

还有一个成语叫秦晋之好，那是两国通婚，化干戈为亲家的千古佳话。而在楚平王时，秦楚倒也通过一次婚姻，楚平王为太子建娶了一名秦女，但他一见儿媳妇长得可人，就留在了自己的金屋里，再给太子另娶了一个。张仪二次使楚的这一年，秦楚二次通婚没有通成，秦惠王死了，土地过户的合同彻底作废。

这一年是公元前311年，劝楚怀王不杀张仪的这个宠妃郑袖，不是楚庄王抱在左边怀里的那个郑姬。楚庄王一飞冲天灭了庸国的那一年，是公元前611年，从春秋到战国，中间正好历过三百年的风雨，那个郑姬要还活着，大约已经三百二十岁左右，美人迟暮到这个年龄，怀王肯定不会喜欢她了。姓郑的宠妃之多，足可见郑国的绝色女子如雨后春笋，入宫受宠的比率高得一个还没有倒下去，另一个赶忙又站起来。

问题只出在楚怀王空怀大志，不比楚庄王坐得住庄，庄王的耳朵还能听进伍举和苏从的话，怀王却把屈原的话当耳边风，这个耳朵进，那个耳朵出。此时的屈原早已由左徒降为三闾大夫，一张嘴巴如再讨人厌，恐怕连三闾也难保，于是他仰天长号"荃不察余之衷情兮，反信谗而齌怒"，抱起一块石头，跳进汨罗江里。

屈原是从汉水去的汨罗，他到底被怀王流放到了汉水的北岸。他如一只喋血的杜鹃，如一只与故乡同名的子规，披发跣足，痛哭流涕地沿江而唱："有鸟自南兮，来集汉北。好姱佳丽兮，牉独处此异域。惸茕独而不群兮，又无良媒在其侧。道卓远而日忘兮，愿自申而不得。望北山而流涕兮，临流水而太息。"

这首诗的名字叫《九章·抽思》，可怜他将《九章》唱了九遍，也不能从心乱如麻中抽走一根愁丝。这时候他离他的前辈诗人，也曾在此唱过"江汉浮浮"的尹吉甫已经不远了，再往前去，就能看见房陵青峰山上那一座青石砌成的墓。投江之前，他应该与这位见证过西周之亡的先生对面流涕，交相太息。

从此每年的阴历五月初五，汨罗江上龙船竞渡，汉水两岸米粽飘香，无论是被亡的楚国，还是亡楚的秦国，乃至遍布中华神州的人，纷纷都要念起他的名字，要从鱼鳖嘴边夺回一缕纯粹而又崇高的诗魂。谁都听说他是楚国的诗人，然而少有人知，他的祖上却是夔子国的子民。夔子国是庸国的属国，楚国先灭夔子，再灭庸国。今有学者固执地认定，屈原是在楚国为官的庸国遗民。"帝高阳之苗裔兮，朕皇考曰伯庸"，父亲把庸国写进了自己的名字，这令人想起《通志·氏族略》中所述庸姓的来历："春秋为楚所灭，其公族以原国名为姓，乃成庸姓。"

亡了庸国的楚国继庸国之后，终于也亡了，亡于它当年灭庸的盟国之手。即便它的楚长城有庸人建筑的那样固若金汤，也势必不能挡住秦军的铁蹄，倒为后来的秦长城提供了仿制的标本。我曾在"建筑文化名家随笔"丛书的序言中，这样写道：

> 比北方长城更早的长城，是楚长城，建筑这道长城的原材料，用今日建材市场推销员的话说，绝对的绿色环保，因为它的主材是从山上开采的岩矿，地里挖掘的黏土，窑内烧制的石灰，辅材是田中长出的糯米，北方人又称浆米，蒸熟后捣成的黏体，长在阴坡的老猕猴桃藤子捶出的涎水，几种东西混合在一起，不仅坚如钢铁，而且对长年守卫长城的战士的身体，也没有放射性。《左传》记载，鲁僖公四年，齐桓公率领八国联军，出兵伐楚，楚成王派大将屈完领兵拒之，齐桓公请屈完参观他的盟军大营，屈完说，我们楚国，楚长城就是我们的城墙，汉水就是我们的护城河，任你再多的军队，管个屁用！原文是这样的："齐侯曰：'以此众战，谁能御之？以此攻城，何城不克？'对曰：'君若以德绥诸侯，谁敢不服？君若以力，楚国方城以为城，汉水以为池，虽众，无所用也。'"于是齐桓公跟管仲商量了一下，就退兵了。

> 这道长城从春秋修到战国，东拒强齐，西抗恶秦，最终齐国倒是没有打过国境线，却被秦国给摧毁了。因此我可爱的家乡郧阳一带，后来就成了一片朝秦暮楚的土地，一会儿秦国抢过去，一会儿楚国夺回来，再后来索性长城都没有了，只剩下几截遗址。秦始皇修万里长城，继承和发展了楚成王的军事思想，然而没有学会后者的工艺，

只会用砖头石块以及范喜良们的尸体硬垒。不过这又是一件好事，倘若也用糯米来捣，全国哪有那么多的糯米？老百姓正月十五还吃不吃糍粑，五月初五还吃不吃粽子了？

齐桓公即位于公元前 685 年，薨于公元前 643 年，楚成王即位于公元前 671 年，不能说薨，他是公元前 626 年，惨死在自己的儿子之手。这两个老对头，有三个共同点，一个是干得长，都在王位上干了四十多年；一个是早该退，退下来让一个儿子接班，其他的儿子就没有了指望；一个是有故事，各自为中国文学贡献了一条与吃有关的成语，齐桓公的叫易牙烹子，楚成王的叫熊掌难熟。国家一级厨师易牙为了让最高首长尝一口鲜，把自己的嫩儿子煮给齐桓公吃，桓公感其至忠，管仲死后，就让易牙掌管国事。孰料桓公一死，这位杀子的忠臣就勾结竖刁，拥立公子无诡抢班夺权，请听这帮人都是些什么名字！死了六十七天的春秋霸主挺在床上，白花花的蛆虫从他的脸上身上爬到门外，五个儿子以薨君的尸体为掩体，英勇战斗，让死老头子的腐烂恶臭之身，扑哧扑哧插满了乱箭。

楚成王是老子还没有死，儿子就等不得要来射他。这个篡位夺权的儿子名叫商臣，既不跟老子商量，也不做老子臣下，早知如此，小的时候要像易牙那样把他煮着吃了，就不会有他长大发动宫廷政变的一日。成王临死时要求吃一口熊掌，可怜都不能吃到嘴里，只好饿着肚子上吊而去。熊掌难熟一词，原创者不是左丘明，也不是司马迁，而是这个狠心的龟儿子，心急火燎地要坐到那把椅子上去。你这个狡猾的老东西倒是会想，大狗熊的蹄子一个小时也炖不烂，要求吃一包方便面还差不多。

楚人不仅会修长城，而且还会修河堤，河堤的大半截泡在水里，比起长城更不好修。私吞自己儿媳妇的楚平王，杀了伍奢与其长子伍尚，次子伍子胥逃到吴国，兴兵以报父兄之仇，打到郢都，才知道平王提前死了，拿鞭子抽了一顿他的尸体，又将剩勇去追新君楚昭王。昭王逃到云梦，云梦人一箭把他射伤，转身逃往郧阳，郧阳人却不会落井下石，忠厚的郧君还陪着他一起逃。伍子胥溯汉江而上，直奔郧阳受阻，屯兵三年，与民共筑了东西两条红旗渠。这是两条水下的楚长城，也用矿石、石灰、黏土、糯米、猕猴桃藤子的涎水建筑而成，迄今外经风雨，内浸流水，已历时两千五百年而不坍塌。

凭借着汉水和楚长城，领兵以拒齐军的楚国大将屈完，是否三百年后丹阳被俘的屈匄的先祖，《史记》和《左传》都无诠释。两部著作各说各的，没有能够衔接起来，综合印象，好像是有了楚长城就能吓退齐军，没有楚长城就会做秦军俘虏。然而后来，宋、明两朝的历史证明，外夷要来，不仅楚国的长城阻挡不住，秦国的长城，世界七大奇迹之一的万里长城也阻挡不住。

楚国已亡，楚恨未消，所谓"楚虽三户，亡秦必楚"，那是指多少年后，大泽乡揭竿而起的陈胜吴广的部将项燕与他的孙子，力拔山兮气盖世的西楚霸王项羽，一把火点燃了咸阳的阿房宫。倘若不像当年孤军深入的庸君一样死要面子，只要回到江东，重招兵马，此后的天下，完全有可能又归于楚国。

3

汉建安二十四年（219年），三国史上极其悲壮的一页居然与上庸有着太大的关系。这一年，刚刚迁居成都称汉中王的刘备，命宜都太守孟达带领他的本部兵马，从秭归北上，进攻房陵。孟达杀了房陵太守蒯祺，继续朝着上庸挺进，刘备担心上庸山高路险，树大林深，孟达一人独往，遇事连个商量的人都没有，于是又派他的义子刘封，从汉中乘船，由沔水来助孟达。两人相会上庸，上庸太守申耽心想，上次只出孟达一人，就斩了房陵太守，这次一下子开来孟达、刘封两支部队，叫他如何抵挡得住？就举着白旗，大开城门，欢迎二位将军进去喝茶。心里还惧怕二位怀疑他是诈降，进城以后把他杀了，又把自己的妻儿老小送到成都，作为人质。刘备大喜，加封申耽为征北将军，依然做他的上庸太守和员乡侯，另外又封他的弟弟申仪为建信将军、西城太守。

这恰是威震华夏的关将军即将覆灭的前夜。刘备称王，拜二弟关羽为前将军，独守荆州。关羽却留部将守城，自己率军攻下襄阳，再攻樊城。曹仁告急，曹操派于禁去解樊城之围，于禁扎营于汉江堤下。关羽熟读兵书，精通孙子水攻之法，白天看好形势，半夜派人把上面的堤坝一挖，水淹七军，降于禁，斩庞德，锐不可当。司马懿向曹操献计，一边许诺把江南封给孙权，让孙权派兵骚扰关羽的后路，一边再派徐晃去救曹仁。

关羽举刀的右胳膊，曾被曹仁的药箭射中，经神医华佗刮骨疗毒，尚未痊愈，当年徐晃的武功比不上他，这下他竟敌不住徐晃的大板斧。关羽返回襄阳养伤，却听说东吴吕蒙趁荆州空虚，已经拿下，转身来夺荆州，反中东吴埋伏，于是败走麦城。成都路远，救军难达，只有上庸离这里最近，就派关平掩护廖化杀出重围，去请刘封、孟达发兵相救。

据陈寿《三国志·蜀书》记载："封、达辞以山郡初附，未可动摇，不承羽命，会羽覆败，先主恨之。"是说廖化单骑突围，奔到上庸，哭着来求刘封、孟达发兵去救关羽，二位将军却说，不是我们不救关将军，而是我们刚拿下上庸，政权还没稳固，我们前脚一走，后脚敌人把它又夺回去怎么办？这样方才招致，关羽带着几百个残兵夜出麦城，逃往成都，中途被俘，父子遇难。陈寿说的"不承羽命"其实不对，应该改一个字，写成"不救羽命"。刘封和孟达是受刘备的直接领导，并非荆州关羽的部将，关羽无权下命。也许正是因为关羽一贯自以为老子天下第二，除了大哥刘备，蜀国谁都是他的下级，才有今日非下级者"不承羽命"的要命之祸。

这段史事，分别记入《蜀书》中的《关张马黄赵传》与《刘彭廖李刘魏杨传》这两个列传。前一列传的五位是蜀汉一流五虎大将，从排名看，赵云本来是在马超、黄忠的后面，小说家罗贯中觉得他在长坂坡单骑救主一战表现出色，遂在演义中把他调到第三。后一列传的七位除刘封、魏延之外，廖立等五人都是行政干部，陈寿将智勇双全的魏文长放在这些办公室主任之间，分明是受诸葛丞相的影响而蓄意羞辱于他。孟达是因关羽之死，害怕杀身而投降了魏国，所以《蜀书》列传中并无此人，而魏国猛将如云，《魏书》中也没单篇写他这员本事相对一般的降将。

《蜀书》还有一个《杜周杜许孟来尹李谯郤传》，我初以为孟是孟达，翻书一看，却是一个名叫孟光的人。看了半天，也没看出此人有什么发展蜀汉的硬道理，只记住最后的一句总结，"后光坐事免官，年九十余"，夸他不当官也不做事，活了九十多岁，差不多相当于两个诸葛亮。而杀蒯祺，取房陵，降申耽，得上庸，毕竟立过战功的孟子度，其生平事迹，我们只能从刘封等人的小传中，顺便看到与之相关的很少一点。

廖化的武功似乎比以上犯了错误的二位要次，五虎嗣后，魏、吴军中曾经取笑，"蜀中无大将，廖化为先锋"。但是廖化政治上是可靠的，关键时从麦城杀出重围，奔往上庸求救，求救不成，还得杀进重围，去与麦城中的关羽同生共死。缺点不是没有，比方说口才与魄力就比较差，不然完全可以义正词严，胁迫刘、孟二位，留下一人把守"初附"的山郡上庸，一人领本部兵马随他星夜赶往麦城，看这二位还用什么话来搪塞！

刘封、孟达不发救兵的深层原因，我认为是各有不同。对于孟达，第一，他没有估计到事态的严重性，关羽在他心中，是一尊攻无不克战无不胜的神，诛颜良、杀文丑，温酒斩华雄，过五关又斩了六将。前不久还水淹七军，降了于禁，劈了庞德，眼前虽然遇到一点儿小小的麻烦，相信他赤兔马一骑，青龙偃月刀一提，百万雄师也挡他不住。你廖化不要小看了关将军，关将军派你出来求救，无非是给东吴一个错觉，说不定今夜就杀将出城，大吼一声取了吕蒙的首级！

第二，他看刘封的眼色办事，刘封是汉中王刘备的义子，没生阿斗之前是未来的国家接班人，生了阿斗之后至少也是一个皇兄，职务为副军中郎将；自己则原本是益州牧刘璋的部下，新归刘备，被封宜都太守。刘备派刘封与他同取上庸，明是相助，暗中未尝没有监督的意思，所以他一切都得听刘封的，进驻上庸还没几天，刘封已经开始对他指手画脚了。

对于刘封，原因可能要复杂得多。他本姓寇，刘只是他母亲的姓氏，列传中说他是"罗侯寇氏之子，长沙刘氏之甥"，父母双亡，是个孤儿。刘备到了荆州，当时还没阿斗，见他二十多岁又有一身好武艺，有心收为养子，问诸葛亮有没有意见，诸葛亮说没有意见。又问张飞有没有意见，张飞说白捡一个出门就能打仗的侄儿，还免得嫂嫂再生，天上掉馅饼的好事我还有什么意见！刘备再问关羽有没有意见，关羽却说，螟蛉之子，不是自己的血统到头来都不可靠，我有意见！

最终刘备更听军师的话，依然收刘封做了养子。问题出在此后，刘备生下阿斗，继而又生下两个小儿子，到了成都，个个封王，只要姓刘就封，唯独不封这个刘封。此时这个刘封为刘备争夺蜀汉天下，正在外面浴血奋战，他是刘封，他又不是雷锋，只允许关羽对他有意见，就不允许他对关羽有意见吗？甚至，对长坂坡救了阿斗一条小命的常山赵子龙有意见亦未可知！

以上这些惊心动魄的大事，同治版的《竹溪县志》、同治版的《竹山县志》和同治版的《房县志》，在沿革篇里言辞闪烁，但与《三国志》大抵还能相合。只是关于上庸这一地名，实在让人伤透了脑筋。《竹溪县志》沿革表中，称自后汉光武帝建武元年起，至南朝齐太祖建元元年止，竹溪名武陵县，隶上庸郡。《房县志》称："汉末以汉中郡分魏兴、房陵、上庸三郡。又改房陵为新城郡。魏晋因之，属荆州。"那么《三国志》中所说的上庸，应该是指，与后来的房县比邻的，后来的竹山和竹溪。上庸是此郡治所，不含房陵，竹溪当时既称武陵，郡治就应在以后的竹山。

213

《竹山县志》又称："魏合房陵、上庸、西城三郡为新城郡，以达为太守。"孟达降魏，魏文帝曹丕封他为统领三县的新城太守，新城郡治所设在房陵。后来分为竹山和竹溪二县的上庸，在"魏黄初元年省于新城郡，太和二年复置，四年又省。景初复置，嘉平中又省。甘露中复置，俱统入荆州"。这个荆州，是指后来的辖区，不是东吴从关羽手中夺去的荆州治所江陵，魏灭东吴，荆州都是魏国的了。

关羽关平父子死后，孟达知道闯下大祸，给刘备写了一封谢罪辞表，一不做二不休，带着自己的本部人马投降魏国。曹丕封了他一系列的官：散骑常侍、建武将军、平阳亭侯，最实惠的当然还是统领房陵、上庸、西城三郡的新城太守，派他与夏侯尚、徐晃一道，攻打独自守在上庸的刘封。孟达给刘封写了一封信说："足下与汉中王，道路之人耳，亲非骨肉而据势权，义非君臣而处上位，征则有偏任之威，居则有副军之号，远近所闻也。自立阿斗为太子以来，有识之人相为寒心。"

大意是说，你跟刘备无非是两个路人，讲血缘他不是你的亲老子，却把你当儿子使唤，讲道义他不是真皇帝，却在你面前高高在上，打仗他只让你给人家当个二把手，回来他也不给你一个副军中郎将的军衔。远远近近的人都听说你活得窝囊，自从臭屎无用的阿斗做了太子，为你打抱不平的明白人心里都凉透了！所以，"足下宜因此时早定良计"，你还是早点儿打正经主意吧！

刘封不听他的，双方交恶，结果一边是奉命魏国的孟、夏、徐三路人马，一边是背叛蜀国的申耽、申仪兄弟二人，里应外合，刘封败回成都。他以为义父先主只会叫人打他一顿屁股板子，丞相还会放下手中的羽扇为他说情，孰料在陈寿的纪实文学中，这样残忍地写道："诸葛亮虑封刚猛，易世之后终难制御，劝先生因此除之。于是赐封死，使自裁。"

害怕先主刘备死后，幼主阿斗即位，管不住从外面捡来的这个刚猛的干哥哥，给他一口宝剑，让他自己割断自己的脖子。"封叹曰：'恨不用孟子度之言！'"至此，他才后悔没听孟达的话。孟达原本字子敬，盖因刘备的叔叔叫刘敬，为避尊讳，后才改成子度，可怜刘封手中的宝剑已放在了脖子上，也未敢说"恨不用孟子敬之言"！

孟达的命运又将如何，他劝刘封"早定良计"，以为给自己定的叛蜀降魏也是一条良计，但他跟诸葛亮，跟司马懿，跟这两只真正会定良计的老狐狸一比，他的计策何良之有！刘备白帝托孤，驾鹤西去，诸葛亮扶助幼主阿斗料理家国，写信哄孟达说，你回来吧，现在回来没人杀你了，我还给你一个更大的官！然后两人鱼雁传书，密谋政变，让包括上庸在内的新城三郡重新回到蜀国的怀抱。

不料被司马懿发现苗头，遣人路途截下孟达密书，送给魏主一看，当下就亲领大军，到上庸去砍了孟达的脑袋，裹在一个包袱里送回洛阳。《三国志·魏书》记载"焚其首于洛阳四达之衢"，扔在四通八达的洛阳的王府井大街上，泼一瓢油，点一把火，让全市人民都来免费参观，走过路过，不要错过，看看这个叛来叛去的叛将叛变的下场！

上庸一失，房陵、西城随之也失，新城一郡归于魏国，切断了诸葛亮妄图从此再出奇兵，进魏都洛阳的精彩预谋。本来他已苦心经营多年，在上庸属地的鸡心岭侧，摸牛垭上，暗中建了一座大的兵站，囤积粮草、军械和兵卒。高科技的木牛流马，已经在通往上庸的崎岖山路上开始运行。当地消息灵通的山民，兴奋地把摸牛垭改叫木牛垭，觉得做牛生意时把手伸进牛嘴去摸它牙口，实在是一件没有意义的事，亲目一睹诸葛发明的神奇玩意儿，那才叫有慰平生！诸葛亮万事俱备，只欠东风吹来孟达的回信，然而这一突然的变故，致使一江梦中的春水，哗啦啦地付诸了东流。

鸡心岭，一岭高耸，形似鸡心，苍松翠柏之中，白云红霞之下，三地交叉之间，古代的秦、楚、巴，而今的陕、鄂、渝，以此天然为界。当地民谣唱道，上了鸡心岭，一脚踏三省，热爱故乡的山民偶尔会向远方来客铺开一张鸡形地图，指出此岭正好位于东西南北的正中央，说这里不仅是雄鸡的心脏，而且，也是中国的心脏。

假若荆州不败，假若上庸不失，假若，一千七百多年前的三国历史能够重演多好。在一个雨过天晴的日子里，诸葛亮会站在上庸的鸡心岭上，羽扇苍须，高瞻远瞩，身后乌云散尽，眼前红旗翻卷，危乎高哉难于上青天的古蜀道上吱扭吱扭，行进着一匹匹为前方将士运送军粮的，又要马儿跑，又要马儿不吃草的木牛流马。

4

唐麟德元年（664年），大唐长安翻经院院长玄奘大师，神魔小说《西游记》中去西天取经，沿路妖怪都想吃他的肉，而他却一次又一次为英雄孙悟空奋勇营救的唐僧，在坊州玉华寺中看见天上飞来一朵洁白的大莲花，于是乘它飞天而去。临走之际，他把他的弟子叫到身边，嘱咐他们继承遗志，弘扬佛法。

翌年，一个名叫龙象的和尚，僧衣芒鞋，包袱蓑笠，翻过秦岭女娲山，越过关垭楚长城，从古都长安徒步走到上庸。在离县城四十里地一条小河的岔口处停了下来，默念一声阿弥陀佛，决定要在这里建造第一座寺，这座寺的名字就叫莲花寺。小河口边没有莲花，玄奘大师乘它而去的那朵大莲花，日日夜夜开在佛门弟子龙象的心中。

《竹溪县志》推算错了一年，龙象和尚前来建寺的麟德二年（665年），应该是公元665年。从这一年起，上庸人民才正式知道，世上还有一个佛教，还有一个南无阿弥陀佛和救苦救难大慈大悲的南海观世音菩萨。龙象和尚从长安带来佛门的莲花，真叫一花引来万花开，邑城内外，多座寺院竞相仿效，拔地而起。

小河口有莲花寺，白沙河有华岩寺，华岩寺有青莲塔，塔边有池，"池生青莲，塔因以名，每当旭日，影若莲花"；邑西有清泉寺、大觉寺、丰登寺；东二十里有白云寺，吕洞宾曾在此刻剑赋诗；东南四十里有青山寺，东五十里有石佛寺，后改名叫竹林寺；东一百二十里有兴隆寺，东一百六十里有银杏寺，"寺前银杏一株，四面山峦环绕，香炉前拱，五凤后翔，双龙左蟠，两虎右踞"。

南一百六十里有花园寺，寺中有石佛三尊，罗汉十八个；南关有三元寺，邑西有溪隐寺，寺后有洞，名隐真洞，洞中也住过吕纯阳；西关有弥陀寺，寺右有石塔一座，古碑一面；西三十里有隐月寺，南五十里有香山寺，西南一百四十里有普济寺，西南一百五十里有禅定寺、华严寺；北三十五里有独松寺，西二十里有回龙。西五十里有观音堂，东二里还有一个漂亮极了的观音阁，"山环水绕，旷野平畴，倚郭眺望，娱目骋怀"！

纯阳真人吕洞宾是道教人物，唐朝著名的风流老道，采阴补阳的养生高手，民间传说洞宾戏牡丹中的男主人公，生活作风跟莲花寺里的龙象和尚，完完全全是两码事。他为什么要住在佛教的寺中，佛门净地又怎能容他榻边安卧，这大概是因为，有人为了便于管理而号召将三教合一，又因为寺里有一尊大肚能容的笑面罗汉的缘故吧。《竹溪县志·艺文志》载，吕洞宾登上白云飘飘的白云岩，赏罢美景，拔出佩剑，在岩石上刻诗一首，《游白云岩》：

古木丛林号白云，高岩更去谒观音。

路逢青嶂上头上，寺隐白云生处深。

法鼓震开天地眼，飞轮推出圣凡心。

时人到此如中悟，何必南岩海上寻。

他不去拜访他们自己的太上老君和玉皇大帝，而去拜访从西天请来的菩萨，从这里可以看出，在唐朝，在上庸，由于玄奘弟子龙象和尚的努力，佛教已比道教占据了上风。七律的第八句，我认为县志印错了一个字，也可能是吕洞宾玩儿得高兴，手中的宝剑给刻错了，"南岩"应作"南往"才对，他的意思是说，白云寺里这么好玩儿，还到观音菩萨住的南海去干什么呢？再从规矩上说，"岩"字也用重了。

其实在上庸邑城内外大建佛寺的同时，道家的庙观也建了不少，关帝庙，城隍庙，三神庙，元和观，老君观，兴隆观，泰山庙，人和观，祖师庙，真武庙，元真观，双黄庙，黑虎庙，中峰观，云峰观，雷山观，回龙观，祖师观，玉皇庙，罗圈岩屋庙，白庙，清华阁，蛇形庙，药王庙，青华观，龙王庙，玉皇观，文昌庙，武圣宫。

只有一座寺，县北十里的塔儿寺，是建造在龙象和尚的莲花寺前，但它好像与弘扬佛法没有关系。《竹溪县志·艺文》载："塔基有铭文，为'贞观十三年唐尉迟敬德监造'。"贞观十三年（640 年）比麟德二年（665 年）早出二十五年，龙象和尚那时候可能连个小和尚都不是。豹头虬髯，手持双鞭，与瓦岗英雄秦叔宝并立于中国人民大门上的黑煞神，唐太宗李世民手下凶猛大将尉迟敬德，因为脸黑，又似番人，民间称其胡敬德。他这一生杀人如麻，又不是佛门弟子，为什么不远千里，要到上庸来造这么一座七层六角砖塔，未免这又是一个谜。

新旧唐书没有谜底，谜底是藏在野史里的。塔儿寺边有一个塔儿湾，塔儿湾有一个悲壮的传说，传说有一个给人看地的地理先生，在这里看到一块好地，谁死以后葬在这里，谁的后人就做帝王。地理先生把这块宝地留给自己，嘱咐儿子他死以后，一百天内不许安葬，百日一过，对着西北方向射上三箭。儿子严格按照他的指示办事，老婆却是一个讲卫生的女人，嫌他一具死尸挺在家里发臭长蛆，第九十九天逼着儿子把他埋了，好上山去砍柴卖。儿子埋完老爹，回家对着西北方向，嗖，嗖，嗖，射了三箭，那三箭穿云破雾，第一箭射在天子脚下，第二箭射过天子头顶，第三箭射中了天子的龙案，离天子的心口

217

窝儿只有几寸远。

话说天子昨夜做了一梦，梦见两个白袍小将起兵谋朝，今早起来一上班，就差点儿挨了三箭，吓得大叫有人行刺。羽林军顺着飞箭的方向去抓刺客，就在上庸城里抓住两个身穿孝服的英武青年，各自挑一担柴，柴里捆的都是兵器，抓住就把二位砍了。当天夜里，只听地理先生家屋后的竹林噼噼啪啪响成一片，天亮一看，十万根竹子都炸了膛，里面躺着没长齐全的竹人竹马，那是一支准备攻打长安的军队，因消息走漏都气死了。地理先生的老婆逼着儿子埋爹，等于把武装暴动的日子提前了一天，惊动圣驾，于是革命遭到失败。

一千三百六十年前，这个名叫塔儿湾的地方也许发生过一场声势不小的革命，被尉迟敬德带兵来镇压了下去。然后，尉迟将军就地造下一座七层六角砖塔，一来作为纪念，二来要把这些叛臣贼子镇于塔下，让他们永世不得翻身。有点儿像金山寺的法海和尚，用雷峰塔镇住许仙那个白蛇变的爱人。民间传说从来都关乎政治，关乎历史，不过它是采用夸张、变形，以及大写意的艺术手法，打着比方地对政治和历史发表看法，比政治家和历史学家的说教生动和有趣一百倍，由看山是山，到看山不是山，再到仔细一看，骨子里比山还要山。

民间传说常常有着弥补正史与方志的作用，与野史有几分相近。另一个与唐朝有关的传说，在上庸民间蔓延更广，说是唐朝兵马大元帅薛仁贵之孙，薛丁山和樊梨花之子薛刚，在长安广场看足球时一脚踢死宰相的公子，祸及满门，与母亲杀出刑场，逃到上庸，与被武则天贬到房州的卢陵王李显联手，起兵反唐。境内有许多与此相关的地名，樊亭岗，樊定河，拴马桩，铁厂坪，卸甲湾，卸甲洞，黄草山，迷魂阵，泗水关，还有一座真伪难辨的薛刚墓。

英雄鄙视小人，功臣为奸臣所害的千古主题，在一身正气的上庸人民中间代代相袭，口耳相传。类似的地名还有六郎墓，宋墓群，擂鼓台，点将台，习武基，鸡爪寨，茅坪，幻想寨或换香寨，埋藏着北宋抗辽名将杨延昭和他的部将焦赞、孟良的传奇故事。

卢陵王李显被贬房州之前，他的先行者燕王李忠，永王李璘，城阳公主的驸马薛瓘，高阳公主的驸马房遗爱，已经被贬往此地做过房州刺史。后来有的被诛，有的赐死，卢陵王还算背时中的走运，只在这里牺牲了一位世子。《竹山县志·古迹》篇里记着他家的丧事，"卢陵世子墓"在"城北三里，高大如丘陵"。而《房县志·事纪》篇里，则又记着他家一桩天大的喜事："神龙元年，帝复辟，大赦，给复房州。"

纵观整个唐朝风流，如果缺少了一个人物，无官无权而又无钱的李白，应该说是一件酒席上令人扼腕的憾事。于是，身穿一袭紫色长衫，腰悬一把妄想抽之断水的长剑，李白从商州陪同一位姓裴的官员，来到上庸的竹溪河边，并且留下了一首长诗。《竹溪县志·艺文》载："唐李太白，陇西人。初隐岷山，遨游襄汉间，曾寄居竹溪。写有《游仙娥溪》等诗。"唐代的竹溪并非县名，而是名叫竹溪的河，一条清清的河水流淌在两岸绿绿的竹林之间，比起飞流直下，比起两岸猿声，比起黄河、泰山、冰川和蜀道，又别是一种醉人的优雅和浪漫。"寄居"河边，做一做诗，钓一钓鱼，然后以鱼和诗下一下酒，倒也可以暂且消解生活的愁闷。

然而我读完了《太白文集》，又翻遍了《全唐诗》的目录，无论如何，却找不到这首与上庸有关的《游仙娥溪》。我只找到一首长达二十八行的诗，名叫《春陪商州裴使君游石娥溪》。《竹溪县志·山川》这样解释："仙娥峰，竹溪境内。""石娥溪，竹溪境内，仙娥峰下。"也许李白并没记错，他陪商州裴使君游的就是仙娥峰下的石娥溪，是我们的县志给改错了，觉得仙娥峰下，理所当然，应该是仙娥溪。

> 裴公有仙标，拔俗数千丈。
> 澹荡沧洲云，飘飘紫霞想。
> 剖竹商洛间，政成心已闲。
> 萧条出世表，冥寂闭玄关。

这是全诗的七分之二，还没来得及写石娥溪，先形容一下来自商州的裴使君。这人仪表堂堂，超凡脱俗，"政成心已闲"，像是一个准备退居二线的厅局级干部，此次来是李白陪他，而不是他陪李白。所以李白在他面前一扫"仰天大笑出门去""天子呼来不上船"的癫狂之态，还得适当地拍拍马屁。然后，松一口气，再来开始描写石娥溪的美景。我认为这首长诗水平一般，通篇只有"横天耸翠壁，喷壑鸣红泉"二句，稍微可与杜甫相比。

> 我来属芳节，解榻时相悦。
> 褰帷对云峰，扬袂指松雪。
> 暂出东城边，遂游西岩前。

横天耸翠壁，喷壑鸣红泉。

寻幽殊未歇，爱此春光发。

溪傍饶名花，石上有好月。

命驾归去来，露华生翠苔。

淹留惜将晚，复听清猿哀。

清猿断人肠，游子思故乡。

明发首东路，此欢焉可忘。

"清猿断人肠，游子思故乡"的前句也还可以，后句又回到了《静夜思》。李白这次陪商州的裴使君到石娥溪来，大约是刚跟安陆的第一个妻子，就是那个祖父曾经做过宰相的许氏吵完了架，出来散心。魏颢的《李翰林集序》里，印有李白的生平简介："始娶于许，生一女一男，曰明月奴，女既嫁而卒；又合于刘，刘诀；次合于鲁一妇人，生子曰颇黎；终娶于宋……"

说的是他总共结过四次婚，生过四个小孩，石娥溪边小猴的叫唤，使他油然想起扔在故乡的孩子。那应该是他的女儿平阳，儿子明月奴吧。那么，他此时思念的故乡，就不是四川的绵阳，而是他上门入赘的许宰相孙女家，湖北的安陆了。

5

明成化十二年（1476年），古庸国一条穿过两岸无数翠竹的溪水，把它美丽的名字送给了一个新生的山县。其实也非新生，庸国灭后，它曾经叫过武陵，叫过新丰，叫过上庸，叫过孔阳，现在它又要叫竹溪了。那是由于要与兄长竹山分家，总得留下一个共同的"竹"字，就宛若一母同胞的标记，这样做好让后世子孙也能记得祖上的来历。

十二年前，荆州和襄阳一带，汇聚着从陕西、河南、湖北东部过来的流浪人口，他们因为天灾人祸，饥寒交迫，就跑到这里来谋取生路。这时候出了一个名叫刘通的人，能够力举千斤，绰号就叫刘千斤，他说刘备是中山靖王刘胜之后，自己又是汉中王刘备之后，高呼要匡复汉室，由他来当新的汉王，立国号为汉，年号得胜，封一个绰号叫石和尚的石龙为军师，将汇聚于郧县、房县的几十万流民团结起来，在房县的大木厂召开誓师大会。刘、石大军纵横湖北、陕西，与朝廷英勇作战，刘千斤被俘身死以后，石和尚率军继续战斗，石和尚又被俘身死，他们的部下李胡子李原于七年后东山再起，称太平王，率领流民队伍转战内乡、南漳、房县等地，第二年又战死。

荆州和襄阳一带的流民此时已逾百万，他们破衣褴褛，南腔北调，居无定所，不知道一天都在干些什么。朝廷害怕他们里面冷不丁地又冒出个刘千斤石和尚李胡子，就派兵遣散，不听话的绳捆索绑，押到边疆不毛之地。结果赶走了又回来，回来了又赶走，不仅赶之不绝，反而越赶越多。宪宗皇帝心里害怕，发下谕旨，着都察院右副都御史原杰下去办理这事：

> 近闻湖广荆、襄、河南南阳等处流民自往年驱逐之后，中间多有去而复来，及近时各处灾伤陆续逃移之数日渐众多，不可不预为处。命尔前往彼处，遍历地方，除原有附籍外，其新聚流民须一一取勘见数，公同各该镇守、分守、巡抚，内外官员从长计议……

原杰走马上任，大刀阔斧，从襄阳府里分出一个郧阳府，下设各县，把这些流浪人口统统安置下去，垦荒种粮，自力更生。果不其然，生活水平要求不高的流民有了一口饭吃，从此以后再也不流了。原杰由此摘掉一个"副"字，提升为都御史，调回南京任兵部尚书，却因劳累过度，赴任途中猝然病倒，死在河南南阳的一个小招待所里。当初派他下来的宪宗皇帝心里难过，亲笔写了一篇《谕都御原公》，悼念他并追认他为太子太保，把他儿子安排到京城国子监去读书深造。今读明万历十八年刻印的，抚治郧阳的右御都史裴应章，与一位名叫彭遵古的知识分子合著的《郧台志》，以及郧阳府下属各县的县志，思绪万千。

我的考证，这部《郧台志》是彭遵古先生写的，万历十八年前他大抵是市志办公室的一名文职，裴应章身为郧阳巡抚，据说日理万机，要把全副心思都花在写志上，那叫不务正业，犯的是渎职罪。上接旨意，下示职属，积极督促完成此事倒是实情。彭遵古先生遵命领衔，甘苦数载，完成此志，付梓之前，依照惯例要请最高长官或顶头上司做一个序，裴巡抚慷慨提笔，做了一篇《郧台志序》，印制时属下连序带书，著者一行统统署上他的名字。又怕著作权人心中不悦，在外乱说，于是添彭遵古为第二作者，反正明朝尚无知识产权一说，如今有了，遵古先生却早已作古。国情使然，此类事情见怪不怪，便是本书千年之后重新出版，也少不了有些名字会硬贴上去。

"郧台"一词，出自明代文坛"后七子"的领袖大文士王世贞。万历二年，都察院右副都御史王世贞出任郧阳第七十六任巡抚，期间除向皇帝先后条奏屯田、戍守、兵食、举荐等事，还第一次提出改抚治为提督行台，此议行施，过去的郧阳抚治便改称郧台。纵观一部郧台史，有一个现象颇值得研究，自明成化十二年至明崇祯十六年，一百六十七年间，一百〇四任巡抚，全都是右副都御史和右佥都御史，一个左的都没有。王世贞抚治郧阳有功，任满升南京大理寺卿，回京时他比原杰有幸，没有在南阳招待所里倒下。在郧两年，他一边工作，一边还创作了大量的文学作品。郧阳干旱，他写《祈雨文》：

> 都御史无似天子命，领郧节。其荆襄汉南之山川土地人民，皆与神共之。今旱自五月至六月矣。禾黍之地高者蟹螺而卑者沮洳。日夜恃雨以为命，而不能希涓滴之赐。今上尺坼而膏寸涸，本下萎而末上焦，其父老子弟食寝之弗遑，以为岁忧。夫下下称名山者，无逾玄岳；而称名江者无逾汉。其神当最灵而又尊贵。即父老子弟之所循省以为最媚事者亦无如神。神不当坐视其困也……

王巡抚简直是在谴责神了。这篇文字像是给武当山和汉江写的，最后他说："都御史今贬车服，减驺从，从事坛遗而敬与神约：其惠我甘霖三日，以起焦枯，当从父老子弟百拜稽首，以谢神之大祝赆，而光昭其威德……"他不坐车轿，不穿官服，不带随从，一个人爬上武当山，要求祖师爷哪怕只下三天雨。好雨不知时节，夏来也不发生，还得让都御史上山去求。不知何时才来，王世贞又作《谢雨文》：

> 呜呼！二五之灵，具用为神。神佐上帝，以宰生民。帝有至仁，神之。凡此滂沱，畴非帝仁。民有大命，神实柄之。凡此渗漉，畴非民命。兹惟长赢，魁为首，汉江立波，玄岭蒸云……

谢了辅佐上帝主宰生民的神，也谢了汉江的波，武当山的雾，是它们化成的滂沱大雨，救了郧阳人民的大命。而当春雨自然来到，他又推窗作诗，《喜雨》：

郧台喜见春分雨，尽日萧萧兴转生。
座上青山添翠色，槛边流水送新声。
年丰预卜三边静，主圣欣逢四海清。
洗盏更儿频劝酌，一天云叶晚风轻。

　　我忽然喜欢上了这位热爱文学，同时也热爱人民的官员，原因有三：一、他是一个江苏人，却为郧阳人吭哧吭哧地爬到武当山顶，不是求官，而是求雨；二、如《万历野获编》的作者沈德符所言，他是一个大名士，却不玩儿那些装模作样的所谓先锋现代超验主义以及除了跟别人性交就是跟自己做爱的好看小说；三、他是一个江苏籍的大名士，却写郧阳的青山翠色，槛边流水，而不像郧阳本土的小文人一般见识，偏要去写洋相百出的洋文章。

　　读清人宋起凤写的《稗说》，读清人谢颐写的《第一奇书金瓶梅序》，二位考据家说《金瓶梅》的作者，那个名叫兰陵笑笑生的蒙面人是王世贞，我不相信，因为文风不符。袁中道则说兰陵笑笑生是一"绍兴老儒"，谢肇制又说是"金吾戚里门客"，欣欣子说是他的一个朋友，沈德符拐弯抹角说到"嘉靖间大名士"的时候，这话就让人觉得有点儿影射王世贞了。王世贞是嘉靖时丁未年中的进士，坐的又是"后七子"的头把交椅，他不是大名士，谁是大名士？

　　当然还有人说是李卓吾等，我看也不大像，李贽先生是研究《厚黑学》的，西门庆要真是脸厚心黑，他应该去走仕途，开一个生药铺，搞几个小女人，这算什么本事！而王世贞，俗话说有那个贼心也没那个贼胆，并且他连做贼的工夫都没有，一百回的长篇小说，可不是一首七律。还要活灵活现地刻画贪色人物，惟妙惟肖描写寻欢细节，他却旱天求雨，雨天开会，辛辛苦苦做完两年郧阳巡抚，忙忙碌碌又去做南京法院的院长。他那么聪明的人，难道就不懂法，不懂得明朝也在扫黄打非？

　　我看倒像是他的小老乡，写过禁书《无声戏》和《十二楼》的李渔干的事。李笠翁笔名觉世稗官，修《汉书》的班固，是把稗官跟街谈巷语、道听途说和引车卖浆者流扯在一起的，《金瓶梅》里的故事正好都发生在潘金莲的床上，而不在朱元璋的大殿里。同时郧阳还有一个传说，王世贞的另一个大老乡吴承恩，不为县丞小吏折腰，辞官之后上武当山旅游，见到鬼斧神工的水帘洞，回家才写出《西游记》来，书中地名景点以及道教人物云云，可以悉数对得上号。武当山是中国道教圣地，太上老君的模特儿老聃，居于金顶之上修行布道，《西游记》的作者受此影响，是应该的，也是理所当然的。

自清顺治开始，抚治郧阳的依旧多为右副都御史和右佥都御史，然而经过一场改朝换代的战争，才开始真正体现王世贞上疏的提督行台制。出任大员均是双职双责，既提督军务，又抚治郧阳。

那次体制改革，从竹山县的尹店分出一个竹溪县，首任知县，是首任巡抚原杰鼎力推荐的小老乡，江西太和举人，竹山教谕曾熙。建县始末，曾熙作有《创置竹溪县记》一篇载入县志：

> 成化辛卯，荆襄流民百万，渠盗李胡子等倡之为乱。有司捕盗，虑流民有效尤者，下令逐之。其弗率者，编配边僻，械系以行。时当涯暑，渴死疫死者无算，盖不胜其惨矣！……又五年丙申，流民蚁聚如故，朝廷简命都察院右副都御史原公抚之。公朝夕驰至，遍历深山穷谷，不避险阻，所至敷扬德意，昭示大信于民。流民始而疑，继而罔不欣跃欢忻，愿公为之所。公曰："民由水也，水性之就下，犹民之秉彝而好德也。激而跃，壅而溃，从而不知所底，非其性也。曩昔胁从之党，岂皆盗耶？设置立州县，简任贤良，轻徭薄赋，先以羁縻其心；佩犊带牛，渐以化成其俗，则荆榛疆土入贡于版籍之间，反侧苍生安枕于闾阎之下矣！"抚安之策，莫良于此。

原杰的确是个好官，首先他好在懂得一个道理，老百姓跟水一样，把他们逼急了他们就得跳起来，把他们堵住了他们就得破堤而出，以前为了活命，才跟别人造反，他们本身哪是什么强盗呢？现在设立了新的府县，让好人来当官，让他们少交点儿税，多受点儿益，从此在这里安居乐业，繁衍子孙。首任知县曾熙就带着首任典史李浩，骑着驴子来到竹溪，先建县治厅，案牍房，儒学，府馆，布政司，按察司，巡检司，城隍庙，仓廪，铺舍，山川与社稷诸坛，一时新生的竹溪县城麻雀虽小，五脏俱全。

再把全县居民编成七个社。从竹山划过来的一个社，叫尹店社，此前住在这里的人还住在这里。其余新增的六个社，叫在城社、竹溪社、水坪社、浪河社、秦坪社、柿河社。两年过去，到第三年，主簿李浩清理户口，发现上次漏了一些人，最近又来了一些人，请示曾熙再增两个社，县河南边的叫南江社，县城后边的叫后溪社。这样一来，全县总共就有九个社了，九九归一，天长地久，九是个吉祥如意的好数字。

曾熙第一次巡视全县，参观竹溪的大好河山，回忆在竹山当教谕的时候，都知道竹山有八景：孔阳神潭、筑口流霞、庸山叠翠、白马金城、娲山青琐、霍顶莲风、山中宝光、金华剑迹。他发现竹溪的景色比竹山要好得多，于是也给竹溪定了一个八景：古洞隐真、云岩剑迹、文笔晴岚、龙山横诰、画屏烟雨、五凤飞云、独松栖鹤、仙刹棋廊。八抬大轿，八面威风，八也是个兴旺发达的好数字。

然后，他就按照原杰的指示，开始为竹溪人民服务了。成化十二年来到竹溪县的首任官员只有两个，除了知县曾熙，就是典史李浩，成立了七个社，安排了七个社长，又增加两个社，再增加两个社长，总共九个社长，没有副社长，也没正政委。后来实在不够用了，向郧阳巡抚原杰打报告，府里才给他调来一个主簿，名叫杨泽，一个教谕，名叫马呈图。

有时候我百思不得其解，明朝的竹溪，除了不搞计划生育，革命工作跟现在是一样多，就那么几个干部，他们怎么干得过来呢？

6

明崇祯七年（1634年），《竹溪县志·兵制》篇载，竹溪首任知县曾熙领导修建的县城，被人一把火烧了个乱七八糟，纵火者竟然是中国历史上最著名的农民起义军领袖李自成。过了五年，《竹溪县志·城池》篇载："十二年，闯、献二贼蹿溪，垣尽圮。"再过一年，六年之后，《竹溪县志·官署》篇载："崇祯十三年，闯贼陷城，衙舍、仓库、六房、卷籍俱为灰烬。"

这些记载令我纳闷儿，"闯贼陷城"我能理解，李自成为了拉崇祯皇帝于马下，以农村包围城市，先从偏僻乡下和遥远小城陷起，最后集中有生兵力再去拿下北京的紫禁城。"衙舍、仓库、六房……俱为灰烬"我也能理解，因为县衙门里住着崇祯皇帝手下的县长，仓库里装着县长和他手下干部的粮食和武器，六房是这些人坐在里面开会研究对策的办公室，烧成灰烬也是活该。然而，他为什么要烧我们包括县志在内的档案典籍呢？

书生惜书，我将这个问题问于县志办的同志，县志办的同志回答我说，这你还不明白，古代的县长也都跟你一样是爱读书的，把好书藏在县政府里，李闯王陷城以后要捉县长，县长躲进书房负隅顽抗，他手下郝摇旗之类的猛将就下令放火，连衙门带典籍带县长一起烧了，这叫大兵到时，玉石俱焚！

当天夜里我继续读志，发现这个同志说得不对，志上记载，李自成来竹溪总共两到三次，第一次是崇祯七年，这一年的竹溪知县姓张，名凤诏，四川人，泸州进士，李自成一来他就跑了。1984年重印的同治本《竹溪县志》，误将"进士"印成了"进土"，也可能不是误印，而是县志工作者抱怨张县长终日饱食竹溪之禄，竹溪危亡时刻却不守竹溪之城，就咒骂他，要逃你就逃进土里去吧。

知县张凤诏跑了，训导王绍正却没有跑，这个不要命的清朝的县教育局局长，孤家寡人地坚守在竹溪的文庙里，保护文物，慷慨赴死。《竹溪县志·秩官》一卷，摘引了《明史·方国伦传》中的一句话："崇祯七年，流贼陷城，绍正不屈死之。"同时我也找到了李自成烧书的心理根据，化为灰烬的卷籍中，哪一卷，哪一篇，不骂他们是贼？流贼陷城，闯贼陷城，李闯王知道身后的卷籍还会这样写他，一看见书肚子里就火冒八丈，所以才一把火把它们烧了个精光！

王绍正以死保护的这座文庙，据《竹溪县志·祠祀》载，是"在县署东。明成化十二年，抚治原杰，知县曾熙创建"，以后几度修缮，多任知县组织募捐，王绍正也踊跃地出过钱。中华民国，县署东的这座文庙做了黉学，新中国成立后，又改名竹溪第一中学。

我记得它位于曾经改名东方红街的十字街以东，曾经改名胜利街的东门街中部，迎门有湖，湖上有桥，桥后两列相对的木楼之间，有宽阔的操场和一棵五百岁的沧桑古柏。学校的斜对面，门口有两只石鼓的临街小院是武衙门旧址，左侧却是早已没有钟鼓的钟鼓楼，再左为东城门，这是山城迄今唯一留下的有洞而无门的两道城门洞。

城门以外的湖远远大于校门以内的湖，修于1958年，形同半月，称月弓池。池上有跃进桥，池左叫东城角，池右是地母庙。周围一带，成为竹溪人民清晨过早，黄昏散步，夜晚谈恋爱的小吃街、风景区和已经不多的文化遗址。

接替张凤诏的知县姓于，名猷，山东进士，县志上也印成了"进土"。这是个倒霉蛋，竹溪话叫背时鬼，一来就接替前任挨骂。两年以后，崇祯九年，李自成二到竹溪，于猷又逃跑了，骂他进土并非编辑校对之错。我是怎么知道以上二位知县是逃跑，而不是战死、掳杀、自尽，或者举手投降的呢？因为若是后者，县志上必骂之，若是前者，县志上必赞之，连区区训导都能载入《明史》，堂堂知县焉有不写进县志之理？

请看崇祯十二年的纪事，虽然这一年的县志出了问题，年月错乱，人物矛盾，大约从古至今的主编都没有统稿之故，所幸主要事件还是记了下来。山东进士于献走后，又来了一个名叫魏镇安的人，这位新任知县名不副实，并没能镇得一方平安，只当了一年又调走了，换上竹溪第四十三任知县李孔效。《竹溪县志·秩官》载："李孔效，辽阳举人。崇祯十一年任。浚壕堑，备矢石以御寇。寇至屡攻不能下。明年八月，李自成以十三营来围城，百计御之。时总兵左良玉，拥兵白土关不救，城遂陷。犹持利刃尽力格斗，大骂不屈而死。"

《竹溪县志·兵事》的说法则不一样："崇祯十二年五月，张献忠于谷城再次起兵，罗汝才所部九营并起响应。杀谷城知县阮之钿、御史林鸣球，大败左良玉于房县之罗猴山，杀竹溪知县李孔效。明王朝为之震动。逮捕总理大臣熊文灿，处斩于北京。降左良玉之职，戴罪立功。同年李自成大败于崤函山谷，被迫进入商洛山区，之后由武关突围，进入郧阳，息马于深山之中。又由郧、均进入河南。时河南大饥，饥民从者数十万，势复大振。"

我敢断言，这段史事，的确不是张懋勋个人所撰，它至少是清朝的三个写作班子拼凑而成。政府办写《官署》篇，说崇祯十三年，李自成带人来放火烧城；土地局写《城池》篇，说崇祯十二年，李自成跟张献忠两人侵犯竹溪；组织部写《秩官》篇，说崇祯十二年八月，李知县手举一把快刀，跟农民起义军进行搏斗，一边大骂一边倒在血泊之中；武装部写《兵事》篇，说崇祯十二年五月，张献忠在谷城杀了知县阮之钿、御史林鸣球，又到房县打败大将左良玉，再到竹溪杀了知县李孔效。消息传到北京，崇祯皇帝吓破了胆，恨熊文灿中了张献忠的诈降之计，下旨押回北京，砍了他的脑袋。还怪左良玉身为楚、豫两省驻军总司令，连一个陕西农村的张麻子都打不过，降职处分。这等于杀一只鸡，又把猴屁股痛打一棍，让他在战败李、张之日，再给他贴一块狗皮膏。

那么，李自成是否第三次来了竹溪呢？在河南的崤函山他打了败仗，进商洛，出武关，入郧阳，息深山，这个深山可能是竹溪，也可能是郧县。神农架的山虽然也深，但是只有野人，没有粮草，进去养兵息马的可能性不是很大。可能性不小的倒是《秩官》篇给搞错了，把张献忠写成了李自成，这才是真正的张冠李戴，说明史书和方志也犯错误，读时须加小心。如果把《兵事》《秩官》《官署》《城池》四篇，合成一篇，时间上再好好地斟酌一下，说李自成从头一年的五月走到八月，路上过了一个年，再走到第二年的正月，第三次来到竹溪跟张献忠相会，这一下就好解释了。

　　不过"以十三营来围城"这句还是不对，要来他只能是这么来，即打了胜仗的张献忠先到竹溪，杀了知县李孔效后，打了败仗的李自成跟着才来，相逢一笑，将当年在谷城上演的双雄会重演一次。二位枭雄的关系始终像是"兄弟阋于墙，外御其侮"异党两派，分而合，合而分，要把崇祯皇帝赶出紫禁城，这个革命目标是统一的。故此张献忠应该同意李自成来"息马"，还应该为革命战友接风洗尘，酒席上拎出李孔效被割下的脑袋给他过目，卖他一个人情，以证自己为攻此城，也付出了血的代价。

　　遗憾的是《竹溪县志》只说"城陷"，而从不说如何之陷。以李孔效"浚壕堑，备矢石以御寇"为例，"百计御之"也不过是从城外深挖护城河，城上广积箭镞和石头，仅此而已，最终攻城者是怎样跨过壕堑，登上城头，缺乏想象的读者只能看历史题材的电视剧。同样缺乏想象并且连史书方志也不读的电视编导，也只能搭跳板，架云梯。从竹溪知县李孔效和训导王绍正之死，我们还可以对历史教科书上引用的一首歌谣，进行一番新的思考。

　　清朝有一个人叫计六奇，写了一本书叫《明季北略》，书中记略，河南人李岩创作了一首儿歌，"吃他娘，穿他娘，开了大门迎闯王，闯王来了不纳粮"，兵到之处，广教小孩儿游戏传唱。事实如果真是这样，当时农民起义军进城的情况就有以下两种：一种是李孔效率领全城百姓，大开城门，载歌载舞，夹道欢迎；另一种是热爱和平而又追求实惠的老百姓们，听说不纳粮反而还给吃给穿的闯王来了，一窝蜂地跑去开门迎接，李孔效却从县政府里跑来阻拦，遂有勇者冲将出去，一顿乱拳将他打死。如此，《竹溪县志》中记载的格斗、大骂、不屈云云，就不是对李自成，而是对老百姓了。

　　《明史·李自成张献忠传》中也记载了这首儿歌，前两句的歌词变成了"杀猪羊，烹酒浆"，文雅是文雅了，却不像儿歌，而像成人的诗，有李白的《将进酒》之风。传唱起来，反倒不如口语化的"吃他娘，穿他娘"简单明快，通俗易懂。曾见朱自清写过一本名叫《中国歌谣》的书，谈到此事，他说如同历史上许多隐在幕后的文人出于某种政治目的，假托民间歌谣实为原创的韵文作品，这是一首造谣的歌，是在"煽惑人心""煽惑民众"。

　　河南人李岩，是否向另一个河南人陈胜学习，不得而知。秦二世元年，陈胜率先打起这类主意，在绸子上写个"陈胜王"，塞进鱼肚子里，让人买去剖开一看，齐声惊呼，老天爷说陈胜要当王了！接着又让他的革命战友吴广，深更半夜躲到野庙里学狐狸叫："大楚兴，陈胜王！"周围的人一听又惊呼起来，连鬼都说楚国要复兴，陈胜要当王！陈寿的《三国志·吴书》记载有一首歌谣："黄金车，班兰耳，开昌门，出天子。"此歌与"吃他娘"有异曲同工之妙，区别是不管开昌门，还是开大门，目的一个是要出天子，一个是要进天子，闯王李自成要进城去给老百姓发救济粮，发救济棉袄。

除去第三次到竹溪不说，李自成前两次是如何打进县城的，县志实在应该记载下来。天下任何县城可以不记，竹溪县城不记不行。盖因竹溪县城不是一般的城，它是竹溪人建筑的城，竹溪人中多有庸人的后裔，庸人又以最擅筑城著称，筑的城墙坚不可摧。他们会在山顶钻穴，吊入悬棺，山腰钉桩，铺架栈道，山下取土，垒造城墙。今人打开小说或者电视，关于古代战争中攻城略地的表现，无不千篇一律，宋朝以前是火箭、云梯、掷石器，明至清代多为大炮。固然墨翟发明木鹊于空中驮物，公输班为楚国造巧器攻宋，韩信坐在风筝之上用一根洞箫吹散了西楚霸王八千子弟兵等，皆为夸张传说，然而李自成当年发明的攻城智慧，确乎让人耳目一新。

《明史》卷三〇九载："自成每攻城，不用古梯冲法，专取瓴甋，得一砖即归营卧，后者必斩。取砖已，即穿穴穴城。初仅容一人，渐至百十，次第傅土以出。过三五步，留一土柱，系以巨缅。穿毕，万人曳缅一呼，而柱折城崩矣。"

意思是说，李自成攻城从来不用云梯，他研究出来的高科技办法，是派人去挖城墙下的砖土，挖出一个一个的空洞，隔三五步远留个土柱，系上绳子，让很多人拉住绳子的另一头，喊一声"预备起"，发力一拽，柱断墙塌，城就攻下来了。这个办法容易让人联想到这位农民起义军领袖的籍贯，大有可能是小时候看见人挖延安窑洞，此情此景，铭刻在幼年的心中，攻城时就启发了他的联想。不知道最会筑城的庸人后裔筑建的城墙之脚，李自成的人挖不挖得穿，拽不拽得倒。倘若不及，还得落入俗套，像电视剧里表演的那样，一手持盾，一手举刀，搭着梯子，冒着滚木礌石和如雨的飞箭往上攀爬。

不说《竹溪县志》的疏忽错讹，使我们至今也搞不清楚，置李孔效于死地的人到底是张献忠，还是李自成。只说竹溪知县的气节，我个人认为这个李孔效，他的名字是否也被县志给弄颠倒了，原本他应该叫李效孔。孔子的臣为君死的主张他是一一效法，杀身成仁，舍生取义，悲壮惨烈如圣人最忠诚的大弟子，弃剑束冠而高呼"君子死，冠不免"的子路。与两位"进士"出身的知县相比，这个东北汉子的学历文品最低，仅为举人，然而文品确实不能与人品

229

同日而语。不远数千里而来赴任，将一把忠骨埋在竹溪的青山，剁成肉泥的尸体，也未能让马革裹回故乡。

县志的作者认为李孔效之死，两省总司令左良玉是要负责任的，"时总兵左良玉，拥兵白土关不救，城遂陷"。陕西平利的白土关离两省交界的关垭子只有六十里，关垭子离湖北竹溪的县城也只有六十里，二六十二，加起来才一百二十里。马军一小时，步军三小时，急行军神速可达。但他为何拥兵不前，忍看城陷，这似乎是一个谜。

谜没猜出，我却有点儿茅塞顿开，杀死李孔效的不是李自成，而是张献忠。张献忠诈降总理大臣熊文灿，熊喜纳之，两省总兵左良玉持怀疑且反对的态度。不出所料，张又复叛。左兵败房县，触怒崇祯，遂想放张入溪，使崇祯迁恨于熊。果不其然，熊文灿被押回北京斩首，为张献忠付出灿烂的鲜血，左良玉却只降了一级，不久就官复原位，再不久又升大帅，封宁南侯。

7

清康熙十三年（1674年），冲冠一怒为红颜，背叛明朝反目李自成而引清军入关的吴三桂，因怀削藩之恨，接着又背叛了清朝。谷城总兵杨来嘉，郧阳总兵洪福，竹山游击谢泗，竹溪游击洪源，群起而响应云南王的号召，占据襄阳和郧阳治下各县之后，又领兵向竹溪杀来。此时的竹溪县城，早已被李自成和张献忠的军队摧毁，县衙门搬到了三十里外的敖家寨。敖家寨依山面水，无险可守，几年前，改名郝永忠的李自成部将郝摇旗高举反清复明大旗，带着本部人马杀到此寨，清朝竹溪的第四任知县，辽阳贡生赵光璧，若不是当地居民边养正、边养性兄弟二人舍命相救，已经做了杨来嘉的刀下之鬼。

清朝竹溪的第五任知县，临安举人曹席珍，自知敖家寨把守不住，又准备向城西四十里的中峰寨转移。当时竹溪县的训导，新宁岁贡谢乔捷奉劝他说："中峰虽险峻，而人心不固，莫若溪汛所守峒溪寨完固可待。"曹席珍不听他的，带着一批官员和百姓转移到了中峰寨上，《竹溪县志·善行》篇载，负责打这场保卫战的是守备甘继芳。但是在清朝竹溪的武职年表上，康熙十三年的守备是个房县人，跟曹席珍一个姓，叫曹奇胜，游击也不是洪源，而是刘斌。

我的分析，有可能是游击洪源叛变以后，临时补一个游击刘斌，而守备曹奇胜追随洪源叛变，暂时没有合适的人员顶替，甘继芳在保卫中峰寨的战斗中英勇牺牲以后，才给他追补了一个守备。因为那一年他六十四岁，已经过了提拔的年龄，文官都嫌大了，何况还是武职。

中峰寨离城四十里，不远是著名的竹溪八景之一，画屏烟雨的画屏山。区区草芥之寨，说是中峰，实则高峰，山势险峻，粮物难运，既住不下全城官民，都住上去也没有那多饭吃。于是剩下一些不愿去的，就跟随千总张自成去峒溪寨暂且栖身。有着英明预见的训导谢乔捷，自然是忧心忡忡，低头走在第二支队伍里。

六十四岁的甘继芳果然是一位老英雄，背倚绝壁，三面伏兵，大热天的，从六月坚守到八月，杨来嘉的叛军硬是打不上来。但是，堡垒最容易从内部攻破，这时候山寨上出了一件事，曹席珍手下有一个看门的勤杂工，也姓曹，叫曹二，大概是他从临安老家带来的族人，因犯错误，被曹席珍在屁股上抽了几鞭，这个曹二就偷偷溜下山去，找到对方一个名叫马二蹶子的兵卒，要他告诉洪游击，后山绝壁没有布防，半夜里带一些攀岩高手，从那里一爬就爬上来了。

这个马二蹶子应该是竹溪游击洪源的部下，过去在县政府里出来进去，跟门子曹二混得熟悉，两人一沟就通。半夜时分，洪源带人爬上绝壁，杀进山寨，活捉了曹席珍和甘继芳，押到城南五条岭上。对方劝降，甘继芳厉声大骂："甘继芳好男子，肯从若辈做贼哉？若辈釜鱼游魂，立见齑粉，惜吾不能手礫汝耳！"县志作者让这位山中武夫，临死还之乎者也地用文言骂人，译成白话是：你们这些贼子，就像锅里的死鱼，山上的野魂，马上就要变成肉末了，可惜老子不能亲手撕了你们！一番话骂得对方火起，七手八脚，先把他给撕了。然后摆酒庆贺，马二蹶子忽然蹦到桌子上站着，振臂高呼："甘继芳给我们送东西来啦！"嘴里吐了好几盆血，死了。

甘继芳可歌可泣的英雄事迹，刊登在县志的《善行》篇，不在《秩官》篇。同为武职，千总的地位低于守备，而保卫峒溪寨的张自成却在《秩官》篇里，这就越发让我认为，他是一个追认的守备。并且有其名而无其实，甚至知其名的都少，因为《善行》篇说，"后世盖罕有知继芳者"。二十年后，郧阳府来了一个名叫王与祚的考官，问竹溪籍的考生，你们听没听说过竹溪有个甘继芳？考生都说没听说过，问到一个姓甘的考生时，才知道他就是甘继芳的大儿子，名叫甘霖，下面还有甘露、甘雨、甘濡、甘沛……总共六个儿子，其中一个被叛军捉走，下落不明。甘继芳死在农历十月初一，甘家岭子上的族人为了纪念他，以后把十月初一作为"正子节"，在每年的这一天召开全族大会，表彰甘继芳式的先进模范，也对违犯族规的人进行处罚。

奇怪的是，同样是落在敌人手里，守备甘继芳死了，知县曹席珍却还活着，还能带着随从跑到北京。"自贼中逸出后，偕计吏入都，尝举以告人，而学使闻之者"，王与祚便是这么知道的他。死了的只说有过善行，活着的接着再当秩官，至于他是怎么活下来的，县志文辞暧昧，语焉不详。《秩官》篇说："寨破，遂被执。贼欲降之，不稍屈，乃系之。后得间脱归。"寨破被捉，不肯投降，敌人用绳子把他捆了起来。

最有意思的是最后一句，说他很可能是趁人解手的时候，抽个冷空儿就跑回来了。想一想那怎么可能，身上捆着一根绳子，曹二又不会帮他解开，甘继芳那么好的武功都没跑脱，他一个白脸文官又怎么跑得脱呢？离开组织被敌人捉住，甘继芳一死，身边没有一个人能够证明，这段时间，专业术语叫断档。回到自己的队伍以后，按理组织上要派出外调人员，从曹二或马二蹶子那里取得笔供。以上这段文字，当然是曹知县手下的秘书为其写的，目的是上报郧阳府申请表彰。

曹席珍最终还是付出了惨痛的代价，如花似玉芳龄十五的千金小姐，在马二蹶子们破寨之时，纵身跳下了百丈悬崖。县志《烈女》篇中，清朝烈女排行榜上，曹小姐排名第二。第一名是典史张廷芝之妻，"顺治三年，随夫上任，夫前行，宿马鞍寨。川寇大至，居民欲逃。氏脱簪珥犒众以守，见力不支……立解佩刀，先刺幼子……即自刎，贼从见之，咋舌而去"。也是奇怪，身为典史的丈夫太不负责，自己骑着马在前面走了，把妻儿扔在马鞍寨。这时候四川的大队土匪来了，其妻还能临危不乱，想着蚀财免灾，摘下金簪耳环给寨民发最佳捍卫奖。这跟后面还要提到的竹溪进士李昌平为皇上献策《募勇士》，真是如出一辙。

曹小姐的颁奖词是："寨破，曹公被执，女惧辱，坠岩死，至今俗呼为'舍身岩'。"

放下中峰寨上的曹氏父女，再说峒溪寨上的一拨军民。那位与李自成异姓同名的张自成，如果早三十年成为竹溪千总，有可能挡住李自成的进攻。同样守寨两月，却数次粉碎杨来嘉的围剿，其间"食且尽，兵民度不能支，将宵遁。自成开城泣下，以身誓之。兵民遂固志死守，寨得保全"。张千总哭着向大家发誓，以表同生共死的决心，这样才坚持到援兵赶来，杀退叛军。训导在这次保卫战中，也显示了教书育人之外的军事才华，他劝曹席珍不去中峰寨，遭到谢绝，他随张自成选择峒溪寨，终能告捷。"中峰虽险峻，而人心不固"，这话的本来意思，可能是怀疑甘继芳的手下人不够坚强，却不幸应验在曹席珍的亲信门子曹二身上，然而总算是说对了，是个乌鸦嘴吧。

《秩官》篇载："人皆称其哲明。寇平后，补官不就，归。"谢乔捷在竹溪当训导的那几年里，竹溪是没有教谕的，文教宣传体育卫生精神文明之建设，他一肩挑。战斗结束，"被实践证明反对错了的"曹席珍，给郧阳府打报告，要给他升官晋爵，不料这位宁静淡泊的教育工作者，却向采菊东篱下的陶渊明学习，挂冠归隐，回老家去打麻将牌了。

千总张自成由此升为守备署的游击，冯源的游击当不成了，他只能继续追随吴三桂，跟清朝的正规部队打游击去。因为保乡卫民，立下大功，张自成死了以后，"营卒哭声动地，溪民泪下沾襟"，称其为明威将军，立碑厚葬于城西三里，传说中仙人下棋的覆船山上。

令张将军九泉瞑目的，是他有一个优秀的孙子，长大以后，再接再厉地为竹溪人民服务。不过这个孙子并不尚武，而是崇文，祖孙二人的手里一个是枪杆子，一个是笔杆子，对竹溪的安全保卫和文化建设，贡献出了自己的全部力量。

"张懋勋，字汉卿，其先陕之商州人也。祖自成，于康熙十五年以恢复竹溪功，由本营千总升中军守备署游击。勋幼好学，补邑弟子员，治举业有声，郧郡六邑，咸聘置幕，因是交诸名隽，学益进。然屡踬场屋，晚岁成明经。尝慨然曰：'邑必有志，而溪以频经荒乱，独无。后有作者，恐轶事遗闻日加湮没，更难采取。'于是编辑旧闻，穷搜荒缺，成《竹溪志稿》二十二卷，藏诸其家，即今《志》蓝本也。年八十五卒，孙五，皆淳朴恪守其家绪云。"

同甘继芳一样，无官无爵的张懋勋被载入的是《善行》篇。篇里这位汉卿先生，还写过一本名叫《存古录》的书，可惜失传，后世只留下书的序文："勋世居陇右，垂髫时，即闻楚郧之西有竹溪，山川、城郭、人物、田土，甲于他邑。既而读其先辈制艺，光俊雄浑，足征山川之灵秀。是时虽有长卿万里游想，未遂也。庚申冬，先王父奉简命兵防斯土，余随任宦邸，见其城复于隍，泮宫丘墟，官廨无片瓦，余不禁怆然曰：溪之衰，何至此极也！"

原来他还是陕西商州人，当年由李白陪同来看仙娥溪的，商州裴使君的老乡。幼小时他随调任的祖父来到竹溪，先见城中颓废衰败，满目疮痍，又知全县竟然连一本别县都有的方志也没有，担心时间长了，流亡在民间的历史资料会永久丢失，便立志自己来做这件事情。他深入生活，采访民间，那么的忙，那么的累，那么的艰苦和清贫，写了二十二卷《竹溪志稿》，还活了八十五岁。这说明生命的确在于运动，也说明做好事不问前程，而且还说明了，爱好写作的人是可以健康长寿的呀。

但我还是纳闷儿，我所得到的同治版县志中说，此志共有六个版本，即明嘉靖，清康熙、雍正、乾隆、道光、同治本，因战火洗劫，嘉靖、乾隆本已无存。雍正本是张懋勋个人所撰，未及出版，后来成为乾隆本的蓝本。同治本是在道光本的原本上修增的，现存的唯有道光、同治两种版本。那么，既然无存，乾隆本的前身，雍正本作者张懋勋的序言又是从哪里来的呢？他在序言中说："今且老矣，须鬓苍然，当吾世而阙焉不传，谁其任之？"责无旁贷的口气，竟如敢说"天降大任，舍我其谁"的孟夫子。

我倒怀疑，官府文人，清朝末年的县志办公室主任之类，利用了人家的文化遗产，在人家皓首穷经一生乃成的著作上，删删改改，补补连连，偏不承认人家纯粹的个人成果，却偏要把功劳记在体制内文化干部的头上。实话说来，我情愿看到民间文人怎么记录一方的历史，无顾无忌，不卑不亢。那些为了某种利害关系而进行筛选加工甚至作伪的史书方志，我竟认为，被李自成之类的造反派烧了也罢。

1796年，多难的竹溪县又发生了一场战争，张懋勋已经没有办法把它写进他的二十二卷蓝本了。因为此年已是嘉庆元年，县志记载张自成于康熙十五年保卫竹溪，跟随祖父一道迁来的张懋勋，以他当时年方十五计算，一生享年八十五岁，死的时候也是1740年左右的乾隆年间，早于嘉庆十多年。所以，下面这一页血腥的历史，应该是在嘉庆以后，编县志的人给补写的。

这一年，白莲教襄阳头领齐麟决定举行武装起义，先取襄阳，再向全国。不料走漏风声，朝廷派兵镇压，齐麟与他手下一百多个兄弟被抓去砍了脑袋。他十九岁的妻子，曾经江湖卖艺的王聪儿，接过丈夫没有完成的革命重担，与白莲教的教徒姚之富、高均德、张正谟、王廷昭等，聚集了五万多人，在襄阳、枝江、宜昌一带，终于把起义举行了起来。

各路起义军在川东会师，联合起来，编成八支队伍，以颜色为番号和军旗，襄阳黄号、白号、蓝号，达州青号，东乡白号，太平黄号，巴州白号，通江蓝号。白莲教主刘之协当选天王，十九岁的小寡妇王聪儿当选八支队伍的总司令。

会踩软索的王总司令率领她的队伍，像玩杂技一样，声东击西，神出鬼没，先是转战荆州、襄阳、汉阳，后是进军四川、湖北、陕西，一次一次又一次，把清军打得落花流水，溃不成军。

　　几百里路以外的竹溪，也出了三个白莲教的头领，一个叫陈宗周，一个叫毛学铨，一个叫金玉华。三人积极采取行动，召集了好几万人攻打县城，攻而不下，又转移到乡村，与四川、陕西过来的义军配合战斗。陕西巡抚秦承恩坐镇安康，湖北巡抚汪新亲临竹溪，要把这支革命的武装消灭在竹溪的摇篮之中。接着兴汉镇总兵文图，西安将军恒瑞，西安都统丰伸布，湖北将军明亮，湖广总督景安，大小总共三十六支兵马，也先后开来，对竹溪进行轮番扫荡。这一年的竹溪知县名叫福成，镶蓝旗监生，清朝期间，唯一在竹溪任职的满人。

　　竹溪出了三个革命家，竹溪也出了一个反革命，这个人姓李，名昌平，字小鲁，号东山，考取进士之后，在朝中任内阁中书。他向皇上写了一道奏章，教给皇上四条如何消灭这些反贼的计策，名字就叫《平贼四策》。这四条计策的第一策是"募勇士"，重赏之下，必有勇夫，花高价购买敢死队员；第二策是"饬战守"，整肃军风，以铁的纪律要求作战的将士；第三策是"结寨兵"，组织基干民兵队伍，军民一条心，打一场人民战争；第四策是"广粮饷"，广积粮，高筑墙，再来一句缓称王，就是继承和发扬朱元璋当年的政治军事思想了。

　　进士出身的内阁中书，向皇帝写的奏章，自然是用文言。《平贼四策》的每一策都有一千多字，四策加起来共达五千字之多，译成白话恐怕是一本薄薄的书，我就不抄给大家看了。嘉庆皇帝似乎采用了他的计策，因为县志的《人物》篇里，关于李昌平的词条，这样写着："上《平贼四策》，留中施行。后由内阁委署侍读，升任宗人府主事，入军机处行走。屡官户部，陕西、四川、广东司员外郎，升授陕西司郎中，充方略馆纂修。道光丙戌科会试，同考试官。"

　　一言以总而之，献计有功，接二连三封了他一大堆的官。此人于猴年马月还过一次乡，并且登过一次龙山，下山以后还写过一首诗，其中有一联，"白发无情先到我，青山有意更留人"。从这两个句子可以看出，这位主事、行走、郎中，已经是一把老骨头了，已经主不了事，也快行走不动，要回乡找老家的郎中治一治他几十年献计留下的劳伤了。不是青山要留他，而是官儿当不上去，赖在外面没什么意思了。

　　朝廷采纳了李昌平的四条毒计，他的三个竹溪老乡，陈宗周，毛学铨，金玉华，革命就进行不下去了。他们一边把队伍撤到湖北、四川、河南的边界，在一条称为老林的八百里大树里打游击，一边派人去跟王聪儿联络，争取得到她的指示。王聪儿此时已经到了房县，朝廷派大军从四川、陕西两边向她包抄过来，她又转向郧西，却再次遭到清军的合围。这一次是在郧西的茅山，又叫卸花坡，还叫阎王扁，英勇奋战三年，芳龄二十一岁的王聪儿，再也突不出重围了。她与她的黄号副头领，丈夫生前的弟子姚之富，高呼口号，双双跳下百丈悬岩。后来有人把卸花坡叫谢花坡，惋惜这一朵美丽的革命之花，过早凋落。

白莲教起义惨遭失败，竹溪的三个头领没来得及效法王聪儿，全被官府捉住，三颗血淋淋的脑袋，高挂在竹溪县城的城门上。

8

明永乐四年（1406 年），明成祖朱棣连续三年下诏各部办理各样大事，文渊阁大学士解缙修《永乐大典》，工部尚书宋礼修大运河，三宝太监郑和下西洋，替他寻找大火中失踪的侄儿建文帝之后，接着又下诏重修皇宫。这个任务再次落在了工部宋尚书的头上，宋尚书带着部下裴侍郎，派二十万人夫去北方采石，二十万民夫来南方伐木。裴侍郎亲率伐木大军经武当山，过郧阳府，浩浩荡荡来到竹溪的慈孝沟，砍伐一种名叫金丝楠木的稀世奇树。然后以黄泥筑路，路面洒水，木橇为船，船上载木，从冰块一样滑溜的黄泥路上运入汇湾河，再入堵河，再入汉水，再入大运河，最后上岸，抬进皇宫的建设工地。

《竹溪县志》载，"进山一万，出山三千"，是说伐木者中有十分之七的人夫累死、病死、被毒蛇猛兽咬死。"及达皇宫，三年乃成"，是说一根金丝楠木需要三年才能运到北京。县城以东，一百多里的地方有一个石门，石门有一座颓废的坟茔，叫裴侍郎墓，里面埋的就是当年率领十万人夫开到竹溪慈孝沟，砍伐金丝楠木运往京城的裴侍郎。他为何要死，怎么死的，出差在外，身遭不测，尸体因为什么不能捆在金丝楠木上，一道水陆辗转运回京城，这又是一个不解之谜。堂堂工部侍郎的墓碑，居然没有刻上他的死因，莫非是被苦不堪言的人夫用手中的斧子砍死的吗？

慈孝沟距城六十里，五百多年以后，此地的名字叫鄂坪公社慈丰大队。考其原始地名，得知这里的先民道德品质都很崇高，父母对子女慈爱，子女对父母孝敬，也就是当代国民说起来简单做起来难的尊老爱幼，沟名慈孝乃是从此而来。想不到的是这里人好树也好，玉在深山有人识，连北京的皇帝都知道了，派人来砍得一干二净，在以后的日子里连棵树种都找不到了。过了七十年，一个名叫廖希夔的竹溪籍的光化知县来到此沟，眼见树去人非，不免唏嘘感叹，赋诗一首。同行的正好有一个名叫华亭瞿的典史，毛笔字写得不错，就请他书写下来，再花钱在附近找个石匠，刻在一方石壁之上。诗曰：

> 采采皇木，入此幽谷，
> 求之未得，于焉踯躅；
> 采采皇木，入此幽谷，
> 求之既得，奉之如玉；
> 木既得矣，材既美矣，
> 皇堂成矣，皇图巩矣。

然而，苍天对他的儿子，那个据说叫天子的人有了意见，南北二京的宫殿那么大，那么多，那么好，还嫌没有达到理想的标准，为了自己能够过上更加幸福的生活，宁可让老百姓受此伐木运树之苦。于是十三年后，天降一场无名大火，把刚刚修成的三大殿焚烧一空。几经修复，嘉靖年间又烧一次，天顺元年，还烧一次。这一次烧的正好是从竹溪慈孝沟砍来的金丝楠木修造的承天门，也就是修复以后现在的天安门。万历二十四年，乾清宫和坤宁宫再次燃起大火，万历皇帝不敢在他乾清宫的寝室西暖阁睡觉了，吓得搬到毓德宫，半夜里还经常梦见，天上掉下一个大火球来，正好落在自己的御榻上。

原名金丝楠木的竹溪珍稀植物，由于裴侍郎与十万伐木者的到来，有了两个铿锵的简称，一个叫作皇木，一个叫作贡木。二名意思是一样的，皇木是贡给皇上，贡木也是贡给皇上。并非竹溪人民要把最好的东西贡给那个认都不认识的人，而是那人看中的好东西谁敢不贡，小心他与他九族的脑袋就会像是金丝楠木，刀砍斧劈，滚满一地。要进贡的岂止贡木，还有贡米，还有贡茶。竹溪素有三贡之说，只是不兴贡女，竹溪女子纵然美得闭月羞花，沉鱼落雁，但对身边放牛少年的热爱胜似皇帝，往往及笄之年就已为人妇，并且很快就儿女绕膝。因此，自从古庸国的属地，屈诗人的身边，香溪河畔贡走一个昭君王嫱之后，美女们下河洗衣提水都速去速回，汉代以后再无美女相贡。

所谓三贡，第二是贡米。竹溪彭峪沟有一亩二分神奇的水田，田里生长一种长芒稻谷，舂壳出米，色红性糯，气息格外的香，味道格外的甜，口感格

237

外的好，颜色格外的美。明朝万历年间，此米不幸流落京城，被马屁精送进宫中，喂神宗皇帝吃了一口。据说龙颜大悦，追问产自何处，答曰竹溪彭峪沟，又问种米者可是彭祖后人，答曰一条沟的人都姓彭。神宗遂当场拍板，赐名贡米，往后皇后皇太后嫔妃贵人以及他这个皇帝本身，要吃就吃这种米，争取人人貌如米色，寿长六百七十六岁。

这下竹溪人民又遭孽了，从竹溪把米送到京城，肩挑背驮，山高路长，屈指行程几千里，晓行夜宿数十天。此为贡米，要塞进皇上嘴巴的东西，又不能像贡木那样用泥船运，在河上漂，时间一长过了保质期，新米变成老米，再要溅湿长霉，皇上与他的亲人和爱人们吃出癌症，恐怕连彭祖也活不长。送了两年，苦不堪言，老天保佑，这时候彭峪沟里出了一个正直而又智慧的人。此人不姓彭，却姓徐，名成楚，字武玄，万历乙酉年会试考中解元，丙戌年殿试又考中进士，被分配到河南省内黄县，当了一个县令。

《竹溪县志·仕宦》篇里，对此人有个简单的介绍："多异政，擢礼科给事中，历兵都给事。守正不阿，弹劾不避权贵，京师谓之语曰：'行行且止，避瘿瘤子。'其奏疏甚多，今掇拾于灰烬之余，盖仅存者录而志之，亦可识塞谔之度也。"说是他的工作作风跟人家不一样，县令作罢，调到京城，先在礼部任给事中，又到兵部任给事中，本是级别不高权力也不大的谏臣，却像一个二百五，谁的意见他都敢提。朝廷的人背后都说："走一走，看一看，别跟瘿包碰上面！"所有人中，他向朝廷写的报告最多，虽然后来都给烧了，但从灰里刨出两页，也能看出他说的净是实话！

徐成楚既要让竹溪的人民高兴，又不能让北京的皇帝生气，他就让人在县里组织了一次瘿包坨比赛，挑选体积大的，形状怪的，看着让人心惊胆战的，录取冠亚季军和前十名，专门派他们挑着公粮上北京。神宗看见这些瘿包吓了一跳，心想竹溪的贡米好吃，挑贡米的竹溪人怎么这般难看，着人把竹溪籍的兵部给事中徐成楚喊来，向他咨询，这些人脖子上长的是个什么玩意儿？徐成楚说，皇上啊，这玩意儿叫瘿包坨，我们老家的米是好吃，可是吃了都长这个，你看我，脖子上不也有一个吗？皇上你可千万别吃了，再好吃都不能吃，谁劝你吃你就杀了他！神宗想到自己要是也长成这个模样，往后还怎么好意思跟嫔妃在一起做游戏，还怎么好意思接见大臣！立刻着人，通知御厨，我可不吃这种米了，你们煮的你们吃去！

我十分喜欢这个姓徐的大瘿包坨，他的心里没长瘿包，他的心里装着家乡的人民，一意要为他们解除苦难。他脖子上长的瘿包是一只智慧的肉口袋，应该叫作智囊才对。所谓心灵美，指的是他这号角色，而不是那个名叫廖希瘿的光华县令，明明听说伐木者"进山一万，出山三千"，也要高唱"皇堂成矣，皇图巩矣"的马屁工程奖的获奖诗人。用竹溪的金丝楠木建造的皇堂，成是成了，然而招致天怒人怨的皇图，到底巩了还是没巩？三次大火，皇帝要不是老爱跑到别人的寝室睡觉，连他都烧成一个煳疙瘩了。皇图之巩，非在皇堂，贡米易吃，民心难得，在这个做官和做人的道理上，廖知县就简直不如徐给事了。因此，我情愿请木匠另做一个心形的奖牌，挂在那个著名的瘿包坨上。

第三页，是贡茶。陆羽著《茶经》，开篇便说茶源，在"其巴山峡川"，竹溪正是位于秦巴之间，至少在我心中，竹溪茶非天下所有名茶可比。由白娘子的眼泪化作的西湖水滋养了龙井茶，浸透千年历史与美丽传说的竹溪河水，汇湾河水，同样把梅子垭茶、龙王垭茶，浇洒得香飘万里，色染碧天。关于梅子贡茶的来历，可以远溯到两个源头，一个是卢陵王李显带着韦氏被遣房陵，途经此垭，溽热昏厥，路边老妪煮茶一碗灌之，一缕正赴阴曹的香魂方才蓦然清醒，重返人间。碗是大碗，茶是粗茶，粗茶大碗救活了刚被逐下宝座的可怜天子，他日死灰复燃的命大帝王。卢陵王为了早回长安，遂称此茶为还魂奇药，年年岁岁贡给则天母后，祝她老人家喝了以后身体健康，万寿无疆。同时，一张老脸无皱无斑，永远明媚如她年轻风流的媚娘时代。

另一典故，神秘而凄楚地刻印于当地茶农所藏《卢氏家谱》之中，记载着北宋大名府卢员外身陷囹圄，祸及满门，后人逃到这里，开辟茶园，年久以成贡品云云。玉麒麟卢俊义是小说中被水泊梁山军师智多星吴用设圈套拉下水去的悲剧人物，此谱所言，不足以令我深信，欲说还休。我想放声歌唱的是茶乡第二垭，这个名叫龙王垭的翠色山庄，它的地名，与一个孝子误食一枚龙蛋，从而变为一条白龙驾着滔滔洪水远去，因割舍不下自己的亲娘，一步一回头，为山下的汇湾河留下二十个望娘滩的凄美故事，不无关联。我想这孝子假如不当白龙，假如当了茶农，他的茶必然会首先贡给他恩重如山的亲娘，而不是那些无根无绊八竿子也打不着的皇上。

古庸国广袤神奇的土地上，民间流传的神话几乎全都附凿于实际的地名，除了著名的女娲补天造人，还有更加著名的神农尝草。神农炎帝与黄帝兄弟相残，兵败之后，钻进一座后来叫作神农架的原始森林，带着女儿，拿着赭鞭，在这深山密林尝草采药。高科技的红色鞭子不幸没有辨出断肠草来，致使中国

239

上古的赤脚医生，第一个真正为人民服务的帝王，中毒身死。夕阳西下，断肠人在天垭，神农架的巴东垭。

暴君嬴政自称始皇，后世他的崇拜者们也都如此附和，其实中国最早的大帝都比他好。尧不传帝位于丹朱，宁可交给会做陶罐的舜，舜得天下，丹朱不服，遂遣丹朱于丹江。不知是丹江因丹朱而名，还是丹朱因丹江而来，上古神话并无记载，抑或这二字的重合完全是一句神秘谶语不祥预言。一场大战，血染江水，只会下围棋的丹朱命丧此地，在如今房县城东北六十里处，留下一个尧子垭，又在如今房县城南八十里处，堆起一座王子坟。

犹有老子修行的偏头山，吕仙炼丹的隐真洞，曹国舅博弈的船覆山，韩湘子濯足的湘子溪。然而这些神话中神通广大的人物，再也休想比上我对神农的怀念。多少年来，人民习惯于把贡木、贡米、贡茶贡给可怖的皇上，而多少年前，却有一个帝王，他将他用智慧换来的稻禾，用生命换来的药草，贡给他可爱的人民。

陈世美不认前妻的故事不是神话，而是鬼话。清顺治十二年（1655年），姓陈名年谷字世美的均州知识青年，高中进士第三百一十二名，走马上任河北饶阳知县。有昔日同窗落第秀才，前来饶阳谋求小吏，陈知县婉言拒之，赠银励志。同窗不悦，编戏相辱，中状元，招驸马，抛妻灭子，犯下欺君大罪，最终死于黑脸包文拯的龙头铡下。一出《铡美案》，让清官、孝子、贤夫、义友的陈世美声誉扫地，骂名千秋。

《均州志》里，白纸黑字，载有陈世美的真正家世，李自成手下大将郝摇旗攻下均州城，杀了知州胡承熙，父亲陈一奇率家自焚，发妻张玉梅悬梁自缢。时陈世美在京城读国子监，回乡守孝三年，续娶青梅竹马的秦香莲。夫妻二人比谁都恩爱，根本就不认识宋朝的公主皇后和打坐在开封府的包龙图。《铡美案》全国上演之后，康熙六年，陈世美在京提出控诉，朝廷曾下令此剧禁演。

这时他的职务是刑部广东清吏司郎中。京控同年，调任贵州贵西道兼威清兵备道。康熙十年，调江西驿盐道、臬司。十三年，调户部郎中。二十三年，告老还乡，生病死在自己的床上。那时候的法制太不健全了，别说他这郎中还是个官名，即便是个乡下赤脚医生，姓名权受到如此大的侵犯，放在今天，也该有人为他坐牢，赔偿他的精神损失费。

在有着动听神话的龙王垭上，我虚度了两年时光，黑暗中伸手不见梦里闪亮的龙蛋，只有不多的馒头和太大的苦果。我的祖籍本在远古神话的边缘，抬头可见女娲补天的女娲山，俯首便是女娲造人的黄土岭，楚长城距我老家大院不过三十华里，关垭子的那一边是我祖母的少女家园。我神采黯然地爬上神话中的龙王垭，我们种茶，我们采茶，我们制茶，我们却由于经济的缘故，基本不够喝茶的身份。比较门当户对的解渴方针，是喝一元钱很大一包的茶叶末，那是被鲁莽的茶艺师粗糙双手无故揉碎的。

于是我有三个以上的理由警告自己，无论身在何方，我都要喝龙王垭茶。当然，梅子垭茶更将是我带到天南地北，抵制一切华贵饮品的家乡信物。这是一杯流动的竹溪，看它一眼，满目熟识的春山随之将至，轻呷一口，它必然把我醉回童年，咽入腹中，我便能再一遍复习整个的故园。

如同怀念神农，我又怀念起徐成楚了，那个令满朝文武"行行且止，避瘿瘤子"的兵部给事中，那个后来告老还乡死在贡米田边，埋在烂板沟的竹溪人。我又怀念起他脖子上的那个可爱的大瘿包坨，那个永远系挂着家乡人民的智囊了。

9

1984 年，我离开竹溪，迄今已有二十四年。临别之际，县委书记陈永贵送我一套两卷本清同治版的《竹溪县志》，扉页上郑重写下他的名字。这部黑色封皮印制粗劣的志书蛊惑了我，一件命中注定的事情便从那时开始发生。我不明白他为什么送我这个，是否因为，此书再版时有他新做的序言，抑或完全是想嘱咐我，人走了，别忘了自己带不走的家乡。

很难计算，自明成化十二年建县伊始，涓涓的竹溪河水已不知送走了多少位县令，如果再从春秋时一飞冲天的楚庄王发奋灭庸，与秦、巴三国瓜分庸地设上庸邑算起，秦汉唐宋，历任的邑宰更是不计其数。但是我记住的，只这一位。如同奉调前来保卫竹溪的张自成的孙子，立誓要为竹溪写志的张懋勋并非竹溪本地人，永贵书记的籍贯其实是在湖北均州，是受尽歪曲的清官、孝子、贤夫、义友陈世美的故乡。当竹溪这方土地还属于古庸国的春秋时代，均州也属于庸国的邻邦麇国。依着永贵书记的爱庸情深，当年庸、蜀、麇三国联军伐楚，骑在战马上的麇君假设是他，中途是不会打退堂鼓的。

除却那一刻的默然心领，没有任何强权与重利能够威逼引诱一位深山里的书生，搁下手中一切要做的事，韦编三绝地阅读家乡，并且据此写出这样一

241

部长达五卷的书。《诗经·鄘风·桑中》唱道，有一个男子："爰采菎矣，沫
之东矣。云谁之思，美孟庸矣。期我乎桑中，要我乎上宫，送我乎淇之上矣。"
我采菟丝草，来在沫乡东，心里思念庸国的美女，约她在桑中。她到上宫来接
我，再到淇水上，把我来相送！

　　而今我之所思，却不仅是美貌的庸女，我之所思是整整一个早已湮灭鲜
为人知的神秘庸国。我想复制她，使她凭借我的文字之尸还魂再现。长悠悠的
二十四年，这念头每每选在夜阑人静的时候，如《诗经》中庸国的美女身着一
袭白衣，自朦胧遥远的古代飘然而至，勾魂摄魄，令我难眠。

　　我开始学习那位名叫张懋勋的故乡先贤，"编辑旧闻，穷搜荒缺"，融
前朝遗存的正史、方志、野史、传说、神话、族谱、碑钞、艺文录、民间故事，
以及当代学术研究中的发现、探佚、考证、推论于一炉。不过我决意要写的不
是方志，而是此前世上不曾有过的方志小说，它对历史大事和主要人物必须服
从方志的记载，生活小事和次要人物则可以稍加文学的塑造。一边写着，我一
边料定早晚有一天，以我为滥觞的方志文学会风靡文坛。因为方志中有太多
的人事不能被正史所宽容，而它却往往是比正史更加公正的，真实而又宝贵
的历史。

　　清朝灭亡之后，中国历史进入现代，这期间古庸国属地的两竹，各自出
了一位惊天地泣鬼神的英雄。竹山的工人领袖大律师施洋，被枪杀在武昌洪山；
竹溪的学生领袖早期共产党人何恐，被刀砍在汉口江岸，一刀不断，再砍一刀。
怀着超出古代庸君的深深敬意，我给了两位英雄最多的篇章，将他们轰烈悲壮
的短暂一生，倾情写进这部大书的压卷之作。

　　书中人何恐的长子何国瑛，是我父亲的同事，二十世纪四十年代，同时
投身革命事业；何恐长兄何楚的儿子何国瑾，是我在文化馆就业时的同事，我
用黑字写成小说，他把红绸扎成彩船；何恐的孙子何康平是我和我胞弟的同插，
二十世纪七十年代，插队在同一个知青点，就是那个名叫龙王垭的国营茶场。

　　还有一个更大的奇缘，当我出生不久，县城小十字街烈属匾下的何恐孀
妻余向贤，一位被人尊称何老奶奶的坚贞女性，曾经是我的第一个保姆。

　　完成这部大书，想起篱笆与桩，很多贤人的相助使我势如破竹。

　　我的八十岁的父亲兴致勃勃，一手拿纸，一手握笔，迈动两条沧桑的老腿，
辗转奔波于古城的新街和旧巷，寻访故人，搜罗逸史。再从家乡寄来幸存者们
的口述实录，挂一个号，厚墩墩的。

　　继永贵书记赠我《竹溪县志》之后，二十世纪末，市文联主席均县人岳啸寄我《均州志》部分复印件，供我第三卷写作明末人物陈世美之用。

　　关良平容我在灯下速览有关人物的密档，且赠我《竹山县志》《房县志》《郧台志》，以及乡人编著的《鄂西北历史文化论纲》，供我第四卷写作明清人物之用，纵有一句，心满意足。

　　甘启良业余著有重达七斤五两的《竹溪植物志》，也给我传来他精彩的古庸国论纲，其中有很多崭新的观点，令我倾服。稿本既成，再从网上鸿雁传书，仅为清朝的竹溪老英雄甘继芳保卫中峰寨一战，就与我切磋了若干回合。

　　喻泉源搜求得来夏衍著的《懒寻旧梦录》、伍修权著的《我的历程》等珍稀绝版文字，供我第五卷写作民国人物何恐之用。又仗着年轻有为，略知当今已是读图时代，索性披挂驾车，沿着我笔下所及的故国山川城寨，战场遗址，无不拍成数码图片，传我电脑，配合入书。去年冬天冰天雪地，他不识时务地将车开进神农架林区，四轮打滑，险些一个跟头，栽进神农帝误尝断肠草的那个葬身之处。

　　县委副书记竹山人刘荣盛赠我他与华赋桂合著的传记《大律师施洋》，供我第五卷写作民国人物施洋之用。

　　还有京城里我的兄弟，受我如此重托的编辑李阳。

　　我心便愈不安，明知有些篇章写得不太好，或太不好，由此欠下他们的情分，一如欠下读者的较真。我将补过，虽然无功，在以后很长的日子里，幸好我还能写很多。

　　一个古国，一个古城，一个古老县邑的故事，我讲完了。这里正在发生着什么，下面还将发生些什么，我不知道。然而我总会知道，因为我的人在远方，魂在此地。

2008 年 5 月 4 日写于北京听风楼

背时者说

——中篇小说集《世上只有我背时》序

　　我的南方老家有个词儿可能北方人还不懂，或半懂不懂，似懂非懂。这个词儿叫作背时，北方人顶多只知道一个倒霉。它们是近义词，无非一个是南腔，一个是北调，其实背时比倒霉更能体现出深厚的中国文化，我想不通我们的语言传播者们为什么没有用抑扬顿挫的普通话向全中国普及推广。背者违也，时者运也，它是说一个人若是老以脊背对着时运，而不是迎面向它走去，那就活该他一生都陷入可怕的阴暗之中。

　　围绕"背时"二字，老家人又高度概括出许多生动的哲语，掷地发金石之声，聊举数条，以供北方人学习和鉴赏。

　　曰：人背时鬼推磨。是说你若背时，欺负你的绝不仅仅是人，而且还有鬼。落井下石的鬼可以半夜三更把你家一扇打豆腐的石磨推得呼呼噜噜地转，害你睡不成觉，第二天上班打不起来阳气。

　　曰：人背时生的娃儿没有后脑勺。后脑勺即人的脑袋后部凸出去的一截骨头，那截骨头在脑袋上是有一定比例的，若是过大，就叫锛儿头，因为不美观，属贬义。但民间的接生婆兼相术大师又说，前锛金，后锛银。前锛指前额骨大，后锛指后脑勺大。意思是预言前额骨大的娃儿将来第一有钱，后脑勺大的娃儿将来第二有钱。然而你背时，你生的娃儿不仅没长前面那个镶金的东西，连后面那个镶银的东西都没长，完全是个平铺塌，这就被彻底剥夺了将来发财的机会，命中注定还要继承和发扬你的穷棒子精神。

曰：人背时喝凉水都卡牙齿。这话很叫人想不通，喝水而且是喝凉水，又不是绿豆小米粥，又不是红枣莲子汤，凉水里除了微生物什么也没有，走运的人喝凉水咕咚一声就下去了，拿手背擦擦嘴，去作大会发言，其清亮圆润的嗓音立刻博得首长赏识，发他一个小科长当着。然而你背时，你喝的那碗凉水分明也是从未来科长喝过的那只桶里舀出来的，你喝了却不是咕咚一响，而是咔啪一声，把牙齿卡了。你抠半天也抠不出什么名堂，花两块钱上医院看牙科专家门诊，专家抄起一把钳子撬进你的嘴里，狠命一拔，血糊糊地取出一粒老玉米似的东西，你一看痛心疾首地大叫，我不是要你拔牙我是要你看我牙齿缝呀！专家一边摘着胶皮手套一边不耐烦地说，要看你自己回去看吧，你的牙齿缝现在大得多啦！

曰：人背时屙尿都打卷卷儿。南方人说的屙尿就是北方人说的撒尿，从字面上看要集中一些，文化一些，我亲眼见过走运的人屙出去的尿如同洪水猛兽一般，气势汹涌，一泻千里。然而你背时，屙出去的尿却连尿线也不直，打着卷儿溅一些在自己的皮鞋上。人老三不才，屙尿打湿鞋。可是你还没有老哇，你为什么要打卷卷儿呢？足见是人背时，未老先衰。我们就不说迷信话了，说句医学用语吧，一定是前列腺有问题，有某个环节的保守势力在从中作梗，致使你的尿只能呈螺旋状地小踏步前进。

曰：人背时放屁都打脚后跟。这就更离奇了，屁的方向受制于有关器官的位置，应该呈斜线地扩散出去，然而你背时，你放出去的那股气体居然打破常规直线向下，像牛顿实验两个铁球同时着地那样，自由落体式地打中了自己的脚后跟。害得你正挽着一位漂亮的女朋友豪情满怀走在首都的王府井大街上，步伐却一下子失去了矫健，连刚买的新皮鞋的鞋后帮也被打裂了一个口子。你拿着发票去鞋店要求退货，鞋店小姐杏眼圆睁：我们的皮鞋都是省优部优国优，一天卖一千零八十二双，天然人造牛皮，不退不换，你那只脚是叫什么打的吧？你快快地一边撤退，一边叨咕：叫老屁打的！

在本书中的第一章里，我就讲了一个放屁背时的故事，不过没打脚后跟，而是破坏了庄严神圣的选举大会，因此被发配充军。其背时的程度，远远超过了鬼推磨，娃儿没后脑勺，卡牙齿和得前列腺炎。

上述这些家乡名言，其作者大约都曾经是背时之人，将亲历之事，肺腑之痛，进行精辟而又形象的总结，以比兴手法，炼字锤句，终成妙语。

我们中国人对人之背时走运，一贯处以消极悲观主义的态度，以为此乃天意，人难逆转，上下五千年文明历史告诉人们，与天斗，其斗无益。于是习惯在身遭不测之时，仅以一声长叹聊作注脚：人背时啊！

假设你和你们村长的儿子同样考了五百多分，甚或你的比他的还多二十多，但是人家上了中国的名牌大学，你却接到一个地市级师专的通知，你说人背时啊！毕业后人家分配到首都北京地安门，你却被一辆老式汽车拖到山里教贫下中农子女识字，车到九曲十八盘的山路上还噗的掉下一只轱辘，你说人背时啊！在那里你看见两个肉坨似的女生在英勇格斗，你义不容辞地前去作停战演说，不料一只钉了铁掌的四十码女皮鞋在空中踢飞了，宇宙飞船一般正好和你的嘴巴遭遇，你说人背时啊！

说完嘴就流出鲜血，肿一寸高，十三个星期讲不成课。年底学校评职称，你的名额刚好被从食堂调到资料室的校长老婆顶去，原因是你的连续工龄中断了三个月，正好符合停评标准，你再争取三年后的下一次吧。你说人背时啊！总算走了一回运气，那名踢飞皮鞋的女生还没毕业就被电影厂挑去演孙二娘，她用第一笔片酬给你买了一个大蛋糕，以表当年歉意。

想不到的是你只吃到第三口，一根铁钉嗖的刺进了你的咽喉。你捂着血流如注的嘴给伪劣产品打击办公室打电话：你们的蛋……由于喉咙里中了一支利箭，发音不免敞气，说"们"字时嘴形略微有一点儿大，伪打办一听就破口大骂：谁妈的蛋？你妈的蛋！你妈才下蛋！

至于日常生活中的背时事就更叫你不可思议：

人家屉子里少了八块五角钱，世人都不怀疑单单怀疑是你，在他们印象中你穷得十几年吃食堂如一日，今天却鬼使神差地下了一顿馆子。人家坚决要去餐馆查个水落石出，这一查果然从账上查出一盘麻辣凉拌肚丝儿和一瓶燕京啤酒，不多不少正好是八块五角钱。可是天哪，那八块五角钱是你勤奋写作十年终于挣得的第一笔稿费，你本来写了五百个字被编辑删去了二百多个呀！

人家已经确定要买结婚床的女朋友突然告吹，人家不杀张三不杀李四也不杀王二麻子，人家把一把明晃晃的切西瓜刀偏偏逼上了你的脖子，说是血债要用血来还，全世界只有你才知道他屁股上长了一颗痔疮。

你正在家里看书或者写一篇小说，脑袋上啪的挨了一击，举首一看，屋顶破了一个大洞，脚下落着一块血石，耳边隐隐传来一片爆炸之声。你手捂破头，仰天喊冤：真是人在屋里坐，祸从天上来呀！

背时人事，日渐不鲜，目睹耳闻，身阅亲历，遂生记述之念，小说缘此而成，边写边发，聊作"人背时啊"的书面感叹。第一章载于辽宁的《鸭绿江》，第二章载于四川的《青年作家》，第三章载于上海的《小说界》，第四章载于湖北的《长江》，第五章曾载于北京的《青年文学》。最后所附一篇动笔最早，载于湖南的《芙蓉》，有意识地四处扩散，以证背时的面积之广。

诸章陆续载出之后，有友人读罢提议，何不联袂问世？我说，书中尽为背时事，只恐书名亦难题。友人说，背时非你过也，索性磊落正大，不以为耻，就叫《世上只有我背时》如何？我的心里一阵一阵发痒，却假装成只好遵命的样子，消消极极地整理文稿，然后编了这一本书。

1993 年 6 月 5 日写于北京听风楼

近墨者赤
——散文集《墨客》自序

先说书名。为书取名，远比为儿子取名要难得多，为儿子取名可以喝了喜酒信口而出，狗娃便狗娃，红薯便红薯，除了自己喜欢之外全世界的一切都可以不予参考，不必在乎，尽情享受专制的优越。狗娃或红薯小的时候只重视吃饭，往往对名字满不在乎，随叫随应，吊着两挂鼻涕嬉笑连天。至于上大学谈了女朋友，始觉不雅，想改却还得上派出所去费很大周折，因此在世界名人大辞典上，我们偶尔就能读到，有些名人的名字不如其人。

为书取名就不行了，虽然据说，书也是作者的儿子，但作者生完真正的儿子还得管他读书，生完书后心里却只记着版税，其余一概不管，集中精力又去怀下一胎，留下诸多事务都得仰仗保姆的照料。比方说身上穿一件什么衣服，头上绾一个什么扎髻，旧称书衣的那一层外包装，今称封面，名字则是位于面部上方的书眼，画龙应该如何点睛，还须有人一样一样地做。书的母亲在严格意义上讲，实际只起产妇的作用，因此作为全职保姆，有理由提出最后一个要求，给儿子取一个好听的名字，以便在此后的人才就业市场，不至于遭到埋没。

《墨客》正是在这样的形势下，被李阳先生逼出来的，双方不惜从万忙中腾出时间发生争执，开始各持己见，后来互让一步。作家大抵喜欢含蓄深邃，不想让人一眼看破，如中国缺肉时代一句智者的话，宁可把"肥肉埋在碗底里吃"。出版家此时却是敌人，受买方市场的制约而恰恰倾向于张扬，恨不得把肥肉全堆在碗面上，让人觉得一碗都是肥肉，以造成供不应求的可喜局面。所以，双方好不容易达成协议以后，大名《墨客》下面，还得再取一个小名，书界的职业术语叫作副题，并且李阳指示，要体现书中所述近三十年的文坛故事。

想了三天，忽然间想起被鲁迅先生冠以谴责小说的《二十年目睹之怪现状》，"全书以自号'九死一生'者为线索，历记二十年中所遇，所见，所闻天地间惊听之事，缀为一书……"自中国改革开放后至今也有三十年了，其间文坛也有许多可证的现状，作为新时期文学的随行者，亲历人，我有幸所见，居然还比那位目睹者多出十年。然而我却要删去一个"怪"字，盖因为不想再犯鲁迅先生批评的"常常张大其词，又不能穿入隐微，但照例的慷慨激昂"的"南亭亭长式"的缺点。

书中所述文事，均发生于近三十年间，符合"所遇，所见，所闻"的原则，而且所述人物还都是或师或友，或兄或弟。缺点无非是没有一气呵成，写的时间稍微地长了一些，属于紧跟时代的步伐，且走且写，又类似民间所说的骑驴看唱本。所以，若说这本书前后竟写了三十年，既绝非吹牛，话里也挑不出多大的语病。尤其是成书后自己再草览一遍，简直还能感到一丝的惊讶，完全是在无意之间，通过讲述这些人物和事件，哪怕极年轻的人和极微小的事，也能像一滴一滴的水珠，从中看出文坛甚至中国，这三十年里发展变化的丰富背景。

再说序名。原本我是坚持不要序的，只作了一篇短短的后记，约略记录下此书的成因。又是这个李阳先生，孜孜不倦地说服着我，要我借此发表一个宣言，让人按照这个口号来解读全书的内容。我便终于被他说得有些服了，转而一想，就此谈谈自己的感想也无坏处，不仅写了，还取名为《近墨者赤》。晋代傅玄在《太子少傅箴》中说，"近朱者赤，近墨者黑"，是指人之品格受到外界环境的影响，然后提出"声和则响清，形正则影直"。我今将"近墨者黑"反过来说，实无颠倒黑赤的意思，只是把它挪用到写字的工具和从文的人士上，说明我这三十年里，与形正影直的众墨客的为伍，是赤诚的，如手持红灯的李铁梅姑娘，都有一颗红亮的心。

原打算记在后记的话，是想说这本书中的有些篇章，曾经发表在外文杂志上，那是最初为完成职务工作，偶尔写上一篇。后来走向批量，其中一个原因是受诱于《中华读书报》的魏琦。他约我给他的专栏写书话，规则是不超出作家与书的逸事，而且应是笔者的亲历，他说这个专栏最适合我。我就一连给他写了三篇，从冰心开始，继之叶君健与杨宪益，他们都曾是我面见的前辈，后两位还跟我在一个单位领过工资。

因为一时写得兴起，超出了他所限制的字数，最终发表在了其他的报刊，有的被《读者》杂志转载。接着，《中国书刊报博览》的徐文欣，《北方文学》的孙仕侠，《东方新报》的邓小红，先生女士小姐们，也都纷纷约我来写，他们给我开了专栏，名字就叫《野莽说书》。再接着，东北的《辽河》杂志又开了一个名叫《做客辽河》的栏目请我主持，每期应邀作客的著名作家写一篇，主持人也要陪着写一篇，评头论足，说人道文。

其中《新报》的编辑找到我，是通过湘人彭见明。见明先生似有先见之明，担心稿费低了，报纸一方没有号召力，作家一方缺乏积极性，这位写过那山那人那狗的兄弟，就在约稿函中扯到了那鸡那蛋。他算账说一篇千字文章能买多少个鸡蛋，这些鸡蛋的妈妈母鸡们一天才下一个，作家一天却能下那么多。长的写累了写个短的，大的写累了写个小的，支持一下，不亦乐乎？兄弟这么一说，便是不给鸡蛋我也得写了，于是写完汪曾祺、林斤澜、贾平凹、史铁生、莫言、林希、阿成、刘庆邦这一干人等之后，顺手牵羊给他也写了一篇，就写他帮着报纸坑蒙拐骗用鸡蛋计算稿费的约稿艺术。果不其然，东方的这家新报很快就停了，后期稿费都没有给，我家吃的鸡蛋都是自己掏钱买的。

二十世纪八十年代，我在英、法文版的《中国文学》杂志工作的时候，每选出国内一位作家的作品，交给中国和外国的翻译们译成外文，使其走出国门走向世界，当时的外国人对我们中国现当代作家，除鲁迅和沈从文等为数极少的几个人外，其他一无所知，这样我还得给他们每人配写一篇介绍文章。这类文章介乎于印象与评论之间，说他们是男是女，是老还是少，过去做了一些什么，目前正在做些什么，我们为什么要把他们写的这篇作品翻译给外国的朋友，被翻译的这篇作品的妙处又在什么地方。

这些作品被我们翻译出去，还要我配文介绍的作者，我能在名单上列出长长的一串，他们有本书中的郑义、李锐、张石山、聂鑫森、杨书案、池莉、刘醒龙、阎连科、陈怀国、孙力和余小惠，等等。大约二十年前左右，这串名字在国内还是小荷刚露尖尖角，出现在国外则更是首次。因为是写给一般的外国人看，文章就尽量写得通俗浅白，要扫平翻译运笔和读者阅览的障碍，其中谈到的作者生平与作品，也都截止于大约二十年前。

二十世纪八十年代，中国还没有普及电脑，这些介绍文章都是我用钢笔写在二十字乘十五行一页的稿纸上，一个方格里面装着一个，如同那个时代规矩本分的人，稿子写好交给翻译，翻译翻完就给扔了。本书编好之后，最近我才发现，国内有家网站在拍卖作家手稿，其中有我两篇，正好是我收入这本书中的，网页上显示的原件，红蓝二笔改得一塌糊涂，篇名都是印象之类。

当时谁好意思去向翻译讨要，说是这些东西将来还会有用，况且那是职务作品，不允许在外发表和领稿费的。现在想要把它们整理出来，作为本书的一部分，只能先找到当时的外文杂志，再请朋友由外文翻回中文，如书中讲述的杨宪益的故事。这样虽然麻烦极了，但也不是一点意思没有，重看自己过去的文字，如果没有证据确凿的作者署名，仅看那些老实巴交的句子，可能会误认为出于他人之手。我曾有过犹豫，这些早期的文章究竟应不应该收入书中，不仅文字写得粗糙，所写之人也渐疏远，比方郑义是十九年前的那个夏天去国离乡，几个月后我的同事告诉我说，他的夫人北鸣不知从哪里给我打来一个告别电话，从此便再也联系不上。

关于他的事情说得太少，又拘泥于十九年前，想借此再补充几段，却已成了不可能的事。再比方另外的人，黑格尔说不是意识决定存在，而是存在决定意识，那么这就暗示着人是可以根据社会存在而改变的。不过最终我想，文字记载的当时的情境是真实的，感觉也是真实的，这同样是一种历史的存在，人应该尊重自己，尊重自己走过的历史以及曾经的友谊，那就还是收进来吧。它们的意义是作为一个时期的纪念，历史由每一本挂历组成，文坛由每一个作家组成，三十年中多一个人，至少会多给后人一条信息。

中国工人出版社的李阳先生决定出版这一本书，他从图书市场的销售考虑，建议我删去一些篇章，又增写一些篇章。增写的如文坛宿将王蒙、刘心武、冯骥才、湖北三老姚雪垠、徐迟、碧野，我的朋友韩少功、何立伟、梁晓声等。不用说，删去的肯定是我所爱，我得忍痛，增写的未必是我不愿，我也乐意。这本书就这么编成了，我真希望是一百篇，以应证中国人所谓的人上一百，种种色色，特别是个性鲜明的作家，一人一副生动的嘴脸。增删完了再一统计，结果只有这五十篇，正好此前的一半。剩下的一半怎么办呢？我得把它们又收藏起来，预计过一阵子，它们正好是我的另一本书。

窗外桃李争妍，朝阳迎面。电话响了，又是李阳催要稿子，那么我就不写了吧。

251

2008 年 6 月 2 日写于北京听风楼

《墨客》外记

——散文集《墨客》再版跋

《墨客》出版以后，网上登出来一些意见。我比较感谢的是有一位读者，写文章批评我把清代一部小说的名字写颠倒了。那部小说是被鲁迅归于谴责小说的《二十年目睹之怪现状》，我却凭着小时候的记忆，将它写成了《目睹二十年之怪现状》。

虽然都是二十年，虽然都是目睹，但我想了一个晚上，终于想明白了它们的区别。前者是二十年看见的怪现状，从年轻时看到老，后者是看见二十年的怪现状，如果买票去看怪现状的展览，一个上午就能看完，不必花二十年的工夫。

何况，人家书名本来就是那么取的，鲁迅都写进《中国小说史略》了，改人家的干什么呢？那位读者没有骂我这本书也是个怪现状，我已感到了他的宽容。文章里说，他花二十六块钱买了这本书，按版税计算，那里面有我两块六呀。

也有人闹了一点误会，说我不应以游戏的笔调悼念死者。我也想了一个晚上，最后想起一件事来。这本书我写了五十一个人物，其中有一个是湖北的老作家碧野，那篇文章原来的题目叫《穿高吊裤的碧野竹溪之行》，一年前发表在国内杂志的《野莽说书》专栏，那时他还没有去世。序言说了，这类文章很多年里我写了很多，不想散失，就把它们结了个集。出版社嫌我题目太长，建议省去，只留其中一个人的名字，这样显得清洁，我尊重了他们的意见。

这本书是 6 月份出版的，9 月份全国有个例行的书市，出版社就在版权页上印了 9 月。碧野 5 月 30 日去世，早于此书出版不足十天，得知消息，我把这篇文章单摘出来发给湖北的几位朋友，以示纪念的意思，它是旧文，不是祭文。十堰市图书馆有个名叫东红的女馆员，多次来函电要我为家乡捐书，我把刚收到的一本样书连同另外几本旧作寄给了她，书上签有 6 月某日，并且附言说，我可是提前了三个月。

我写碧野，起源于我老家的县委宣传部请我组织作家到竹溪采风，由此我想起了古往今来唯有碧野是去过竹溪，并且写过竹溪的外地的名作家。我写他准备好了要走山路，担心裤脚碍事，把裤子很高地系在肚子上面，我就不习惯用"不畏劳苦"这样的句子，我对自己喜欢与敬重的人物往往有一种亲切的调侃，比方说我还调侃我的老爹：八十岁的老汉雄赳赳地去打酱油。老爹看了并不恨我，笑得鼻涕都掉下来了。

纪念先辈的文章我是读过一些的，临时忘了，还可以重读《关于太炎先生二三事》。我又不是个猪，在一位长者的追悼会上嘻嘻哈哈，那明明是找打。另外，如果是写悼亡文，碧野的一生并不是在竹溪度过，也不能只写他的竹溪之行。所以，批评我对死人不严肃，我认为这是冤枉我，因为那时他还活着。我也不知道他第二年会去世，不然坚持到今年 5 月 30 日的晚上再写，肯定能写出二三事来。类似情况还有，《冰心与雪莱的〈西风颂〉》同样写于冰心去世之前，写我们照相的时候她说要女尊男卑，让我的女同学跟她坐在前面，让我一个人站在后面，我也不是很严肃的。

我同意省去标题，只留人名，但是省到《珞珈山上的神仙们》这一篇时我为难了，这一篇写的是我跟我的老师和同学们在珞珈山上的故事，那么省去标题以后留谁的名字呢？总不能留神仙吧？我的责任编辑李阳当机立断，这一篇就用你的名字，于是书出版后，又有人说我乘机自己给自己写了一篇，王婆卖瓜。我化装成一个八〇后，在他的博客里踩一脚说，作者是个老男人嚛，应该叫王老汉卖瓜嚛！

这本书出版前后的故事还有不少，一个一个地说起来很累，听出版社的话，也等下次写《说客》时再说吧，今天就不说了。再次向那位批评我把《二十年目睹之怪现状》写颠倒了的读者致意，本书万一再版，我一定给改过来。

253

2008 年 5 月 12 日写于北京听风楼

印在书首的后记
——散文集《诗说新语》序

想起鲁迅所谓的遵命文学，这本书似乎是遵麒麟传媒之命。

事情的缘起，是某地的学生课本因取消古诗和鲁迅，在国内引发热议。振山先生是以行动替代演讲的出版家，给我打来电话，说在人民网上见到五十首向国人推荐的古诗词，想请我据此写出五十篇赏析文章，时间最好在年内。

这个年指元旦，而非春节。我抽空看了一眼墙上的挂历，现在是十月底，我正收拾书物准备回京西听风楼度过冬季，便是马上动手，一天写一篇，大约也要写到 12 月 20 日。这期间总会有外事蔓出，如有朋自远方来，或有朋邀我到远方去，何况我还没看见那五十首诗长得什么样子，我也不懂得怎样赏析。我做过教师，非常年代的，没有课本的，不做作业也不考试的。我倒是很想有人把我赏析一下。

振山把他的电话筒当望远镜，清楚地看见了我脸上的表情。但他不慌不忙地说，还请聂夫子为本书作画，也是五十幅。

聂夫子与我相识于二十世纪八十年代，若将老友比老酒，其浓香醇香也是总相宜的，我们的确已在岁月的地窖中埋下了三十年的友情。很多时候我们愿意出行，是因为从名单上看到了彼此的名字，于是不打背包就出发了。

接着又说，还请蒋女士做本书的审校。蒋女士，名椆媛，植物学家的女儿，父亲以中国乃至世界的稀有树种为自家小姐取的芳名，害我在与她的第一次战斗中被打败了。那是她在我的书中发现了一些疑点，双方发生争执。后来她写文章向人炫耀，世上还有这么火暴的人，还把我的名字都写错了，我就知道他不会写这个字！

那个"椆"字我用五笔打不出来，就胡写成"稠"。此树为红木的一种，据说现在快要绝了，两个字恰好代表着相反的意思。

后来我也知道，她是中国最好的编辑。她能把作者书中的错误像北京人称之为眼眵目糊的眼屎一样全部挖出来，而把作者没有错误的地方像眼珠一样细心地保护着。

有的编辑不是，看不见眼眵目糊，也不怎么洗脸，却专门会挖人眼珠，血淋淋的。遇上这样的编辑我转身就走，不跟他们玩儿。

我向蒋椆媛赔礼道歉，送她一套新书和一枚自种的小葫芦，小葫芦上面烙诗一首："奇木凌空生，横扫骄天杨。春来怕弄姿，闻风叶自黄。"但是我们至今未能一见。

振山的望远镜可喜地发现了我表情的松动，继续讲。

京城有名的小慧做版式设计。

京城有名的吕先生做封面设计。

纸张调好了，是一种有故纸效果的轻型纸，不能太白，也不能太光滑，翻动时要发出柔和而轻微的声音。

异型开本，让读者大海航行的目光滑过它的时候能有稍许的停顿。

世上有这样的出版家，他颠覆了产生一本书应该从头到脚的传统流程，居然从脚到头。如同操办一场宴席，先通知几点钟开饭，客人们都上路了，这时候他才请师傅下厨。而且只给一个菜谱，柴米油盐都得自己带着。

这个冬天，我本来想做的是另一件事，为我的母亲。但我只能放弃，因为我没有拒绝朋友的能力，还因为他已有了上面这一整套的班底。我答应从11月1日开始，年前把它写完就是了。

我是一个自由散漫的人，没有坚定而又明确的目标，从不逼着自己天黑之前必须赶到哪里报到。我想到哪里就到哪里，有些去处风景甚好，龙颜大悦，便在那里多待几日，不能及时返回也没关系。这是我从《聊斋》里面得到的启示，有人朝着一座金碧辉煌的宫殿走去，次日天亮，发现原来是一片坟地。

255

但是我无论到哪里去，也无论去写什么，都会带着自己的眼睛和思考。在别人看过千回万遍的地方，既不做讨人喜欢的鹦鹉，也不做为了耸人听闻而故意让人厌恶同时也引人关注的乌鸦。我习惯看见什么就说什么，想到什么就说什么，没人给好处，甚或还有坏处会带给我，用一位风靡神州的哑嗓歌手的歌说，无所谓，我无所谓。

聂夫子大抵也是这样，我们经常在一个可以自由散漫的野外不期而遇。

我就这么写了起来。我的写法是避开诗词字句本身的解说，一是历代专家学者的解说层出不穷，蔚为大观，二是本书也以附录的形式安排了韵译和注释，因此我只在诗词之外花些笔墨。陆放翁说"汝果欲学诗，功夫在诗外"，他本是为青年诗人讲如何写诗，我今把它借用在了如何说诗上面。

这期间我应朋友之邀去了一次竹林七贤隐居的云台山，写了一篇游记给《中国文化报》；家里来了一次老家的同事；出去会了一次京城的朋友；治了一次牙；理了一次发；收拾院子以及搬家花了一个白天加半个夜晚。余下的五十天，我全部用于了这五十篇文章。

振山不敢给我打电话。但他不断地安排别人给我打，做版式的小慧开始一次要十篇，接着一次要五篇，再接着写一篇要一篇。我已没有了回头再看一遍的条件，明知道文章需要修改，非常需要。

蒋女士用邮箱、短信、微博、微信等各种最先进的手段，经常在深夜向我质询，有天晚上还用一家宾馆的电话打来长途，与我核对她的多个卡壳之处，也就是她既怀疑是眼眵目糊又担心是眼珠的危险地带。我分析我把小慧寄她的书稿带到了什么会议上，研究这些诗词的版本多如牛毛，我引证的典故往往不在她核查的那个版本，她说这次我把她害苦了。

还得记下另一位名叫梅小寒的家乡女子，她是某所大学的教授，茶文化专家，闲来也写一点子小说，被网络称为学者型的作家，不知怎么她就知道了有一个人，要把做完小说的勺子伸到古诗词专家教授硕博导们固若金汤的大肉锅中，于是日索一篇，卧榻御览。如此度过五十个上课铃前的春天的凌晨，看完也懒得有一句批评，只说自己不想成名如被人考古的李清照。另外，还想多看鱼玄机几眼也没看着。

这便比凌厉的蒋桐嫒多了约略的温婉。蒋女士对我把她心中的美男子温飞卿写得多才却貌丑，把她喜欢的词帝李后主写得反不如黑粗器伟的宋太宗颇为不满，论辩中甚而至于愤然地发来小周后被辱的图片。

她们是这本书的最早的读者，女性的。

版式和封面也提前发给我看，这又是振山发明的高级催生术，他应该去妇产科上班。给我看版式是提醒我控制字数，看封面是逼我想出最好的书名。聂夫子也将插画发来，戒骄戒躁地问我可不可以，我说可以极了，尚老板成功地改变了我们的身份，把我变成教师，把他变成画家。

但接下来，一件意外的事让我悲痛而又不安，我偶尔从聂耶侄子的微信中发现了一篇悼文，是聂夫子带着三个弟弟写给慈母大人的，再看日子竟在三天以前！我惊呆了，家中发生这么大的事，那正是在他为本书插画的时候，他竟然瞒着我，害怕我会为此分心！当晚我为老伯母写了挽诗发给耶侄，表达了我一份迟寄的哀思。

现在一切都已过去，我写下这篇新增的文字，是为了纪念这非同寻常的五十天，感谢在这五十天里陪我一道劳动的朋友，也包括始作俑者振山先生。

最后我想再说一句似乎是作解释的话，这本书中的五十首诗词以及它们的先后顺序，均是依照人民网的推荐。我本曾想做些调整，如让曹操当先，让马致远断后，让杜甫二梦相连，让柳永退居唐人之后等，后来终于放弃。因为如果这样，将会把事情做得越来越大，比方再接着调整诗人、诗作、朝代一类，我想那或许是以后的事。

而这一次，我只在部分诗的题目上面加了序号，在部分词的词牌后面续了词名，是为方便查考，也免却同一作者的同题混淆。书中的诗人简介和诗词注释，均为工作人员录自有关教材，未敢擅动，特作说明。

辗转周折，因缘命定，曾经相邻一座大楼而不相识的年轻朋友曹振中先生迁任另一座大楼之后反而与我相遇相知，并且做了此书的编辑，想来也是一件可以随笔记下的事。

2016 年 7 月 22 日写于北京竹影居

257

为恩师立传

——长篇传记《刘道玉传》跋

　　这篇非写不可的后记迟至今日才写的原因，是我直到昨天还不知道它的出版者到底是谁，不知道它今生到底能不能见天日。我以作者的尊严珍惜着留给本书的最后一点文字，哪怕它不过一百多行，也不许自己谢错了知音，如同在传主的八十大寿上不能走错了宴席。龙年以来，我在新居迎来了一个又一个叶公式的好龙者，他们看见书中的只鳞片爪之后，就捂着头部像黄鹤一样杳去。

　　现在好了，我终于可以点出两个人的名字，华文社总编辑文学博士李红强，激情燃烧的湘女谭笑。后者打电话告诉我说，社里已经作出庄严的决定，不容我再有任何怀疑。接着她简直快要哭了，说有一天我在电话里吼了她，我说你们要删去我那么多内容，就好比有人要拿刀子割我身上的肉，我没还击是我们之间隔着一根电话绳。

　　我还必须说出本书的起源，为此我的同学杨向群先生应该从幕后走出来，是他与几位在京的同学运筹帷幄好了此事之后，就迅速群体隐身，让武汉大学一切活动的积极分子许金龙在一天夜里，用一个电话诱使我自己踊跃上钩。那一年，许金龙刚把诺奖得主大江健三郎从东京请到北京，继而以大江健三郎《别了，我的书》的译者身份获得本届鲁迅文学奖的唯一翻译奖。他立誓要把我写的这部传记翻译成日文在东京出版，让传主的海外朋友和知音，日本及其全世界著名的教育家池田大作先生也能读到。

他们在暗中进行的作者选举，我想一定是性情的因素多于才华。出自珞珈山上的才子才女如过长江之鲫，其中一秒钟也不犹豫根本就不考虑后果为何物的人可能是我。果然我像他们料定的那样接过钢枪，写完春秋时代一个古国覆灭的故事《神鸟》，我就开始了收集和阅读写传的材料。我说的是正式，其实还在写上部作品的同时，我已经蠢蠢欲动，吃在碗里望在锅里了。

他们的秘密策划只是在校长八十大寿的时候出版一本有关他的书，至于是一本什么书居然还没来得及定性。我打电话问北京的同学，大家都是校长的爱生，浪漫的女博士李为大力主张写成长篇小说，翻译家许金龙则倾向于写评传，经济学家杨向群连书名都替我取好了，但他说只要是写校长什么体裁都行。再打电话到武汉征求出版家周百义的意见，这人不出我之所料地认为，传记比小说更有价值，而比评传更有市场。我重视的是他前面一句，李为却心有不甘，她说传记要写小说也要写，写完传记再写一本小说，她负责把它搬上荧屏。

我回忆着此前我读过的人物传记，傅译本罗曼·罗兰的《贝多芬传》《米开朗基罗传》《托尔斯泰传》，它们是西书传记的榜样，比起我马上就要开展的工作，其间的区分显而易见。巨人三传是后人写前人，生人写逝者，两者出生相距近四十年乃至四百年，我和我的传主却是一对健在的师生，三个月前还重逢于北京，此生褒贬，身后毁誉，一切尚是未知。

中国最早的人物列传，顺藤摸瓜应溯到《左传》《战国策》和《史记》。太史公本意记史，后世读者记住的却是史中千百人物，上至尧皇舜帝，下至刺客游侠，远非后来曾经有过的传记必写伟人之说。只要传奇，只要不凡，只要是自己心中的英雄，无论成败皆可立传。但我仍然发现，传记的写法是不一的，纵然是以《约翰·克利斯朵夫》名世的伟大小说家罗曼·罗兰，当他摇身一变为传记作者的时候，就几乎不肯给传主说一句话的机会，因为据说，传记若像小说一样描写对话，会严重影响人物和事件的真实。于是每到重要细节，传主欲发言时总是由作者跳将出来代为言之，偶或对话一次，也必须抄自本人的著作、书信、日记、创作谈，以及亲友知音的回忆文章，用句尾加注的方式将这些布满文学色彩的书面文字兑换成引号中的口语。这是大作家罗曼·罗兰狡猾的发明，然而应该承认，传中人物都是文如其言的文学家和艺术家，改为被淹没在抽象符号中的科学先驱，这样的严谨是行不通的。

本传的传主是化学家和教育家，他的著作除了唯一的自述，余者多是不可换为口语的化学分析和教育理论。我不敢想象，一部长篇传记里面没有一句对话大众读者怎么能够容忍。因为巨人三传是傅雷的美译，我便再读同是傅译的另两部传记，又发现莫罗阿写的《服尔德传》打破了这个体例，莫罗阿写到服尔德的口吐鲜血，死期将至，有人提议要给他请来一个忏悔师，他却不肯在声明书上签字时说："今天这样已经够了，不要把事情弄得严重。"

这句话谁能证明是他说的？接着他又奇迹一般活了过来，一副老朽的骸骨穿着皮边丝绒外衣，拄着手杖，坐着绘有金星的蓝马车，到剧场去看他第六次上演的悲剧。学士迎到门口，路人喝叫闪开，卫兵搀扶下车并且拥护着他送进包厢，观众高呼万岁，全体演员每人将一支桂冠戴在他的塑像的头顶，无数女人要把他抱在怀里，服尔德说："夫人们，你们叫我欢喜得要死了！"又有人喊："成千成万的人对您喝彩啊！"他又回答："要是我临刑的时候，也有成千成万的人来观看呢。"

同样，这句话谁能证明是他说的？这简直是小说，伟大的小说家罗曼·罗兰也不敢写的小说，莫罗阿却这样写了。而举我们祖国的《史记》为例，且不说《刺客列传》中荆轲临行前的情绪数变，仅《项羽本纪》一篇就可听到，这位西楚霸王年少时在会稽见秦皇对项梁说的"彼可取而代之"，鸿门宴对樊哙说的"壮士复能饮乎"，兵败垓下对乌江亭长说的"纵江东父兄怜而王我，我何面目见之"。那时候没有电子监控也没有访谈录音，司马迁跨着时代而且身被宫刑，极其不方便实地采访，句句话谁又能证明是他说的？

便是狡猾而严谨的罗曼·罗兰，为了传记必需的文学性，也用了有人攻击的艺术夸张。在《贝多芬传》感人的结尾他这样写道："他在大风雨中，大风雪中，一声响雷中，咽了最后一口气。一只陌生的手替他合上了眼睛。"那一场大的风、雪、雨可能会是绝对的真实，然而那一声雷，那一口正好在雷声中咽下的气，是绝对真实的吗？他却不能继续虚构那一只手了，读者可查，那一只替贝多芬合上眼睛的陌生的手的主人，是青年音乐家安塞姆·希顿勃兰纳，这只手是不可以虚构的。

我决定胆大包天地使用夸张和对话，这是从属于文学的传记的需要，也是大众读者的需要，我要让这部传记像小说一样好看。当然，拉伯雷的《巨人传》，菲列伯·苏卜的《夏洛外传》以及我最喜欢的鲁迅的《阿Q正传》不能成为我的参考，因为那是货真价实的小说。在传主的理论著作、生平自述、大事年表和爱生挚友们的海量回忆文章中，我将小心地抽取他的心灵之音为口语表达，力求达到真实而又理想的效果。

此时我才想起，大学期间其实我只见过他一次，考取插班生后因为单位强留不放，时过两周我以私奔的方式到校报到，错过了开学典礼上亲聆校长的训导；到校后我们班级根据省文联的意愿成立了一个文学组织，我是主要的负责人，那天夜晚本来要邀请他出席讲话，唯这一次，学生有请必到的校长因有外事活动而向我们请了假；直到毕业前夕，我们才在夏日的东湖之滨拍了一张全班合影以作留念，五十四岁的他，目光深邃地坐在被我们环围的前排正中。

《一个大学校长的自白》的出版，让我和这位已被免职十八年的老人有了太迟的亲近。我第一个写了评论文章《夜色下的凝思》发表在《中国图书商报》，接着在他主编的集体回忆录《创新改变命运》一书中，我又是第一个写了纪念文章《我与我梦中的那一座仙山》。这次写完以后我才正式收到征稿通知，发现篇幅是他规定的五千字的五倍，赶紧向他致歉，要求重写一篇短的。他回信说，那你就再写一篇短的吧，不过这篇长的也要。他把我的长文从网上发给我的同学们，让他们就像这样肆无忌惮地写。

我们就此开始了长达六年的网上通信，无话则短，有话则长，最长的稍作整理就是一篇随笔，此类信件不下一百多封。我发现校长原来是很时尚的，他上网，下载文章，发电子邮件，只是坚决地不开博客和微博，害怕匿名粉丝的打扰。他还会发手机短信，速度之快，一分钟内能够和我来上两个回合。春节时我们互寄贺卡，兴之所至还在卡上赋诗，深情厚谊远远超出当年在校的时候。这些都成了我的传记资源，彼此用灵魂进行的交流，使他在我心中的崇高影子一点一点地血肉丰盈起来。

传主是创新教育家，我曾想以创新的结构来写这部创新者的书，但我最终觉得，做人还是本分点好，按照传统模式从出生的那一天写起又怎么了，人类未来的房子也未必会从顶层或者中部动工，所谓创新的终极价值并非形式。我打电话问我母亲，1933年出生的人是什么属相？母亲说她没有记住，我又问1945年的人呢？母亲说她也不会计算，我又问1957年呢？这次母亲一口就报出来了，属鸡！

这是母亲为本书做的最初也是最后的贡献，几天后她因为医院的责任事故意外丧生于一次极小的阑尾手术。当时我刚写完第一章，大约六千多字，属鸡的传主被他的父亲取名福娃，闻讯我只觉得天塌地陷，哭着奔回老家去见躺在殡仪馆里的母亲一面。回京途中我从学生的短信中得知家人刻意向我隐瞒的真相，于是我毫不犹豫地追究医责，眼前日日夜夜都是母亲冤逝的景象，第二章没法再写下去了。清明节前，我二次回乡，把从此孤身一人的父亲接到身边，让他离开与母亲共度晚年时刻都会触景生悲的那套旧宅。

作出这个决定，依然是我根本就不考虑后果的习性所致。父亲到京当日，我立刻变得忙乱不堪，妻子上班，儿子上学，我家没有雇佣什么家政助理，此前一碗剩饭一盏残羹，微波炉里一转中餐足焉，现在是父亲大悲大恸万念俱灰一生中最黑暗的时候，我必须以最快速度接过家庭主妇承担的一切。

距离金龙为我设计的年底完稿，总共还有七个月了，我的电脑里依然只有那六千多字，我开始发慌，但我不能把这糟糕的情况告诉给任何人，甚至连母亲的事也没让他们知道，担心因此而遭到误会。重新动工是在五月中旬，我下决心让自己由悲痛和愤怒变成疯狂，每天做完琐事之后写到深夜，以此追回失去的时光。三个月过去，我的心中有数了，自觉得再有一个月就可进入尾声，因为全书已有了四十万字，书中的重要事件也由别人转向"自己们"。中国首届插班生濒临毕业，始作俑者行将免职，只等一场二十年不遇的大雪漫天降下，珞珈山上的那棵百岁老樟树就要倒了。

这是我初定的最后一章，以悲剧而结束全传。

9月，在京同学相约小聚，听我汇报写作进展，得知我几乎快写完了，大家一片声地呐喊批判，理由是传主作为中国当代著名教育家，他的生命尚在，他的战斗未止，传记要和传主同步，应该与时俱进地写到当下。隐到幕后的李为每到重要关头又在手机里发表讲话，她把壮丽的结尾都安排好了，要写到清华大学百年校庆的那一天，收到一封校长自谓"逆耳忠言"的公开信。

我承认大家都说得对，于是回去再读资料，又续写了第四部分。这么一来，总数就差不多有了七十万字，一册变成上下两册。这期间有过一次要命的虚惊，全传基本写完之后，电脑突然打不开了，我被吓个半死，觉得这是苍天灭我，我把它提到号称中国硅谷的中关村科贸大厦，请我朋友的朋友，一个名叫周亮的年轻修理师进行修理。谢天谢地，周亮首先倒出电脑硬盘中的所有文件，修理好了再原样地倒进去。在倒来倒去中他知道里面有一部教育家的传记,不禁肃然起敬,坚决不肯收我的一分钱。

在中国作家协会的春节联欢会上,《北京文学》杂志社社长兼执行主编杨晓升知道了此书,他让我写完给他看看;接着在北京作家协会的元宵茶话会上,他又对我旧事重提;再接着广东《作品》杂志来京宴请作家,我们第三次见面,这次他具体地要求我从书稿中精选出五万字的章节,发到他的邮箱里。回家后我这样做了,于是就有了《北京文学》2012 年第 7 期作为报告文学的红色头题:《刘道玉:八十年代那场轰轰烈烈的高教改革》。

晓升要求我在篇前楔入一个引子,由时下引到遥远的二十年前,我也这样做了,并且就是李为博士倡议的那封致清华百年校庆的"逆耳忠言"书。我们能够这样合作的基础是,报告文学与传记文学有诸多貌似,譬如都是取自真人,取自真事,不同的无非是一个现实一些,横断一些,事件一些,一个历史一些,纵向一些,人物一些。虽然也有不似的地方。譬如,相比当今许多被冠以报告文学的作品实际上是只作报告,前者要更新闻一些,后者要更文学一些。

选章在社会产生反响,晓升向《北京文学》广大读者发布消息的当日,他的微博中就收到两方对立的意见,我的微博也来了不少。两年后的事实证明,策划者许金龙当初的预言是英明的,在有人爱屋及乌地对我进行赞美的同时,我也受到了有人恶其余胥的谩骂。我从匿名博主的已知信息里分析着他的人生经历和社会关系,本人以及关乎者是否在当年的教育改革中有所失去,抑或无从得到,因而迁怨于发端教育改革的人?当然,也不排除其另有宏观的思考,深刻的研究亦未可知。但我尊重骂者的勇敢,如同感激赞者的真诚。

我借范仲淹的"云山苍苍,江水泱泱,先生之风,山高水长" 来献花传主,同时羞涩地供认自己只写了他的长江一粟,珞珈山上一粒微石。我还想说,作者之于传主,并不仅是愚生之于恩师。曾经近距离的听琴人,自己受惠其声,妄称知音,如今弦断琴台,却还依稀记得当年弹奏者的欢乐与痛苦,风采与壮志,假若正直,尚且又没丧失说话的功能,趁着记忆犹存而不计得失地告诉后来的人,这也未必不是一件正常的事。

拙传行世之日,我再发表一个宣言,人若动容,那是因为传主,人若动怒,那是由于作者,我接受拥抱骂名。迎接批评,同时还希求一些人的海涵,在这本传中,我不仅引用了传主及其亲人、学生、朋友、同事的诗歌、文章和书信,还引用了别人写他及其亲人、学生、朋友、同事的这类文字，另有社会名流对于有关他们的时代和事件所作的精彩记录和评论。因为他们比我表达得完美，与其装模作样地从事改编，还不如老老实实地照本相抄，后一种做法的道德，是可以对原作者致以磊落的谢意。

同学们，以杨向群与许金龙们为首的，我写完了，我的心灵从此安定。

2012 年 8 月 2 日写于北京竹影居

愿这对兄弟看到

——长篇小说《荒诞斯人》跋

　　我的第一部长篇小说《荒诞斯人》，是继中篇小说《父亲》之后写出来的。那部中篇写于武汉，发表的时候我已到了北京。一些编辑和作家朋友来信大加赞赏，有的还要发表评论文章，这些似乎都是我意料之中的事情，因为当我的某位朋友的某部作品特别感动了我，我也会去信如此鼓励。

　　然而令我意外的，却是在我老家小城一家银行工作，满眼都是钞票的妹妹，居然平生第一次写信鞭策我道："我们都希望你再写一本书。"我理解她的意思是要我根据《父亲》这类生活题材再写一部长篇小说。此前我的家人对我发表的作品一直是熟视而无睹，沉默而无语的。这本书的最初构想，于是便产生于当天的夜晚。

　　在我十八岁的时候，就曾写过一部至今也没有问世的长篇小说。我知道二十年后我的这部长篇是应当写好，也是可以写好的。而问题仅仅在于，那时我几乎没有动笔的时间。自从 1987 年入京以来，我每天的日程表大体是这样的：清晨七点至八点半乘车换车辗转三次在上班的路上，八点半至下午五点

265

上班，五点至六点半下班又循原线，乘车换车辗转三次回家，晚饭后从八点至十一点，只有在这三个小时内我才可以成为专业作家。万万也不敢再往十二点熬了，因为第二天早上六点就得起床，重踏昨天的长征路。

而且尤其困难的是，每个夜晚这金贵的仨小时如果用于为餐馆打工，那么是可以搂起袖子就开始洗碗的，而用于写小说，恐怕搂起很久还下不得手。况且与许多据说下笔如神一字不改的天才作家相比，我的情况令人羞愧难当，含辛茹苦写好的文字还要改得一塌糊涂，当然最后还得自己把糊涂再抄明白，这就尤其显得时间的严酷。

感谢改革开放，使中国的硅谷引进了外国的电脑。感谢五笔字型输入法，让外国的电脑能够敲出中国的文字。二十世纪八十年代末，我是中国作家中最早使用电脑的作家之一。感谢我的妻子，她从说明书中学会了操作然后再教给我。感谢我的父亲和母亲，他们帮我看守住了刚刚出生的调皮儿子，不要他在我的键盘上乱弹钢琴（他曾经将我呕心沥血的六万多字弹得不知去向，害得我只好含冤补写）。

同时还得感谢我的身体，在大约十个月三百个夜晚，我竟连感冒也没有发生过一次，小说以每夜一千字的速度向前爬行。

我不属于那类宣扬通过什么反映什么的理性作家。我只是妄图摆脱那种将人类一切悲剧之源都归于社会的浅薄和将这一切同样却归于人性的偏激。在这本书中，从我所深切同情的男人们和女人们，尤其是疯子程碍的身上，应当看出他们的人生失败原本是二者兼有的。

我特别希望程氏兄弟——假若程鑫没被刺死，程碍走出精神病院的话——能够读到这本书，同时也希望挣脱茧缚或仍在自缠的柳妮和戴碧们读到。

1994 年 2 月 1 日写于北京听风楼

现实中的荒诞

——长篇小说《王先生》跋

磁盘里的故事到此告一段落，传主王先生寻找失踪的猎奇探险者以及英雄的事迹想必另有记载。它的最后一个编号叫作"王完"，打开看了，空无一字，方知是知天斋主的无言之言。

王先生的思想超前，信义却极古典，既然和美丽的妇人水田一米病床有约，全世界的人便应坚信，前面的道路无论多么艰险，他都会带着他的爱子屁跟儿，去往那座闻名天下的原始森林，找回妇人活着或者死去的丈夫，顺便捉到一个野人，完满地解决世界四大奇谜的其中之一。至于那位号称作家的老贼，回家睡过一觉之后，明晨七点一刻是否真到长途车站补票口右侧三点五米处，与他会师，随同前往，下决心去学一门在树上刻字绘画的手艺，就不得而知了。

同时我们认为，王先生这番前去，不管顺利与否，成败如何，都会用他与众不同的方式，和他的忘年之交，文学朋友，五十五岁的知天斋主保持应有的联系。

如此说来，我们期待着这位知天知地的老写家子，继续报道他的传主王

267

先生寻找野人的事迹。

将这部书稿整理完毕，已快揭去一半的 1997 年的挂历上，时间正好是 6 月 6 日，六六是大顺的吉日，但它此时只能是针对我的这项工作而言，生活中的好事往往不多。千里之外的南方老家突然传来消息，就在昨天，1997 年的 6 月 5 日，一位晚我十年出生于世的兄弟用一百粒安眠药片将自己杀害在遥远的异乡，他是一位未名诗人，代表作是长诗《剑麻》，封面为大漠孤峰，断崖绿血。

当近年来诗人的自杀与遗作成为时髦，在二十多岁的青年和八十多岁的老翁先后献身之后，他好诗没有学会却学会了这一手绝活儿。呜呼，这个消息若是当天传来，它必然会将本书最后一点文字冲个稀里哗啦，这个事件如果提前一些时间发生，我的这项工作很可能就进行不下去了，这位可爱的王先生会继续埋藏在这只神秘的磁盘中，不知何时才能与世人相见，因为磁盘中的三十六个文件目前就损坏了十二个。若是在瘌子手里再延宕辗转，则大有可能全部报销。

死去的未名诗人有很多地方类似王先生，他几乎算得上是王先生的同龄人，同样随身带着一个无娘的幼子，他也有与众不同的哲学，语惊四座的狂言。1976 年的秋天，他从十三岁这个不吉祥的年龄开端，由于面对一个人的死亡，下意识地做了一个表情，从此在这个世界上浪漫或叫浪荡了二十一年，干下了无数惊心动魄的事情，虽然伤痕累累，却心如顽石。他抽烟酗酒，四处借钱，精神分裂，八方游走。

他自觉诗才旷世，召开啤酒诗会，时有几句妙诗发表，但掌声一起，接下去便是一派胡言。他扒过汽车，跳过火车，当过算命先生，做过预言大师，最后的职业却是疯子。他夜走荒郊，打死路人，被捉归案，无罪释放。他走到人间天堂的黄龙洞月下老人面前，与一位女子结下良缘，紧接着日夜盼望为他生下八个孩子，他一年为孩子取十八个名字，六年共取了一百〇八个，以此寄托他对世界的理想。

我今愿借此文，洒泪祭奠这位不识时务的悲剧英雄，我真为之痛惜，怨他骨子里面缺少了王先生式的幽默和乐观，当他决心要走向缥缈的生命彼岸，我们这位其貌不扬的王先生则在身上带足盘缠，又开始了春天的战斗。

从红桃市回到京城，打印出这部残缺了三分之一的书稿，朋友中有人向我提出两个主张，一是劝我模仿知天斋主的笔法，将那十三个丢失的文件根据题目补写出来，二是火速赶到神农架去，跟踪观察王先生的行动，只当是深入生活，争取写出他的续篇。

以上两个主张我一个也没采纳，因为写和续写别人的作品，实在不是人做的事情，维纳斯的胳膊至今断着不是挺好，多事的高鹗则被一些人云亦云的红学家骂得狗血淋头。就在最近的一张什么报纸上，有关考证《红楼梦》的九千八百七十六万零五百四十三吨文章的最后一篇写道，曹雪芹是只想把此书写成八十回，后面本来还有，但他在增删五次时觉得没必要都给删了。这结论实在令一生做好人好事的续书者感到难过。

何况王先生行为如此怪诞，神出并且鬼没，也不是那么好跟踪的，一不小心断了联系，别让我成了又一个水田一米女士的遇难夫君。王先生所去的那片据说是野人故乡的原始森林，其实离我的老家不是很远，在探家时顺便就可以去，清人袁枚撰鬼怪书《子不语》，篇中即有野人记载，道是隐于房县一带，偶出山林，毛发披身，见人则呼"筑长城，筑长城"，原是秦朝逃修长城的民夫，自秦至清，近两千年，当属谐言无疑。书中两千岁的野人与水田一米女士夫君以及王先生所要捕捉的野人，本来是两码子事，此书因"子不语怪力乱神"，后又以《新齐谐》行世。但袁枚所言房县，却正是过去管辖过神农架的行政区域，以此推论，那里除了不愿修筑长城的秦朝民夫，真正的野人也是可能有的。我的老家名叫竹溪，邻为竹山，再邻便是野人曾经潇洒出没的房县。人将这一片古老的土地称为竹房三县，因此野人应该算是我的老乡，又或许我在现代都市人的眼中也是一个野人。

一切都是说不定的，现在的世界就是这样。

然而不管怎么说，我会关注王先生的。我喜欢他这个人。

1997 年 5 月 10 日写于北京听风楼

六十年未醒的痴梦

——长篇小说《寻找汪革命》跋

2004 年 4 月，我回老家看望父母，一次朋友聚会，听三十年前的老友汪琳讲述了一个极具传奇色彩的人物。此人姓龚，名山忠，家在龙王垭，说他十七岁为国民党竹溪驻军喂养军犬，受一位让他唤作"师傅"的副官的指使，曾经暗中救走十三个被捕的共产党人。事发之后，驻军团长下令把他活埋在县城北坡，是他当年救活的一条义犬扒开土堆将他拖了出来，夜色中引领着他逃出县城。

接着我收到家乡一位名叫阮鹏的朋友寄来的报纸，原来早在几年之前，他已将这位传奇人物写成了通讯，寄我的目的，是愿意为我可能会以此而创作的文学作品提供一点文字资料。当时我大吃了一惊，因为龙王垭是我做知青时接受再教育的地方，我被分配在茶场总部下面的碾盘湾队，在那里干了两年，两年中怎么从没听说过此人以及他的故事呢？我立刻让汪琳带我去见他，想听他亲口讲出那段经历。汪琳一口答应，但是改日却告诉我，那位名叫龚山忠的茶农刚刚外出打工去了，可能要过很久才能回来。我有点儿遗憾，埋怨汪琳为何不早些告诉我，并且约好下一次回乡，一定要替我事先打探清楚此人的行踪，最好趁他在家的时候。

那次回老家我只留下很少的文字，写诗的女县长柏东明陪我去了一次向坝，回京作为纪念，我写了一个不足万字的短篇，名字就叫《到向坝去》，在《当代人》杂志上发表，又被《小说月报》转载。与此同时，我开始构思一部大型的方志小说，这就是五年以后问世的五卷本《庸国》。

直到长长的《庸国》进入尾声，我再次回乡，才见到了这位传奇的老人。这次上龙王垭是汪琳驾车，除此之外，还有法院的汤守成，文联的阮家国，文化馆的张明庚。诸位都是我多年的好朋友，车子顺利开到龚山忠家的门前，大家下车进屋，团团围定已被埋没了半个多世纪的老英雄，听他绘声绘色，讲述他平生最光辉的一页。他一会儿摘下头上戴着的两顶帽子，让我们参观他"师傅"让他留作记号，也留作纪念，说是革命成功之后组织上派人来接他走时便于相认的一绺长发；一会儿指着皱纹密布的额头两侧，指出他生下地时被巫汉说成是牛魔王转世，后来养父用杀猪刀剜去的两只肉角的遗迹；一会儿还要当众褪下裤子，把他被驻军活埋前屁股上受过的烙刑展示给我们，以此作为历史的验证。

他认为我是他"师傅"派来的人，按照五十多年前两人临别时的约定，革命成功后接他到北京去的。我说不是，但我在一瞬间看见了他眼里飞快闪过的失望，于是又点头说，回到北京，我会替他打听他的那个"师傅"。

我提议在他屋前的场院里合一张影，他就越发相信我要把照片带回北京，以供他"师傅"辨认出他的现状，一转身迅速回到屋里，收拾整理了很久才又出来，重新站在我们之间。就在要按动相机快门的时候，他突然提出要做一个高呼口号的姿势，并且说干就干地前倾身子，跨出右腿，将同一方向的那条胳臂也高高地举了起来，样子颇像扔一颗手榴弹。大家都笑得不行，我很快忍住了笑，因为在他那张沧桑的脸上毫无笑的意思，他的表情庄严至极。

回京不久，我把终于写完的《庸国》交付出版社，几乎没做什么休整，立刻开始写作龚山忠的故事，暂定名为《革命》。最初我只觉得它是一个中篇，写到三万多字，才发现它无非是一个开头，就索性放开往下写了，不料写完一算，竟有四十万字还多。写到中途，我把内容报给中国作家协会创作研究部，被列入2008年重点长篇小说的扶持项目，据说列入这个项目的长篇小说，出版时是可以召开专家讨论会的。

我给主人公的那位一去永不复返的"师傅"，虚构了一个可以让人原谅的理由，"文化大革命"中他与他同样做了高官的妻子，双双死去。临死前他嘱咐儿子，一定到自己的出生地去，寻找一位蓄着很长很长头发的，二十年前曾经为当地驻军养狗的人，那个人叫汪革命。

胡平在《文艺报》上发表评论，综合其他几部同题材的长篇小说，称它们是革命现实主义的突破。

刘醒龙主编的《芳草》杂志，发表了这部长篇的删节本，建议改名《记恩》。记恩是一条小时被主人公救活，长大又救活主人公的义犬的名字。我同意了，因为发表的文字恰是以义犬记恩为一条引线。

2009年，以此为名的长篇小说获得北京市建国六十周年长篇小说佳作奖。

我打电话对初次告诉我的汪琳，以及另几位陪我上龙王垭的好朋友说，本书出版单行本的时候，我会写一个后记，记下我们当年一道采访的情境，包括龚山忠高呼口号的姿势。但我得知一个意外的消息，那次的四位陪同者中，法院的汤守成患了重病，目前正在治疗之中。我托朋友去看望他，新的消息更加不幸，说他已经人事不知了。

我感到震惊，当年连我一起的五个人，其中守成是最年轻，也是最英俊最文气的一个，虽然当着法院的副院长，永远微笑的面容却令人难忘，我想不通他的病为何来得如此严重！接着不久，一天夜晚，我的老父亲突然打电话来告诉我，他听人说守成去世了，问我打算让谁代我去敬献花圈？

过了很久我才回答父亲，请水务局的蔡祖忠代我去，他是我们共同的朋友，而且他的妻子姓汤，记忆中似乎与守成是叔伯兄妹。放下电话我就打给祖忠，托他替我买一只大的花圈，挽带上按照规矩写上我的名字。当时我还想撰一副挽联，可是匆忙间竟想不出合适的词来，又恐怕有些来不及了，于是作罢。如今想来更内疚的，是我居然没给守成的夫人打个劝其节哀的电话，过去我每次回家，都是他们夫妇一道来看望我。

等到这年的冬天我再次回乡，却是因为母亲的去世，我把其他的一切都给免了。

守成与家国，与汪琳是不一样的，他和明庚平生并不写作，他们陪我上龙王垭去采访，没有一丝体验生活和积累素材的意思。当然，家国和汪琳也纯粹是友情，不过这次活动对于他们以后的写作多少总会有些益处。

因此，我应该把向亲友们赠送的第一本书，献给守成。

清明节后的第三天，总算晴了，窗外却依然不见太阳的影子。只有天上昏沉沉的阳光，照着地上灰土土的人。我决定把孤身的父亲接到北京，让他与我们一起度过没有了母亲的晚年。

回乡前，我已将这本书送交了出版社，返京的第一件事，就是按照签订的合同等待着它的出版。

我没想到，接下来会遇到这么多的麻烦。

直到几乎又过了一年，它才终于要出版了。长长的痛苦之中，我要深深地感谢黄春峰，还有王婷，他们为我做了很多的工作。

有着二十四年交情的贾平凹题写书名。我请他写得怪诞一些，以便与书中的人物和故事以及背景遥相呼应。平凹义不容辞地写了，并且是写在洒金纸上，作代会时从西安带到北京饭店。不过他一脸歉疚地望着我说，他不会写怪诞的字。

这两个字写得神圣，庄严，一如本书主人公为之献身的那段历史。

然而越是这样，在我的眼里便越是古怪和荒诞的。

2012 年 1 月 10 日写于北京竹影居

一部小说的由来

——长篇小说《云飞雨散》跋

羊年过罢的时候，花山文艺出版社的刘斌武先生来京约稿，请我写一本少年犯罪的长篇小说，七月交稿，明春出版。其间他还要请人把小说的人物和故事表演出来，拍成照片，作为插图附在书中，使之在形式上有点新意，以便浮出书海，引人注目。

当时我已与北京一家影视公司签约写一部二十集的电视连续剧，定于六月写完剧本，因为确定了外拍的季节，迟交一天要付百分之五的违约金。我在心里计算了一下时间，发觉两者之间只有一个月的空当，必须在三十天内写出一部长篇小说。我有些犹豫，害怕误了请我们吃饭的斌武，不敢贸然许诺，斌武说实在不行就对我破例，还可再宽限一个月。因为这次参写的还有亚军、星竹等几个在京的好朋友，为了大家一起热闹，又乘着酒兴，我便壮着胆子答应了他。

签下合同之后，我所采取的方针有两条，一条是尽快完成电视剧，争取提前进入长篇小说的写作，能提前一天是一天，能提前一个月是一个月；一条是尽早准备长篇小说的材料，别等着电视剧写完再临时抓瞎，应该吃着碗里望着锅里才对。

274

通过社会的各种媒体，我先后听说了两个关于少年犯的故事，一是北方一位少年与他的朋友同时喜欢上了一个女孩儿，争斗中他杀死了他的朋友，被判死缓，他死去的朋友的父母却谅他无知，到法院去替他说情，要求判他失手误伤。这一对不幸而又善良的老人是这样想的：反正自己的儿子已经死了，再死一个还活着的，已死的也不能复生，与其这样，倒还不如变仇人为亲人，认他做自己的儿子，放他出狱，将来好为自己养老送终。

那位死缓少年伏地大哭，赌咒发誓，要将被他杀死的朋友的父母当作自己的亲生爹娘。我的心几乎动了，几乎决定要写这一个故事了，我会把这个已经发生的故事进行一番简化和改造，重点写出尚未发生的以后的内容，亦即这位减刑少年被释放后真的做了两位老人的儿子，却因老人寄望过高，少年不堪重负，居然又杀死两位老人的悲剧，借此再次打开人性的秘密。

然而恰在这个时候，另一个故事又吸引了我。这是一位南方的少年，带着女友带着梦想，雄心勃勃来到北方打工挣钱，一边是复杂的世态，一边是艰难的求生，在通往未知的命运的钢丝上，他们从无依无靠的空中跌了下来。

相比前者，我似乎对这位敢向命运宣战的乡下少年同情尤甚。此前关于乡下人在京谋生的题材，我曾写过短篇小说《找打》，中篇小说《红米》，连续两年荣登不同评委评出的中国文学排行榜，这似乎说明它们尚有力量打动当下正趋物化的社会和已近麻木的人心。如此说来，在那两篇小说中我既写了一个中年的乡下人，又写了一个老年的乡下人，那么我何不借着这次花山文艺出版社的长篇约稿，再写一个从乡下来京的青少年呢？于是我便让他带上他不仅异父而且异母的妹妹，双双来京分别展示他们的生活和命运。

在 2003 年 5 月 15 日，"非典"那可怕的魔影尚未离开北京的日子里，我提前半月写完了长达三十万字的二十集电视剧。心怀窃喜，我偷偷地计算了一下省出来的四十五天时间，觉得根据我此前的写作速度，七月底交出这部长篇小说应该是没有什么问题的了。

我甚至决定采用一种此前从未用过的结构手法，将本书的男女主人公分隔两处，交叉叙述。全书三十三章，奇数写男，偶数写女，最后一章男女双双入狱。我为这部明年春天出版，至今却一字未写的长篇小说取名为《云飞雨散》，因为这对苦难的兄妹，哥哥叫作龙云，妹妹叫作龙雨。

我忘了自己其实既不是一个职业作家，也不是一个完全自由的撰稿人，而且即便我是，出于广交朋友的习性，我也会将友情与义气看成是天下第一的

275

重要。《云飞雨散》刚刚写到一半的时候，许多过去潜伏着的事情就陆续地冒出水面，逼着我改弦易辙，另起炉灶。先是给一部长篇小说写评论，接着又给一部中篇小说集写评论，再接着审读一部关于一位伟人前妻的纪实文学，编辑一部青年女作家的长篇处女作。

而自己的一部短篇小说集和一部长篇小说即将出版，也要忙着为前者写序，为后者写跋。再接着又编辑了两位荣获老舍文学奖的作家的长篇新作，同时还有一位发行界的朋友找上门来，请我为一部即将再版的鬼书，即清代乾嘉年间上海才子张南庄所撰的《何典》，进行评点并作新序。

等这诸事做毕，重新来开电脑，我的电脑却怪我不该冷落了它，开始调皮捣蛋，写着写着，显示器上的文字好像长江后浪推前浪，一排一排前仆后继地翻滚着，用手一拍方能站稳脚跟。然而往下再写又犯前科，到后来任怎么使劲地拍也不能见效，只好关机重开。不想关机容易重开却难，竟如行将烧完汽油的卡车负重爬坡，肚里发出嘎嘎嗷叫之声，却很久也是一片漆黑，感觉不是上面屏幕的错误。试着将下面的主机踹上一脚，嗷叫之声变得短促有力，很久以后方才打开。

我不禁吓出一身冷汗，料定此物大限将至，慌忙对已写好的文字进行抢救，输入盘中以防万一。果然，几天之后这台电脑旧病复发，因为发火一脚踹得太重，它竟赌气再也不理我了。我请一直给我排版的言氏兄弟来家卸下硬盘，想尽一切办法修复，让我坚持写完这部长篇，然后再无情地将它扔掉。可是我当晚接到的消息，竟是硬盘多处坏道无法修好，除了我已抢救出来的前一部分，后来续写的文字都没有了。

这是我的第二台电脑，名叫宏碁，台湾出品，购于1995年，距今已有八年的历史。当时在众多的品牌机中，我看中的是它墨绿的颜色和弧形的外表，商家以诗意的语言称它是一位坐在作者对面的朋友，想不到八年以后，这位坐在我对面的名叫宏碁的朋友欺骗了我。其实二十世纪末我已经买好了一台美国的康柏笔记本，可惜一回家就无端地被儿子抢走了。

我是中国最早使用电脑的作家之一，用电脑写出的第一部长篇小说出版之后，国内的报纸上还刊登了某位著名老作家用电脑写作的新闻和照片。我的第一台电脑购于1989年，那一年我的儿子出世，由于不擅操作与保护，电脑里的第一部长篇小说被他弹钢琴一般弹去了一个章节。

然而这次的损失远非一个章节相比，我只好回到过去的年代，请言氏兄弟替我把小说的前半部分打印在大纸的中心，四面留下豪华的空白，便于我用笔修改和补写，然后第二遍打印出来。等着电脑换上新的硬盘，我再续写小说的后半部分。

如此几经折腾，心情已遭到大的破坏，全然没有了当初的感觉，只想尽量地减少字数，速速写完。待到真的落下笔来，回头一看竟处处都不顺眼，包括书中的几位主人公，他们的犯案都显得过于集中和匆忙，自叹这本原应该写得好些的小说，由于上述几个原因，目前只能是这等货色了。然而又不能将责任推给电脑与他人，怪只怪自己忘了一个大人物的话，订计划没有留下充分的余地，方才有了今天的狼狈，从现在起就盼着何时再版，再老老实实地修订一次。

怪我这本书的名字没有取好，差点儿云也飞了，雨也散了。中途有一天我的确不打算再写了，是星竹用他的创作思想教导我说，就只当是干活儿呗。我想也是，于是我就每天早上起来干活，晚上收工，就这样迟了一个半月它终于姗姗来到花山。

我极担心它会误了出版社的计划，尤其担心会误了其他几位朋友的书，倘若果然如此，真是罪莫大焉。事已至此，无以为补，只好使出文人惯用的伎俩，今以文字记于书后，聊表歉意。

2003 年 9 月 15 日写于北京听风楼

重说陈世美

——长篇小说《陈谷新香——重说驸马陈世美》跋

三十多年前，在家乡一个粮管所的高低不平的晒谷场上，人山人海中我抢占一个比较高的地势，观看了县汉剧团演出的《铡美案》。

也许是演技高超，也许是剧情悲苦，也许是人间有情，周围有女子以秦香莲自居而在不绝地唏嘘，还有证明自己不做陈世美的男人，也在小声地说着打倒忘恩负义的陈世美。

又听人说，此戏全国都演，唯独不敢在陈世美的家乡均州陈家庄演。民国年间有草台班子不谙世事，贸然去了，锣鼓开场，被人团团围住戏台，砖头纷飞，主角的脑袋破一大洞，哇哇大叫跑下台去。

据此我写过一篇名叫《红泥》的短篇小说，刊登在1995年第5期的《人民文学》上。

有关演戏的那一段，是这么写的：

> 后来是一班外地戏子，生生将个好的名声唱坏。一个据说姓秦的女子在戏台上用惨凄凄的调门唱："我身上穿的是公婆孝，你身上穿的是蟒龙袍，恨你不过剜你的目……"

于是那黑脸包文拯，竟当着公主和皇太后的面，摘了头上乌纱，喝令王朝马汉，抬出龙头铡，把当朝驸马陈世美的脑壳塞进去，咔嚓一响。此前陈驸马那一头黑缎子似的长发，在空中一圈儿一圈儿地甩着。

红泥岗的人起初一怔，觉得情况似乎不对，继而便集体性地愤怒了，不是这样的呵！不是这样的呵！怎么可以这样唱呢？再继而就听得人群之中一声呐喊："给我上去捶他些狗日的东西！"

应声便有一位勇敢的少年两脚腾空，上了台子，劈头吼道："我们陈家的祖宗有你这样一个婆娘吗？"一个巴掌扇去，秦香莲的嘴流血了，不能唱了。少年又是一个扫堂腿，包文拯也倒在了台上，忽然不念京白了，用土话哎哟大叫。王朝马汉只顾自己逃命，这时又跳几个壮汉上去，七手八脚，将龙头铡边的陈驸马扶起，检查一遍，脑壳还在，不过隐在紫绒大幕后面。为他重新整好了衣冠，好生慰问一番。陈世美却笑道："何必呢？何必呢？这是唱戏！这是唱戏！"立场仍在戏班子那边。领头的少年又生气了，兜屁股一脚，也踢他娘的下了台。

此后，红泥岗人的骄傲的口中，除却本来的一个陈世美，又多了一个人物，后岗的红薯娃子好生的英雄啊，听了老子陈老五的召唤，杨七郎打擂一般，飞身上台，打跑了持刀的武士，保卫了祖宗的声誉！

岗子上的人家凑了足够的盘缠，让那名叫红薯娃子的少年一包袱包了，沿戏班子撤退的路线，去寻访戏的来历。一月之后，少年回来，包袱没了，却背回一个故事。

——那一回，与世美爷一路上京赶考的，还有岗子那边的三个秀才，三秀才殿试未第，还乡时对世美爷说："等老兄做了官儿，咱哥们儿再来讨口饭吃，同窗之谊，并且只隔一座岗子呢。"二年世美爷做了官儿，一个好大的官儿，三个秀才真就去了，世美爷说："这样不好的，这样不好的，你们还是回去秉烛苦读，来年再考。"袖里取出三锭银子，一人一锭，作为回乡的盘缠。三个秀才将银子揣了，转脸大骂，好个无情无义的陈世美！一秀才说："我要写一本戏，唱他不认同窗。"二秀才说："不认同窗不足以激起百姓之愤，要写不认爹娘。"三秀才说："不认爹娘也不足以，不若写成不认前妻，以及前妻所生的一双儿女。"一秀才说:"走时尚未成亲,前妻何来?"二秀才说:"何况儿女?"三秀才说:"塑造。"戏就这样塑造成了。

少年说:"爷奶伯娘们,我们的世美祖太爷比包文拯晚生一百多年呢,他包黑子铡得着吗?"

并没有替他翻案的意思。只想表达三点痛苦的思想:一、历史是秀才写的;二、小人不可得罪;三、古往今来多少天才人物都毁于原本有着禁区的爱情。

"文革"伊始,魅力四射的古装戏一律禁演,殴打陈世美的不是陈家庄人,而是破"四旧"的红卫兵小将。

又过了几年,我因一件事情去往省城,夜宿丹江口市一家旅馆,在厕所里听人说了陈世美的冤情。此人穿四个兜的解放服,左上兜开口处插一杆黑色钢笔,是国家干部,操均县口音,毋庸置疑是热爱陈世美的乡人。

这便是二十年后产生《红泥》的种子。

1998年的秋天,金风送爽,忽发奇思,我开辟了一套名叫"重说千古风流"的丛书,邀请国内一批相好的作家摇笔参写。第一辑五本分别写了五位命运坎坷的风尘女子,于翌年春天出版之后,全国报界众说纷纭,有人评议千古风流乃是男女共事,为女立传为何不能亦为男子立一个?于是第二辑五本的主人公们便改了性别。

参写的朋友戏谑我为始作俑者,应本着自作自受的原则也写一本。湘人聂鑫森君一边写着唐伯虎,一边从遥远的南国寄来陈世美的逸史,催我下笔。

还有那位被污辱与被损害的驸马的同乡,均州人士岳啸,亦替我搜求旧志,抄其父碑,且附书曰:"陈氏形象已然定型,以假乱真,影响久远,何术回天?"

然而我还是不想仅做翻案的文章。

历史上的陈世美考中的仅是进士,初授直隶饶阳知县之职,为官清廉,除暴安良,又任刑部主政,再升郎中,并由礼部铨选任陕西省乡试主考官,拒受贿赂,选拔英才,礼部尚书简奏朝廷,得以陛见皇上,再任贵州分守备,兼思石道按察司副使并兼布政司参政。新科状元实乃夸张,当朝驸马尤为谬谈。但凡无记载的职事,都属戏文所编。

时间的限定,我只让他去河北贝州做了半任的知州。

世美原名年谷,字熟美,取意谷熟为美。父一奇,字公弼,李自成率军克均州城,杀知州胡承熙,陈父携全家人自焚。其时年谷赴武昌应试,幸免一死。

280

岳啸君言之有理，但正是因为戏文的定型乱真，我今倒不如索性假戏真唱，状元便状元，驸马便驸马，前妻便前妻，儿女便儿女。然而公主，我却要替她说一句符合人性的话，她也是人，也是女人，招了一位同床异梦心有旧爱的丈夫，难道她不又悲又愤？悲伤愤怒之中竟然还有谅解与同情，这样的女人的确是千古难寻的好女人，何况还是一位公主！

中国的戏剧小说中，公主大都骄横，傲慢，淫乱，无知。然而在生活中，泼妇和骄女则更多地诞生于乡绅小吏与富贵之家。

公主受了那么多的教育，难道就没有善良贤德的么？

最终我让公主义释了驸马，并且还让泥人陈为她捏了一个不朽的泥人儿。

均州的民间传说，落第秀才曾经追求秦香莲不遂，上京向陈世美要官不得，得陈赠银，却编戏骂陈，无论从天理人心哪一方面，都实在说不过去。

把那个卑鄙无耻的编戏秀才给我铡了，那是对他破坏他人名誉，侵犯他人姓名权的一种古代的用刑。既然能让包公铡了陈世美，为什么就不能让刑部铡了他呢？

同样是跨着时代，我还让武当山上的张三丰和均州城里的陈世美有一段结拜之缘。一个是武林高手，一个是文坛奇才，一文一武，一张一弛，拍成电影，那当是比较好看的。

关于陈父的举家自焚，书中未提一字。我是不太想赞扬那种所谓的以死殉节的壮举。伯夷叔齐首阳山怀国不食周粟，介子推锦上守志不为晋臣，重名轻生，流芳百世，自古高洁之士的确有着这样壮烈的传统。然而历史总要向前发展，只要是代表着一种进步，何能以死拒之？以死何能拒之？

均州志中的陈公弼墓建于城北，占地十余亩，俑旁立石人石马，有十三陵之象。坟高如山，碑文为太子太使吏部尚书杜立德受陈世美之请而撰，铭曰："孝子亲自洁其身，有子克家寿且荣。呜呼我公应永宁，千秋万祀俎豆馨。"

至于秦香莲，她的原名叫秦馨莲，并非陈世美的老师的女儿，而是家住六里坪的他一同学的妹妹。我取了均州民间两种传说中第二种的前一部分，即以互赠情诗中的"情相连"句为谐音，与戏中的女主角同名。无非是后来的心态、行为、结局，和戏文以及传说中迥然相异。

也许她最终的出家为道会出人意料。然而再想，一个饱读诗书，看穿世情的苦命女子，家住道教圣地武当山下，有时自然会想到这一步的。

这也是近水楼台先得月吧。

陈世美的结局是过于潇洒了一点，虽然一面楚歌，三面绝路，他也很难作出这一选择。走出紫霄殿，可能他会在瞬间有此一悟，但下山之后，还将靠新的形势对他的成全。让他做云游僧人，只是想为付出太多的秦香莲找到一个平衡。

书名《陈谷新香》，其中既暗藏了两人的名字，又含有重说千古的意思。

本书就是这样写出来的。它用了我两个月中的几乎每一个夜晚，因为每一个白天我都有着紧张的工作。

什么都交代了。

夜将深沉，写完最后一个字，我的心情无比轻松。我得给极力怂恿我写的朋友们打个电话，向他们汇报一声。

1999 年 10 月 1 日写于北京听风楼

想象中故国战旗上的神鹰

——长篇小说《黑鸟》跋

我没有想到自己此生会写这么一部小说，至今回忆起来仍然像是一次梦游，在两千六百年前覆灭的一个古国的遗址上。写这部小说是因为写了另一部小说，而写那一部小说则是因为在我离开家乡的时候，家乡一位后来当了郧阳地委专员的县委书记陈永贵，他送我的一部清朝同治版的县志。

这件事我在五卷本《庸国》的长序中已经写过，在本书的后记里就不再记了。

《庸国》出版之后，本来我的打算是及时回到现实，写一些身边活着的人，我已经开始了左顾右盼，摩拳擦掌，这时候我陆续听到一些关于《庸国》的声音。其中有人忿忿然地质问作者，公元前 611 年那么悲壮的一段亡国之史，为什么只用了一章的篇幅，而那一章仅占全书的百分之一，别说那叫惜墨如金，我看你是江郎才尽。

这句话刺中了我的难言之隐，虽然我预先在那部书的长序里有过简述，比方说作为不可妄加虚构的史志小说，这是它的局限所在，史书和方志里说来

283

说去也只有司马迁所说的那句短语，"国人大悦。是年灭庸"，这八个大字本来就没有什么力量，何况还附在《楚世家》里，泱泱庸国连一个入记的资格也没有。至于庸国究竟是怎么灭的，太史公更加不置一词，我怀疑连他也搞不清楚。

因无记述，战胜国的秦人和巴人以及战败国的庸人的后裔都没法知道他们祖先那一场决定历史和命运的血战始末，两千六百年后的作者能从陈永贵书记馈赠的清朝同治版的县志里寻出一点蛛丝马迹，应该还算不错的了。而那部清朝同治版的县志里的记载也只比太史公的八个字略多一点，出处何在语焉不详，或许是文人野史，民间传说，碑文墓志，祠铭族谱，如说绝对可靠，依然是不可能的。作者墨不足惜，才亦未尽，只是不敢瞎编而已。

这个问题从此像阴影一样笼罩在我的头顶，有时候会让我无端地不安起来，某一天我忽然作如是想，假若把那一句质问当作暗示，认为是一位文坛朋友在提醒我用小说的手段补写那一处天大的遗憾，岂不是一件未尝不可的事？除去真正的庸文化的研究者们，其余大众读者或许会欢迎这样的尝试，而这件事情对于我，又正好回到过去的本行。

于是我在庸国之亡的年代、区域、邻邦、敌国及其重要人物、重大事件的基础上，虚构了一批人物和一些事件，让这个在方志中被誉为"庸人善战，秦楚莫敌"的强大的诸侯国，最终却覆灭在《史记·楚世家》记载的那一年，覆灭在莫敌于他的秦、楚以及巴国的联军之手。

那一年，秦国的国君是秦康公，楚国的国君是楚庄王。楚国最著名的大臣是伍举和苏从，最著名的美人是郑姬和越女，最著名的典故是"三年不鸣，一鸣惊人，三年不飞，一飞冲天"，最著名的战绩是"是年灭庸"。

而在行将灭亡的庸国这边，上至王臣将帅，下至工匠匹夫，全都指望着我无可奈何的虚构。庸君和他的三个王子、大臣溪水、将军竹临风、异人南山叟的阴魂和他的三名高徒、民女夭夭和她战乱中成为郑姬的胞姐桃之，等等。高徒中的木匠昼鬼，王子中的子惠，他们更多地肩负了救国的使命。

大悲剧的主角庸君治理的国家，像西土柏拉图的理想国，后世李汝珍的君子国，他和他的臣民们清高、自尊、仁慈、善良、重情、多义，热爱和平而不畏强暴，英勇善战而不凌弱小，以天下为己任而与祖国共存亡，他们用自己的才华、智慧、勇武乃至最可宝贵的生命，为不幸死去的国度留下了永远不死的精神。

有人说它是寓言。还有人说它是预言，说这样的国家肯定会亡。

在叙述的方法上，因为五卷本的《庸国》是以古庸国遗下的地名为每一章节的标志，这部书中我想换用人名。我把即将登场的人物依照顺序列出表来，让他们以交叉自白的形式替我完成，这么着已经写到五万多字的时候，多年来请我写专栏的潘蕾女士为了表达对作者的谢意，顺便也炫耀她六折购书金卡的光芒，忽然买了一大包书给我送来，它们是近年来的诺奖得主法国作家勒·克莱齐奥和土耳其作家奥尔罕·帕慕克的中文版长篇小说。其中有一个豪华精装插图的大部头《我的名字叫红》，这是奥尔罕·帕慕克获取诺奖的代表作，我有些相见恨晚，因为奥尔罕·帕慕克采用的正是我将用的这种方式。痛苦了几个晚上之后，我决心将写过的文字毁于一旦，鉴于中国目前的批评环境，酷评家和盲读者们的不问青红皂白，若是再这么写下去，有人会“发现”我抄袭了奥尔罕·帕慕克。

我想起一句歇后语，说是黄泥巴糊在裤子的什么部位，因此不是什么也是什么。我舍不得把我的裤子和名誉一道弄脏，为此我宁可把别的什么舍去。而实际上，早在二十八年以前，二十世纪八十年代，号称新中国第一刊的《长江文艺》1984年冬季的某一期上，我发表了一篇名叫《无声的对白》的小说，恰好就是以这种形式做的试验，它们几乎一模一样。我让小说中的几个人物自说自话，替我圆满地完成了任务。为了表彰我的勇敢先行，这期杂志的封二刊登了我的照片，那是我首次穿着西装，打着领带，人模狗样地站在自己书房，其目的是让人对写了这篇作品的年轻作者产生同样的重视。然而它没有获得诺贝尔奖，不会有人说我比帕慕克早那么多年，当然，更不会有人说帕慕克抄袭了我。

不过，推倒重来的是一堆积木，而非庄稼、森林和房舍，把散于一地的原材料捡拾起来，换一幅蓝图就可以东山再起。新的形式仍然以人物的名字作每章的标志，只是由自述改为他述，章名人物是爱国者木匠昼鬼统一叙述下的本章核心，而整部作品，是他对在这场战争中死去的庸君的诉说。

刘醒龙主编的《芳草》刊登了它原名《神鸟》的上部，欧阳光明在《小说评论》上发表了题为《历史虚构上的沉重之思》的评论，感谢这本老朋友办的杂志，感谢这位目前还不认识的新朋友。

法国汉学家、翻译家和出版家安波兰女士喜欢上了这部小说，如同喜欢我的《开电梯的女人》，本世纪初她出版过我三本书，自然是法文版的。我的朋友吕华先生任我作品的翻译，当时他是国内唯一负责把中国文学译介到国外的一家出版社的副总编辑，译完我的作品不久就被中央编译局调去，专职翻译国家首脑人物的工作报告。我别有用心地告诉两位朋友，在我的这部新作中，木匠昼鬼用唯有庸国才能生长的黑色竹子制造的这只神鸟就是两千六百年前的全球鹰，描写它的这本好看的小说也应该追随着它凌空翱翔的英姿飞越全球。

本书原定由人民文学出版社出中文版，孔子的第七十五代孙孔令燕女士做它的责任编辑，在北京朝内大街的一间老房子里，我们已经签订了出版合同，遗憾的是因为社长潘凯雄先生的调走，由他签字的合同竟迟迟不能履行，为此我感到惊异莫名。这期间吕华先生打电话来，说他从新年的第一个月开始已离开中央编译局，回归从前的文学翻译，目前正隐居在京郊一处住所，受法国安波兰女士之托翻译贾平凹先生的新作《带灯》，大约要花一年的时间，问我这部小说的中文版何时出来。

我为朋友的鞭策而羞愧着，这天晚上决定放弃对戈多的等待，朝内大街或许太朝内了，鼓楼大街才是我击鼓得胜的地方。我想起五卷本《庸国》的诞生之地中国工人出版社，于是给李阳先生发去一条短信，希望他一如五年之前地支持我，把复制和还魂公元前 611 年一个英雄古国的愚公事业进行到底，邻童跳墙而助之，不亦乐乎。

助我的岂止邻童，千里之外的广西南宁有一位名叫蒋桐媛的大学校刊编辑，她将此书的电子文稿要去，用蓝色、紫色和红色的标志，对三十万字的全文进行了校正、疑问和批评。依照她的意见，我在新年到来之前重读此书，又做了一遍力所能及的修订。当然，尽管这样也仍然达不到她的要求，我只能在以后的写作中更加地小心谨慎，争取写得好些，错得少些。

最后，我要对以上提到的所有朋友表示感谢，祝他们新年好运！

2016 年 5 月 8 日写于北京竹影居

阳光房顶上的垂死挣扎

——中短篇小说集《女人与猫》跋

中篇小说《少年与鼠》发表以后，我接着写了《女人与猫》，这种现象容易被人戴上姊妹篇的花边草帽，实际情况却是即便没有那只老鼠，也会有这只猫，因为如果把小说中的裴太太换成第一人称，至少它前面的那一部分，就会成为文坛曾经提倡的非虚构写作。在一个紫藤疯长的夏日，我手持一根长绳从我家小楼的二层翻窗出去，打算把伸到阳光房上的藤条悬空挂起，让它斜着向上攀爬，不然会被灿烂阳光烤得滚烫的房顶烙死。这时候一团黑影突然向我扑来，同时还发出恐怖的叫声，我之所以没有落得裴太太的下场，乃是得益于男人的价值观，宁可毁容也不坠楼。

当晚我的朋友告诉我说，哺乳期的母猫可以和人拼死一决。

经考证这是一只野猫。北京当然没有词典上的那种野猫，我这样说无非是嘲讽，意思是它被它的无良主子弃之于野外，她或他将它玩味够了，看它老了丑了病了残了就把它赶出了家门。而它虽比狗弱，却没有狗的忠心和下贱，不会对主人用尾巴表示活着是谁家的狗死了是谁家的鬼，于是从此四处飘零，寄居于它自以为安全的地方。我不知道它如何看中了我家阳光房的房顶，而且早在一个月前——根据孕妇分娩前大约一个月应该保胎静养的常识——就住了过来，生下了让它在月子里也时刻守护的幼崽。

我甚至想到它的丈夫，做完那件事情之后，现在干什么去了。

关于猫，中国现当代的作家如梁实秋、老舍、冰心、丰子恺等都写过，鲁迅也曾把它与兔写在一处，不过都是散文和杂文。印象中的小说，只有钱锺书写了一篇《猫》，后来汪曾祺又写了一篇《虐猫》。其实也都不是写猫，钱锺书是以猫做道具，讽刺邻家猫的主人林徽因，以及汇聚于她家客厅的一堆文人，开头是这样的："打狗要看主人面，那么，打猫要看主妇面了。"汪曾祺则是写了"文革"中的四个名叫小什么的少年，千方百计以虐猫为乐，当其中一位的走资派父亲从六楼跳下去了之后，他们改变了自己的做法，结尾是这样的："李小斌、顾小勤、张小涌、徐小进没有把大花猫从六楼上往下扔，他们把猫放了。"

我决定真正地写一篇关于猫的小说，以它为主猫公，写它的猫性，它的生存和遭遇，它的受虐时的愤怒、反抗、挣扎、复仇，最后，它的不可更改的悲惨命运。

故事从黄太太开始说起。黄太太是煤老板包养的七个女人之一，寂寞中不能忍受两只猫在寻欢时发出的叫声，有一天她烧了一壶开水向它们泼去，公猫当即烫死，一息尚存的母猫被一个环卫工救走，伤好后它每到夜间就到黄太太的窗外嚎叫撕抓，黄太太唯恐它的报复，央求煤老板卖了别墅，将她迁往另处。裴先生不知内情买下这所凶宅。此时身怀有孕的母猫正好要临产了，登上它所熟悉的阳光房顶，选择空调机室外机壳的平台做了产房和育婴室。

我在小说中安置了一对和猫同样卑微的生灵，救下母猫的环卫工得了绝症，被物业解雇，他的乡下妻子顶替他做了女环卫工，为给男人治病打死母猫，偷走五只小猫卖到了菜市场。母猫再次复活之后发现孩子没了，以为是来解救它们以免电死的裴太太所为，疯狂地扑向仇敌，裴太太躲闪不及从房顶上摔了下去。裴太太的身份比黄太太要高一点，黄太太是煤老板包养的情妇，裴太太是因丈夫有了一份重要工作而弃职做了家庭主妇的前幼师，最低贱的自然是那个顶替男人来做环卫工的姓罗的农村妇女。她们是三个和猫一样弱势的女人。

营救五只幼猫的过程可谓艰苦卓绝，惊心动魄，先后死过两次的母猫一路狂奔找到了菜市场，发现猫贩子刚刚卖掉它的两个孩儿，另两个已被人抱在怀里讨价还价，唯有最小的一个在狂叫乱咬着。当它想一次救走三个孩子的计划失败之后，只好忍痛放弃，先救走一个再说，但在逃亡途中母子双双丧生于飞驰的车轮。小说的结尾是妄图救夫的农村妇女也和患病的丈夫一样被赶出京城，临走去看裴太太一眼的时候撞翻了女孩儿手中一罐刚刚炖好的新鲜猫肉，民间医生说猫眼能明目，女孩儿的父亲眼睛快要瞎了，他干的是守护网络最伤眼睛的工作……

同为畜生，同与人往，猫和狗在人的心、目、口、笔中的地位显然不同，人类出于自私的本性，对于无私报效人类的狗点赞不已，然而却忽视了狗在它的同类中的表现。它对狗族的不忠和对狗类的背叛，与对骨头的感恩和对人类的报答形成反差，君不见，当人类和狗类发生战争的时候，它绝对要誓死捍卫主人而与同类自相残咬，血肉横飞，就如同本来是弱势的民众，却偏要站在欺凌民众的强权一边，以狂吠和爪牙换得物质的赏赐和精神的褒扬。

猫则不然，身形柔弱的猫在保卫同类、拯救同类，为牺牲的同类复仇的时候犹如猛虎，那令人心虚胆寒的吼声、面容、姿势和行动，我算是亲身经历过的了。我同情猫，尊敬和理解它，它的斗争是为了自己，而非为了主人，我把它垂死挣扎的场所安排在阳光房的房顶上，是想说在这样一个充满阳光的世界里，也没有它们的自由性爱和繁衍之地。

身为弱势的自由写作者，我为弱势的猫写了这个悲惨故事，关于狗的幸福生活，容我下次再写。

2018 年 3 月 12 日写于北京竹影居

说不尽的乌山

——中短篇小说集《独乳》跋

这些年我一直在写着三件事情，一件是乌山的事，一件是京城的事，一件是乌山人在京城的事。最近应邀给花山文艺出版社写的一部名叫《云飞雨散》的长篇小说中，我把京城写成了金城，这不是错别字，而是我故意的。不过乌山我仍一如既往地写作乌山，它将是我小说中一片永远的领土。

有几次我心血来潮，还在乌山下面又设了一个名叫子墟的镇子，使它们含有子虚乌有的意味，这样做的好处是，如果我偶尔写了一点好人好事，小说本身的艺术也好，那么这玩意儿何时有了出息，有人请我谈写作体会，我就深情地告诉他说，那是我心灵的故乡。

这本集子是我的第一类写作，里面写的全都是乌山的事，这些事没有发生在同一时期，前后要相差半个世纪。

《肉坨》的故事背景有点儿模糊，仔细想来大概是在二十世纪的五十年代，那个时候人民的生存质量和医疗条件都差得很，所以每人的脖子下面吊着一个难看的肉坨；《独乳》是写于六十年代中期；《景色》是在《独乳》之后；《谋杀》《赔人》《抚摸》《乌山行》，是写于二十世纪的八九十年代。

因为在乌山那个地方，二十年间并没有显出什么大的区别，书上说的沧桑巨变，斗转星移，我看不见得是那么回事。世上几千年，洞中方七日，一个星期能有多大的变化呢？

从写作的时间上看，《三浪人》可能要早一些，写于 1984 年一个寒冷的冬天，我刚调到新的单位创办刊物，住在一家印刷厂的木板楼上，一边编着别人的稿子，一边写着自己的三个浪人。距今已二十多年了，回头看来，小说中的人物还是很可爱的，有点儿美好的人性，也有点儿理想主义的色彩。三年之后，1987 年我到北京，顺便把乌山也带到了北京，接着又写了一个《乌山传奇》，对世间一切的态度已大不一样。

最新写的一个作品，应该算是《赔人》，三月份应邀给《当代人》写的，五月份发表出来，七月份的《小说选刊》给予转载，到了年底，《小说选刊》主编的《2003 年中国年度最佳短篇小说选》和中国作协创研部主编的《2003 年中国短篇小说精选》分别选进书里，老舍文学基金会和《北京文学》杂志社评定的《2003 年中国文学排行榜》也排到榜上。

这本是一个荒诞不经的故事，乌山湾明白村的村民给村长拜年，娃的肉肉（即生殖器，乌山人民的亲切称呼）却被村长家的狗给咬掉，并且吃了，村民要村长赔他娃的肉肉，村长没那东西可赔，村支部书记就给他们想出了一个绝妙的方案，两人听了都认为可行，事情就这么被合理地解决了。近年来这样的故事我写了不少，我认为现实越是貌似严肃，脚下越是掩藏着荒诞。

这套丛书的名字叫"独行客"，其实却有六个人结伴而行，只不过一人扛着一块自己作坊的牌子。写秦地风情的贾平凹，写天津绝活的林希，写陈州笔记的孙方友，写淮河野史的墨白，写湘潭旧事的聂鑫森以及写乌山传奇的我。他们都是我的好朋友，他们的活儿都干得比我漂亮，我得乘机向他们讨点儿秘方，以便往后把乌山的小说写得更加好看。

2005 年 10 月 24 日写于北京听风楼

写作者不能没有的档案

——中短篇小说集《不能没有你》跋

对于档案，我的敬畏由来已久。二十世纪七十年代初，我年方二十，被困广阔天地，于一所学校教书厮混，因浪得会写的虚名，但逢寒假领导就令我选拔聪明伶俐学生若干，唱跳演出，庆贺春节，所演戏目自然出于我的笔端，且编且导。为行奖掖，又委我以重任，看谁演出卖力，将其发展为共青团员。我依计而行，当年一举发展三女三男，凑六位吉顺之数。

典礼会上，我正于主席台前宣布鸣炮奏乐，一年轻女教师窗外嬉笑对我招手，趋问何事，曰：嘻嘻，你都不是团员，还能发展别人入团？翌年寒假，我坚执不再行去年事，地方官笑曰：给你搞个团员就是！于是得一红本，所付代价乃是每月交五分钱，谓之团费。

数年后，我去银行工作，填履历表，见有何年加入何种组织一栏，组织查验档案，既无申请，亦缺记录，疑为虚报，严肃追问，我只好如实交代上述故事。所幸上级谅我从来是老实人，此事免予处分。我却自感悲愤，想必当年那每月的五分钱，都被拿去买了大公鸡牌香烟。

此后又调上级文联，不足一年，考取武汉大学，单位挽留不放，我竟擅自脱逃，上司怒而扣发工资粮票以及档案，逼我回归自首。我乃顶风作案，硬着头皮将本科读完，毕业在即，家乡好友恐我分不了配，联合数人于我过去曾经任职单位，一处写一证明，盖一朱印，装入牛皮纸袋，充作档案寄予校方，妄图蒙混过关。

恰当此际，全国第三届青创会在京召开，我当选为省作协十位青年作家代表之一赴京参会，原文联上司始发慈悲，称单位有两件大事需我效力，倘若事成再发档案，可令同仁心服。两人在水果湖边订下口头合同，说好君子一言，驷马难追。我一到京城便积极活动，会毕返珞珈山，不日档案果至。是年流火七月，我被分配至京，距今已二十余年，每能记起，倍觉当年档案之重要。

《不能没有你》这一本书，却是作家的文学档案，记录在文学创作路上走过的脚印，无论大小长短，周正歪斜，视其阶段，择而收纳。曾闻文坛有大师悔其少作，有更大的大师则主张将戳鼻孔光屁股的童年影集在人前曝光，我便有勇气通红着脸，把几十年前的习作翻拣出来，再续上此后年代的一些探索，呈于我所同样敬畏的读者面前，看作者这些年来可有些许的进步。抑或竟越来越堕落了，小说写的是个什么玩意儿！

此外依照规定，书中除去本人作品，尚需几篇别人的文字装潢门面，选去选来，选出林希、梅洁、李敬泽三位好友，他们对我的热情歌颂读者大可认作客气，而对我的婉转艺术的批评，却要让我用酒精棉球清洗了耳朵，聆听记取一辈子的。

2004 年 3 月 12 日写于北京听风楼

滚滚红尘中的女人

——中短篇小说集《女人们》跋

　　三月初，我回乡为去年冬天因一场医疗事故意外去世的母亲祭坟，又与润波哥一道寻找四十年前早逝的保姆的荒冢，接下来，还将把从此孤身一人的父亲接到京城居住。因此，与姐姐和妹妹两家多聚了一些日子，每天尽量辞谢亲友们的宴请，大家围着一张桌子吃饭，为了等待一件事情的结局，计划清明过罢一周才走。我们陪伴着迟迟不肯从悲戚中走出来的父亲，共同说些母亲在世的话题，仿佛又回到了小的时候。成年以后，姐妹兄弟天南地北各居一隅，偶尔相逢，至多是在一年一度的春节抑或父母的寿辰，每次聚也匆匆，散也匆匆，已经很久没有这样奢侈地团圆了，是母亲的在天之灵，把我们重新召集在了一起。

　　这些天里，地处南方的故乡竹溪多雨少晴，与四季干燥的北京简直是不同的，入夜睡在母亲曾经睡过的按摩床边，常常会在梦中被窗外淅沥不绝的声音滴醒，于是再也睡不着了，眼睁睁地想着心事，静待天明。翌日，即便小雨暂歇，昨天飘过雨丝的天空上面也是一片阴霾，正如人的悲思，想必这便是古人所说的天人合一。

　　离京的前几天，有一家出版社要为我出版一部小说集，编辑思想是要我从大量的作品中挑出以女性为主人公的部分，化零星为整体，组合成一部貌似专著的书。我依照这个意思做了，走前将电子稿交付在京的妻子，请她如期代转。三月底，我在老家突然接到沈岳明先生的电话、短信和邮件，说他在主编一套十位作家的丛书，约我发给他一批获奖的中短篇小说，十位作家中的多位都是我的好友同窗，这真是一件令我高兴的事。但他限期十日，此间我却不能回到北京从事整理的工作，无可奈何，我让妻子把我为别人编好的书稿先给了他，等我回京以后再与人替换一部另外的作品。

这批作品是近些年陆续发表在《人民文学》《上海文学》《北京文学》《天津文学》《长江文艺》《广州文艺》《安徽文学》《北方文学》《时代文学》《都市小说》《收获》《十月》《大家》《山花》《作品》《芳草》《青春》《雨花》《春风》《鸭绿江》《当代人》等刊物上的。一些被选进《小说选刊》《小说月报》《小说精选》和《短篇小说选刊》，一些被收入中国作家协会创研部主编的年度选本和老舍基金会与《北京文学》杂志社联合评定的年度文学排行榜，一些获了国内的奖，一些翻译成了外国的文字。

怨我平素没有保存原刊的习惯，忘记了发表的准确年份和期数，它们大多是电子文本，少量还是托人从其他的作品集中扫描下来的，所以未能遵从本丛书主编的嘱咐，在作品的篇尾标明出处。并且，其中还有一部分篇名，已经根据原本约稿者每篇都得昭示女性的要求更改过了。

不过将来，它们还会回到原始的名字，比方说在很多年后，出版作者小说全集的时候。

我记得我已很有些时候没写中短篇小说了，其实我最喜欢写短篇的，那于我是一种醉心的享受。近些年,我尝试着写作和出版了五卷本的方志小说《庸国》，接着又写了两部即将出版的长篇《革命》和《黑鸟》，再接着还在写一部长长的名叫《刘道玉传》的传记，对同学们宣称要做恩师八旬大寿的贺礼。间或也偶有短制，都是些应约而成的急就章，实在说不上好。我知道只有完成了上述的大部头之后，我的心灵方可归于宁静，我才能回到我最喜欢的短篇中去。

编选自己的散作加入丛书，如同怀抱敝帚与熟识与陌生的朋友相会，激动，羞怯，胆战心惊。然而终归是情愿的，因为都是出于自己。

窗外，故乡的小雨还在下着，我被打湿的心却又回到了干燥的北京。除了悲哀与忧伤，似乎还有一丝烦乱，一丝焦虑，可能是为那部因了母亲逝去而中断已久的传记，也可能是不因什么。

只是雨，清明时节的雨。

2006 年 6 月 15 日写于老家竹溪

295

三十二个珍珠萝卜

——短篇小说集《死去活来》跋

　　《死去活来》这本集子里所收的作品，一部分写于二十一世纪初，一部分写于二十世纪末，横跨着两个世纪，想起来有些惊心动魄。其实在这一伟大的历史时期，我除了写长篇小说，写影视剧以及写一些应景的散文随笔之外，每年发表的中短篇小说都可以自成一集。

　　我曾经想效法二十世纪三十年代的前辈，譬如我们敬爱的鲁迅先生，按照年头编辑出版自己所写的文字，冠名为什么什么集，向读者汇报一年的工作，然而却每每不能如愿。盖因目前的情况有些异样，国内的出版社纷纷受制于市场经济，已习惯了将多位互不相干的作家的作品，用包办婚姻的方式强行捏合在一起，信口加些优秀或者最佳之类的称呼，让大家火牛陷阵似的群起而攻打一个市场，以为根据数学的逻辑，这种做法较之单枪匹马，夺取胜利的指望应与人数成为正比。

　　因此不仅个人年度的作品集已几近绝版，即便个人多年的作品也难以结集，只是偶尔间才会诞生一位极其走运的作家，由于一篇作品的缘故而呈现出紫红的颜色，他的集子才会出得飞快。但这一快却又如俗话所说的萝卜，泥巴长流地往桌面上摆，而且几乎全中国的餐馆都同时来抢购这一个泥萝卜，背回去佐以其十八年前坛底的老酸菜，让慕名而来的食客诸君大快朵颐。

这些年来，一位作家的一篇作品被收入个人以及众人的多种选本，抑或多篇作品仗着一篇名作乘机出笼，此种现象风起云涌，似乎将成泛滥之势，与个人选集的短缺形成俨然相悖的两种景观。

所谓精品，我认为乃是相对糟品而言，读者读着不觉得糟，这感觉至少可以保持一些年头，尚能再读，味且依旧。并非是某个批评权威的眼里有一道紫外线，必经照射，盖上一枚鲜红的印戳才能作数。新中国的反特故事片屡屡以侦察英雄之口，赞叹群众的眼睛是雪亮的，其实这话完全应该运用于没有任何功利目的和艺术偏见的大众读者。譬如同桌吃饭，普通人觉得哪盘好吃就朝哪盘猛下筷子，而批评家则善于存心与自己的舌头作对，努力用深刻的眼光去洞察哪片猪肉的形状切得前无古厨。

但凡聪明一些的编辑，总愿意编作家的自选集，大抵制定出一个指标和原则，横竖都是他自己地里的出产，眼睛看着哪个舒服就拔哪个，这样能免去诸多出力不讨好的烦恼。只可惜我的这一本集子，虽说自选，选出的货色贩运途中却不幸遭截，某些我喜欢的作品，由于别人的不喜欢而被抽去，好比凌晨的几只小公鸡头子，正清理着嗓子雄起起地就要出笼，主人却嫌它们爱出风头，一把又将其塞回笼里。

既然如此，我便索性打开笼门让人伸手进去，看中某只就捉某只。

这本集子里的小说有的获过奖，有的被选入国内各种选刊和选本，有的被翻译成异国文字，还有的未曾得到过以上殊荣。然而在我的心中，若是离开了机会，它们也都是差不多的。而且有一点最是相同，都是短篇小说。我向来把短篇小说看得异乎寻常的神圣，心中极佩服的大师也是擅写短篇的鲁迅、沈从文、契诃夫、莫泊桑、欧·亨利等，之所以中篇小说一个也没有要，我是怕这些以字数取胜的东西抢占了少得可怜的短篇地盘。

此外，我还有一个良好的习惯，如同朋友要以类聚一样，出书最好也要有个区分，就像一个卖菜的农民，萝卜是萝卜，南瓜是南瓜。还像一个卖鞋的商家，拖鞋是拖鞋，皮靴是皮靴，这样让人家买着明白，回去吃着用着也一目了然。

说到卖鞋，又想起做鞋，想起曾经听人讲过的一个故事。说是一个外地的作家向一个当地的鞋匠问路，问去作协怎么走，鞋匠给他指了一个地方，作家走去一看却是鞋厂。原来鞋匠根据自己已经职业化了的耳朵，把作协听成是做鞋了。

这个故事是调侃作家的，意思是作家居然与鞋匠混为一体，这是一件多么值得悲哀的事啊！然而我的笑，我的悲哀，乃在故事的另一个立场，我想如果一个优秀的鞋匠，一生能够做出许多双穿着可脚的好鞋，著名如中国的内联升，意大利的老人头，让作家穿在脚上大踏步地去体验生活，他的功劳亦不可没。而反过来，如果一个蹩脚的作家，尤其是在现行的体制下靠着国家的工资养活，名片上印着专业、一级之类字样的作家，一辈子也没有写出一篇像样的作品，这样的作家却是连鞋匠都不如的。

因此我们应该向好的鞋匠学习，争取多少能做出几双被人认可的好鞋，未必是要把式样搞得古里古怪，鞋底设计在脚背上，或者在脚板心的下面安装上一只后跟。但它一定要好，一定要让脚感觉到像那么回事，既别出心裁匠心独运，又师法自然顺乎天成，规矩而又好看，好看且守规矩。作家与读者的关系，其实就好比鞋匠与脚。

回头再说萝卜，这就使作家与读者又类似于菜农与舌头。这年头随着生活水平的提高，几乎人人都成了美食家，读者对文学作品审美要求的愈加高严，致使坐在电脑台上的作家常生惶恐之心。

即令此时，在向出版社寄交这批作品以后，我仍在记忆中重新审查这些不同时令陆续种出的萝卜，担心着它们是否糠心，环保如何。回忆的结果使我释然，它们依旧是水灵灵的，脆生生的，丝毫没有欺行霸市蒙哄大家的意思。在目前无比繁荣的书海肉林之中，这三十二个玲珑小巧的珍珠萝卜足以自成一色，供真会品味的读者食客耐心一尝，慢慢地，不必贪速，最好是略作回味，倘使果然能够吃出一丝什么感觉，那将是作者难得的福分。

羊年三月，恰好为一位羊年三月出生的小朋友寄去一首聊供酒后一笑的小诗，匍然便有了满目的春草，与我这珍珠萝卜的缨子连成一片极浓的绿原。我看见一只白的小羊在绿的草原上欢叫着舞蹈，对照一首美丽的民歌，惊讶的是没有鞭子在它的身上不断轻轻地抽打，倒是它手握一条皮鞭，一下一下打在一位老牧羊人的身上。我想这就是鞭策，是贯穿作家一生的故事。

2004 年 10 月 6 日写于北京听风楼

原始粗糙的野人之美

——短篇小说集乌山三部曲《乌山故事》《乌山人物》《乌山景色》跋

这三本取名乌山系列的短篇小说集，所收的都是我早期写下的一些文字，当时散发于国内的各家文学刊物，有的还引起过文坛的一些注意。

有些作家习惯于将自己后来结集的早期作品，依据鲁迅先生的始例，谦称为朝花夕拾，而我则连此谦的勇气也没有。原因是这些东西实在是不能算作花的，顶多不过几枚未曾开放的蓓蕾，或者迅速凋零的花的残瓣，这是其一。其二是作者目前还未到夕，尚在中午时分的花地里，谋划着后半辈子如果还有那份痴情，那么又该怎样地经营和经营一些怎样的品种。将十年前的残瓣败叶当作肥料，让它以不求今生但求来世的精神，在以后的真花面前付出牺牲。

取名乌山，又是因为这里每篇小说的背景几乎都是乌山，小说中每个人物几乎都是乌山的人。由此他们之间缘于某种纠葛而发生的什么故事，无论或哭或怒，或骂或笑，或一钱不值或屁用没有，也无论或男人或女人，老人或小人，善人或恶人，野心大得要命而胆子小得要死的山里汉子，他们的故事都是乌山的故事，于是便这样明明白白地确定在书皮上了。这得感谢我的小学语文老师上作文课时对我的文要切题的教导。

想来有些寒碜，我的第一本书无序无跋，第二本书有跋无序，景象不佳的出版界，多少年来总因经济的缘故而委屈着文学，为了半个印张的缘故，恨不能将可有可无的序跋之类的文字统统归之于无。这样省则省矣，只不过将浪费扔给了别人。每在书店见读者将一本书前面翻翻，后面翻翻，前后都翻不出几句介绍文字的时候所皱出的一脸惑然，私心便不禁想到在他们眼中的拙著。

于是那年我痛下决心，无论如何要出版一本有序有跋的书，因为居然万分情愿地找到了一个不令自己脸红的理由。拉大旗作虎皮也罢，拉就拉，而且就拉一杆真正的大旗，将过去两本书的残缺也一并补偿起来。

鉴于是短篇小说的选集，那么就要拉一位短篇小说的圣手，我想到了汪曾祺先生。那年夏天汪曾祺先生住在北京南城的蒲黄榆，九号楼，离太阳很近的十二层大厦，八面索稿，负债累累。然而汪曾祺先生谈笑相待，妙语允诺，临行并以一幅极为清淡的水墨兰草见赠。

汪曾祺先生画如其文，而又文如其人，飘逸，坦荡，无论为画为文以及为人，都是一种难得学习的极高的境界，如此序中的点化，自然也是一样的道理。他说我写的是一群野人，写的是这群野人身上原始的、粗糙的美。

1993 年 9 月 18 日写于北京神虫窟

说小小说

——微篇小说集《黑夜里的拳击手》跋

在我正式将这类极小规模的小说定义为微篇小说之前，我还是约定俗成地称它为小小说，因为它从前的名字应是叫微型小说、超短篇小说、千字小说、一分钟小说和小小说。以上五种称谓是中国的发明，西方没有，西方要么是长篇小说，要么是短篇小说。海明威的《老人与海》在美国是短篇小说，同样是这个老人，同样是这个海，来到中国就成了中篇小说。中国人喜欢把简单的事情弄得繁杂。

中篇小说的说法一经确立，获奖者的名额立刻倍增，怀里抱着一样东西照相的作家，阵容之强大可分四排而立。而且中短篇小说还有继续分解之势，君不见期刊编辑写信约稿乎？给我写个大中篇！给我写个小中篇！给我写个万字左右的短篇！给我写个六到八千字的短篇！

如此一来，加上不大不小的中篇和不长不短的短篇，加上大长篇、小长篇和不大不小的长篇，加上小小说、一分钟小说、千字小说、超短篇小说和微型小说，中国小说的从长到短，从大到小，仅仅在身材上就有了十二个等级。单以每篇的字数选举领袖，设若欧·亨利生在中国，肯定是小小说学会的会长无疑，契诃夫大抵也只能担任这号职务，而在异国，他们敢与海明威和托尔斯泰们平分秋色。

小小说写得好的作家，并非只会写小小说，只是因为自己的时间紧迫，同时想到读者的时间更加紧迫，如同一位善良而不把利益放在首位的厨子，来不及去办满汉全席，而是神速端出一碗精面，碗里也有牛肉和鸡蛋，少的是此时略嫌累赘的佐料，吃了也能饱肚子，同样还能补充营养。但当对方闲得无聊的时候，且看他做几道不俗的大餐来着，他多半是曾经做过的，也很会做。

中国小小说的先祖，应追溯到东晋的干宝，南朝的刘义庆，到清代的蒲松龄手上渐成规模，但那都是魔幻现实主义的作品。实可惜我们的古人太老实巴交，没有下死力气地向外推广，只搞拿来主义，不搞送去主义，否则这位落第的老秀才就无暇坐在自家门口，摆一盆绿豆汤与行人交换奇闻，而要到马尔克斯的故乡去讲鬼狐的故事了。

篇幅何以短小，或是时代使然，存在决定意识。想那时节遑论网络与计算机，每一个繁体字都是用毛笔蘸墨，一顿一顿地写在丝麻纸上，长了岂不写死个人。现如今就不同了，聪明的年轻人发明了用身体写作，从肚子里往外倒字，如同从麻袋里往外倒土豆，拉开阵势，扑通哗啦，乘机夹带一些好看的性和爱，一部王婆娘式的长篇三月成焉。

于是就有人不屑于所谓的小小说，翻开书刊直奔王婆娘，两眼贼亮，结果读出一包水。有从嘴里淌下来的，有书中富含的丰饶的碳水化合物。

马季的儿子不说相声，他利用电视发明了一个绝招，限你三分钟，把一件事说清楚，在这个时间内说得好的可以当节目主持人，说得不好就请下去。其中有人说得好，一个字不多，翌年成了他的同行。另有人摆开架势刚开个头，铃声响了，马季的儿子说，你可能委屈，你可能不服，可是你被淘汰了。红着脸蛋儿走出演播厅的女士和先生，就是不会写小小说的作家。

好的小小说，是用极少的材料，极巧的结构，极妙的语言，写出极好的人物和故事，更重要的是还得有极其深刻的思想。小说写得长只能证明作者的身体好，不能证明作者的本事大，因为只要把屁股放在椅子上面，两只手在键盘上一按一按，谁都能把小说写长，今天写不完还有明天，明年写不完还有后年，老子死了还有儿子，儿子死了还有孙子，用愚公移山的精神，还怕写不出一部很长的长篇小说么？

小小说不行，小小说不仅要作者一口气写完，还要读者一口气读完，读完了"嗨"的叹出一口气说，真他妈的棒，这世界，这人性，都让他给说透了！

人说海明威的小说语言是电报式的，如果换一个王婆娘去拍电报，就为一个关于晒不晒裹脚布的问题，你想她得用多少字，花多少时间和成本。

目前，电报业务已被手机里的短信和微信所取代，手机里的文字多了还发不过去，发过去也是乱码。打电话可以超时地说，但得看对方是什么人，如果他们不是你的贤妻和挚友，他们是花钱听你说话的人，你说的话又臭又长一点儿艺术性都没有，他们肯定得把电话挂了。即便他们是你的至爱亲朋，听烦了也会呵欠连天，还会存心让你有所感觉。

小小说不是大小说的一个局部，它同样是一个完整的体系，并且也不是麻雀之于老鹰。在当今以字论价的文学时代，有时它甚至反而是牛肉干之于注水的猪肉。

国外有一位未来学家预测，鉴于地球的负重和能源的匮乏，下一个世纪人类的理想身高应该是一点二米。真要是这样的话，武大郎就得将西门庆一脚踹倒，然后跟他的娘子在板凳上做爱。涉及文学，具体到小说，国外的诺贝尔奖，国内的鲁迅奖，第一名就要颁发给小小说。

然而又不能说但凡是小小说，但凡是海式的电报语言，海式的冰山原则，就一律好。所谓的电报和冰山，乃是夸张地状其简洁和凝练，而非让作家放弃语言艺术的魅力。比方说我最喜欢的汪曾祺先生的作品，他的那篇《陈小手》，陈小手给团长太太接了生，团长给了他赏钱，请他喝了酒，说了客气话，陈小手告了辞，上了马，若真有人去拍电报，这篇小小说的结尾会是这样：团长掏枪，打死了他。八个字，千字千元也才八块钱的稿费。冰山原则甚至只写掏枪，打没打中都不用写，让他在冰山下的海水里面泡着。

然而汪老不光要给人省钱，他还要艺术，他写的是："陈小手出了天王庙，跨上马。团长掏出枪来，从后面，一枪就把他打下来了。团长说：'我的女人，怎么能让他摸来摸去！她身上，除了我，任何男人都不许碰，太欺负人了！日他奶奶！'"最精彩的是最后七个字："团长觉得怪委屈。"这是团长此时的真实心理，他认为自己"被污辱与被损害"了，真的觉得怪委屈。

此外，我还研究过这篇小小说的落款：1983 年 8 月 1 日急就。"急就"二字泄了天机，要不是编辑逼着交稿，按着汪老写《受戒》和《大淖纪事》的从容不迫，他肯定还会铺垫，还会渲染，这就会至少多出千把字来，就不是所谓的小小说了。

国内的批评界已习惯于将鲁迅的《一件小事》树立为小小说的典范，在

303

我看来，那却是他喝完一杯咖啡后的小散文，小杂感。而他真正的小小说却是那篇不朽的《孔乙己》。在咸丰酒店穿长衫站着喝酒并知道"茴"字有四种写法的孔乙己，依当下以字论价和以幅论重的风气，贪利图名者完全可以写成一个大短篇、小中篇、大中篇，甚而至于小长篇来。仅孔乙己又一次出现时那双被打断的腿，也完全可以写成不是因为窃书，而是因为偷看秀才娘子洗澡，抑或更多绯色的故事，于是书的印数也将更多。然而鲁迅却将谜底隐于冰山之下，文风所倡。

另有人把笔记小说归于小小说一族，盖因其貌皆小，其实它们之小犹有不同。真正的小小说不能长大，真正的笔记小说却是能长大的，文言和半文半白的笔记小说尤其如此。我写笔记小说始于二十世纪八十年代初，在我发表处女作的文学刊物举办的笔会上，组织者所寄予的厚望是让我们写出全国获奖作品。我几乎每天写一到两篇，连续写出十多篇这类小说并且交稿以后，据我同室的作者从编辑部带回的噩耗，说负责审稿的编辑对我表示了愤怒。我立刻明白了问题出在哪里，这个杂志的编辑全都是我的朋友和好朋友，他们的愤怒不可能有任何非文学的成分，只是笔记小说在当时人们的眼中未免太轻，它的篇幅和写法决定了在反映社会重大问题上的力不从心。那次笔会如愿以偿地产生了一篇全国获奖的小说，而我的十多篇笔记小说无一留用，很久以后，它们才三篇一组、三篇一组地刊登在天津、福建、山西和辽宁的文学杂志上。

不过，在以后的二十年里我再也没写它了，直到本世纪初的贵州海龙囤之行。

我带妻子到汪老家中，顺便告诉他我的长篇小说也要出版了，未曾想到他会用一双仿佛疑问的眼光在我的脸上看了又看，然后说了一个字："哦。"下面没有了我极希望听到的话，我对这个谜一样的"哦"字耿耿于怀达四年之久，直到他 1997 年去世前夕，我在他送我的一套五卷本《汪曾祺文集》中突然发现了那个"哦"字的秘密，原来他这一生写得最长的一篇小说只有一万八千字，就是那篇人所共知的《大淖纪事》。余者皆为精致的短篇，如《故里三陈》，每篇一千多字，全是笔记小说的章法。我对笔记小说的定义为，删繁就简，用凝练的文笔和精致的结构，小动干戈地记下想说的人和事。

汪老在《野人的执着》中对我超短的笔记小说写法如此描述："不搞突出，不搞强调，不搞波澜起伏，只是平平常常地、如实地、如数地把生活写出来。作者不泄露感情，甚至看不出对这种生活的态度，而态度自在其中，可以意会。"

这么说了犹觉不够，于是又说："野莽的语言有特色，不止一体。有些篇的语言有文言成分，颇有拗句，如……"他举出的例子仍是《三夫》中的一段文字。

同一时期，国内几位写笔记小说的作家陆续都成了我很好的朋友，湖南的聂鑫森，黑龙江的阿成，河北的谈歌，今已辞世的河南的孙方友。他们从一些笔记小说的选本上偶尔看见了我的名字，只是不知道那是我的笔记小说的全部，不知道我总共就是那些。因此有一次，孙方友来电动员我加盟长江文艺出版社编辑的一套笔记小说丛书，说是目前已有了聂鑫森、阿成和他，再有一人就可编成四位一体的首辑。我乐于为伍，但我计算了一个公式，一本书应有八十篇，二十四万字，三百二十页，二十八元定价，而我的规模不达半数，又不想临时赶写，便向他郑重举荐了谈歌。几个月后，以上几位朋友陆续寄我以书，这是二十世纪末国内出版的第一套当代作家的笔记小说，印得很是漂亮。

此外，跨时代的荷花淀派老作家孙犁，和汪曾祺、林斤澜、王蒙、冯骥才、阿城、韩少功、贾平凹等也写过一些笔记小说，无非各有一套路数。孙方友自然与《聊斋志异》一脉相承，孙犁、汪曾祺、聂鑫森可寻源于《阅微草堂笔记》，王蒙、冯骥才、韩少功类似《世说新语》，贾平凹有《幽冥录》气，谈歌像《唐传奇》，林斤澜记杂，阿城、阿成则是有笔记小说特质的人文游记。其中用数以千计的笔记小说写尽陈州古今风物的孙方友，逝后理所当然地获得了当代"笔记小说之王"的谥号。

本世纪初，贵州诗人李发模邀请一干朋友赴黔地采风，我与聂鑫森、阿成异地相遇，在去往中国最后一个土司王国海龙囤的险道上，二位贤兄坐轿，独我一人骑马。我在马背俯看轿中之人，莫名其妙地想起笔记小说，回京就有了收入此书的《海龙囤》三章。但与二十年前那一组笔记小说相比，分明已融入了西式的元素，倘若汪老还活着，不知他看了会不会又说出那一个字："哦。"

是为我对微篇小说的一点微论，或曰对小小说的一点小小解说，亦为本书的代后记。

2008 年 10 月 5 日写于北京听风楼

并未惘然的追忆

——散文集《此情可待》跋

　　林小云要我为本书写个后记，我说画蛇添足，她说书不是蛇，按规矩应该从头到脚。我想了想，觉得借画足而顺手写几句本书的成因，未为不可。

　　真的读者会发现书中的秘密，这本书根本不是一气呵成，它大抵写了二十五个年头，写第一篇时我还是个年轻的编辑，目前已成了老作家。以昏花的老眼来读年少的轻狂，的确有一些不大入目，然而它所记下的人与事，我却希望得到理应的尊重。因此，明知道有人不喜欢我写在纸上的字，犹如我对有人只能写在网上的字连不喜欢也说不上，我们却都不会把对方的喜与不喜放在眼里。

　　这些文字，一些是为自己任职的杂志写的人物印象，一些是为他人开办的专栏写的人文随笔，全都是先有相识而后才有回顾，并无一人是为了写去追踪寻访，自然也不曾想到未来会结集成这么一本书。

　　如杨宪益，他本就是我所在单位的老人；如叶君健，我用的桌子就是他用过的；如戴乃迭，她八十岁的生日贺词就是我的一篇短文；如汪曾祺，我的第一本短篇小说集序的作者就是他，他说我是"野人的执着"，还说我火气大，以林则徐的"制怒"二字题而赠之。

如是有心作名人传，在我居京办刊的二十世纪八十年代，沈从文、钱锺书等都还活在我的身边，到上海去找巴金也只需坐一日的火车，他们都是我因职业的需要可以和应该去找的前辈。我把沈从文早年的小说选了两篇译载在英、法文版的杂志上，随便找个由头都能见到那位笑眯眯的老头儿。

鲁迅最忠实的弟子萧军，是我最爱的性情中人，但迟至他逝后多年，我才吃到他的女儿萧耘和姑爷王建中做的炸酱面。还有相对年轻的名作家，我住光明胡同，昔日文坛神童刘绍棠也住光明胡同，盖因没在一条胡同里面不期而遇，我也就从未走进过他家的四合院。

书中另有一批人物，则更是我的校长、老师、同学、朋友、责任编辑、作品翻译，以及我曾给予帮助的青年作家，有的甚至与文坛风马牛不相及，纵马驰骋在更为辽阔的疆域。写下他们，抑或是因往事回首，旧地重游，故乡欢聚，异地相逢，兴之所至方以文字而纪念之。这样慢慢写来，待林小云两次带人到家来时，居然就有了很大的一堆，我问她能否编成一书，与我写武大前校长刘道玉的书一道问世，在今年冬天的一日献给我的恩师和朋友，小云说，能。

我以曾经有过的经历认为，好的编辑必须是从头到脚都能动的动物，有思想，会行走，即业内行话所谓的集策划、组稿、联络、编辑为一体，能让一个个应该响亮的名字在自己的手里响亮起来，而非佝偻着腰，背着一只粪筐跟在一个个已经响亮的名字后面捡拾一些被人遗弃的东西。前者习惯于先看字，再看写字的人，再把这人的字像变魔术一样变成整齐的方版，漂亮的书。后者完全相反，他们几乎没有在茫茫人海中发现爱人的能力，只会在别人的怀抱中奋勇地争夺，努力地盗窃，终致被他们紧紧尾随的名家当初的处女作，只会从他们手边滑过而决不会问世在他们的手里。

出于这样的思考，我把我的第一篇作品的编辑，第一本译著的翻译，满怀深情地都写进了这本书里。虽然他们在后者眼里还没有出名得像一棵茁壮的摇钱树，然而，我要写他们，要把他们收入本书；相反，对于一些与我毫无关联的名流，我则根本没有闲情逸致倒卖给出版社，用以换取一点可怜的版税。

李商隐的"此情可待成追忆，只是当时已惘然"，对我而言"追忆"二字略嫌吃力了些，换作"回忆"似乎更为恰当。而且当时我也并不惘然，我是一个记性不错的人，人生中的很多遭遇从一开始我就没有打算将它忘掉。

307

　　以上文字，原本是 2012 年 8 月 28 日写给当时的一家出版社的，不幸被当时的一名编辑疑为讥讽，极其不乐意为后人留下拾粪的印象，故努力地欲使此部书稿藏之名山。这样做的后果是时过半年，却让它又进了尚书房，并有幸结缘一位名叫蒋稠媛的才女，经她一番咬文嚼字，未经再版便纠出多处含误写在内的错讹，适时地挽救了作者，这让我不得不心生感激。

2013 年 4 月 20 日写于北京竹影居

关于记忆

——散文集《记得》跋

为这本书取完这个名字，我看见我笑了，如果眼前有一面镜子的话。便是没有也能看见，那是我的幽灵，它因我选择了这个名字而得意着。

许多的写作者在讲述一段往事的开篇，都喜欢用"记得"二字，"记得母亲在我小的时候"，我不喜欢这样，我是个直性子，要写就直接写"母亲在我小的时候"，母亲在我小的时候常常给我做好吃的，这些事至今还能够写出来，足以证明我还记得，既然记得那就不必再说记得了。是谁发明将这二字千篇一律地用于讲述一段往事的句首，我猜他可能是接受了朗诵家的建议，在小学生课文里用这二字打头，可以增强顿挫的效果，让它充当着装饰音，相当于古文中议论句开头的发语词"夫"。现在好了，我终于也要写"记得"了，并且用整整一本书的容量来填充它，仿佛是想一次性地弥补我很多年来对它的亏欠。

这是因为关于记忆，我突然想对某类在一些事上失去记忆，而在另一些事上又记忆非凡的人说几句知心的话儿，如同用一支削尖的竹签拨开掩饰，去行刺一个病人的痛点，虽然这样做或许会冒下伤人的罪名。我们通常所谓的记忆，实则是指人的记忆力，也就是人的调动记忆的功能和力量，在浩如烟海的往事中抽取当前需要的部分，然后复制，用语言、形体、图画和文字表述出来，谁能快速而又准确，他就叫记性好。历史上在这方面的典型人物，当推三国时代的益州别驾张松，此人初读一遍《孟德新书》，便能从头背诵，还一口咬定是战国无名氏所作，以此而沉重打击了曹操的嚣张气焰，害得他怀疑自己是否与古人暗合，不惜毁书以保名节。

"在我小的时候"我就为此事做过研究，譬如我每一次吃核桃，吃鱼头，吃猪脑壳肉，就必然会联想到动物学家在图纸上描绘的大脑的脑沟，那些弯来绕去的柔软的沟壑，原来就是人类记忆的密室，里面藏着多少的悲欢离合，爱恨情仇。但令我困惑的是，记忆应该按照密室的比例，容积小的储物就少，容积大的储物就多，所有物资在室内码放齐整，井然有序，室主可以随时拎出，用于急需，然而事实并非如此。核桃属于植物，是作为动物教学时的一种形象的参考，我们就不说它了；鱼脑白而大，沟壑颇多，但鱼的忆记好坏我们无从验起，只有惠子那样的慧眼才能看出它们是想起什么好事而嬉戏于水中，而聪明如庄子者尚不能知，"子非鱼，安知鱼之乐？"至于益州别驾张松，小说家罗贯中对他的描述是"身不满五尺"，那就说他只有四尺五寸高吧，若以人体的比例计算，他的头部以至脑沟正好是身长九尺的关云长一半，然而关云长缘何就没有记住孔明的话，以至于荆州失守，败走麦城，张别驾则能熟背《孟德新书》如流，把一个曹丞相都吓住了呢？

猪的脑壳不小，却多是下酒的卤肉，脑与脑沟所占不多。它甚至都没有沟，在尚未煮熟之前连脑子的形体也看不分明，颇似一堆捣碎的嫩豆腐。南方有一道早点叫豆腐脑儿，便是以豆腐的"胎儿"作猪脑的比喻，此物有筷子不可承受之嫩，只可用小匙舀而啜之。古人对猪脑的评价不高，《礼记》干脆发出"食豕去脑"的号召，其根据是一个名叫孙真人的说过，"猪脑损男子阳道，临房不能行事，酒后尤不可食"，说它尤其对男人的杀伤力大。由此可见，猪脑不仅不能增强人的记忆，反而还能让人忘掉男女间最美好的结合。曾见有两个儿童，商量着去虐待一次动物，一个看见了猫，另一个说猫会记仇，你看它那两只眼睛！后来二人不约而同地想到猪，解开裤子，对它进行人工降雨。果然这位朋友一边洗热水脸，一边张口解渴，小眼缝里闪着感激的光芒。试想人若是吃了这种动物的脑子，被机体组织所吸收，化为营养，再融入基因，本人以及后代都有可能犯下同等的错误。常听上司骂下级"你是个猪脑子"，回头再温习传统文化《礼记》，就更能明白这是以严厉的态度，指责其不吸取上次血的教训。

我们再来说记忆的密室。人之初生，室内空空，婴儿时期，整间房子里只会装着两只白胖的母乳，从中流出白亮的乳汁；长至童年，补充了好吃的、玩具、新衣服、鞭炮，除了妈妈和爸爸，还有喜欢给水果糖的阿姨和叔叔；再到少年，又多出小狗、书包、课本和作业簿、男伙伴和女同桌、班主任和漂亮又会唱歌的女老师，库存量大了些，但库内依然游刃有余，人问起什么事，还能很快想得起来：明天一早干什么？和小燕子到河堤上去放风筝！前天下午到哪儿去啦？狗蛋带我钓鱼，他钓了七条我只钓了三条！丰富多彩的青年时代到了，无数的好东西登堂入室，这间小房子开始拥挤起来，尤其还要留出很大一块安置爱人和高考复习题，接下来还有参加工作前后的摸爬滚打，闪展腾挪，有些存货就顾不上了盘点，丢是丢不了的，指不定哪天发现有用了再去翻检，只不过现在得把它塞进一个角落，别让它占地儿，也别让它挡了视线。

这还不算最为考验人的，最为考验人的是转眼到了中年，人到中年虽离老年尚早，却已被悠悠岁月培养得老谋深算，一些人懂得了记忆的有限，决定用有限的记忆去创造无限的价值，于是清仓查库，有益者存之，无用者弃之，腾出空间，热烈欢迎昨日在酒席上得来的政要、大贾、名人的名片。这么一来，生养自己的父母，救助自己的亲友，指导自己的师长和贵人，在目前不再有用的情况下，就将他们忍痛割爱了吧，或者这爱似乎已有些淡了，割时并不怎么痛，有人若问起一个最初牵他走路的人，他会睁着一双迷惘的眼睛，用指头轻轻敲打正在脱发的后脑：咦，我怎么记不起来这个人了？与此同时还忽然发现，记忆这个鬼玩意儿呀，有的是快乐的，有的是痛苦的，有的是光荣的，有的是屈辱的，那么何不只留下快乐与光荣，库存也就减去了一半，最好再把痛苦与屈辱调整为前者，时时回忆起来，自然会感到满满的幸福。

有人储存空间之小令人吃惊，为谋人生的发展只好如此，这样的人不仅不要为难于他，反而还要施以同情。如对傻子、精神病人、骑马摔伤头部者、被炮火震昏后又复苏的战士，让他们背诵《孟德新书》，会受到国际人道主义组织的批评。但我最近又听说了一个医学名词，颇觉新奇，此词名叫选择性记忆衰退。患者大概知道自己记忆不够用了，于是就进行选择，凡重要的就旺盛地进入，凡次要的就衰弱地退出。这真是老天爷为此类人群想的好主意，因为如此一来，便可以想记就记，想忘就忘，提起自己借别人的钱直摇头，别人借自己的则往往在梦中脱口而出。与其相比，最智慧的苏格拉底倒是最蠢，死到临头还记着一件事："克利托，我还欠邻居一只鸡，请别忘了替我还给人家。"

我担心有人的记忆经过调整之后，会把这件事情记走了样，临终时说："克利托，邻居欠我一只鹅！"

近些年来，每见网络公布的图书排行榜，小说排行榜，散文和诗歌排行榜，我便会油然想到，人类的记忆也应有一个排行榜，评选标准根据门派自定，非功利者排出的前十名，出于道德良心，可能有关系到自己从前的人，而在功利者排出的榜单中，出于需要，恐怕前一百名也没有他们的份儿，上榜人只会关系到自己的以后。其他行业之深奥与复杂，非我等简单之人所能搞得清楚之万一，单说每天写文章教人要保持一颗童心的作家同行，也都在榜首列上了自己并不真心热爱的人和事，日日夜夜地忙于写作、采风、笔会、评奖和用口号保卫祖国的边疆，以至于忘了双亲的生辰和病时。忽一日人没有了，就在文章里面号啕大哭，并将此事写进新书的后记，以期赢得评委们感动的一票。

感谢我的父母，恩赐了我一间未必人人都有的广大密室，让我从容储下一生与我命运攸关的全部记忆。四五岁开始经历的各种政治运动、饥饿等，它们几乎贯穿着我从出生到成长的全部历程。在那疯狂年代的漫长背景之中，一个弱小家庭两代平凡生命的无限琐碎往事，是我的记忆中被强行锁住不许飘逝的万缕烟云，何时想回首再看，它们何时就能清晰如丝地浮现在我的眼前。然而由于自然的规律，依附于人体的记忆终会随着密室的崩溃而消散在无垠的时空，并且一去永不复返，因此，我愿将它凝成文字，集为一书，捧给这茫茫世界中万千个有缘看到的人。

2017 年 12 月 24 日夜写于北京听风楼

文上一百，有种有色

——随笔集《竹影听风》跋

　　临到尚振山先生要出版一套作家的随笔集，告诉其中有我一个的时候，我按照他的要求打开麻袋，翻了七天，才把这些有点像是随笔的东西翻了出来。许多年前，《北方文学》的李琦和孙仕侠为我开辟的"野莽笑谈"，《文化时报》的姜贻斌为我开辟的"灯下漫笔"，《艺术明星》的叶梅为我开辟的"野莽新语"，《十堰晚报》的金虹为我开辟的"名家随笔"，《东方新报》的邓小红为我开辟的"野莽说书"，《中国书刊报博览》的徐文欣为我开辟的如今我已忘了名字的栏目，《网络传播》的潘天翠为我与一帮作家开辟的PPS随笔专页，还有一些零星报刊的散碎约稿，约去的就是这些东西。

　　这些文字，有的被国内发行量很大的《读者》作为随笔转载，《四川文学》有一次还把某一篇的全文印在了封面上，说它是随笔，倒也是随着笔写，写到哪里算哪里，但有时过于随意收不住了，竟然使全文长达好几千字；也有的却被锋芒毕露的《杂文选刊》《特别关注》等当作杂文，转载以后还得

313

了原发报刊的杂文奖。

我总觉得有些四不像，所幸我从不会为了像什么才去写，心里打定主意，任人说是什么就是什么，态度如阿Q，不配姓赵，是虫豸，好吗？但是自己私下认为，它的思想含量比小说要高，一部几十万字的长篇小说，评论家几百个字就给概括了，而我在这些文章里所概括的社会与人生，甚至比小说评论家还短。

很多年里，我一直在编辑之余写着小说，小说之余写着随笔，给人发表在报刊上，占据着不大的版面。这些随着笔写的文字显然与写小说不同，有一种跑步累了变成散步，在门前院后随便走走的感觉，或者对读者讲完一个故事，坐下喝一口茶，转而又与老朋友聊一会儿天。小说是人物和故事的虚构，随笔却是思想和感情的真实；小说是借人物和故事演绎一个道理，随笔却是抱住一个道理什么人物故事都不要，只带着自己的思想和感情上去硬写，时时假设着空中有一个不明是非的人，对他述说，与他辩驳，把他说服，让他承认你说得是。因此看似轻松，其实一点儿也不，特别需要本身的理由充足，倘若有半分理亏，文章也就没人看了，人家还会骂你是一张讨厌的白嘴。

我数了数，收入这本随笔集的大抵有一百多篇，但这只是我近年所写小说以外大量文字中的一小部分。俗话说人上一百，种种色色，文章其实也如人一样，有人脸上艳若桃花，一打听原来是个人尽可夫的妓女，而有人说话面带怒容，识货的却因他的凛然正气而视为美观，正所谓真正有种的作家才会写出真正出色的文字。在作文上，我认为我很丑，而且也不温柔，不过从写第一个字开始我就坚决地追求后者，宁不以此养命，亦不为此卖身。

尚振山先生是个正经且干大事的人，刚刚出版了百位作家的百部选集，声震文坛，在一直处于低迷的国内图书市场显示了人所不及的气魄和魅力。这次他不仅严格要求文章的形式和质量，而且连字数、开本、页码都规定了，决意制造出几块能够抵御风化的大砖头子，试着去砸一砸那些让人吃完油汪汪的小笼包子把嘴一抹，从此一走再不回头的廉价的快餐店。

本书名叫《竹影听风》，实在取不出更好的才取这个，简直算是偷懒。这是我在北京两个住宅的名字，新宅叫竹影居，旧宅叫听风楼，书中的文章基本上是住在这两处时写的。住在听风楼时写得多些，住在竹影居时写得少些，更早的时候我还有个故居叫神虫窟，书中有极个别的篇章写于那个狭窄的地方，因为寡不敌众，只好在书名上做了五入四舍。

书名取好了，振山又让把全书分成几个类别，各取一名，并且说其他几位朋友都是这么做的，我就只好又依了他。先把一个西瓜切为四块再说，还想偷懒，试着取名春、夏、秋、冬，不行，我的文章不分季节；又取东、南、西、北，也不行，我的文章没有方向；又取红、黄、蓝、黑，还是不行，我的文章从无颜色，有人喜欢把文学和艺术染得血糊糊的，我害怕。最后我想了一个上策，将书名拆成四字，各赋一说，曰"竹林观局"，曰"网事如影"，曰"红尘听聊"，曰"风过有痕"，这么一来，问题不就解决了吗？

2012 年 10 月 8 日写于北京竹影居

知音遇兮，再弄一曲

——随笔集《竹林落叶》跋

随笔集《竹影听风》出版以后，许多朋友发短信来，说只知道我写小说，不知道我还写随笔。顺着书封的标志，对出版随笔丛书的麒麟传媒和尚书房产生好奇，怎么钟情于市场销售居小说下风的这种文体。我代出版人尚振山说出我所知道的秘密，乃是这年夏天，西班牙和秘鲁两个国籍的马里奥·巴尔加斯·略萨来到中国，在社科院外文研究所举办极小范围的讲座，我们一同受邀参加。这位因"结构现实主义"的"结构"二字受到中国文学界热捧的诺奖得主，承认他其实是一个更加注重"现实"，写了大量时评文章并且还竞选过秘鲁总统的政治家、思想家和自由写作者，身在现场的振山由此产生某种念头，当即决定，要出版一套能够见真性情的中国作家的随笔丛书。

这套丛书的作者候选人，彼此很早以前都是朋友，意气相投，文气亦然，虽在说古道今之中或笑或怒或装疯卖傻，但对世间的假丑恶则没有一个人支持，故被序作者聂震宁并非调侃地称之为六君子。成书之前，大家互不知觉，11月下旬北京开作代会，振山乘机在作家代表下榻处北京饭店搞了一个微型的新书发布会，六君子才首次相聚。但那时的新书只印在发布会供媒体宣传的海报上，真货要到十天以后才能看到。

　　同一丛书的作者，我建议以后可称"同丛"，据我得到的消息，这套书的同丛们收到样书以后，首先看了自己几篇，接着又看了别人几篇，就忍不住要发表读后感，发短信说那件事你怎么把它写出来了？或者换一句话说，你写的那件事我也知道的！对方往往有特异功能，可以从一行字中听到笑声，于是自己也笑了，这叫默契。

　　除了首辑的作者，振山还把样书寄给下辑的候选人。十二月中旬，《古炉》获奖，刚刚见面的贾平凹又上京来领奖，顺便把他给振山题的"尚书房"三字带了来。我们坐在一起说掏心窝子的话，他说他过去从没读过我的这类文章，这次收到振山的赠书，读了我的随笔真是过瘾。他还一口咬定，这本书是我的多年积累，短期是写不出来的。我素来佩服这人好眼力，教师面前不打晃拳，当然这也是行家的常识，随笔无非是小说的业余。我承认了这只是我此类作品的三分之一，没收进去的还有更多，刊载它们的杂志已经找不着了，电子稿有的还在，分散于我的多台电脑里。这些年我的电脑更换频仍，一是质量不好，二是用得太狠，由于没养成 U 盘备份的习惯，每一次更换和修理都要丢失一些文件。

　　受到好朋友的夸奖，我就像个二百五似的来了劲，元旦也不休息了，采取各种手段，甚至把从美国回来的儿子也派上用场，几天几夜，用输字搜索法在电脑里又搜出一批，有几篇是从侥幸尚未清洗的回收站里捡回来的。略一汇总，居然比上一本还多，经过筛选就成了目前这一本书。其中补写的只有五篇，是身边刚刚发生的一些事，逼我放下手中的一切也要先写出来。

　　传统的中国人给儿孙后代取名，必须参照和执行本族的排行，譬如姓氏是"王"，排行是"大"，长子是"龙"，老二以下就可以从"虎、豹、熊、彪"等名兽中进行选举，断不会考虑到"猪"和"狗"。我觉得这个办法不错，可以举一反三地用在系列性的书上，这样可以偷懒省很多事，包括争论不休和犹豫不决。于是就把已经有了的《竹影听风》的"竹"字作为随笔集的排行，给这一本取名为《竹林落叶》。应该向喜欢我的读者坦白，这是一本新书，但并不是新作。

　　继承《竹影听风》的西瓜切割法，我把《竹林落叶》也分为四个板块，各取一字联成题目，曰"竹书纪心""林大鸟多""落花自拾""叶中秋色"，然后往每人碗里拨一些饭菜。不过这只是个大概，认真计较起来，也并不怎么合理的，就像书中写的很多社会现象。

2014 年 3 月 10 日写于北京竹影居

作嫁歌

——杂文集《自嫁集》跋

二十世纪八十年代末，我曾经把因为工作关系而写的文章，编了一本集子，取名《自嫁集》，想找一个出版社嫁出去，后来因故没有嫁成，反而连一摞稿子也给丢了，只幸存了这篇后记，真是叫作赔了夫人又折兵。没出嫁的夫人之中，有剪样，有复印件，还有写在方格纸上的手稿。那时候我还没有使用电脑，丢了就再也没有了，现在想来甚是可惜。

我还记得，这本集子里收了一首编辑写的歌，歌名就叫《作嫁歌》，歌曰："我也爱穿孔雀衣，我也想披狐狸皮。无奈案头呼声急，舞尺弄剪不停蹄。鸭儿哟，一看自己光着脊。"大致是这样的，最后一句，好像还重复了一遍。

这首歌不仅有词，而且有曲，民歌风，唱听起来有些悲凉，当时在北京的编辑界流传甚广。听说歌词作者是一位诗歌编辑，歌曲作者是一位音乐编辑，创作之因，是工作上遇上了不顺心的事，以后但有类似事件发生，有人就拿出来唱。据说还有人在申报高级职称的时候把它引用了进去，目的是想博得评委的理解和同情，因为评委里也不乏编辑出身的人。至于对职称的批准起不起作用，就没人知道了。

所谓因为工作关系而写的文章，实际就是版权法说的职务作品，里面有我在担任编辑工作时作为任务上班撰写，写好发表在自己所编刊物上的，如作品评论，作家访谈，图书推广，内容分析，等等。按说它是不应该属我所有，因为写作时已经拿了工资，外出采访还有经济补助，坐车，吃饭，睡觉的钱都让会计给报销了，的确不能再拿稿费。不过反过来再想，单位攥在手里也没有用，让我印成一本书有何不可？我将这事好有一比，就好比一个穷妇人，卖身贵府生了孩子，主人并不想要，与其让自己的亲骨肉死在那里，做妈妈的把他带走也不行吗？然而不行，坚决要这么做，结果也是一丢。看来这是天意，人不可违。

之所以我称出版这本书为自嫁，乃是因为有人把当编辑称作为他人作嫁衣，比喻自己是一个高尚的裁缝师傅，穿一身破衣烂裤，连肉都露在外边，却全心全意为需要衣裳的人服务。我的想法则跟他们不大相同，我认为既然是好裁缝，在为他人作嫁衣的同时为什么不能也为自己做几套呢？只要每日剪裁和缝制的衣裳并不少于邻案的同行，自做时又没贪污顾客的布料，也不剽窃作者的作品，这样做可以被允许。

《作嫁歌》中所唱"鸭儿哟，一看自己光着脊"，我认为是不真实的，至少用了不切实际的夸张手法。据我所知，历史上还从来没有一个裁缝自己光着屁股，反反复复地打量别人的身材，那样会把人家吓走。同时也无人做了一辈子衣裳，临死的时候是一具根纱不挂的裸尸。

或者索性再以女人作比，出嫁的是女人，给出嫁的女人做衣裳的也是女人，让一个个出嫁的女人穿着自己做的衣裳在欢乐的喇叭声中钻进花轿，自己却像守寡一样日夜守着一架清冷的裁缝案子，最后人老珠黄，孤苦无依。当年精心打扮送走的新娘们一次也不来看望她，偶尔被其中一位遇见，对方却早就忘记她当初是如何弯着腰，拿一根皮尺在自己身上量来量去的事了，反而叹息她是个没人要的老姑娘。如若不然，同龄人儿女都已成群结队，为何她还在侍候人家儿女的儿女？

我佩服二十世纪三十年代的文人，他们中大多是作家兼编辑，或者编辑兼作家，无论谁前谁后，谁主谁次，反正两样都干得相当出色，很多自己或者他人的名作就是这样干出来的。那些人的名气之大，对中国新文学的影响之深远，根本用不着我来举例。比起当今有些写不会写，编不会编，端着裁缝饭碗整天想把自己嫁出去，或者自己嫁不出去满口抱怨裁缝的人，往出一站就把那些可笑的理论打个稀巴烂。

2000 年 8 月 10 日写于北京听风楼

我译《诗经》

——中英对照《诗经诗译》跋

　　完全是因为工作的缘故，在邀请四位朋友翻译四卷古诗的同时，诸般的忙碌之余我自己也亲译了首卷。想不到这是一件和创作一样苦中有乐的事情，我在反复地查阅典籍和比较考证中完成了它。《诗经》是中国的第一部大型诗歌总集，研究它的专家学者不计其数，从诗序、郑笺到今天的古诗论坛，三千年来结论众多，考证日新，往往是新说否定了旧说，如诗序中认为是刺时的诗篇，今天的大学中讲的却是情爱。

　　作为译者，我只能根据自己的读书和思考，从前辈们的众说纷纭中择取其一，将它译成白话韵诗。选择的时候不论古今，也不论众寡，只是要它合情合理，并且还要符合时代。

　　譬如《汉广》一诗，"汉有游女，不可求思"，诗中"游女"，有人将它注释成了"在水中游泳的女子"，更多的人则依据古说，认为是指神女，我却偏向了"在外游走之女"的说法，认为三千年前的年轻女子断不敢像目前参加奥运会游泳比赛的女选手一样，身穿三点式的泳装，在众多看客面前去当"游女"。

　　不说是在《诗经》时代，即便是在今天，北京的水上乐园是可以男女同游了，但是汉水边的村姑暂时还没有这么勇敢。"神女"一说也不足信，普通的单身汉一般不敢想娶个神女来做老婆，何况既是迎娶神女，为什么"之子于归，言秣其马"呢？神女是不骑马也不坐轿的。

再如《无衣》，除诗序外，后代学者大多认为是歌颂战士的团结一心，英勇战斗。"岂曰无衣，与子同袍"，甚至"同泽""同裳"。秦国兵强且好战，颇似今日世界的某些军国主义国家，从《诗经》的许多诗篇，如《君子于役》《伯兮》《东山》中，我们读到了诗人对于战争的抱怨、责备和恐惧，而对于军事力量强于诸国的秦兵的出征，无论是庶民还是士兵，都不会持赞美的态度。

我细读诗序，倒恰恰觉得那种已被后世学者基本推翻了的"刺时"一说，甚是有理。于是在本诗的题析文字中，我竟明确地指出它是正话反说，讥讽秦君，穷得人均不到一条裤子，还要兴兵作战。

当然，诗序几乎将所有的诗篇一概说成是"刺时"之作，对于这一点我却要持另外的态度。《摽有梅》是写一位女子见梅落三成到梅落七成以至于梅落"顷筐"，联想到自己青春将逝而急于嫁人，诗序则臆断那位口口声声"求我庶士"的大龄女青年，之所以至今未婚乃是因为战乱之故；《绸缪》是写新婚之夜一对新人的幸福感受，诗序也认为诗中"良人"和"粲者"均是刺其国君。

在翻译此类作品时，我自然是一位情诗论者。古往今来女大未嫁的因素很多，战乱并非唯一，倒是太平岁月日子过得太好了，女子结婚的年龄才越来越大。君不见目前都市满街流行四十岁的小姐，而有的摩登女郎则索性只要爱情不要婚姻了。

《诗经》里的诗篇大抵可以分为三类，一是对于爱情的向往和咏叹，如《关雎》《汉广》《摽有梅》《野有死麇》《静女》《木瓜》《将仲子》《褰裳》《子衿》《出其东门》《野有蔓草》《溱洧》《绸缪》《蒹葭》等；二是对于时政的讽刺和谴责，如《式微》《新台》《君子偕老》《相鼠》《黍离》《伐檀》《硕鼠》《鸨羽》《黄鸟》《无衣》《采薇》《巷伯》《大东》《北山》；三是对于另类社会生活的描绘，如赞扬人性之美的《桃夭》，歌唱劳动的《芣苢》，表示不屈从于恶势力的《行露》，斥责卑鄙小人的《柏舟》，送别亲人的《燕燕》，怀念祖国的《载驰》，展现贵夫人华丽仪表和奢侈生活的《硕人》，控诉弃夫的《氓》，思念夫君的《伯兮》和《君子于役》，反映夫妻和睦的《女曰鸡鸣》，渴望和平的《风雨》，对现实深感失望的《隰有苌楚》，叙述劳动人民四季生产和生活的《七月》，描写战士回乡之情的《东山》，记录人类起源、发展农业、祭祀神灵的史诗《生民》等。

在翻译这些诗时我没有进行归类，而只是按照通常版本的排列依序译来。

做完这件事情之后，我的心里竟突然生出一种当时想做这件事情时不曾有过的惶恐。因为毕竟不是研究《诗经》的专家，译诗中必然还存在着一些不妥甚至不对的理解，真害怕因此会将读者领入误区的黑暗。

所幸的是，如同我们对待前人一样，现在的年轻人已经学会了对于一切事物都不盲从，都要进行一番自己的思考、甄别、批判和纠正，这样说来，抛砖引玉的本书如能引来更加优美和更加准确的译诗，那将是令译者万分高兴的喜事了。

2000 年 5 月 3 日写于北京听风楼

写日记的狗崽子

——《狗崽日记》跋

　　《都市文化报》主编古农先生迁任山东大学，今秋将海天版日记丛书一套六册，误寄到我京城旧居，幸为同居一楼的亲戚代为签存，节日间聚会转我收讫。书内附约稿信三，一为他主编的《我的大学时代》撰文一篇，二为他主编的《日记谭荟》答问一题，三为他主编的"当代文人日记"丛书充数一部。

　　我一口就全部答应下来。关于大学时代的回忆，数年前我曾应我的恩师刘道玉先生之邀写过近三万言的文章，题为《梦回珞珈山》，收入他主编的纪念文集《创新改变命运》，以及我的文化随笔集《此情可待》二书，再给古农先生，乃是一石三鸟，并非另费力气的事。关于日记，更是好办得很，我自结束初中学业的第三年，便在每日收工之后，在煤油灯下将自己的苦闷写在一个小本子上，如此养成的不良习惯，延续到十年前才改成在电脑里。其间只在三个特殊时期稍有中断，现在想来惋惜，但再一想，却也是很不得已。

　　第一次是从1984年冬至1985年夏，我从县文化馆调到地区文联，工作可谓万忙，又临时寄身在体委二楼的空房子里，桌椅全无，连编刊都索性在印刷厂一间四面来风的木板客房进行，三九寒天将下半身偎在一床小棉被中，将

323

手放在嘴上哈口热气，抓紧修改作者的稿子，形势近乎战地，日记就这么给免了。第二次是从 1985 年夏到 1987 年秋，我去武大上学，四个作家各自占据宿舍一角，听课之余，回房在共同的一张桌上面对面地写着作业，也写一些短的小说，熄灯很早，再写日记势必挤占其他。第三次是 2011 年夏至 2012 年冬，母亲冤逝医院，我把孤身一人悲至极境的父亲接到身边，察看母亲病历，咨询医学专家，分析事故原因，撰发声讨文章。加上必须要在传主八十大寿出版的两卷本传记的写作，每日的阅读量在三万字以上，文字稿在五千字左右，战斗般地做完这些事情，抓紧睡上一觉以便明晨再起。不然大有累死的可能，我的几位朋友就是这么累死的。

我答应给古农先生的一本日记，选自我十七岁到二十五岁，这可能是我一生中最为珍贵的文字档案。因为贫穷，纸质粗劣；因为悠久，本子破烂；因为劳累，字迹潦草。慢说是我花钱请的打字社，便是我自己也有的辨认不清。我为它取名《狗崽日记》，里面有令今天的我脸红气喘的稚嫩诗文，更多的是一些笨拙的记事，可笑的思索。

趁着这次机会，我把目前还能找到的日记本整理了一下，大抵有三十多本，随着时代的前进和条件的改善，开本由六十四开到三十二开，再到十六开，封面由硬纸壳到塑料壳，再到丝绸壳，加上近十年来每天写在电脑里的，至少编二十卷书没有问题。我甚至乘机把第二本都选编好了，从进入银行工作的那一天开始，并且还取了貌似诗意的名字，叫《句思日记》。"句思"二字是对"狗崽"的删减，在"狗"字身边去了一个"犬"，"崽"字头上掀掉了一座"山"。

从这几十本日记中，可以看出主人公一生四个阶段的关键词。第一阶段是挣扎，如何终于挣脱了"犬"旁和"山"头；第二阶段是奔走，时而迅疾，时而仓皇，时而还来一个三级跳；第三阶段是徘徊，做编辑呢还是做作家，最后，被人堵死了前者的路方才沦为后者；第四阶段是散步，在属于自己的小院子里背着手，从容、随意、不疾不缓、来来去去地走着，再不像青年时代那样东张西望，鸡飞狗跳。

我想为日记下一个定义，说它是以人的后天勤勉弥补大脑本身存储的不足，使用工具记载下个体生命的成长和消亡的过程，同时不可避免地勾连出与所处时代的关系。它可以不从属于文学，但势必为以后的社会学、历史学、考古学以及更多的学科提供参照。所以，古农先生首创的"当代文人日记"丛书的编辑出版，是一个非常有意义的重大事件。

说到这里我想起来，我在二十五年前的一本日记，被一位有远见卓识的出版家预购了去，许诺给我一个大的价钱。我当然不在乎这个，只要能出就好，不能出也别丢了便是。

这篇文章可以作为《狗崽日记》的后记，也可以兼作《日记会谭》的答卷，标题和篇幅，都由古农先生全权处理了吧。

2008 年 12 月 8 日写于北京听风楼

搜救行将丢失的记忆

——彭云程旧体诗集《晚云集》跋

1

　　父亲平反昭雪之后，他与母亲在竹溪老家度过了十年的太平光景，正好到他离休的年龄。此时我已来了北京，便接他与母亲来京共住，一路由妹夫保驾护航，因为妻子身怀有孕，同时还把姐姐家的小保姆也借了来。妻子也真会生，她让他们如愿以偿地等到了长孙的问世，那段祖孙三代朝夕相处的日子他们过得太幸福了，这本书中的很多照片，都是那个时候拍下来的。在我们所有的节假日里，他们差不多逛遍了北京城，还随我们单位的专车去了长城之外，直至天津港口。两年多后他们才回到老家，又过两年，我迁新居，房子多了一间，于是又托朋友把他们送来。这次也住了两年多，由于母亲在晨练时无意间听北京的老太太们说了一句话，就坚决地闹着要回家了。

　　北京的老太太们是这么说的："六十六，掉块肉！"这句话如果让老家竹溪人说，韵脚押得不是太好，但用北京话说出来，其抑扬顿挫的程度简直令人魂飞魄散。它的意思是说人到六十六岁有一道坎，该年会发生一场大病，固然侥幸的能够把命保住，但是愈后体重会大大地减轻，这与当代美女追求的瘦身运动是两个概念。母亲被她们的京腔京韵吓破了胆，这年阴历正月二十一日，我们刚在京城大酒楼为她做完六十六岁的生日，她怕她病成那个样子会拖累我们，趁着老家一个小名叫小松的舅舅，就是本书照片中挽着母亲登上景山的那位年轻老板，来京办事顺便到我家看望他们之机，就跟他一道返回了，宁可留下父亲一人，每天接送上学放学的孙子。父亲继续坚守了半年多的时间，等着侄女黎燕，就是本书照片中带着弟弟去天安门放风筝的那个姑娘，来京接过他的班，便也回到了母亲的身边。

老家竹溪不通铁轨，要从北京回去，火车只能停在一个名叫十堰的中级城市，到了那里再转汽车，在盘旋起伏的大山公路上颠簸半日，方可以到家。父母回到老家以后，心中又思念起了北京的孙子，但是从此相见时难，每年春节一次年假，几乎刚够用于辗转往返的旅途。后来我想了一个办法，就在火车的终点站十堰买了一套房子，让他们搬到那里住着，这样每年一到春节，竹溪的亲人坐汽车赶往那里，北京的我们也坐火车赶往那里，他们的新家就相当于一支军团的总部，两方面军都向中央聚集，腊月三十的团年饭就可以保证有满满的两桌人吃。

我给他们买的房子在柳林沟一个名叫林中园的小区，上面不远处是我二十多年前曾经工作过的单位，下面离我一个最好的同学兼舅舅家不过一箭之地。在那处如今已改叫北京路的地方，我们成功地实现了每年一到两次的团圆。同学兼舅舅凌受举差不多每天都去他们家里坐上一会儿，何时有了困难他都奋起担当只有我这做儿子的才能担当的责任。弟弟把我当年在老家数以千册的藏书，连同一大两小三只书柜都搬了去，林中园一时成了父母晚年的乐园和书厢，父亲在他们新的生活环境里看书，逛街，买菜，购物，看门前春风吹拂的杨柳，听屋后山上的鸟叫羊咩，跟他的老朋友聊天，忆旧；而母亲，她则基本上把自己关在家里，用我的朋友聂老夫子送我父亲的文房四宝练习书法，实际上是孜孜不倦地写着我们几个儿女的名字，犹如老农一遍一遍地统计自己的家底和收成。

2

很久以后我才听说，父亲在那里写的诗稿，与母亲写的书法是一样的多。

这是我的朋友大玉悄悄告诉我的，他说你知道吗，彭叔在写诗。他的声音和表情相当神秘，是存心要让我大吃一惊。果不其然，我百分之百地落在了他的预料之中。我记得当时我们正在大街边的人行路上并肩走着，听了这话我站住了，嘴里叫了声"啊"，后面是一个问的符号，反问他是怎么知道的。大玉说有一次他去看我父亲，父亲拿出一摞诗来念给他听，其中有几首写得不错！他看我脸上的表情由惊讶转为木然，忽然间就担心地劝我，你可不能打击他呀，有几首真的写得不错，不信我背给你听！接下来，我的朋友背出两句我父亲的诗，简直让我忍不住笑出声来，他说你听着啊："要想出去办点事，来回坐车一块钱。"我说这叫什么诗，比张打油还不如，完全是顺口溜！

这两句诗后来也被父亲收在这本《晚云集》里，略事修饰，成了有点古风入律倾向的《林中园歌》二首中的一联："遛街爱把两边望，上车只花一块钱。"这应该算是他的处女作吧，不过现在回头再看，这诗还是很可爱的，前句是写自己的精神风貌，兴奋，好奇，行者与街道的两边都充满着生机，后句是写社会的现实状况，便民，便宜，老百姓都舍得坐公交车了。把自己幼稚的处女作收入集子，这样的做法没什么不好，好在它如一本相册，里面应该有从小到大以至到老的留影，如果全是身份证上的标准照，那是不真实的。

不过我当时的确是反对他写，因为我知道父亲的底细，虽然从他昔日的同事和同学口中我曾多次听到，他是解放初期竹溪有名的大笔杆子和三个半说家子中的一个，只可惜我少年时代根深蒂固的印象却出卖了他。我记得他被打成"右派"押送到襄北农场劳动改造之后，留在我母亲房中的全部藏书是一整套咖啡色的，封皮上印着金色头像的《斯大林全集》，一部布面硬壳本寸把厚的，斯大林编著的《联共（布）党史简明教程》，还有两卷本上下册的，一个叫列昂节夫的苏联人编著的《政治经济学》，全都是繁体字，竖排版。我从小喜欢看的故事书竟一本也没有，这样的父亲，怎么能够跟诗联系在一起呢？

更可怕的事情还在后面，有一次我朋友的夫人在电话里告诉我，她在五堰街上看见了我父亲，"看见他两只手甩甩声地往前走"，问他到哪里去，他说去邮局里取稿费，问他多少，他说五十六块。朋友的夫人对我讲这个故事目的自然是向我报喜，并不是因为那五十六块钱，而是"两只手甩甩声地往前走"，那证明他的身体和精神状态是何等的好！我呆住了，电话向我提供了一个信息，父亲在向外面投寄他写的诗稿！在电话里看不到人的面部表情，我的沉默被她误认为是高兴得说不出话来，紧接着她又来了一句："彭叔好有才华哟！"

我不便追问那五十六块钱的稿费是哪里寄给他的，脑子里很快出现了本市的几个媒体，一个是《武当风》，十堰市文联的内部刊物，文联主席刘书平兼任主编；一个是《十堰日报》，滕家龙是副刊主编；一个是《十堰广播电视报》，李振斌是编辑部主任。他们都是我的朋友，我没回家的时候书平偶尔会去看望我的父亲，林中园的房子正是我托他去买的，振斌曾到太和医院看过一次我患病的母亲，那天我的父亲也坐在病房里面守护；至于家龙，我已忘了他们是否见过面，但他至少听我对他说起过我的父亲。

3

当晚我给书平和振斌打了电话，两人都不承认发表了我父亲的诗作，家龙的电话我一时没有找到，不过我已经怀疑这事可能是他干的。我对书平和振斌讲了，如果收到我父亲寄去的诗稿，一定不能轻率地登出去，我们都不懂诗，尤其是旧体诗，一个七八十岁的老人，写的一些昏头昏脑的句子，登出去会让人家笑话的呀！却想不到他们恰恰领会错了我的意思，以为我是婉转地希望他们优待我的父亲，时隔不久，两家报刊相继又发表了他的打油诗，书平还说，除此以外，彭叔还给他写了一篇散文。这次我把装在心里一直没忍心说出来的一句话说了出来，我说以后谁再这样我就跟谁翻脸，这既是为了我父亲的尊严，也是为了你们的报纸和刊物，全国的报刊成千上万，他要发表诗作可以离开我的圈子寄给陌生的报刊编辑！

我把话说得很毒，我承认我有很重的虚荣心，我不希望有人嘲笑我的父亲，同时也嘲笑我。

不是我多疑过虑，不是我杞人忧天，是因为在我父亲的身边，几年前发生过一件这样的事情。十堰市有位老先生童心未泯，写了一部百万言的长篇爱情小说，到京找我，希望出版，我转托北京某出版社帮他圆了这个好梦。老先生兴高采烈地回到家乡，想不到会被人骂做老狂徒，老疯子，老不要脸。我不希望父亲由于写的诗达不到诗人的水平，又被人戴上另外的帽子。我希望他安度晚年，希望我们父子不再受到人群的伤害。倘若这样，真是何苦！

但是父亲对我怀有以上的心事浑然不觉，或者说是虽然有觉却浑然不顾，一往无前地继续写着。这时候他又离开十堰的林中园，回到竹溪县城买了新房，每天住在里面写得更欢。本县文联的内部刊物到哪里去找这样的作者，抓住他就连篇累牍地登个不休，一时间他简直成了一颗耀眼的新星，在鄂西北大山深处一座偏僻遥远不通火车的小县城的上空冉冉升起。我再次回家，他的老友，我的前辈，本书《与明振重逢柳林》一诗中写到的那位离休的老革命李明振先生，把一根两边乱晃的大拇指直撅撅地翘到我的鼻子下面说："莫看你娃子会写，比起你老爹来你娃子还差得远哪！"这一刻我终于算是明白了，原来父亲的身边拥有一批如此坚挺的粉丝，他没有理由不一往无前。

我对革命老前辈李明振先生发出苦笑，我说旧体诗是要有严格的平仄对仗和韵律的约束，我爹不懂，您也不懂，我更不懂。我支持我的父亲把写打油诗作为晚年的保健生活之一，但我不支持他这个外行诗人被外行编辑推举出来蒙哄外行读者，而把深藏不露的内行笑得不成体统。李明振先生教训我说："你娃子莫拿平仄对仗来吓唬人，我说他写得好，他就是写得好！"

李明振先生自然要吹捧我的父亲，因为我的父亲在诗里写了他，什么"性相近来习相融，明振小龙我大龙。半世殊途今同归，柳林沟里又相逢"。然而可惜，这根坚强的粉丝的确是一个比我父亲更加外行的外行，诗写得到底好与不好不能由他说了算。事情就这样发展下去，我们全家不得不坐下来围绕父亲写诗的问题展开讨论，连我的同学兼舅舅还有我的几个朋友也发表了意见。最后大家统一了认识，由我母亲作总结发言，母亲肯定了我的认真负责的态度，她说："儿子说得有道理，你呢也还是写你的，莫要随便往外寄就是了！"为了刹住父亲的寄稿之风，母亲防患于未然地控制了父亲可能用于购买邮票的零钱，以为这样做就不会出事了。

4

这时候，父亲的身边出现了另一位更加有力的支持者，本书《赠诗友陈专员》一诗中写到的老革命陈永贵。他曾任过竹溪县的县委书记，郧阳地区的行署专员，离休后是十堰市老干部诗词学会的重要组织者之一。这个诗词学会要按期出版一个名叫《武当诗词》的系列性的单行本，他就一个劲儿地向我父亲约稿，并且对我提出批评，希望我不要再阻止父亲。陈专员的出面使我为难极了，我在很多文章里都写到过此人，他对我有着此生没齿不忘的恩情，在他还不是郧阳地区的行署专员，还是竹溪县的县委书记的时候，就曾帮助过我，别人的话我可以不听，他的话我不听就是忘恩负义。

　　于是时隔不久，我又在《武当诗词》上极不情愿地看到了父亲的诗，有两次还是我从北京回家探亲路过十堰，陈专员专门用一只塑料袋装了载有我父亲作品的诗集，让我回去转交给他，并且用红笔在他的名字下面打了波浪号，目的是要引起我视觉上的注意。我发现父亲的诗好像有了一些微小的进步，从收入本书第七辑《感时篇》中的《读陈劳生师赠书有感》《致〈武当诗词〉诸友》这两组诗里，我感觉他正在受着这个民间组织潜移默化的影响，心中竟暗暗生出一种喜悦。不过是暗暗的，在我的恩人陈专员面前我并没有形于颜色，因为作者毕竟是我的父亲，与这本诗集中真正的诗人相比，他还有着很大的差距。

　　湖南作家协会的副主席，被文坛戏称为聂老夫子的聂鑫森，是当代中国作家中为数不多深谙旧体诗词的作家和诗人，他一边把我父亲的诗作拿去发表在湖南的报纸上，一边用独到的见地解决了我父亲的一个致命的问题。他希望我不要以律诗的平仄与对偶难为父亲，父亲的有些七言或五言诗其实应该归于古风，或者再退一步，即便是打油诗如果写得生动有趣，反倒比枯燥古板的律诗更有情致，这期间，为了弥补过去我对父亲曾经有过封杀的歉意，我从他写旅居北京生活的诗稿中挑出一些，取名《旅京杂咏》，推荐发表在《中国旅游报》等几家报纸的文化副刊，又把他一首长达两百行的《甲申祭母千言书》，推荐给河北教育出版社编辑出版的《天地父母》，成为那部共分上下两卷的大书中唯一以诗的形式纪念父母的作品。

　　自本世纪的第三个年头，父亲乔居十堰林中园时开始写诗，迄今已越六年，六年里他写的诗稿恐怕要赶上乾隆皇帝了。我说的是数量，当然也未必不包括少数篇幅的质量，我认为其中聊可一读的是他的七言，从那些四句一首的短诗里时而会有几个可读的句子昙花一现。甚至在本书目录以外的题照诗中，也有一些比较好玩儿的，譬如有两句是"生性不愿学贾岛，顺口打油最抒情"，读者们可以仁者见仁，智者见智，既有权利觉得作者是在给旧体诗功力不济的自己掩瑕藏拙，借坡下驴，同时也有理由看作是他主张通俗浅白，反对苦吟雕琢，为了表情达意自己宁可沦为"江山一笼统"式的张打油的诗歌宣言。

5

　　然而在第六辑《颂贤篇》里，文以载道，诗以言志，利用这种易于传播的韵句对历史、对社会、对好人、对坏事给予歌颂或施以鞭挞的态度，却被父亲表现得异常鲜明。他借打油诗褒扬远古的神圣和帝王："女娲山下思始祖，补天造人功不朽。英雄君子多益善，坏种贪贼应无有"（《女娲补天》）；"神农架木采奇药，赭鞭未识断肠草。葬身密林人怀念，帝王数他品行高"（《神农尝草》）。

从父亲的诗中，我还惊讶地读出了过去不曾知晓的秘密，这秘密的一端系着父母，另一端居然系在我的身上。在《午夜铃声惊魂》三首里，父亲这样写道："昨日夜半响铃声，疑是亲友横祸生。抚胸试探何人语，原来我儿问母亲。"细读小诗，我想了起来，2001年的夏天母亲突发心脏病，住进十堰的太和医院，我从京城赶回，在母亲的身边度过了四十多天，直到母亲做完基因搭桥手术，安全出院，回京以后我还时常打一个电话回去，提醒她每天按时服用张群林教授开的药。父亲接着又写："操劳半世娘多病，儿行千里不放心。梦里又进重症室，纵身惊起信为真。"这是他对我的猜想，最后他描写自己："慌张一问自京城，忘却此时乃三更。轻告我儿梦是反，明朝亲耳听娘音。"

父亲为我对母亲的不放心所感动，而没想到我更大的感动却来自他的这些平白如水的诗句，虽然我觉得他对我的分析是错误的。住在京城，因为写作，我一般都要在计算机前坐到十二点钟以后，父亲的记性没有问题，我努力地回忆了自己那天夜里打回家去的那个电话，断定当时必然是在写一篇文章，忽然间想起出院后还在服药的母亲，忘了他们每晚比我要早睡几个钟头，竟随手拿起电话就打回去了，并非是他想象的"梦里又进"，接着又是"纵身惊起"。但是无论如何，无意间从父亲诗中发现的秘密，让我为自己几年前的那个夜晚而追悔了。

6

再读下去，父亲的秘密更多起来，有些在他来说永远都刻骨铭心的事，埋藏至今从来也没有对我们说过。第一辑《忆旧篇》的第二首，是他八十一岁生日写的，他想系统地写下自己的一生，这就势必很长，一岁一句也得有八十一句，八十一句是个单数，最后他就写了一首《戊子秋八十一寿作八十二韵打油》。

如果要说，全书最长的两首诗既是儿子对生身父母的缅怀与感恩："儿行叮咛甚，切莫与人争。逾期不见回，倚户望归程。儿回痴痴看，胖瘦可精神。

在外人欺否，有苦诉娘听"（《甲申祭母千言书》）；"午时卧床榻，鲜血吐一盆。子时气奄奄，撒手正天明。临终乃嘱咐，做人要自尊。子孙必读书，彭氏胜甘姓"（《戊子悼父两百行》）；同时也是控诉1949年解放以前社会黑暗给人民造成的苦难。

7

《哭长兄彭至行》第一首："昨夜思兄泪似泉，纵有才智度生难。饱学不让教识字，妙笔只许卖对联。刺金名师面向土，戴冠异类背朝天。廿载与弟同遭辱，尝羡首阳是去山。"

我发现父亲在写这些诗的时候，他的风格突然起了变化，从他处女作《林中园歌》中"皆笑此翁何事乐，山中犹自娱身心""谁道惟有青壮好，逍遥自在是老年"的自娱身心，逍遥自在，甚至乐天安命，得意忘形的态度，突然变得悲怆凄惨，痛苦激愤。

在这里，景不再是单纯的景，而是残暴君王的遗证，荒淫太后的录像，失败英雄的故址，清白女子的真貌。"万里白骨万里墙，不写征夫写秦皇。铁马胡骑挡何住，惟留后世一票房"（《万里长城怀古》）；"画廊故事千百万，未有中华丧国权。枪炮当作鞭炮听，昆明湖上仍划船"（《赏颐和园游昆明湖》）；"未舞干戚效刑天，身如伏龙意不甘。能屈本是大丈夫，笑待沧海变桑田"（《伏龙山》四首）；"深峡何故受辱凌，妄呼母猪并妖精。长河应有洗污池，美人终归还美名"（《十八里长峡》）。

花也不再是单纯的花，而是一种有志气、有节操、有爱憎、有追求的理想人格的化身。"忍过春天忍过夏，有种乃在秋后发。敢裁皇袍为颜色，红花已去看金甲"（《菊花》）；"疑是一夜天泼红，杜鹃啼出满山彤。山女只对樵夫笑，不嫁山外养花翁"（《山茶花》）；"晚节弥坚一品香，渊明挂印欠商量。黎民最盼官清谨，热血可堪化严霜"（《咏菊》三首）；"花开花落是自然，新陈代谢轮复还。红过百日含笑走，留有余香在人间"（《花开花落赋》）。

父亲不懂新诗，也基本上弄不清楚旧诗的平仄对仗等诸多可恼的规矩，"生性不愿学贾岛，顺口打油最抒情"不是他的戒骄戒躁，而是他的实话实说。如果我们再苛刻一点，不给面子，他的"顺口打油"四字还只够前面的"顺口"两字，连后面的"打油"两字都够不上，幽默诙谐的打油诗不是好写的，父亲

333

写的多半只能算作是顺口溜而已。

去年重阳节后，是我父亲八十一岁大寿，我从京城专程赶回，看见县城宾馆的大厅里拉了镶有金色字样的大红横幅，那是盛大节日才有的排场。弟弟司仪，妹夫司酒，兼做摄影，姐夫代表家族作总结讲话，年长父亲三岁的黉学校长郭醒老先生持杖登台，赋诗以贺。父亲饮罢寿酒红光覆面，即兴也念了三首，结尾两句颇像口号，不由得不重点记住："再揭挂历十八本，老夫要活一百年！"那一刻我是真正地激动了，我对父亲生出一种前所未有的崇拜，觉得他是一个英雄，这株"忍过春天忍过夏，有种乃在秋后发"的，傲了八十多年风霜的深山老菊，口中还念念有词，雄赳赳地又揭下一页墙上的挂历。

我想起二十一年前，父亲的六十岁生日我没回家，弟弟写来长信告诉我说，那是父亲平反的第十年，也是离休的第一年，那天晚上喝了寿酒宾客散去，父亲独自坐了一个通宵。他计算着彭氏一门最近三代的寿命，本是寿星彭祖的后裔，由于战乱，贫穷，疾病，劳累，诸多天灾人祸竟使三代人中没有一个活过六十，他担心自己也会在这个数字即将到来之前的梦中死去，于是不睡，坐待天明。最终他打破了这个可怜的纪录，并且再接再厉，从一个胜利走向又一个胜利。

8

在我的前半生里，经我编辑、审读、出版的书籍已逾数百，有的远播于海外，更多的已在国内速朽。这些年我应邀写下的序跋、评论、读感一类文章也已逾百，有的为著者珍视，少数或被认作是为了挣五分钱一个字的稿费。现在，我要为我的父亲编一本书，为父亲写一篇文章了，想到这里我真是高兴得很。

我请我的挚友聂鑫森先生为之作序，湘君夫子情同我兄，对我父亲是三赠其诗，一访其家，"满城灯火访彭家，奕奕高堂鬓未华"，进门尚未落座，开口就要看诗，"出示素笺新赋好，春秋数点话桑麻"。他还有满腹的话儿要对我父亲讲，这个序不请他做，他会对我有意见的。

京城画师魏克先生年前为我造像，这次我请他为我父亲也造一帧，用于本书封面与扉页；齐白石老人的弟子李立先生门下施杰云兄，几年前为我父亲制过一枚朱文印，这次请他再制白文印一枚，预备作者签字和赠书。二位欣然操刀命笔，大作不日相继收到，印也刻得精彩，像也画得传神。我又在京城帙幄运筹，负责将父亲龙飞凤舞的手稿制成电子文本的老家妹夫，抄家一样搜罗了父母早年发黄的照片，也用电子扫描给我发来，我一定要配足百幅，以此象征人生百年，也达到父亲口号中高喊的那个数字。

去年的最后一个夜晚，我收到家乡大姐梅洁女士的贺信，复函中我向她汇报近期做了一件大事，把这本诗集的雏形也邮给她，用以验明正身，此时已到新年的凌晨。梅姐阅读完毕，隔日又写信来，果然这是一个极会体贴人的大姐，爱屋及乌，夸我父亲的同时也没忘了捎带着夸我："老先生一生受难但却一身凛然一腔正气，这就使我想到你的写作你的心性你的万丈豪情，原本是与令尊大人一脉相袭！"

一脉相袭的万丈豪情，其实从我祖父的身上就已经有了，"平生好饮酒，酒醉夜独行。路见强者欺，怒目抱不平"（《戊子悼父两百行》）。只不过那个老木匠不会写打油诗，他用的是一根齐眉棍。梅姐说："你父亲是你的骄傲，如同你是你父亲的骄傲。"我爱听这话的前半部分，听到此处，我为《晚云集》的作者，我那一身凛然一腔正气的父亲感到了光荣。

继而，梅姐应邀写来评论文章，是《一个心潮澎湃的冬天》。她为父亲的诗集锦上添花——一朵澎湃怒放的梅花。

最后我得交代，《晚云集》的书名是我为父亲取的。其意有二，一是云程晚岁，学诗有集；二是夕阳无限，晚云最红。我祝父亲八十二岁之后继续打油，在这片属于后人的天空上写下自己一生的记忆，如血，如火，如夕阳烧红的晚云。

2008 年 8 月 10 日写于北京听风楼

崭新

——彭梦非《六龄童记》序与跋

序

这是儿子的第一本书，他从六岁零十个月，写到七岁零十个月，整整写了一年。去年八月我换了一台新电脑，把用过六年的旧电脑淘汰给他，从此他就乐悠悠地在上面写了起来，开始时每天只有一句话，后来逐渐发展为一段，两段，三段。

因为只有很少的一点文化，不可能分析汉字的字根，也不可能想出笔画，儿子便只好使用拼音，因此他写出来的字往往是他不认识的。比方他要记下当天去吃肯德基的情况，电脑屏幕的下端显示出一系列的同音字，供他充分地选择，这时就听他在他的那间小书房里喊，肯德基的"肯"是哪个肯呀？墙外就有一人回答，上面一个停止的"止"，下面一个月亮的"月"。又喊，"止"字是什么样的？又答，"上"字的旁边有一小竖。小书房里就不喊了，就叭叭叭地又敲起来。其实肯德基是音译的名字，翻译时如果用了"啃的鸡"这三个字，也未尝不可以。

现在我翻看儿子的这本日记，发现里面对吃的记载似乎多了一些，如："我九点去看我姥爷了，我中午吃的是炸鸡块和烙饼。"一天的日记就这一句话，除了吃再没有其他的节目。又如："我妈带我去'康康快餐'吃了一顿，我吃了三个（只）小鸡腿，一份阳光套餐，还有'菠萝圣代'。我觉得小鸡腿特香，'菠萝圣代'最棒。我以后还想吃'康康快餐'，那只有好好学习，考试都得一百分喽。"

这时候，他的日记写到第四个月了，已经可以写出一大段话了，他所说的考试大约是指一年级第一学期的期末考试。在这一天的日记里，他耐心地描写了一个好吃的故事，实在比上一次写得精彩，不仅有吃的品种，而且还有吃的心情，以及对吃的评价，吃的理想，这足以说明了"民以食为天"的道理，是从"人之初"就开始存在的。

中国的教育学家如果看到这段文字，很可能要把作者的妈妈批评几句，内容无非是两方面的：A. 这个孩子怎么这样好吃呢？B. 这位家长怎么能用吃来鼓励孩子得一百分呢？对于以上批评我是这么想的，我想教育学家说得很对，但是由于说得对而荣获奖金的教育学家，其奖金是否也曾拿去买只鸡回来杀了吃，如果是，那么情形其实和我的儿子得了一百分可吃特香的小鸡腿，原则上是差不多的。

另外，那么多好吃的东西不给三好学生，不给门门功课考一百分的孩子吃，难道专门留给三不好的学生，留给门门功课都不及格的孩子吃吗？于是我并不打算把儿子的妈妈叫来开会研究，一切照样还是她说了算。当然，如果在我儿子的那个"吃"字前面再加上一个字，变成"我偷吃了三个（只）小鸡腿"，我势必就要打他的小屁股了。

通过粗略的计算，日记中毕竟还是以上学、弹琴、打球、游戏为多，也有一些对电影电视的观感，如看了《刘胡兰》，看了《离开雷锋的日子》之后，多少总有几句，虽然远没有上一个时代的红孩儿那样的豪言壮语。他还喜欢体育频道的节目，举世瞩目的世界拳王争霸赛（泰森去年输了不服气要求再来的一次）那天他写道："在电视里看到泰森和霍利菲尔德争夺拳王，泰森把霍利菲尔德的耳朵咬流血了。"

没有一个字的褒贬，然而若是在我们成人的文坛上，必会有人赞其为春秋笔法，微言大义，仅用一个"咬"字，便将拳击英雄的卑鄙嘴脸刻画了下来。可惜他并不懂得这一套，只是会搞新写实主义，看见咬人就写咬人，看见流血就写流血，至于据报上所说泰森的那一口把霍利菲尔德的耳朵咬了一块下来又吐在地上，那是在现场观摩的体育记者看见的，我的儿子没有看见他就不写。

他还偶尔能写出一两个可爱的句子："刚刚下完雨，我看到了红红的天空真美呀，每个窗户都能看见，最漂亮的是我的小屋外面。我真想把晚霞存进电脑的磁盘，制成一张贺年卡，把它寄给爷爷和奶奶。"

若是模仿某些望子成龙的家长，请人把后一句使劲润饰一下，是可以冒充一首儿童诗寄出去发表的，甚至还可以招来小报记者的采访。然而我决不会这么做，我不希望儿子往那条所谓神童诗人的窄路上走，我希望他在家勤快一点，帮我扫扫地擦擦桌子，做个从小爱劳动的好孩子。

日记中有的地方令我感动，不是用了什么形容词，而是一颗童年的心，敏感而又善良。

1997 年 8 月 10 日，我的儿子这样写道："中午我们这里下起了冰雹，风也很大，我妈关不住门，让我帮忙，我的手被门挤伤了。我老爸还在杭州，不知道杭州下没有下冰雹，我真怕冰雹砸着我老爸。"

其实那天杭州没有下冰雹，只间断着下了几小阵中雨，在我举着雨伞游赏西湖的时候。当晚我就上了返京的 31 次列车，次日夜十一点回家，他已按着昨天被门挤伤的手睡熟了，梦中不知看见冰雹砸我没有。

如此说来，儿子的"菠萝圣代"并没有白吃，他还懂得关心人，虽然这人是他的老爸。但是一个连自己老爸都不关心都不爱的孩子，我们应该对他爱祖国爱人民的口号表示极大的怀疑。说到此处我还有一个希望，我希望我的儿子以后还是糊涂一点好，在家好好玩儿，想我干什么呢？

其母生他的时候，我已三十六岁零三十天，在我们中国，十八岁就做父亲，儿子十八岁又做父亲，三十六岁正好是做爷爷的年纪，可是我三十六岁多了，我的儿子才诞生在北京的第四医院，于是我身边有一位业余从事人种学研究的先生，论证我几乎到了强弩之末，委婉地向我推荐哪里有缴费的弱智学校。我表面上强作镇静，心里却吓得要死，因为事后回忆起来，我还有一个比三十六岁还要可怕的问题潜伏在他的身体里，那就是在他妈妈怀他的那个季节，正是我们新婚回家过年，我们在朋友家里顿顿喝酒，天天大醉，关于儿子的生育实在是一点计划也没有，如果儿子的血液里面含有多少毫克的酒精，我们都应该向他作深刻的检讨。

我因此而心虚，不敢对儿子有大的指望。儿子要离开幼儿园，进入学校之前，幼儿园的老园长要家长每人给孩子在纪念册上写一句寄语，很多人都写的希望孩子将来当个科学家、艺术家、经济学家，只是没人敢说当政治家，而我写的是："从小做个诚实的孩子，长大做个正直的人。"我认为对于一个人来说，诚实和正直是最重要的。这句话将永远留在儿子自己收藏的纪念册里，他只要想看就能看到。

正是怀了这个大的恐惧，我像对待一个试验品，才决定通过儿子的日记，观察他每天生长的痕迹。所幸他终于未被业余的人种学家言中，而上了并非弱智的小学，并且是三好学生，并且是学习委员，并且一次又一次把奖状拿回家里给我看，面带一百分的骄傲理直气壮地走进京城的"麦当劳"。

儿子是个老实的儿子，日记写得直来直去，不像专业作家一样讲究语言艺术，他几乎天天都是以"今天"打头，今天吃了什么，今天玩了什么，今天弹了什么，这样未免显得"小"生常谈。不过今天就今天吧，日记日记，日记不写今天的事，难道写明天的事吗？

跋

儿子不满三岁的时候，曾经惹过一次大祸。那一天我写小说写得累了，出门去溜达几步，走得仓皇忘了存盘，没有想到，他就乘机溜进了我的书房。当我溜达一圈儿回来，在门外听得我的书房里叭叭直响，飞奔进去一看，一个家伙正趴在我的电脑桌上，全身心地在键盘上面敲着，从头到脚也敲得动了，那样子有点像卓别林在弹钢琴，而屏幕上，我走前写的文字已经没有了，上面全是奇怪的图符。我嘴里叫声完了，立刻将他赶走，设法去找自己的文字，但是哪里还找得到，当时扬起巴掌恨不得要打烂他的屁股。

那时候我对电脑还不十分精通，不懂得如何把丢失的文字找回来，也一通乱按，真的再也找不着了。儿子吓得跑到他的妈妈面前，小声对她说，爸爸哭了。他妈妈好奇地过来一看，见我真的趴在桌上一动不动，几乎晕了过去。

后来，我在一本书的后记中作了诉苦，说有好几万字被我的糊涂儿子删了，补写时伤了很大的脑筋。其意思是要广大读者第一同情我的艰难，第二原谅我的粗疏，小说里如果有个人物突然失踪，那就是我的儿子干的。

但我到底也没舍得打他，是觉得他那三岁的嫩屁股经不起我一巴掌，只是从此对他有了警惕，再要出去溜达的时候，就把电脑里的文件存好。当然这

339

样的故事以后再也没有发生过了，因为他亲眼看见"爸爸哭了"。倒是从这件事上，我发觉儿子爱上了我电脑桌上的那个大玩具，总想叽叽地敲键，想看屏幕上出现的变化。其母似乎是读过教育心理学的，便趁我休息的时候，教他用拼音的方法打字，打他的名字，我们的名字，以及一些他所喜欢的东西的名字，教他怎样开机，怎样存盘和退出。于是儿子的识字活动，基本上和打字同时进行，在上学之前，他不仅认识了很多字，而且已学会了独立操作一台电脑。

儿子已到了学龄，其母极力怂恿我买台新的电脑，把换下的一台，也就是儿子最初好奇并且曾经惹祸的那一台，作为纪念送给儿子，让他在里面学写日记。儿子背上书包上学的当天，晚饭以后，他在属于他的电脑里写下了第一篇日记："1996年9月1日，星期日，晴。今天是我开学的第一天，早晨先升国旗，然后开学典礼，老师讲了话，高年级的同学唱了歌，读了诗，后来我们的班主任王老师带我们回到教室。"

幼稚得很，但是并不可笑，因为毕竟是一个六岁多的孩子在电脑里写下的他人生中的第一段文字。听说有六岁的孩子会写长篇小说，那是神童，我的儿子不行。我的儿子能说出一个好的句子，我就很高兴了。

从此以后，儿子的日记一天也没中断，记载着他每天的学习和生活，写满了一个学年，在进入二年级的前夕，他的妈妈把他的三百六十五篇日记打印出来，拿来命我通读一遍。我读了三篇就笑起来了，为了表示高度的重视，读完后我还写了一个幽默的序言，题目叫作《阅读儿子》。又帮他在电脑里设计了一张彩色封画，封底又印上"印数1册，定价2元"，然后装订成一本书，建议他作为一份别致的礼物，寄给老家的爷爷和奶奶。因为奶奶正好要过六十八岁的生日了，这东西也许比寿桃更能让老人家长寿。

老家的爷爷奶奶离退休后，曾经两次来京居住，前后带过四年孙子，回去以后无事可做，天天都在想念着这么一个重要人物，当突然收到这本书，高兴得立刻就打来一个电话。他们抢着去看里面的事，一边看还一边谈心得体会。三天以后，爷爷用日记的形式给孙子写来一封信，夸他哪一天写得有意思，又指出还有哪一天怎么没有尾巴，等着要看他的第二本著作。儿子一看来劲儿了，当天晚上就打开电脑写道："爷爷用日记的办法给我写信，是教我以后怎样写日记呢。"

此后他记事的水平居然有所提高，不仅会记录要事，偶尔还会来一点儿心理描写。

　　有一次他全班短跑得了第一，他在日记里分析自己成才的奥秘说："老爸说我三岁的时候，邻居家的一条小狗追我，我在前面跑，它在后面追，它最后也没把我追上，今天我短跑得了冠军，就是那次练出来的。"

　　趁着儿子目前还没有什么隐私权，我有时放下手里的小说不写了，而悄悄潜到他的背后，看他屏幕上的私人作品。看儿子的日记，比读所有的世界名著都要过瘾，因为里面往往会出现我的形象，那形象威严而又慈祥，是一个逗人喜欢的统治者。我知道儿子长大以后，我就这样做不成了，那时候他的日记将与其母加密的存折一样，不会让我知道了。

　　在儿子的日记里，我学会了很多儿童的词汇，非常有趣，非常漂亮。我觉得说不定哪天我又会写童话了，儿童的世界是多么好啊。

1996 年 11 月 1 日写于北京听风楼

下部

与中国圣贤坐而论道

——读杨书案长篇小说《老子》《孔子》（英、法文版）

当我听到杨书案的历史小说赢得国内外一片赞声的时候，我的欣喜没有亚于作者。我也确切地得知了他的创作高产以及高质的秘密，恰如我此前所闻，在一间被马路上人来车往的噪声包围的，没有空调和电话的二层楼小房里，杨书案雷打不动地坐在一条冷板凳上，面对一张堆满书籍的旧桌每天写上两千个字。若是某日开会耽搁了字数，第二天必须写够四千，总之是一定要把它补回来。他用钢笔在稿纸上一笔一画地写，一旦写了就不再改，大约写得有一尺高时，一本书也就写完了。这是一位不用电脑也不改稿，以新意而写旧史的当代历史小说家，和增删五次的曹雪芹不一样，也不听文章写好了放一放改一改的鲁迅的话。但是他的文字天衣无缝，是在心中改过多遍才下笔的。

杨书案是我的老朋友，十年前他发表了我的一篇短篇小说，因此受到争议；十年后我编辑了他的四部长篇小说，得到一致赞扬。故事的结尾完全是颠倒的，没有颠倒的是我们之间的友情，这两件事情从表面上看似无关，其实在本质上却关系甚大，因为这其中全都含有他对文学的坚执，他认为好的文学作品不顾风险也要发出来，认为对的创作道路弃官也要走下去。十年前他曾任过一家文学杂志社的主编，此后卸任转业，躲进小楼成一统，开始了职业写作的

345

寂寞生涯。趁着告别杂志主编的繁杂和业余作者的艰辛，他索性也告别传统的历史小说创作模式和曾经令他激动不已的帝王题材，重新开辟了一条以古代历史文化人物为主人公的长篇小说系列，《炎黄》《老子》《孙子》《庄子》《韩非子》，让这些峨冠博带，飘然半仙的神秘人物在他笔下陆续走向人间烟火。

这十年间，用钢笔写字一个不改的杨书案，他的新历史小说已成为中国文坛的一处幽境，吸引着越来越多的文学游客。它如清溪疏竹，缓流慢动，空谷洞萧，悠扬飘逸，它一反传统历史小说的壮观宏大，密集烦冗，紧张激烈，丝丝入扣，而让人物如鱼在水，自在畅游，穿行于两千年前的风云历史和灿烂文化之间，像一幅写意的丹青，一部美妙的叙事诗，以神似的艺术总结出时代的精神。基于他清风明月，小桥流水的人文气质，杨书案的这一尝试居然符合了厌倦当代紧张生活的读者的审美。而且不仅国内，也远不止侨居东南亚国家的华夏儿女，当他著作的英、法译本通过国际书店传到欧洲各国，一向轻视中国作家的西方土地上竟也发出了一片赞叹的声音。在当今，一本我们认为好的中国作家的书，英译本在国外的销售一般仅在两千册左右，而杨书案的长篇历史小说《孔子》继日本作家井上靖的同名小说之后，竟能六千印数一销而空，二次再印八千，接着《老子》的英译本又大受欢迎。西方对中国古代哲人的神秘感固然是一种因素，但重要的还是作者注入作品本身的魅力。我们喜欢这样的作家，他不仅弘扬了祖国的灿烂文化，还不让我们赔本。

我曾望着他小分头下一双亲善的眼睛，心想他若不写历史小说，会是一个教历史或语文的老师，他的课堂表达未必很好，但是判改学生作业却一定是极认真的。后来看到他的年表，发现他还真是中学教师出身，料不到的却是他上大学学的是新闻。

二十世纪六十年代，最初开始创作的杨书案，试着给儿童写了点小东西，他写了一篇《小马驹和小叫驴》，不料小叫驴这一叫声音很响，给他挣了个全国儿童文学奖，中国突然添了一位出手不凡的童话作家。

转为创作历史小说是在七十年代末，他为出版社修改一篇童话《小金鸡的信》的时候受了一位同住招待所里写历史小说的青年作家启示，这使对历史小说一向敬畏的杨书案大为惊讶，原来历史小说并非唯有精通古汉语的史学专家方能问鼎。他想起小时候听到的不少关于黄巢杀人八百万的传说，《小金鸡的信》出版之时该社约他再报一个选题，他竟大胆地报了一部关于黄巢的长篇历史小说，这就是五年后出版的《九月菊》。由于博考文献，精心结构，如同他的童话处女作一样，这部小说处女作又获得了好评，出版社催他再写一个续篇，他便又写了这支农民起义军以失败告终的《长安恨》。

杨书案以他独有的历史小说美学思想，认为只借一个历史时代作为背景来虚构人物和故事，或者只借一个历史人物作为轴心来虚构背景和事件，这种历史小说所传达的主题往往也是很现代的，它更接近现代主义的主观表现，实际上并不应受历史二字的限制，因此与言必有据、据必可考的严格的现实主义历史小说可以并行的，还应有另一类在史无明载的区域，允许在不违背历史的前提下施以虚构，形神兼备、略带写意的开放的现实主义历史小说。而他所尝试的正是后者。按照他的这一艺术理论，他一鼓作气地写下了一系列以帝王生活为题材的历史小说：写秦始皇嬴政的《秦娥忆》，写隋炀帝杨广的《半江瑟瑟半江红》（又名《隋炀帝遗史》），写唐朝女皇武则天的《风流武媚娘》，写南唐后主李煜的《几曾识干戈》（又名《李后主浮生记》）。这四部表现帝王生活的历史小说和两部描写黄巢起义的历史小说，使童话作家杨书案在历史小说的领域又有了一席之地。

第三个创作阶段应是他最辉煌的时期，从写《孔子》开始。孔子其人，众说纷纭，有史实记载，有民间传说，也有根据史实敷衍的演义，更多的则是庙里泥胎金身的庄严偶像。日本作家井上靖先生亲赴中国，沿黄河中游古道孔子当年周游过的村落、城邑、市井的遗址，两上山东，五下河南，写成了世界上第一部作为小说的《孔子》。他的写作材料基本取自司马迁的《史记》中《孔子世家》和《仲尼弟子列传》，以及由孔子弟子收集编撰的《论语》，艺术手法是以一位身份远在子路、颜回、子贡之下的，名叫蔫姜的孔子年轻用人的自述，反映了追随孔子游说途中的亲身闻见。而杨书案则要拉开历史的实际距离，以今人写古人的真实态度，参考更多的春秋史料，把孔子的思想言行置于时代的大背景中，进行纵横交织游刃有余的描写。这自然是对井上靖同名小说的挑战，也是对自己历史小说理论以及艺术功力的检阅。历史上对孔子的记载除了井上靖先生参考的一书两文，也并无新据可查，唯有精读春秋，博览志文，方能于书有补。此外还得广搜民间，考校野史。《汉书·艺文志》云："小说家者流，盖出于稗官，街谈巷语，道听途说之所造也。"关于孔子的野史不多，偶有所闻，却能大抵吻合正史，或基于其上的夸张延续。如孔子的出生以及父母的身世云云，这便也可适当地取舍入书。

杨著《孔子》出版之后，他马上给井上靖先生寄上一本，并写了一封信，一心想得到异国前辈的教诲。然而此时的井上靖先生已在临终之时，日中友好协会秘书长白土吾夫先生给他回信，说是会长井上靖先生特别委托他代为复书，并回赠一本井著《孔子》。无缘与同代作家井上靖先生有一语的交流，这使杨书案深感遗憾。不过《孔子》的反响令他惊喜，中国文联和中国孔子基金会在京联合召开的《孔子》研讨会上，本书中对孔子儒学思想的艺术阐释和对孔子生平行为的分寸把握，获得了孔学专家的高度承认。艺术上别出心裁的大胆尝试和新颖追求，也获得了文坛评论家和作家同仁的一致赞扬。评论家缪俊杰撰文《孔子：从精神偶像到艺术典型》，为他所取得的成就感慨系之："在长篇小说《孔子》中，我们看到了杨书案的深厚的学识和丰富的艺术想象力，作家把史书上的断简残片和孔子的片言只语，化为有声有色的故事和生动感人的艺术情节。"殊荣伴着喜讯像潮水一样向他涌来，他因此而获得了多种奖励，各种信息告诉他说，杨书案式的开放的现实主义历史小说已经从理论的探讨走向了创作的成功。

杨书案来劲了，又开始写作关于其他圣哲的长篇历史小说。时隔不久，构思略早的另一部长篇历史小说《炎黄》在《人民日报海外版》连载的同时，也由台湾汉艺公司和上海文艺出版社出版了单行本。这是一部更为神奇的小说，它把华夏民族的始祖黄帝轩辕、炎帝石年从几千年前的神话中拉入人间烟火，茹毛饮血，穴居群婚，构木为巢，兽皮遮身，八卦记事，尝草求药，还有嫘祖养蚕植桑，仓颉刻符造字，舞戚的刑天，逐日的夸父，填海的精卫，战败的九黎英雄蚩尤，一桩桩奇事，一个个人神，写得有血有肉，活灵活现。

和述而不著的孔子相比，大道无形的老子为杨书案的小说创作带来了更大的困难。虽有一部五千言的《道德经》，但因他的隐身出世，史书记载绝少。民间百姓对他的印象只是一个骑着青牛，在八卦炉中炼取金丹的太上老君。此外读书人还可以从鲁迅小说《出关》中得知他总是"毫无动静地坐着，好像一段枯木头"。然而杨书案笔下的老子出来之后，他不仅是一位讲经的道家，还是一位磨镜的少年，初恋的处子，主张好友尹喜随缘另娶的开通人，为什么呢？道可道，非常道；名可名，非常名。道法自然，人之生理情性本是天道的内容，不可逆反，不可压抑。杨书案读懂了崇尚自然之境的老子，方有了富有人情之味的《老子》。长篇历史小说《老子》于是又一次获得成功，他的同学和朋友评论家滕云掩饰不住心头的喜悦，挥笔在序中激动地写道："中国古代思想史上大儒大哲代不乏人，群星灿烂，却缺乏古代思想家的历史文学，杨书案填补了空白……"

从人生坎坷中一路走来的杨书案，身负着思想者的重任，在社会众多的职业中选择了作家，又从众多的文学形式中选择了历史小说。他认为唯有历史小说才能"摆脱现实的、功利的束缚，能够较为自由地抒写。他可以指斥最显赫的帝王，可以和圣哲坐而论道"。他的眼光又转向了兵圣孙武，哲人庄周。较之李耳、孔丘两位先哲以及炎、黄二帝有利的是，孙武、庄周的生平在史书中多有记载，不仅有《孙子兵法十三篇》和《庄子内外篇》可资研究，而且前者奇妙的战例和神秘的归隐，后者诡谲的雄辩和异端的行为，在民间广为传颂，有口皆碑。杨书案身居春秋战国时期群雄霸主楚国的土地，如鱼在渊，得天独厚，他以一年一本的速度，先后又写出了《孙子》和《庄子》。两书反响愈佳，《孙子》的中文简体字版在中国文学出版社独家出版之后，很快风靡东南亚各国，而《庄子》书稿未毕，逢台湾实学社设首届罗贯中长篇历史小说公开大奖，向四海征文，得新加坡友人极力怂恿，杨书案决意一试，果中百万头奖。台湾评论家詹宏志在大奖的决审推荐中赞扬它是"一首语言优雅、节奏从容的散文诗，很新的创作形态，很新的阅读经验，用它来取代中国文化基本教材如何"？台湾小说家黄验则索性这样写道："《庄子》这部小说所兼具的故事性及知识性，无疑将使它成为历史小说中难得一见的巨构！"

人们想象着，沉醉于历史小说中的杨书案，在现实中是否与老子一样超然，孔子一样宽怀，孙子一样诡诈，庄子一样游戏呢？这是不可能的。杨书案的作风恰恰是诚实而又严谨，认真而又细致，他当中学教师，学生成绩优秀，桃李芬芳；他当杂志主编，杂志引人注目，《芳草》萋萋；他当专业作家，一年一部长篇，春种秋收；他当文创所的所长，手下作家八仙过海，一个比一个神通广大。与圣哲坐而论上道的杨书案，他对自己的工作从来都是极其严肃的。

1992 年 5 月 2 日写于北京百万庄

海边都市的风流

——读孙力、余小惠长篇小说《都市风流》（英、法文版）

　　1989 年，南方一家出版社出版了一部描写北方城市生活的长篇小说《都市风流》。这在近年来长篇小说风起云涌的文坛，本是一条寻常不过的文讯，然而这部小说却以它令人振奋的雄伟气势和激越情调，刚一问世便大受青睐。报刊撰发评论，电视台改编电视连续剧，天津鲁迅文学奖、全国茅盾文学奖评委会为之颁奖。一时间，孙力和余小惠的名字与《都市风流》一道注入了人们的心中。

　　翌年初春一个细雨霏霏的日子，我赴天津去他们家，小惠恰好下了中班回来，这是我们的第一次会面，他们夫妇给我留下的印象是，余小惠热情、能干，有中国女性的贤惠，孙力豪爽、坦诚，无论体魄还是气质，都像一条北方的男子汉。夫妇二人感谢我将这部长篇小说推荐翻译到国外，同时向我透露另一部同样规模的续篇也正在腹中酝酿。分别之时，小惠只怨我归期匆匆，孙力则用力地和我握手，希望能够早日再见。

　　想不到我们果然很快又要相见。原因是继《都市风流》之后，我又看中了他们合著的另一部中篇小说《选择》，为此我还得写一篇采访作者的文章配发刊物。临行前我打去他们私宅的电话是孙力姐姐接的，她说孙力在医院里，小惠在他身边护理。我一时愕然，想不到早在五天以前，孙力住进了一间脑神经外科病房，身边忙碌着医院的一级护理。他的姐姐告诉我说，早在十六年前，孙力已经瘫痪过一次。

孙力生于 1949 年，祖籍河北，父母都是南下军人，正如许多战争小说中写的那样，他的父母只能把初生婴儿寄养在当地一位老大娘家，取名孙胜利。共产党胜利后，父亲几经周折，通过当地政府才找到自己的儿子，似乎因为费尽力气，又给他改名孙力。1968 年，孙力高中毕业，随上山下乡的知青队伍加入了内蒙古建设兵团，担任男知青排的排长，在一次男女知青打苇子比赛中，大马车陷入冬天的苇坑，知青们在烂泥中挣扎了半个多小时才爬上岸。女知青排的排长当时就瘫痪了，孙力靠喝烈酒挺了起来，但从此潜下隐患。那年他恰好二十岁，仗着英雄年少，又和内蒙古的牧民学习骑马，一次次栽下马背，外伤内疾已暗伏一身。

知青回城后他考进天津师范大学，同班有一位女同学叫余小惠，能够双手写字画画，老师还爱搬出她的文章，作为全班学习的典范，孙力不服气，一心要与她比个高下，但是他的文章总被批为离经叛道。孙力想出一个怪招，提出要与女才子余小惠共同作文，两人果然珠联璧合，文中既有男性的烈火雄风，又有女性的似水柔情。

小惠也生于 1949 年，比炮声中出世的孙力小两个月。她没有孙力那般辉煌的家史和传奇的来历，与戎马一生的孙力父亲相比，她的父亲也只是一位饱读诗书的小知识分子。她在上海出生江苏长大，从小书香环绕，温室幽雅，同样是在高中毕业的十九岁妙龄，奔赴了中国北方的黑龙江建设兵团，即后来用它黑色的处女地养育了一代知青作家的北大荒。

两人在天津师范大学同窗五载，毕业后各奔前程。孙力作为普通生被分配到天津平山道中学，小惠则作为高才生分配到属于大专院校的天津工艺美术学院，先是讲授文学，不久就荣升为学校副主任。正当小惠宏图大展之时，在平山道中学任教四个月的孙力，潜伏有年的腿疾突然发作，送进医院后被诊为外伤和内寒引起的神经性瘫痪。小惠以女性的温柔体贴，唤起了他战胜病魔的乐观信念，这一对在校园花丛中来不及相爱的青年男女终于在医院病床边相爱了。孙力说医生告诉他双腿会高位截瘫，小惠说她愿意用轮椅推他一辈子；孙力说医生告诉他以后将没有生殖能力，小惠说她愿意独自伴他到白头。六个月后，孙力的双腿居然能下地了，小惠扶着他像幼儿一样重学走路。孙力在医院里度过新年，就在出院后的第二年秋天，这一对有情人缔结了良缘。没有四壁辉煌的洞房，是孙力重病在身的老母亲，为他们腾出一间自己的小屋。

孙力的双腿并没有彻底恢复，为了更好地照看他，能写善画的小惠从自己喜爱的美术学院调到陌生的中医学院，去编校刊，教哲学，目的是离家近些，又能间接接触中医界的术士，指望妙手为他回春。这一年，小惠给他生下一个胖儿子，也是这一年，初为人母的小惠开始写小说了。她以知青生活为题材的短篇小说《丑女》《枣花蜜》《红玫瑰》，先后发表在天津的《文艺》，以及后来改名《天津文学》的《新港》，下班后一路风尘回家，不仅带回水果蔬菜，还扛回一个又一个的文学奖。

这让孙力再次眼红，想起死神宣判他双腿死刑时小惠对他以爱相救，他决心将这段永生难忘的故事与小惠一起合著为小说，名字就叫《真诚》。小惠早就发现他构思奇诡，有心把这列小火车引上创作的轨道，这下自然求之不得。根据他的初步构思，她在百忙之余先写了一万多字的草稿，然后由他全盘接过，一气呵成。不出一月，这部中篇小说就完稿了。《真诚》中那几对生死相恋的男女主人公大大感动了编辑和读者，在《小说家》上一经发表就被《中篇小说选刊》转载，各地读者的来信如杨花一般纷纷飞来。

夫妻二人大受鼓舞，想起这部中篇由于字数所限割舍了太多，于是索性在此基础上全面展开，重新结构一部长篇，书名引用苏东坡的名句"但愿人长久"。他们坚信，虽然人有悲欢离合，月有阴晴圆缺，但是只要两情久长，自然会千里婵娟。此书出版之后又获得天津市第二届鲁迅文学奖。继而他们又合写了另一部中篇小说《选择》，发表后获得全国优秀广播剧一等奖。《选择》同样是一个人生悲剧，女主人公林小男执着地寻求地学真理，多少险滩荒谷留下她一个孤身女子的纤纤倩影，得到的奖励却是一个又一个男友的绝交……

《都市风流》是他们精心合著的长篇小说，这部长篇以其恢宏而昂扬的气势，庞杂而精致的结构，众多而传神的人物，生动而感人的情节，在文坛上奏起一曲久违的英雄交响曲。从中顾委委员至贫民窟市民，从改革先驱到失足青年，泥沙俱下，鱼龙混杂。披荆斩棘大刀阔斧的新市长阎鸿焕，深深嗟叹昔年不再的老市委书记高伯年，用生命的残烛绘制了光明桥蓝图的女工程师徐力里，英年坎坷妻离子散的城建公司经理杨建华，在升官图前忍辱负重的秘书张义民，浪子回头的青年工人陈宝柱，冒充高干女儿混迹上流社会的歌星罗晓维，往事如烟重新塑造自我的个体户万家福，还有被高伯年遗弃的建华之母杨元贞，与妻子徐力里分庭而居的副市长柳若晨等一系列形形色色的人物，活蹦乱跳走出他们饱蘸激情的笔尖，拨动着热切关注现实生活的读者心弦。

读者从书中看见了北方某城市建设改革的缩影，认出了常去他们家海聊的各界哥们儿，那些人的喜怒哀乐，悲欢离合，品格气质，情感命运。有人逮住书中的人物，要他们说出生活的原型，两人同时一笑，他们不能承认。小说有真实也有虚构，有写生也有塑造，阎鸿焕的胆魄固然令许多崇拜者心生寻访之意，但高伯年的自我对号者愤怒的纠缠却使作家无法接受。他们只向读者透露了一点书后的故事，在本市区进行的环型线和立交桥建设工地上，他们常常一道下去搞系列报道，曾为徐力里式的女性所震撼，也为陈宝柱式的青工而垂泪……

这部三十九万字的鸿篇巨制，不仅调动了孙力浸透在人生记忆中的苦难阅历，由此升华的理想主义人格精神，而且漫洒着小惠东方女性的善良和温情，希望人类互相理解和沟通的真诚得流血的号呼。谁也不会想到，这部感动着成千上万读者的小说，诞生在他们那间唯一的斗室，一张木制的书桌如一架负担过重的机床，夫妻俩在上面轮流操作。孙力这时已调到天津青年报社担任领导，小惠也调到百花文艺出版社从事编辑工作。孙力忙完社里就一头扎进长篇，从晚饭后写到深夜两点，然后从床上换下小惠，由她再写上两个小时。全世界很难再有这种写作的方式，独特的首创出于逆境的艰难，一页页手稿在他们的接力棒下，夜复一夜山一般地堆积起来。

小说首先在《小说家》上一次性压缩发表，接着在浙江文艺出版社全文出版。刊物和书都很快受到评论界和读者们的赞赏，又获得天津市第四届鲁迅文学奖，同时被江苏电视台改编成二十集电视连续剧。截至目前，天津每年一度的鲁迅文学奖，除第一届他们尚未开始合作，连续三年，他们获得三项桂冠。接着，这部长篇又获得茅盾文学奖。此时，孙力却倒下了。

在一间位于九楼的病房里，小惠送走了一拨一拨的慰问者，他们怕孙力寂寞，每天轮流来陪护他。骑着单车提着饭盒匆匆来去的小惠，一边对他们致谢，一边对护士致歉。而事实上，当这所医院的医务人员得知这位两腿瘫痪的患者，就是小说《但愿人长久》和电视剧《都市风流》的作者，也都拥进这间狭小的病房。她们问他，他小说中的那位保尔式的瘫痪的英雄，究竟是不是他本人？

二次见面的翌日清晨，我告别了这对夫妇。在那架白色的铁床边，孙力与我对视良久，忽然背开小惠小声对我说，以后腿瘫了，好多事都干不成了，我就只好从事职业写作了……

353

1992 年 8 月 20 日写于北京百万庄

汪曾祺十周年祭

——读汪曾祺短篇小说集《受戒》（英、法文版）

何香久寄来的报纸上有何立伟写汪曾祺的十周年祭，这令我很容易地忆起以上三人，以及与这三人有关的事。都是小事，小似芝麻和绿豆，然而长久憋在喉咙，唯恐它会长出庄稼，那就还是都说了吧。

先说汪曾祺，1997 年汪老猝逝，国内第一个发表哀悼文章的是我。悼文刚一落笔，本来要给《北京晚报》，长江文艺出版社的周百义来把它要走，回去发表于《当代作家》辟出的专栏，为此十万火急抽下别人的文章。我的悼文中说，汪老逝前我最后一次去蒲黄榆看他，他很悲凉，言及有人告他将沪剧《芦荡火种》改成京剧《沙家浜》，并将剧本收入四卷五册的江苏版《汪曾祺文集》，以侵权罪向他索赔，要他道歉，此讯已轰轰烈烈地登在了报纸上。

我们看到的八个革命样板戏中，最好看的一个就叫《沙家浜》。剧中阿庆嫂所唱"垒起七星灶，铜壶煮三江，摆起八仙桌，招待十六方"等精彩唱段，尽皆出自汪老椽笔。汪老是个清高且有名誉的人，这事对他的杀伤力很大，我以玩笑为他释怀，说是法院真要判他侵权，我去找个青年时曾做过文学梦的老板替他买单。汪老就笑，立刻又像一个稚童。

时隔不久，突然他就走了，便是何立伟在祭文中写的那样："这么一个人，就这么样地走了。"这个"这么样地走了"的人究竟是怎么样地走了呢？且让我来补述一笔，应该说他走向死神的姿势依然是潇洒而独特的，一如他向文坛潇洒而独特地来，他的临终语录简直就像是他的短篇小说，平平的，淡淡的，简简的，单单的，含一点调皮的小声的笑，绝无煽动人心的凄惨与壮烈。他说："正好一桌。"这桌可能是阿庆嫂的八仙桌，四人围桌打牌，这年在他之前，中国已经死了包括王小波在内的三位作家。

这十年来，我偶尔会想起他的遗言，掺杂着也会想起金圣叹，那位评过梁山一百〇八条好汉的好汉，在刑场上没喊"二十年之后又是一条好汉"，他说的却是"豆腐干与花生米同嚼，火腿味"。还有那个古希腊的苏格拉底，老头儿临死还记着买邻居家的一只鸡没有给钱。这些人死得都很生活，汪老也是一位很生活的死者，最后的话依然是他每天的话。有一天我构思了这样一幅图画，汪老坐在一张八仙桌的上席，嘴里嚼着豆腐干和花生米，一边出牌，一边给王小波们讲着他做小萝卜给美国的聂华苓吃，听得他们三位的口水滴在牌上。

汪老走后的第四个月，他生前签约的最后一本书，由我主编的《中国当代才子书·汪曾祺卷》才由长江文艺出版社出版。如果五月份他不去天府之国，可能他会看到这一本书。这是他品种最齐全也最好看的一本书，诗文书画以及档案照片熔于一炉，为出版此书他写了一大堆字，画了一大堆画，单等着我去他家悉心挑选。

今年的端午节，一位远方的朋友打电话问我吃没吃粽子，又问我看没看到有人在网上发表的文章，说汪老生前不赞成我出版这一本书，说后来因为有了他的帮助组稿汪老方才赞成。电话说文章的寓意有三，一是汪老高蹈，二是野莽霸道，三是作者与汪老有秘密交往而又比野莽有面子得多，抑或索性，本人便是汪家的亲戚。我不明白此公何苦要出此言，出此言后又该如何自讨其苦。首先得说此书为四卷一套，而非一本，汪老入选，曾经谦虚是真，调侃也是真，但他在他的一卷，我的总序之后他的自序中，分明是这样地写着："野莽的主意已定，不想更改，只好由他摆布，即便引起某些人的侧目，也只好不说什么。"

但凡会读书的，应能读出此语的讥讽，不是对野莽，而是对"某些人"。四年前因他写过一篇纵谈主旋律的文章，"某些人"对他侧目已久。此番做了中国当代才子，斜眼们大有可能再侧一次，而况我的总序宛如战书，乃是存心写给那些斜眼看的："此风延及当代，文坛上亦保留着这样一些有着民族特色的才子作家，他们的作品或许远离了社会的功利，或许任何时候都没有成为主旋律，或许一直以超然的风度保持着艺术的真气，因而他们如画的诗和如诗的画，如诗如画的小说和散文，竟能得到读者由衷的喜爱……"

汪老不可能不赞成我的主张，他对此书的赞成可见一斑："这套书的编法有点特别，是除了文学作品外，还收入了作者的字画，而作者又大都无官职。'三绝诗书画，一官归去来'。从这一点说，叫作'当代才子书'亦无不可。"

这套书的成员除了汪老，另有天津的冯骥才，西安的贾平凹，南京的忆明珠，如汪老所言，的确没有实质性的官员。汪老将才子与官员对立，又将才子的检验标准理解为有三绝的诗书画，所以他最终认为亦无不可。这种理解，完全符合我最初的设定。

不仅汪老赞成，平凹亦然，天津大冯更是喜形于色于声。大冯从台湾回，深夜给我打来电话，直说这个想法妙极，大陆出版已经走在了台湾的前面。又问入选才子书的另外几位，我说了汪曾祺，他说汪老没说的；我说了贾平凹，他说平凹行；我说了何立伟，他问湖南的何立伟吗，我说是，他说可以；我说这不过是第一辑，第二辑拟将再选四位，这个身长一百九十多厘米的天津巨人从遥远的夜空向我发出不满的嚷叫，他说哪有那么多的才子，孙子吧！他一边叫着，一边却逆着我的思路另辟蹊径，将我策划的诗文为主书画辅之，变为书画为主配以诗文，选了黄永玉、黄苗子、吴冠中、范增四人，紧随于我这套作家的才子书后，又出版了另一套画家的才子书。

才子书出版于 1997 年，而早在 1987 年我就与汪老往来不绝。首次拜谒，汪府尚在虎坊桥，我随一位诗人骑车去往他家，骑至一个红绿灯路口，一辆电车将我与诗人隔断，绿灯亮后重新上路，已前不见向导，后不识南北，无奈返回。择日再去我便配备上地理熟稔的北京新妻，免得一错再错。

汪老从我的名字断定是一野性男人，且是单骑，便穿一件跨栏背心，握一柄大蒲扇在家守候，门开时蓦然见我身后的女士，慌得转身逃进卧室。俄顷复出，微驼的上身就披挂了黑色的丝绸衬衣，嘴里说着失敬失敬。听我说因不谙南北，前次没能成功到达，他就当了我妻子的面，以北京的老头儿老太太为参照，对我进行好一番嘲笑。他说北京的老两口儿夏夜睡在一张很窄的床上，老头儿说，劳驾你往南边去一点，老太太生气了，说你不能往北边去一点？汪老说我，你怎么连个南北都分不清呢？

1993 年，我出版了五本自己的书，其中的短篇小说集是汪老为我写序，他的序以《野人的执着》为名，表扬了我写的野人，也没批评我这写野人的野人。

他说："为什么野莽要写这些野人，写这些野人的真实、高尚和执着，写他们身上的原始、粗糙的美？我想这是对于浮躁扰攘的现世中行将失去的先民的道德标准、价值观念回归的呼唤。……至于它是不是属于'主旋律'，那另说。"

《文艺报》准备发表《野人的执着》，是年手机尚未行世，我打电话告诉汪老，汪老出门买菜，师母答应转告。三天后汪老赐我一函，先说了一通北京的天气，渐入正题，叫我把那篇文章要回来，寄给阿成主编的《小说林》。此阿成为东北张广才岭的王阿成，同是汪老喜欢并为之作序的弟子，喜欢如钟惦棐之子远赴美国的钟阿城，如贾平凹，如何立伟。当时我误以为阿成弟子约稿甚切，汪老情急，遂以此文搪塞。我遵意将文章寄了阿成，《小说林》不日发表出来，阿成顺便要去我的一本拙著，从此我们成为朋友。

有汪老作序的我的短篇集出来，我率先寄他一册。他见印数只有三千，居然为我打抱不平，写信来说，"客大欺店，店大欺客"，觉得出版社欺负了野人。我心暗思，我又何尝不想印上三百万册？此后我出版第一部长篇，再次送给汪老，告诉他这本书首印九万，随后又加印了八万，他用一双睁大的亮眼久久地将我望着。我想这次，大店可没欺客，客也不复是个小客，老前辈不必再为我打抱不平了。说来也怪，从他嘴里只轻轻发出一个"哦"，之后什么都没有了。

我认为这是个谜，十多年后这个谜被我破译，我认为。1995年的年底，他送我一套四卷五册的《汪曾祺文集》，陆建华主编，江苏文艺出版社出版。我发现卷中最长的小说，是不足两万字的《大淖纪事》，我的脸无端地红了，在汪老面前，我从此知道我是没有权力写长篇的，我重新研究他嘴里发出的那个短音，当初曾得意听成的一声惊叹，现在我却怀疑那是惋惜与责问，你写那么长干什么呢？

他最喜欢的现当代作家，除却贾平凹是个特例，果然都是写短篇的，而他开始喜欢贾平凹的时节，贾平凹也只以短篇名世。沈从文最长的是中篇《边城》，废名把《莫须有先生传》与《莫须有先生坐飞机之后》加在一起，勉强只够一个伪长篇。钟惦棐之子写罢"三王"和《遍地风流》，翩然远遁。我的脸无端地红了，我从此知道在汪老面前，我是没有资格写长篇的，我把他十多年前的那一个"哦"字拎将出来，重新再听，听出的便是"干什么呢"？

别人都知道汪老为我写序，赞美我的野人写得好，是作家的，就纷纷请我代为引荐，指望着耳提面命，回家也写出一个恋爱的小和尚；是编辑的，就纷纷请我代为约稿，将他下一个恋爱的小和尚捉到手里，使得自己杂志的发行量得以大幅度地飙升。汪老在电话里向我叫苦，他说哪有那么多的小说呀，又不是母鸡下蛋，一天一个，一天一个！说是这么说，最终还是都给人家写了，童叟无欺。最见效的是派女孩儿登门，怀里抱一瓶酒，手中又持了我的介绍信，小嘴巴说出一些好听的甜言蜜语，那一趟当然是不会白跑的。

如此繁复的师徒来往，几年后为编一套才子书，将长江社的社长编辑一干人马带去汪府，签罢合同，订毕诸事，一人白得一幅亲笔丹青，缘何还要一位未名青年的帮助组稿，这事实在有些蹊跷。我倒是慢慢地想出一个人来，1996年，我编《中国文学选刊》，有位作者自荐其作，我选用之，以后视为朋友，汪老的书中需附印象记一篇，我遂请他代作，需附字画各十，汪老才子没有相机，野人无才亦无相机，我又邀他身挎此物替我拍摄。此人聪明非凡，他的办法是将汪老字画如数带走，改日给我送来二十幅各自四寸的图片。我还想起，带走的那批画中有一幅是装裱过的，画的麻雀开会，一雀叽喳，众雀瞌睡以及张望，汪老题款曰"一言堂"，很快便要去世的汪老，那一刻心疼得嘴都张开了百分之七十。

我本是为了鼓舞青年，请他写记，附他照片，总序里还特别写进他的名字，极尽所能地给他名誉。其实我的手里已有了描绘汪老的最好文章。何立伟送我的散文集中，有一篇就是《关于汪先生》，他在印象记中以印象派与感觉派的诗性文字如此记着："汪先生的文章行云流水，恬淡温馨，读它有如月下轻嗅着一朵淡紫的花，幽香沁人心脾。汪先生的文章除尽了火气，以极平静的心态面对广大世事，故一切纷扰经了他的文学过滤，皆成了仿佛草原的边缘渺渺飘来的一缕笛音，叫人也就安静下来，参悟着人生更深处的意味。但这并不意味着汪先生没有怒，没有愤……"

最后一笔，他真是将汪先生看透了。一个沈从文的学生，依然生活在尊师七十年前"照目前的风气说来，文学理论家，批评家及大多数读者，对于这种作品是极容易引起不愉快的感情的"（《〈边城〉题记》）的文学环境里，他不可能没有何立伟所看出的那种心情。汪老送过我一幅《兰草图》，一幅《松鼠蒲桃》，此外还给我写过一张字，他写的是林则徐写过的两个字"制怒"。他劝我制怒，他一定也是这样制着怒的。

如此美妙的文字，如此入髓的洞察，更何况何立伟本身便是集诗文书画于一身蜚声文坛的湘楚才子，他又是我十年前的朋友，我何苦还要另请人写呢？那位青年！目前也该是中年了吧！

2007年5月16日写于北京听风楼

聂鑫森的古典情结

——读聂鑫森中短篇小说集《镖头杨三》（英文版）

二十世纪七十年代末，随着一场政治运动的结束，寂寞二十多年的中国文坛一夜复苏。在国内纷纷创办或恢复的文学期刊上，大致活跃着两类撰稿人，其一类是二十多年前被迫置笔的一代风云作家，而今复出已当老壮之年；一类则是大抵出生于五十年代，刚刚举笔问路的文学新人。骤然转变的历史，亟待改革的现实，使空前繁荣的文坛一时涌出大量展示伤痕的文学作品，作家们缘于身临其境的阅历和思考，开始诉说已经过去的苦难，揭露现实存在的问题，热烈地呼唤着社会的改革，以至于中国文坛在短短的十年之中，相继而产生了后来被冠以伤痕、反思、寻根、改革、新写实，以及其他各种"新"字的文学现象，此起而彼伏，时时响起轰动的声音。作家们感受到了春天的气息，奇思异想，才华横溢，中国文学迅速走向艺术的成熟和形式的多元。

这时候，年轻的作家队伍中出现了一个怪异的名字，它不断地刊登在国内大大小小的各种文学杂志上，甚至同时在多家刊物占领头题。它像一只精力充沛对一切都想探索的跳蚤，时而出现在诗刊，时而出现在散文专栏，接着则更多地出现在短篇小说的标题之后，那样频繁，那样醒目，因此不能不引起文坛的关注，读者的好奇。这个名字中的每一个字，分别是由三个相同的字组成的，连在一起是"聂（聶）鑫森"。

他写的作品有一种与众不同的风格气韵，它不属于任何一个派别，不追随任何一种潮流，不能为任何一个主义纳入其中。这个名字怪异的人似乎是有心回避着喧嚣和时髦，有心退居一座稍许古旧的小城，用淡淡笔墨去写那里的淡淡风情，淡淡人物和故事。他的文字清奇典雅，秀美飘逸，似牡丹园侧的一枝水芙蓉，独自开放着一分别样的风流。

这个名叫聂鑫森的人，二十年后怀抱着他的几百个短篇，几十个中篇，几个长篇，还有大量的诗歌散文和评论随笔，成为中国当代文坛的一道好看的风景。他的中短篇小说因其经典的语言，隽永的故事，古雅的情调，活脱的人物，不仅为有眼力的编辑家和评论家所交口称道，同时也大受有鉴赏力的读者的青睐，成了国内各家杂志争相猎取的对象，一旦问世又多为选家看上。迄今他已有几百篇作品被选入各种选刊和选本，几十篇作品荣获各个级别的各种奖励。负责将中国当代作家的优秀作品译介国外的英、法文版的《中国文学》杂志，连续选译了他的中短篇小说《脑髓卷》《沈家灯》《残阳》《雨谷》《贤人图》《塑料人》《蟋蟀》《镖头杨三》。其中《雨谷》等小说被联合国教科文组织资助，美国人主编的《国际短篇小说选》杂志选载，这些作品漂洋过海，很快又受到西方读者的喜爱。欧洲的读者从大洋彼岸寄来信函，称"聂鑫森先生的小说《雨谷》把一个没有发展为爱情的现代男女的传奇故事，安排在一片如诗如画的天然山水之中，意境极美，他是一个追求东方古典美的中国现代作家"。

试图以小说的形式建筑现代诗体神话的《雨谷》的作者，同时却在更加刻意地用小说重塑一座人间的古城。在这座历史悠久的城堡里，曲折着一条条诗情画意的街巷，贤德街、梧桐街、太平街、灯笼街；埋藏着一个个百回千转的秘密，深闺女子的春情，官宦少奶的幽怨，民间艺人的苦难，江湖术士的艰辛，乡绅土豪的强霸，墨客士子的闲逸，商场官道的凶险，名门世家的恩仇。作者貌似逃离了现实，其实却是把他所观察到的现实中的真善美及其对立面，以及他对它们的思考和态度，借助于一个个虚构的过去人物的形象，让其带着各自的性情、故事和命运，还魂在历史的躯壳里，复活在古典的情境中。这种小说是现实的也是浪漫的，是写真的也是写意的，是传统的也是创新的，它是小说林中一只只有点自由散漫的鸟，始终在几个群体之外跳跃低飞。

在当时以现实主义为主流，以反思与改革为使命的文坛，它的出现只能引起国内文坛有限的关注。这恰是作者自己意想之中的效应，因为他曾断言自己的小说"是一种寂寞静夜中的产物，隽永而难以轰动"。他宁可选择寂寞，放弃轰动而追求隽永，决意独享这分静夜中的艺术感受。也只有懂得他的朋友才会明白，他在小说创作上的独特的美学思想和艺术追求，不仅取决于作者自身的精神气质，而且更多的是在潜意识里，传奇的家族历史和听书的童年生活给了他最初的文学"熏蒸"。

作为文坛湘军中重要一员的聂鑫森，其祖籍是江西新干县，祖父是一位清末秀才，落第举人，早年加入共产党，曾任新干县商会会长，在此身份的掩护下从事革命，为井冈山上的红军募集粮草。因叛徒出卖，被捕罹难，其时已故的第二房太太所生的儿子年方十一岁，为逃避白色政权的诛杀，祖父的第三房太太暗中派人把他送到在湖南湘潭开药行的他大哥处，这就是二十二年后生于湖南湘潭的聂鑫森的父亲。而祖父的第六个儿子即父亲的胞兄，黄埔军校第二十四期毕业的士官生，则当了国民党军队的中校督察。母亲是新干县一户地主的小姐，远逃他乡的父亲十年后潜回老家，娶了她带到湘潭。父亲在大哥开的一家药行当了徒弟，学医之余，喜读文章，练得一手好毛笔字，且会做旧体诗词，家中常常会聚一些能写擅画的文人朋友，高谈阔论，饮酒唱和。

一个男孩子降生在这样一个极具传奇色彩的书香门第，因此在他有了记忆的年代，复杂的家世，曲折的传说，动听的故事，丰富的闻见，自然而然就种进了童年的心中，为他将来走上文学创作的道路储备了一大笔难得的财富。

湘潭是一座文化古城，始建于后汉时代。这里自古以来名人辈出，高士如云，无处不留下历史的遗迹，从各朝大吏何腾蛟、曾国藩、王闿运、黎锦明、杨度、沈醉，到现代国画大师齐白石，受这方水土的滋养，他们为家乡古城增添了辉煌的史料和神奇的传闻。湘潭还出过一个通晓诗文的著名和尚，出家前放牧于山野，一日见桃花纷落，慧心顿悟，皈依佛门，取名八指桃陀。浸泡着历史的文化，唱诵着古老的歌谣，聂鑫森在湘潭度过了他少年时代难忘的生活。他喜欢听大人们讲述古城的故事和前朝的历史，也喜欢独自一人静静地读书。上完小学升上初中，他已在暗中学习写作，散文《锄草》在报刊上的公开发表，使这位欣喜若狂的中学生正式做起了作家之梦，初中毕业，十六岁就告别父母，怀揣梦想去了距家三十公里的另一座小城株洲，在一家木材加工厂里当了一名磨刀钳工。

十三年里，小钳工天天与木头和刀为伴，夜晚则在灯下大量读书，无论是中国古典文学和现当代名著，还是西方文艺复兴时期批判现实主义作品和现代各流派文学名著，也无论宗教、哲学、美学、艺术，他都广泛涉猎，抓住就读，最喜欢读的还是中国古代的笔记小品。他认为这些活泼精短的文字最少做作，最具灵性。因为有了文学梦，手中的木头和刀总能让他编排出梦中的人物，多少年后，全国多家杂志先后出现了一系列名为《古城旧事》的笔记体小说，那里面一些擅长木雕泥刻的能工巧匠，他们的悲凉故事许多便是从那木头和刀下产生的。

发表了大量作品已经初有名气的聂鑫森放下磨刀，调到《株洲日报》做了一名副刊编辑。这自然离文学更近了，但离他的古城却远了一些，为了濡湿童年的记忆，他必须每月两次回到湘潭，看望旧时的文朋艺友，寻访陈年的酒楼花街，泡茶馆，游雨湖，看风物，听故事，享受一番古城文化的滋养。城中有一条平政街，街上住着一位名叫郭文蔚的八十五岁老汉，其祖父郭松林是曾国藩手下大将，官居一品京堂，其父世袭三品顶戴。纨绔子弟郭老汉玩了一辈子，杂闻博记，会唱一口正宗的京剧，有文化部颁发的票友证书。聂鑫森为了掏取他肚子里八十余年的积存，和郭老汉结成了忘年之交，每次回到古城必去拜会，听他谈古论今，说书唱戏。在中篇名作《蟋蟀》中，名宦世家戈长生一生痴迷于听戏唱戏，为了筹建票友团惹下了大祸，卖了祖传的宅院去了却官司的故事，以及系列小说《古城旧事》中一些关于京剧和杂艺术的篇章，很多便是得助于这位忘年老友。

为了成为学者化的作家，他从湖南株洲来到全中国的文化中心北京，在当代最高的文学殿堂鲁迅文学院进行深造。接着又进入北京大学首届作家班进行系统的学习，两年以后，重返《株洲日报》，依然一边做他的副刊编辑，一边继续进行写作。这时候各省的作家协会纷纷成立文学院，把一部分卓有成就并且前途无量的业余作家调离单位，驻院从事专业写作，聂鑫森就是其中的一人。但是他没有去，编刊的工作量不是很大，完全可以给他留下时间读书写作，而且利用这份工作，还可以广得信息博取素材，和社会各层人物发生交往，为他的文学创作提供专业作家没有的条件。

生于二十世纪中叶的聂鑫森，研读孔孟也崇尚老庄，常站在古人的面前作深长思，春秋战国时期的仁人义士，那种不唯名利的隐士节操，重情重义的君子风度，总成为他比照现实的标本。当世人的道德水准和时代的进步成着反比，礼失而求诸野，求诸历史和虚构，他便在他的短篇小说《贤人图》中，热烈地赞颂着人间的真情，也寄托着他对理想人格的期盼。陆小知和覃怡斋，两个相濡以沫的卖画先生，彼此敬重，从不妒忌，有人要画梅花、蝴蝶兰、墨蟹，陆先生说："画这些玩意儿，覃先生有好手笔，请找他。"有人要画桃花、牡丹、水仙，覃先生说："我不及陆先生，他有高招儿，我领你去。"直到陆先生临终之时，覃先生开匣拿出他的画谱，方知陆先生的蟹和梅花画得比自己好。

短篇小说《塑料人》的背景虽从作者一贯钟情的过去的古城移到了当代都市，但是它的情调和韵味仍然是古典的。老单身汉竺根爱上服装店女经理花蕊，以他的艺术天分把她店里的塑料模特儿摆弄得千姿百态，但当他得知她对他的暧昧只是一种商业的艺术，这个默默等了五年的老实人疯狂了，他摸着黑把塑料人身上的衣服剥了个精光，要她跪在他的床前，解下腰间的皮带对她进行审讯。第二天花蕊走到竺根的床前，发现他抱着一个塑料人已经死去。古典式的庄严爱情势必遭到现代钱商的轻蔑和嘲弄，这正是早已隐伏在小说人物身上的悲剧之源，作者写着塑料人，却向活人发出了道德的呼唤。

与写古城旧事的《贤人图》和写现代古人的《塑料人》相比，中篇小说《蟋蟀》打通了历史和现代的界限，把小说中戈、季、周三个家族近一个世纪的荣辱兴衰，与蟋蟀仇斗的强弱输赢互为影射，一代一代冤冤相报，费尽心机，而其结局是虫死人亡，无一胜者。他一方面用超然的老庄哲学劝解着世间的残忍争斗，让名宦子弟戈长生终于悟出人生的真谛，一方面对无法留住的有古典气息的宅院，通过雨梅这个古典美人的形象发出绝望的叹惋。在丈夫的眼中憔悴如古典木偶的雨梅宁死也不搬入洋楼，于黄梅雨季和燕子斜飞的旧梦中合上了眼睛，而在此时，蟋蟀的斗胜者季城正带着已长丰满的小保姆，在他的仇家周载的巧安排下，搬到那座别墅里过起了洋日子。聂鑫森在小说的篇尾这样讽喻地写道："大门紧闭，窗帘低垂，季城和小保姆坐在客厅里，喝着一瓶人头马，脸上焕发着一派春情。"

自他从事创作三十年来，文坛几度风云，潮涨潮落，但他始终独守一角，不舍自己的艺术初衷，实践自己的审美追求，以漫长的时间和大量的篇章，塑造了一大批具有古典崇高精神的人物形象，让他们以动人的品格情操展现人世间的真善美，表达出作者所理想的世风和人格。他善于在浓郁的古典文化氛围中，对风物情境略事渲染，却以人物的生活命运作为至关重要的核心，赋予他们富有传奇的生平，起伏跌宕的故事，出人意料的结局。他坚持以中国古典小说式的严谨的结构和完整的叙述，努力善始善终地处理好读者关注的每一个人物。

他的语言风格受影响于中国古代才子小说的优雅秀丽，徐缓从容，中国古典笔记小说的珠玑灵动，凝字练句，同时又融入现代小说的技巧，使之散发出一种清新独特的艺术芬芳。

1999 年 12 月 8 日写于北京百万庄

人生的烦恼

——读池莉中篇小说《烦恼人生》（英、法文版）

　　外国人第一次知道池莉的名字，是在 1986 年。她的一个名叫《月儿好》的短篇小说，被日本人编进了一本中国女作家的作品选。那篇小说的全部故事我已记不大清，大约是写一个乡村姑娘，自小许给一个同村少年，后来少年去上海念书，几年后带着城里的妻子回家，乡村中的姑娘还是一个人。她带他参观她办的幼儿园，告诉那些小朋友说，将来长大了也到上海去念大学。好像是这样的，反正与同类题材中被遗弃的女性的怨艾，仇恨，或者男人的自责，忏悔不一样。池莉觉得这个姑娘很好，做法也好，于是就给她取名月好，这篇小说的调子也像一弯淡淡的月儿，照着今晚的村景，迎着明早的希望。

　　她的早期的作品大多是这样，她喜欢把身边的人物随手拈进小说里来，比方说她的处女作《猫》里的那个温顺的小姑娘，《新婚夜》中那个嫁了粗暴丈夫的新娘子，《雨中的太阳》中那对被南国微雨打湿春心的年轻人，《少妇的沙滩》中那个在沙滩上寻觅自己已逝足迹的少妇，《青奴》中那个为偏僻部落带去时代信息的聪明女子。这些人物以女性为多，以弱者为多，以小人物为多，她们在她笔下自自然然地说笑着，叹息着，抗争着，一如生活本身。她不喜欢用一些所谓哲理附会在她的小说里，附会在她们身上。

可能这就是她最早的小说美学，因此只要发现身边有让她心灵为之一动的人，她便会随手取下几个片段，然后把它们串起来变成小说。这种技法似乎不太讲究，也有些笨拙，但从读者那里得来的信息，又证明它实在又是一种大巧，占了大便宜的终归是只顾得热爱生活，顾不得玩弄玄虚的老实人。

湖北沔阳是一个鱼米之乡，也是著名的沔阳花鼓的诞生之地，池莉从小就生长在那里。高中毕业以后，她曾经在武钢防疫站里做过一名小医生，一边看病，一边看书，看着看着自己也想写起来。从 1980 年开始，她已经在国内的文学刊物上发表了不少小说，那个年代,湖北省作家协会主办的《长江文艺》，喜欢给崭露头角的、有前途的、年轻的女作者发表作品的同时，也刊登出一幅照片，池莉的收益是最大的，她一次就收到了几百封读者来信，读者们都要跟她谈文学，当然有的谈着谈着，就谈到别的方面去了。

时过五年，我又读到了她的《烦恼人生》，感觉突然一变，小说里的喧嚣嘈杂，匆促烦琐，是非曲直，纷争纠葛，让人看见尘世真是复杂，人生真是烦恼，便想她的心绪必然也不是早年如月儿一样安静的了。小说里写了一个名叫印家厚的男人，他的工作，他的家庭，他的爱情，他的婚姻，一切都显得紧张、忙乱、沉重，生活压得他几乎喘不过气来。即便这样，如果能够得到相应的报偿也还可以，但他得到的却是那样菲薄，连姑娘给他的爱情也不敢接受，老天实在是对他不起。

这篇小说我们准备选入《中国文学》英、法文版，翻译成两种文字推向世界，因为是一位陌生的作者，刊物还得配上一篇介绍作者生平的文章。编辑部把这篇文章交给我写，倒是正巧，这年 10 月，湖北作家协会通知我去武汉参加一个文学院的会议，因为我来北京工作之前，曾经是湖北文学院的首届合同制作家。当时主任只知道我和池莉是湖北的老乡，还不知道我们是文讲所的同学，早在文学院创办以前，湖北作家协会还创办了一个文讲所，首届二十个青年作家，我们都是其中之一。当知道了这层关系，这篇文章我就更是义不容辞。

当年的湖北文讲所设在武昌阅马场，那里本是辛亥革命的勇士演武之地，几十年后我们却来习文。七个月里，池莉给我的印象是善感而且善良，端午节回家带来一些煮鸡蛋，大热天上街买回一个西瓜，都要分给同学们吃，同学中有人不幸生病，还可以吃到她专门从防疫站带来的药片。吃吧吃吧，吃了就好了，这个时候的池莉简直就是一个治病救人的医生。有一次坐车出去参观，下车看见一个大脑袋小身子走路两边乱晃的小孩，这个小医生又追上去，抓住他肮脏的小手看了又看，转来以后伤心地说，是克汀病，不好治的，唉。

文讲所毕业我们天各一方，偶有通信，听说她去武汉大学上了夜大。白天上班，夜里上学，小说也没工夫写了，从汉口到武昌，来往穿梭于为江水分隔的武汉三镇，坐轮渡过江水，乘汽车过大桥，每天都要把万里长江横渡两遍。接着又听说她离开武钢，去了一个书刊发行部，再接着又听说，她到武汉市文联的《芳草》编辑部去做编辑了。

1987 年 10 月，我在湖北省作家协会开完了会，就去《芳草》编辑部找她。人自然是长了几岁，写了《烦恼人生》，却还是《月儿好》的样子，两片嘴唇争分夺秒地说，忽然就笑起来，忽然就转身端橘子请我吃，还请我去看她的新家，语气非常坚决。我感到她的意思是想让我大开一回眼界，便一口答应，过了一天，按照约定的时间，我带着我的武大同学，长江文艺出版社的周百义去了。果然一进家门，看见她腰上系了一条围裙，从厨房里走出来，让效耘安排我们坐下喝茶，自己反身又进了厨房。

效耘也是我在文讲所的同学，而且我们同室，文讲所是三人一个房间，同室还有一个写诗的熊召政。此前效耘在湖北电影制片厂当文学编辑，我没问他现在是否还在那里，想必还在。当池莉做完了所有的菜，效耘配合着把它们端出来，摆上酒杯，然后我们四人正好分坐四方，池莉就解下围裙，拿起筷子，请我们尝尝她的手艺。想不到这个医生，这个小说家，这个夜大的学生，菜也做得这样好，色香味形俱佳，就像她读的是烹调系。特别是最后端出来的那一道汤，是叫嚷无汤不成席的武汉人最爱吃的排骨煨藕。

本来不想谈什么创作，但是要写文章，还必须装模作样地谈上几句。她说她因为跟我一样做了编辑，这几年里写得不多，有人认为编辑和作家分成两者可做好友，集于一身便是大敌，看起来这话是有道理的。不过毕竟是写过小说的人，她说看着别人都在写稿发稿，这些稿子从她手里经过，她的手就有些发痒，心想我也会写，我也有这个本事呢。于是她就把这个现成的也会写的本事拿出来，把人生的烦恼写成了一个《烦恼人生》。

她说她没想到这篇小说在《上海文学》杂志一发表，国内几家选刊争相转载，而且都是头条。该刊的主编茹志鹃请她吃饭，鼓动她说，你只管写写写，寄寄寄，我只管发发发！她说她不能让她的前辈期望落空，因此她会接着写下去，好好地写。我说《中国文学》也是这样的期望，还有我，作家同行，也是编辑同行。

这篇文章被翻译成英、法两种文字,发表在《中国文学》1988年的春季号上。那一期是特别开辟的当代青年女作家专号,总共四位:池莉、铁凝、张抗抗、刘西鸿,都是女人。后面倒有一个男人名叫野莽,但他写的还是女人。

我同时把这篇文章的复印稿寄给上海的《文学报》,主持文艺版的编辑叫胡良骅,收到以后就写了信来,问我能不能改个简短的题目?我回信说,那就改叫《说说池莉》吧。春节刚过,这篇文章就发出来了,上面还配了一幅池莉的照片,估计是从王安忆的母亲茹志鹃那里要去的,因为《文学报》和《上海文学》都是上海作家协会的机关报刊。报上登出的那张照片上,池莉扎着一对小辫儿,穿着一件格子衣服,美是美,却不该是朦胧的美,月儿似的,可能是新闻纸的原因。池莉在武汉看见了,写信来找我的麻烦说,太折磨人了,你不是存心要我的命吗?

问题是国内一些朋友也看见了,都说我是不务正业,不好好写小说倒去吹捧年轻的女作家。我说这是遵命文学,编辑部安排给我的职务工作,不写不行。其实我哪想去写人家,我还想人家来写我呢。但是这篇文章被中国外文局一下子看中了,评了中央对外传播优秀作品一等奖,又发奖金,又发奖状,又把它收进《对外传播优秀作品选》里,在对外传播学习班上作为典范之作,让广大学员认真学习,还请我再写一篇文章,介绍我是怎么采访写出那一篇文章的。

我简直有些好笑,说我根本就没采访,我就是到池莉家里吃了一顿饭,吃罢了为了证明不是白吃,抹抹嘴对她说,给你写篇吹捧文章吧!接着把随身带的笔记本掏了出来。池莉看我动真格的,觉得滑稽,笑得快要喘不过气来,说是你别装模作样冒充记者了,饶了我好不好?最后还是我的同学加同室,她的同学加丈夫,满脸胡子的房主人效耘翘起一条毛腿大讲特讲,我才采到了她关于沔阳,关于武钢,关于武大夜读班,关于《芳草》编辑部的,一路走来的艰难历程。

那天在她家吃饱喝足,临走她又送我一大网兜橘子,要我带到火车上吃。我猜这些橘子是她单位分的,因为前天在《芳草》编辑部也吃了不少。回到宾馆休息一夜,次日我提着橘子上了火车,回京我花一个晚上的工夫把文章写了出来,一上班就交给主任,老先生吃惊地看着我说,你,就写好啦?

这是我到中国文学出版社以后写的第一篇工作文章,著作权法上的标准说法叫职务作品。从此我差不多成了《中国文学》杂志的专栏作家,一有这类文章都要我写。因为写这样的文章要去采访作家,而作家分布在祖国的天南地北,各大城市,我也就乐意地把工作与旅游结合起来,总是不辞劳苦,欣然领命。

1988 年 5 月，我去往湖南，给湖南作家搞了一期专号，作家们陪我玩了长沙、岳阳等地。同年 10 月，我又去往山西，给山西作家搞了一个专辑，作家们陪我玩了太原、大同等地。第二次我还带上了两个翻译，一个是英文翻译李国庆，一个是法文翻译部的主任燕汉生。我是组长，一切行动听我指挥。

在火车上，燕汉生对我说，上次有一篇写池莉的文章，我们部的法国女专家很喜欢，这次你写郑义、李锐、张石山，文章最好能按那个风格，写好了我也让她翻。我说那篇文章就是我写的，不过这两次的情况不同，太行山麓和荆楚大地，黄土地和长江水，农村生活和都市题材，粗犷和秀丽，三个男人和一个女人，两种人文，风格可能不会一样。燕汉生说，啊，池莉是你的同学，她也是一个编辑吗？我说是，最近她们要设佳作奖，奖金一千元，她还要我给她写一篇最好的小说呢。燕汉生问，给了吗？我说不敢给，因为她信上说"你自然知道什么是好小说，你也是编辑"，只这一句，我就不敢随便给了。

我知道她是一个好编辑，丝毫打不了马虎眼的。那几年《芳草》萋萋，《天涯》知名，这跟杨书案和池莉这样的好作家在这里当好编辑，有着直接而又重大的关系。我想起上次去史铁生家，史铁生知道我写小说，对我说了一句非常武断的话，他说想当好作家就当不了好编辑，想当好编辑就当不了好作家。这话说得钉子回了头，没有丝毫商量的余地。当时我想，三十年代的鲁迅和茅盾，他们不都是好编辑和好作家吗？现在我想，池莉呢？

《对外传播优秀作品选》编辑部要我写的这篇体会，至此我还没著一字。这并非是我谦虚，心里想写，假装不写。而是没有，真的没有。写什么作品都应有一种特别的心境，作品写时，这个心境破坏不得，作品写罢，心境却又化入作品之中。有的东西天生就能写好，一点都不费劲儿，有的东西天生就写不好，费多大劲儿都不行。比方我又一次出征，去写山西的三位作家，文章也都翻译成英文和法文，发表在《中国文学》杂志上。但是中国的翻译们和外国的专家们见了我，都不怎么开口提起，下一次对外宣传优秀作品的一等奖里，估计也不会有这篇作品的名字。

这倒没什么，有什么的是单位上下认为我没花心思写，心思都花到自己的小说里去了。

人生在世，遇上这样的事也是很烦恼的。

1988 年 5 月 12 日写于北京百万庄

大别山里有条龙

——读刘醒龙中篇小说《村支书》（英、法文版）

中国人的名字中，叫龙的大多是龙年所生。但是这个刘醒龙却不属龙，他属猴，生于1956年，猴年生的为什么不叫刘醒猴，而叫刘醒龙，这是一个谜。刘醒龙本人也是喜欢谜的。他出版的第一本小说集《异香》，副标题就叫"大别山之谜"。大别山是他童年成长于斯的英山的山系，半个多世纪以前，我们的红军在这里仗着天险，神出鬼没，屡退白军。发生在这片山区的无数个神奇故事，滋养了儿童时代的刘醒龙，二十年后，这个儿童长大了，会写书了，他就写大别山之谜。

从1979年写到1992年，写了十三年，写到三十六岁，刘醒龙写出名堂了。这一年是猴年，是属猴人的本命年，中国人很重视这一年，据说人在本命年里，不是走运，便是背时，此外是没有一条中庸之道可走的。看来醒龙是走运了，仅仅一年，他发表了六部中篇小说，一篇比一篇叫得响。而且他还在趁势写，趁势发。从编辑的来信，家乡朋友的来信，尤其是父亲的来信中，他隐隐地感觉到自己正在走向读者，也正在走向受欢迎的文学。

但是，当《青年文学》杂志把他从湖北黄冈请到北京，在专门为他召开的作品讨论会上，他听到中国作家协会副主席、中国当代首席评论家冯牧先生的壮怀激烈，把他的《村支书》和《凤凰琴》评为已经久违的传统现实主义文学在新时期的发扬和发展时，连他自己也暗吃了一惊。

醒龙不大会说话，坐在几十位口若悬河的评论家的面前，他只有洗耳恭听的权利，直到两个月后，他才在《小说月报》的创作谈一栏里老老实实地谈道："我现在才明白，父亲过去的激烈批评是有道理的。那时，我把自己的位置摆得高了，总以为自己能为穷苦的乡亲指点迷津。现在，我终于懂得，天南地北的乡亲的出路唯有靠他自己去创造，而我唯一能做的一件事，就是献上我的真情。"

和父母是作家的王安忆、李晓不一样，和祖辈是农民的贾平凹、莫言也不一样，醒龙的父亲不是他的导师和引路人，却是他最忠实的读者和最负责的批评家。父亲总是以基层干部的眼睛，审核儿子的生活题材，以读过私塾的文化，评判儿子的写作艺术。父亲曾经在他一篇短短的小说中，毫不客气地打了七十二个问号，表示着自己强烈的不满。《村支书》的发表，使他父亲跑遍了小小县城，在儿子的朋友那里找刊来读。这一回父亲不在小说中打问号了，居然写信大加赞扬："直到昨晚小刘才将《小说月报》三期送来。晚上光线不好看不清，今早五点半就看起，刚刚看完。我是你爸爸，又是老干部，《村支书》是写得好，好在真实，好在好读。我代表我们家族向你祝贺，并希望你今后写出更多、更好的作品。永远不要忘记，你是老穷人的后代……"

醒龙本是在黄州市的一家招待所里降临人世，周岁以后被父亲带往英山，由于父亲在农村工作，他从小几乎就是一个农村的孩子。农忙时节，生产队长同样派他割谷插秧，寒暑假里，母亲也会让他上山砍柴。村里开会，他常看见方建国那样的村干部，发蒙上学，从读的就是余校长那样的小学校长，邓有梅和孙四海那样的民办老师。县高中毕业，他在水利部门当过施工员，阀门厂当过工人、车间主任、厂办公室主任，在县文化馆当过创作辅导干部。他和父亲一样，生活在中国最基层的社会里，他干过很多种工作，结识了很多人物，那些人基本上都是农村的人。

他对农村人的情感，在他的小说中无处不见，他索性把自己也划入农村人。虽然后来他已进城，但他承认他在城里的朋友不多，作家评论家队伍中也仍寥寥。他不能看城里人那种居高临下的气势。一位城市评论家评论他的小说是乡下孩子写的乡下事，醒龙嘴里不敢反驳，心里却说：你先生以高乡下人一等自居，本身就是落后的农民意识！有一次，几个文学界的人议论一个新闻界的人：一个乡巴佬也想来闯武汉？醒龙听了难受，他想他就是一个乡巴佬，他从乡下到县城，从县城到州府，有一天他也许还要到武汉市的，那时候这些城里人又会怎么说他？

我们相识很早，因为常在省作家协会里一起开会，还有几次一起写稿，一次是在沙市，二次是在武昌。通过互读作品，以及碰面时偶尔的一句话，也无非只叫得出对方的名字。醒龙出现于文坛的时候，他的家乡英山已有了两位全国获奖的青年作家，一位写诗，一位写小说，都是我的同学和朋友。醒龙比他们略小几岁，个子也成正比地小着，瘦骨伶仃的细身子上端，举着一张白白净净的娃娃脸，大眼睛尖下巴小分头，一副聪明机灵却规矩的模样，像个高中刚刚毕业的三好生，逗人疼爱。但是在他的作品表上，这时已悄然列了一长串儿发表过的小说的题目，那就是他最初写的那个大别山系列。我们真正的相熟，却恰恰是当我们分别几年之后的一个秋天，在桂林的笔会上，醒龙给我的印象跳出纸面，变成一个生动的立体。

醒龙极其地自尊，极其地敏感，与他的小说描写中近乎女性的细腻笔触极其地相符。在他置身人群的时候，他的感官永远高度地警惕着，逃出人群也仍如此。他总是微妙地觉察出一些傻呵呵的粗心男人麻木无知的东西，所以他又总是沉思的。会场上，旅行中，餐桌边，人们容易忽视他的存在。有时他笑，但只有笑容却几乎没有笑声，大约他依然是警惕的。也说，那是在他觉得如鲠在喉非说不可，但说不了几句就没了，声音且小，节奏明显地慢于他人。他是注意着自己发言的质量，希望每一句都能独具见识，无隙可钻，让城里人对他的讲话吹毛而求不到疵。

然而事实上，醒龙对自己乐观自信，雄心百倍。直到又见他发表了一部有影响的作品的时候，身边的人追忆起他当时的沉寂，方才发现原来平静的湖水下面有多少奇怪的东西在不停地搅动着。一位师长辈的作家后来这样说他："读他的作品，我常常会停顿下来想想刘醒龙其人，迷惑不解地暗自发问：他的这些怪念头是怎么产生的呢？他年纪轻轻的哪来这么多的生活阅历呢？他羸弱的身子怎么容纳得下这么大一个奇异的世界呢？"

他的自信和谨慎，这两种看似矛盾的性格在他的小说中，被化作一种大智若愚的淡淡幽默，让人忍俊不禁，又不至于捧腹。从《村支书》开始，他的小说基本上都是白描，用极其朴拙，近乎乡下口语的简短句子，表现小说中人物的行为，转述他们的对话，一任他们在特定的事态中发展和完成各自的命运。他的小说已经从一度追求的西方式重心理、反时序的意识流，回归到中国传统小说的流畅线条，这种风格越是貌似老实，就越是透出作者的狡猾。《村支书》的出现，立刻博得了国内读者的喜欢，本命年的醒龙更加成熟了，他懂得我们这个民族的文化心理。

醒龙爱他妻子，即便短暂的出外旅行，在山水甲天下的桂林，在风光甲桂林的阳朔，刘三姐和阿牛的爱情传说也能勾起他对妻子的思念。船泊在漓江边，大家闹闹哄哄地抢着去买玉石的乌龟、镇纸、健身球，唯有一个默不作声的醒龙趁大家不注意的时候，偷偷挑了一盒南国相思的红豆，他要揣回去，献给他分别不过十几天的爱妻。

可惜这样懂得爱，懂得尊重女人的醒龙在他目前创造的人物画廊中，至今还没有一个重笔刻画的女人的形象。尽管听说他写过一个总题叫作"女性的战争"的系列，但是在他有影响的作品里，毕竟还是老男人居多，偶有女性也尽是老大妈。不过真正理解他的人，恰恰可以透过这种现象觉出他是太看重女人了，知道女人的世界是很深刻、很复杂的，女人的心又太纤柔，他怕写不好她们，以至于让她们受到误解和伤害。关于这一点，不知道他的父亲以及冯牧先生将作何看待，我则认为，作为作家，这不能说不是一种缺陷。不过同时我又相信，醒龙是胸有成竹的，他早晚会把他所钟爱的女性形象刻画得比村支书还要感人。

醒龙令人羡羡的好运在于，正当他在春天未去的人生途中，又一个文艺的春天到来了，他可以倾其才华大干一场。他那张白白净净的娃娃脸上还没长多少胡子，因此他仍然是一个德智体全面发展的三好学生。他把身体看得很重要，这是对的，因为他先天羸弱的缘故，一位同乡作家三十九岁不幸夭折的悲剧给了他太多的深思。同样是在桂林，我们在一家军队疗养所里住着写作的时候，别人大多由于熬夜起得很晚，而天色熹微的花坛前面，早有一个瘦小的影子在骑马蹲裆了。等到别人起来，他已练完一套，人戏问他练的猴拳？醒龙不笑，神情庄严而又肃穆，说出一串气功的名目，俨然已是一位大师。

自 1979 年开始，醒龙已在全国各地的杂志上发表了一百多万字的长中短篇小说，其中有的获了刊物奖，有的被更有影响的刊物转载，有的正在改拍电影，更多的是得到了专家以及读者的好评。但是他把新的起点客观地定在创作《村支书》的 1991 年，这说明他已决定和过去告别。作为醒龙的朋友，我乐意把他介绍给国外的读者。

1989 年 5 月 5 日写于北京百万庄

瑶沟的阎连科

——读阎连科中篇小说《瑶沟的日头》（英、法文版）

    时隔多年，至今我还记得初读这部小说的感觉。小说的名字很土气，叫《瑶沟的日头》，语言也很土气，让人闻到春天的泥巴和秋天的庄稼。我一口气读下去，读到小说中的"连科哥"接过他的高中女同学雯淑送他的一个大苹果，这个十六年来吃惯了生红薯、见也没有见过苹果的乡下少年，举起苹果对着日头望了望，狠狠地咬了一大口，但这瞬间他想到了病在医院的大姐，于是又把咬了一口的苹果重新合上，我的心战栗了。

    小说描写的是二十世纪七十年代的中国农村，一个考上高中的少年负着全家乃至全村人的希望，受着全家乃至全村人的资助，为了改变村子未来面貌而去读书的故事。他爱亲人，一颗早熟的童心不堪忍受姐姐们为他而付出牺牲，宁可失去梦寐以求的读书机会。我记住了这位作者的名字，他的名字和小说中的那位少年"连科哥"一样，叫阎连科。

    从此但凡有署着这个名字的小说我都要找来看，我分明是有些喜欢他了，喜欢他讲故事，喜欢他讲故事时的那种笨拙但是感人的声音，于是我又读了他继续描写瑶沟的《瑶沟人的梦》，描写来自农村的军人复又回到农村的《中士还乡》，描写两位历史名人家乡现实生活的《两程故里》，描写此地四十年代抗日斗争的《乡难》和《故乡的叹息》，以及把笔触伸得更远，描写中国古代历史文化和地域风情的系列小说《东京九流人物志》，等等。这些小说讲手法，有变化，一篇和一篇不一样，但是万变不离其宗，它们都是寓情于事，以情动人的。我开始打听这位作者，希望和他认识，我固执地认定他就是那个"连科哥"，老实得可爱，真诚得可信，我信赖我的感觉，知道我是受了弥漫在整部小说中的那份罕见的真情的影响，因为据说文如其人，言为心声。

我的感觉是对的，当这位正在首都解放军艺术学院学习的某军政部宣传处的年轻干事，这位矮个子的农民儿子和我第一次见面的时候，我立刻透过他黝黑而结实的脸，看到了他心底泥土般的质朴。他不善交际，言辞木讷，站在或坐在面前的时候甚至有几分拘泥的样子，有时一段话好歹说完了，下一段话很久也想不起来再从哪里说起。整整一年之后，在今年的阳春四月，我们决定要把他的这部小说译介国外，我才专程乘火车去河南开封找到了他，他给我的再一次印象依然如故。

从某种程度上讲，我们可以将《瑶沟的日头》当作是他的自传体小说，作者阎连科还真的是一个孝子，在他对刚刚结识的朋友的真情叙述中，永远都会有一双贫苦劳累的爹娘，两个懂事早熟的姐姐，一个未长成熟的自己，真的有一个姐弟两人同考高中，姐姐没去而让弟弟去了的故事。因为缺少学费和劳力，懂得了用自己的牺牲来掩护弟弟的二姐比他只大两岁，而他的爹，五十八岁的村支书，一生没有看过一场电影。那时候已经有电影看了，他也已经有钱了，秋天里的他揣着家里省给他的十元钱当兵入伍，直到过年他还一分没花，他把三个月的津贴和那原数不动的十元钱添在一起，将总共二十八元寄回家中，希望爹在村子里包一场电影看。他记得只花十元钱就可以包一场《少林寺》，但是爹舍不得，爹到底因为过度的劳累而染上了不治之症，当他闻讯从部队赶回家中，奄奄一息的爹对他说的最后一句话是："去吃饭吧……"可见度过饥饿岁月的爹把吃看的是何等的重要！爹死在他的怀里，连科至今记起，仍然泪湿眼眶。

和很多作家一样，连科的文学之路是从听故事，看小说开始，为了听人讲《三侠五义》，他宁可一夜又一夜守在人家的火炉边，边听边帮人家掰玉米棒子。因为点灯费油，家境贫寒的连科在灯下看书，不知挨了会过日子的娘的多少埋怨，他记得他读的第一本小说是从他大姐那里偷来的，是一个英国人写的爱情小说，名字叫《水上的磨坊》，那本小说居然被他给弄丢了，一向待他温善体贴的大姐为此大发脾气。三天以后，娘从家里养的一头母猪的草窝里发现了一堆碎纸，母猪正下猪崽，它要为它的孩子们考虑落生的床褥，全然顾不得爱书如命的这对小姐弟了。连科贪婪地阅读着一本又一本古今中外长长短短的小说，为了得到大姐以信任为基础的不断供给，他学会了对书的精心保护，母猪窃书做窝的悲剧此后再也没有发生过了。

书给祖祖辈辈住在山沟里的连科展开了一片又一片新奇的世界，他开始幻想，假如有一位作家，把他的家乡，一个名叫嵩县的山沟沟里发生的故事也写进书里，别人看了没准儿也会感到新奇呢！接下来又想，他可以写吗？他怎么不可以写呢？只是他整天耕种在家乡的土地上没有时间伏案而已。不过时间终会有的，那年他一双好好的腿上忽然长出一个肉瘤，乡下的赤脚医生不给他打麻药针，却主张硬割，挤出脓血，然后缝上，连科的爹娘一听吓坏了，但连科却想起《三国演义》中关云长刮骨疗毒的英雄壮举，竟咬牙让乡下医生从腿上割下了肉瘤，为此他两个月不得出门，他将此不幸当作大幸，出不得门不是正好可以在家写小说吗？真是天赐良机！他的写作生涯于是从此开始。

写了两个年头，用的是收工后的每一个晚上，大年三十，家人在鞭炮声中团圆守岁，喝罢几杯酒的连科却一头扎进迷人的幻想世界，仗着明天是大年初一不必出工，痛快淋漓地写了一个通宵。从十九岁到二十岁，写下洋洋三十万字，写的是爹和娘在旧社会受的苦难，写到动情处，泪洒柴桌，当然，这位雄心虽大，根基却浅的二十岁的农民作者，他那含辛茹苦的三十万字最后只能作为山沟沟里大胆孩子的惊人之举，传诵于乡邻们鼓舞自家后代儿孙的口中，他就带着这样一本书稿参军入伍。在老家邮局干事的哥哥，仍一如既往地为他订购书刊，按时寄到他的住地，一位爱写诗词的营教导员，将他要去做了本部的文书，继而又通过军部，保举他去军区办的创作学习班上进行正规的创作训练。在那里，连科写出了第一篇短篇小说，四千字的《天麻的故事》，后来发表在军区《战斗报》的副刊上，得了十八元的稿费，应该说这就是他的处女作了。

阎连科开始出名了，被调到军文工团演出队，专门写话剧、曲艺和歌词，后来军区为了普及文化，又把他下派到师部电影队当图书室的保管员，这里比演出队更加理想，两万册图书的清净世界，一任他白天黑夜地遨游。他有了更加自由的创作条件。《小村小河》是他的第一部中篇小说，他哭着写完了它，那是一个年轻战士在前线的遭遇。这部有争议的小说几经周折，后来发表在解放军的大型文艺刊物《昆仑》上，发表前责任编辑海波给他打来一个长途电话："你打过仗？"不会撒谎的连科答得耿直："没打仗就不能写打仗？"呛得海

375

波半晌无言，后来又说："告诉你吧，我看书是从来不掉泪的，可是这回给你弄掉泪了，我们马上发头条！"

此后他的作品一发而不可收。他的小说不断出现在全国各地的重要刊物上，并且不断获奖。他给他的乡情系列小说中的那片永恒的土地，取名叫作瑶沟。这个名字象征着他记忆中生死难忘的故乡，生活在这个名字中的人们都是他魂牵梦绕的乡亲，他的父老弟兄，姐妹姨娘，还有他自己，那个名叫"连科哥"的过早懂事的乡下少年。连科反复地、津津有味地写着他的家乡瑶沟，像威廉·福克纳的那个"邮票一样大小的家乡"奥古斯福镇，像加西亚·马尔克斯的那个百年孤独的马贡多镇。阎连科的瑶沟系列小说不仅得到文坛的赞赏，还得到读者的拥护，1991 年，他的另一部中篇小说《瑶沟人的梦》以一万多张群众的投票，荣获了百花文艺奖的桂冠。

就像深情呼唤"连科哥"的那些善良的村姑，阎连科有一个体贴丈夫的妻子，除了上班，她把家里的事务都包下来，让连科一门心思藏进他的书房。他还有一个聪明调皮的儿子，和父亲一样爱看书，爱听故事，爱得连午睡也不愿睡，差不多每天午饭过后都要装出一副可怜巴巴的样子哀求他再饶一次，明天保证午睡。但是到了明天，儿子依然还是这个哀求。在他家客厅一张靠墙的饭桌上，压着一块同样面积的玻璃板，儿子把一家三口人的名字嵌在三方玻璃板下，另一方嵌的是一张放大若干倍数的钞票，指定那是爸爸的位置。

我对连科开玩笑说，儿子是要你多挣稿费，连科居然笑着承认。他说别人都以为他写了很多的书，一定有很多的钱，其实他的稿费一多半是寄给了他乡下老家。母亲要盖房子，姐姐家有困难，外甥女想考大学，他都要尽责任，他是一个有情有义的人，要亏待宁可亏待自己，他小说中的瑶沟人大概都是如此。常常会有一些认识和不认识的家乡人找上他的门来，求他在老家的县长乡长面前说一说情，帮他们解决一些面临的问题。乡亲们认为自己看着长大的这个连科娃子如今成了大作家，县长和乡长都听他的话，连科明知遭了天大的误解，但又不忍让他们失望而归，他就只好厚着脸，用稿费买了礼品，真的坐上回乡的汽车。

连科生于 1958 年，生肖是狗，人们说属狗的人忠诚，老实，重感情，讲义气。我不知道是否所有属狗的人都是这样，只觉得他好像是这样的，也应该是这样的。我把这个属狗的作家的小说介绍到国外，希望国外的读者能够读出小说中的诚实。

1992 年 2 月 10 日写于北京百万庄

老太太粽子奖

——读陈怀国中篇小说《毛雪》（英、法文版）

陈怀国在国内文坛的出现，使我想起一句古诗：忽如一夜春风来，千树万树梨花开。群芳争妍的梨苑，怀国恰似千树万树中开出的一朵，白花花的，突然得几乎只在一夜之间。

最初我是从几位轻易不会夸人的朋友口中知道的这个名字。《神剑》的冯小东，《青年文学》的李师东，他们都先后做过他的小说的责任编辑。尤其是李师东的写诗的夫人，更是用洋溢的诗情下力气地向我推荐："那小家伙，写得真棒！"话中存心让我听出一种威胁：若是再不注意这个写得真棒的小家伙，谨防将来会有遗珠之憾！

我立刻开始读他的作品，但凡署有陈怀国名字的刊物都找了来，一篇一篇，从头至尾地看，包括最后一段不是他写的，而是写他的介绍文字。果然是个小家伙，1963 年出生；果然写得真棒，作品里有一种特殊的味道，一种从雨后的土地中发散出来的可以令人沉醉的气息。看来国内文坛已经在注意他了，1990 年中国作家协会的一份权威刊物《小说选刊》停办之后，唯一的另一份权威刊物，二十年代由茅盾先生创办的《小说月报》，竟在同一年的四期当中，连续而重点地转载了他的四篇小说——发表于《解放军文艺》的《在北纬 41

度线》，发表于《青年文学》的《荒原》，发表于《人民文学》的《毛雪》，发表于《昆仑》的《农家军歌》，这在过去几乎是不曾有过的现象。同年，他还在《神剑》上发表了引起较大反响的《蓝色黄羊》。这种现象至少可以说，在国内很多中老作家都茫然不知自己的小说该怎样往下写时，年轻的怀国居然幸运地得到那么多刊物的钟爱。

选读了怀国二十多万字的作品，我从中抽出了两条线索，一条牵在魂系梦萦的故乡土地，一条扎于地角天涯的异域军营。前者有自己当兵时的剧照《毛雪》，二哥从军后的悲歌《农家军歌》，后者则有边陲营帐凄寒的《在北纬41度线》，十年老兵独守的《荒原》，千里大漠垂直的《孤烟》。怀国同时在用两支笔写，虚构的一支描摹军营，纪实的一支叙述故乡。情深义重的怀国一心挂着两头，他忘不了朝夕相处的战友，又时刻惦记着倚门相望的父母兄弟和乡亲。他的军歌小说凄清冷峭，无欲则刚，他的乡情小说温柔缠绵，牵肠挂肚。他是在一个天空飞着毛毛细雪的冬天从大山深处一个村庄走进的部队，他之所以这样两支笔交替地写，原是出于他的良心、记忆和体验。

冬天里的一个中午我正在午睡，《神剑》的冯小东推门进来，说给我带来了一个小老乡，我愣了一下起身相迎，人高马大的冯小东背后走来一个小个子军人，虽然没戴肩章领衔以及威风的大盖帽，但黑脸浓眉却也显出英武之气。冯小东说这就是陈怀国，为何说是我的小老乡呢，因为他也是一个湖北佬。小东一直侃侃地说，怀国一直嘿嘿地笑，他简直没有说什么话，直到后来我告诉他，他的《毛雪》和《荒原》已决定由我们对外翻译时，他方才忙不迭地摆头说："写得不好！写得不好！"一口浓重的湖北襄阳土话，把我又引进他活蹦乱跳的小说语言。

这之后怀国又来过我们编辑部一次，送一本目前极难看到的书。还有一次是到我家里，用有滋有味的湖北乡音闹着要看嫂夫人和我没满周岁的儿子。我也去过他现在正进修着的中国人民解放军艺术学院，一次陪《长江文艺》的好友刘耀仑去组稿，一次则专去看望一边读书一边写作的陈怀国，以及在校执教的刘毅然和同为学员的阎连科。我走进他们的教室、球场和宿舍，这一群军人作家的生活在我的眼前始而变得浪漫多彩。他们用一张张白色的、浅色的和方格的床单横横直直拼挂起来，把一间间集体宿舍隔成若干方块，一人占据着一个，一床一桌一凳为一单元的全套家当，此外便是水杯和烟盒。就在这人造的独立王国里，他们下课后苦心炮制着各自的小说。每当夜灯亮起，帷幕般的挂单上人影憧憧，百态千姿，或仰天喷烟，或俯首饮茶，或抓耳挠腮，或面壁孤坐，使人生出皮影戏的联想。我笑问始作俑者，学员们回答说已不知专利应归于谁，只知道自解放军艺术学院文学系第一届学员莫言们开始，便一直这样遗传下来。是直线加方块的军营，给了军人作家以习惯性的想象，莫言那部蜚声海外的《红高粱》即诞生于这样的白纱帐中。

即将毕业的怀国在这一学期从白纱帐中搬了出来。他那难得享有的双人间让同学们十分神往，此前常常有人深夜闯入，跟他海聊或者杀棋。怀国天资聪慧，围棋一学即会，从初识黑白二子到独立布阵，一月不足，便和他的先生，此校堪称一流棋手的刘毅然战成平局，令毅然惊异莫名。我想怀国在学棋前却未必没观过棋，观棋不语，悟在心中，此道正如他的创作，1990 年写出《毛雪》，但那场春寒料峭的毛毛雪丝在他的心里至少纷扬了十个春秋，甚至更早。

怀国的家乡湖北谷城，那座断垣残壁的古城浸透着历史的文化，春秋时期的楚国名臣伍子胥出生于斯，后因楚平王荒淫无道，伍子胥父兄蒙难，他便在此弃子独行，夜度昭关，亡命吴国，借兵复仇。明朝末年的农民起义军将领张献忠和他的同盟军李自成也曾在这里同室操戈，毁约为仇，著名的京剧《双雄会》唱的便是张、李于谷城刀兵相会。而原辖谷城，北去百里的襄阳，更是藏龙卧虎，人才代出，三国时神话般的人物诸葛孔明在此躬耕十载，被蜀主刘备三顾茅庐请出山来。唐朝大名鼎鼎的田园诗人，李白曾翘首高唱"红颜弃轩冕，白首卧松云"的孟浩然，几乎终生隐居在这里。宋代大书法家米芾也在这里挥毫作字，流芳墨林。

在怀国的小说《毛雪》中，他参军时长亭相送的那位父亲，的确是家乡那块古老土地上的务农世家，难得的倒是他的母亲锦心绣口，满腹诗文。母亲的祖父曾是清末的秀才，到父亲一代已经富甲一方，因无子嗣相继，父亲将两个爱女视为须眉，请了一位老学究来教私塾。做母亲两姐妹陪读的是一个姨妈的女儿。只因后来外祖父家遭了土匪的打劫，加之连年官司余资耗尽，濒临破产的外祖父将女儿下嫁给牛耕人种的陈家。一身书香的母亲为这户农家生下了四男一女，怀国是其中的第四个。与两个哥哥一个姐姐一样，怀国在锄犁翻飞的庄稼地里和穿针走线的母亲膝前长大，从母亲口中他自然听到了许多许多，许久以后才知道能与文学结缘的东西。孔孟之道的蒙学十篇，古圣劝学的勤奋典故，伍子胥和浣纱女的爱情传奇，张献忠和李自成的战和野史，以及关于谷城的历史兵事，关于自家的不幸遭遇，包括母亲八岁那年家中所受的一场厄难，黑夜里蒙面大盗将母亲一家绑在墙角，掳尽所有之后又将姊娘抢去做了压寨夫人。

379

读过私塾的母亲寄望斯文，正如没进学门的父亲望子成龙，致使怀国五岁就上了本村一所只有四个年级的民办小学。1975 年，横贯家乡的一条汉江发了洪水，淹地倒房毁物伤人，怀国就读的那所邻村民校也未幸免，从此他们没有了教室，就在露天地里读着太阳和月亮，每逢下雨飞雪只有放假。即便上课，最主要的课程还是下田挑泥巴，脱土坯砌砖墙，把龙王爷冲倒的教室重建起来。初中算是读上去了，高中也算是读上去了，然而尽管怀国肯读、能读和继续想读，大学却无论如何读不上了。从那所没有教室和课本的奇怪的学校里，没有一个农家的孩子走进大学。

一个山村农家的孩子要想看见山外的世界，除了上大学，余下的全部出路恐怕就是当兵。十六岁的怀国那时候还不想当作家，他不敢想也想不到。他只想当兵。那一身被农民娃娃喊作二尺五的黄军装，嘎吱嘎吱的牛皮鞋，挂在屁股上一甩一甩的军用水壶，当然还有枪，它们诱惑着怀国做了多少口水直流的梦！可是力气大得敢和牛打架的大哥，一口气能翻十几个跟头的二哥，他们都当不上兵，他能当上吗？那年头讲成分，父亲年轻时被抓去当过两年国民党兵，母亲又生在那个先富后穷说穷还富的破产的娘家，世上的道路千条万条，留给他们的只有一条，三头牛似的三兄弟也只能和牛一样在土地上埋头死做。

事情在怀国的身上有了转机。"四人帮"被粉碎的第三年，在接兵的军官再次来到谷城的那个冬天，修了一年半水库的怀国终于实现了他的大兵梦。献计过关的大哥，十里相送的父亲，洒泪挥别的亲友，欢呼活跃的村邻，这动人的场景在他心中珍藏了十年。十年后在他的小说《毛雪》中他再也抑制不住了。他恣意地写，纵情地写，写得悲从中来，写得柔肠寸断。他去的是离谷城迢遥万里的新疆罗布泊，那里是典型的塞外边关，地处高寒，荒无人迹。从田园诗人孟浩然的故乡走来的十六岁的怀国，体味着"羌笛何须怨杨柳，春风不度玉门关"的凄凉，饱览了"大漠孤烟直，长河落日圆"的悲壮。没有多姿的风光，唯有单调的帐篷和铁冷的（瞭）望塔；没有多彩的生命，唯有三万名永远也是草绿色的军人。这怅然若失的地理反差，苍凉孤独的心理感受，十年后他借助于一位塑造的老兵，独自在这里守望了十三年的老万的形象，细腻入微淋漓尽致地写进了小说《荒原》和《孤烟》。

在连队挖了三个月地洞的新兵怀国，因一手秀丽的钢笔字被调到师部当了文书，又因一脸的诚实和憨厚当了保密员，他曾经单枪匹马，坐一辆军用吉普车半夜越过千里荒原到基地去取绝密文件，天亮时交给在门口守候的师长和政委。也就在这个时期，对家乡的遥遥思念和对军营的深深依恋，诱发他尝试着用小说来进行移情。国防基地的一份名叫《春雷文艺》的内部刊物，第一次登出了他写官兵生活的小说《紫罗兰》。这类小说他一鼓作气在《春雷文艺》上发表了四篇，其中《风雪冰大坂》还被收入一本题名《雷火》的解放军丛书。于是又因这会写的名气，他被破格提拔做了宣传干事。宣传干事的具体职业，就是独自一人接办《春雷文艺》，此外还根据上级的指示，去为一些杰出的军人作传。这期间怀国军命不违地写了《大漠的眼睛》《走进荒原》等报告文学。《走进荒原》讲述了一个大学生当上国防兵的故事，它以感人的文笔荣获了神剑文学二等奖。

后来怀国考上了解放军艺术学院，这所曾经由少将级著名作家徐怀中亲执教鞭，栽培了李存葆、莫言、苗长水等一大批优秀青年作家的、功勋卓著的、中国军人唯一的艺术大学，现在又向怀国和他雄心勃勃的战友们敞开了胸怀。从山村小学里走出来的怀国，新奇地睁大了双眼，他准时走进课堂，像军人踏着军号步入方阵。四面八方的知识铺天盖地向他席卷而来，哲学、美学、心理学、现实主义、现代流派，大师们扛着他们的不朽经典，从古代、从西方，破窗而入，令怀国和他的战友们大饱眼福。怀国跨入了一方新的境界，降落在这白纱帐中的《毛雪》调动了他生命之库中储藏得最深最久的记忆和真情，与早年的《紫罗兰》相比，已是不再可以同日而语。

《毛雪》发表于春天，大约两个月后的一天，突然有一位老太太手提一箢粽子来到军艺，点名要见陈怀国。同学们把怀国叫来，他们相见却不相识，经人介绍老太太才一把抓住怀国的手，顺势将粽子塞入他的怀中，说是读了他的小说《毛雪》，那个送子验兵的情节把她感动得夜晚睡不着觉，想着端阳节快到了，远离家乡的作者不能与亲人共度佳节，便提来几个粽子表示心意。怀国收下了，他感谢老太太的最佳方式，是军人宣誓一样表示今后一定写出更好的作品，献给母亲一般的人民。中国作家协会过去一年一度要给大众承认的优秀小说评奖，那么这箢粽子，算不算大众文学奖的庄严一票呢？

怀国属于活跃在目前文坛上的最年轻的一代，他还是一个"写得真棒"的"小家伙"，文学那无尽的疆域有如人生漫长的路，还得靠他用农家弟子和边塞军人的勤奋去开拓、去追求、去耐心地捕捉那片春种秋收的希望，实证那个金灿灿的梦。

381

1991 年 6 月 6 日写于北京百万庄

红楼外二十一年的痴梦

——读朱浩文系列长篇小说《红楼外梦》（六卷）

朱浩文先生第一次给我写信，告诉我他正在写这部书的时候，是二十世纪的九十年代。他说他计划写十二卷，每卷十万字，取材《红楼梦》人物十二支曲，金陵十二正副册判词和脂砚斋批本中的丫头和侍妾，即曹著中的金陵小十二钗。重新演绎她们的生活和命运，除了以自己新的文字再述她们在红楼中已有的表现，而且依据每个角色的地位和性格，远溯她们进入红楼之前的身世，红楼崩塌之后的去向。每卷以一位红楼丫头和侍妾的外传命名，已经写了三卷，其中《鸳鸯外传》已在刊物上发表，并有红学家冯其庸老先生的题字。

我回信到江苏无锡蓓蕾新村，说我会在千里之外的北京睁大双眼，等他把全书写完我给他出版。不过我建议他不必分十二卷，总共三卷最好，书名可叫《红楼外梦》，相对十二本以丫头侍妾命名的外传，这样可以给人以完整的印象。朱浩文再次来信就把书名定了下来，从此我们成了朋友，他记着我，我等着他。然而当他真的按我所说写完一百二十万字的全书之后，我所在的出版社却没有了，我也做起了专业的作家。我觉得自己欺骗了一位未曾谋面的七旬老人，私心每每不安，便努力在全国出版界的朋友中宣讲这一套书，希望借他人之力履行我的世纪诺言。

想不到突然有一天，我收到了他用包裹给我寄来的样书，副书名用了我们定下的《红楼外梦》，却是六卷本，每卷以对两个红楼丫头和侍妾的定义为书名，北京图书馆出版社出版。我为终于圆梦的朱浩文感到高兴，同时又佩服出版人的目光如炬，慧眼识珠，因为目前中国的出版界多以老鼠的目光捕捉立刻就能充腹的速食，只争朝夕地捞取蝇头小利，愿意经营这样一部有着探索精神且又颇具规模的书，实在是一件难得的事。

近些年里，国内一批老作家先后参加了红学的讨论，王蒙的评点，李国文的随笔，刘心武的新解，书店里又上架了红学家俞平伯、周汝昌的重版新书，人称聂老夫子的潇湘才子，我的好友聂鑫森所著《红楼梦性爱揭秘》，一时也在书坛畅销，网上争鸣。另还有我的同事和邻居张晖和他的夫人霍国玲，以及霍女士的姐姐霍力君，弟弟霍纪平，以霍氏家族的群力研究解剖此书已达二十余载，他们从清宫秘史的角度反照风月宝鉴，在赠送我已出版的五卷八册《红楼解梦》中，诸多考证惊世骇俗，譬如黛玉的原型竺香玉在雍正查抄大观园时被掳为妃子，继而又被立为皇后，精通医术的曹雪芹与香玉合谋用丹砂毒死了雍正，顺手又解开了雍正之死的千古奇谜，言之凿凿，字字有据，尤其令我叹为观止。

再往前说，自《红楼梦》问世以来，除去世人所谓高鹗的四十回续书以外，清末民初的各种续书不胜枚举，谁续得好，谁是胡来，红学界里至今还嚷声一片。

但是无论如何，我得放下手上尚未写完的长篇，倾心来读朱浩文的《红楼外梦》，因为这是一个由我为他命名的梦。这个梦他已做了二十一年，青丝渐成白发，信中说他为写此书每年都会大病一场，病愈之后伏案再写，正应了红楼开篇的那一句诗，都云作者痴，世间总得有人来解他书中的滋味吧。

首先应解的是这部书的结构，它有别于此前任何一部红楼续书，又不是二十世纪末从西方引进的所谓解构主义，而是作者自己创造的一种可以自拆自合的松散体，以十二个红楼丫头侍妾的生活命运为六条主线，把贾府里的男女主子与重大事件像珠子一样串入线中，没有依照红楼原书的时间顺序，却以各位传主活动的空间，将与她们有直接关联的部分写进六个单元，组合起来便成一个整体。因此，解读的方法可以是读完一本再读下一本，也可以在若干本中交叉串读，既没有第一本和第二本之分，也无须遵从先从某一本开始的戒律。

这种结构的利弊显然，它在割裂了红楼原书网状交织、浑然一体的宏大叙事场面的同时，却能集中展示传主分散于各个时期的、时隐时现的生活轨迹，以作者精心梳理而成的清晰脉络，为中小规模电视电影的改编制作提供了可能与方便。利处是作者随心顺手，读者好读易记，需得注意的却是时时要慢下在红楼游园的脚步，眺望和寻觅缺席人物的影踪，她们被分配在别一本书中，无论一桩大事还是一个细节，同期同地却相隔两书，咫尺天涯而不能相逢，以至于无意之中给读者制造了悬念，它貌似一些西方现代小说家较前卫的写法，但事实上对于朱浩文来说，这只是他不得已而为之的一种无奈。譬如在紫鹃雪雁这一卷中，宝玉出家复回，先后重逢了湘云和紫鹃，至于出家前后的一段空白，还需参照袭人晴雯那一卷，从中探听宝钗的态度和消息。

小说结局部分的人物安排，分明是享用了红学研究的早期臆想与最新成果，从荣宁二府被查抄之后贾宝玉曾寄身蒜市口十七间半房子，以及最终著书黄叶村的描写，可以看出朱浩文是以小说形式响应了红楼一书的自传说。并且他认为自有红学以来众说纷纭莫衷一是的神秘人物，即批评红楼一书的脂砚斋者，应该是温文宽厚且最具才情的史湘云，因此才有了宝钗死于难产，湘云绝处逃生，宝湘不期重逢，在未竟的木石前盟，破灭的金玉良缘之外，又异军突起演绎出一场《红楼梦》中曾经点到为止的麒麟之缘：经宝玉的旧时好友公子卫若兰极力撮合，湘云答应嫁给了宝玉。

历经悲欢离合，阅尽人间秋色的还俗和尚宝玉，落脚在西山黄叶村后感叹世事如烟，人生若梦，陡然生出著书的念头，遍寻昔日大观园中幸存的女子，德才兼备又终圆了麒麟之缘者唯有史湘云，于是她朝夕相守在他的案边，为他添香，替他批注，以第一读者兼批评家的身份陪伴他完成了前八十回的书稿，自然她就是脂砚斋了。为了吻合曹氏著书的"披阅十载，增删五次"，朱浩文来不及花费过多的笔墨，他只用"过了五年""又过了五年"这九个字，就机智地完成了时间的过渡，从这里看，他是赞同《红楼梦》为自传说的。

红书后四十回中的黛玉，对宝玉的情感历程是由爱生怨，由怨生恨，临死时的一句话是"宝玉，你好……"此语同样成为红学家苦苦追求的不解之谜。但是在《红楼外梦》紫鹃雪雁这一卷中，朱浩文却没有让她这么说，他让黛玉以决绝的态度嘱咐紫鹃，去找鸳鸯和大奶奶，请求老太太一定把她送回老家。"未若锦囊收艳骨，一抔净土掩风流"，黛玉在写这首《葬花吟》的时候，她初步设想的死后所葬之处，并不排除在大观园中寻一块芳草地，因为"天尽头，何处有香丘"。然而在朱浩文的《红楼外梦》里，她的态度竟如大骂贾府"只有两个石头狮子是干净的"的柳湘莲，死后葬也要葬回姑苏城中。

与很多的红学家一样，朱浩文也认为红书的后四十回是为高鹗所续，同时对于高氏续书他也是不满的，但他除了不满意外，更多的还是不满足，尤其是在对一批红楼小人物的结局安排上。按照他对曹雪芹的理解以及自己的设想，在他的这部书中，他让鸳鸯逃离贾府之后前往金陵隐居，司棋以经商的方式出外谋生，香菱死于她的主母的迫害，麝月追随惜春走进空门，小红义救宝玉和凤姐，紫鹃陪同黛玉的灵柩回到姑苏为她守墓，而对于他最没有好感的袭人，他就让她在噩梦中受到天神的警告，最终淹死在泥塘里成为一具无名的女尸。

通过宝玉最终与湘云的结合，可以看出本书作者对宝玉婚姻的构想别出心裁，这种构想始自他对阴谋促成金玉良缘的袭人的憎恨，和对取代木石前盟的宝钗的鄙视。原本曹雪芹对这二人的态度和安排是温和的，理解的，宽容而顺其自然的，然而朱浩文的下笔却显得尖刻和残忍，宝钗好不容易为宝玉怀下的胎儿，后来竟在她的腹中与母同亡。但从来无意与钗、黛争玉的湘云却意外得到了玉，最忠诚义气的紫鹃，最后得到了最好的结局。

中国古老的善恶报应观，有情人终成眷属的美好愿望，在本书的紫鹃雪雁这一卷中表现得最为杰出。既然作者无法以魔幻的手段让黛玉起死回生，重结奇缘，那么当湘云也相继辞世之后，为黛玉守墓三年的紫鹃作为女主人留在人间的化身，又成了宝玉最后一位正式的妻子。并且婚后生下一男一女，其子长大后做了长安知府，将父亲深深埋藏在地下的书稿刊印问世。这种人造的，一次又一次的重逢和团圆，虽然会使读者觉得过于离奇，多少含有冯、凌的"三言二拍"和中国民间故事的喜剧精神，但是作为《红楼梦》之外的一个梦，在学术精神自由平等的今天，没有人不允许，也不可能禁止善意的作者如此去做。

本书最有价值的亮点，乃是作者以平民化的创作思想，把《红楼梦》中服侍公子小姐、老爷太太的奴仆，身居二线的丫头侍妾一个一个地推向前台，一跃成为书中的主角，而让她们的主子公子小姐、老爷太太退居二线。生活中无足轻重的小人物，并不妨碍她们在各卷小说中分别担任一号、二号主人公，受到作者如此的关怀和呵护，披露自己过去不为人知的身世和来历，在进一步展现性格和行为的同时，也上演了未来可能的命运。这是创举，也是进步，是作者如他笔下的金陵小十二钗一样，应该受到尊重的地方。

《红楼外梦》的语言，看得出是在努力模仿着《红楼梦》，作者自己的叙述尽量口语化，多用短句，采取白描，人物对话则根据其身份、性格与文化程度，随心顺口地表达意思。但是明清小说中说书人的话本语气，在曹雪芹那里本来已有淡化，除了每章结尾象征性地沿用一句"下回分解"之外，通篇基本改造成了真正阅读的文本，在这部书里，作者则反而有意识比较多地用了"看官你道"。《红楼梦》是几乎不用形容词的，对人物的爱恨褒贬全在白描的文字之中，本书在这方面却有些沉不住气。

当然再要求全书处处都是珠玑口语，那就有些为难作者了，连原籍南方的曹雪芹书中原本的"如何""若是""之时"一类，也都是经文字一点儿也不比他差的高鹗之手，转换成的纯粹的带儿话韵的北京话，江苏的朱浩文操作起来当更困难。现代词汇的入侵，还使书中偶尔掺杂了诸如宝钗难产"大出血"的句子，由于作者选择的形式并非戏说，这就不免破坏了小说所处时代的气氛。此外，章中分节的做法逃避了起承转合的功力考验，章回目录的平仄对仗有欠工整，这都是在本书再版的时候，可以考虑修订的部分。

为读这六卷本的《红楼外梦》，我再次翻阅了霍氏姐弟赠我的《红楼解梦》中有关人物的考证，又找出汪原放第二次标点，程伟元第二版刊排，胡适收藏并作序的乾隆壬子（1792 年刊印）本的《红楼梦》，重读了书中的一些章节，主要是读它的语言和语气。这是一个相对严肃的版本，红学中称其为程乙本，书封的著者处没有印上高鹗的名字。胡适在序言中的第一句话是："《红楼梦》的考证是不容易的，一来因为材料太少，二来因为向来研究这部书的人都走错了道路。"

从目前的研究成果来看，清人戚廖生和紫琅山人的道路并非全然走错，前者是第一个惊叹它是"一声两歌，一手二牍"，并且"字字写来皆是血，十年辛苦不寻常"的人，而后者预言"或数世，或十百世，终会有识者出也"，这话肯定比攻击它诲淫诲盗，"较《金瓶梅》尤其造孽"的张新之要说得对。不过在胡适与蔡元培的同时，王梦阮、蔡子民们的道路好像是走错了，不知道现在朱浩文的路数怎样。所幸朱浩文是有退路的，他的考红思路万一错了，小说的本身仍有着文学的价值。

越想越觉得鲁迅的论断是最科学的："《红楼梦》单是命题，就因读者的眼光而有种种，经学家看见《易》，道学家看见淫，才子看见缠绵，革命家看见排满，流言家看见宫闱秘事。"从胡适到俞平伯到周汝昌，以至于到霍氏三姐弟到刘心武，近一个世纪以来所有的研究都互为参照，各有洞见，"大梦谁先觉，平生我最知"，欣喜地发现自己是紫琅山人所谓的识者，找到了那把两百多年以前作者暗藏在字里行间，唯有它才能打开《红楼梦》的神秘的钥匙。

这正是不朽名著的伟大之处，估计"或数世，或十百世"后还会有人这么去想，说梦的都是痴人，异梦的甚至同床，《红楼外梦》的作者也醉卧于当代红学大床，他看见的究竟是什么呢？他看见的也许是红楼女儿的不公平，同样都是水做的骨肉，为什么丫头侍妾就不能人人都有一本外传？

因此，他不以红学家的身份释梦，而以小说家的身份圆梦，根据他自己的审美愿望，为这十二个身份地位远不如正册金钗的小人物，圆了一个曹雪芹没有做到的梦外之梦。这个梦圆得未必最好，但却最痴，时间最长，曹侯若在，对于这位差不多跟他一样的痴人，他会一边流着辛酸的泪，一边发出友好的微笑吗？

2000 年 7 月 18 日写于北京听风楼

莫言获奖与我无关

——读《是谁把莫言送上斯德哥尔摩领奖台》

　　我曾写过一篇丑文，说是邓亚萍打赢了球，八百五十人声称自己功不可没，一位厨娘举手发言，阿萍临阵前吃的那一碗牛肉面，是她精心烩制，汤里放了很多的好东西。不料此类故事近日竟然发生在了我的身上，两天前，一位朋友打来急电，说应一家媒体之邀，写了一篇关于我的"狗熊"事迹，发来请我过目，云云。

　　当晚我便收到邮件，文章称我是文坛的展昭欧阳春，二十世纪八十年代把守文学海关，相助中国众多作家走向世界，看后一惊，一怔，一臊。惊的是他从何处弄来的这份菜单，上有贾平凹等诸多作家，作品首次或多次由方块字转变为外国字母，均得我之鼎力，特别是还有一个适才获得诺贝尔文学奖的莫言，其后来从东方红到西方的中篇小说《红高粱》，也是我第一次推介翻译成英文走向世界；怔的是过去二十多年无人提及，水过将三十秋，莫言获了令中国人焦虑一个世纪的诺奖，怎么突然要说起来呢？最后我臊的是，送诸君赴外域乃我本分工种，试思中国作家如个个都是高玉宝，我到哪里去混一碗饭吃？

　　文坛好像约定俗成，作者一旦修正成果，势必要念经一般朗诵感谢处女作、成名作、重要作以及走向世界之作编者的话，仿佛若不如此，便是负义之徒。

同是一个感谢，不同人可以读出三重境界，一是良心，二是谦虚，三是需要。我则历来以为，千里驹感谢伯乐九方皋，伯乐九方皋更得感谢千里驹，否则便做不成相马的白领，而只会落得喂马，甚或放牛，牧羊，饲猪，养下蛋的老母鸡。因此，若有作者写文章感谢我并且专门让我在无意中读到，我宁可一口咬定，还要我做什么你且直说。

我记得有一句话说，好作家是挡不住的，这话大抵出自一位曾经被挡而终于未被挡住的好作家之口。与这句骄傲的话同时，中国民间还有一句沮丧的话，叫作扶不起来的猪大肠，说这话的就让人听出恨铁不成钢了。我想将下句颠倒一下弄成一副对联，建议怀才不遇的未红作家贴在自己的书房门上，由于字数不等，词性与结构也非一样，试了几试都没弄成。

莫言获奖，祝贺者多，可见报刊网络无不争相登载的赞词；攻讦者有，可见瑞典人马悦然中国夫人陈文芬女士的辟谣信；攀附者也不缺，忆旧，怀念，翻陈年旧账，说某年在某馆子里喝过一次某酒。千里之外，有旧日的相知也未能免俗，因为同在北京，又曾相识，某媒体遂将我与获诺奖作家莫言串联起来，并请我昔日上司岳啸、老家朋友正圣撰文鼓吹。鉴于友情，不可谢拒，我在文章和标题上面略动一些字句，发回正圣，无非是暗示用语要审慎，文章千古事，凡事切忌往大里说。

时过一日，正圣将改后文章的电子版发来，这次看罢我竟一怒，原来主编大人替作者做主，将文章内容删得只剩莫言一人，题目改成我与莫言两个，并且还加一段按语，抑扬顿挫，强调获得诺奖后的莫言成了新闻人物，我这位二十四年前第一次推介翻译他的《红高粱》的人也随之成了新闻人物！

他们或许以己之心度我，成了这样的新闻人物将兴高采烈，欢呼雀跃，殊不知我会立刻打开电脑，写下这篇愤慨的文章。我是一个自由独立的写作者，全部价值只在自身，不知道他们何以要把我绑架于人，想做莫言的文章就去找莫言本人，生拉硬扯我一个局外人乃是为何。该媒体从网上搜出当年我为英文版《红高粱》所做的序，是译者加拿大人关大维尚未来得及带走的中文，因那次风波之后关大维回到加国一时不能再来，译稿由他转交给合同外的另一家出版社。完成了对外推荐工作之后，这篇文字的全部意义，其实只成了记载一个特殊年代的特殊事件，它与文学，与《红高粱》，与莫言走向世界以至最终获得诺奖，已经没有关系了。

接着我从网上看到，同样的故事也发生在了许金龙的身上，金龙是我同学兼朋友，因翻译大江健三郎的《别了，我的书》获了上届鲁迅奖唯一的翻译奖，留日期间把诺奖得主大江请到中国，介绍莫言与其相识，之后有了莫言陪大江的高密之行，也有了大江向诺奖评委对莫言的推荐。于是有人也写文章，称金龙也是莫言获得诺奖的推手。今晨金龙给我打电话来，主题是大家以何礼物庆贺下月 24 日恩师校长刘道玉的八十大寿，我说别的同学我不摸底，我会携一部上下两册的首版《刘道玉传》，金龙说他则是请莫言写的一个大大的"寿"字。

是他提到莫言，我才将以上二事顺口告他。金龙劝我息怒，他说我是幽默作家，应以马克·吐温和萧伯纳的态度付之一妙语。我说你劝的这个平时我倒是有，然而一到关键时刻却不出来了，只好一就是一，二就是二。语不在妙，而在于真，做老实人说老实话可能是最妙的，假如一个自己原本没有新闻的人物倚仗其他的新闻人物来做所谓的新闻人物，有一天他就会成为另类的新闻人物。

2012 年 12 月 12 日写于北京竹影居

汪曾祺先生旧作新发之谜

——读汪曾祺短篇小说《八宝辣酱》

中国名刊《当代》2015 年第 2 期，于老作家汪曾祺先生辞世十八年后，首次发表他生前未曾问世的一篇小说《八宝辣酱》，汪迷们惊喜之余，多有猜测。据我对汪老其人其作的知悉（1993 年我的第一部短篇小说集是他作序，1997 年他生前最后一部文艺作品集是我主编），试说几点以供参考。

1. 是佚作，而非遗作。这篇小说大约写于二十世纪八十年代初，甚至七十年代末。

2. 写完很长一段时间没有投稿，多年后又改校过一次。他的"记忆"小说多是这样，如《天鹅之死》，1980 年 12 月 29 日清晨初成，1987 年 6 月 7 日校，校罢"泪不能禁"；《异秉》的间隔期更长，1948 年旧稿（时代久远已记不起月、日了），1980 年 5 月 20 日重写。

3. 此前没有发表的原因，并非如有人所说与《天鹅之死》重复。写这类的小说他不止一篇，除《天鹅》外，还有《虐猫》《窥浴》，等等，背景重，悲剧重，人物不重，故事不重。

4. 大约投稿于九十年代初。

5. 文坛上的气候影响了他的投稿与发表。

6. 作品一直是用钢笔写在方格纸上，没有了底稿。

7. 类似这样的佚作或许以后还会发现。

8. 发现此作纯属偶然（编辑从故纸堆里翻出？友人收藏？知情者提供？）。

9. 在他的散文化小说中属于中品，像文人笔记和画家写生，精心处理之后才会是更好的艺术品。

10.《当代》杂志犯了一个文化方面的错误，有点遗憾。

"三名'三高'"应为"三名三高"（汪老手稿或无引号，疑是编辑所加），所谓"三名"，即名作家、名演员、名教授；所谓"三高"，即高工资、高稿酬、高奖金，"三名三高"是一个不可拆开的组合词，"名"是名气而非一个。这么一改，由"享有三种待遇的三种人"变成了"三个享有三种待遇的人"。书载，古有三名高士，南朝梁何胤及其兄求、点皆隐居不仕，世称何氏三高，见《南史·何胤传》。另有越范蠡、晋张翰、唐陆龟蒙，三者皆吴人，宋时吴江也以三人为三高，设三高祠，祭之。

2015 年 5 月 2 日写于北京竹影居

泽国里的童话
——读叶蔚林短篇小说《割草的小梅》

我们还记得沈从文因写《边城》曾经遭到的微词。而在《割草的小梅》中，叶蔚林又为我们重塑了一片边城式的湖畔沼泽，重塑了一个翠翠式的割草女子。泱泱的湖水，茫茫的沼泽，柔绵的丝草，善良的人家，它们天人合一，和平共处。它们退避了五十年代末的政治背景，在那个绝对属于例外的泽国里，隐藏着一个美丽的童话。

这是一个奇迹。地主成分的沈同生和他的女儿小梅，居然与他家过去的长年旺古恩重情长，相濡以沫。旺古离不开小梅，小梅亦离不开旺古。十多年的日子无风的湖水一般波澜不兴，突然一天，旺古背上的小梅长大了。她柔嫩饱满的少女的胸乳灼伤了这位一辈子没有碰触过女人的哑巴汉子的肉体，唤醒了他的人之本能，他的心燃烧了。从此叔辈的旺古开始偷偷窥视脱光衣服洗澡的小梅。小梅知道吗？小梅知道。小梅躲避吗？小梅不躲避。旺古会难过的，小梅说。那有什么呢？旺古从小看着我长大的，再说我只给他看后背，再说他现在已经不看了。

多么善良的少女！在这片宁静的沼泽里，天性的同情战胜了羞涩，人心的体谅更使尊严屈服。当旺古因为渴望而病倒，而濒临死亡的时候，小梅蓦然

393

醒悟了，旺古眼中的渴望，是男人对女人的渴望，渴望男人对女人必须做的事情。旺古是哑巴，但是旺古是男人，为压抑渴望而饱受折磨的男人。小梅后悔自己醒悟得太迟，否则她会心甘情愿满足旺古的渴望，去做某种女人必须对男人做的事情。

哑巴旺古偷看小梅洗澡，沈同生知道吗？沈同生也知道。这位地主只是用一捆杂草悄悄挡住竹篱墙缝，作为暗示。甚而至于，一个宿命的，报应的，关于缘的意念在沈同生的心中萌生，当年麻脸姑娘比曾祖父年长十八岁，如今聋哑的旺古也比小梅年长十八岁，这种巧合，莫非天意。沈同生这么思量的时候，觉得就是将小梅许配给旺古，也没有什么不可以的。麻脸姑娘本是旺古的祖姑奶，沈家的祖上本是旺古家的长工，小长工与老富婆的勾搭私奔，致使两家人的身份正好来了一个戏剧性的调换。人世沧桑，贵贱反复，旺古本应是小梅的主人呢，沈同生也许是这么想的。

说沈同生的爱女之情，令人想到《边城》里摆渡老人对他相依为命的孙女翠翠，那么旺古爱小梅呢，也令人想到《巴黎圣母院》里教堂敲钟人卡西莫多对他护之如珠的艾丝米拉达。所不同的是，《割草的小梅》不是悲剧，它是一支曲终未散的动人的牧歌，一个皆大欢喜的美妙的童话。旺古决不离开沈家，为渴望而险死的旺古又为小梅活过来了。三位主人公的善良心地，使作者不忍对他们下此毒手。

《割草的小梅》在叙述上看似平淡无奇，实则恰恰颇费了匠心。它用一种叙述者身临其间的微妙结构，让一位改造中的右派分子进入这片和平的净土，形成与时代的强烈反差，从而唤起人们的比照和思索。右派分子"我"与这一家人的若即若离，时即时离，打破了情调极其接近的《边城》的结构模式。它的散文诗一般美丽的情致和优雅的语言，将这个童话讲述得娓娓动听。如同小说的开头和结尾所刻意添加的一笔那样，喧嚣的当代都市，每日享受着高分贝的人们，一旦发现了这片宁静神奇的沼泽地，发现了隐身于茅草中的小梅和旺古，发现了他们的那颗善良、纯朴、晶莹剔透的心，便不可能不油然生出神往之情。

叶蔚林是老于此道的。他似乎是专写与时代不甚同流，与主调不甚合拍的遥远的往事。美的风情和美的人性是他永恒的主题，无论是悲壮的美还是凄凉的美。在他的笔下曾经淌过那条著名的没有航标的河流，他也曾用一根绳子将五个苦难而天真的女子送上天国，他在热烈地诅咒着人间丑恶的同时，更加热烈地歌颂着人性的善美。小梅似的美，沈同生似的美，旺古似的美，整个一个童话般的泽国的美。

那真是一个纯美的理想奇境。假使一定要说出它的美中不足的话，我只是以为小说中三者之外的一个人物——小梅深深暗恋的小陈，他的血肉性情还显平白。他应当与《边城》中的大老和傩送一样有声有色，可惜的是，叶蔚林洒在小陈身上的笔墨太轻太淡，精心营造三位一体和谐氛围的作者，似乎粗疏了对这个人物心灵的剖析和行为的摹画。

几年前，作为震撼新时期中国文坛的湘军头目之一，叶蔚林飘然失踪，几年后人们在天涯海角发现了他的脚迹。七年不鸣，鸡年之尾的这一声动人的鸣叫果然惊人。当一批又一批文坛壮士前仆后继奋勇下海的时候，这位最早的下海人却携着一位因可爱而美丽，因善良而可爱的割草少女返回了文坛。我们应当对他表示欢迎，热烈的。

1995 年 9 月 18 日写于北京百万庄

遍地都是小说

——读石钟山长篇小说《遍地鬼子》

　　石钟山的红色三部曲,不仅使他在已经过去的羊年红透了大江南北,几位实力派的演员也借助燃烧的激情,嘹亮的军歌而一举成为影视明星。这位刚刚重新穿上军装的年轻作家,一方面在观众的心中成了家喻户晓的英雄石光荣之子。另一方面也因其一系列描写父亲的长、中、短篇小说,被读者认作是出于童年生活的记忆而擅长追述父辈经历一类作家的代表。

　　然而事实上,早在这三朵红色玫瑰绽放之前,他的机关生活的小说也写得同样漂亮和广有影响,只不过未经影视的演绎而仅以纸媒的形式在文坛传播。却不料猴年伊始,一本依然是红色封面的春风文艺出版社出版的新著,描写的乃是距今六十年前,发生在他的东北老家的一场血腥的战争。这本书会让读者感到惊讶,这位如此出色地塑造了一代英雄父亲的作家,如今又把他的笔触伸向更加遥远的岁月,伸向他的祖父一辈,在那里,在白山黑水和绿色的丛林间,在血雨腥风的村庄和土地上,人们看到了他虚构故事和把握历史的才华。

　　抗日战争不再是一个新的题材,半个世纪以来从《烈火金刚》到《红高粱》,当代人通过小说和影视已一遍遍地领略了当年日寇铁蹄下的兽行,也熟悉了大刀向鬼子们的头上砍去的中华勇士的愤怒和壮烈,石钟山却敢步人之后,写出了同题材的《遍地鬼子》，他是想以更多的人物，更大的视野，更加复杂的线条来复述这场人类永远都应记取的灾难。传统的抗战小说是以一两位英雄人物为核心，环绕与依附他们而展开全书主要的事件，这种模式在二十世纪的六七十年代已被当时的文艺旗手极端化，以至于荒唐地产生了三突出的理论与实践。出生于六十年代以后的年轻的小说家，曾经以另一种极端的手法进行反叛，这种反叛同样遭到文坛与读者的冷落。

石钟山则如同他这本书中首次出场的猎人郑清明，在前后两者之间寻到了一个可行的射点，他的《遍地鬼子》中的人物是离散的，一组一组的，大多以一男一女的爱情或追逐为线索的，他们只能以一种相关的精神弥合在一个重大的历史事件中。这样写其实更加符合生活本身的自然形态，去掉了人为设计的痕迹，因此恰恰是真实的，显示出作者在小说艺术追求上的一种漠视匠心的自然平和之境。同样有别于传统的抗战小说，《遍地鬼子》以貌似随意之笔，把战争从中国东北的一个小小村庄写到了日本的广岛，苏联的莫斯科，以此警示战争要摧毁的不是某个国家，某个民族，而是整个地球和整个人类，从而唤起全世界包括侵略者本身国度的所有民众，诅咒、制止和消灭一切的战争。

小说中最为动人也最为残酷的，是一对又一对因为人类的战争，因为生灵的相残而毁灭了美丽爱情的青年男女，他们来自于多个国家和多种民族，长工出身的土匪头子鲁大与他东家的女儿秀，投身革命的少爷杨宗与他叔叔杨老弯的养女菊，猎人郑清明与他的妻子灵枝，曾经被中国农妇所救的日本青年三甫与他干娘的女儿草草，日本军人川雄与沦为军妓的和子，抗联朝鲜支队的战士金光柱与他一直暗恋着的同村少女卜贞，无一不以生离死别的惨烈祭奠着自己的生命之爱。誓死不嫁日本大佐的草草中国式的自尽，使三甫彻底认识到战争的残酷和罪恶，怀抱幼儿的和子泰然走入冰窟，则震惊了所有追杀她的日本军人，促成了三甫与川雄最终的双双叛逃。

正如同金达莱花在浸满鲜血的土地上灿烂开放，石钟山在描写血腥战争的同时，没有忘记美好的人性，除了乡村中那对救助异国青年的善良的东北母女，还有雪林里那户再次救下日本军人的纯朴的鄂伦春人，战争的硝烟没有湮灭人性的光辉，相反，人类和平的理想之火愈加热烈地燃烧在一切被枪声惊醒的人的心上。小说中还有一位无比忠义，以生命保护着他深爱的俄罗斯女人柳金娜，为了她的贞洁居然自残其身的，卡西莫多式的男人谢聋子，虽然他的道德形象或许在现代人的心中愚昧以至可笑，但是我们如果把时间和地域推移到

397

半个多世纪之前的北方农村，依然会为他的忠义行为而深深感动。

柳先生和潘翻译官是石钟山笔下截然不同的两个人物，一个由勇敢投身抗日活动到屈膝变节，一个正好与此相反。比这二位形象尤为鲜明的还有一位半仙，作者以抗战最终必将胜利的乐观信念，在他的身上注入了少许喜剧的色调，使这位具有民族气节的乡间神医活得昂扬，死得飘逸，为这部流血的作品喷上了一道浪漫的彩虹。

书中还安排了一只时隐时现的红狐，作为猎人郑清明的生死世仇神秘地潜伏在林海雪原之中，红狐的存在曾经是痛失爱妻的猎人活下去的终极意义，然而郑清明终于要了却自己夙愿的一刻却让它从自己的枪下逃生，这正是石钟山对于战争与和平，生命与人性的思考，也正是这只美丽野狐的象征所在。而同样是一对仇家，郑清明与鲁大面对真正的敌人，最终却戏剧性地成了两个相依为命的战友，为本书完成了一个不能再好的悲壮结局。

石钟山是很会写人物的，在编织故事上他更是一位年轻的大师，《遍地鬼子》能够再次受到读者的青睐，很大程度上得力于他的以上两种非凡的本领，打开本书，你不仅会看到遍地鬼子，遍地英雄，而且会看到遍地故事，遍地小说。好看的，雅俗共赏的，像红色三部曲一样可以改编成走红电视的小说，对他而言是俯拾即是，信手拈来。

2008 年 8 月 12 日写于北京听风楼

中国的哈利·波特

——读杨书案长篇小说《贝璧与荆山石室》

　　路透社莫斯科 2002 年 11 月 10 日电称，俄罗斯作家德米特里·叶梅茨创作的"丹娘·格勒特尔"系列丛书，被英国出版商指控为剽窃了罗琳的《哈利·波特》，目前正在考虑如何将作者送上法庭。而德米特里·叶梅茨却坦率地告诉路透社记者："这不是剽窃，只是一种模仿。我把这个构思加入俄罗斯文学中，希望告诉世人，俄罗斯文坛也和英国文坛一样能创造出世界上最畅销的文学作品。"并且他很想此书也能翻译成外文，以便让英国以及西方其他国家的批评家对照察看。

　　两书的共同点是两位小主人公都上魔法学校，他们都在一场对付邪恶巫师的战斗中失去了双亲，这巫师将是他们终生的敌人，不同的只是霍格沃茨魔法学校的英国少年哈利·波特对付的是黑暗巫师伏地魔，而季比多赫斯魔法学校的俄罗斯少女丹娘·格勒特尔对付的则是舒马—杰尔·托尔特。《丹娘·格勒特尔》一书的出版商和书店销售员与作者一样大义凛然，在俄罗斯大大小小的书店里，德氏的系列丛书《魔法低音提琴》《消失的地面》《金水蛭》和罗琳的系列丛书摆在一起销售，前者销得更好，因为俄罗斯的小读者们说："丹娘·格勒特尔是我们俄罗斯人。"

正当英、俄两国书商明争暗斗之时，一部名叫《贝璧与荆山石室》的书又在中国悄然出版，此书的开本、版式及装帧、插图的风格与《哈利·波特》无异，书中取材于历史与现实的神奇故事，深厚的文字功力和清丽朴拙充满童趣的语言，却远非《哈利·波特》书可比。尤其难得的是它没有像俄罗斯作家德米特里·叶梅茨那样对《哈利·波特》书进行死搬硬套的仿造，而将历史、传奇、神话、童话、魔幻有机地杂糅在一起，创造出了一种纯粹中国式的儿童魔幻小说。

《贝璧与荆山石室》以天上出现一道金色闪电开篇：少女英英突发腹疼，听人指使饮服了恐龙蛋化石研磨的水，由此怀孕并生下了一个名叫贝璧的男孩，贝璧一生下地右臂就带有一条龙形的金色荧光，能天然防范来自外界的一切伤害和消除外部世界的种种障碍。因为没有父亲，他被顾忌流言的生母忍痛漂流到荆山脚下，隐居山中静心修炼的荆山道姑将其收留，教他功法并带他结识了古德大师。在荆山一座修建于战国时期的石头房子里，贝璧与刻在石壁上的卞和老人结下了友谊，这位两千年前因向楚王献玉而失去双足的古人翩然走下石壁，向贝璧讲述当年七国争雄以及和氏璧几易其主的传奇故事。心存邪念的魔法师巴特妄想炸开卞和藏身的这座荆山，以得到埋在山中的绿松宝石，被天生有特异功能的贝璧觉察，联合小伙伴牛牛巧用孔明灯向古德大师和荆山道姑送信，同化身大雕的巴特展开了一场惊心动魄的战斗……

与下岗女工出身的英国女作家罗琳和俄罗斯普通作家德米特里·叶梅茨相比，这本被称为中国的《哈利·波特》的魔幻小说的作者杨书案可谓大名鼎鼎，蜚声文坛了。早在二十世纪五十年代，杨书案就开始了童话创作，代表作有全国获奖并收入小学生语文教材的《小马驹和小叫驴》等，八十年代他转型创作新历史小说，先后出版了《炎黄》《孔子》《老子》《庄子》《孙子》《韩非子》等中国古代历史文化人物以及描写秦始皇、隋炀帝、武则天、李后主、黄巢、尹吉甫、白居易、王昭君等帝王、英雄、诗人、美女的新历史小说。

在杨书案创作《孔子》的同时，日本著名作家井上靖也在撰写同名小说《孔子》，并因此七赴中国，察考史迹。两人跨海飞鸿，切磋心得，惺惺相惜，赠书互勉，杨版《孔子》得到了井上靖先生的高度赞许，先是国内获奖，后在东南亚国家轰动，继之又与《老子》同时被译成英、法两种文字走向世界，令欧美等国大开眼界，接着《庄子》又在台湾一举摘取罗贯中长篇历史小说头名百万大奖。

二十世纪九十年代末，身为湖北省作家协会副主席、武汉市作家协会主席、武汉市文创所所长的杨书案退出作家协会，移居新加坡，将苦心经营二十年之久的历史小说创作落下了帷幕。新世纪初他又卷土重来，隐身海南，开始了他人生第三阶段的文学生涯，潜心创作中国的哈利·波特。

杨书案认为，中国有久远的魔幻小说传统，产生过伟大的魔幻小说，古典名著《西游记》实际上就兼有童话和魔幻小说的品质，此外还可以上溯《山海经》，下寻《封神演义》《八仙出处东游记》《南游记》《北游记》，鲁迅先生在《中国小说史略》中最先将它们冠名为神魔小说。只可惜现当代中国再也没有出现过童话和魔幻相融合的伟大作品，《哈利·波特》给了我们有益的启示，我们为什么不打造中国的哈利·波特呢？

罗琳的"哈利·波特"系列丛书已被译成三十五种文字，全世界总销售三千五百万册，成了名副其实风靡全球的畅销书，其中有两部被拍成电影。它在中国的战绩是继前四本小说之后的第五本也将在明年出版，继第一部电影之后的第二部也将在春节期间与中国的哈迷们见面。日前据国内报载，剧中扮演哈利·波特的丹尼尔·雷德克里弗将来京参加《哈利·波特与密室》的中国首映式。而此时正值中国的哈利·波特《贝璧与荆山石室》在全国热销，但愿此书的命运不会像俄罗斯的哈利·波特《丹娘·格勒特尔》一样，被英国的出版商指控为剽窃之作。

躲在海南伏案著书的杨书案先生目前著兴正浓，第一部《贝璧与荆山石室》刚刚交付出版，又再接再厉地开始了第二部的续写。因惧于国内猖狂无忌的盗版之风，新的书名暂且保密，故事却已公布于世，贝璧带着他的小伙伴牛牛前往武当山去上魔法学校，在那里他将和孙悟空的后辈小猴子们同窗深造。

新世纪初，据道学专家考证，五岳朝圣的道教圣地武当山即孙悟空的诞生之地，《西游记》中所写的花果山、水帘洞、老君炼丹处等都出自武当山上，旅游者们有迹可循，中国的哈利·波特明年的功法若有长进，当不亚于昔日的孙悟空了。

1995 年 7 月 3 日写于北京百万庄

铁面背后的人性与诗意

——读聂鑫森短篇小说《烟波芥舟》

　　我曾在"新世纪长篇小说"丛书的总序里，对以小说人物的户口所在地而划分城市小说、农村小说和军事小说，以及其他种种类型小说的传统说法提出了质疑，因为古今中外几乎所有的小说经典，它的意义都不仅仅在于其人物的生活领域。最重要的不是他们在城市经商，在农村种地和在边境打仗，而是他们的职业背后，亦即紧紧缠绕着他们行为方式的人性魅力。我们读到一篇好的小说，被小说中一个好的人物感动着的原因，并非他的钱赚得怎样多，地挖得怎样深和子弹射程有多么遥远，而是透过人物的行为，发现了驱使他们之所以如此行为的内在的神秘力量。

　　同时我并不赞成把小说切割得这样泾渭分明，支离破碎。小说中的人物从农村走到城市后来又走向战场的事，在很多的文学名著中都曾有过，谁也不能强行将他们套进自己单一的公式。一只蛋糕的全部成分有面粉、鸡蛋、蔗糖、奶油和香料，我们大可不必按照这个进行化学分解，我们只要求蛋糕房的师傅把它的味道做得好一些，让过生日的主人吃了高兴，这才是生日蛋糕的真正意义。

　　探讨公安文学创作存在问题的原因，可能也正是出在这里。但是这也不重要，真正重要的是如果用小说的形式来反映公安战线的生活，小说家的眼光就应该穿透橄榄绿的警服和血色的国徽，紧握的钢枪和铁铸的面孔，看到存在于它们背后的东西。聂鑫森的两篇涉猎公安民警生活的小说正是如此，它为什么感动了人，为什么让人读后掩卷深思，难以忘怀，奥秘或许就在这里，就在于它不是只写了一个公安题材，一个侦破故事，一群人的职业服装和武器，而是把笔触伸向了人性深处，人的最隐蔽也最关键的地方。

在《烟波芥舟》（原载于《啄木鸟》1999年第6期）中，三十二年前的一桩冤假错案，闻名海内外的湘军史和太平天国史专家管烟波教授纵火被毙之谜，是循着当年的管教人员陆芥舟的一句遗言而层层剥开的。整个事件的顺序应该是这样：历史学家管烟波因为六十年代初出版了一本试论太平天国"造神运动"的书，"文化大革命"中被诬为攻击领袖，由此成了现行反革命，被押解到大冲劳改农场劳动改造，押解他的是一位名叫陆芥舟的公安战士。陆芥舟出生于诗书之家，从小受父母影响，一心想上大学并研读历史，但后来却参军转业，做了管教干部。

这次受命看押一位著名的历史学家，正好成了他求教学术的天赐良机，如聂鑫森所言："在这样短的日子里，一个囚犯和一个管教干部之间，能达到这种亲密的关系，不能不说是个奇迹。"果然，故事发生了，一次在雨中的破草棚里，管烟波教授对陆芥舟又一次谈到那个令他倒霉的大清名将左宗棠，突然联想起左宗棠主讲渌江书院时留下的遗迹，于是就在当天傍晚，有人报告管烟波逃跑了，陆芥舟跟踪至渌江书院，却见管烟波正在举火向门，这时背后枪响……

本来有病在身的陆芥舟深深负疚，病势加重，四十三岁就身患绝症死去。据他的儿子陆东讲："我推断我爸爸的早逝与他怀有某种莫名的内疚有极大的关系。我常常在梦中听见爸爸的叹息声，我觉得我有责任弄清这个事件的真相。"这个推断是对的，陆芥舟对烟雨草棚中的那次长谈悔恨不已，认为是那场谈话的内容，促使管烟波教授冒着私逃的危险，前往渌江书院去考证左宗棠当年所书的一副对联，由此被民兵误认为纵火，在现行反革命的罪名之上再加一等，当场击毙。在关于管烟波的汇报材料中，陆芥舟居然对这个定论做了不合时宜的说明，故而受到上级申斥，材料也被销毁。

他把因追捕管烟波而荣获的立功奖状打上了一个粗黑的问号，锁进木箱，墙上却高高挂着"纵火犯"管烟波生前抄赠他的《定风波》："竹杖芒鞋轻胜马，谁怕？一蓑风雨任平生。"并对妻儿留下了遗言："将来会有人来找我的。"二十多年过去，有人竟真的为此而来，然而那桩错案的唯一见证人，正直而负疚的公安战士却已不在人世了，一直为这句遗言而苦苦等待来人的是他同样正直的妻子和孩儿。

死谜终被解开，千古奇冤方才得以昭雪。一个活生生的、亮堂堂的公安战士就这样站在了我们的面前，这是一张年轻而英俊的脸，有书卷之气，儒警之风，在那风雨如磐的岁月，脸上始终是布满阴忧，神情黯然，当他与梦中崇拜的人物以敌我的身份，在一座漏雨的破草棚里谈论历史时，心里充满的该是一种何样的滋味！而当他持枪追踪，发现夜色中的老教授竟然真的点起火来，但却是颤颤然照向石刻，在那天地皆惊的一瞬之间，他的灵魂又该是受到何等的震撼！

管烟波教授的形象自不待言。他学富五车，饱读诗文，前人词句中非凡的意境，超然的胸怀，相伴着他走向人世的险途。他几乎是一个迂夫子，心中无生无死，无私无畏，不懂政治，不识时务，只装满了世人争议不休的湘军史和太平天国史。他没有任何政治目的，他是为治史而治史。被判为现行反革命后，他压根儿就没想过逃跑，甚至觉得逃个什么呢？"怎知流水外，却是乱山尤远。"

像他这样的人是不会成为世俗的复仇者，用放火烧房来发泄对世道的不满，从押解囚犯的列车深夜停在一个小站，他突然走出队列去看站牌这个小小的细节就可看出，这位老先生有考证癖，迂腐之至，不可救药，在这样的时刻，已经重罪在身的他也许还想在站牌上看到一个与那段历史有关的地名，其行为的可敬已达到可笑的程度，精神的可贵也到了可悲的地步，处在特定的年代，这就决定了他一生的必然悲剧。

然而正是因为这样，他才赢得了一种传奇的待遇，本是看押他的公安战士陆芥舟从人性深处对他施予了同情与敬仰，并使自己的人格由此得到升华，不惜放弃到手的荣誉和利益，为了多少年后一个破谜者的到来，留下了一句证人证言。这不是一篇普通的平反冤假错案的小说，它所反映的人性内容，使它从许多曾经风靡一时的同类小说中跳了出来，成为真正能够打动人心的艺术品。

与贯穿了漫长的三十二年，浸透了历史文化的《烟波芥舟》相比，聂鑫森的另一篇小说《解救行动》（原载于《啄木鸟》2000年第8期）讲述的却是一个发生在世纪末的故事。刑警狄锋比陆芥舟幸运，他大学中文系毕业分到公安局办公室搞文秘工作，是他觉得文职没意思才要求去了刑警大队，身体比陆芥舟好多了，拳击格斗都是高手。他接到的任务是到千里之外的莽洲去解救一名被拐卖的妇女，这很容易被人理解为是一篇反映打击拐卖妇女儿童犯罪活动的文学作品，但是它和所有的同类作品都不一样。

在一座很远很远的大山里，从小被人收养的孤女玉兰，二十岁时被一个穿西装的中年人买走，转卖给一户姓张的水边人家。可是她遇上了一家好人，公公婆婆待她如同亲生女儿，儿子大船也不逼着跟她在一条被子里睡觉。多少日子过去了，玉兰真正爱上了大船，在一个雷雨之夜她喊着要大船钻进她的被子，于是"一年后便有了鱼儿"。从此她那大山里的娘家，当她十八岁时就要强暴她的养父，在她的记忆中开始离她远去，但当她要彻底告别辛酸屈辱的过去，和丈夫一家享受和睦幸福的生活的时候，"很远的洲头传来几声急促的犬吠"，家乡的小镇派公安来了，要把她带回已经淡忘的大山。这不啻是一声晴天霹雳，"玉兰轻轻地摸下床，从床底摸出捆绑好的几支雷管和一根布腰带，系扎在腰上，再悄悄地回到床上。她哪儿也不想去了，这就是她的家"。她要用这一副可怕的武装，吓退带她回去的公安人员。

历来的打拐作品中，被卖到夫家的女人通常都受尽了性的虐待，她们生活在水深火热之中，求死不能，求生只有任其凌辱。多少个作家都这么写着，其中不乏险象环生、扣人心弦的小说、电影、电视剧和纪实文学，然而聂鑫森没有这样写，他要这么写就完了，小说就掉进又一个打拐故事的俗套中了。聂鑫森也写"解救"，却不限于"行动"，他以一双与众不同的慧眼，去发现了一个埋伏在解救行动对面的，令人出其不意，而又惊叹不绝的故事。

在聂鑫森的笔下，不幸之大幸的玉兰居然因祸得福，她被卖出苦海，却没再进火坑，在水边有三个好人等待着她，给她温情的体贴和真诚的关爱，用遮风挡雨的芦苇房保护着她受伤的心灵。这在贫困落后的地区或许只是一个偶然，但是善良人类的沟通却是必然。聂鑫森是善良的，他和渔家之子大船一样，觉得人间除了性，还应有爱，男人需要女人的身子，女人却更需要男人的真情。由于有了这样非凡的一笔，小说中的人物立刻大放异彩，贫苦人的生活也充满了希望。小说的结尾为了换得玉兰回乡为此案作证，年轻的警察居然甘作"人质"，孤身一人留在了遥远的江心洲。

细细品析，同是正义的公安战士，聂鑫森在两篇小说里对两人的安排却不雷同，在时间上是一远一近，结局是一死一生，写法上是一暗一明，两人的

405

个性特点也是有差别的。陆芥舟是小心翼翼，顾虑重重，对管烟波既要管教和监视，又在关照和求学，前者是公开的职责，后者却只能在隐蔽中进行。管烟波被击毙后，他能够秉正而言，而不能愤然而争，把一个疑问埋在心底，直到带进另一方世界。这容易让人想到雨果笔下的那个法国警察沙威，因为信念的动摇，使自己身陷正义与尽职的两难境地，最后放走了暗中跟踪的冉阿让，自己投进塞纳河中。

陆芥舟不是沙威，无奈中他选择了漫长的等待，让无尽的悔恨和愧疚折磨着他，直至和生命一道解脱。与痛苦忧愁的陆芥舟相比，狄锋勇敢，活泼，乐观，还有一点儿浪漫情怀，即使充当了时刻都有生命危险的"人质"，站在美丽的江心洲他还有心观景，桃红李白，柳丝珠帘，"在这一刻，他似乎有一种写诗的冲动"。这两个人，我认为陆芥舟写得更好，虽然烟波浩渺，一舟如芥，如一幅晦云锁江图，扑朔迷离，时隐时现之中，但他的心灵神貌却已点点跃出。

聂鑫森是一位才子型的作家，在二十多年的创作生涯中，除却中、长篇小说以及大量的散文随笔，仅短篇小说就写了六百多篇，不少名篇被翻译到国外，因为用中国式的艺术技法描绘中国人的生存方式，而深受外国读者的喜欢。他的小说题材丰富，立意新巧，小说中的人物三教九流，无所不有，其中有较高修养的知识分子和有一技之长的民间艺人占了很大部分。这些人物精通诗词歌赋，琴棋书画，偶尔在知己相逢时一展才情。在描写这些人物的时候，有着古典情结的聂鑫森总是喜欢营造一种淡淡的诗意，并根据他们的学识和习性，适当地引经据典，为小说增添一点儒雅的文化气氛，这与时下流行的新写实主义小说很不一样。

在《烟波芥舟》和《解救行动》这两篇小说中，他笔头一转伸进了陌生的公安战线，军装国徽，铁面钢枪，然而小说的诗意犹存，老教授管烟波对历史的醉心和对诗词的痴爱相得益彰，"在这种险恶的环境中，管先生居然还能背诵这些名句，可见他并未把困顿的遭遇萦萦于怀，非常人能达此境界……"岂止是他，就连陆芥舟和狄锋这两位年轻的公安战士，聂鑫森也赋他们以诗词的爱好，在人物的名字上面，也不吝染上古典诗文的印痕。可能他是这么想的，中国历史上的草莽英雄，赳赳武夫，显然已不足道，新一代的公安战士应该文武兼备，现在提倡综合素质，也是时代对他们的高要求吧。

2010 年 8 月 12 日写于北京竹影居

探寻人物命运背后的秘密

——读聂耶警察系列短篇小说《乡村警务》

　　读聂耶的小说多了，梦里便出来一个年轻警察的影子，日间持枪，入夜执笔，在灯下写着刚刚过去的白天的历见。或助人，或擒匪，都是一些为人民服务的事。从他不事张扬的文字，我把他认作是小说中的宋学文，儒雅且腼腆羞涩，相映于威严的肩章警徽，独有一种文武兼备的魅力。他的叙事有令人惊讶的从容徐缓，全然不似城市、院校、网络里追新猎奇轰轰烈烈的明星式写作，很显然的，他是八〇后青年作家中的一个异类。用一句时下的流行歌词来做他的评价，人间有百媚千娇，他却是独爱一种，这一种的小说写法竟与中国最早的笔记小说，二十世纪初西风东渐的白话小说，八十年前鲁迅先生的鲁镇和未庄小说，有着神形与精髓的内在的链接关系。

　　聂耶喜欢选用如下的句子开篇："先锋派出所的厨师姓王，所里的民警都叫她'王姐'。她还有一个外号叫'一姐'，这是镇上的人给她取的。"（《派出所的"一姐"》）"'雄鱼脑壳'不是一道菜名，而是我们镇上一个'流子'的外号。'流'这个词语，在《辞海》中，有这样几种解释……"（《乡村警务二题·"雄鱼脑壳"》）"'肥龙'和'瘦虎'分别是两个人的外号，'肥龙'全名叫陈耀龙，'瘦虎'全名叫王大虎……"（《乡村警务二题·"肥龙"

和"瘦虎"》）蒲松龄的小说，鲁迅的小说，往往便是从此进入。这样的进入有什么好处呢？有，如果以厨子为食客介绍菜肴看作比不甚贴切的话，那么我们就说像导游引领好奇的旅者去观览镇上的一景，走大路，不兜圈子，岂不是既省时，又省鞋吗？当然，这一招适合用几千字的短篇写乡村小镇人物，要写迷宫式的长篇玄幻小说，当作别论。

"一姐"者，女一号人物的酷称也，先锋镇派出所的年轻人可谓先锋，同行中不乏武艺高强的女警，他们全不以此号呼之，却将它送给一个做饭的厨娘。于是读者的眼睛就瞪大了，且看这个女一号有何传奇。居然没有，平庸而又平庸，平庸得为民警做饭嫌食客太少，转而去开饭店。却又开赔了本，无颜回派出所，再转而随老公远走打工。读者以为这个平庸人物的平庸故事会到此结束，不料意外突然发生，远去曹营的"一姐"心系汉室，一个长途电话打来，让警察速即去将一名在逃多年的案犯缉拿归案。这时人们才算服了，到底是个"一姐"！

"'雄鱼脑壳'这个外号是什么时候发明出来的，这个也无从考证了，我只知道……"怎么不知道呢，这是《阿Q正传》的发明，断了膝的孔乙己再次出现在咸亨酒馆也是这般写法。聂耳在写小说之前是有过充分准备的，他读经典，无论古今也不排斥中外，于是他一下笔，越是朴拙便越是显见他在书中的阅历。接下来他开始讲述这个乡村奇人的一生。"雄鱼脑壳"的娘一生下他就死了，酗酒暴怒的爹把他养大，出于反抗，他将亲爹推下三楼摔死，又参与打斗致人重伤，监狱内外几进几出，终于发了点财，却因吸毒输个精光。最后一次从戒毒所出来，下定决心要走正路，为此还做善事领养了一个弃儿，不料遭遇盗窃集团，他以他早年向人施威的一身武功与其搏斗，身中四刀。

让我想起《警察与赞美诗》。与欧·亨利不同的是，"雄鱼脑壳"没有像那个美国小偷一样想走正道而被捕，却是已经走上了正道而不幸身亡。聂耳努力要讲述给我们听的是一个凤凰涅槃式的、"雄鱼"变成雄人——英雄人物——的悲情故事，以至于让憎恨他的恶行的人正为他的新生发出欢呼，突然又为他的死去唏嘘感叹。五千字的短篇，三次大的转折，写得干练、清晰，人物与故事乃至细节都跃然于读者眼前。

"肥龙"和"瘦虎"的命运同样不堪，一高一矮、一瘦一肥的两个屡建功勋的交通助警，一生最大的理想是能够成为正式警察，"找个好姑娘，生个胖小子，然后好好地过日子"，在肖洛霍夫的《一个人的遭遇》中，安德烈·索科洛夫何尝不是这么想的。机会终于来了，助警工龄十年以上者可以转正的文件下发，当两人再一次出色地完成任务之后，看见这对相声演员一样滑稽的搭档，领导一句无心的话却让他们的美梦彻底破灭："这两个人的模样真逗。"因为"真逗"的模样，两人的前途"就这么给耽搁了"。

与"雄鱼脑壳"的人格嬗变相反，聂耶又为我们塑造了另外一个人物形象，《奥斯卡的 2006 年》中的奥斯卡。这篇略为长些的小说仍是《阿 Q 正传》式的开场，作者为小奥斯卡的名字是叫狗盛、狗肾、狗剩、狗生、狗胜，也颇做了一番考证。他是早已看见了这个孩子未来的奸狡与狠毒，却先不动声色地细细写他小时的忠厚和老实。小朋友们玩捉迷藏，小奥斯卡把自己使劲儿藏着，天黑了大家背起书包回家吃饭，直到他的妈妈四处寻找才发现儿子还傻坐在路边，"鼻涕冻得亮晶晶的挂在鼻孔下，好像是冬天屋檐下的冰凌柱"；大家一起去偷橘子，守园人一来别人都跑了，就把他一个抓住罚扫橘林，"等到我们回头去找他时，他还在那里扫地"。

就这样一个小名可能叫作"狗剩"的笨蛋和可怜虫，在复杂的现实社会中经过长年累月的摸爬滚打，最后成了一个残酷地压榨员工血汗，用卑鄙的手段成功地独吞了公司全部资产的阴谋家。他抽着烟，痛快地总结他如何步入辉煌的商家韬略："商场如战场，总有输家。不拉别人垫背，就得自我牺牲。我算是看透了，这年月要想活得好，就得往上爬。可你看看外面，谁不想往上爬，都上去了，下面总不能悬空吧？有句话是怎么说的来着，'一将成名万骨枯'……"

聂耶与他这一代许多八〇后青年作家的最大区分，也是最应该引起读者关注并珍惜与支持的可贵之处，是他一开始走进文坛就把眼光投向了社会，投向了人民尤其是生活在某种困境中的普通人，自己也以普通人的身份参与虚构的小说，选用与小说内容最相适宜的朴素的语言讲述他们，与他们身心贴近，共喜同忧。而没有把笔墨沉浸于年轻人容易引以为所谓先锋和时髦的、狭小的个人隐私的想象与暴露。

生活中人们的理想与现实，奋斗与命运的错位，似乎是一个严重困惑着他的问题，不仅"雄鱼脑壳"，不仅"肥龙"和"瘦虎"，小镇派出所的刘所长戏剧性的职务变迁，同样让他陷入了思考。青年才子民警宋学文的一支生花妙笔，使他所在的单位声名远播，刘所长因此由所里调到局里，这在世俗人的眼里本来应该是好事一桩，却不料所去的科室是个清水衙门，反倒还不如原本

处处受到关照的小镇派出所。"是宋学文让他沾了光，还是宋学文耽误了他？连他都想不明白了"。（《老警察与新警察·宋学文》）

职业使然，聂耶的小说以警察和与警察有关的人事为多，而在现实生活之中，也的确是社会的每一个角落都与警察和法律紧密相连，文学作品尤其是小说极其方便就能顺着警法这条无所不触的线索，捕捉到社会的症结和人性的黑暗。但这并不是聂耶创作的全部，他是警察却也曾经是个学子，对当代大学院校生活和天之骄子内心世界的体验和洞悉，使他写起此类小说同样得心应手，苏文和他的父亲就是这样令人悲叹地被他推到了读者的面前（《苏文和他的父亲》）。

这篇小说他采用了断章式的新的结构，《红楼梦》中借刘姥姥三进大观园而写出曹府兴衰的叙事手法启发了他，全篇他以苏文父亲的三进校门，间歇性地完成了苏文从一个老实巴交的乡下孩子到一个游戏人生的颓废青年，再到一个被学校和前程所无情抛弃的还乡者的漫长过程。初进校门的苏文是这样的："很礼貌地向我点点头……很精神的四六开小分头，细细地抹了一层发胶，使得空气中飘散着一股淡淡的芳香。"二进时却"看到他卷着衣袖，嘴里斜叼着一根烟，熟练地坐在牌桌边揭牌出牌……""叼着烟，搂着女朋友，打着手机，和我在校园里擦肩而过"；最后一次，他的"眉眼间充满了惶恐不安的神情，这一瞬间我觉得他很可怜……"

鲁迅先生写闰土和祥林嫂以及孔乙己便是这样，将他们一生中很多重大事件都一笔省去，只轻轻捉住其人生转折点上的一两个细微的情节，寥寥几语却足以让人读出那藏在细节背后的惊心动魄的内容。这恰是短篇小说的奥妙所在，与繁缛笨重的长篇史诗相比，它的轻灵智慧的跳跃几乎能够替代后者自始至终的流水铺排。

《苏文和他的父亲》让我们读得如此沉重，如果说"雄鱼脑壳"和"肥龙""瘦虎"的结局有着某种偶然性亦即天意的话，苏文的悲剧则完全出于他的人意，聂耶将此惨淡一幕撕开来给人看的意图，难道仅仅是劝诫青年人要好好学习天天向上，难道就没有试图挖出酿就这一苦酒的社会之劣根吗？请看他以极其省俭的三言两语勾画出的另一个人物，那个把苏文一步一步引入深渊的"老烟枪"："'老烟枪'离开学校时很潇洒，到班上向各位学友拱了拱手，说：'兄弟先去闯江湖了，你们有事要帮忙，只管找我！'"但是，我们是否还应该继续深挖下去，"老烟枪"的背后又有什么？鱼龙混杂的都市生活，当代缺失的道德教育，人性深处的罪恶和欲望等，都是苏文和"老烟枪"们堕落的诱因和根基。

在处理小说的人物、故事和情节上，另外几篇也各有它们的令人称道之处，如警察老杨识别和捕捉小偷的绝活儿（《老警察与新警察·老杨》），刘所长以抓住小舅子的软肋而制服这个闻名小镇的狠角（《派出所的"一姐"·外一篇》），被人劫持的刘雄因报警而扯出的劫人前科（《报警》），当了一辈子混混儿的老木晚年为民除害在庆功会上流下的眼泪（《爱笑的老木》），都给人留下深刻的印象。只是在我严格地看来，这几篇除了表达老警察手段的神奇，派出所所长人格的正直，犯罪人偶然的倒霉，老混混儿可喜的转变以外，它们的社会性和思想性都还不如《乡村警务·小说二题》。

此外，我还希望刚刚迈入文坛正在成长之中的聂耶，在今后的写作中要进一步拓宽道路，丰富题材，更多地去了解社会各类人物的生活和命运，反映他们的酸甜苦辣喜怒哀乐，并且深刻思考他们之所以成为这样而非那样的人性特点和社会成因。同时在小说创作的艺术风格暂未定型的时期，还要以青年作家朝气蓬勃、大胆无畏的探索精神，在小说的结构上，在小说的语言上，在小说的叙述和描写的技巧上，多多变换一些新的式样。请别误会，我说的不是要他去仿效那些所谓的先锋现代派，而是说他完全可能用他的智慧和才学，把他所钟爱的小说写得不仅更有力度，而且更有味道，从而不断地给关注着他的读者以期待的惊喜。

2016 年 9 月 9 日写于北京竹影居

感觉挺好的

——读星竹随笔集《感悟》

　　有一年，星竹大病一场，愈后大彻大悟，将病中对人生的奇思异想，写成一批随笔，发表出来与世人商量。这批随笔后来结集出版，叫作《感觉》，此名甚好。他的感觉不同寻常，文笔亦然。

　　读友人的著作，常自书中跳出一颗人头，此时耳边就有了画外音，文字变成了嘴唇的运动。星竹本是个慢节奏的说家子，带点磕巴，而今他却半点儿不嗑，行云流水地演说下去，并不是时下流行的北京贫嘴，他说的是人情事理，语言精辟，其心良善，以过来人的身份，把自己的经验和思考主动告诉身后的来者，如何处世，如何做人，哪些事要像防痢疾一样地防备，哪些人要像躲瘟神一样地躲避，更重要的还有，怎样认识和克服浑身上下都是毛病的自己。读者可以将这九十三篇（原本可能是一百篇）随笔的篇名，视作它的内容简介：遇贪者而避，智者不锐，做傻子的好处，缄默的必要，面对复杂，疑心的代价，最好的也是最危险的，别事事不服人，万事不可心重，累不累，等等。他主张藏锋敛锐，顺乎自然，否则人不吃亏，那才是怪。

　　他认为西服的扣子扣几颗都行，我们从他敞开的西服里看到了两千年前的道家思想。不过他又兼当了心理医生，清官，禅师，政委和辅导员，甚至居委会老爷子的角色，他热情地劝说着一切人，有人特较真，有人死命地赚钱，有人处处要超过对手，他说，你们这是干吗呀？失恋的少女泪流满面走向阳台，他说你慢点儿，那人现在还没出现在你的身边，这就足以证明不是你的心中所爱；报上刊登了一桩杀妻案，他想让那位行将入狱的奥赛罗式的丈夫死个明白，你妻子脚上的袜子脱了又穿，左右两只交换了位置，那是她拔草时害怕刺破了，而不是与人偷情。一个洁癖狂几乎成了精神病患者，他明确地指出，那次你饿坏了，王大妈家的饭你不也一气吃了三大碗吗？

我们崇拜着鲁迅，鲁迅同情着那个无比执着的贺客。人之必然要死是一个真理，颠扑不破，然而颠扑不破的真理一定要在孩子的诞生仪式上，当着众位亲朋的面说出来吗？那几乎不能叫作思想家、哲学家和诚实的君子，用当今人们的话说，那叫二百五。七十年前他要挨打，七十年后他也要挨打，再过七十年他还是要挨打，挨打是这个一张臭嘴的二百五的命，估计在美国也不会有好下场。星竹就不主张当那样的二百五，他是一个厚道的北京人，吃了主人的喜酒，为什么要让主人不高兴呢？主人没问生死，也没问天气，他完全可以实事求是地评论几句胖瘦。在二十世纪的周氏三兄弟中，生性激烈的鲁迅只活了五十六岁，而他的两个同胞则活了八十多，所以说战斗是需要付出牺牲的。垂死的鲁迅在病床上还在与一位姓杨的无名青年英勇战斗。杨青年乘机出招说，我惶恐，我惊讶，我们敬爱的鲁迅先生就要因为生命的缘故而离开我们了！先生吐着鲜血拔笔应战：这实在是使司马懿之流感到庆幸的事，然而我死了也不会把红旗带进棺材。如杨青年所言，先生不久就离开了他们。

倘若星竹在先生身边，他会说，跟这个无名小卒较什么劲儿呀？然而我敢打赌，他不可能劝回那员激愤的老将。这是英雄的悲剧。星竹显然不是这样的英雄，他深知生命的局限，承认世界的无序，同时尝够了小人的厉害，人性自身的弱点和心灵之间的隔膜，更使他对人头攒拥的广场望而生畏，于是提出躲避妒忌的活性人生，并且发出疲惫的悲叹：人生一世，不可四面出击。他号召世人也奉劝自己，红尘应该少些纷争，多些和谐，为此毋宁放弃一些看似正确的道理和原则。

这本书是写给中国人的，针对不可逾越的中国国情，星竹给自己造下一

413

座理想的城堡。他认为如此地规范自己，无袭于人，又能挡住世人的枪弹，似乎是人生的最高境界。带着轻松的感觉走进城堡之门，虽然封闭一点儿，淡泊一点儿，但至少有益于安定团结，做一个长乐且又长寿的人，活到八十多岁，大抵是没有问题的。

1999 年 5 月 4 日写于北京听风楼

墨白的梦境与颜色

——读墨白短篇小说《某种自杀的方法》

　　我对墨白现代主义叙事风格的兴趣，始于阅读其胞兄截然相反的笔记小说。中国当代文坛本来就罕见旗鼓相当的兄弟作家，他们之间的这种巨大差异就更令我觉得饶有意味。《某种自杀的方法》是具有典型墨氏风格的短篇小说，他把现代人在充满矛盾的精神世界中的困惑、迷惘、焦虑和挣扎，因无法逃避也不可对抗而转化的无奈、麻木、绝望和自弃，以及类似精神病人的思维混乱，行为怪异，由此生发的种种非常态事件，用荒诞、魔幻、超现实、意识流等有别于中国传统小说的手法表现出来，让读者略为改变一下阅读习惯，就能从作品中领略到一种神秘而又新鲜的气息。

　　一个名叫蒙的都市精神病医生与一个名叫锦的小镇弃妇的凄凉爱情，经他掐头去腰，打碎揉烂，通过自身也患有精神病的蒙的追思、妄想、幻觉、梦境，精心营造出一座跨越时间与空间的迷宫，将零乱无序的记忆碎片重新组合，一点一点地复制出当年的情境，其神秘的气氛真幻莫辨。一方面在艺术上，这种新的叙事方式为当下基本上仍以现实主义为主调的文坛多少带来了一些令人侧耳的声音，而更重要的则是在思想上，它将视点转入人之无形的内在精神世界，着重表现人在现实中感到的压抑和痛苦，力求摆脱这种现实的心理过程，对于生存还是死亡这一重大命题进行的终极思考及其做出的最后抉择。小说中反复出现的梦中之梦是想表达这样的思考，现实和人生都充满了荒诞性和偶然性，它和它的未来的不确定性既让人走向宿命，又预先给人埋伏下了无以数计的可能。

小说中的自杀分明是一种象征。它要表达的是，人常常会在美好的记忆里慢性死去，自己却浑然不觉；同时，人也常常会心甘情愿地死于自己的梦中，抑或被自己无法实现的幻想所谋杀，而这种无异于自杀的方法还得靠自己去寻找，发现，遵从他人的旨意按部就班。在始终没有正式出场的女主人公锦的身上，作者借精神病医生兼精神病人蒙的混乱思维，集结了美好的记忆，美好的梦想，美好的幻觉，但这一切，就像我们已经推动的生命一样，只存在于永恒的记忆之中。

墨白的小说语言是有颜色的，这与他曾经从事过绘画有关。当二十世纪末中国的小说创作进入所谓的新写实主义，基本上删除对外部世界的观察描摹之后，他的有色语言几乎可以称得上是一个异类。但是他的颜色又不同于古典主义大师关于景色和服饰的状写，而统统是情绪和心理以及事件的暗示，像他文中所说，"那些回忆和想象如同一些绘画的颜料被他的温故掺和在一起"。除却本篇对白色的雨和雨衣，红色的墙和雨伞，灰色的黄昏，黑色的夜晚，还有粉红色的锦的从前的窗帘，在他的其他小说中我也有所觉察，如《穿过玄色的门洞》中反复出现的玄色门洞，《红色作坊》中为风所弥漫的红房子。后一篇里他索性让主人公担任画家，尽情享用眼前光怪陆离世界的万紫千红，并且相信世界本来的深刻而不擅自解释这些颜色的意义所在，好比笑而不答墨白这个表示颜色的名字。

（长江本 101 页第 1 段）寻梦开始，首段一句话散布出四个重要信息：精神病、诊所、红色雨伞、锦。第一次出现的锦是一座乡下小镇。

（长江本 101 页第 4 段）文本中依序出现的第二个锦，可以看作是蒙心中借尸还魂的恋人。

（长江本 101 页第 6 段）暗示锦虽是一个小镇女子，也有人所应有的一切。下文遗书上称，有人无视这只五脏俱全的麻雀。

（长江本 101 页第 7 段）第三个浮出记忆水平的是真正的锦。"一次又一次走进锦的腹地"，名词与语义都是双关。

（长江本 102 页第 5 段）说些好没道理的话，这个精神病医生有精神病。

（长江本 102 页第 6 段）诊所是梦境中锦的杀身之地，锦的替身不住在这里情有可原。

（长江本 102 页第 7 段)回忆和想象被"温故"掺和在一起。墨氏的创新语言，同时是对意识流小说技巧很诚实的一语道破。

（长江本 102 页第 8 段）从现实向回忆的切换，省去传统小说中司空见惯的"仿佛"一词，让蒙直接进入幻觉。

（长江本 103 页第 1 段）幻觉中的梦境。梦中梦。

（长江本 103 页第 9 段）锦第一次提到"俺哥"，蒙只字不问是她亲哥还是男友，符合梦幻和精神病人的非常理思维。

（长江本 104 页第 2 段）锦第二次提到"俺哥"，蒙依然不问。

（长江本 104 页第 4 段）梦境中的红墙只在送锦回去的路上才会出现。

（长江本 104 页第 7 段）归来的路上红墙消失，迷路。

（长江本 104 页第 8 段）恍惚，细雨，孤独，傍晚，令人感伤的东西从四面八方而来。这时候又一次看到了锦。与其说锦来找精神病医生给她看病，不如说精神病人等锦来给他疗伤。

（长江本 105 页第 5 段）锦把红色雨伞留给蒙，却穿走蒙的白色雨衣，泥水匠在夜晚的雨水中盖着房子，上次回来时不见了的红墙忽然重现，而且在灯光里更加鲜艳。这一系列的反常现象使事情变得扑朔迷离，飘忽不定。

（长江本 105 页第 8 段）锦第三次提到"俺哥"，蒙依然不问。直至下文见到锦的遗书，蒙才走遍这座城市的每个角落前去寻找。"俺哥"却是一个虚无的存在。

（长江本 106 页第 2 段）又是梦幻中的梦，人在追求梦境中杀死爱人，却赋予对方一种自杀的形式。蒙抱锦回诊所的路上没有迷失方向。锦的每一次出现似乎总是相映着红墙、红雨伞、血，所有的红色都是锦的暗示。

（长江本 106 页第 3 段）衣上床上地上的血和确切的证据红色雨伞，显示梦幻与现实的重合。

（长江本 106 页第 6 段）如鲁迅《铸剑》中黑色人的歌唱，可视为流血的红色弃妇的自白。蒙至此依然不知锦写在纸上的身世，梦幻和精神病人不在意事件的来龙去脉。

（长江本 107 页第 1 段）破坏传统小说的伏笔，此前绝不透露锦的职场和下面才要提及的话务员身份。锦镇邮电所象征生命的起点和终点，每个人都是一份有去无回的邮件。

（长江本107页第7段）现实的锦镇出现了梦幻中锦在城市住所的窗子，锦的生前果然便在这里。

（长江本107页第8段）第四个锦又出来了！妄想症病人眼中的每一个异性都是恋人。幻觉中看到锦的迟暮之年，隐喻年轻美丽的生命的无情流逝。

（长江本108页第13段）锦镇之行，颠覆了我们已知的锦的自杀方法，不知孰真孰幻。

（长江本108页第16段）话务员死去两年以后电话还在传递生命的信息，证明过去、现在和未来的永久连贯而不会中断。锦镇邮电所的电话作为时代的道具，也由此可以考证出事件发生的大致之年。

（长江本109页第1段）再次出现梦幻与现实的重合。再次出现电话的铃声，让它为蒙的优雅自杀担当伴奏。蒙在寻梦中杀死自己，一如在做梦里杀死锦。

（长江本109页第2段）再次出现红色。

2010年10月10日写于北京听风楼

穿越封建道德的人性与人格
——读郑欣中篇小说《就日瞻云》

　　假设在三十年前，这篇小说受到批判已成必然。它的罪名是作者通过描绘一位自幼熟读封建道德经典《列女传》的小城秀才之女，主张已经生活于新时代的女性守寡并且是闺女寡，还要将牺牲自己侍奉名义公婆的事业进行到底。即便今天，半个多世纪不肯挣脱无爱婚姻桎梏的所谓节烈女子，同样也会受到文学与影视界众口一词的讨伐。但是，文学的意义是丰富和多元的，仁智各见，我为柳八姑这个悲剧人物发出哀叹的同时，也为她以一生作代价最后换取孤女九香的跨国创业而感动。作者真是守口如瓶，小说自始至终没有公布八姑的名字，这正好印证了她是一位无名英雄，如果把不以嫁汉吃饭为谋生手段，宁愿独身抚孤的女性也可称之为英雄的话。

　　在家从父的柳八姑十七岁嫁给夏寡妇的独养子明启，从这天开始走进了出嫁从夫的悲剧人生。与其说是嫁人，不如说是只嫁给了一个披红青年的"背影"，洞房三拜尚未完毕，盖头下的新娘的丈夫就被一股子乱军拉了壮丁，从此杳无音信，一对婆媳，两个寡妇，过起了相依为命的凄苦日子。为了那个"背影"和他的寡母，八姑没有接受一位青年爱慕者夜间送来的红糖，在婆婆的念佛声中她"一动没动，只觉得枕头有点湿凉"。接下来作者写道，这个出生在小县城破落秀才之家，从小有着不同于一般同乡女子的精气神儿，不仅能与哥哥一道念《幼学琼林》和《龙文鞭影》，而且还单添了一门《列女传》的，"水一样的八姑不知哪一天变成了一块冰，就是夏天也冒着凛凛的寒气"。她的生命的全部内容就是安分守寡，侍奉公婆，哺育侄女，为此一次又一次地求得可以给她们三口饭吃的革命青年的帮助，而一次又一次地摆脱那个革命青年对她的纠缠。

把九香的混血女儿乔安娜也算在内，小说其实总共写了四代女性。关于八姑的生母，柳秀才的娘子，这位小县城的第一代"摇摇"（当地对风流出众女人的称呼），作者惜墨如金只用了一句话："娘子生得很是俊俏，却受不了秀才的憋屈就忍不住跟人跑了。"肉体上是这位俊俏娘子生了八姑，精神上我们则可以一眼看个正着，作者完全是为了替节烈固守的八姑创造一个截然相反的陪衬而写了她。第三代九香又与自力更生的八姑不同，八姑对她的衷心期望她也何尝认为不好，但她为之奋斗的方式却一度是委身法国大亨保罗，意在让他来做自己出国留学的经济担保人。亏了八姑的英明觉察，并毅然卖掉娘家和婆家两边的房产，方才换来九香的洁身自好。

显而易见，乔安娜的出现是作者国际理想主义的安排，利用她的美国男友塞巴斯蒂安之口，让他对这个只用几十年的时间就经历了欧洲几百年动荡的中国，表达了自己对跨世纪的中国历史和几代女性的形象化思考，"像你奶奶、你妈妈和你，每个人都是至少上百年历史进化的一种类型，可又是一个家庭……你奶奶像是雨果笔下的人物，你妈妈却有点掘金时代的样子……你啊，是个难以定义的金球化产品！"

当代人类已经习惯于为了追求人性解放，爱情自由，努力排除实现这一崇高目标途中遭遇的一切障碍，社会的，自然的，双重的，正如同近一个世纪之前的中国人为了忠君、孝父和节夫而牺牲自己的爱情、个性和生命。反封建的历史过去已近百年，《就日瞻云》中作者描写的女主人公貌似又回到了从前，然而，我们只要定睛再看就可以发现，他无非是特意置她于失去丈夫这一典型困境之中，让她在赡老哺幼的悠悠岁月里显示东方女性的一身骨气，一腔正气，因之充满自尊自强的人格魅力，放射出美丽人性的万丈光芒。并非矢志烈女不更二夫，而是在当时的历史条件下，一旦再嫁她将不能继续肩负她的双重大任。

将近一百年前的那场反帝反封建运动，早已把《烈女传》一类封建道德的经典读本弃于历史的垃圾堆中，接受新思想的中华男儿奋起打碎忠、孝的枷锁，禁锢几千年的女性也相继冲破节、烈的樊笼，迈开大脚，挺起双乳走向自由婚爱的新天地，国际妇女节的"节"替代妇女守节的"节"而赋予了它崭新狂欢的意义。这是全世界尤其是东方女性开天辟地一般的盛大喜事，多少年来妇女们感恩它，庆典它，但也有人往往忽视了同一"节"字的另一种内涵，它是全世界所有的人，无论女人还是男人都应具备的道德节操，那就是孟子所说的富贵不淫，贫贱不移，威武不屈。从这一点看来，九香她姑固守贫贱之家，誓与病母弱女相濡以沫，也决不向权势出卖色相的节、烈二气恰恰是高贵的，应该受到后世的理解与尊重。

而在她身前身后两代女性的身上，我们看到，她的母亲，那个旧社会小县城风流俊俏的秀才娘子，与人私奔并不是因为爱情，却是"受不了秀才的憋屈就忍不住跟人跑了"，扔下十个儿女死得只剩下两个；她的侄女，这个新时代读北京师范大学的九香，委身法国老板也不是因为爱情，却是"我好不容易让保罗答应做担保人"！应该说，这是同一女性中失节和几乎失节的两种类型，前者丧失的是自己的人格，后者除此之外还有更重要的中华国格。唯独八姑，这个在家从父，出嫁从夫，一生恪守封建道德律条，却打着骂着卖了房产也要让九香发奋念书考上大学出国深造的女人，一句话道出了她何曾属于封建道德的气节与刚烈："姑这样做才是不让你走姑的路！"

两万字的小说写了半个多世纪的四代女性，同时将这一漫长时期的战争、政治、文化，通过可怕的枪声、各种运动、可爱的流行歌曲和新潮服装形象生动地表现出来，这是作者化繁为简的功力所及。他善于极机智、极省俭地处理大时空的过渡，"好几年过去了"，像人物外貌变化的电影特写镜头；"小妮上小学了"，又是一个人物特写；"八姑春水一样的年华就像她每天打扫的泔水一样，一点一点被她亲手倒进泔水桶"，这种电影特写式的语言向读者传达的信息远非物理的时间与动作所能涵盖，它有对于人类生命的无限感慨、无比哀伤和无奈悲叹；"又到了泡桐树开花的季节"，这代表着九香走后她独望花落花飞的一年；"秋天过去了，树叶子落没了，燕子往南飞走了。天越来越冷了"，又一个人生的季节被无情的秋风卷过，逝者如斯夫。"日子像水一样流淌过去了"，这一流淌，至少又是十五年，换了曾经风靡文坛的新写实主义，可能要费去很多的笔墨。

作者是学法语的，主修十九世纪法国文学，又在法国和瑞士留学与任职，他却用纯粹中国的语言和语气创作小说，从容徐缓，篇中常有新米一样闪闪发

421

光的语言，相比那些吃苞谷和红薯长大的中国现代派作家，他和他的故事似乎更加诚实，因此更具一种让人信服的朴素的力量。但这并不妨碍长期以来法国文学对他的精神滋养，在小说中我们时而可见福楼拜、莫泊桑等世界大师对人物事件的处理方略。而小说的结尾，那个一生受尽磨难的九香她姑的灵魂漂洋过海来到九香的美国梦中，肉体却永久安息在遥远中国的一个小县城里，又让我们看到了雨果对于悲惨世界的善良理想。女人们说："这是喜丧，你姑这辈子修行高，睡过去是造化。"

在建国六十周年的纪念专刊上，《当代》杂志以全刊仅有两篇小说的一半篇幅，发表了这位新作者的《就日瞻云》，由此可见编者的深意。我知道这与失踪五十年的未婚新郎蓦然归来有关，当中国进入改革开放新时期，下落不明的夏明启携夫人从台湾回到故乡小县城，在母亲的遗像前长跪不起。夏氏夫妇决意要将侍奉母亲的九香她姑接到台湾，换了别家苦尽甘来的女人，或者说换了别个态度暧昧兴许还有一丝恶作剧的小说家，也许会让她犹豫，让她沉默，让小说在此戛然落下帷幕，让一百个观众去猜想那一百个心中的哈姆雷特。然而郑欣没有，他让九香她姑立刻用铿锵的语言回答他们："我看不必了，这里才是咱们的家，说到底倒是应该你们回来住才对。"

这个回答让我们感到振奋，因为国人中作如此想的，绝不止于作者在本篇着意刻画的这位兼具人性与人格之美，令人深思与敬重的中国女人。

2009 年 12 月 8 日写于北京听风楼

外来的和尚好催书

——读阿成长篇小说《马尸的冬雨》

东北阿成是国内的短篇高手，人称短篇小说北大王，但偶尔也写长篇。1994 年，他把他的第一部长篇小说给了我，书名叫作《马尸的冬雨》。书稿写得别致新颖，突破了传统长篇小说的网状框架或线性结构，以相继出场的人物为中心，把英、美、法、德、意、俄、韩等国的流亡者集中在东北一个名叫马尸的边远小镇，融入地理、风俗、民情、信仰、宗教、建筑、音乐、餐饮、服饰、性爱、婚丧、习性等，文化地、大百科地、放任自流地让他们去发生千奇百怪的故事。

当时我任编辑部主任，公管中文期刊的图书的编辑工作，读完立刻申报选题，督促出版，并且建议翻译成英、法两种文字，向欧美各国及全世界广泛发行。我认为这个东西外国人应该喜欢。然而由于发行不得力，收款不及时，图书大量积压，资金不能周转，定下的选题计划不能如期完成，错过最佳发货季节，推迟出版反而又变成滞销品。这样恶性循环，雪上加霜，事情整个都搞砸了，出版社几乎陷入瘫痪。但问题是，与阿成的出版合同已经签订，不能背信弃义，出也得出，不出也得出，晚出不如早出，推迟出不如按时出，因为一年一度的全国图书订货会就要在京召开。我把这个意见说了出来，却没人理，

423

等着违约，害得我又气又急，却干急不能出汗。

有一天，我正看着稿子，有人梆梆地敲门，进来一条彪形大汉，一看是东北朋友老邱，此人是阿成的铁哥们儿，以为《马尸的冬雨》已经出版了，是专门来买书的。我说这书还没出来，恐怕是得黄了。老邱瞪着眼问，说好了出为什么又不出了？我说根据敝社目前的状况，除非突然涌来五千名像你一样的读者，手持现金，排队买书，这场冬雨才落得下来。老邱又瞪着眼说我 ×，不就是五千册书吗，我要是书店我就包了！

我盯着此人，觉得这哪像一个和尚说的话。老邱原本是东北某地文化馆的创作辅导干部，后闹婚变，上山做过几年和尚，因为在寺里还想着他过去的本职工作，给小和尚们办文学创作学习班，又写电影剧本《风雨下金刚》，六根未净，被住持赶出山门，就到北京颐和园策划修建"原始部落"来了。

看着老邱，我突然想起和尚，继而又想起一句俗语：外来的和尚好念经。于是我对老邱说，这样好不好，你马上回去以北京新华书店的名义给敝社总编室打个电话，就说《马尸的冬雨》的征订数来了，一万多册，这个数字有效期只有十天，十天之内必须出书，错过日期就作废了。

果然不出所料，不一会儿走廊里像过骑兵一样，踢里嗒啦的脚步声响成一片，我坐在屋里不动声色，知道老邱的电话起了作用。这本书第二天就下了厂，但是不知又在哪个环节出了问题，本来应该三天印完的书却用了近三十天，再一次错过了图书订货会。

事后，社里互相推诿责任，最后推到总编室，总编室回忆那个北京新华书店打来的电话，这才纳起闷儿来，心想管西城区这一片的业务员是两个女的，怎么突然变成了一个男的，而且是东北口音？心里这样嘀咕着，嘴上却不敢说，因为搞错了也是自己的责任。

1995 年 4 月 13 日写于北京百万庄

康志刚和他梦中的香椿树

——读康志刚小说集《香椿树》

康志刚的小说，从前我曾零星读过一些，短篇小说集《香椿树》的出版，使我温故知新，并且还能批量地拾得遗珠，感觉自当欣然。情形好比对人的印象，过去只是一张脸，一个坐姿，还有是夜间一闪即逝的侧影，这次终于能够从头看到身材，虽说还不能是全身，他正挥汗向上攀爬的双腿尚未来得及定格，不知他最终将亮相在读者面前的高度究竟几许，但是，对他比较全面的认识却已经是有了。

他的文字轻盈水灵，透出漉漉湿气，具一种泼剌剌的生命活跃的美，是从孙犁的荷花淀中走出来的。且简明干净，像结实的石头落在雨后的土地上，痕印里留下它恰到好处的重量，又随风散发出新鲜庄稼的气息，这一点还像新时期文学之始留下《取经》的贾大山。似乎这正是河北作家的普遍特色，三驾马车的关、谈、何，女性的何玉茹，在更早的探索期，曾经写过《麦秸垛》和《棉花垛》的青年铁凝，他们的作品预告了康志刚以后还要继续开掘的这片领域。

连着三篇写酒的小说，让人看出这个貌似老实的作家也会借酒说事，他可不是李白式的举杯消愁，他是浇虑，是泄愤，也把一缕想象的阳光照耀在能使生活昂扬起来的烈酒上，以此驱走乡村官场的晦暗。《醉酒》中的秦小毛这个人物，在中国当代社会是典型的，经久的，他的意义甚至会穿越时空，当民主与法制还不能真正取代中国的官本位时，我们今天的农村，城市，机关和各种团体，但凡有人群聚合的地方都能隐约见到相似的影子。他令我想起契诃夫同情的那个小公务员，因喷嚏星子溅在将军的脸上而反复请罪，惶恐至死。

在马路边办了个小门市的村民秦小毛，喝了酒大骂村长："狗日的王秋福，你再牛逼老子也不尿你！"醒后他就知道自己闯下大祸，于是再三去向村长认错。康志刚写道，村长"一直没有吭声"，后来才脱口问起他家玉梅。小说接下去是这样写的，玉梅替她丈夫到村长家里去了一趟回来，"笑眯眯地望着他，两只手还用力地一拍，对他说，好了，村长不生你的气了！"

如此一个比小公务员命运更加悲惨的村民，选择了这样一种力挽狂澜的方式，与当下身体写作的潮流不同，篇中没有一个字的两性描写，读者却从玉梅的一笑，一拍，一句如释重负的话中清楚地知道刚才她为可怜的丈夫付出了什么。但问题是，原本这既是秦小毛预料、愿意，甚至希望的事，村长要见玉梅的话是他给带回来的，他应该从玉梅走出家门的那一步起就做好思想准备，然而当玉梅真的为他摆平了村长回来，他赏给女人的却是一个耳光，接着又跺脚大骂："王秋福，我日你八辈子祖宗！"

这篇基于现实生活，对乡村权力进行无情的批判，同时又深刻揭露了扭曲而复杂的人性的作品，几年前在国内的杂志上受到争鸣，作者也因此歪打正着地受到文坛的关注。我不明白何以要争鸣它，反方的批评家难道不承认作者只用了九千个字，就活生生地刻画出了三个真实的典型吗？

《敬酒》的权力批判初看是由乡村官场转入了黑社会，作者却断不会如此浅薄。没毛大虫牛二式的地霸大振，他的自身便是社会权势的畸形产物，富农老祥整天挨斗，女人不得已去投靠在村里当支书的侄子瘌三，腹中怀下这个贫农根子的野种，从此男人方才不再遭皮肉之苦。村民畏惧大振的侵害，纷纷对他名义上的老爹施以敬重，害怕大振砸了路边门市的二军要办婚事，决定请老祥做他婚礼的主持，其待遇相当于村干部和德高望重的长辈。

小说中的二军继承了《醉酒》中秦小毛的性格与身份，小说本身也就继承了《醉酒》的权力批判。这篇作品同样受到了争鸣，但我同意争鸣的理由并非怀疑这一事件的真实性，而是善良的康志刚为它抒写了一个诗意的结尾："东方的天际，一抹蛋青色的光亮已经悄然地出现了，这是一种信号，因为绚烂的霞光很快就会铺展开来，将整个天空烧红……"

我想这是康志刚酒后的幻觉，大振作为阶级斗争的烙印已在老祥心中成为永远的痛，即便一个时代可能结束，不能结束的是当事人刻骨铭心的奇耻大辱，它会伴随着他走到生命的最后一程。然而这篇小说的意外功绩，是让我们记住时代赋予权力的罪恶，它的阴魂附体过《醉酒》中的村长王秋福，如今又出现在《敬酒》中的瘸三和他并未露面的支书侄子身上。

在接下来的《醒酒》中，田芹和她代表的青年村民，是真正地觉醒了。家具厂老板三黑竞选村长，在女工田芹的玩笑中请了一桌，但他酒后的一句话让田芹觉察到了他霸道的本质和未来："你要是不投我的票，就别想在我这干啦！"于是"她就来到了大街上，扯起嗓子喊起来，满街筒子的人都听到了她那清脆响亮的声音"。她所喊起来的那个声音自然是她的倒黑宣言，始料不及的喜剧发生了，三黑落选，新的村长竟落在从来没想当村长的田芹身上。田芹慌了，是男人白小转告她的一句三黑的威胁，使得她一骨碌坐起来，"就冲你这句话，我这村长也当定了！"康志刚说，"她感觉自己又像是喝醉了酒……如今，酒醒了，她也该为村里做点什么了。"

康志刚如此钟情于酒，许多人生和社会的重大主题，他都要用与血性和真言有缘的酒作道具，借以撬开人性的奥秘。不过我有一点奇怪，这本有着酒话三部曲的书，作者醉心其间读者也为之沉醉的书，它的名字为什么不叫《醉酒》，为什么要叫《香椿树》呢？带着这个问题我又读了一遍，后来我总算是明白了，这棵树是他对人生温馨恬淡，社会和谐安宁的一种理想，他不仅要让妻子美静把这棵理想之树种在都市从前的庭院里，现在的楼群间，而且还要把它种在更多都市居民的心中，提醒他们身处现代文明的高楼大厦，也别忘了这棵有生命的树，别忘了扎根在土地上的精神家园。

为了这棵树，他让一对青年夫妇从农村到城市，从租住到买房，从杂院到独居，从平房到高楼，日子越过越好，钱也越挣越多；他让他们发出内心仍不满足的独白："看看满世界的人，都在想方设法地挣大钱，人们都在往前走，生怕自己落伍了，让这个时代给淘汰了。"最后又让他们在一个"晴朗而又美丽的黄昏"散步来到十年前他们住过的地方，在一片新近崛起的楼群中，认出了这棵自己亲手栽下的树。"他抱住那棵树，就像抱住了已经逝去的那段岁月"，"他们的嗅觉里，也布满了香椿炒鸡蛋的香味"。这香味会冲淡现代都市人无来由的紧张和焦虑，会让他们空虚的心重新踏实起来，穿过妄想隔断人类与自然也与历史的钢筋水泥建筑，享受原本属于自己的生命的颜色和气息。

　　除了爱听这个老实人的酒话，我还爱看他的《嫁人》和《偿还》，虽然沉重，虽然篇中的惨淡血色与荷花淀派形成俨然的反差。指望能够改变贫穷命运的金锁，积极动员女儿小欢去做老板奎山的第三任女人，出嫁那天连村主任刘亮也来登门道喜。几年后，小欢因奎山又有新欢而喝了农药，为向全村证明奎山仍然是他家的女婿，寒风中金锁老两口抱着外孙小虎去给女儿上坟，对人"不说小欢而说小虎妈"。回到村里，一向巴结讨好的刘亮突然变了，"淡淡地问了一句，将牙签扔得老远"。原来，取代小欢的奎山第四任女人名叫大梅，她就是村主任刘亮的女儿。美丽的新疆民歌唱道，"如果你要嫁人，不要嫁给别人，一定要嫁给我"，可是在现实主义的《嫁人》中，无论道德是否沦丧，有权唱这支歌的多是豪门巨富。

　　读康志刚的《偿还》，我想起肖洛霍夫的《一个人的遭遇》，李勤民几乎是非战争年代的索科洛夫。他的遭遇怎么这样悲惨，生活中的种种不公为什么都遇在了他的身上。五年前，他的女人凤女得下重病，没钱吃药硬撑硬抗，临死前指着儿子大军，乞求他把儿子养大娶个媳妇。但是没等儿子长大他又得了绝症，借钱做手术耽误了女儿上学，女儿二英喝下农药。为了还债同时让女儿重返学校，他隐瞒病情拼命给人干活挣钱，当他终于把债还清，生命只剩下了最后的一个月。李勤民一死，二英不仅退学，还因喝农药残疾了一条腿，自然，大军的媳妇也没娶上，命运逼得他不能完成对凤女的承诺，他死也无颜去见自己的女人。

　　我怀疑这是一个真实的故事，李勤民是作者老家的村邻抑或现在的街坊，他们一家的遭遇本可以写成一个中篇，康志刚是不忍心再写下去，他匆匆收笔，让二英的父母坟上生出一层鹅黄色的小草，用它象征世上一切弱小的生命，面对劫难仍然做着不屈的抗争。

　　此外，我还喜欢《天文现象》和《惦念》，前者是写两个未成眷属的有情人，多少年后在某地邂逅，此时女的婚姻失败，男的事业失意，两人都急于表达自己的不幸，却无心倾听对方的诉说，终由兴奋激动而失望厌烦，一直埋在心中的美好记忆消散殆尽。我为康志刚敏锐地发现了这一社会和人心的病态，并且为它命名为天文现象感到惊讶，写过小公务员之死的契诃夫还写过一位心灵孤独的马车夫，他比这对男女幸运，因为他的倾诉对象是他的知音，一匹默然聆听的老马。

　　《惦念》的故事再一次考验了康志刚洞察人物内心世界的能力，一对情同手足的战友转业之后，分别做了省报的领导和种瓜的农民，两人时常怀念当年的友谊，非典期间，瓜农到了省城报社的楼下卖瓜，忽然出自自卑，手已伸到电话边又缩了回去；而当非典过去，省报领导到瓜农的家乡采访，却以繁忙为由，手机都掏出来了又放进兜里。康志刚认为，这同样是一种病态心理，它并发于那个名叫非典的可怕疾病。这种形式主义的惦念只是自身心灵的需求，换句话说它惦念的只是自身，而不属于对现实中他人的关怀。

康志刚是我外地的朋友，他来北京我们匆匆一晤，见面的意义恰似验明正身，本着文如其人的原则，我确认了这位不善言辞的北方汉子正是《香椿树》的作者。我们总在努力地 PK 古人，古人却总是轻易地说服我们，一个诚实的，有着道德良心和社会责任的人，他写小说，会把流派和主义放在其次，不求标新立异和牵强诡辩，而要把每一个浅白朴素的造句拿去比照现实，看是真话还是谎言；他种树，会种一棵香椿树，用它即便弱势的天然清香，不自量力地去熏染现实中的乡村都市，改变弥漫在熙攘人群间的势利、庸俗、冷漠，以及机器和人排出的废气。因为相投，我喜欢他的作品，他这个人。

2015 年 6 月 12 日写于北京竹影居

一个老裁缝的作嫁歌

——读欧阳忠散文集《情愫集》

  八年前，我与几位编辑朋友在京城相聚，借酒撒疯，曾写过一首聊以自嘲的《作嫁歌》，歌词至今尚记："我也爱穿孔雀衣，我也想披狐狸皮。无奈案头呼声急，舞天型剪不停蹄。鸭儿哟，一看自己光着脊。"编辑朋友们始而哗然，继则叹息，说要找位有民歌风的作曲家，将它谱成曲子，让刘欢首唱，以后编辑同志每日上班之前先唱一遍，然后各自就座开始看稿。

  可惜说过就过了，因为"不停蹄"和"呼声急"的缘故，编辑之歌至今尚未问世。谁知时隔不久，我竟真的在我家乡的省城遇上一位讹诈我的老新娘，直气得我七窍生烟，悔之莫及。好在这宗案件教育了我，从此我决定不做光屁股的好师傅了，我也会写，我比这位嫁不出去的老新娘写的要好得多，要多得多，我以几乎十倍于他的作品证实了我这个裁缝本身就是一位漂亮的新娘。

  缘于这段荒诞的经历，我越发敬重起编辑来，尤其是自己会写作品，却
由于本职工作不得不把自己写作品的时间和精力用于别人的作品中的编辑，更尤其因此而不讨好并反遭不测的编辑。我想起二十二年前，从成千上万的稿山中看到我的处女作于是惊喜地给我写信的，而我当时却根本就不认识的

《长江文艺》的编辑，此时我对他们的敬重和感戴更是甚于当初。他们在千百万作者文字的包围中日渐一日地衰老下去，直到离开衣案的那一天心里仍记挂着一件没有缝完的嫁衣。我愿以我自己的良心相信，除去那些附庸风雅心有别图的伪作家，每一个善良有情的文字工作者都会承认这些，记得这些。

《情愫集》的作者欧阳忠并没做过我的责任编辑，虽然他曾发誓"此生不编一本野莽的书死不瞑目"，但是直到他退休的那一天我也没给他写过一个字，我总是担心由于市场以及其他方面的原因，万一我的作品会使一位喜欢我的编辑勉为其难，就像我从来不曾给我的恩师寄书，是生怕伤害了他们对我的希望一样。然而我感谢他，收到他的《情愫集》的当晚我就开始拜读，看到那么多的文坛名流满怀激情写给他的语录，我明白了那是他以一生的耕耘换得的另一种收获。事实说明他并不是一位我的"作嫁歌"中"光着脊"的编辑，他有了自己的著作，他的这本著作是阅读了他人大量著作之后的人生感悟，因此弥足珍贵，意义非凡。

这是一本六十三岁的编坛老人的处女集，作者按照他自己的板块美学，以五种方式自述了一个老裁缝的故事：作家印象、师友缅怀、文艺短评、咬文嚼字、亲情友情。每一篇文章都记录着他的工作和思考，每一种方式都溢漫出他的忠厚和真诚。他总共写了五十位活着以及死去的作家，有说是人上一百，种种色色，他笔下的这半百之人，的确是各不一样。老舍的含冤而死，徐迟的洒然而去，柯灵的热情执着，吴运铎的乐观坚毅，张抗抗的理想境界，陆星儿的人性追求，叶辛的知青情结，周梅森的军歌气魄……

学识是编辑的成本，真诚却是编辑的力量，欧阳忠以他燃烧不息的力量广结人缘，屡得佳作，著名的历史小说家杨书案的长篇历史小说《孔子》《老子》，谁都不给偏给了他，完全是为他的真情所感。这两部作品先在他的手上出版了中文，后经我的介绍被译成英、法两种文版，向欧美国家以及东南亚地区广为发行，使作者因此而走向世界。我记得两本书的中文样本是责任编辑欧阳忠抢在本书作者杨书案之前寄给我的，就好像作者是此书的生母而编辑则是此书的产婆，生孩子的不着急抱腰的着急，他急哼哼地要让全世界都知道他又催生了一个天才的婴儿。

从《情愫集》洒满真情的序中，我再一次发现刘富道是一位见义勇为的好人，他明明看见欧阳忠人如其名的脸上并没有红得发紫，而他却肯花那么多

431

的心思去研究其人其文，想必这也是为那人的精神所动。刘富道曾经是中国新时期文坛大名鼎鼎的一员骁将，两度获奖，一举成名，继而又是湖北文坛的主帅，但是他读了这本书中"咬文嚼字"板块的文章之后说："别人我不敢说，至少对于像我这样高中学历的滥竽文人，读读是有好处的。最大的好处是，在舞文弄墨的时候，不至于出现太多的笔误，在口若悬河的时候，不至于出现太多的口误。一个作家，经常出现笔误口误，就会掉底子哦。"

其实在中国当代这个纷繁浮躁、鱼龙混杂的文坛，有些作家甚而至于红透了的作家是经常掉底子的，之所以在他们的原始作品被印成书后似乎没有掉什么底子，那是嫁案上好心且称职的老裁缝们用针线把他们掉出来的底子小心翼翼地给补上了。

当然，这样的事情有时只有作家和编辑两个人知道，有时只有编辑一个人知道，作家只顾得作，畅销书的版税在含笑招手，他们没有时间读书学习，往往一个错别字能一辈子错到底至死不悟，他们需要着默默无闻的好编辑。

我最感动的是欧阳忠的亲情文章，特别是他的《拥抱儿子》。这本书出版以后，全中国至少有三千个人知道了欧阳忠有一个令他骄傲的好儿子。这个上海交通大学硕士研究生毕业的名叫欧阳文的男孩子，身材和出息都比他的父亲要大得多，他以让同代人羡煞双眼的优异成绩为美国威斯康星大学录取，从此美国政府将以每年三万二千美元的奖学金保证他读完五年的电力学博士课程。

欧阳忠一生没获过奖，这次上帝给他发了一个大奖，这是他真正的力作、代表作和传世之作，老父亲百感交集，彻夜难眠。朱自清的父亲送儿子来北京上学，儿子为中国现代文学史留下了一篇名叫《背影》的经典之作，而现在的情况反过来了，欧阳忠送儿子去美国读书，却是他自己饱蘸热泪写出了一篇《拥抱儿子》。在上海浦东机场，"办完了登机手续后，大约过了半个小时，他又悄悄回到了我的身边，又与我留了两张影，并不断替我抹去眼角的泪水。他愈是抹去我的泪水，反而我的泪水流得更快更多了。我不禁紧紧地拥抱着比我身躯高大的儿子，他俯身将脸贴着我的脸……"

世界上没有比两个男人在大庭广众之下泪流满面紧紧拥抱更为感人的场面了，而这千年一叹的场面就出现在忠厚的欧阳忠的笔下。我们曾经是儿子，我们正在做父亲，我们的儿子还将成为父亲，这样的亲情散文也许缺少新意，但它常读常新，也许过于朴实，但它永远动人。

在亲情友情这个板块里我还读到了一篇动人的《报答》，虽然它在书中已改了名字，但我立刻认出早在八年以前我就读过它，并且把它选进了我编的《中国文学选刊》当年的最后一期。这是一个关于知识分子写书、出书、卖书的故事，优美而又凄凉，乐观而又酸楚。我忽然想起欧阳忠自己的这本书来，它是不是那本《困惑的人生》的姊妹篇呢？

我希望不是，如同篇名所言，曾经付出的人总会得到报答，这是人之情，更是天之理。

2006 年 3 月 8 日写于北京听风楼

小心冷枪

——读李更杂文集《李更如是说》

初听说市面有一本名叫《谁谁如是说》的书时，我还以为是美国总统里根的演讲集，拿到手里方知是一位中国青年李更写的，此事再一次印证了"耳听是虚，眼见是实"这句俗话。这本书无论从哪一方面来说都是很别致的，编者冠以作者两个光荣称号，一个是叛逆者，一个是冷枪手，当我走马观花地翻过一遍之后，认为两个称号都基本对头，尤其是冷枪手形态逼真，作者正是一个于最隐蔽处向最热闹处开枪的顽皮射手，没有连排的扫射，连射是资深的评论家的风格，他不过是打完一枪就唠叨着走了，又到另一个地方去寻找他不满意的人。

此人知道读书，并且号召读书，这在眼下文坛已数难得。他耷拉着一双眼皮以读书人的姿态挖苦写书的人说，读得越多写得越少，读得越少写得越多。大概的意思是这样的。应当承认当今文坛至少有百分之八十以上的好汉不幸倒在了他的冷枪之下。幸免于难的为数不多，如写文坛掌故的郑逸梅，写灵秀散文的汪曾祺，写读书札记的余秋雨等，成千上万语言不通的走红作家的确认为读书是一种迂腐的行为，他们偶尔也会打开书本，但一般是在动笔写大部头之前急用先学。作者似乎只出了这一本书，从话里看来他自归于后一类。

　　这个勇敢而诡谲的年轻人，肆无忌惮地评论了近半个世纪的中国文化界，数十次文化运动，四百多部文学作品，指名道姓提到的二百零八位作家学者，其中不少都是我的朋友和相知。我看见他们脂肪很厚的肚皮被他的橡皮子弹击中，他们脸上的表情是欲怒不得，欲哭还笑。有一次他把我也写进了书里，好话是不可能说的，然而似乎也说不出什么坏话，想来想去，最后就把我的鄂西北人的口音批评了几句。从目前我还为大著写文章这一点看，证明我对此意见不大，唐人贺知章诗云："少小离家老大回，乡音无改鬓毛衰。儿童相见不相识，笑问客从何处来？"而我离家的时候就已经老大不小了，那乡音如何改得了，如果都给改成了《新闻联播》那样的话，儿童岂不是更不相识了吗？

　　作者还是一个善于窥探文坛内幕和文人隐秘的人，这是为了准确出手的需要，如同武林中人亮招前得一剑挑开对方的面纱。书中有许多精彩的言论，可闻到李宗吾、老宣、柏杨等叛逆者的呛人气息，但也有一些言论精彩却失精确，譬如揶揄鲁迅批评别人"写不出的时候不硬写""我只是把别人喝咖啡的时间用在工作上"云云。鲁迅是什么时候都写得好，什么时候都应该写的，这一点天下无人能比，自然包括手握短枪四处宣战的作者。另外，他还挺身而出，甘当写不出来作品却死活要当作家的人的辩护律师，称其颗粒无收乃是清高与自尊，这话若不是同情弱者，便有诡辩之嫌了。

　　作者的父亲是一位幽默的小说家，文风相传，至他笔下，已由幽默转为尖刻。幽默令人发笑，尖刻却令人生气。因此我敢断言，李更者倘若如是地说下去，早晚要遭讼事。

1999 年 5 月 12 日写于北京百万庄

月有阴晴圆缺

——读穆玉敏长篇小说《缺月》

在读三十万字的《缺月》之前，我先看到的是作者一百三十万字的，写了九年的《北京警察百年》。像是一部史录，又像一部辞书，看多了名不副实的大部头，竟然发现这书有些相反，只有它是实过于名。因为这部大书是从夏代写起，那时候中国的首都不在北京，治安的武士也不叫警察，历史的长度更不止百年，换了目前那些擅长忽悠读者的紫红作家，书的名字完全可以取得更加恢宏一些，凶恶一些，这样做的好处是能唬住一批不怎么识货的外行，以期创下市场营销的佳绩。奇怪的是这位作者没有，这位名叫穆玉敏的作者是个警官，而且头戴着改装后两侧向上翻卷的警帽，诚实与肃穆是她的文风，考虑到该书的重中之重是二十世纪，于是她便为它赋予了此名。也正是有了这个良好的印象，当她的长篇小说新作《缺月》问世，在浩如烟海的新版图书中，我才乐意把它挑出来认真阅读。

仰望圆月是长悬于中国百姓心中的一幅美景，没有人不懂得中秋之夜那一轮满月是亲人团圆的象征，多少年来，关于月亮的神话滋养着这个有着非凡想象力的东方民族。但是这部小说却像它的名字一样，描写了三枚残缺的月亮，不在空中，而在地上，它们是三个与警察有关的时代女性。这的确是她的匠心所在。近些年来警察题材的小说和影视剧，层出不穷地刷新着图书大厦的畅销书展台和黄金时段的电视电影频道，枪战，拳击，谋杀，追捕，把一个个警察的破案故事演绎得惊心动魄，险象环生。在这部小说里我们几乎没有看到，它蓄意避开了所有同类题材中的复杂剧情和精彩动作，甚至避开了警察本身，而从几个倒下的警察身后推出了另外几个悄然站立的弱小身影，追光灯下我们认出，她们是警察的母亲和妻子，以及还没来得及走进洞房的爱人。

三个女人的故事如同作者动笔的年代，显然发生在《北京警察百年》之后，考证的根据乃是本书背景被作者设定为建国五十五周年，因此，我认为它应该是作者上述那部史录或者辞书的副产品。我的推理是这样的：关于警察的起源与历史终于写完了，九年的理性总结告一段落，作者忽然还想变换一种手段，用一种相比之下读者要多得多的小说的样式，继续讲述她所热爱的警察。在民间，警察由来只是一个生硬的符号，以巡守国家机器的特殊形象在城市与乡间正步行走，身板直挺，面无表情。但是藏伏于他们的内在，他们的背后，他们的血亲家庭之中的，如常人一样的甜酸苦辣和喜怒哀乐，却不如常人一样为世间知晓。作者觉得，她有双重的资格和责任来完成这样的一件事情，因为她是警察，同时也是警察的家属，在长篇小说的结尾她选择了一位来宾，代表人民在英烈纪念墙下替她说道："说实话，又有多少人真正了解警察？"

对于真正的文学而言，故事的本身从来都不是最重要的，如同主人公们的身世，无非是三个为国捐夫的杨门女将，在永远也不会再圆的月亮下展开各自平静的生活流水。但是作者又要把她们貌似平静的生活卷起波澜，或许是基于生活的思考和设想，或许是从档案卷宗中来，一个警察之母，一个警察之妻，在以后的日子里她没有让这一对婆媳相濡以沫，水乳交融，她却让她们误会，仇恨，厮杀，出于对最亲的亲人的爱而在对方心灵的伤口上大把撒盐。五年过去了，儿子的墓前，烈士之母陈素娥对着烈士之妻韩玉镜，还有她五岁的孙子罗小风恶语诅咒着："儿子，你把咱罗家的好名声都丢尽了！你这个不孝的逆子这么不争气，不但真的和这个女人非法同居，今天又冒出一个孩子来，你这个孽种！"

坟前祭亲这一个细节的设置，给整部长篇小说增加了力量，使之与此前无数同题材作品中的英雄"九泉有知，含笑瞑目"一类话语，成为献给牺牲者的虚假的悼词，从而也拉开了它与它们之间的思想距离。这种力量源自于真正的现实主义，源自于作者多少年来以双重身份对警察和警察家属的深入了解和

437

刻骨体验，它不是一般带着某种创作任务，短期内打进警察内部的域外作家所能写得出的。这样的细节在书中屡屡出现，因此它就能一次又一次地感动读者，并且让他们自觉地陷入对这一陌生人群的深思。人们会以当代人的道德观念和参政意识，重新思考那些所谓名声，所谓非法同居，所谓冒出一个孩子的社会道德谴责本身是否道德，思考是不是必须澄清烈士生前绝对没有非法同居的行为，我们的国家方才给他颁发烈士证书，不然的话不仅是真的有辱门庭，甚至也是真的连血亲也不能相认。一个小小细节所蕴含的另一种力量，真正源于社会现实的文学作品的力量，有时是连创造它的作者自己也意想不到的。这就是它的伟大和迷人之处，也是它之所以在无数新的文学流派的蔑视与攻击中，时至目前依然能够存在并且愈发放光芒的理由。

书中的第三个女主人公，年轻的女警察董新月的出场，我们一下子就看懂了作者的用心，这是一钩新月，正待圆满的新婚之夜却突然痛失了她的另一半。她的出场，显然肩负着作者的两个沉重使命，第一，她要让警察的母亲、妻子和儿子这祖孙三代，在烈士坟前与墓碑一起围成一轮精神的圆月。第二，她象征着警察这个特殊职业的新的牺牲，也象征着烈士身后又一代警察的新的继承。与此同时，在小说的最后一章作者还有这样的安排，陈素娥之孙韩玉镜之子英雄警察罗继风的血性后代，"身穿警服的罗小风神情庄重，向着英烈纪念墙举起了拳头"，一门忠烈的第三代警察在此诞生。

在《缺月》的作者穆玉敏心里，月亮缺失的那一部分是为了人间的团圆，它原本应该每夜都是圆的，为了人间更多的圆月它使自身变得残缺，因此那一部分才更拥有了连天的价值。那是月之精魂，无声无息，无影无形，其实它一直都存在着，只不过很难被夜空下人们的肉眼发现。穆玉敏为那隐去的月魂打抱不平，她要拨云见月，还月亮一个明净光辉且又完整的形体。为此，她在绘制本书的思想蓝图时首先选择了缺月，然后再决定以自己的理解对它进行修复。而仅就艺术审美而言，缺月的魅力与断臂维纳斯是不同的，它留给人们的是一种生命的壮美，这种美丽不叫残缺，却叫献出，它不属于遗憾，它属于光荣。

2008 年 5 月 1 日写于北京听风楼

薛媛媛与她的教育诗

——读薛媛媛长篇小说《我是你的老师》

唐朝有个才女名叫薛媛，能诗会画，发现丈夫南楚材要弃她另娶颍州牧的女儿时，对着镜子画了一幅自己的肖像，配诗一首寄给楚材道："欲下丹青笔，告拈宝镜寒。已惊颜索寞，渐觉鬓凋残。泪眼描将易，愁肠写出难。悲君浑忘却，时展画图看。"于是"楚材得诗感悟，罢别娶之议，夫妇遂偕老焉"。这应该是我国古代的一首教育诗，与马卡连柯的长篇小说《教育诗》异曲同工，而马氏的小说是教育孩子们的，薛媛的诗则是教育老公的，因此马卡连柯最终遭到了乌克兰教育人民委员部的攻击，才女薛媛却以动情的呼唤成功地夺回了自己的丈夫。

所以当我一边读着薛媛媛的长篇小说《我是你老师》的时候，一边就想到了以上这两个人。可疑的是薛媛媛一天老师也没有当过，她没当过老师为什么要写老师，为了写老师她情愿到一个名叫梧桐中学的学校去挂职呢？这里的秘密在本书的后记中被她自己说了出来，原因是有一次她听朋友讲了两个故事：一个是在贺龙家乡的一所学校里，工作队员送给学生一粒水果糖，那学生竟连糖纸一道吃进嘴里；一个是老师犯了心脏病，挣扎着掏出一只救心葫芦，学生们却没有一个懂得如何打开，眼看着老师就这样痛苦地死去。薛媛媛把这

439

个细节写进了她的长篇，并且安排给她最喜欢的女主人公向灵芝的阿妈，打不开救心葫芦的是洪水过后阿妈背着过河的一个山村的学生。

朋友无心地讲完这个故事就走了，但是这个故事却由此种进了薛媛媛的骨髓，成为后来长出这部长篇小说的种子。并且她还在继续深入地往下想着，她认为随着医学知识的普及和教育程度的提高，学生打开老师救心葫芦的问题尚是好解决的，不好解决的问题是老师如何才能打开学生的葫芦。当代教育越来越多的滑铁卢向社会心理学演示的战例失策，是老师很难探囊取物地得知学生的葫芦里究竟装的是什么药，那些莫名其妙的药会在什么时候，以什么方式引爆自己理当精彩灿烂的一生。二十一世纪的薛媛媛比唐朝的薛媛多一个字，因此她的教育选择了比南楚材更多也更复杂的对象，形形色色的中学生，还有他们的父母，甚至他们的老师，以及主宰着他们老师的教育的体制和理念。

向灵芝所去的梧桐中学的高一年级，很像是《教育诗》中马卡连柯受命执教的高尔基工学团，后者的组成是一批流浪儿和少年违法者，他们喝酒，偷盗，欺侮女孩子，持枪抢劫，而前者却是当代贵族的儿子，婚变者的女儿，偷看后母洗澡并要与之接吻的小嬉皮士，画男性裸体同时自己也做被人画的绘画课女模特。相比代表着当代主流教育理念的梧桐中学的校长以及教界精英，如状元老师曾世和，资深老师顾建军，漂亮而凌厉的女老师爱爱等，向灵芝与其说是一个新来的班主任老师，倒不如说是一个善解人意的大姐姐。

她不仅化解了她班学生公然写在黑板上的对爱爱老师的恨，而且对另一个全班最优秀的学生绿茵帅哥欧阳昊向自己发起的爱情攻势，她也只是小心守门，却不像爱爱一样以自古至今的师道尊严愤怒出击。讨人厌的混世魔王金果转学英伦，爱打扮的才女兼美人儿徐开颜遭人强暴，尤其是小小年纪就想皈依空门的胡丽颓然弃世，使向灵芝的善良心灵在极短的时间里走过了由感伤到悲伤以至于伤心欲绝的苦难历程。

这还没完，还有另外一个巨大的伤害蹲在前方的十字路口等待着她，自弃者胡丽的舅舅把这些都归结于她对学生思想与行为的放纵，亦即她以个人化和先行者的姿势率领着她的学生走出课本和分数线，带到月亮桠去试图进行当代中学教育模式的改革。

看得出薛媛媛在她的这本书中进行着一个大的思考，或许她在这样的大思考中自己是朦胧而缺乏理论的，但是这个思考本身足以大得使她手下的键盘无力承载。年长一些的读者读到这部长篇小说，极有可能会以复杂的心情和切身的经历追忆起学工学农学军的时代，甚而至于把自己的名字也改成了如此这般。

不过他们学习的全部功课无非是两个阶级，两条路线，两条道路的斗争。向灵芝率领的班级却不是这样，他们是去领略自然科学，地域文化，民族的风俗和人间的亲情，向王天子的壮烈神话和西兰卡普的美丽传说。在月亮桠他们吃惊地睁大摄满城市景观的瞳孔，骇然发现了他们认知世界的盲点，这里教育环境的落后和学龄孩子的贫苦，震撼了这些仿若来自别一星球的奢侈放荡的少年，他们终于读懂了坐在都市中学的梧桐树下永远也不会读懂的词汇：同情和珍惜。

向灵芝的身世直到阿妈的辞世，直到小说的结尾也依然是一个谜，薛媛媛之所以如此设局，乃是认为对于这个死谜大可不必进行无谓的追究，她只希望读者能够记住她的名字，记住她的像灵芝一样美好珍稀的品质。在这部长篇小说中，除了向灵芝的母亲以外，她最崇敬也最惋惜的一个人物，那个梧桐中学的文科状元老师，那个把生命和家庭都献给了高考分数的曾世和，作者赋予他的名字令人想到他真是何必，真是何苦，真是何须这样煞费苦心！留守梧桐中学与这些问题少年一道爱恨烦恼的代价，是向灵芝既忍心告别了她家恩人德山伯的爱子泉保，也饮憾失去了一心要度她出无边苦海的伟业。

她的两个大学同窗，不甘任教的曾有雄回头是岸，雄心勃勃地改做了政府的公务员，扔下教鞭的伟业更是将他文化传播公司的宏伟实业开展到了英伦。填补向灵芝的爱情位置的恰是她的知心女友爱爱老师，爱爱老师相伴着伟业总裁旅英归来，以法国香水、贵夫人套裙、萝卜丝碎发和车号525252（吾爱吾爱吾爱）的别克牌小香车，以及英中合办的雅思学校女校长的珠光宝气的万般殊荣，与解除高中毕业班老师资格的向灵芝之间划出了一条寒光闪烁的银河。

这样的结尾真像银河一般地冷清，凄凉，浩瀚，悠远。三年前，向灵芝的阿妈因为无力打开救心的葫芦而倒在了一条河边，如今的向灵芝却站在另一条河边苦苦地思索着。《教育诗》的最后一个诗章，是马卡连柯离开了自己亲手培植的高尔基工学团，转到捷尔任斯基公社去继续进行创造性的教育活动，而《我是你老师》却并非如此。

在小说的最后，薛媛媛这样写道："她经过一场思索后，决定哪里也不去，就在这里继续实行向灵芝的教学理念。"这不啻是一个冒险的抉择，如同这部长篇小说本身所面临的世界，好在它们都是真诚而无悔的，这样就行了。

走进芳菡的迷宫

——读芳菡长篇小说《迷情百合》

　　我认为好的探案小说是可以叫作悬念小说的，因为探案的过程同时也是制造悬念的过程。少年时代我们曾经痴迷过英国的柯南道尔，回忆起来，完全是因为他所制造的悬念让福尔摩斯吃尽了苦头。及至成年，真正从事文学活动以后，我已把这类小说划归别一区域，阅读的兴趣彻底转入所谓的严肃文学。不过二十世纪七十年代末的文学复苏时期，中国文坛还没有正式出现探案小说，只是偶尔听说"文革"中某人的手抄本涉及这一方面的内容。

　　然而后来当手抄本成为印刷品公开问世，却仍没有燃起我阅读的欲望，因为我已从思想上先入为主地将其定性为靠猎奇案情吸引读者的通俗读物，离"文学是人学"的口号相距甚远。不料近些年来，这类作品突然走红，先是影视，继而是被影视的强大力量推拥出来的原创小说或剧本式小说，几乎已达到家喻户晓路人皆知的程度，电视剧的主题歌唱遍了中华大地，如果继续忽视这类作品的存在，谨防授人以矫情之柄，于是在这时候，我才又开始注意中国的柯南道尔。

　　芳菡的《迷情百合》三月份刚刚出版，就有一位朋友指定我在四月份必须读完，说这是一位年轻的女警官写的长篇探案小说，写得很不一般，又说作者原本是写散文的，读小说的同时也可以兼读她的散文集。我向来喜欢读诗人的小说，而好的散文又接近于诗，诗人和好的散文家涉足小说，至少在语言上有一种纯粹的小说家不大具有的韵律之美，然而要写探案，写枪声、尸体和凶手杀人前有些变形的脸，不知道这种优势还是否存在。

就这样我心怀忧虑地打开了《迷情百合》，阅读的过程却越来越让我感到惊讶，作者采取的完全是一种不同于柯南道尔的探案文体，利用书中的主人公之一，中国人民公安大学毕业的青年女警官方馨的视觉、感觉、思维，以及其他与案情有关的各类角色的不同叙述，将一桩杀人案分解得支离破碎，然后重新拼接，其间多有歧途，每设误区，好比一座迷宫，让探路者跟随着方馨四处游移的脚步，最终找到本案的真相。

直到读完最后一页，才可以得出这么一个故事：北京夏威夷进出口公司白领，风情万种的美女李漫莉为香港 PPM 公司雇佣，伪装与华氏集团有限公司董事长方清卓相爱，成功地窃取了可令女性青春永驻的保健药品美莉奈尔第二代新配方。但是出人意料的是，在与方清卓的相处中她却真的爱上了这位事业有成的科学家，并且不惜以两万八千元的代价于花样年华国际美容中心修复了处女膜，策划以纯洁之身嫁给方清卓。

就在这个时候，又一件出人意料的事情发生了，已经身患绝症的方清卓发现自己受了欺骗，悲愤交加，在保健品"MER"中放入了金属铊，秘密杀死了李漫莉，自己则假称赴美国做访问学者，却隐居于西山疗养所。这时又发生了第三件出人意料的事，方清卓的亡妻的妹妹张芸，这位因为爱心二十多年来一直以保姆身份留在方家，服侍方家父女的善良女人，为了改造方清卓的杀人现场，暗中用红白两色的玫瑰花瓣撒满了死者的居室，为生前的唯美主义者制造出一个浪漫的自杀假象。最后，在方馨参与的探案中，由于死者李漫莉第一任男友孟辉的初恋女孩儿王佳丽提供内情，张芸操纵黑豹绑架王佳丽，致使本案节外生枝，刑警队又发现了第二具窒息而死的女尸。

这就是探案小说或称悬念小说的写法，如果用传统的社会问题小说的手段平铺直叙，自始至终娓娓道来，自然会大倒读者的胃口。探案或悬念小说的作家必须构思精密，滴水不漏，暗埋伏笔，悬念丛生，特别要把握好探案的进展和节奏，在这之间不断地滋生枝节，拨云弄雨，让进入迷宫的读者在她故意使用的障眼法中晕头转向，却又欲罢不能，直至觉得该到揭谜的时候了，于是一收功法，这才云开雾散，水落石出，谜底是谁也未曾猜出来的。

443

要达到这样的目的并不是一件简单的事情，作者只会编撰案情故事不行，还必须具有相应的知识，使用专业化的术语将这故事说得圆满，令人信服。在这一点上传统的小说家是望尘莫及的，而本书作者芳菡却做到了。据作者简历透露，芳菡与她笔下的女主人公方馨一样，毕业于中国人民公安大学，以后在公安部某局任职，其间不仅写散文，写小说，同时还写有大量关于刑警生活的纪实文学，由这样的人写出了漂亮的探案小说，会让人心里多少感到有些踏实，不至于怀疑是当下文坛流行的胡编滥造。

在《迷情百合》中，我看到作者把她纪实文学中的大侦探乌国庆也顺手牵羊地写了进来，而且借用方馨的身份，以第一人称参与探案，意在使这桩看起来扑朔迷离的案件以及破案的过程，具有亲历性和真实感。从她的纪实文学集《真心英雄》的自序中我还看出了一个秘密，作者对她这本最能反映自身职业特点，却往往引起文坛误解的书所在乎的程度，丝毫不亚于那些为她赢来美誉的散文。这种感觉是诚实的，一如对书中那些刑警英雄的崇拜和喜爱。接近和赞美这样的英雄看起来毫无功利可言，然而正是这些无功之举给她的长篇探案小说带来了巨大的功利，这些人物没有白写，因为对他们的情感和故事的长期积累，从他们身上所获得的刑侦知识以及对犯罪心理学的研究，使她在结构这部长篇探案小说时，才有了源于这一基础的合理想象。

她为女警官方馨设置的障碍，施加的误导，让方馨终于排除无数疑点，直逼案件的真正杀手之时，面前兀然出现的却是她一生最爱的父亲和二十多年来像爱亲生女儿一样爱她的张姨，这种案情既是虚构的，同时也是现实生活中极有可能会发生的。整个事件充满了戏剧性，但是这幕人生的悲剧在读者的眼里，至少是行家才能写得出来。

除了为描写刑侦人员而应准备的破案知识，描写作案者而应了解的犯罪心理，对于与案情有关的各类社会角色，他们的环境，氛围，性格和习性，作者也都进行了知识性的把握，甚至有些段落的文字写得非常的精彩，譬如谈论男人的香烟，谈论女人的香水，谈论含有无限哲思的鲜花，无论是象征热烈爱情的玫瑰，祝福圆满婚姻的百合，还是暗示妖艳和罪恶的罂粟花，读者是可以当作极有情致的知识随笔来欣赏的。

更精彩的是作者还借用小说中主人公孟辉和李漫莉的对话，吴飞飞和方馨的对话，把关于男女爱情的复杂心理，蕴含在爱情中的哲理以及各自对社会人生的观点，阐释得个性分明，透彻淋漓，读者又可以视此为爱情咨询的信箱，从中探取心理和人性的奥秘。以上这些，似乎是一般的探案小说所没有的。

其实，探案或悬念小说的特性不仅为柯南道尔、希区柯克、爱伦·坡、埃勒里·奎因等探案小说代表性作家的作品所独有，西方一些声名显赫的文学巨匠，现代派文学大师如博尔赫斯、马尔克斯、福克纳、卡夫卡、海明威等也曾有过类似的尝试，更早的时候还有梅里美、大仲马和霍桑。日本的芥川龙之介根据十一世纪日本故事改写的短篇小说《罗生门》，竟成了他的充满悬念的代表之作。

而我们的鲁迅先生，在他的故事新编《铸剑》中，同样把那个神秘的黑色人暗中相助眉间尺向楚王复仇的故事，写得悬念四伏，鬼气森森。因此我们是否可以这样认为，在小说中设置悬念的技术，一旦被优秀的非探案小说作家借鉴之后，就有可能上升为一种艺术，为自己的文学作品丰富手法，添加魅力，甚至创造出新的流派。但是，他们毕竟是偶尔为之，具有这种类型的长篇小说，至今我还没有见到。

至于陀思妥耶夫斯基写的《罪与罚》，与探案小说家显然不同的是，他的兴趣并不在于法律系大学生拉斯科尼可夫的犯罪过程和警方的侦破结果，而重心几乎全在心理分析和社会批判上。因此我想，探案或悬念小说如何能够既拥有广大的读者，同时又具有深刻的思想，从而能对社会产生推动的作用，也就是如何利用探案或悬念小说的表现手段，来达到作者真正要研究社会和人生的目的，这将是《迷情百合》以外的话题。

将笔下几乎所有的女人都写得非常美丽，我想要么是作者有意要反衬出社会人生的险恶和商业竞争的残酷，由此渲染美的毁灭带给读者的遗憾和痛苦，要么就是作者的无意识。制造这些美丽的脸谱容易让人觉得是受了取悦观众的视觉作品的蛊惑，但再一想其中也有她的道理所在。

且不说如这部小说中所描写的，花样年华国际美容中心神奇的美容技术可以成就天下爱美且富有的女子，单说这几位美丽女子的招摇过市，的确是因美丽而成为现实。被杀的夏威夷进出口公司白领李漫莉，因为美丽才能完成窃取商业情报的特殊使命；继而被杀的北京外国语大学女学生王佳丽，因为美丽而成为中央部委派往香港的青年才俊孟辉的前任女友；华氏集团公司营销部经理吴飞飞，若非美丽不会得到方清卓的破格重用；在四川一座小县城里已为人妻的女教师张兰，恰是美丽使她跟随方清卓来到了京城；而张兰的亲生女儿方馨，不美丽怎么能让总裁父亲的助理暗中爱慕那么多年，同时又是众多刑侦英雄眼里仙女一般的警花呢？

作者认为，美丽是一种财富，一种资格，而这部小说的特点之一，就是将一大批出类拔萃的人物集合在城市浮华之中，像美丽而有个性的鲜花一样竞相开放。

最后我想要说的是，我是带着一种对李漫莉死于玫瑰花丛的强烈的好奇心，一鼓作气地读完这本长篇小说的，这种阅读对于一位当年的福尔摩斯迷来说已经是久违了。读完后的感觉是居然没有令我失望，它告诉我小说的写法应该是，而且从来就是多样化的，只要它写得好，它就自然有了传播的价值和可能。

不过我对这位爱写美女的作者提个意见，在今后的小说中可以适当地写些不是太美的女人，甚至某个部位还有点不好看的女人，因为生活中这样的女人似乎更多，读者通过各种媒体看见的女尸，其实大多数相貌平平，她们是因为各种各样的原因被杀死的。

2008 年 5 月 7 日写于北京听风楼

三个女人的故事

——读罗聪明长篇小说《三色玉》

恰好是去年的这个时候，我应江西新余市作家协会之邀，去给当地的青年作家讲小说。一位穿绿色衣服的青年女子坐在我的对面，她似乎很委屈地提出一个问题，她说为什么别人都说她写的散文像是小说？我就讲了一通边缘化写作，跨文体写作，文无定法云云，还举出写《我与地坛》的史铁生。直到今年春天我才突然明白过来，去年冬天她这问题背后的意思是，她是会写小说的，并且她已经在写散文体的小说了。

回京后过了几个月，"别人都说她写的散文像小说"的罗聪明，果然给我寄来了一部自己打印装订好了的长篇小说，连封面都设计了出来，三个身穿三种颜色裙子的漂亮女人向着同一个方向走去，书名叫作《三色玉》，写的是七星湖畔三个女人的故事，十七万字。草草翻了一遍，觉得人物故事尚可，是一部适合青年男女坐在火车上边吃瓜子边看的都市言情小说，只是少了点思想和文化的内涵。我建议不妨展开，增些篇幅，依据人物的性格、修养和职业特点，注重文化氛围的渲染，在此背景下写出三个女人行为的合理和命运的必然，这样作品的价值也许就不一样了。

又过了几个月，修改稿寄来了，这个罗聪明真够听话，将作品扩展到

447

三十三万多字，几乎长达过去的两倍，不过的确是厚重多了，书中有不少精彩的描写是初稿中所没有的，譬如服饰，建筑，园林，餐饮，娱乐以及新闻记者的职业生活，等等，尤其是三位女主人公的幽微心理和情态变化，往往设置一个极小的细节而达到一石三鸟的目的，如升官后的文家伟与白玉关于杀鸽还是放鸽的一场小夫妻拌嘴，文的骄狂，白的悲愤，小鸽子误入笼中的可怜与无助，以多元的信息向读者预示了两人婚姻的未来。

这类描写并非一处，无论有心还是无意，它能让人从作者七星湖水般平静的文字中读出一种暗喻，读出书中这以玉为名的一家三姐妹以自己所独有的色彩，演绎着当代女性不同的品行以及必然的命运。精明强干的大姐蓝玉赢得了三色玉服装公司看似辉煌的事业，却输掉了女人最宝贵的爱情，助手兼情人史一鸣心有另仪；风流妖艳的二姐紫玉以攻无不克的情场魅力几乎征服了书中所有的男人，但最后曲终人散月破花残尝尽世态之凉人情之冷，只落得老鳏夫冬哥形同父爱的怜悯与庇护；清纯质朴的三妹白玉身居名利场中却能傲视权贵，与市长公子龙晓光了断情缘而爱上贫家子弟文家伟，未曾料到这位农民的儿子竟心怀复仇般的贪婪，其手段的卑鄙，心理的阴暗，人格的猥琐，致使深感失望的白玉勾起怀旧之情，在猝然来临的森林大火中与失而复得的前任男友重浴爱河。

这场大火来得很好，它不仅造就了一位勇敢的女记者，烧去了她在两个男人之间的悔憾和迟疑，同时也使龙晓光在火中涅槃，由昔日的风流公子变成了今朝的护林英雄。

与作者的原意或有相悖，在这三朵质色迥异的姊妹花中，我对骄横而又虚伪的蓝玉的好感少于淫荡但是坦白的紫玉，三色玉服装公司女老板蓝玉在烛光中向史一鸣跪地求爱，太阳下则对她的员工俨然女王，这位所谓女强人的生活与事业，外表与内在的矛盾容易让人心生嘲笑；对多情而又善良的紫玉的同情多于自尊却能容忍的白玉，市报女记者白玉面对纨绔子弟龙晓光的纠缠尚能够洁身自爱，错嫁政治小扒手文家伟后则甘愿蒙受羞辱；而与比她有身份的姐姐和比她有文化的妹妹不同，琵琶岛上脱衣卖笑的吉卜赛式女郎紫玉，受伤被救她愿终生报答恩人，伤好容毁她却决不拖累冬哥，较之一直周旋于主流社会的官场商场，在人前活得光鲜体面的蓝玉和白玉，紫玉人格的多重性恰使她的身上展现出更美的光华。

因此，唯其这样地对比和展现，七星湖畔的三姊妹才在读者心中树起各异的形象。至于在作者倾心雕刻的现代知识女性白玉的身上，有没有作者自己生活抑或情感的影子，有没有出于某种掩饰而有所保留，从而压抑了她本应张扬与反叛的个性，使其带给读者的印象反而屈居风尘女子紫玉之下，这属于隐私，我们是不好追究的。

同时对于书的结尾，女强人蓝玉锒铛入狱，三色玉坍塌在即，为了爱情的自由早已离她而去的史一鸣突然归来，我能理解这位好心的作者，她是以事业与爱情双重圆满的美丽梦想，极希望有一位冬哥式的好人出来力挽大厦之将倾，而将阑干拍遍，此任又非史一鸣莫属，于是就是他了。然而这种慷慨的安排正如世人所谓的"站着说话不腰疼"，对于当事人史一鸣来说却是勉为其难的，也是不公正的，即便他出于对公司与上司的巨大同情真的会有如此壮举，是不是应该带上他的新妻或者女友？因为性格使然，蓝玉的爱情悲剧是谁也改变不了的，命中注定此梦难圆。

俗话说"三个女人一台戏"，三个漂亮的女人聚在一起则理当联袂演出一场欢乐的歌舞，然而《三色玉》的故事并非如是，书中三个女人的命运自然全都违背了作者的理想。红颜薄命是一个古老的话题，《三色玉》的作者站在二十一世纪的高处，在此似乎有了一种新的探讨，相比旧的时代委身男权沦为性奴的凄惨女人，今日薄命者的悲剧之源却并不在于红颜，乃在隐藏于性别与姿色之后的内在的原因，必须正视女性自身由于性格、品质、文化、修养等诸种因素造成的缺陷，提高认识男人与社会的能力，寻找和把握人生的契机，得出男人既非救世之主亦非仇冤之敌，而是自己在这个世界上的唯一的合作者这一深刻哲理，如此红颜方能从根本上刷新薄命的宿论。

与出生于二十世纪六七十年代，目前正以断裂化写作引起当代中国文坛关注的所谓美眉作家不尽相同，江西才女罗聪明不属于女权主义者也不属于时代的叛逆，她的长篇小说《三色玉》是以传统的语言与结构，依然用生活流的方式发表了她对自己同类的同情和关怀，仅此而已。她相信她的质朴的手法足以表达她对社会人生的思考，如同相信她的故事本身是能够打动人的。

与文学圈内的专业及业余作家也不一样，罗聪明跻身官场政界，这既能帮助她扩大一定的政治视野，同时也会限制她对一些敏感问题的认识，因此不能不影响到她的笔下这类旨在反映社会生活的文学作品的思想深度和批判功能，这是她今后必须引起警觉的地方。此外，涉足当今书海文潮大浪淘沙的文坛，还须注意文学作品的风格与个性，特别是语言个性的培养，一切艺术平庸的作品即便因为某种文学之外的原因红极一时，最终也必将还它以本来的位置。

在二十年前的新时期文学之初，江西作家曾经写出过令文坛刮目的优秀作品，陈世旭的《小镇上的将军》和《惊涛》两度折桂，已载入当代文学史册。此后沉寂经年，除却文化中心北京不论，相对一江（江苏）一海（上海）两湖（湖南湖北）两河（河南河北）才子辈出、佳作频仍的创作局面，江西正处于国人翘待的妊娠期，文学复兴渴望新的世纪。新余有一支不可小觑的文学队伍，如老将李前、贺传圣，中坚刘忠诚、卢永华，新秀罗聪明、徐馥梅等，都曾写过一些很好的作品，当地已属散文名家的罗聪明初试小说，一路顺风，多年的散文写作成全了她小说语言的行云流水，而曾从事的记者职业又练就了她对社会生活的敏感，长篇处女作《三色玉》的出版，作为她创作生涯的一个新的起点，无疑将把她诱入一片文学的深林，促使她在今后的日子里采撷到更多的花果。

江西新余是一方沃土，在这方殷红如血的土地上一定曾经生长过无数的秘密，无论被列为世界文化遗产的流坑村的翰林楼，状元楼，"理学名家"宅，一百年前曾因一位美丽少妇的出墙而遭血洗的、号称流坑的"圆明园"的董氏祠堂，还是千古奸相严嵩故里，有心者若肯躬身其间，定能掘出惊世奇文，作为同行我十分希望，有一天我能有幸看到这样一部不同凡响的作品，不管它的作者是谁。

当然这番话已经超出了《三色玉》，超出本书三个女人的故事了。

2003 年 3 月 21 日写于北京听风楼

450

最美丽的是最纯情的
——读罗聪明散文集《纯情你我》

　　罗聪明寄来她的新书，翻开看了，都是近作，心中就莫名地有了喜悦，并莫名地想起两个记忆中不能抹去的人。一个是后来坠楼自杀的徐迟，正好是二十年前，我在湖北做着合同制的作家，老诗人徐迟是我们十七人的院长，我们中有位他曾寄予厚望的作者，送了他一本有很多印数的通俗小说，自以为会得到表彰，这个瘦小的老头儿却在创作会上拍案大怒："做出这样的事来，还敢见我！"

　　另一个是女编辑吴芸贞，二十五年前我的处女作的发现者之一，她的方式是把她喜欢的年轻作者请到家中，命她当官的丈夫系上围裙下厨做菜，自己则抽着女式香烟跟我们谈罗曼·罗兰和契诃夫。有一次，一位在她家中受过礼遇的作者很久不见来稿，托人调查，始知那人做了他所在地市的宣传部长。同样是在创作会上，吴芸贞像少女一样嘤嘤地哭了起来，她哽咽着说："怎么会是这样的呢？"

　　我怀念那个时代，因为有了他们。这是二十世纪两个纯情的文人，这样的纯情，目前当然是像恐龙一样地绝迹了。他们认为这个世间唯有文学，唯有真正的文学才是最神圣的，全世界所有的东西都不能与之匹敌，为此号召他们所喜欢的人都不许做官，只许做作家，做作家还不许做写了《啼笑因缘》的张恨水。徐迟之死至今是一个无人揭开的谜，他称电视机是潘多拉的匣子拒绝观摩，爱情，婚姻，信念，理想，至少有两种以上的仙境使他那颗不老的童心感到无力登临，他能猜想哥德巴赫，俗人却无法猜想他，他实在是绝望了，于是他选择了告别红尘。

罗聪明的新书叫《纯情你我》，是一本散文集，由我的朋友聂老夫子拨冗作序，书中几乎展示了她青春期的全部才华。除了散文、小说，还有美术、摄影、音乐、歌舞，有她对于师友同志的批评与欣赏，也有师友同志对她的希望与赞叹。书中的文章我都看了，沉思良久，我觉得最令我感动的无非有两条，第一条是她居然还在写，第二条是她写得居然还不错。我想称这本书为本色文字，我看出了这些文字是随心流淌，无意雕饰的，我还认定它的绝多篇幅的构思与下笔，是在火车站、机场、会堂、舞厅、宾馆以及其他一些游击阵地。

这是一位马背上的女秀才，她娇小的身姿扬鞭奔驰在官场，商场，交际场，一阵阵的威风锣鼓和冲锋号令使得她日夜不能静坐书斋，她的风风火火，蓬蓬勃勃，命定了它的文风与特色。当然，这没有什么不好，相比那些故弄玄虚，装腔作势的枯涩文本，至少它有一种纯情的可爱与美丽。

无论如何，我是尊敬散文家的。我曾经对小说家说，农民依仗祖居一方土地而拥有的丰富的生活源泉，在政策和编辑的协助下可以写出轰动一时的获奖小说，颠覆前人观念，展览自身隐私的勇敢青年，更容易利用小说的形式取悦成长中的好奇读者。然而，好的散文家不行，他们则必须具备足够的语言素养，训诂、修辞、语法、韵律、节奏等一切具有美学特征的，文字本身的神奇魅力，以此才能与小说家平分文坛。

不要人物，也不要故事，无须借助说书人惊天动地的任何手段，而把自己心中的感觉和情绪平静地流进他人的心中并使之还原，像泉水，像月光，打湿和照亮他人的心灵。好的散文是不必分行的诗篇，可以浅唱的乐章，它优美，雅致，淡远，深长，这种品质是多么走红的农民小说家永远也不可企及的。

在《纯情你我》的有些篇里，它们已经具备了优秀散文的某种品质，如"游子"部分几篇涉猎地域风情的短文，触景思古，怀人伤情，从而生出万般的感慨和玄想，由东京的花伞小雨到和服歌伎到美人烟色，由周庄的小桥流水到佳人才子到凡夫之梦，由大漠的黄沙驼峰到琵琶玉女到千秋浩叹，这应该是本书最富激情幽思的了。

此外，在写人上她有一绝，能把一介"乱七八糟"的书生时而写出狂野传奇的杀气腾腾，时而写出婉约清词的鬼气森森："他的悲悯是怨妇眼角的泪，才被风干，又被雨湿。明明是满纸的幽默，漫天的大笑，却有不散的哀愁如影相随……"自从文中有了这样惊人的句子，贯穿一书的快乐之旅便在京都花雨之后走向沉重，走进深邃。

虽然如此，我仍希望，这位马背上的作者在她稍事安静以后，如再叙事，抑或状人，须得把自己的感觉和情绪处理得更为细腻，微妙，徐缓，内敛。尽可能地摈弃一些类似小说的写法，由表面热闹张扬的场面描写，转为更多内在的思想感悟，发扬光大散文的特质，使纯情中的情重于事，并且更纯，这是你的突破，也是我的期待。

2008 年 7 月 21 日写于北京听风楼

出门后的回望

——读陈染君诗集《出门》

读陈染君的诗，我时常掩卷，我在想他的家乡，那可是一个出诗人的地方，那里曾经出过三位现当代文学史上最愤怒的诗人。我这样想并非说染君的诗风与他的前辈相似，而是恰恰相反，染君把他的愤怒几乎全都掩藏了起来，看起来他只是忧伤，他是一位忧伤的诗人，像独自在月光下追问自己的穿白衣服的哈姆雷特，而不是以身饮弹的闻一多和把牢底坐穿的胡风。

他的诗中讲了这样一个故事，好多年来他每天都会看到一个女乞丐，守着一堆脏兮兮的铺盖卷坐在垃圾站对面的马路旁，"其实，她是守着／那座漂亮小区／她原先在那儿当保姆／还帮人家生了两个孩子"（《又遇见那位女乞丐》）。染君说的那座漂亮小区，它漂亮，那是它的水泥外壳，而从现在的情况来看，一个当保姆的女人肯定是被那座漂亮小区和小区里那个私生子的父亲抛弃了，变成了一个女乞丐，坐在路边"看上去好像是守垃圾"。

如果是叶文福他会愤怒地呐喊，他会说城里人啊，请不要这样做！然而染君不是这样，大年三十，飘着雪花，他看着突然变得宽敞的，不见了女乞丐和铺盖卷的都市的街道，"我的心／一下子落了空"。

跟他的心一道落空的是普天下人的善良。人们也许会说这位年轻的诗人太文弱，但是一个诗人可不就只能是这样，面对道德的沦丧和人性的罪恶他又能怎么样呢？他居然还那么客气地选择着字眼，说她是"帮"人家生了两个孩子，似乎是点到为止，看"人家"有没有自觉性，满心希望那位奸污了保姆然后又把她赶出家门的城里人，读了他的诗后再去读一读陀思妥耶夫斯基的小说，为了那个被污辱与被损害的人而灵魂受到终生的惩罚，能够像托尔斯泰笔下的聂赫留朵夫一样，陪同玛丝洛娃走向漫长的苦役，最终在道德的审判庭上得到复活。

他看见的太多，岂止是一个女乞丐，他的心中有着太多的不平，出于天性，出于诗人注定的文弱，他选择了这样写："现在是深夜一二点钟了／有的人抱着酒瓶／有的人索性抱着速成小姐／我细舅就抱一把铁锹／还在那一锹一锹地铲土／等到天快亮了／他才在路边／自己的衣服里／睡一觉。"（《细舅》）诗人的家乡，闻一多和胡风以及叶文福的家乡，喜欢用"细"代替"小"来对人物进行修饰，譬如把小娃称作细伢，这里是诗人对他的小舅舅的描画。

这幅画像的背景是霓虹灯下大都市里的花天酒地，纸醉金迷，画的中心一锹一锹建设着大都市的，却是一位来自乡下的农民工，他干了一个通宵，天亮时才在路边打一个盹儿，醒来后肯定还要接着干。在"自己的衣服里／睡一觉"，这是染君独有的语言，他觉得干了一个通宵的细舅应该睡一觉了，但是细舅没有权利睡觉，他也没有权利让细舅睡觉，他就只能在自己的诗中让细舅假装着睡一觉，睡在"自己的衣服里"，这句话令人闻之心酸，心伤，心碎。

这位忧伤的诗人，不仅是对女乞丐和细舅，他对一只秋蝉的坠落也感到伤心。秋天里的一个清晨，走在上班的路上，"突然听见砰的一声／一只蝉从树上掉下来／整个后背结结实实地砸在／我脚前的水泥地上／所有的爪在空中／挠着什么／无法翻身"（《内心事件》）。他称这里是一个"事故发生地"，说这是他的一个"内心事件"。"那些天我像害了一场病／见了谁都不想说话／每走一步我都担心／身边又发出砰的一声。"

在这只结结实实砸在水泥地上的落蝉的身边，上班的人流好像什么事都不曾发生，唯有他为这惊心动魄的一声而像害了一场病。我们没有听到这一声响，但由那只落蝉在空中挠着爪子却无法翻身的痛苦的形象，想到了卡夫卡笔下的格里高利，变形为甲壳虫的格里高利没有了人类的语言，他除了无法翻身，也无法与他的父亲母亲和妹妹沟通，最后他就这样死了。染君看见的是一只真正的甲壳虫，然而它也是一条活的生命，人类应该听得懂它的语言，可惜的是

455

上班的人流无暇顾及。

类似这样的"内心事件"，在他一组记录故乡的散文《染铺湾》中还有。染君还讲了一条比落蝉还要可怜的野狗，这条户口不在湾里的野狗要跑到湾里去吃骨头，骨头的主人把它关门打死之后吊在一个梯子上，打死的野狗掉在地上又复活了，它噌地一下蹦起来，向着塘岸的方向逃命，愤怒的主人从墙上取下火枪，砰的一枪打穿了它的肚子，野狗的肠子掉了出来，但它拖着肠子继续逃命，不料这时从对面又走来一个人，身负重伤的野狗以为这人是来拦截它的，它无处可逃了，就纵身跳进了水塘。散文中染君用了这样凄惨的文字，悼念着那条葬身水塘的野狗，"最终只游到塘中央，一片殷红至今还印在我的脑子里，也让我记住了这根塘岸"（《染铺湾·地理》）。

染君是一个有良心的人，一个有良心的诗人。名如其人，染君是从遥远的染铺湾走出来的一位君子，最重情义，在离家出门的日子里一直用自己的良心作诗和做人。无论作为诗人还是作为亲人和朋友，良心永远都是一种不可缺失的最优秀的品质，这种品质反映在《出门》这本书中，使我们看见了一位很早就走出家门，走出一个只有十几户人家的湾子的人，不时地还要把头探向那道"门"里，眷恋地张望他久违的故乡和亲人。

他的书中最好的诗篇，最好的句子和最好的字，几乎全都是写故乡亲人的，无论诗中的亲人在故乡种田还是在城市打工。"母亲敲碎寒冷／蹲在塘边石板上"，这么早的时间这么冷的天气蹲在结冰的水塘边干什么呢？她在给她的儿女们洗衣服，"缸口大一块水面上／有细烟升腾／一件一件／揉了，又搓／一声一声／搓了，再杵／就在冬日清早的塘边上／母亲把乡村／敲醒"（《杵衣的母亲》）。跟《诗经》里田园牧歌式的捣衣声是不一样的，依然是诗人，但这位诗人是一个长大以后知恩图报的儿子，没有局外人的赞美与欣赏，有的只是魂牵梦绕般的深切的怀念与叹息。

同样是写亲人，书中还有一首最好的诗——我认为是最好的诗，这首诗真的让我赞叹不已。"姐，有天早上上班／我碰见一个姑娘在她家门口梳头／我顺便看了一眼／又专门看了一眼／扭回头又看了一眼／突然，我就想起了你。"（《姐》）他想起的是一个少女时代的姐姐，清早站在家门口偏着脑袋梳头，"小木梳在头发里勤快的样子／头发被梳得温顺的样子／手指和辫子仿佛辫在一起的样子／往辫梢上扎红的绿的／套着毛线的橡皮筋的样子／最后一偏脑袋／把辫子甩到背后的样子"，那样子肯定是"女孩最美好的姿势"，同时也是"人类最美好的姿势"。

这是姐姐二十多年以前的样子，清纯，爱美，无邪，面对着不想知道也不能知道的未来的一生，她像梳子里的头发一样温顺地服从着。一系列的重叠的"样子"，构成一首动人的诗，一幅乡村少女动人的梳妆图，她一生中最美好的姿势，就这样存盘在弟弟难忘的记忆中了。但在诗的结尾，他再次向人介绍姐姐的时候却成了："我姐，农村妇女／浠水县松山乡骆驼坳人／大儿子去年参的军。"

最后一段写得太好了，而最好的还数最后一句，它打破了在此之前所有诗歌中的所有规矩，没有丝毫的韵律，也无须任何的技巧，就像是一块染铺湾的粗糙的石头，放在姐姐家的门口，让一个外来人坐在上面，想想骆驼坳农村妇女简单的一生。

除了姐姐，还有一个永远只有十五岁的妹妹，这个天真老实的，连捉迷藏的游戏也不会玩儿的妹妹，"有时就转个身／自己蒙住自己的眼睛／就以为自己已消失""可这回，她真的放开了胆／没跟任何人打招呼／一个人躲进了／池塘的蒙蒙细雨"（《捉迷藏》）。"她真的放开了胆"，这句话是一想起来就令人生气，"没跟任何人打招呼"，这句话是又气又急而且还恨，但是后来，妹妹真的就消失了。他不忍心想她，不忍心在诗中使用别的字眼，他只挑选了一个"躲"字，让不懂事的妹妹悄然走进蒙蒙细雨中的池塘。

这个令人伤心的迷藏，在他心里隐藏了十五年，十五年后他试着揭开心灵的伤痕，努力以轻描淡写的诗句追悼那也正好是十五岁的妹妹。尽管如此，这样的诗句也依然让人读出无限的痛楚，无限的感伤。

在他的故乡亲情诗中，比姐姐更为简单的乡村妇女还有"她"。"她缩在我们湾后山脚哭的时候／像一只流泪的刺猬""二伯却把她带回了家／那时天已漆黑""二伯说，多一个人／也就多双筷子""多了一个名字／二伯家才有了个儿媳"（《她》）。这也是二十多年以前的事了，"这些事都是我小时候听说的／那年回家我碰到她／笑盈盈的脸上什么也看不出／听说她女儿也要出嫁了"。一个如此简单的女人，快要圆满地完成她一生全部的使命了，因此她的脸上笑盈盈的。

故乡的男人也是一样，一个不会说话的堂兄，"他花了半年工夫／一个人砌了一口井"，然后等"那年我回家探亲／他硬拽着我参观了他的工程"（《哑巴堂兄》）。他的成就，他的喜悦，他的炫耀，何曾小于一位笔耕半年的诗人出版了一部诗集！而最可贵的是这个远离都市的染铺湾的哑巴，他跟我们身边很多能说会道的人不同，他是真诚的，纯洁的，一点儿也不图回报的，"他的妹妹要起新屋／自然他是最忙的人／他不喜欢帮忙就蹭饭吃／等到新屋落成酒杯欢碰"的时候，他一个人悄悄地离开了酒席。

然而事故发生了，出门他不小心撞上了车轮。哑巴堂兄死了，肇事者赔偿的全部的钱，只够买一台电视机。这是一个哑巴的身价，他当然还是不能说话，"四十多年，他走过这个世界／没说一句话"。跟染君所有的诗一样，跟哑巴堂兄一样，他也没有一句话的评价，他把评价都埋藏在诗的内部，在这里他只是轻轻地诉说。

还有一个男人，他会说话，但"他没名字，也没有亲人／一年四季，就料理队里的牛／给它们喂草，牵它们屙尿"（《七爹》）。这个没有名字也没有亲人的男人，"他扛根竹竿满畈里赶麻雀／好像要赶走全身的寂寞／如果有空，他也溜到我家／跟我婆说说话"。"爹"和"婆"都是染铺湾里独有的称呼，七爹其实是排行第七的远房爷爷，而婆则是自己的奶奶，七爹是爱上了守寡的婆，方才一有空就"溜到我家／跟我婆说说话"。然而这是不可能的，"有一回在饭桌上／我听见大人们在说什么／好像说七爹想搬到我家住／但没人答应"。

染君回到了他的纯真童年，将当初朦胧的情境，模糊的听觉，懵懂的意识，化作极其含蓄的诗句，把七爹想上门入赘写成"想搬到我家住"，把全家人的拒绝写成"没人答应"，他复制出了这个埋在心灵深处的忧伤的故事，然后再转述七爹悲剧性的结局。"七爹死的时候我已参了军／父亲写信说帮他修了坟／今夜啊，七爹，我写下这首诗／看能不能做您的碑文"。在那个遥远偏僻的染铺湾，诗人的一家是守旧的，然而是善良的，父亲为这个死去的孤人修了坟，坟中埋下了隐隐的歉疚。跟父亲同样善良的染君，今夜以同样的歉疚写下这首诗，纪念这位"没名字，也没有亲人"的人。

这种心灵的歉疚，也随着今天的染铺湾人走出故乡，走进都市。表弟来京城打工，"你呼我大概一年了吧／我死活没回电话"，为什么呢？后来他解剖自己，"我怕你找到我们单位／女同事看见了很不卫生"（《表弟》）。对遥远往事的歉疚上升为现实生活中的自责和批判，直到有一天，他看见"几个民工蹲在地上抽烟／还有一个趴在玻璃上往里看""我一眼认出了你的背影／你在找我写的诗"。

他的心战栗了，在一眼认出趴在玻璃上寻找他写的诗的表弟的背影时，他真正认出了自己，认出了在同一座城市生存着的两种貌似平等的人，认出了再次回到故乡的迅哥儿和他儿时的伙伴闰土。诗的结尾，又是一声忧伤的叹息，"表弟，在这座城市／我们之间还是有距离"。

怀念故乡，不仅是故乡的亲人，还有村舍，房屋，土地，风景。他怀念着染铺湾的那口淹死野狗的水塘，那根（而不是条）细而长的塘岸，那棵"整个童年／我就像爷爷小时候那样／坐在它的脚指头上／数蚂蚁"的老槐树（《对一股风的记忆》），担心像一把锃亮的斧头的大风，花七天七夜的时间把它刮倒；怀念伴他度过童年时光的果园（《大队果园》），那口拖拉机的轮毂做成的钟（《生产队的钟》），蝉声中的竹瓦中学（《正午的竹瓦中学》），以及那所像个简陋鸟窝的，孩子们"嘴里衔着鼻涕／书包在屁股后面追"着争相拥进的小学（《乡村小学》）；怀念那个据说"会趁着倾盆大雨的夜晚／突然出走"的油榨（《榨油坊》），那只像"一只原地打滚的铁老鼠"的爆米花机（《爆米花》），那件"挂在我家／堂屋的墙壁"上的蓑衣和斗笠（《蓑笠歌》），那只在故乡门前的柳丝下，在母亲纳着鞋底的窗前"攒着新泥"的燕子（《燕子问》），那个"打豆腐，舂糍粑"的故乡腊月（《故乡腊月》），那双豌豆花上的蝴蝶和那条晚归的水牛（《乘上眼下这朵云》）。

他怀念"看着蜜蜂飞出箱门／就像目送孩子去上学堂"的放蜂人（《放蜂人》），"趟刀时的响／就像电影里的长官／扇部下的脸"的老剃头匠（《待诏》），"把他的一生／早已打个精光"的，搓了一辈子草绳的跛子（《打要人》），"要是来个女的／皮尺会保持距离"的老裁缝（《老裁缝》），"见人就笑／脸上的八字／摆好几层"的乡村医生（《赤脚医生罗剥成》），并且忧伤地想着，"改天轮到他死／谁来盖棺定论"？甚至他还怀念"教书不行／光爱打人"的老师（《小学高老师》），还有"在我家屋后沟塞了一堆粪"，害得他家在一个暴风雨的夜晚"屋里能撑船"的闵姨（《记母亲和闵姨吵架》）。

最有意思的是他对驼子木匠的怀念，怀念这个驼子抽烟时的精彩极了的动作，"刨好了一根木条／徒弟赶紧替他点支烟／他抽烟从来不用手／烟卷在他嘴边随便滚／烟卷滚到这边时／他就用那只手抬起木条／放到眼前打量／他很少用墨线／他的目光／比紧绷的墨线还要直"（《驼子木匠》）。染君用欣赏、佩服、羡慕的语言歌颂着这个驼子，接下来却又回到了他忧伤的本性，"我看他一天刨到黑／就想，什么时候／他能把自己的背也刨平"。

459

读染君的诗，在无时无处不在激烈拼杀的喧嚣与骚动的世界中，它可以让当代人金属一般的心变得柔软，变得宁静和安详，进入人类应该有的那种境界，也是回到人类曾经有过的那种境界。淡淡的忧伤是会有的，随之而来的沉思是会有的，对于生命本身来说，这都是真正有价值的东西。

在怀念故乡之余，他还有另一类诗，这类诗短小，精辟，以事寄情，以物寓意，它既是写实的，同时也有着寓言诗的某些特征，使人透过诗的表象，思考它隐含在内部的深刻哲理。"贫寒／破了个洞／贫寒的日子／又裂了一条缝／贫寒日子里的心／补丁摞补丁／摞着补丁的历史／使历史／完整。"（《补丁》）"如今他还在一次次起跳／在坚实而辽阔的内心"。（《摸树叶》）

他在思考，思考别人也思考自己，在可以通往辉煌彼岸的人生之旅上，庄严地思考着，审视着和要求着自己应有的人格，"一个成功的水漂／不仅要漂得远，水花多／而且漂到最后／要保证正面是干的"（《打水漂》）。既不要在水中沉没，既要到达彼岸，又要它仰对苍天的一面不要被水打湿，唯此才能算得真正的成功，染君对自己人格的考验，真可谓是苛刻。

染君的诗读起来平白如话，毫无雕饰，而它恰恰是历经锤炼之后，方才浑然天成，是一种炉火纯青的至上的考究。贾岛的"两句三年得"，杜甫的"语不惊人死不休"，并非仅适于古体诗，对于有追求的当代诗人，同样是可以作为新诗的准则。在这一点上染君是很自觉的。他写田野上的春花，不是"长"，不是"开"，而是"坐"，"一个时期以来，春花坐在田野"（《个别的远方·2》），这一片春花就成了一群名叫春花的姑娘；他写稻田里的稗草，也不是"长"，不是"生"，而是"租"，"稗草还租用过稻田很长一个时期"（《个别的远方·3》），这个寄人篱下的植物，这个后娘养的贱命，跟稻谷生活在一起它是要付出代价的呀！

他写青草，仍然不是"长"，不是"爬"，而是谁都想不到的"起身"，"青草是昨夜起身的／从这座城市的水泥边上／一口气跑到了老家门口／燕子，你几时动身"。这样一来，青草就成了比燕子更加性急的夜行人。这类出奇制胜的比拟，学用一句他的修辞，真是"生命"了他的诗。

染君是我年轻的朋友，一样属蛇小我一轮的兄弟，二十二年前的一个早晨，在一座名叫竹溪的最小的城市，一个名叫《山泉》的最小的编辑部里，有一位斯文秀气，腼腆羞涩，穿着一套的确良军衣的十七岁的武警中队的文书，手里端着一沓诗稿走了进来，他那时的名字叫作陈零，意思是要在诗的跑道上从零跑起。从那天起我就开始读他的诗，他的诗清新秀丽，好比他方格稿纸上的字迹和他白白净净的脸。

他写诗进步很快，不久就发表了，不久又得了奖，但是不久，我们却相继离开了那座小城。我们先后从竹溪来到十堰，接着先后从十堰来到武汉，再接着先后从武汉来到北京，就像是冥冥之中有一条扯不断的线，我们相互牵连，沿着这条线越走越远，其间几度失散，所幸他又从全国的报刊上找到我的踪迹。就这样，在二十世纪的最后一个冬天，我们在京东一座啤酒城里终于又相聚了。

还像二十二年前一样，我喜欢读他的诗，正如同还像二十二年前一样，我喜欢看见他这个人，虽然无论是诗是人，如今的染君已远非当年可比。这是一个文如其人，人如其诗的人，正直，善良，深情，怀旧，出门多年，回望故乡，依然有着浓浓的思念，淡淡的忧伤。

这样的人是诚实可靠的，从这样的人笔下流出来的诗句，读了也可以使人变得诚实。

2001 年 3 月 12 日写于北京听风楼

空前绝后的中国杂志

——读《中国文学》（英、法文版）

二十世纪末我供职于中国文学出版社，它的前身是有英、法两种文版的《中国文学》杂志社，中国唯一对外翻译出版国内作家作品的文学翻译和出版机构，只是不管发行，发行是由国际书店，也就是后来的中国国际图书贸易总公司。当时中国对外国的出版物分为两类，一类是赠送的，对象以各国大使馆为主，一类是卖钱的，对象是各国自己的书店，一本书刊坐飞机，乘海轮，辛苦辗转，远涉重洋，其发行费用数倍于定价本身，稿、译、排、校以及印制等成本则更不用比了。关于这方面的故事很多，以后我会慢慢地说，现在还是先回到中国文学出版社的前身，也就是《中国文学》杂志上来。

这份中国独一无二的外文杂志，最开始只有一个英文版，是解放初中国对外文化联络事务局局长洪深倡议，得到文化部副部长周扬的支持，1951年由刚从英国回来的作家、翻译家、《安徒生童话》的译者叶君健负责筹办的，于当年10月的国庆节出版了第一辑，内容选载了美籍专家沙博里翻译的长篇小说《新儿女英雄传》，杨宪益与英籍专家夫人戴乃迭翻译的长诗《王贵与李香香》。此后基本上以每年一辑的周期，陆续出版了第二辑和第三辑，内容有杨、戴夫妇合译的《阿Q正传》，戴乃迭翻译的长篇小说《太阳照在桑干河

462

上》。随着杂志的声誉日响，渐成规模，吸引了一批国内外优秀的翻译人才，1954 年又由年刊改为季刊，由当时的中国作家协会主席茅盾担任主编。

1958 年又把季刊改为双月刊。翌年再把双月刊改为月刊。接下来在 "三年困难时期" 刚刚过去的第三个年头，为了拓宽对外宣传的疆域，一批回国的法文翻译家受命加盟，使该刊又增加了法文版，从此姊妹二版一唱一和，共同对外。

六十年代中后期，英、法文版的《中国文学》被改成了中文版，所刊作品由中国古典和现代文学名篇，统统换为大批判文章，与走资派作斗争的小说，小靳庄诗歌，八个革命样板戏。

七十年代末才又恢复英、法文版的《中国文学》，熬不过世纪末断奶的阵痛，既不能向人讨饭，更不能脱为异胎，因此不幸逝于新世纪到来的黎明，不算夭折，因为毕竟已有五十岁了。我是早知这个结局，提前与北京作协签订合同去做专业作家，却耐不住社长和总编两个浪漫主义的现代书生，两个富有骑士精神的堂·吉诃德苦口相留，他们梦想着挽大厦之将倾，于是又留下，先是改刊，然后停刊，然后连不再办刊的出版社也保不住了，终于无力回天，轰然倒塌。我却心怀塞翁失马的私念，乘此正好在家写作，这时一位喜欢到旧货市场淘老玩意儿的朋友建议我不妨去潘家园看看，说那里的旧东西不少，或许对我有用。

这位朋友叫霍建瀛，是《今日中国》杂志的资深记者和专栏撰稿人，此刊的前身是宋庆龄基金会创办的《中国建设》，相比起《中国文学》与二十世纪的一道谢幕，他所供职的杂志名虽不存而实未亡，至今仍以英、法、德、西、日、中等六种文字向世界各国同时发行，而他撰写的文章就是介绍中国文化的专栏。我听老霍的话，跟他去了几趟潘家园，收获不在古董玉器，而是买了一些石头和旧的书刊。

在潘家园我发现了我到中国文学出版社后一直想见，一直都没见到的二十世纪六十年代中后期的中文版的《中国文学》杂志，年轻的卖主不知道我是来自这本杂志的人，神乎其神地吹嘘着它，说这本杂志的历史意义和收藏价值不会亚于那个时代本身，因为它亘古未有，空前绝后。我为他对此刊的了若指掌感到惊讶，他竟知道编辑和出版这本杂志的出版社已经在这个世界上永远地消失了，因此最后他开了一个很高的价。

我对旧杂志的主人投以佩服的微笑，觉得他最后的两个词用得很对，的确是亘古未有，空前绝后，我怀疑他是不是我的某个前辈的后代，不能子承父业，伏案编译，却把他父亲当年保存的杂志当作遗产拿出来卖钱。可惜价太黑了，我没有买，我只大概其地翻了一下，知道我的前辈在那个年代干了一些什么就行了。

在另一个旧的书报摊上，我花六十元钱买了一本 1957 年 7—12 期的《诗刊》合订本，第 12 期上有一篇晓雪批判艾青的文章，题目叫《艾青的昨天和今天》，意思是艾青的昨天是好的，艾青的今天是坏的，而我记得《中国文学》停刊之前，英、法两个文版发表的一篇纪念艾青的文章，作者的名字也是晓雪，用 1957 年的眼光看二十世纪末应该是明天，这说明艾青的明天又是好的了。

1999 年 10 月 8 日写于北京百万庄

乌鸦与村庄与一些题外话

——读冰客诗集《乌鸦》《河西村》

八年前我的五卷本小说《庸国》问世，家乡政府购书千套以作地域文化宣传之用，我坐在现场签字，身后有一个声音告诉我说，十堰市的诗人冰客也想要一套书。我没见过冰客，但我犹豫了一下，冒着风险在一张暗红色的扉页上写下冰客的名字。我的犹豫无关乎一百六十元的书价，那批书是政府购买，我只是刚刚吃罢一个亏后心有余悸。世纪初的一年，家乡有作者写信先把我的书要去，接着又把自己的书稿寄来，请我指导和出版，我记得那是八月，收到书稿不久我的母亲突然生病，就住在其身边的太和医院。当时我归心似箭，全无及时回信的心思，还有一个原因是不便把这事告诉家乡的作者，害怕欠下探视的人情日后不好回报，这年头未名作者的书出版很难，就这样我挨了骂，在一个匿名的空间里我的形象糟糕极了，是主动送人几本书却被"事实证明不值得一看"的"那个大作家"。

后来我也曾冷静地想，如果删去事件的背景，情绪的起源，我会乐意听取这个有力的批评。但事实是，我若肯变卖家产助人为乐，千分之万能够挽名誉于既失，问题是我很小家子气，舍不得做这么大的牺牲。从此我对索书者，索书的作者，索书的家乡作者，开始变得诚惶诚恐。

我等待着冰客寄书稿给我，他却没有。在没见面之前他给我的身份不是诗人，有一次是编辑，编一篇我给萧岛泉先生新书写的序言；还有一次是记者，听萧岛泉先生说北京市人民政府颁发了我一枚孝星奖章，他要写个消息公布在十堰的报纸上。那天我高高地站在我家三层小楼的房顶看工人师傅给我维修暴雨冲坏的防水层，冰客和我发生了争执，他提到著名作家，我说我不是的，他说相比较而言，我说如果能相比较而言镇上的文书也可以获此称谓。他不说话了，我以为沉默是被说服，过几天报纸出来，还是十堰籍著名作家野莽获北京市人民政府的孝星奖。我猜测冰客的心里可能这么想的来着，别看他嘴巴硬，我就不信他心里不乐开了花。

见到冰客是我三年前的秋天回乡，好不容易一反从前的路线由安康改为十堰，滕家龙组织一桌朋友为我接风。当时我注意到了他的眼睛，觉得有一种让人放心的清澈，并且相信不是因为名字，直到现在我依然这么觉得。然后就说到我签赠他的书，他说出一句话来把我吓得魂飞魄散，说他在网上买我的旧书，想要把几十本都买齐！我想这可如何是好，用当今流行的话说，那都是些神马玩意儿，眼前有一根蛇似的井绳晃来晃去，我也就越发不敢得罪他了。

冰客终于给我寄来邮件，仍不是书稿，而是已经出版的书，一本很雅致的诗集《河西村》。我兴冲冲地展开，发现扉页没有签名，是要卖给我还是请我代销，抑或是河西村送我的并不是他送我的？我像一个孕妇将这谜语怀了十个月之久。今年秋天我又到十堰，跟随滕家龙的队伍去郧县一个名叫绿谷的地方观赏菊花，第二次和冰客相遇，我向他大胆地提了出来。他望着我，望够了用郧县的土话而不是诗的语言，只一句就给我解释清楚了："害怕你给我扔了，别人捡起来一看还是我送的！"

我们在绿谷的一片菊花中成为朋友，他不再有后顾之忧地答应重新送我一本签名的诗集，依然是那一种。回到北京，我真就收到了，除了第二本《河西村》，还有第一本《乌鸦》，后者是十年前出版写于二十年前的处女集。

先说《乌鸦》。我由冰客的《乌鸦》想到曹操的《短歌行》，曹操的那首诗是他在赤壁大战之前的那个夜晚手握一杆红缨枪，站在被凤雏先生庞统献计用铁索连起来的战船上创作的，其中有一句"月明星稀，乌鹊南飞"，他知道后来有一位十堰的诗人要写乌鸦，就拿自己打比方说"绕树三匝，何枝可依"。不料这首乌鸦诗没有写好，那一仗吃了周郎大亏，差点儿没逃回可依的枝上。

冰客在这本诗集里有三首写到乌鸦，依序是《乌鸦》《悲歌的乌鸦》和《枝头空立的一只乌鸦》。第一首是离去的乌鸦，留下忧伤的空枝和死亡的暗示；第二首是未离的乌鸦，凄凉的叫声制造了黄昏的恐怖，招来了村民的怨恨；第三首是同伴都已离去而它独自留下的乌鸦，它既思念同伴又不肯离开枝头，心里充满了双重的忧伤，"夜幕就要来临了 / 这空空的黑夜"让它的心灵"注满泪水"，这时候冰客忍不住将夜幕撕开，告诉大家一件事："它内心的伤痛 / 和我一样。"

这本诗集中的冰客是一个悲观主义者，除了"躲在森林的深处 / 独自悲伤自己的过去"的乌鸦，仅在天上，就还有"天空被人掠夺"的《逝去的雁阵》，"怎么飞也飞不高的"的《低飞的蜻蜓》，《童年》中一只"无法拉回童年"的风筝。地上呢，也还有一红就到了生命终期的苹果，长大就要被斧子砍断的树木，特别是还有牛，"一生都没能走出田野""进城 / 便是生命的最后一站"（《牛》），还有马，"所有的心事 / 都交付这黄昏下的青草"（《马儿》）。我记得臧克家也写过一匹老马，"眼前飘来一道鞭影 / 它抬起头望望前面"。

因为悲观，冰客和他的诗们采取了不抵抗主义，掠夺就掠夺，低飞就低飞，吃就吃，砍就砍，进城杀肉就杀肉。面对强者就算是一棵松树独臂难支，那么一片森林呢？"森林在斧子的追赶下 / 毫无怨言地倒去"（《有感于森林被伐的声音》），它们竟然死而无怨！我倒是很想听到它们的另一种声音，在狂风中怒吼的声音，倒下来横扫伐木者的声音！

我在这本诗集里发现了好诗："曲折的江 / 你总是用生命去拉直"（《纤夫》）。大约冰客自己也认为好，就把它从纤夫的背上解下来，第二次又送给《舵手》，然而从画面看，在舵手的手中并不如在纤夫的背上直，因此我更喜欢纤夫。另外，他还有一首被很多人叫好，我却苛刻地觉得还可以更好的诗，并非它的诗意不足，而是尚不够准确："从南方到北方 / 从北方到南方 / 你一年一年地都在漂泊中 / 寻找一个温暖的归宿。"（《雁阵》）从北方到南方是寻找温暖的归宿，从南方到北方则未必是，大家去采访那些北漂的雁儿，它们会回答是去寻找一个昨夜的梦，于是这"人"形的雁阵在读者眼前，刹那间会变得悲壮而又崇高。

再读《河西村》，进步显然就不仅仅是装帧设计。面壁二十年后，第一首，他拔剑起誓："这就是我的河西 / 今生我已不再远去。"（《这是我的河西》）第二首，坦然道出不再远去的理由：三百多人的村子"没出过官员 / 没出过政要／一生与那片土地为伍的／是那个村子的村民"（《河西村纪事》），那么，出一个歌唱那片土地、那个村子、那群村民的诗人，这该是可以的吧？第三首，好诗扑面而来，"天空就这样被鸟＼周而复始地割伤又缝合"（《鸟飞在风中》），这句诗我读了十次，五次把自己想象成鸟，横行无肆地割伤着天空，另五次把自己想象成天空，割伤了又忍痛缝合。

唐人贺知章有诗"二月春风似剪刀"，人说是写燕尾将柳树剪出细条和碎叶，而冰客这只飞在风中的鸟或许不是燕子，他的燕子"总是躲在屋檐下"（《燕子》）。这鸟是一种比燕子更大、更迅疾、更为强悍和勇猛的飞禽，它不是用尾，而是用翅膀，用身体，用整个的生命；也不是剪，而是割，是划，"划过一道道泣血的伤口"。那天空也真是一条胸怀博大的好汉，被它们"割伤又缝合"以至于"周而复始"，读到这里人有一种划的快感，也有一种被割的疼痛。

让人产生这两种感觉的诗都是好诗，不好的诗读起来什么感觉也没有。

第四首就更好了，但有人会不懂。"一片雪花／总是从六个方向／砸疼我的童年。"（《雪的记忆》）有了这一句诗大抵可以免去诗集中二分之一的诗人简介，他的童年必然是在那时候的一个清纯安静的乡村度过，因为现今如此喧嚣浮躁的城市，孩子们少有滚倒在雪地里数一片雪花有多少瓣的童趣，下雪天多半被囚禁在家中写寒假作业，全不知《韩诗外传》中的"凡草木之花多五出，雪花独六出"，那一册讲解"雪花飞六出，先兆丰年"的《幼学琼林》更是早已成为中国儿童的读本。从天空飘下的一片六出雪花居然会砸疼冰客，这位一直忧伤着的诗人，他此时想到了什么？

他的诗不事雕琢，少有奇崛之句，自唐代以降无数诗人刻苦追求的"语不惊人死不休"在他看来仿佛过于迂腐了些，他追求的是一种整体的、流畅的、宽松的口语之美，在选词和择字上平凡一点没有关系。这样的诗歌美学成就了他的写作速度，公交车上，自行车上，人行道上，赴宴途中和上厕所的时候，来去一趟就有了好多的好句子，回家抄下略作修订，一首香气扑鼻的新诗就出炉了。

最后我以外行的冷眼看一看诗坛的热闹，我喜欢诗人写诗的时候是诗，不食人间烟火，连咖啡和爆米花儿也拒放书案，不写诗的时候是人，吃饱，放屁，大声说笑，以自然而然的姿势走路。"面朝大海，春暖花开"在我的耳边不过如此，它之所以为人乐道是因为搭上了一条命，以生命为嫁妆的新娘总会让人多瞧几眼。虽然有人主张诗与诗人的分裂，我依然认为，若是没有能力在大海边盖一间石头做的房子把爹妈接去看海面上迎春花的金色倒影，还不如回老家看屋后的南瓜花。除非是个孤儿，以世上最贵重的父精母血为自己的诗歌长秤，总归不是一件道德的事。在那个遥远的小山村，那个名叫海子的乡下孩子痛不欲生的农民父母，已经不敢再让另外两个孩子读书了。

步海子之后尘的诗人不是骆小禾，而是曾经坐在我背后的同事戈麦，海子的学弟，北大的才子。生前他几乎没有发表过诗，死后载有他遗诗的刊物满天飞扬。在八宝山告别室里我流泪了，他的诗友西渡在室外举着牌子募捐出版他的诗集，我第一个走过去，交出我那天要给儿子买生日礼物的钱。他的哥哥兼他的启蒙老师拉着我哭，回家后给我写来一封长达三页的信求我说出弟弟死亡的秘密，我回信说，是他的诗杀死了他："白色的尸布沿河边一字儿展开，我要成为众尸中最年轻的一位。"

事情完全不像传说中的那么神圣和深奥，戈麦是个腼腆的青年，失踪前的一个夜晚他喝了酒，微红着脸向我一个人吐露心声，他爱上的那个女孩儿是我妻子的校友，我说既然这样那你就该去找她。第二天他背了一书包的诗坐在她家楼下的花坛里，她却始终没有下来。他骑车回到母校，将一包诗稿沉入粪池，自己消失在万泉河中。七天后警察找到了他的入水处，河边有一辆自行车，还有一只空的酒瓶。当时我同情他，后来我不同情他了，改而同情拉着我哭和写长信于我的他那可怜的胞兄。

再后来又有一个名叫余地的中国诗人学习日本的武士，抛下一妻二子殉诗而去。我记得那是猪年，我曾忍心写下一篇冷酷的文章，号召有自杀倾向的诗人独身，避孕，以免祸害妻儿。我真的不喜欢这样的诗人。

我喜欢有两面之缘的冰客，除了他的眼睛如冰的清澈，他还给我以善良、谦虚、诚实、负责的好印象。他大抵吻合了我的诗人如诗和诗为诗人的外行观，区别仅在于他的身上似乎少了那种永远笼罩于诗上的忧伤。相反地，他很活泼，从绿谷归来他倒坐在车头上，像保尔·柯察金那样打着拍子，指挥年轻的女布尔什维克们在摇摇晃晃的客车中颤声歌唱。

他的善良与谦虚是把他的诗句归功于一个他要终生报答的河西村，他的诚实与责任决定了他将永远写下去的是这个村子，而不是那类没有脱去乡音的诗人逢年过节和要开大会时都会摩拳擦掌地去写，写得却实在不怎么样的一些门楼子和红房子。

2016 年 7 月 10 日写于北京竹影居

沧桑的童心

——读萧岛泉诗集《岛泉诗作选》

萧岛泉先生，祖籍郧阳，我的乡亲。虚岁八十，我的前辈。沉湎写作，我的同志。不过他写的东西我不会写，我写的东西他也不会写，彼此之间正在努力地学习着，因此又可以叫作同学。他写过七本书，一部电影，但他只选近期出版的送了我两本，一本是哲学，一本是诗。在我的印象中，哲学家兼诗人的似乎不是太多，尼采是其中的一个。屈原曾经想进入哲学，他以诗的形式向天发问，却至死也没弄清这个世界的真相。

老先生送我的书，一本是杨献珍的评传，一本是他自己的诗选。杨献珍先生也祖籍郧阳，而且跟他同一个郧县，是更亲的乡亲，如果活着，今年正好一百岁，又是他的前辈。萧岛泉先生是杨献珍先生生前的秘书，他对那位一生都在痛苦地追求真理的哲学家充满的感情和敬意，不仅是一个乡亲的，更是一个中国人的。

在他这本《岛泉诗作选》里，仍然可以看见杨献珍先生的哲学思想对他的影响之深。同时他也像屈原，以分行的诗句探讨着国家的问题，历史的，现实的。他的诗自然没有《离骚》那么古奥，他的诗通俗得简直就是打油，想怎么写，就怎么写，根本不讲究旧体诗词里规定的平仄和对仗。有时他还不顾一切地跳出韵律和字数的限制，如李白高喊危乎高哉的《蜀道难》，席上呼朋唤

470

友的《将进酒》。在诗歌里，老先生绝对是自由的，潇洒的。

甚至在应该押韵的七字句中，偶或还能发现他很长句子的道白，又如目前国内演艺界最时髦的通俗歌手，唱上几句歌词之后，再穿插着说一段散文化的快板。

我最欣赏他全书七个板块中的一个，《狱中开悟》。这是一组九首记录那些荒诞岁月的诗，这一组诗的价值不在于它的比兴手段有多么的高超，而在于它是几页时代的档案，虽然残缺，虽然琐碎，但它比起狡辩，比起回避，比起一个所谓最聪明的民族的集体遗忘，毕竟是负责的。他不但用心记着，并且还用笔记了下来。那个时代国家曾经发生的事，尽管是他的亲目所睹，亲身所历，只因超出了山鲁佐德小姐对国王讲的一千零一个故事，倘若他不如实地记下，年轻的今人以及我们的后人，或许是不会相信的。

譬如在他的《死去活来》里，他写到坐牢的非人生活。"春吃烂洋芋，冬吃白菜帮，更是气死人，还有事一桩。一天开晚饭，难友忽大喊：'降落伞，降落伞，碗里出了降落伞！'这是怎么回事呢？'什么降落伞，大家凑近看，原是避孕套，跑到碗里面！'"这只碗是一只《红楼梦》里的风月宝鉴，一方面要把一些人变成骷髅，另一面又让一些人趁此贪欢。我们没有兴趣去追究他，这首诗为什么要中途换韵，因为我们的眼光已经转到了难友们的碗里。此前那个时代的受难者留给我们的印象，只是戴高帽子，打锣游街，画阴阳脸，架喷汽式飞机，大字报糊在人体的前胸后背，等等。碗里还有"降落伞"，这是闻所未闻的。

然而这是大难不死的老先生的狱中纪事，如果他跟他的那些狱友一样觉得写了白写，或者写了还不如不写，因此就不把它写出来，那么二十年后，有人就会不承认历史上有过这样的事！因此他以自己的良心和勇气，能够将它付之笔墨，正是为巴金先生所倡导建立的那个博物馆中，又提供了一件肮脏的博物。于是我有理由认为，相比那位曾经与鲁迅先生齐名的大诗人，与其看他"迎东风革命展红旗乾坤赤"，还不如嚼一嚼萧岛泉先生的烂洋芋和白菜帮，要知道这些好吃的东西是那个年代中国人民救命的主粮。而据说能用革命红旗把全世界都搞赤的东风，其实与只能喝的西北风是一样的。赤的本意有二，一是红色，一是精光，我怀疑那人是想把全地球都搞成当时的中国，一贫如洗。

接着再读他的诗选，读到雅兴之旅这个板块，在《海南感怀》这一篇里，果然听他非常可爱地讲了一个三亚神鹿的故事。他的语气像乐府诗，又像古诗

471

十九首。"猎人紧紧追，挽弓欲下手。神鹿猛回头，化作彩云图。云中一靓妹，临风亭亭立。款款走下地，眉眼传情意。"然后与很多爱情神话一样，二人结为连理，繁衍生息，成为当地黎族人的祖先。靓妹既然站在云中，当然她就是一个仙女，仙女下凡配猎人，演出了一幕三亚版的《天仙配》，只不过媒人由老槐树变成了神鹿。黎族人至今视鹿为亲戚，典故即出于此。我读此诗，却能读出老先生善良的心地，从"文革"中一身伤痕艰难走过的老人，他希望猎人放下弓箭，小鹿不再受害，世界归于和谐，一切生灵平安。

还有一些文如其人的打油诗，率性挚情，我也喜欢。一位名叫厉有为的先生曾在郧阳任职，调走后写诗发表在报刊上，老先生见了视为知己，同年厉先生晋京开会，他竟专程驱车前去看望，并且"冬夜归来，感奋不已"，灯下也赋诗二首，寄给这位黄鹤楼边的江城人："黄鹤高楼览胜景，勿忘红薯苞谷糁。"红薯苞谷是郧阳的三宝之二，他希望天下人都能记住我们的家乡，记住我们家乡种红薯和苞谷的勤劳朴实的人民。同时，乘机把"谁知盘中餐，粒粒皆辛苦"的唐诗的内容又宣传一遍。

再往下读，老先生就更有了可爱之处。上世纪末，他与他的老伴移居美国的田纳西州孟菲斯西比尔郡，吃完西餐，他又开始写诗了。他以长达八十四行的打油诗向留在北京的孙女汇报，汇报那个地方处于世界领先地位的科学技术和人才管理，嘱咐孙女从小好好学习，长大以后也去那里。当然，去那里不是为了享受诸般优越的生活，而是去学本领，"本领到手就回家，回来为国添砖瓦。"学了本领干什么呢？报效祖国！并且一刻都不能耽误，这个性急的老头儿，他让孙女本领一到手当天就登上回国的飞机，趁热打铁，不然忘了！

我家老父亲比萧岛泉先生年长一春，也是二十世纪四十年代参加的革命，革命成功以后，两人有着共同的经历。不过一个在前，一个在后，当萧岛泉先生在难友碗里发现降落伞的时候，我家老父已跟他一样身遭厄运了。

家父未死之前，也爱写诗，甚至大有一发而不可收的趋势。我想起萧岛泉先生讲述的三亚神鹿，有一天忽然起了媒人之心，愿意他们成为诗友，遥相唱和，电话里对老先生一说，老先生高兴极了，立刻又寄我一本诗选，签好名字，托我面交家父。

此后我就开始了兴奋的期待，期待读到他们唱和的新作。

2010 年 8 月 9 日写于北京听风楼

从《思考与备忘》看萧翁的"赞杨"情结

——读萧岛泉纪实《思考与备忘》

目前的这一本书，是我所见到的萧岛泉先生赞颂杨献珍先生的第四本书，他从七十多岁写到八十多岁，并且还有继续写到九十多岁的迹象，似乎他是要把赞颂杨献珍先生的事业进行到底了。

关于哲学，有一次我看到这样的解释："是以追求世界的本源、本质、共性或绝对、终极的形而上者为形式，以确立哲学世界观和方法论为内容的社会科学。"大抵是说，它是追求这个世界诸多要素的一门学科，至于这些要素到底是个什么样子，历来都是追求者们根据自己的眼睛，公说公有理，婆说婆有理，从名词越来越新，主义越来越多，论著越来越厚的情况看，这门学科好像是不打算统一起来了。而尤其是，当哲学有阶级性之后，这个世界就开始打得一塌糊涂。比方说这个房子是房主的，这句话什么阶级性都没有，但如果说房子是替房主打扫房子的钟点工的，这句话就有阶级性了。

与古希腊的苏格拉底、柏拉图和亚里士多德前后差不多的年代，中国也出了一帮子哲学家，他们也都以各自标新立异的思想来解释这个光怪陆离的世界，也同样是公说公有理，婆说婆有理，诸如人性本来是善还是恶的问题，总统和人民谁个重要的问题，白马是不是马的问题，等等。但是这些公公婆

473

婆们都有君子之风，动口而不动手，争论而不打拳，还允许他们坐着马车到处去讲学。

《哲学词典》的作者伏尔泰觉得全部用哲学的语言来讲解哲学，哲学水平偏低的普通人是未必听得懂的，就又想出了一个好主意，他把深奥的哲学融于浅俗的文学，用哲理小说的形式诱惑人去上他的哲学大讲堂。他写了一部名叫《天真汉》的小说，书里有一个人天真得"想说什么就说什么，想做什么就做什么"，其结果自然就不能为社会和权贵所容。他还写了一部名叫《老实人》的小说，让主人公与同伴在海上遭遇一场战争，拐走此人财物的荷兰骗子随着战败的船只沉入海底，老实人就对战胜者船上的玛丁说："你瞧，天理昭彰，罪恶有时会受到惩罚的。"悲观主义者玛丁却答道："对，可是船上的搭客，难道应当和他同归于尽吗？"老实人后来又去请教土耳其最有智慧的哲学家，问他为何世间到处都是灾祸，土耳其最有智慧的哲学家的回答是这样的："福也罢，祸也罢，有什么关系？咱们的苏丹打发一条船到埃及去，可曾关心船上的耗子舒服不舒服呢？"

杨献珍先生是一个可爱的老头儿，伏尔泰和萧岛泉先生也是，后者回忆、整理、研究、记述已逝的杨献珍先生的生平和言论，成了晚年矢志不移的情结。看样子他们毕其一生，抱守一念，在追求真理的道路上不顾得失，无视安危的精神何其相似乃尔。

再往下去我还希望看到，有一天萧岛泉先生以一双八十多岁的老眼，清楚、明白、真切地看透这个雾中世界，像土耳其最有智慧的哲学家那样酷毙，纯粹用自己的思想武装自己的头脑，用自己的语言表达自己的感悟，最后再写出一部伏尔泰那样深刻而又通俗的书来。做这件事他比我们都行，因为套用一句中国民间的话说，他过的桥比我们走的路还多，吃的盐比我们吃的饭还多，还别说他吃的苦了。

2010 年 8 月 12 日写于北京竹影居

他没能等到我的回来

——读萧岛泉未竟之书《等待》

今夜我必须写篇关于他的文字，否则我会不安。虽然他人已去，也未能写完他答应我写的最后一本书。在他生前我曾催着他写，我说他写一本，我写一篇，他让我写序我就写序，让我写评我就写评，无论多忙我都会随时待命。我这样说，是想他多活些年。

他小我父亲一岁，与我母亲同龄，母亲意外去世，父亲告诉我说，他在致我父亲的电话里发出悲泣。那时候他们三位老人尚无一面之缘，他的夫人逝于美国，从前他和我的父亲也只是互读诗文，偶有唱和。他因我的母亲之死写了长长的公开信，让他的家政助理发于网上，愤怒谴责把原因归于高龄的罪医，得知我法庭胜诉的消息，当晚他激动得写诗相贺。我认识他的那年他虚岁八十，但他沧桑的外壳里面深藏着一颗童心。在以后的交往中，我发现他在哀恸、喜悦、愤怒、激动的时候简直就像孩童一样，而现在的孩童，一上小学就学会了察言观色。

我把痛失亲人的父亲接到北京，从此他们隔些日子就能见上一面，初次相逢他们拥抱罢了，落座后，轮番回忆着当年的苦难，时而拭一下泪，接着又笑起来。他的双腿早已瘫痪，当然根子是在那些岁月，因此他每次来我家看望

475

我的父亲，都要提前做足了功课，预备一辆能够装进手推轮椅的大车，次日由他一个名叫肖利的侄子驾驶，女儿小云和保姆两人陪护着。这一天是他们的节日，也是我们的，看着两个晚年丧偶的老人高兴成那个样子，我觉得自己做了一件善事。

趁这对难兄难弟开怀畅谈，我取下一枚自种的葫芦，用电烙笔在上面烙诗一首，准备在他临别之时送他。那首诗里我写了与他同姓的萧家河，还写了与他同音的箫，因为命里有缘，中央党校分给他的房子，正在以此河命名的小区。他一见欢喜极了，迫不及待地把葫芦抓到手里，像玩古董一样在掌中摩挲。回家过了几天，他忽然打电话来问我，葫芦诗里有一个字念什么，他要把这首诗写进他的新书。那个字我大概用了篆体，烙完后我也忘了，只记得是一首五言，便请他把前前后后的十九个字通读一遍，让我回忆一下再告诉他。他按我的意见这么做了，我才终于想起那是一个繁体的"铁"字。谁知到了晚上，他让他的家政助理把我的葫芦诗连同小序都抄下来，发到我的邮箱让我核对。现在想来，还多亏了他如此认真，不然在他走后，这首葫芦诗连同这个葫芦，都会随他而逝去了：

> 公隐萧河畔，入夜弄箫声。
> 铁轮囚残骨，直笔吊雄魂。

从他送给我的书中我看见了一个抗日小英雄，像雨来，王二小，送鸡毛信的海娃。他是 1929 年 12 月出生，1944 年 6 月加入中共湖北郧县地下党，我掐指一算，担任交通员的时候他只有十四岁半。当时日本军队已打到我们老家郧阳边境，他绕过鬼子的岗哨，躲过鬼子的枪弹，冒着一旦被鬼子捉住就要砍头剥皮的危险，为抗日游击队通风报信。此后他还当过武工队队长，随军记者，独臂将军左齐的秘书。"文革"中，继他所敬仰的同乡杨献珍先生之后他也被捕。平反昭雪之日，他已英雄暮年，但他为自己的余生选择了担任复出的中共中央党校顾问杨献珍先生的秘书。杨老逝世，他继续追随杨老，做了杨献珍哲学思想研究所的顾问和研究员。

我们每次的聚会多半在我城南的竹影居，因为这里是一座由竹子和果树环绕的三层小楼，门前有一个栅栏围着的小院子，不必攀爬楼层，也无须乘坐电梯，当他的手推轮椅从大车上卸下之后，他可以坐在轮椅上进入栅栏门，一路推过青砖铺就的平地，直通一楼客厅。于是每年四月，我栽在前院里的六株牡丹开了，我就打电话请他来赏花，或者在八月底，也是这个前院，爬满两个防腐木架的葡萄紫了，我又请他来吃我亲手种的，没有化肥和农药的葡萄。不过他终究还是坚持要看一眼我号称藏书万卷的大书房，让他的侄子把他背在背上，半步半步地爬上我的三楼。

我只去过他那里两次，一次是离中央党校不远的萧家河，一次是他请我到基辅罗斯餐厅观看异国风情的表演。每次开车送他来我家的侄子肖利是这家国际餐厅的经理，我们一边观看乌克兰功勋演员的歌舞一边用餐，那次还有《啄木鸟》杂志社的编辑张小红女士，演出结束我走上台去，和高大的乌克兰姑娘假装合唱《我的基辅》，把他笑得喉咙里发出嘶嘶的响声。那是一个快乐的晚上，回来后我写了一篇小说就叫《基辅罗斯餐厅》，发表在《山花》杂志，作为纪念把他也写进去了。

他的坚强决心让我想到他的双腿瘫痪以后艰难度过的岁月，我却还没想到他有更坚强的。我的父亲在这里住了一年半后要回老家，他再次来到我的小院，他的女儿和侄子把他送到这里，开车去了另一个地方，约定走时再来接他，我提出我们四人先照一张合影，设计的结构是他坐在轮椅上，和我父亲位于正中，我和他的保姆站在两侧。不料他从车里昂然站起，挥手让保姆把轮椅推开，他要在照片里留下和我父亲并肩而立的姿态。他靠抓住我的胳膊才站在了地上，我感觉到他浑身都在快速地颤动着，坏了的腿骨发出咔咔的响声，但他脸上露出不屈的微笑。

从他给我打电话的间歇来看，他晚年的交际不是太多，有几位可能是中央党校的同事和杨献珍哲学思想的研究者，也只是互相传看一些读物，生活上并无交往。想说话的人里好像主要是我，每次来电开口就叫我的小名，他能根据季节的变化，准确地从我京西和城南的两个住处中选择一个，没人接听电话就打我的手机，我的手机也没人接就又打闻鹃的，总之是一定要把我找到。其实每一次都没有急事，有时是听说美国发生恐怖袭击，让我嘱咐梦非注意安全，他视我儿子为孙子，把梦非叫非非，问非非最近和姑姑联系没有，非非的姑姑就是他在美国佛罗里达州的小女儿。有时是读到一篇好文章，他让会上网的家政助理发到我的邮箱里了，让我务必看一下。

我们是忘年之交，他已把我认作是最知心的朋友，有了痛苦和委屈就对我说。有一天他几乎是哽咽着给我打来电话，说他和小云发生争吵，他想换一

477

个床垫，小云嘴上并不反对，但她就是不换，他生气了，说他有钱，有保姆，可以自己换去，小云说那你就自己换去吧！我居然也学会了圆滑，我说有钱的确能使鬼推磨，还不用保姆了，一个电话就能把床垫叫来，可是女儿的位置无人可以取代，我敢断定小云心里是这么想的，她觉得换床垫是近期要做的事，但不是今天必做的事，她是在等待一个机会，比方说家具店搞促销活动，到时可以买到最好又最便宜的床垫。我这样安抚他，是把我的妻子作为心理剖析的活体，女人家大概都有共同的心机，偏又不好意思说出来。他的哽咽声停止了，我知道他相信了我，接下来会等待着女儿的安排。

2011年，他以八十二岁高龄加入中国作家协会，媒体上称他为继金庸加入组织之后的第二个"八〇后"老作家。此前他对我说出这个愿望，我的心里打鼓，因为他虽已出版了八本书，但属于文学的不多，我若找人怕让朋友为难，自己也丢面子，但他态度坚决。这一年和他一道加入中国作家协会的有香港著名财经小说家梁凤仪，我认识的人里还有萧军的女儿萧耘，女婿王建中。新会员公示的那一天他又生气了，北京地区的名单里没有他，中央机关的名单里也没有他，他打电话问我是怎么回事，我也正在着急，他的电话又打来了，说是找到了，名字在"其他"一栏里。

他顿时像个顽童，对我说他是八十岁中状元。我趁热打铁，督促他以后更要多写，他写一本书我写一篇文章的话就是那次对他说的。我总共给他写了五篇文章，分别发表在《中国文化报》《海南日报》《长江文艺》和家乡的《十堰作家》等报刊上，我希望他活一百岁，与我父亲比翼齐飞，我甘愿随时准备着从我这盏旺盛的，日夜燃烧的，感觉有无穷无尽的灯油里舀出一勺，加给他们这些风中的残烛。

2016年11月我们去美国之前，他打来电话，让我们一定带非非到佛罗里达去看姑姑，我答应了他，说正好可以看海明威的故居，但应该是梦非带我们去，因为他们都在美国，每逢节日都有电话问候，早已经熟悉了。他还说他的女婿最近因为失业，心情不好，要我去宽慰他们，我都一一答应，让他也别担心，说失业在美国很正常，失业者的生活是有保障的。我嘱咐他自己要多保重，冬天防止感冒，等我们明年春天回来再见，还是牡丹花开的时候，让他侄子开车女儿保驾到我的竹影居小院里来，最好带上新书，至少要带几篇打印的诗文吧！那天他好像还有很多的话要和我说，但他感觉我的语速很快，怀疑我想早些结束，想必走前的事情不少，就我说一句他说一个"好"地答应着。现在回忆起来我很后悔，更后悔的是出国以后，我想着和国内的重要亲友都有微信往来，没有开通国际电话的漫游，完全忘了他是不会用微信的，这就等于在大概三个月内，我们无法取得联系。

到了美国我才知道，佛罗里达距离华盛顿和马里兰州非常遥远，它在美国南部，属于墨西哥湾沿岸地区，与我们计划要去的十几个重要城市和大学，以及最要去的西部大峡谷根本不在一个方向。于是由我做主，此次放弃佛罗里达，下次再来以它为中心，补看几个遗下的城市，回国后也由我向他解释，反正他相信我。就这样，我们在纽约过完元旦，又在距离华盛顿八英里的马里兰州王子乔治郡的大学公园市过完春节，赶在清明以前就回国了。但是直到此时，我还不知道他已去世，我想把家里一切都收拾好了以后，再给他好好地打一个电话，约定牡丹花开的那天……

我是在网上无意中看到的这个消息，一下就惊呆了。实话说我并没有认为他还能活很多年，我嘴上对他说能活一百岁，心里给他预算的是九十岁，像他这样的内伤累累，外伤斑斑，能够坚持到那个岁数已经算是九九归一，功行圆满了。我没想到的是这么快，而且这么巧，正好趁我不在的时候。我想他在最后的日子里一定想过给我打一个电话，而且他真的打过，怪我为了省钱，省事，省时间，竟然就没有开通漫游……

今天是他长辞一年的日子，写下这段文字，我的心里略感慰藉。想起我多年自立的作文守则，在我五光十色的朋友中，紫红的无须我写，苍白的不值得我写，唯有年轻健康尚在成长的绿色，以及八十八岁因为激动脸上还能放出红光的生命，我才舍得花我自己的生命为之一喊。我今找出近十年里为他而写的五篇文章，与这篇一起，纪念这位名叫萧岛泉的老人，并对他说我没失信，是他失信了，他答应我的再写一本书，怎么就没写，怎么就没写完，怎么不等我回来就走了呢？

2018 年 3 月 2 日写于北京竹影居

饥饿的故事

——读岳啸长篇小说《饿》（两卷）

　　书是神农架人岳啸写的，读者却打电话投诉于我，说这个作者的名字凶恶。我说，大凡那里的人都是这等名字，比方说野莽，就是一头奔豕的形象，相比之下岳啸还是比较富有诗境的一个，脚踏武当之岳，十年一啸惊人，属言志派。本来是复姓文豪欧阳修和侠客欧阳春的欧阳，双名学忠。其实斯人本还忠厚，再学，则有若奸之嫌了。

　　卷分上下二册，洋洋六十七万言的《饿》，是他愿与生命相易的巨著，列入我主编的"新世纪长篇小说"丛书，且为首部。人说十月怀胎，一朝分娩，岳啸这一胎则怀了十年，分娩时之巨痛，之狂喜，之强烈的人间百味，自然相当于天下一般妊妇的十倍。况且产下的是一具"饿"胎，写神农之乡的诸多奇闻，既畸形瘦瘰，横权斜枝，且妖冶狐迷，万种风情，可想面壁而孕，咬牙而生的艰苦卓绝了。

　　此人曾有与我共事半载的趣史，他为长官，我为下属。文人无形，无官，无礼，有时且无法无天。1985年夏，我弃职而逃，去省城做合同作家兼读大学，岳啸者奉命追捕，却被我巧言劝回，演了一场《捉放曹》的好戏。由此我决定今生报答他一次。1987年春全国第三届青创会召开，我为省作家协会代表赴

480

京参会，此时毕业在即，我的户口档案等一应要物均锁在他的保险柜中，我又欲巧言取走，他却与我私下订了一个君子协定，我为乙方，他为甲方，说是乙方若通过武大校友青年作家刘亚洲，引见要人，为甲方地区要一笔可观的文化经费，甲方则可以发放乙方的户口；乙方若找到冯牧等一干文坛泰斗，为甲方正在筹办的《武当》杂志题写祝词，甲方则还可以发放乙方的档案。

青创会设于京丰宾馆，大会期间我找到汪曾祺、冯牧、刘绍棠、姚雪垠等，众元老立刻替我把词题了（想不到四位老人二十世纪末全已作古），后一项马到成功，只是前一项无从下手，刘亚洲也随中国作家代表团去法访问，如此，就断了线索。出于非乙方自身造成的原因，君子协定仅实现了一半，不过岳啸居然还凭一点良心，内心嘀咕一阵，好歹将我放走。

写作《饿》书，运思恰在斯时。三千六百余日，岳啸饿其体肤，白其毛发，空乏其身，大著乃成。因为不会电脑，增删改誊，数易其稿，寄来的抄件重达六斤。为他的浩然正气所感，汪洋文笔所动，使其问世，责无旁贷。冬季得稿，春天出书，从目前书市低迷之严峻形势看来，不可谓不神速。闻听编排出样，岳啸挥车北上，寄身京城海洋宾馆，亲笔又改了一遍文字，使其锦上添花。功行圆满，打马还乡，我掏出单位饭卡，请他吃了一顿一荤一素的工作午餐。不想他吃罢却顺手将饭卡装入西服兜中，带回十堰，使我下半个月里每日中午只好出门买零食吃，电话打到十堰，说他到底是写《饿》书的人，此生刻骨铭心，死死记着饿的厉害，却忘了北京的饭卡，在十堰是吃不上饭的。

为写此书，岳啸七上武当山，八进神农架，结交了大量的传奇人物，登记了无数的荒诞世事，总结了悠久的地方野史，遂使本书汪洋恣肆，十面逢缘。书中有美丽的或不美丽的传说，可使民间文学家读到民间文学；有动听的或不动听的顺口溜，可使语言学家学到民间语言；有好看的或不好看的风情画，可使民俗学家读到民间风俗；有古老的和不古老的年代，可使历史学家读到历史；有重大或不重大的政治经济改革，可使政治经济学家读到中国农村活生生的政治经济学。尤其最可读的是丰富的人情，复杂的人性，是人世之间那些男人和女人，家人和野人，乡里人和城里人，饥饿的人和半饥半饿的人以及使别人饿死而使自己饱得难受的人的故事，任何一类读者读了，都会唏嘘感叹，从而大开人生的眼界。

481

1999 年 10 月 8 日写于北京百万庄

他本是武当山人

——读岳啸长篇小说《大武当》（三卷）

龙年最后一日，鞭炮即将炸响的时候，我在京西旧居收到欧阳学忠公寄来的三卷本《大武当》，邮递员和我互祝了新年吉祥。我视此书为贺岁之物，春节期间一直摆在我的书案，时而抚摸并选读几章，试思作者在他的鹤壁斋里研磨这一百七十万颗文字的辛勤，心中数次波动。

此书若是延续以时间为序的传统编法，本应从目前的中卷《太极》开篇，刘伯温助明太祖朱元璋立国，接着再编上卷《仙都》，燕王朱棣杀建文帝夺位，最后续入下卷《民意》，张之洞受命慈禧太后征剿红巾军，书告终结。这么编对唯一贯穿全书三卷的人物张三丰的造型并无影响，因为从刘伯温见到的张三丰到建文帝见到的张三丰，乃至五百年后张之洞见到的张三丰都是一个邋遢模样，这是民间传说中的一个神秘永远的人物。那么作者为何不如此编呢？我想原因大抵是碍于不同时期的不同写法。《仙都》是标准的传奇小说，它应该萌生于评书时代，背景环境，人物故事，行为情节，对话心理，所有技巧一应俱全，读起来如临现场，酣畅淋漓；《太极》却用了电视速成时代化繁为简的手段，偏重人物对话，将万千信息融入三言两语之中，广大读者对这类作品所喜欢的程度数十倍低于一小撮导演；而到了《民意》，作者又将状人述事的风格回到《太极》，让全书形成首尾呼应之势，整个布局如三明治，让人觉得倒也无妨。

《大武当》之大，横跨南北，纵贯两代，历经二十多个皇帝和准皇帝，明朝从太祖到崇祯，清朝从努尔哈赤到慈禧太后掌权之前的同治，五百多年历史，这么长的长河，怎么才能装进他的三卷雄文呢？欧阳公想啊想啊，自然就想到了张三丰。张三丰乃武当太极之祖，半人半仙，有专家说他活了一百四十九岁，有学者说他活了二百一十二岁，在中国民间更是仅次于彭祖的第二号大寿星。然而即便把上述两个岁数加在一起，也仍不能完成贯穿五百年的历史使命，作者于是再读《明史》。

清人张廷玉所撰《明史·张三丰传》载："……或言三丰金时人，元初与刘秉忠同师，后学道于鹿邑之太清宫，然皆不可考。天顺三年，英宗赐诰，赠为通微显化真人，终莫测其存亡也。"这就好了，"终莫测其存亡"的意思是说，这个生于金时，学于元初，成于明朝的人，谁都不知道他是什么时候死的，既然不知其死，那么就可以姑且认为其还活着，所以，被英宗皇帝封为"通微显化真人"的张三丰，后来又出现在慈禧太后时代的武当山下，出现在欧阳公《大武当》的第三卷中，迎战竹山大地主王三盛，义助红巾军头领秦海山。作为传奇文学，截至目前还没有疑古老爹钱玄同一类人物出来与之辩个雌雄。

在我的记忆中，欧阳公并非是一个十分思辨的作家，他曾经几乎要被我归入公案侠义小说家者流一族，但是我看了他的现实主义长篇小说《饿》和《皇天后土》之后，则认为他还是严肃的、反思历史和正视现实的。所谓编织传奇故事，塑造英雄人物，构筑宏大题旨，设计光明结局，无非都是他驾轻就熟的文学技法，以此套传统的形式来完成自己传统的理想，这在当今反映近现代革命题材的长篇电视连续剧中，也仍然占据着非常主流的地位。因此，欧阳公有充分的信心让自己玩一次双节棍，在这一时期他蓄意简约，一反常态，尝试把小说写得像电视脚本，梦见有一天清早一个识货的导演敲开他的鹤壁斋，双手捧走《太极》，稍加几个分镜头就把它顺利地搬上荧屏。

三卷本《大武当》的立场完完全全是民间的，全书弘扬正气，鞭笞强权，歌颂英雄，同情弱者，与那类敷粉帝王的宫廷小说如出两辙。且不说安良除疾的张三丰在《太极》卷始终是救助人民的英雄，《仙都》卷对被追杀夺位的建文帝，被诛灭十族的方孝孺，也都寄予了深切的悲悯，而在《民意》卷中，背受朝廷鹰犬王三盛的大军追剿，秦海山仰天长啸，率众纵身跳下百丈悬崖，这

483

一节被他写得可惊天地鬼神。此处我发现他用了移花接木之术，清嘉庆年间原白莲教总教练齐林之妻，八路义军总指挥二十一岁的王聪儿在郧西卸花坡，一名阎王碥又名一碗水的悬崖与其亡夫弟子姚之富跳崖身亡，他将这段史料移接于秦头领和部下百名兄弟，添加了集体英雄主义的悲壮，让人想起田横五百士。

他把他的小说背景锁定在他熟知的武当山麓，这是对的，因为他对这里的民俗风情，人文景观了然于心，信手可拈；他把他的小说人物锁定在他熟知的明清时代，这也是对的，因为更早的时候此地还没有张三丰，更晚的时候这里又会掺入现当代革命和政治的因素；他把他的小说现场锁定在他熟知的民间，这更是对的，因为小说原本就是民间的艺术，民间的产物。

欧阳公最能被人一语命中的小说艺术是人物鲜明，性格突出，情节生动，语言活泼，这些功夫受益于他青年时期进军话本鼓书的严格训练，深受同时代读者的衷心拥戴，每成一书，必为单田芳们奋起角逐，当年发行之广，粉丝之多，非今日圈子里的小众作家可比。然而利弊相与，也正好容易陷入类型化的泥淖，以评书的豪言状世上复杂的事，以京剧的脸谱贴台下微妙的人，让正反两派的言行思想，举手投足，甚而至于神情面目也不要背叛自己的身份，便是一笑，豪杰必哈哈，奸佞必嘿嘿，闺淑必嘻嘻。红学家说曹雪芹笔下的人物笑得最好，谁抿嘴谁捂肚子谁一口饭喷了出去，林妹妹则是倒在了老祖宗的怀里面的。欧阳公本人阳光澄澈，天赋嘹亮之声，爽朗之笑，昂扬之剑眉，于是他每将自己的声色和相貌慷慨送给他视为同类的君子和壮士。

读《大武当》我又在想，写作者若有勇气无视史书既定的评说，在历史的人物和事件中融入个人的思考，同一题材或许能够生出不同的笔墨，现当代作家心中理当如此的明成祖，较之清人张廷玉笔下不该这样的燕王朱棣，应该有着更加丰富的内心世界和令人同情的治国理想。试思朱元璋把帝位传给身无寸功的嫡孙，这事若是做得不对，功勋卓著的皇叔为何不能夺之？死抱纲常的方孝孺公然否定现政，捍卫皇权的新帝又为何不能杀之？

再者，建文帝如永登皇基，以其文弱之性，在位之年能否像他叔叔这样武征乱疆，文纂大典，遣三保太监郑和七下西洋，通外域，建邦交，活商贸，开永乐盛世，以本书所写的大武当为例，他能否像他叔叔这样重加翻造，均属未知。另外书中还有一些人物，当代的作家写时也可施以当代的思考，如刘伯温，如徐达，如姚广孝，如马皇后，尤其是那只美丽的笼中鸟儿，那个以绝世才华演绎《凉州词》而博永乐皇帝一乐的大学士解缙，作者除了让人觉得他的可爱，就不能够让人感到他的可悲和可怜？

　　说老实话，前些年从香港飞来的一只风靡祖国大陆的小燕子，真把我难过死了。一位江南民女与风流皇上暗结珠胎，早被遗忘，弃之村野，终身不嫁，独养龙种，女儿长大之后竟然比"被污辱与被损害的"（陀思妥耶夫斯基语）母亲决心还大，冲破千难万险，不顾性命之忧，还要来寻找她亲爱的皇阿玛。最终皇阿玛通过回忆，对上了号，于是赐以格格的荣誉称号，让她过上了准公主幸福生活。与此前后，还有一个收视率极高的电视剧，大清才子纪晓岚整天不上班，像条哈巴狗似的撅着屁股跟在皇上身边，耍贫嘴，逗乐子，和另一个贪官争宠，视龙颜一笑为过正月十五。这样的作家，说穿了是把自己的文学理想隆重地托付给了他所塑造的剧中人。

　　欧阳公的电视剧目前还没有这样的收视率，原因是明朝的祖孙三代皇上都想见到张三丰，而这个邋里邋遢的道士宁可隐居在武当山下，喝西北风，练太极拳，硬是不肯应诏入宫，更别说给皇上耍贫嘴逗闷子了。这么一来，没有皇上的戏谁个看呢？没有人看的戏谁个演呢？没有人演的戏写它干什么呢？因此欧阳公八十天环游地球，最后又回到中国式的传奇小说，回到了三卷本的《大武当》。

　　欧阳公书如其人，见欧阳公书便如见公，此人于我三十多年亦师，亦兄，亦友，去岁腊月，京城古农先生提意要出版我的老日记，大年初一我竟兴冲冲地翻出一麻袋尘蒙小本，最早的记于二十世纪七十年代初，其中有一篇里这样记着："听说郧阳地区的欧阳老师要来，我很激动。"

　　今天欧阳老师没来，但是他的书来了，所以我依然是很激动的。

　　　　　　　　　　　　　　　　　　2008 年 7 月 11 日写于北京听风楼

一树白梅的忧伤
——读梅洁散文集《一只苹果的忧伤》

　　一只苹果的忧伤。念完这个忧伤的诗句，翻过面来是一小段关于梅洁的文字。她的小传在提醒我，二十六年前我们就应该相识，因为那一年我们已经分别走上了文坛。或者十九年前我们也应该相见，因为那一年我到了北京，与全国很多的作家义结金兰。

　　然而没有，因为命运，还因为性格。我们的命运和性格居然相似，还差一年就是半个世纪过去，在一个黑暗的夜晚我们不谋而合地成了"右派"的儿女。为了逃避伤害，我们不敢与人合群，并且从小就学会了自尊和自重。

　　直到一个世纪过去，2002年的冬天我才首先去了她家，还有两个老家的同行者程光和叶子。事情的缘起是家乡有一份广播电视报，要把我们的平凡事迹写成文章，登在报纸的一个专栏，这个专栏的名字叫《天南地北十堰人》，我们都上了"黑名单"。他们大约兵分两路，程光受命的是地之北，他便独自轻车北上，先找到我，然后请我联系梅洁和王家新。我和家新是乡党兼校友，都居北京，很快就在三联书店见上了面，而要约见石家庄的梅洁，这事却稍许麻烦一些，我得跟他出一趟差。

　　程光对我和梅洁至今尚不认识表示惊讶，怎么会呢？他的眼里充满狐疑，妄图从我的脸上捉住一点文人相轻的蛛丝马迹，或者是乡党不睦，窝里斗。我说你不用多想了，这次我陪你去。叶子征求我的意见说，见了梅洁我该叫她什么？我想了想说，不叫梅洁，叫梅姐，第三声。

她早早地就大开房门，像是要迎接李闯王，简直高兴成了一个乡下的少女。过大年了，来远客了，又说又笑，一派活泼烂漫的样子，甚至还有点儿童言无忌，只差没有拍着手儿一蹦一跳。她拉着我去参观她自己觉得重要的所有宝藏，从一间屋到另一间屋，其中只漏掉了洗手间。一间多角的小阁室，里面陈列着她所有的金杯银匾，奇石陶艺，那是她的卢浮宫，在那里她驻足良久，脸上堆满了丰收的喜悦。一张可画水墨丹青的案台上码足了一摞一摞的书刊，像是房地产大老板的微型楼盘，她从中扒一个坑儿，人就趴在那个坑儿里读书写作。

阅读她的《一只苹果的忧伤》，一阵忧伤的气息穿透绿色书封和扉页，弥漫了我的视野和心灵，它正如书中的那一只苹果，每咬一口都会心酸。我原本是一个快乐的书生，评书论人，高呼狂笑，然而对于这本书我无法调侃，它的忧伤使我忧伤，它的诉说让我流泪。

除却忧伤，还有忧怨，忧思，忧愤。她同时在用泪水还原着她心中那一条古老的汉江，那条从远古流来的大江湮灭了她童年的幸福，吞噬了诞生她的千年古城，又一路流出那么多英勇壮烈的故事，悲怆凄惨的故事，崇高美丽的故事，平庸凡俗的故事……如今，这条给予了她聪颖灵秀，也给予了她忧伤和苦难的南国江水，又将带着未竟的使命远离故乡，迤迤逶逶流向北方的土地。

逆着江水她要去追问过去，顺着江水她要去打听将来，最后她就孤身一人坐在了江边，忧心忡忡地思考着鄂西北故乡的事，中国西部的事，淡水危机的事，资源与环境的事，道德与体制的事。这些男人想着都头皮发麻的人类的大事情，她一个女人家却要犟着去想，还背上行囊，一脚一脚地走起来，特别不忘记带上擦泪的纸巾。

她饱满的泪腺过于灵敏，太重的泪水坠弯了她长长的眼梢，眼下是一双忧伤的目光。一个失学孩子的倾诉霎时就让她哭红焦虑的眼睛，她会想起自己的童年，因为父亲，她也险些在校外流浪。现在贫困地区的孩子虽然不再接受政审，但严酷的经济却锁住了他们朗朗的读书声。

图书与网络市场的竞相开放，使中国迅速成为盛产女作家的大国，走红的女作家们繁花似锦，粉红的写少女，桃红的写情人，大红的写小蜜，紫红的写自身，而在红花丛外，汉江之畔，干干净净地站着一树白梅，她牢记着自己

487

是从苦寒中来，孕于南方，绽在北国，满脸正气，一身高洁，"从这高洁的花开花落中体验生存、忧伤、孤傲以及生命和爱"，并且要以独立的姿势谢别冬季，将自身的暗香洒满中华一园。

听乡亲用乡音说起乡情，说起家乡现在的辖区称谓，我们面对面地唉声叹气，我们非常热爱家乡却非常不热爱家乡现在这个来历不明的名字。在书中小传提到籍贯的时候，她会依依不舍地仍然称它郧阳，我则会直接写出竹溪小县。仅仅是为着地市合并后彼此地位的主次，一个著名的古名一夜失踪，一个无名的新名不期而立，新的名字割裂了郧阳悠远的历史，让无数美丽的传说像游魂一样无所皈依。然而它恰恰是合法的，那个神秘的"郧"字却将被迫在新版辞书中作出修订。这又是一件令人忧伤的事。

她的忧伤果然又来，岂止忧伤，这次不啻是灭顶之灾。秋天总是多事，两年前的秋天江西新余举办一次散文笔会，一位年轻的女作家在名单中发现了她，想去拜访又觉贸然，就打电话来请我引荐。扶掖新人是积德行善，我给梅姐发去一条短信，要她务必接见，并替我抱一抱慕名者。年轻的女作家兴高采烈，然而一去却给我发来一条噩耗，说是她的丈夫突然病逝，这次笔会因此缺席。我不禁大吃了一惊，慌忙去信要她节哀，不料乱中将手机按错了键，一分钟后对方来电大怒，我又火速道歉，骂我自己真是急昏了头。

那天是阴历八月十五，中国人阖家团圆的日子，在她后来那篇用泪水写成的文章《我的丈夫走在那片青山绿水间》中这样记着："我丈夫离去的时间是二〇〇四年九月二十二日下午三时三十分，他是在回家的列车上离我而去的……我不知道我的丈夫是否还能找到回家的路……"我查了万年历，那一天是甲申年八月初九，熬过六天，他们一家就能在石家庄一个名叫玉城的美丽小区团圆了。

她的丈夫不搞文学，是她的读者和帮手，情形像毕淑敏的丈夫，舒婷的丈夫，很多成功女作家背后的好男人，也一如我家中的贤妻。他们有三十四年的恩爱，他是她心中完美的偶像。

我把电话打到石家庄，正好是她接着，好像她一直就守在电话机边，随时要接受亲友的安抚。听到我的声音她哭起来，她把事情的经过对我讲着，断断续续，泣不成声，后来她说她会把这些写成文字，在丈夫的灵前念给他听。

挚爱的亲人离她而去，这已成为她心中永远的悲苦，据说这种悲苦能用时间化解，但她不能。我对她说，你有两个跟父亲一样优秀的儿子，还有一只不死的键盘，这是你继续骄傲的理由！六个月后，2005 年的 3 月，有人看见这个坚强不屈的女人，走出住了四十五天的医院，在京西安葬了丈夫的骨灰，然后背上行囊，迎着北国的寒风又出发了。她的心里还有一件事情割舍不下，就是那条她命运中的永远的汉江。

很久没有见到梅姐，思念中收到她寄来的新书，随手翻开就看到她怀念丈夫的文章，伤心，疼痛，爱有多深，她就有多深的伤痛溢出文外。《一只苹果的忧伤》，一本忧伤的书却印得如此漂亮，色彩、装帧、图片、纸张，无处不泄露出编者对作者的深刻理解。这套名为"容华"的丛书，收入了舒婷等六位中国文坛的奇女子，策划与责任编辑谭湘，是一位能够创造奇迹同样也让上帝妒忌的女人。我感叹命运和追求让七个非凡的女人在此相遇，制造出读者理应感到惊喜的读本。收到书后我立刻给她回了短信，我说：梅姐幸福！

肯定幸福。今秋 10 月 1 日是她第二个儿子的新婚大典，他们选择了北京一家酒店的露天草坪。她说这也是丈夫的一个遗愿，为此她邀请我一家三口参加典礼，说那天到场的只会有好亲戚和好朋友，权作是一次好人的聚会。我就又想起了她的儿子，在我的儿子还小的时候，有一天她派她的儿子到我家来，也是送一本书，我的儿子却只允许他从保险门窗里探进一只右手，学校规定家长不在的时候，学生不许让陌生人入室。

儿子回家对母亲讲述了送书的故事，把个母亲笑得不行，笑完又忧伤了，为这个人心不古的社会。

时间一晃就过去了，转眼孩子们都长大了。他的儿子，那个只能把一只右手伸进我家铁窗的送书的小儿子，已经博士生毕业，忽然想起来要结婚了！

我没有告诉她那一天也是我的生日，我却告诉她说，一定，三个人。

2008 年 10 月 8 日写于北京听风楼

萧鸿和她的记忆之河

——读萧鸿散文集《在呼兰河的这边》

　　萧鸿，我没写错，一个与鲁迅曾经关心和培养的，百年前出生于东北的那位本名叫张乃莹的现代女作家萧红同音的女子。只不过，萧红借用了她祖上的姓氏，她没有，她很小的时候就叫萧红，后来才忽然想，自己早晚要像鸿雁一样飞过东北的高空，告别仰望的同名前辈。她们甚至在同一条名叫呼兰河的河边诞生，也不过好比是余光中的诗句，一个在那边，一个在这边。

　　我更愿意把她的《在呼兰河的这边》比作她的记忆之河，她以这条河流为此书命名，想必是记起了她们生命与文学的共同的发源地。地理上的呼兰河发源于黑龙江的中北部，但在她的这本书中，这位少年漂泊者却无意识地改变了它的流向，还是逆向的，散漫而错综的：云贵高原，新疆戈壁，黑龙江中俄边境，北京西四，鄂西北武当山下。其间还有，隐伏或闪烁跳过的洞庭湖之南，多少次出现在舅舅口中，萦回在自己梦里，终于有一日亲眼见到了的鄂南的向阳湖。这是蜿蜒长河一路留下的几个深潭，有的阴森，有的凶险，也有的因盛开的马兰花而美丽了一汪原本的死水，还有的在貌似平静的水面倒映着蜂蝶与虫蛇共舞的斑斓。这些深潭不可忽略，潭水间时而九曲回肠，时而旁逸远去的浅流，以及常常被卵石激起的粼波最好也别放过，因为它们随时会牵动一件埋没在某个深潭里的往事，即便终于没有，也只会在看过以后才能知道，于是再跟踪着它的浪花看向前方。

越来越多的写作者承认了所谓文学就是语言，与讲述故事和塑造人物的小说相比，散文可以不要故事和人物的支持，仅靠写景、抒情和表达心理也能与小说平分秋色，足可见散文写作者需要多么非凡的语言魅力。他们用左眼向故事大王冒充的小说家发出挑战，右眼又发现身边有眉飞色舞的朗诵诗人，心想就这么着吧，散文是内秀而矜持的，既不分行，也无须出声。当然，更多聪明的散文写作者则不排斥人和事件的干预，干吗要这么傻，这些材料本来就是写作者共享的资源，无非是散文不必精心营构，反倒要成心将它们碎片化，然后掺入自身的情绪。

在这本书里，这两类散文一开始就参差交叉着，一如河流的清浅与浑浊，迅疾与徐缓，宽阔与一线，直下与迂回。随着时代、地理、人文的变化，作者的语言风貌也随之多异，如写到新疆戈壁语言是苍凉的，写到贵州山村语言是凄苦的，写到北京西四语言是欢乐的，写到异域他国语言是洋气的。这些都容易让人理解，这是一个走出自家小院子依然能在广大世界从容漫步的写作者，她会用变幻的语言复制出她所眼见的一切。但是，让人略为有些不解的是，当她的语言一旦进入白山黑水的东北平原，那一片中国版图上最寒冷的地域，她的语言反而一下子热烈了起来，人世间最灿烂最鲜艳最妖冶的修辞几乎倾巢而出。分明是皑皑的雪，却感觉是红红的火，呼兰河边，白桦林中，小木屋外，一丛一丛的冰凌花一瞬间粉身碎骨地怒放着，发出的惊心动魄的咔啪声像是春天就要到来一样。

她本是无心地这么写着，这种语言意外产生的效果与季节无关，与景物无关，与她如数家珍的寒风暴雪坚冰棉袍冻得麻木的手脚和紫红的小脸蛋儿一点关系也没有。是因为她那枚被部队文工团员出身的妈妈从小捏得挺直的鼻子一闻到这片故土的气息，潜伏在童年记忆里的一种自豪感油然而生，儿时就驻扎在心中的英雄，杨靖宇、赵尚志、周保中、赵一曼、高呼口号臂挽着臂投进乌斯浑河的八个女兵，以及无以数计的抗日先烈们，这时候浮雕一般，全都复活了的她的眼前。即便是冬天的北国极地，她的每一个字也会因此而变得热烈和蓬勃，它们自自然然地燃烧着，发出激动人心的光芒和响声，那是点着了她保存在心中的一颗故乡的火种。

尤其还有，在今天的文人们茶余饭后闲说不已的身穿旗袍的民国才女榜

491

上，那位唯一写了日本侵华时期东北人民苦难命运的民国才女，便是和她出生于同一条河边，叫作同一个名字的萧红。那个天才而苦命的女子成了她这一生的仰慕，那个女子留给这个世界的不朽文字也成了她这一生的梦想和追求。她为那个女子而自豪着，她的文字也因之而热烈和蓬勃着，像一串串燃烧的火光。

但是我必须要说，这本书里让人随她一道长久记住的，是她这条记忆河流中的那几汪深潭，陷入潭渊深处不可自救的亲人们。在云贵高原，那个"偏远、蛮荒、名字拗口"，叫作盘县普古区苏座公社岩博村的地方，大学在读女生于一个暑假里跋涉三日，寻找到了几个月后就要离开人间的爷爷。这位老人三岁丧父，母亲改嫁，寄养给叔婶，十六岁离家自立，五十年代初被划成地主净身出户，为了活命走进深山开荒种地；地主婆奶奶四十多岁去世；大爹为了一家能多吃两顿饭，一袋大米与人交换两袋苞谷面，以破坏国家统购统销罪判刑十一年；大妈被村霸强占；十四岁的堂哥带着三个弟妹继续挣扎，不幸得了羊角风烧死在火盆里；二爹接着也得了羊角风，黑夜里摔死在悬崖下；大爹的两个儿子砍柴路上又累又饿，躲闪不及，双双被汽车轧死……

肖洛霍夫的《一个人的遭遇》稍显逊色，这是一家人的遭遇，一个家族和一个民族的遭遇，被他邻邦的一位女子不动声色地写进这篇寻根的惨文。三天三夜，孤身一人前往远方寻亲的少女，第一眼寻到的是"拄着拐杖急切地移动着碎步"向她走来的瘦弱老人，走进搭在村边的一间茅草房，"阴暗的小屋只有一张床一张饭桌一个炉灶""早饭吃的是从火膛里扒出来的烤洋芋和烤苞谷，中晚饭是苞谷面饭就着水煮白菜"；在二爹的儿子家，她看见"全家四口人只盖一床破棉絮"。作者锦心绣口的才华和流光四溢的文字哪里去了？油然而生的自豪哪里去了？灿烂鲜艳妖冶的语言哪里去了？粉身碎骨地怒放着的冰凌花哪里去了？惊心动魄的春天的咔啪声哪里去了？热烈而蓬勃的激动人心的燃烧火光哪里去了？而恰是这些一粒粒像洋芋和苞谷一样本色的文字所组成的，一句句像破棉絮一样裸露的大白话才让人潸然泪下，无语凝噎。用一袭香艳的婚纱修饰一位病妇遍体的疮痍，那不是有良知的写作者，那是造假的文学骗子。

钱谷融先生于1957年首次在国内提出"文学是人学"，其实这个口号，高尔基早已在苏联提出过了。文学是一个风雅的菜市场，萝卜白菜，各有所爱，狗肉羊头，也都能卖。认为是人学的就真正写人，人性人生和人之命运，认为是政治和商业的就假装写人，虚晃一枪直奔权力和金钱。这本书的作者嘴上不说，心中自有主见，她才不跟小说打擂，才不把故事和人物排除在散文之外呢，故事者人人都有故事，人物者有故事才有人物，散文不也是属于人学的文学吗？因此当她的记忆之河涓涓潺潺流淌到了下一个深潭，暂停在北京西四一个大大的四合院里的时候，她实在忍不住把她本人的故事，一下子全都抖了出来，这可是精彩极了！

这个故事的开头，颇似姑苏城里的林如海先生把自己的宝贝女儿送进贾府，正好也是舅舅家，也正好有一个表哥和两个表姐。然而这个怀胎于西北戈壁滩，出生在东北军马场，已把豪爽和率性长进肉里的胖胖的北方小女孩儿，她可不是多愁善感，顾影自怜，时时觉得寄人篱下的林妹妹。她在舅舅家里调皮捣蛋，为非作歹，北京话叫"从没把自己当外人儿"。她能哭着闹着，撒着欢儿地要舅妈给她做同学那样的花裙子，能千方百计地找到一把天狗牌的钥匙，打开密柜偷吃舅舅的生日蛋糕，能不经许可擅自拿着一分钱去买两只蓝色的玩具水桶，以至于迷途忘返害得全家兵分数路满大街地把她找。

在一个物资匮乏的时代，一个对美怀有特别渴望的小女孩儿，她的爱美之梦一个一个地遭到破灭，是的，一个一个。即便是同班女同学张一平那样的泡泡袖白衬衫和荷叶边花裙子，张一平那样的白色小球鞋和包脚松紧鞋，也只能是她站在不近不远处偷偷观看的风景。她一次一次地伤心绝望，又一次一次地死灰复燃，最后她被这不可抵御的美的渴望冲昏了头脑，在一个大冬天里穿上一双夏季的方口布鞋勇敢地走进校园，那可是她最摩登的一样时装，一件唯一可以参赛的藏品。这次行动产生的后果，多少年后被她幽默地写在书里，却把我读得阵阵心寒，心酸和心疼，欲语不能。

说爱美是人的天性，在这本书里也不尽然。请看部队文工团员出身的妈妈为女儿抹完雪花膏的动作，双手顺着弯弯的眉毛往下一捺，然后用火柴棍儿轻轻划过双眼皮之间的那道纹线，收工时再捏一下鼻梁，以及由她原创的，汉语中未曾收录的"姿雅"一词，那恰是对女儿的美的启蒙。于是作者小小年纪就学会了审美，爱看军马场的父亲穿那条上面很宽下面很窄的骑兵裤，喜欢《钢铁是怎样炼成的》里的资产阶级小姐冬妮亚，欣赏上海女老师卓尔不群的气质和风度，羡慕以至嫉妒澳大利亚小华侨张一平所有的衣服，几十年后她还能把它们的式样、颜色、搭配、点缀，一件一件准确地描述下来。但是当她终于如愿以偿地穿上了一条红裙子，回到家里却受到父亲严厉的批评。

我们从书中看到，这个以父母为主体的小家庭在革命时代受到的伤害还

493

有别于贵州老家的亲人，命运还没有把他们打入社会最底层，因此在作者的童年记忆中温馨多于苦难，她只是通过偷看信件，懵懵懂懂地知道了一些父亲反复诉说的冤屈。这些记忆反映在她以后的文字里，也仍然是哀怨大于悲愤，只有那次假日寻根之后，她亲眼见到的悲惨现实让她的心灵受到巨大的震撼，她的文字立刻变得冷冽，坚硬，即便骨肉三代千里重逢，也感觉不到一丝暖意。

由于作者的笔触细腻，并能伸向事物的本质和特征，我对书中的很多人物都过目不忘。除了以独立或主要篇章叙写的萧红、父亲、母亲、爷爷、婆婆、女儿、一个眉发和皮肤统统雪白的休学女生、一个万里飞来武当山参加武术节的美国乐手，在其他的大量篇章里她也总会瞅准空子，零零散散地塞进一些与她生命有缘的人物。舅舅舅妈，表哥表姐，老师同学就不说了，观光泰国，她记下了一个很早就要死去的变性人，造访新加坡，她记下了一个很晚不能结婚的导游，还有一个和她交换吃食又放飞刀砍了她鞋后跟的疯妇，一群大山深处看似羞涩怯懦转眼却泼皮大胆的情歌好手，一代一代古城上津的美艳女子。在北京西四大街的街头，一位大婶怀里抱着一个簸箕用筷子蘸肉馅儿动作飞快地包馄饨时永不坠落的一吊鼻涕，不小心也被她观察到了，那一吊无比柔韧的鼻涕经过她漫长时间的提心吊胆，判断等候，以至于离而复回，依然在一簸箕馄饨的上空悬而未决，其惊险的程度不下于疯妇放出的飞刀，同时又堪比巴尔扎克笔下的高老头垂死之际，他深爱的大女儿眼中那一滴始终也没有掉下来的泪。

我为这一吊鼻涕欣喜不已，一个写作者对于生活的观察、想象和表现的能力，决定了读者对她热爱的程度，观察得越细致，想象得越奇妙，表现得越精彩，越能让读者津津乐道，久久不忘。当然我在这里仅指文学的技巧，若是涉及思想和意义，巴尔扎克在那一滴泪里融入了金钱社会的丑恶和父女亲情的悲哀，我们与全世界最伟大的作家之间的距离却在，街头大婶的那一吊鼻涕只反映了天气的寒冷和工作的繁忙，除此还没有更加深刻的社会内容。但是，从这里已能看出作者可怕的观察力，惊人的想象力和非凡的表现力，有朝一日她就会把这一吊鼻涕挂在巴尔扎克也会看上的地方。

作者对北京西四的精彩回忆，让我也回忆到三十年前。我刚到北京的时候单位分给我的临时住房在府右街光明胡同 9 号院，与住在 53 号院的神童和作家刘绍棠比邻相望，那里过去一站地就是西四，再过去一站地就是西单，骑车和步行一会儿就到。也可以花一角钱乘坐 102、103 次无轨电车，所谓无轨电车就是地下没有轨道，头上有一根辫子顺着空中电缆向前行驶的载客工具，现在已没有了。她的舅舅能够住在西四一个大大的四合院里，并且在六十年代和沈从文、冰心等人一道下放五七干校鄂南的向阳湖，证明也不是普通人物。不过我那时不知好歹，嫌这个四合院的内部没有设置厕所，房东为了防贼一到晚十点就紧锁院门，这对我的读书写作非常不利，后来我买了一架行军床放在编辑部，每天夜里整个外文局大楼就我一人，任何时候可以上任何厕所。我对府右街的印象浅于西四的原因，是我住在府右街时常去西四，西四通往西单的十字路口有一个老牌的红楼书店，我每月的工资除了吃饭基本上都花在那里。我很想从这本书中看到这个书店那时卖的是什么书，要有也可以顺便发表几句看法，可惜她的眼睛重点放在百货商店的花衣服和玩具水桶上。

不仅是街头大姊，她对命里相遇的所有人都怀有巨大的好奇心，并迫切希望知道对方的前世今生。譬如远方的旅游者惊羡于郧西女子的美貌，她能跨越时空，展开想象，追思遥远的大唐时代，锦绣江南向长安进贡佳丽，船泊此行必经的上津古渡，这些不愿与杨玉环们为伍的女子冒死逃逸，为了自由宁可嫁给附近的民夫，在这里生根开花，此后像果树一样世世代代结下香艳的果子。一篇游记，只有碧水青山，旧街古树，土产美食，再美丽的词句念过之后也就念过，但只有写到人，写到生灵，便是书中那只为了后代而吃掉丈夫的名叫黑寡妇的红背母蜘蛛，也会让同是生灵的读者产生更多的联想和哲思，并且记住生命曾经有过的样子。

我欣赏本书作者写作的姿态，这个姿态并非她的妈妈从小教导她的淑女应有的"姿雅"，而是她写作的时候身心端正，目不斜视。幸运的是，我从这本书的绝大多数篇章，从那些最能牵动人心的文字中，发现了作者的心无旁骛，写爷爷就想着爷爷拄着拐杖急切移动的碎步，写女儿就想着如何解答女儿与芳龄不符的忧思，写曾经同过寝室因为贫病而休学的女生，她只是偶尔地想起来，后悔自己当初没有多给一点关心和帮助。"我也不知道为什么要写她——这个连名字都叫不出的姑娘。似乎只有记下她，心里才能获得些安慰。"

遑论他人，就连那位叫不出名字的姑娘本人，不管在世与否都不会知道，在一个遥远的地方，一个更深夜静的时候，一个无法入睡的女子在灯下为她写了这么多牵肠挂肚的文字！相比那些写作目的过于明确的同行，她的写作目的是多么的不明确！她放弃了目的以及技术，直接让记忆的沉浮提供写作的人事，时代的阴晴决定文字的色调，亲友的悲欢选择作品的旋律。她要让自己做一个诚实、率真、纯粹的写作者，自己不受委屈，也不要为了自己而委屈书中那些已经受过委屈的人。

　　文中没有标出篇名，一篇也没有，这是我的故意，我是想说这本书需要通读。它几乎在每一篇里都隐藏着作者这条记忆之河的某种秘密，哪怕一些看似闲情逸致的风花雪月，草木山水，也都无心地泄露着她对世事的思考和对人生的感悟。浪花轻溅，点点都是长河的水。

补记：一本书的遭遇

　　2013 年的 7 月，是我三年中最轻松也最快乐的一个月。三年前母亲去世，我把父亲接到北京，朝夕相守，共同居住了一年半的时光；恩师刘道玉先生八十寿诞在即，京城同学选我为之作传，以作贺礼，我竟写了洋洋八十万言，分上下两卷出版，并于 2012 年 11 月 23 日赴母校武汉大学作演讲报告，次日代表全体同学献礼于寿宴之上；母亲突然离去是因医院失责，我的法律诉讼得到支持，2012 年 9 月 26 日法院开庭审理，宣判胜诉；同年 9 月，北京市人民政府颁发我孝星奖章；也是这个 9 月，儿子在美国考取博士；我本人则写完传记，接着又写了关于母子的长篇小说，初稿近五十万字。

　　重要的是这一系列的大事，全部发生在这三年，虽是悲喜交加，却也艰苦卓绝。当这所有的大事都胜利完成之后，家乡十堰市的共青团书记蒋科带了人来，邀请我回乡参加一个有关青少年教育的活动，我几乎是迫不及待地答应了他，然后在一个阳光灿烂的日子踏上南去的列车。我躺在软卧车厢，扳着指头总结自己的成绩，尽了子孝，报了师恩，惩了罪人，得了奖章，教育上也结了硕果，文学上还获了丰收，这么想着就睡着了。

　　团市委的活动结束，市作协主席滕家龙召集一帮朋友设宴欢迎我的还乡，满席旧雨新知，首次见面的萧鸿座位挨着家龙，由此我便明白了她在本市的地位。宴毕回到酒店，我戏作小诗一首，烙在自种的小葫芦上赠予家龙："世上有二者，得名天下一。龙君赐其号，严生奋其须。圣宫纵酒后，道馆品茗时。应惜雁未舞，幸却冷香袭。"家龙称我为"天下第一二"，并由我的学弟市政协副主席严炳洲书写赠我，然后再去饮酒品茶，我将此事烙进葫芦，第七句影射萧鸿席间没有表演。次日我回竹溪，看望离京后和姐姐住在一起的父亲，然后返回北京，和家乡朋友的欢聚暂告一个段落，其间见过一次萧鸿的名字，印在家龙主编的一本刊物上。

过了两年，2015 年的 10 月，我携妻儿回乡为八十八岁的老父祝寿，完毕送母子二人到十堰登车，妻子回北京，儿子返美国，而我还要到我童年生活和读书的竹溪天宝乡，接受称我为老师的天润农庄庄主李彬的邀请，参观他的庄园。家龙这次没在市里为我举办宴会，却用汽车把我拉到郧阳一个名叫绿谷的地方，参加他们的采风活动，一行作家中又有萧鸿，她说她出版了一本名叫《在呼兰河的这边》的书，回到十堰送我，但她明日又要出差，只能把书送到我下榻的美乐酒店。但是次日，她去的那个美乐酒店不是我住的这个美乐酒店，这个美乐酒店的大堂服务生无法把书交到我的手里，而她送罢书后随车去了火车站。于是这个世界上出现了一件怪事，一个的确送了书，一个的确没收到，就这样阴差阳错，我们又没了联系。

又过了两年，2017 年的 9 月，父亲九十大寿前夕，我再一次带着妻子回乡，手机里忽然收到一条短信，问我是否记得一位能够"望其项背"的人？我立刻想起一件事，两年前从绿谷采风归来，为了感谢家龙，也给大家助兴，我在车上说了不少的话，萧鸿坐的副驾，我对她说后面的人能够望其项背，意思是说她的创作再领先一步，大家就望不到了。此外，给我母亲生前养过丁香花，母亲去世又写了纪念文章的祝东红坐在我的身后，她刚在全市乒乓球大赛上得了女子冠军，我又说她踏足文坛，挥手乒坛，干革命靠这二坛子。我回复萧鸿说我还记得，她说她刚看到蓝善清一篇写我的文章，想起绿谷，问我何时回家路过十堰？我说我现在就在老家，为我老父祝寿，不过往返都从陕西安康，想见面只能来竹溪。她立刻就决定来了，这时我才记起，这是个东北女子，东北有我好多朋友，都是这样。

老父大寿的前一天，她从十堰驾车赶来，还给我捎来了市文联首任老主席欧阳学忠、作协主席滕家龙、副主席冰客，还赶在了祝东红夫妇、蓝善清、周国军等三辆车子的前面。见面她首先掏出一本书，正是《在呼兰河的这边》，展开扉页，竖行，从右往左，四行，工笔写道"请野莽老师指正　萧鸿于十堰乙未年九月初七"，这个很重要，她用了老式文人爱用的阴历。阴历乙未年，就是 2015 年，阴历九月初七，就是老父寿日九月初二过后第五天，我送走妻儿被家龙拉到绿谷的次日。原来两年前她从外地出完了差，到家又去那个同名的美乐酒店，把那本我没收到的书取了回去，勤俭节约地保存下来，打听我何时回去再送给我。这次可算是打听到了，当着面给，肯定能够收到。

这个北方女子的思维不同于常人。悠悠两年，七百多天，她应该向我要一个地址，邮寄给我，或者快递给我，也可以托老家到北京的朋友代交给我，这些年来我家的老家朋友不少。还有一个最好的办法是索性不给我了，从此不再提这件事，人也拉倒。当然我也是有问题的，我应该主动把地址写给她，毕竟是她送我书，而不是我送给她书。不过心眼这样多的大抵是南国佳人，要是这样想我这辈子就读不到这本书了。

这本印制精美的书她从十堰带到竹溪，我又从竹溪带到十堰，再从十堰带回北京，害怕损坏四角我用衣服包着装在行李箱里。想着它的一波三折，我的失而复得，我决定把它放在右手的桌边，择一个良辰吉日开始拜读。此时还是十月秋末，我住在南城的小院竹影居，电脑里的长篇已经中断了很久，美国之行，西藏之行，一年两次的故乡之行，花去了我太多时间，我想回京以后先把长篇接起来。有人写长篇要把自己密封在一间小屋子里，丈母娘送汤圆来也不开门，直到一部传世之作完成以后才毛发覆面地再现人间。我做不到，我总会为一些临时发生的事情改变日程。随着秋天的过去，竹影居的果蔬罢季，花木凋零，只剩下落叶和秃地的院子不好看了，按照历年的规矩每到十一月的中旬，我要回到京西的旧居听风楼，在一层一层的保温墙里舒舒服服地过到明年的清明再回南城种地。我记着这次临走时得把这本书带上。

旧居的暖气烧得很热，在家我只穿一件衬衣还要开窗。这么一来，因为窗外冷气入室，不久我就得了感冒。但我还在坚持写作，只是写得更慢，同时记着读书的事。我造了一个计划，年内必须读完，并且必须写篇读感，只有这样才对得起作者时隔两年的一书二送。我采取的办法是每天晚上利用洗脚的时间读十页，因为这时要离开电脑，时间是浪费的。我本以为烫水洗脚能使感冒减轻，却没想到读得时间长了烫水变成凉水，病情反而有了一定程度的加重。不过终归没有大事，咳一咳嗽，像她书中那位西四的大妈一样流出两吊鼻涕也就罢了。

对我造成影响的是另一件事，我的眼睛出了问题，越来越看不清字，总有小片的阴影在眼前晃动，我把症状写在微信的朋友圈里，希望得到高人的指点。高人来了，家乡太和医院的陈婧告诉我说，老师你这是飞蚊症，赶快去做检查！我觉得这个名字挺有诗意，在去医院的路上还想着将来用这名字写个短篇。不料检查完毕心中一惊，虽然它还有一个更美丽的名字叫玻璃体浑浊，但它第三个可怕的名字叫早期白内障。医生建议我做手术，我不敢问这个手术是怎么个做法，想象中可能是把眼球表面的那层浑浊的玻璃体，也就是类似塑料薄膜的东西揭下来，用刷子刷洗清亮了再贴回去。我的心中翻江倒海，嘴里却镇定自若地说：好吧，让我回去商量一下再作决定。

我坐在回家的公交车上，不跟任何人商量就决定下来。我知道凡是手术都有三种可能：一种是做好了，像年轻时那样炯炯有神；一种是不好不坏，或者比现在还差一点亦未可知；一种是做坏了，从此变成一个瞎子，看不成书也写不成作了。我的决定是暂时不做，年前先把桌上的这本书读完，接着把电脑里的这部长篇写完，等到了最危险的时候再豁出去，因为总是一瞎。我第二次把这件事情发在微信朋友圈里，这次来了一位真正的高人，潇湘中医世家，著名作家诗人和文化学者，与我认识三十年的老朋友聂老夫子，他紧急发来鸡毛信一封："千万别做手术，授你一方，必见奇效！"

他授我的方子是菊花五朵，苦丁一根，绿茶两匙，每日早起以开水冲泡，将杯口置于眼下熏蒸。我闻之大喜，次日便去中药铺里买了菊花和苦丁，绿茶是我常年饮用之物，家里现成，我按他的吩咐三样备齐，就开始了实干兴邦。但仍想着这本书，几日之后，忽然鬼使神差，暗思夫子授我之方，是将三味放入茶杯，而非饭碗和脸盆，如是碗盆可同时熏蒸二目，茶杯只能一次对付一只，熏左眼时右眼闲着，熏右眼时左眼闲着，若是将闲着的一只眼睛利用起来，因为限于垂视，不好写字，认字却行，年内读完此书岂不就有了可靠的保证？

于是每日晨起，我遵聂夫子之嘱以开水冲泡菊花、苦丁、绿茶熏蒸浑浊的玻璃体时，便让二目轮流工作，左眼读十页书，右眼读十页书，十日期满，竟然读完了这本《在呼兰河的这边》。杨万里有诗曰"近来别具一双明，要蹈唐人最上关"，我对它的革命性的理解是，要用一只眼睛观察生活和读书能达到怎样的效果。这样的人，借亚圣孟子的话说："……当今之世，舍我其谁也。"

感谢神奇的中医，连同将它传授给我的朋友，让我在这一年的最后一天独具只眼地读完了这本书，并为作者用各种语气讲述的各种故事、伤心催泪的故事、苦中有乐的故事和啼笑皆非的故事而打动着。

2018 年春节写于北京听风楼

老家百姓的情感漂流与否

——读刘书平小说集《老家百姓》《情感漂流》

我回十堰参加伏龙山登高节，正逢书平的两本小说集出版，顺便又参加了他的作品讨论会。因为人多，只适当地说了些话，言犹未尽，返京后还可以接着说。一本《老家百姓》，一本《情感漂流》，两本书的题材和内容没作分类，似乎是以写作的年代划分，其实后一本里也有老家百姓，前一本里也有情感漂流。不过我们可以把这所谓的漂流看作是一种喻示，让小说中的人物在时代的变革中，价值观念随之变化，情感位置也随之移动。于是在黑山这块封闭的土地上，因观念的对立而引发的诸多矛盾随处可见，身陷矛盾之中的小说人物带着他们各自特有的情感、心理和行为相继走出。

《一百岁的钱四爷》中前朝老人钱四爷和比他晚四辈的青年教师钱玉昆之间，《钱五爷》中会出绝联的钱五爷和"我"之间，经过几番较量，最终后者或以社会公认的教学发明，或以乡亲赞叹的聪明才华，动摇了两位老人多少年来一统钱家湾天下的绝对权威。这几乎是一个象征，我们完全应该缘此想到钱家湾乃至黑山之外的世界，想到一个新的时代到来之际，旧的价值观念将要退出历史舞台的痛苦和留恋。

但又绝非一概而论。在《老家百姓》系列的三篇小说里面，作者则把同情与赞赏转向了老一代，而对小一辈进行着无情的批判和嘲笑，在他的审美意识里，黑山儿子的思想境界和道德情操又未必全都超过了老子。无论是八爷看不惯当官在外的儿子做派，八斗爷支持儿子出外当个好官，还是玉炳叔蔑视龙司令和类同志，用牛鞭抽打要在生产队里搞"文化大革命"的四海子，他的立场始终站在老家好老百姓一边。类似这样的人物还有《可疑的人》中的牛奶专业户朱家余老汉，《刘二奶奶》中的喜欢住老院子的刘二奶奶，《憨人》中的憨人李主山，与以上三篇略微不同的是，这三篇作品让三位主人公的行为动机与他们的行为后果产生了严重的错位，因而达到了喜剧的效果。

朱家余老汉卖的牛奶在儿子的基础上增加了分量，却遭到牛奶用户的普遍怀疑；刘二奶奶在儿子家一天到晚多管闲事，最后竟把别人送儿子的一只羊退了回去；李主山当众扯出假装怀孕的老婆塞在衣服里的枕头，惹得别人的哗笑和老婆的抱怨。仔细读来，书中《当官的故事》《父与子》《黑山小民》《脚印》等篇也应属于《老家百姓》的系列，这批作品全都以黑山为背景，系统地展示了世世代代居住在这里的乡民的命运，描写了他们生活的艰辛与品质的纯朴，同时也指出其令人痛心的落后意识，以及根植在人性深处的自私与愚昧。

《沉重的脚步》是一篇别具一格的小说，与上述几篇小说相比，它的笔致单纯，简约，线条异常清晰，刻画了一位令人哀其不幸，怒其不争的另类农民形象。家有老婆和四个孩子的懒汉二流子老四，不耕田不耙地，等着扶贫干部给他送来耕牛，运来化肥，却连牛工的工钱也不给；大天白日闲得没事，唆使他人扒农妇二嫂的裤子；偷猪被捉反咬说是受人指使，被打断了腿却让书记花钱给治。他有一条以不变而应万变的流氓无产者的哲学："人总是活不到一万年，早晚都是要死的。"因此他死猪不怕开水烫。通过小说中他与其他人物的精彩对话，读者可以面带苦笑无可奈何地看到，形式主义扶贫思想的浅薄和苍白。

贫穷的症结究竟在哪里，作者撕开了人们最容易留意的表层的政策、经济和地理条件，而直接挖掘出了人性的本质和历史的根源，要带领这样的农民走出贫穷，正如小说的篇名所言，其前进的脚步是何等的沉重。这类作品书平写得不多，但应该说他的这一发现是重要的。

书平喜欢把自己潜心思考的问题，从不同的侧面反复写到两遍以上。《凤凰阁情话》和《情感漂流》是同一条河的两支分流，前者是乡下少女"我"被表哥贵生带进城里去找工作，第一次接触到陌生城市的一幅幅肮脏图画，最后竟被诱骗到一个名叫凤凰阁的黑店做了三陪小姐；后者是农村少妇谷翠兰进城去找开公司的丈夫林波，一路听说别人丈夫的变坏一路坚信自己丈夫的忠贞，然而只一见面她心中的美梦顿时就被击个粉碎，原来她的丈夫和别人的丈夫完全一样。作者认为，这就是黑山女人的必然命运，事实再一次残酷地证明，男人一旦走出黑山，走向堕落的日子也就到了，这是无法抵抗的滚滚洪流，因为外面的世界太精彩了，尤其是坏女人太多，而男人手里又有了钱。

两篇小说殊途同归，走过当代城市的浮华景象，最后落脚在世风日下道德沦丧这个古老的话题上。另外两篇同一主题的小说，《大院里的小人物》和《小街上的女人》中，作者对两个寡妇的命运寄予了深深的同情。《大院里的小人物》里姓邹的寡妇与打扫大院的老圣在葡萄架边的一间小屋子里发生私情，被县委汪书记无意中发现并训了一通（是胆小如鼠的老圣自己做的检讨，可悲可笑如契诃夫《小公务员之死》中的打喷嚏者）。《小街上的女人》中寡妇四嫂要想重新嫁个男人，还须得到死去男人家族辈分最高的钱太爷的批准，因此直到悄悄送了钱太爷一百块钱方才得以脱身。虽然作品用语俏皮，不乏逗乐，但笑声中却不免流溢出作者关于人性的庄严思考。

在老家百姓这个范围之内，除了男耕女织的农民，还有一些生活在最基层的行业人物，如县乡干部和村长支书，山村教师和公安人员。作者同样也用两篇小说的篇幅，分头表现了他对黑山，也是中国农村执法问题的困惑，如《老景》中的检察官老景立志要查出土地局长的经济案，《人情》中的派出所警察沈玉刚发誓要严惩在水库炸鱼的地头蛇，然而说情者接踵而至，晓以利害（它使人想起王蒙的早期同题材小说《说客盈门》），他们不惜得罪领导，委屈妻女，最后却仍得乖乖地服从来自上方的通知结案放人。虽然为此已打过了赌，但是黑山的法律与"人情"相比，竟是脆弱得如此不堪一击，因为这里所谓的"人情"不是源于世俗的亲朋关系，而是来自背后一种无比强大的力量，这种藏而不露的神秘力量足以改变当事人的一切。

这两篇小说的写作风格，有异于在同类作品中常见的大悲大怒，拍案而起，它被书平写得轻松随意，波澜不惊，并非是作者灵魂的麻木，而恰恰是他的刻意用心所在。缘于对黑山这个社会小小舞台的把握，他对这里任何无法无天的事情都已经见怪不怪，习以为常，他以无奈而又失望的预知心态，从容冷静地观摩着围绕这两件事情而发生的各类人物的本色表演，直到曲终人散，扬眉吐气的案犯含笑谢幕，雄心勃勃的办案人呆呆地站在场下，百思不得其解。

《山村教师》是作者最下力气的一个中篇。他把两个不同性别的小学教师安排在偏僻闭塞，几乎与世隔绝的黑山一隅，由于一个本性憨厚一个出身不好的缘故，用男老师许定文自悲自叹的话说，他们"将在这里度过漫长的一生"。两人互敬互怜，相濡以沫，白天同教一室，夜晚一壁之隔，"教书育人，为人师表"的信条鼓励着他们二十七年来过着僧侣般的精神生活。这显然是作者着力表现的理想化人格，他赋他们以传统道德范畴的高尚情操和纯洁灵魂，以人类最严酷的环境考验这两个血肉之躯，幸好他们都经受住了。

甚至当女胡老师半夜三更听到狼叫的时候，男许老师也只能点灯咳嗽，为之壮胆。睡在那边的女胡老师辗转反侧，睡在这边的男许老师则青灯孤守，独自吟哦《长相思》："孤灯不明思欲绝，卷帏望月空长叹。"遥遥二十七年，掐头去尾正常人的半生，他们教出的学生一代代长大成人，从狼嘴里夺下的孩子龙方锋都已经做了村长，他们仍一如既往地这么往下过着。许老师到底是怎么想的呢？他想的是自己是人类灵魂的工程师，怎么说也不能乱来啊。

生活中的书平几乎是一个禁欲主义者，男女大妨，视若雷池。他以自己的道德规范，规范着他的可爱的小说人物，使我们在几近原始的黑山看到了中世纪的道德标本，人类贞操的活化石。然而现代人类对于道德已经有了新的诠释，在这点上现实和作者有了距离。通过作品我们可以看到，许老师扎根黑山远离妻女，胡老师的丈夫先是偷盗，后做生意，当了经理就与他的女秘书在沙发上做爱，被进城的胡老师不期撞见，于是她愤而回山，把对丈夫的蔑视和怨恨转化为对许老师的相依相爱，但得到的却是许老师正正派派的回绝。

小说里面这么写着，那天她手里织着围巾（可能是给许老师织的），"在操场上走了一圈，太阳从西山沉下去了，她到许老师的寝室里，见他正在刻字，就借口请他解释一个词语，问骨鲠这个词怎么解释？（她认为许老师对她应该有一句骨鲠在喉的话想说而又不敢说）"……"许老师说，我倒有句话想对你说。胡老师的眼睛亮了一下，脸面上增加了一些热度"，但接下来，想不到许老师说的那句话却是："你还是活动一下，调到山外去。"前面我们已经承认作者是同情寡妇的，然而这一回他并没有意识到，为经理丈夫所遗忘的胡老师实际上与寡妇无异，甚至她比寡妇更应该值得同情，作为知识女性她更应该得到男人的理解和呵护。

在这一点上，我觉得书平只想在黑山竖起两尊模范的雕塑，而忘了他们是两个具体的人。罗曼·罗兰写《约翰·克利斯朵夫》，书中有一处细节读者终生难忘。克利斯朵夫受邀去宫廷演奏，在河边邂逅了小寡妇萨皮纳，两人夜宿河边旅馆，彼此仅隔一道木门，情况与黑山小学的许老师和胡老师有点相似。两人犹豫试探，门开复合，翌日以目送别，相约归来。然而克利斯朵夫七天后回到这里，萨皮纳已经不在人世了。罗曼·罗兰把这一个夜晚写得千般微妙，而《山村教师》里的两位老师，一万多个夜晚却咳一咳嗽就度过去了。名著的力量撼人心魄，是因为它真实地写出了复杂的人性。

小说中的另一个人物引起了我们的深思，可惜书平没有展开来写。许定文老师深夜里用自己的生命，从狼嘴里救下了学生龙方锋，方锋他娘感他大恩"要和他做那事"（许老师当然不会同意），后来那孩子怎么样呢？读者看到，龙方锋长大后当了村长，买村民的鸡吃从不给钱，那鸡是村民卖了留给自己的孩子，和龙村长当年一样大的孩子交学费的。许老师孤灯思绝，卷帏望月，一门心思地教书育人，不幸却教出如此的怪胎。由此可见，社会是人生的课堂，讲台上老师讲老师的，下课后学生却另行做着自己愿做的作业，龙村长真是对不起许老师和他的娘啊。我认为书平应把这篇作品再写一遍，放在当代社会的大背景中，展示出人之截然不同的价值观，将楷模的人还原为生命的人，那将必然又是另一番景象了。

短篇《街头艺人》和中篇《秋唱》我也是对照着读的，我为小说中一个个活生生的人物所感动。我曾经为类似这样的人物感动过，那是在欧·亨利的短篇名作《最后的常春藤叶》（又译作《最后一片落叶》）里。感谢书平带我回到了二十年前。《街头》和《秋唱》这两篇小说有所异同，不同的是一为描写露迹小城街头的艺人，一为表现窝身文化馆内的艺人，相同的是这些艺人都生活在社会的底层，而且相互同情、理解、援助、祝福，有着人世间最美好的真诚和善良。老琴师在街头拉一天琴，可以挣得九块三角钱，省吃不穿，偶尔与人喝一顿酒总是他来买单，卖老鼠药的给他三千块钱要他去弄个小妞来，老琴师想起自己被拐卖的女儿至今杳无音信，顿时眼放凶光，扔了酒碗，怒气冲冲走出酒店。当晚一个小姐敲门进来，老琴师竟把口袋里拉琴挣得的钱全给了她，让她作为路费快快回家。

《秋唱》里的三个小文化人号称三奇才，会编快板的老夏，会吹唢呐的汪明根和会写小说的"我"。老夏爱酒如命却买不起酒，每顿只能用墨水瓶盖盛一点酒慢慢品呷；汪明根家里更穷，老婆为给三人煮一锅下酒的面条，不小心烫了"我"的女儿鸣鸣的脚，夫妻大吵，心中有愧，他老婆竟瞒着大家暗自去医院卖血为鸣鸣治伤；汪明根爱吹唢呐胜过老夏爱酒，住在楼下的李局长嫌吵不许他吹，心中有苦只能三人相聚诉说。忽一日"我"要被上面调走了，没有嫉妒，没有感伤，老夏从床底下面抱出十斤好酒，今夜要喝一个痛快淋漓；汪明根简直疯了，他全然忘了住在楼下的李局长，不顾一切地找出唢呐一口气吹了几十支曲子，大家都醉了，大家都哭了。读到这里我差点也流出了眼泪。这是几个我所熟悉的人物，逼真得如见毫发如闻呼吸，我从书页之中再次看见了他们苦涩而又胆怯的笑容，看见了他们在那个没有文化的文化局局长手下被压抑的人性和被剥夺的尊严。

此外他有两篇另类的小说，反映了老家百姓的某种心态。《灵牌》中的德高望重的吴三叔死了，围绕谁来给他抱灵牌而发生的一场纠纷；《面子客》中自我炫耀的钱立志为了证明木材站站长是他的关系，忍痛付出了让人搬走自家树木的代价。

书平的最后一篇小说《这种心情》，是他试图对自己的潜意识领域进行探索的新的文本，这不禁使我大为惊讶。人是这个世界中极其复杂的一种生物，撇开所谓自己最了解自己的世俗谎言，其实人对自身的认知程度远远地低于他人，很少有人愿对自己从事纯粹客观的推理，即便在虚构的文学作品中也会无意掩藏，因为这是一件非常可怕的事情。但书平放弃了外在的生活具象而把笔触伸向自我，进入到想起来似乎觉得荒诞不经的某种"心情"，从而要挖掘出人最神秘最隐蔽，最不讲道理最难以捉摸，最令人感到迷惘困惑和矛盾痛苦的东西，这说明他正在努力改变着他小说的传统写法，寄希望于开辟一片新的疆域。

这种想法是很诱人的，实现它需要非常细腻的感觉和清晰的思维，以及足以将它们形象化表达出来的深厚的文学功力。在解剖人类的灵魂方面，我们的前辈作家陀思妥耶夫斯基，还有卢梭都曾有过杰出的贡献。

书平生于马年，这个冬天过去他的马年也就来了。在此前的二十年里，他一直是马不停蹄地嘚嘚地走着，道路通畅的时候乘机还能小跑一阵。但我希望他在马年不仅要跑，而且还要有一次漂亮的腾跳。分别后的这些年里，由于"心情"的缘故我有段日子疏于写作，因此很少和他谈起这个话题。今年秋天我们在十堰再次相见，我对他说，二十世纪已经结束了，我们也应该从头再来。现在我重新想起这话，依然认为说得不错，于是在此把它正式地送给书平，作为我们的衷心共勉。

505

2001 年 10 月 5 日写于老家十堰

天下最老实的主编约稿记

——读《交通文化》

　　一个天下最老实的人，向我约稿的时候，在电话里吭哧了半天才说，把你没得用的文章给我们一篇，行吧？要是别人说这话我肯定恼火，我的文章都是有用的，不会有没得用的。可是我晓得他的意思，他的意思是我本来给别人写的文章，写出来后觉得不好，决定不给别人了，扑哧扔进电脑垃圾箱里，就把那样的废品，不妨调一篇出来给他。我问他想干什么，他说他跟他的几个同事在办一个名叫《交通文化》的刊物，想要一篇我的文章，发在创刊号上。我说这得写一篇跟交通沾点边儿的，随便给可对不起人。他一听高兴了，但是接着又吭哧说，这可是没得稿费的哪！

　　放下手上的活儿，我真的专门给他写了一篇，因为要跟交通有关，就写了一篇随笔名叫《醉鬼开车》。一个月后样刊寄来了，我一看就犯了嘀咕，这本刊物的版权页上，吴立新是主编，彭建国是执行主编，我却是他们的特约作者，这算是哪门子事啊！晚上他打电话过来，问我收到样刊没有，我劈头盖脸地泼了他一瓢凉水，我说我劝你别办这个刊物了，你这可能是一个全地球级别最低的刊物，是一份能翻面的小字报，可以到上海分部去申请吉尼斯世界纪录，投入那么多的精力，划得着吗？他在那头吭哧着不言声儿，如果是可视电话，我想我就能看到他脸上难看的表情，他原本还以为我会夸他，办得还不错哇！

我记起此前有一天晚上，我突然接到他一个紧急电话，他请我立马儿找一下这三个人，给他免了县交通局纪委书记的职务。这三个人一个是县委书记张光新，一个是县长明平安，一个组织部长柯大成。我问他是引咎吗？他说他引个啥咎？他这个纪委书记最守纪律了，他不想当的原因是姐夫要来当交通局长，而纪委书记是监督局长的，两人在一起不适合，可他又舍不得离开这个单位，所以他情愿不当这个书记了！我松了一口气说，你的这个忙好帮，人家是打破脑壳要当官儿，你是打破脑壳要免官儿，我说你不当书记了以后做什么，想好了，别后悔，我就打。他说他想好了，要我快点儿打，迟一步就下调令了！这天晚上我雷厉风行，给上述三人分别打了电话，三人不约而同地感到惋惜，说他还年轻，不该这样犟，平调又不会降级，当一个干部多不容易！

于是很快，他就不是书记了。原本我以为他会这样设计今后的日子，读读书，写写文章，回到三十年前的那个时候。因为三十年前，十八岁的建国比我成名得早，在他创作相声并且自导自演的那段光辉岁月里，北京那位给姜昆写相声的梁左先生还没有浮出水面。当年他写的相声我至今还记得其中一些漂亮的包袱，他在县城大礼堂的精彩表演更是让我毕生难忘，在那个一炮走红的获奖相声中，他一人身兼作者、导演和演员，用行话说不是捧哏，而是逗哏，外行叫说得多的那个主角。

也就在那个美好的夜晚，我坚定地认为他未来应该是一个优秀的作家或者天才的演员。而且在他只有五岁的时候，他就创作了一种把嘴歪到左方，双手却向右方划着弧圈，下面两条小腿像京剧里的青衣一样快速走动的独舞。有幸观摩到这场表演的阿姨，纷纷以当时最贵重的糖果进行嘉奖，说老二比老大聪明得多，老大死瞪白眼又不说话，简直像个寡子，寡子就是哑巴的意思，他们说我像个哑巴，他才是个神童。长到上学，放暑假时我带他到河边钓鱼，我不幸落入锅底滩，又无师自通地游上岸来，看着我一张吓得死白的脸，他像太史公一样，只用五个字就传神地描述出了刚才那个壮烈的场面：三把抢过河！从这种种的迹象显示，他很早就有文学艺术的天赋，将来至少比我要有出息。

那一次当他的相声处女作说完之后，名声大噪，评委中唯一产生的争议，是这个逗哏的嗓子有点儿发沙。但是过了十多年，我听到马三立的"逗你玩儿"，我才晓得马三立的嗓子比他还沙。又过了十多年，歌星阿杜那种歇斯底里的哑声的演唱，居然也成了一种特色，我就越发觉得当年我的感觉没有出错。尤其是他的文章写得也好，听说在天宝中学读书的时候，他把文章贴在全校师生的必经之地，以此展示自己非凡的才华。

现在好了，这位下野的纪委书记，他应该就此机会回到书房，好好地读一读书，然后好好地写一写该写的文章了。

有些年头了，他在华工（即华中理工大学，现名华中科技大学）读书，我写信劝他毕业后留下来。武汉我有太多的朋友，我也帮他联系单位，当时省文化厅一家报社的社长是我同学，我一说他的事人家就答应了。可是他实在是太热爱家乡了，当然还有媳妇儿，他根本就没有一丁点儿的远见卓识，坐了火车又坐汽车，打扮成一个义无反顾的样子踏上了那条一颠一簸的回乡之路，他一定觉得自己是竹溪的屈原，像一颗随风飘落的种子，从此生根在了交通阵地，看着山区公路两边的花开花落，冬去春来，混哪混哪，混到猴年，把一个纪委书记给混掉了。

猴年是他的本命年，难道他就是一个猴子的命，一辈子要窝在一个山洞子里吗？我实在是想不明白，恨他没有志气，总想为他指引一条光明的前途，让他成为一名真正的作家。他一定是满怀沮丧地回到家里，弟媳就对我有了意见，向别人诉苦，说我"吼起来降（读 xiáng）使他，把他都降使闷了"。这是一句典型的老家竹溪话，翻译成全国人民能听懂的，就是说我"大声而严厉的批评，使他变成了一个沉默的人"。现在好了，不用我再降使，他可以比较自由地选择他今后生活和工作的方式了。

想不到他的选择，是把他所剩的生命和精力，都用在这个全地球级别最低，可以申请吉尼斯世界纪录的刊物，这份被我称作能翻面的小字报上。那么专心致志，那么舍生忘死，并且把我也生拉活扯了进去。我觉得这人实在是有些不可救药，用老家竹溪的话说，简直是老实到了"靠"。

我曾经尝试着考证老家竹溪这个"靠"字的字义，它的意思很可能是借指可以供人靠背的一堵墙，到了"靠"也就是到了墙，到了墙也就是到了头，老实到了靠也就是老实得不能再老实了！而他就用被免去纪委书记以后金子一样宝贵的时间，老实到靠地靠在那堵土墙上，吭哧吭哧地主编着《交通文化》。我后悔那天晚上不该打那三个电话，白打了，真是的，唉。

这年四月，遥远的贵州省遵义市文联，邀请我们几个喜欢游山玩水的作家参加川黔公路的采风团，从贵阳返回路过武汉，被湖北作协接到宜昌，参观新的三峡大坝，住在省交通厅建造于宜昌的龙泉别墅。这天晚上，二十五年前的老朋友葛忠武前来看我，我见他驾着宝马车，当着老板，就要他亲自开车把我送到十堰，我要回一趟老家竹溪。前脚到家，后脚却接到妻子打的电话，说是建国去了北京，还给我带了一系列老家人爱吃的瓶瓶罐罐。

我心想这个老实到靠的人哪，都二十一世纪了，还像古人一样寻亲不遇，也不事先用高科技发个短信。一问他去干什么呢，这才晓得，他写的一篇交通文章得了一个交通金奖，交通部通知他到北京参加颁奖典礼，他猛哧一下子想到，还能顺便去看望一下首都的哥嫂和侄儿，不料他却扑了个空。

昨夜我失眠了，今早八点过后我才起床，打开电脑，来写这篇不给稿费的文章。想起我有很长时间没给他写信了，我就把它当信来写，从今往后，我不会再泼他的凉水。三军可夺帅也，匹夫不可夺志也。他要办好《交通文化》的志向是休想有人动摇得了的。

那么我就索性送他一个人情，只要有需要我做的活儿，给我言传一声儿，比方说竹溪出了真正值得讴歌的交通英雄，我就连更晓夜，跟头掀天地坐火车赶回去，交通局为他树碑，我来为他立传，一路上的吃喝花费都是我自己出，行吧？

银道禄的道路是金的

——读银道禄摄影集《神农架》

　　银老兄是个落打落实的人，不会花言巧语。四月下旬，我随采风团应邀去安徽合肥，事毕后不回京城，却绕道武汉，再经十堰，赶回老家竹溪过端午节，吃我七十八岁老娘买的粽子。银老兄得知信息，嗖的一下，给我发来一条短信说，你到十堰不告诉我，我会生气的！

　　话说得相当严重，跟别个的虚情假意不一样，我想这人是下决心要接见我了，就只好把行踪告诉了他。他率文联全体官兵，在堰丰宾馆为我接风，席上他笑得合不拢嘴，说幸亏你听了我的，不然从今往后我不理你。

　　其实银老兄是我学兄，三七二十一年前，我们师兄弟在珞珈山上修行，我住桂园，他住湖滨，之间大约隔了一里多路，各吃各的食堂。除了周末看露天电影，一人手里拎一只小板凳，偶或能在路上碰一个面，一般时候是见不着的。听人谣传，只有在夜间他才不背照相机，平时行走都把它挎在右肩，像敌后武工队挎的盒子炮，见到好看的东西就掏出来，咔嚓一声，又装进去，口袋里不晓得有多少胶卷子。

　　但他好像不大搞人体摄影，主攻对象是神农架和武当山。二十世纪末，我在岳啸的书中发现了他给作者拍的特写，那个仰天长啸壮怀激烈的样子，不

510

由得让人产生欲望。正想请他给我也拍一张，不料一个消息传来，银道禄的摄影作品一张要卖一万美元，我暗自摸了摸瘪裤兜，把蠢动的欲望控制了下去。

再说二十一年前，由我们班发起，在武大成立了一个文学社，推选我做社长，省文联捐赠我们四千块钱，办了个刊物叫《白校徽》，主要发表大家的探索和争议之作。该刊首期的封底用了银道禄一幅摄影，是我的学弟熊振宇拿给我的，用完了也没给他稿费，他也不说索取的话，是个厚道人。两年后我们各奔南北，作鸟兽散，从此在相当长的一个历史阶段，基本上没有什么走动。

也并非庄子说的那样相忘于江湖，也并非老子说的那样老死不相往来，而是彼此都在瞎忙，心里不可能忘了世上还有这么个人。证据是每回他的摄影集子出来，都要送我一本，扉页用银笔写一句客套话。我一收到此物，若是正吃着饭，立马就会放下钵子，起身去洗个手，展卷先翻一遍，然后晚上坐在灯下，沏杯好茶仔细地观瞧。

台湾人拿一百万块钱，要买断他的这些名叫摄影作品的劳什子，他不答应。不是嫌少，二百万，二百五十万他也不卖，卖了不就是个二百五吗？他叫银道禄，前方的道路上铺满了银子。他用的是金胶卷，拍摄着地理人文生命世界金色的价值，无价的价值。要是还嫌少，他就不干这个受罪的行当了。

他拍得实在是好。他拍的山似山非山，有人的风姿人的神韵，水也像是美人的香魂，每一朵小花每一株野草都是有生命和灵性的。天上东来的紫气和山间缭绕的白雾，那是人的呼吸吐纳，能够让平静的人心随之旌动。他拍的金丝猴使人想起老人、妇女和儿童，那一面面悲凄忧愤哀怜乞求的情容，猎人看了会轻轻摇头，然后丢下手里的火枪。

为什么他镜头下的金丝猴如此动人？我想啊想，后来总算是想明白了，因为那是他的亲戚，银道禄姓银，金丝猴姓金，它还高他一个辈分。

又传说他花一个半钟头学会了开车，随后独自驾着一辆军用吉普，钻进神农架里去拍林海雪原，为拍日出之前的雪光和天色，他能在雪窝里从后半夜趴到天亮。这个半吊子的司机，开车只会进，不会退，一阵铺天盖地的大雾涌来，车子回不去了，连人都不见了，过了三天，山民像发现野人一样发现了他，还是个活的。

他跟我的另一个老朋友，一个不要老婆只要《黑暗传》的胡崇峻，正好是天生的一对地生的一双。一个疯子，一个痴人，一个寻找汉民族史诗，一个拍摄神农架奇景，一个连老婆都被人拐卖了，一个差点儿把命都丢在了山上。

511

还有武当山，紫霄殿，他硬是拍得精妙绝伦。在金顶上翩然练功的老道，看久了能发现身子会动，唰地一道白光飞来，剑梢就指到了你的鼻子尖上。道人炼丹，又得了武当真气，脸上的颜色红似赤子，银老兄镜下道人渐多，近朱者赤，那面色竟如老道，红堂堂，亮光光，混在一群小白脸中，朝阳一般灿烂夺目。有人见了一时语误，不叫银道禄，而脱口叫成银道人了。

童颜跟鹤发是配套的，然而银老兄的头发并不白，无非是根数少了一些，给人的猜测是操心着急，用脑过度。朋友们都十分想不通，你还着个哪门子急呢？亚洲太平洋的奖都挣过了，就还差一个诺贝尔了，可是那个爱好和平的老头儿不喜欢照相，死后没设那项奖啊？

深入地研究下去，就研究出市文联是个鬼剃头的地方，人一进去就哗哗掉头发，如萧萧直下的无边落木。前任主席刘书平早年间跟我学写小说，一头黑发葳蕤如我，后来去文联做了寨主，也没招谁惹谁，莫名其妙头发脱落了五分之二，吓得他按住残部，火速移师省城。银老兄这一继位，头发又掉了五分之四。

他怕我误会了，以为他一生下来就是这个样子，为了证明自己也曾有过帅呆酷毙的青春史，他特意带上一张身份证，驱车赶到我的朋友东明府上，从裤兜子里掏出来指给我看。你看看我年轻的时候！你看看我年轻的时候！只见他红脸放光，两眼含泪，语气中露出无限的伤感和怀恋。果不其然，身份证上的人一脑壳好头发如乌云遮日，样子也似曾相识，我突然想起二十世纪初的无声电影，片中的俊男一人头上一顶黑锅盖。

我奋力地安抚他，我说杜工部也脱发，却是一个乐观的脱发者，写完他的名句"白头搔更短"后，又去江边独步寻花，作七绝曰："繁枝容易纷纷落，嫩蕊商量细细开。"可爱的老诗圣充满信念，等着它们在头上商量长嫩芽子呢，哪怕细一点也行啊。

我递给他一块西瓜，银老兄吃了人的嘴软，瓜皮一扔，讲他的罗曼史作为报答。总共有三个，他居然再一次激动起来，一个是首长的女儿，一个是部队的女兵，还有一个是娘包办的。他第一喜欢女兵，首长的女儿也在犹豫之列，可是关键时刻，娘的一封家书把他召回去了。儿呀，你要是不娶这个女娃做堂客，我就一脑壳撞死在你面前！银老兄是个好兵，银老兄还是个孝子，为了保住他娘的一条残命，他在黑夜里转过脸去，朝着部队的方向敬了两个军礼：首长，女兵，小银同志对不住你们啦！

这些年，这个红脸稀发的摄影家，这个忙碌的文联主席兼摄协主席，这个无数金杯银杯的光荣得主，摄了那么多的美女之影，正面侧峰，全身局部，立正稍息，运动卧倒，然而在他的心里，比过来又比过去，比过去又比过来，最后谁都比不过他家里的那一个，我们鄂西北叫媳妇儿，他们湖南叫堂客。四十年前他娘用一条老命向儿子力荐的继承人，是他这辈子永远的糟糠之妻啊。

我同情与理解重组的新侣，一如我敬重与祝福长远的老伴。

想给他写篇文章，此念已久，这回我要他把邮箱告诉我。银老兄一听慌了神，说是他目前的英雄事迹还不太多。我说不要等着去救落水儿童了，你有邮箱不告诉我，我会生气的。

2006 年 10 月 8 日写于北京听风楼

长青藤和献给缪斯的瓜

——读滕家龙系列诗《十四行诗钞》

很久以前，我以为家龙的父亲以儿子的属相为其赐名，再加上他又喜欢鲁迅，二十多岁就急着蓄起了一撮小黑胡，而我当时还是话本小说中写的那种面白无须，于是有朋友请我吃饭的时候，席间假如有此人，我会把他推到上席。他也不语，姜子牙一般严肃地坐着，来了敬酒的就喝，小黑胡下的两片红嘴唇发出吱儿吱儿的响声，时而起身上一个厕所，归来依然就座。

这样一直到了二十一世纪初，忽然有一次我听说了此人属马，原来还小我一岁，这一年我的胡子已白得很辽阔了，他却仍是二十年前那小而黑的一撮。我倒是没怎么生气，只不过从此取消了他的首席资格。在家乡，有我为主宾的酒宴上往往是以长幼排座次的，若是发生争议可以参考户口，递名片基本上不起什么作用。

在我的印象中，家龙是什么都写，什么都敢写和会写，其文艺主张似乎是来自俄国的别林斯基和车尔尼雪夫斯基。而他主打写作的诗歌，形式又接近于英国的莎士比亚，与雪莱、拜伦、普希金们也颇近似。当家乡有一位误以为我不认识家龙的粉丝从网上下载了他的诗给我传来，让我读到"历史，像赌徒俯首的妻子，输光时就被送进当铺；哲学，这威猛的秃鹫，在无人问津或是肆意鄙薄中蜕变成蚍蜉；文学和艺术的处境，更为可笑，被人玩弄后，又对它不屑一顾……"的时候，我一下子还想到了裴多菲，"希望是什么？是娼妓：她对谁都蛊惑，将一切都献给……"

粉丝将家龙的诗下载发我，并注释说每一首都是情诗，有如火的，有似水的，有送给"MA"的，有送给"MC"的，层次可分为爱的心语，寄语，轻歌，涩歌。依序而言，第一首他说要谢谢天，因为他终于访到了他的唯一，于是他在她的窗外徘徊，等着她的电话，想她给他一个圆圆的月亮，发现火塘边还有一个空闲的位置，他就要与她一起把轻车同驾。当这一切他都有了，冷傲的女郎啊，他甘愿戴上羞辱的冠冕，即便把生命献给痛苦，他也不知道该怎样高兴。但是有一天，他要离开她了，或者说她要离开他了，他就写下临别的告白，那些缠绵悱恻哀伤凄美的诗句，能够让人念出眼中的泪水，如此蛊惑我们诗人的究竟是一些什么样的妖娆女人呢？

粉丝在这只老狐狸布下的天罗地藤中走失了方向，误入了歧途，以红学家索隐派的刻苦精神，考证说"M"是什么，"M"不就是汉语妹妹的拼缩吗？于是我放下手里的长篇，兴致勃勃地读着这一桌面的情诗。我发现家龙的诗清澈透明，适合朗诵，行吟，是美声唱法，纵然是情诗也要在阳光下磊落地高喊，流行于目前的那类哼哼唧唧，咕咕哝哝，简直是搞不成的。我说乖乖，不是写给妹妹，而是写给缪斯阿姨的啊！这人原本是个一心扑在麻将桌上的伪浪漫主义诗人，因为我们何时相见，他都会在正式入座的前一分钟还鞠躬尽瘁地趴在麻将桌上，伸着一根脖子妄图拼缩出一条龙来，桌角放着几张散钱，在微风中轻轻地摆动。

我讲一个小段子适当表扬一下我的朋友，有一年我受家乡图书馆的感召，捐赠了一批我的所谓著作，一位名叫祝东红的年轻馆员满心感戴，为我将要来京的母亲养了一盆丁香花，还写了一篇怀念我母亲的美文发表在刊物上。这下我反倒要向她致谢了，快过年时寄了她一枚烙诗的小葫芦，权当是圆形立体的贺岁卡。又想着一个是寄，两个也是寄，何不再给多年不见的家龙一个，放在一起又不增添邮资，同住一个不大的城市，上图书馆看书时顺手就转交了。

这位伪浪漫主义诗人却不是这么想的，一接电话就吓慌了，不敢去取，给他送来，更不敢要，不知道葫芦里卖的是什么药。当认真负责的女馆员设法把它交到他的夫人手中的时候，那个年已过完了，将要进入正月十五了。此人一看是我送的葫芦，而且是自己园子种的，一分钱也没花，心里一块石头总算是落了地，一张异样的贺年卡，害他这个年都没有过好。葫芦上的打油诗现在我已忘了原句，只记得大抵意思是表扬他在我老家的文坛做常务祭酒，功莫大焉。

通过他的粉丝我知道了，他以元人马致远的小令作他网络博客的名字，藤藤网网，枝枝蔓蔓，丫丫杈杈，将写给缪斯的情诗无版权地挂出来任凭索隐派去考证，去争论和打架。自称枯藤老树，倒也长得勃蓬而葳蕤，柔韧且劲道，藤上要花有花，要叶有叶，要果子也青青黄黄的吊得到处都是。伸手去一拨拉，每每能拨出一些雷人的句子，比方有说一首名叫《夜半琴声》的大约八百到一千行共分十一章的长诗，弹到最后，天色都曦微了，这时候，一夜没有睡觉的诗人却迎着黎明的曙光，凄然弹出这样一支让人伤心的歌："荒原上有一座伶仃的孤坟，坟冢上没有鲜花，也没有碑文，这是等着他的，永久的安息地，只有一只秃了翅膀的鹰，在上边低沉地呻吟……"

这是一位寂寞的诗人，死后的光景如此凄凉，估计生前也红不到哪里。但是，"当太阳从东方升起三万六千次"，也就是在那二十二世纪的某一天早晨，"从这里，路过一位年轻的旅人，在坟旁坐下，野草上落满旅途的灰尘，年轻人不知道长眠在这里的是谁——，从行囊里取出他留下的诗文……"

这不就行了吗？别弹了，别弹了，孤坟野草中长眠的无碑诗人啊，那只低沉呻吟的秃鹰原是贝亚特的化身，你的灵魂应随她美妙的背影含笑而去，去享有人间没有，只能到了天堂才会有的殊荣。

我不习惯网阅，下载读屏也觉伤眼，倒想有一本八月的枕边书，用手机发他一条短信，想要一册诗集，也仿照年轻的旅人打开行囊。此人却又一头扑在麻将桌上，迟迟也不寄来，是忘了还是懒得，我不知道。然而我能感觉到他印在纸质上的著作不是很多，即便在我家乡的那座小小的城市，他也不属于著作等身的人。

关于这个词儿，有一次，有一个粉丝请教于我，问我目前的著作等到了哪里，我说若是早期的竹简时代，已能等身多次，若是中期的线装时代，也差不多能等身，若是现在的纸媒时代，大概能等到臀，若是以后的光盘时代，恐怕连脚背也等不到。粉丝用手在我的臀部比画着，我说比是没有用的，根据词典上的解释，此字是屁股接近腰的位置，因此著作等臀的通俗说法叫写得多等个屁。

不过真要实现等身的宏伟目标，说难也难，说容易也容易，第一人要矮，第二纸要厚，第三为了神圣的文学事业还要不惜赔本与不懂文学的内人作殊死的斗争。

从那次处理葫芦的态度来看，家龙可能不会做这样的事。

又说到了葫芦。今夏七月还乡家龙送我一条青铜蛇，我不变应万变地又送他一枚烙诗的宝葫芦，诗曰："世上有二者，得名天下一。龙君赐其号，严生奋其须。圣宫纵酒后，道馆品茗时。应惜雁未舞，幸却冷香袭。"典出一次酒后，家龙赞美我是"天下第一二"，政协副主席严炳洲就"天下第二二"地把它写成书法，嘱我带回家来补壁，是时身边有两名女子巧笑倩兮，并无阻拦之意。

2013 年 9 月 30 日写于北京竹影居

此伤深深深何痛

——读尹仙鹏长篇小说《伤痛》

想起语句的职业制造者，我心悲哀，譬如已流行当今文坛，为造句者口口声声袭用的"八〇后"竟不是出自造句者的笔下。

文学评论家到哪里去找这样现成的东西！一个个小跑溜丢地去取了来，为当今的作家阵营省力气地划分代际，从"八〇后"倒着往前数，"七〇后"，"六〇后"，"五〇后"。然后打住，过几年发现五〇六〇已近腐朽，七〇八〇也不新鲜，就往前再推出"九〇后"。截至猴年，"九〇后"也正好到了巴金写激流三部曲的年龄，评论家的眼前又开始出现了两个〇，"〇〇后"。十五岁的文学少年加油，爷爷们枕戈待旦地又准备写诸位的评论了。

几乎没有一个人会想到，"五〇后"的前面还有"四〇后"。

然而在我的家乡，按照当时的行政称谓，湖北省十堰市竹溪县中峰区三合公社东方红大队第二生产队的白杨树垭村尹家大院，有一位出生于1947年的初中肄业生，他似乎想站出来为"四〇后"说一句话。

羊年的最后一月，我突然收到一个寄自家乡的特快专递，拆开看是一部长篇小说。书的名字叫作《伤痛》，六十七万字，五百零八码，作者署名尹仙鹏。我吃了一惊，想起四十多年前我的一位名叫尹先鹏的朋友，真实的姓名与书上的署名只有一字之差。更加令我吃惊的是，这本厚书的第二百五十四码与二百五十五码之间，夹着一枚没有飘带的书签，这枚书签是一张四寸的、四边齿状的、颜色变黄的黑白相片，相片上的人物是我。

相片背面蓝色墨水写着的时间，让我油然地想了起来，我初中毕业以后来到父亲劳动的地方与他相濡以沫，白天在水库上干活，晚上回家写长篇小说。写了几年写完一部，在寄走之前我想去照一张相，以便在这本书出版的时候印在书里，我记得很多作家的书都是这样。当时我在水库上的工作无非有两种，一种是拉车，一种是打夯，前者运土填坝，后者把坝筑紧。一只石夯重约八百至一千斤，用铁丝把四根树棒从腰部绑成一个"井"字，八人各站一方，其中四人打主杠，四人打副杠，我身单力薄又只有十几岁，只能站在两个壮汉之间，站我身边打主杠的一条身高一米八的汉子，他就是尹先鹏。

此人长我六岁，初中肄业，我是初中毕业，两人的学历应该相等，但在当时当地，已经是两个小知识分子了。因为都在打夯，我们成了夯友，又因为都爱看书，我们又成了书友，互相交换阅读一些很不容易才搞到手的书籍成了我们每天唯一的快乐。记忆最深刻的书中，我借给他的有一本是美国作家杰克·伦敦的《海狼》，他借给我的有一本是爱尔兰女作家艾捷尔·丽莲·伏尼契的《牛虻》，它们都已经没有了封面，那时候我们也不知道这是世界名著。尹先鹏听说我在写长篇小说，曾经主动借给我钱让我去买烟抽，说鲁迅之所以是鲁迅就因为抽烟。当他知道我明天要去完成一件大事，步行三十里到县照相馆照一张相印在我的书中的时候，扫一眼我身上的破衣服，当晚敲门，给我送来他的一套灰色的夹克衫。

就是黑白相片上我身穿的这套衣服，那个春天我十九岁。那部长篇小说至今也没出版，那张相实在是白照了。我印了两张，一张赠他，一张自存，自存的一张早已丢失，想不到赠他的一张，四十三年以后被他夹在这部六十七万字的长篇小说中给我寄来，让我以年老的双手捧着年少的面庞看了又看，眼中看出两行酸泪。

我以我们当年练就的速度看完了他的《伤痛》，当年我们看书第一要限时归还，第二若是被人举报还得挨斗，因此往往在一盏煤油灯下看上一个通宵，次日包上别种书的封皮塞给辗转带书的人。看完后记，我想我的这位老友仅为他的这个书名就再一次地伤痛了，何况一字一字写下这一本书的时候！书中一个名叫卯生的人，他的慈母贫病早逝，心仪的女子不仅不能为他所得，反而让他身遭诬陷，被囚牢笼，出狱后爱子又溺水身亡……人间天下，最响的霹雳一个连着一个以灭顶之势炸响在他的头上，倒下，爬起，坐稳，伏案。我想起肖洛霍夫的《一个人的遭遇》，这却更像一部自传体的长篇小说。

想不到他会有这样震撼人心的文字，卯生听到爱子溺水的消息之后：

> ……曾无数次用过"撕心裂肺"一词，但那是写作品，是隔着肚皮为主人公想象，为书中人物无病的呻吟。而此时此刻，也只有此时此刻，他才懂得了这"撕心裂肺"一词真正的、惨痛的含义和滋味。这滋味原来有这么超人想象、这么难以承受的痛苦。他感到自己的心——不，是整个五脏六腑全在剧烈地抽搐，仿佛体内所有的脏器都被一股强力死死地扭着，拧着，扭拧得腹腔内一片空洞，空疼，又犹如一万根钢针穿刺……当人们的叙说告一段落，卯生于泪眼朦胧中似乎看到了——不，是真真切切地看到了，落在水中悬崖下的儿子，在四周稀软空洞的、茫茫漆黑一片的水域中惊恐万状，不知所措，求生的本能迫使他屏住呼吸，四肢仓皇地划动，划动，像一条被雷电击昏的蛙鱼，晕头转向，在拼死挣扎中浮浮沉沉。可是……他力不从心，渐渐因力气不支而下沉，下沉。幸好，他又浮起来了……天哪，他奔错了求生的方向……卯生撕心裂肺地哭喊了一声，隐约间，他仿佛听清了自己哭喊的是："儿啊，你错了……"

这样的细节，自然有人会写得更加漂亮，然而那是技术，或叫才华，它一定不会让我的心随之伤痛。在这里我是真的看到了和真的听到了，昏迷之中的卯生用幻觉指导着在水中挣扎的爱子，发现他的游向不对时那一声哭喊："儿啊，你错了……"

在这本书中，他的语言一如四十年前，依然爱在一个复句中使用顿号和破折号。

他醉心的是唯美的、抒情的、漫长的欧式语言："他准备明天死去，现在他的内心意欲前往的这个世界已经消失，就像在黑暗降临的时候布满晚霞般美梦的仙境随之消失一样，他被赶回到日复一日、夜复一夜的世界——这里存在格拉西尼和加利……"《牛虻》中的红衣主教蒙泰尼里和他的私生子亚瑟，亚瑟成长为革命者列瓦雷士之后和他的女友琼玛，他们之间的激情对话和作者伏尼契的精彩描写，有很多我们都会背诵。就连牛虻死后，伏尼契对他的同志马尔蒂尼的这段话剧独白式的叙述我们也大致能够背得下来。

这种语言在当时被称为装饰语、倒装句，是西方资产阶级文学的标志之一，工农兵连念都念不通，可是我们喜欢。另外我们还有一个重要的发现，发现奥斯特洛夫斯基的《钢铁是怎样炼成的》中保尔和冬妮娅的爱情，抄袭了伏尼契的《牛虻》中的列瓦雷士和琼玛。"只不过冬妮娅失去保尔是一次，琼玛失去亚瑟是又一次。"一个二十多岁的青年和一个十多岁的小青年在工间休息的时候，坐在一只石夯的木把上严肃地讨论说。

离别后这漫长的年头，我不知道他仍在写着，除了这次他送我的《伤痛》，他写过的长篇小说还有《民国大案》《白云苍狗》《鬼中侠》《血染的国宝》，最后一部已卖出了影视改编权。我更不知道的是，这些年里他读了那么多的书，还到外地书店去买过我的大部头。

我不会动员他加入国级、省级、市级以及县级的各级作家协会，因为这些作家协会的很多作家都不是作家或不是真正的作家，无论他们的名片上是否印着一级。此外，还因为这个名叫尹仙鹏的作者在自序中已经说过："……白纸宽容仁厚，不讥不讽，倒可任人徜徉，尽情挥洒，坦言无忌。人之从生到死，过程而已。延续这一过程的——伟人们留下的是思想，是精神，像老子，孔子，千年不死；平凡者留下的是故事，是教训。为有益于后代，愿天下人礼待人生而不吝珠玉，为自己写出真实、多彩、永久的记忆，以飨来人。"

并且我还想告诉他，也无论被封的伟人和自诩的凡夫，一旦遭遇时间，自会一样一样地被扒去庙堂、碑墓、棺椁、衣饰、体肤、骨殖、毛发，自然也包括金光闪闪的奖章和证书，最后能留下的唯有装载思想和精神的文字。就好比我们阅读无数前人的诗文，会在意作者文字之外的所谓身份和级别吗？

2016 年 7 月 12 日写于北京竹影居

预谋幸会久仰的书友

——读黄成勇随笔集《幸会幸会，久仰久仰》

　　知道《书友》是老家十堰的作者李振斌出的小说集，我曾撰文助威，文章发表在《作家文摘》的同时，振斌也拿去登在了《书友》上。样报寄来，令我大骇，窃以为车城仅出好车，孰料还出好报。打听何人所为，说是叫黄成勇，书店总经理，本人也写得一手好文章。从此三不知的，就总收到寄赠的报纸，每来必读，听惯了农民获奖紫红作家的故事会，报页里有一袭湖笔徽墨的淡淡香息，甚是久违。

　　乙酉年初，云南人民社出版我的新书，豪华得很，定价于是不菲，一本达四十元人民币。过去我出新书，一般会扣除一些稿费买书送人，尤其家乡的文友，若是不送，在回乡探亲的日子里就会没有酒喝。然而这一次我却突然小气起来，掐指一算，若以七折买书，百册就将扣款近三千元。我遂想出一个妙法，从十册样书中挤出一本，寄给未曾谋面的黄成勇，附信一帧，请他将此书作适当的引进，让我家乡的朋友自己发现，想看的就去买，瞧不起就拉倒，这样可以节省下来我的资金。

　　我跟成勇就有了交往，当然也仅限于书上。他回赠我一本他刚出的新书，《幸会幸会，久仰久仰》。这个稀奇古怪的书名令我兴趣盎然，展卷拜读，觉得书中有绝好的文字。成勇信中披露了一件此前我并不知晓的事，原来二十五年前，我们乃是同一地区银行的跨县同行。我就立刻开始汗颜，想起那一年的夏天，如果我们坐在一个会场，他可能会听到一位县级行长对我的攻击，说我不好生地写金融文章，却去写么子小说，并且还转载在《小说月报》上。

同时我又怀念起了郧阳地区中心支行的老行长，姓吕名品，浑身长满了嘴，一听此言，他的两眼放出金光，散会后把我叫到他的私寓，要调我到中心支行去办一份名叫《金融研究》的杂志。吓得我屁滚尿流，回到县里就找县委书记，要求从有钱有势的银行，调到了又穷又酸的文化馆，这事一度被我过去的同事讥笑为"从米箩跳到糠箩"。

编《书友》的成勇晚我一个年代，那年我才二十啷当岁，他一个十多岁的少年，是怎么到了银行的呢？这是个谜，我就从他的书中去找谜底。我从他的书中首先读出他对七月派的一往情深，心中暗自替他感动。

这年五月，全国图书订货会移师天津，天津当年的神童诗人侯红鹅，今日的著名作家林希，是我的文坛好友，忘年之交。我想引荐成勇也与他幸会，以便来日好写续书，那老爷子近些年在中美之间，飞来飞去，一旦离开天津，脚板皮就摸不着了。正好《都市小说》的主编芦玲莉女士请我赴津，帮她召集一个天津作家的聚会，因为他们几乎都是我的朋友。我把这个消息告知林希，老爷子遂请我在西子湖畔吃饭，尝他从美国带回的好酒，请他的小老弟肖克凡作陪。我给成勇发去短信，希望与他在天津初晤，可惜他去是要去的，日子与我却阴差阳错，去津之时，我已返京十日，于是这事只好作罢。

成勇是我真正的老乡，我们的家乡遥远而又偏僻，所出产的作家却一个比一个清高自尊，与有些地域的文坛同志其实不同。成勇书中提到的梅洁，后来被我改正一个字音，呼作梅姐，十多年前她就听说了我，她有汉江一样不绝的泪水与乡情，到京却不肯见我这个小弟的面，唯恐人说她想让自己的作品以八种语言走向世界，进而去荣获诺贝尔奖。坚持到了最后，还是我专程到石家庄，朝见这位老姐。

还有一个木匠作家叫老芨，一棵不死的野草，与我同科，实名制存款折上写作江达，他送我两本书，一盒茶，托两位在京的房陵妹子转交于我。房陵二妹仗着她们美丽的家园一千年前住过庐陵王，何曾把野老乡放在眼里，说声这人有什么了不起的，毅然将茶喝了，将书扣下。直到翌年之春，老芨木匠二次抵京，方才将见面的仪式改成交书的典礼。开启书扉，验明正身，题赠的日子已愈周年。一声笑叹，我想起了苏小妹揶揄长脸东坡哥哥的诗：去年一滴相思泪，至今才流到腮边。

四十年前，一位天府木匠的临阵变脸，破灭了我今生要做木匠的理想，由此我对有幸做过木匠的老芨心存一种特别的景仰，并且望尘莫及。见他又会著书，还会写字，私心已将他圈为文朋。然而时过两年，丙戌年的端午节前，我应安徽合肥市政府之邀去古城采风，完事后绕路回乡，经十堰时发一短信，约他相见，他却断不肯回。我排列了一张不小心曾经得罪的人物名单，其中似乎没有此公，一月后回京再经十堰，市文联设宴款待，我心不死，托人再探，这次他竟跟跄到了，见面就扒胸口，说是医生在那里面搭了座桥。

原来如此，我想起了比干，人太聪明，其心就该受到天人的妒忌。再一核算，我们的野草已葳然长到耳顺之年，春风吹过六十遍，如今已经移交给了秋风，是得要好好地珍重了。次日凌晨我尚在梦中，他又把我的手机弄响，发短信要亲自来下榻处，送我两本才出的新书。

这本是一件篇外的事，人却仍是书友，算不得太跑题。何况我一想到家乡，就看见大山里的一群痴人，相约垒起了一个不大的文坛，心无旁骛，兴致勃勃，我便油然地生出敬意，心里似有很多的话说。

成勇升迁省店以后，主编一本名叫《崇文》的刊物，白白净净的封皮，看着清心养脾。约我写文，遵命给了，是为家乡作者明扬长篇小说所作的序。文章不日就登了出来，我把刊物转寄明扬，嘱他遵照规矩，给文章的责任编辑寄一本书。成勇收到书后发短信来，说是轮流坐庄的图书年会今夏轮到了新疆，问我要不要去，若去这回就能见着。我回信说正在老家竹溪补充写书的原材料，恐怕又是去不成了，他一听说声你等着啊，让竹溪书店代我请你。言毕约十分钟，铃声大作，开门一看，一俊男自称书店的彭副经理，说县店苏经理奉省店黄总经理命，请我赴宴。

随车去了，吃喝一通，归来又得所赠两提兜绝好香茗。

长江集团总领航周百义，上月抵京，打来电话，我向他问起至今仍没谋面的黄成勇，我说文章写得不错，人品尚可？他说不是尚可，我吃一惊，百义又说，而是也不错的。乡党享此殊荣，简直令我兴高采烈，随着一张老脸逐渐萌生出些许的苍须，我是越发地挑剔作家的人品了。我有一个交友秘籍，愿无偿捐献给至今或许仍在迷途的沙龙诸君，曰 ：文人之上上品者为人文俱佳，次者文略拙而人甚美，再次者文虽华则性本恶，再再次者，人文俱失也。

后两种可做《书友》的聊资，却断不能做书友的。

2008 年 7 月 16 日写于北京听风楼

一个老县长的生母与养父
——读阎进忠散文集《小城记石》

公进忠，寄来《小城记石》，成勇作序，家龙作评，岳啸再评，隆重如脂砚斋重评石头记。有诸多可信任的朋友联袂担保，想必这应是一块好的石头。却因刘禹锡所哂笑的"案牍之劳形"，许久未曾舍得展卷，今收吾兄岳啸怀念碧野的文章，复信问及作者，方才迟读为憾。果然书中有真性情的文字，率直如书扉人物黑脸上的憨笑，尤其书中写到的父母，几度令我目光缓移，读毕抬眼望向窗外的天色，心事浩茫。

丁亥年初，我主编了一套中国现当代作家写父母的大书，上下二卷，冀教社版，如早些时候见到这些文章，是可以选一篇入书的。此书我初定的名字有一点长，叫《天大地大，爹亲娘亲》，年届不惑以上的中国人都会唱，幼时见过祖宗祠堂，供案上一尊竖版的檀香木牌，依循孔子的排行榜，写着"天地君亲师位"，后读孟子，竟勇敢地将君去除，双亲往前挪了一位，并且首次铿锵喊出"天地父母"的口号。我由此喜欢上了这个凭良心的古人，于是有一阵子对孔圣人的膜拜，竟自还亚于孟亚圣。我又最喜欢他一句朱元璋先生最不喜欢的话，是谓"民为重，社稷次之，君为轻"。《孟子》一书在明朝遭禁毁，视其为淫书《金瓶梅》类，其害尤甚，问题就出在父母和人民与其他项目的排行榜上。

两千年前的孟子的天地父母和民重君轻的思想，我们今天的人类达到了吗？今天，亲人反目，认钱不认亲，给多少被物质与精神遗弃的父母留下身心的创伤。去岁猪年，河南政府将孝不孝顺父母列为考核公务员的一条硬道理，我便唏嘘，足可见孔融让梨已成为儿童的神话，遑论怀橘遗亲，扇枕温衾。

读闫公《小城记石》中的《认识母亲》，我想起二十四孝中宋朝朱寿昌的弃官寻母，它让我读出了泪水。我本不想承认这件糟糕的事，人上一百，有情有义、薄情寡义与无情无义的人，若以除法进行运算，应各占百分之三十三点三，我担心遇上另类，会笑我不是个大男人。但当我读到这样的句子，"那年冬天，我携妻女返乡探母，一进村口，便见一个裹着头巾的老妪，翘首站立在风雪之中，我已察觉到了什么，冲上去扑进她的怀中。'妈！'我失声地叫着，'儿啊！'她泪水长流地拥着我，迅速地把我的双手拉进她的怀里……"这时候我已成了风雪中翘首望儿的老妪，泪水长流。

《养父》一篇让我生出别样的酸楚。"养父急得给医生下跪，这不是我的亲子，救不过来我无法交代！"接着，"我因有朋友要看，常常回得很晚，而每当半夜返回，总发现门前空无一人的球场看台上，有忽明忽暗的火星，我知道，那是养父在等我，待我走到他的跟前，总能看到一摊烟头"。我忍不住又要做女人了，我的泪不顾一切地想出来。在我的少年时代，我的父亲就是这样，可惜那时我尚懵懂未知。真正懂得父亲，是我做了父亲，那一堆烟头，那一个跪，那忽明忽暗的火星，那是一颗悬着的心在向苍天祈求。

回到《天大地大，爹亲娘亲》，名字后删减为《天地父母》出版。如此也好，亦合我意。我有一位朋友，两耳仅懂中国话，一心只读外国书，同时也日夜挣扎着写些假装外国的小说，总希望我能助他石破天惊。我也确曾热心助过，此书编成之际二人邂逅，我抬举他，命其赶写一篇添加进去。原以为胸有父母，倚马可待，不料他却一脸的惆怅，说是这样的文章既不好用乔伊斯的意识流，又不便学劳伦斯写性，博尔赫斯和卡尔维诺的艺术手法一个都用不上，叫我如何来写它？我忽然大惊失色，后退数步，从兹不敢继续为伍，窃以为不肯为父母付出一个夜晚的人，朋友于他算个老几。转而又想，这人是否受了外国的影响，但一听说小布什往老布什的碗里夹鱼，再看电视里三个中国儿子正在用抓阄的办法赡养老母，便觉得实在是没话可说了。

真正优秀的作家似乎不是这样，这两卷讲述父亲和母亲的书，分别是以鲁迅和胡适打头。"父亲的喘气颇长久，连我也听得很吃力，然而谁也不能帮助他。……我很爱我的父亲，便是现在，也还是这样想。"这是鲁迅写他父亲。"听说眼翳可以用舌头舔去，有一夜她把我叫醒，她真用舌头舔我的病眼。"这是胡适写他母亲。当代很受外国人器重的贾平凹，给我打电话说他有三篇写父亲的文章，还有一篇写母亲的，希望统统都收进来。他写喝酒的父亲死了："我流着眼泪把那瓶茅台放在棺内，让我的父亲在另一个世界上再喝吧。如今，我的文章还在不断发表出版，但我再也享受不到那一份特殊的祝贺了。"

越南文学远逊拉美，以及欧洲，综合国力更不用说了，然而某些女作家的观念居然超前。近读阮氏秋惠的代表作，获越南作家协会奖的《天堂的眼泪》，读至"她来到这个世界也是如此，那天我们只顾自己的快乐……她是肉欲的产品"，我就赶紧暗自祈祷，中国的不孝之子女最好不要看见这段文字，否则又将找到不孝的理由。既然自己是父母快乐和肉欲的产品，那么理所当然，产品们反而要得到快乐肉欲者们永远无偿的保养和包修。否则，告你。

喜欢孟子，喜欢热爱父母的人，由此也喜欢怀念生母与养父的闫进忠公。这个可爱的七品官，跟我那位满嘴巴嘶嘶啦啦的朋友不同，放下惊堂木了以后，还能放下一些好吃好喝的场合，寂寞地趴在灯下，"噙着泪"回忆自己的亲人和恩人。虽然，文章字句犹如这位山中大汉的皮肤，显得稍微有点儿粗糙，但是他的心是细的，真的和善的。那是良心，因而也是美的。比起纯粹技术化了的美丽谎言，我情愿听一个打着赤膊的儿子面对九泉下的父母，跪地诉说着石头一样没有抛光打磨的话，落打落实。

书中的养父我也喜欢，除了喜欢还有一个谜语我想请他替我解开，假如他能够活过来。我很好奇，临终的一刻他为什么会喊出那样一句滑稽的口号，而且连呼数声！为什么，他的心里究竟怎么想的，是想用他特殊有效的方式，最后再爱一次，再保护一次养子吗？这个谜底，阎公应该猜得出来！

2014 年 7 月 23 日写于北京听风楼

卖花翁要申报诺奖

——读曹树厚长篇小说《好梦成真记》（二卷）

二十世纪的最后一年，夏季的一个中午，吃罢中饭我正在沙发上躺着，忽听敲门声响，我说进来，敲门者就进来了，是位老先生，头戴一顶巴拿马式小凉帽，身穿一件灰色短袖衬衣，手里提着一只黑皮提包，人很瘦小，满头是汗，进门就说要找野莽先生。我说我就是，边说边起座，问他有什么事。老先生不答话，"嘶"地拉开提包拉链，从里面取出一封信来，交给我说，这是李德先生写给你的。李德是我朋友，改革出版社的总编室主任，让人带信给我必是有事相托。我打开信一看，果不其然，他要我帮这位老先生出一本书，说这书他出不了，只好转托于我。我收了信，问老先生叫什么名字，多大年纪，哪里的人，老者说叫曹树厚，今年七十，湖北十堰人。我一听就笑了说，我们不是老乡吗？老先生听说我们是老乡，高兴极了，当即就把一摞书稿掏出来，交到我手里。

书稿是他请人打印的，装订成上、下两册，总共一百万字，书名叫《好梦成真记》，是他的自传体长篇小说。老先生说他从四十岁动笔写的，写到七十岁，整整写了三十年，儿子从上小学三年级时开始给他抄稿，现在都当副区长了，他是以开爱心鲜花公司的收入，来养活着自己的创作。我听了大为感

529

动，看着打印件上的书名说，好吧，先让编辑看看，争取帮你圆了这个好梦。当时编辑部聘了一个年轻编辑，是个蒙古族女孩儿，名叫乌力斯，我转手把书稿交给她，要她尽快看出来，从明天起别上班了，看完写上详细意见，交给我再审读。而老先生就先回家去，听候我们的审稿通知。

乌力斯足足花了一个多月时间，才把这部百万巨著看完，期间不断地打电话来，向我叫苦连天，说是稿子写得如何的没有规矩，如何的不成体统，把她都累病了。接着她的男朋友，在《北京文学》做编辑的张英也给我打电话，说是野莽老师，我问句话您别见怪，这个老人给了您什么好处，为什么一定要出他这本书？

我说我告诉你，他老人家给我的好处是，他把家乡人民这种崇高的精神追求带给了我，我为之而高兴，而激动，而振奋，一个七十高龄的老人居然写出百万巨著，一个有良心的编辑出版人能不为之动心动容，为之鼎力相助吗？请告诉你的女朋友，这本书写得好要出，写得不好要改好了出，她改不好你帮她改，不改好别来上班了！

听我态度如此坚决，他们两人就努力修改，规范文字，删去枝蔓，把一百万字改得只剩六十万字，改毕拿给我看，我觉得再略动一下就可以了。我为本书定了一个基调，这是一部圆梦之作，不能以对一位作家的要求，来要求这位卖鲜花的老先生，社会意义只要积极，经济效益只要不赔，就行了。

小说出版之时，老先生二次来京，要我为他写篇文章，在京城报界发表，我又写了文章，把他介绍给《中华读书报》的魏琦，《中国文化报》的高昌，《北京晚报》的高立林等朋友，一直等到文章发表，他才拿着报纸登上回家的列车。谁知回家以后，老先生又来了劲，要我为他申报诺贝尔文学奖。我说我都写了二十本书，还有比我更好的作家，都还没往那上面想，您这回的好梦恐怕不能成真了。他说你不给我报我自己找人报，作家就是要自信，就是要狂，你看人家台湾的李敖，大喊大叫地要得诺贝尔文学奖。就在老先生为诺贝尔文学奖而四处奔走的时候，消息传来，这年的这个奖被高行健得了，老先生很不服气。

2000 年 8 月 1 日写于北京听风楼

击鼓的多种方式

——读李振斌小说集《悬石鼓》

　　两年前认识的李振斌，此后在当地的报纸和刊物上，断续读过他的几篇短文，介乎文学与新闻之间，想必是为了应付工作，读后没有留下太深的印象。心里却很愿意在闲下来的时候，再系统地读他一些作品，往后见面除了饮酒，也好有个正经谈资。这么想着，《悬石鼓》就出来了，并且它正好是我想象中的那种规模，不像时下青年作者热衷于鸡零狗碎尽收囊中的做法，而是从自己开始创作以来多年的探索与积累中，择其具有代表性的篇章印成一本，并不太厚。

　　这本书却有一个最大的特色，就是书中所收的每一篇作品，从内容到形式几乎都没有重复的痕迹。能够做到这一点是很不容易的，因为在对当代成功作家的个案分析中，批评家发现了两种截然不同的现象，一种是固守一隅坚持本色，一种是广泛吸纳不断创新，两种现象的并存使不少勇攀文学高峰的青年作者一时间陷入了迷惘，面对歧路，不知孰是孰非，何去何从。

　　从这本书中粗略一看，作者似乎也曾经是困顿过，犹豫过的，可作举证的是时而传统的手法，时而现代的尝试，目光游移，步履迟缓，走得通就走下去，不顺风又回过来。然而再根据他的这些作品的顺序细心地看下去，忽然又

531

发现事情并非这样，本书作者完全是一位喜欢绕开坦途而走新路的人，他是在骨子里对新的艺术形式萌发了难得的好奇心，于是饶有兴致，雄心勃勃，以探索者的姿势另辟蹊径，以此来证实自己的智慧和力量。为了一次文本的试验，宁可多受一倍的艰辛，他的不容易就在这里。

这本书中有两篇很奇特的小说，一篇是《傻子真真的信念》，一篇是《寻找 Jia li》，傻子真真一生有两个心愿，一个是盼着悬崖边上的一棵红叶小树早点长大，长大了他好爬上去，什么功利目的也没有地爬上去；一个是喜欢小镇上最漂亮的姑娘玉玉，同样是什么功利目的也没有地喜欢。但是时光一年一年地过去，悬崖边的小树仍只有那么大，傻子真真害怕压断了树干一直都不敢爬；这时候玉玉嫁给了小镇生意人沈俊，她不仅不听傻子真真的劝告，还戏弄他把牛屎喂给他吃。

傻子真真的心愿一个也没有实现，直到自己因傻得福成了百万富翁，人老珠黄的玉玉果然被沈俊抛弃，临死之前要他去试着爬一爬那棵总也长不大的小树，傻子真真才振作精神来到树下。奇迹发生了，"此刻树干突然粗了一大圈，树梢唰唰往上蹿，树叶迅速铺展开来……不一会儿，崖头便屹立着一棵根深叶茂的参天大树，满树的红叶映红了半边天"。可是傻子真真却再也爬不上去了，"他的躯体像已被全部掏空，无力地跌坐在崖头的大树下"。这是一篇寓言小说，长久支撑着躯体的信念一旦破灭，赖以生存的躯体顷刻间即趋死亡。

在另一篇寓言小说《寻找 Jia li》里，作者则把人世间芸芸众生最大的欲望，金钱，权力，美色，以及涉外婚姻带来的诱人的实惠，巧妙地集中在这两个同音的单词之中，让两对男女跋山涉水苦苦追求，直到落日时分，人困马乏，到达神秘的兀石岭时才意外地发现了他们的先驱，多年前就来到这里寻找黑色宝马、捕鸟器和其他怪诞念头的白发长者。后者的寻找变成了前者的等待，原来他们所醉心寻找的一切，在这里都是并不存在的。作品的虚幻色彩看似是对中国道家思想的现代诠释，但其中却融注了作者对当今社会人类的深深忧虑，日益物化的价值观念和日渐丧失的道德准则，在小说中被抽象出几具寻找的事例，作者将它们一样一样展示出来，进行肆意的嘲笑和批判。

与以上两篇小说相比，《人狼》的寓言性是更加明确的。它的结尾其实是一幅苍凉悲壮的油画，在人类的争论声中，草原上最后一只老狼倒在了主战派的枪下，然后如黑色火焰一般呼啸而至的老鼠迅速席卷草原，传说中的世界末日终于来临了。在这篇小说中，作者以人类这一地球之主的良知、忧患意识、责任感和英明的预言，对时至今日尚未真正觉悟到破坏生态平衡将给世界带来毁灭性灾难的人类发出了庄严的警告。同时，作者对于人狼之战的准确而形象的比喻，生动而凄美的描写，浓烈而血腥的色调，使这一虚构故事在文学作品的范畴里，兼具了寓言和小说的双重特征。

书中有六篇爱情小说看来是作者的得意之作。大概他认为人类最古老的爱情其实又是最新鲜最奇特，因此是格外神圣而不可重复的，于是他用了六种方式来结构这六个关于爱情的故事。《悬石鼓》是一个在特定历史环境下的两代人的爱情悲剧。在这篇小说里，常常在深夜发出声音的悬石鼓不再是一个寓言，它转而成了一个象征，一种世世代代高悬于人类命运之上的神秘的器物，冥冥之中一旦响起，就将有福祉或灾难降临山村。《憧憬船》则采用了心灵独白的方式，让盛氏一家六口在家庭剧场的追光灯下展开一场爱情大辩论。面对下岗为人擦皮鞋的大哥，公务员将被分流的二哥，精明的二嫂居然想到用四妹的婚姻来决定盛家的衰荣。唯有没多大本事的三哥，却像英雄一样拿出自己的全部积蓄，去救赎一个沦落风尘的烟花女子，最后被打得一身伤痕，颓然归来。

《预言的日子》是作者想用死鱼说话和玫瑰花的快速凋零，来检验当代女性在爱情和物欲之间的徘徊和抉择；而接下来，它的姊妹篇《走出预言的日子》，作者又让灵魂已经死去的女主人公重新走出，对她曾经背叛的情人剖析自己无法克服的庸俗，并且表白了迷途知返的痛苦和忏悔。

《肖镇三金花》是作者最用情的一篇小说，在肖镇这一家三个美女的面前，作者突然变得安分守己，他似乎已顾不得调动什么艺术手段，重新起用了传统的生活流的叙述模式，将这三姊妹的爱情故事从大到小，从头到尾讲述下来，悲就悲，喜就喜，闹就闹，大姐的贪婪阴狠，三易其夫，三妹的风骚狐媚，横刀夺爱，上下夹映着二姐的善良贤德，恪守真情，作者是在以他自己的道德理想，蓄意使这位小镇女性成为三朵金花中最为美好的一朵，以其婚后生活的幸福引起两姐妹的警醒与反思。

《今晚包饺子》可能是书中最短的一篇，但是我特别注意到的也是这一篇。这篇小说与作者自己的其他作品，以及其他作者的同类作品有些不同，他选择了当代城市最是令人关注的下岗，却又不拘泥于下得是否合理，下后是否就业这一社会命题，而是在讨论着另一件事，一件非常小的小事，就是这个下了岗的男人还有没有资格吃一顿猪肉馅的饺子。

为了吃这一顿饺子，这个从不抽烟也不喝酒，下岗半年的可怜男人已经暗暗策划了很多日子，他上菜市场"选定一家肉摊，还好价，割了两斤以瘦为主肥瘦相间的前肩肉，又转身在附近菜摊上买了芹菜、大葱、生姜。而且还买了并不多见的小茴香，便怀着一路好心情回家剁饺馅"。不料"他正哼着小调，两把刀上下起舞乒乒乓乓剁得正欢"的时候，在市平安公司工作，收益比丈夫没下岗前就高出一大截的妻子回来了，一阵盘问，一顿奚落，妻子拿起铲子把他剁好的饺馅全部铲到了地上，阻拦中他手里的菜刀还划破了自己的手。

蒙受如此羞辱的男人愤怒了，他奋起反抗，反抗的方式是壮起胆子提出离婚，并且赌着一口气决定再去菜场割肉买葱，无论如何他也要吃了这一顿饺子。这时候又一件想不到的事情出现了，当他买完肉菜回家开门，却听到"厨房里传来乒乒乓乓剁饺馅的声音，空气里弥漫着饺馅的清香"。

这是一个典型的横切面的短篇小说，如果再短一些，如果从下岗者从自家的橱窗看到流着眼泪正剁饺馅的妻子，便将此后的文字像剁猪肉一样一刀剁断，把这一对夫妻互诉衷肠恩爱如初的故事留给空间，那么这篇小说的结构就会更加合理，读之也会更有余味了。这篇小说的意义在于它提出了一个在事业上招致失败，但在其他方面依然正常的男人，其正常的生活需要以至人格和尊严应不应该得到尊重和保护的问题。

在这本书里，作者还收入了一篇传奇小说，《小城奇人文一彪》。读后我在想着，一向关注社会现实，关注当代人生的李振斌，他为什么要把笔触伸到几百年前的明末，去塑造文一彪这样一位侠客，一位仁人义士呢？后来我明白了，他所崇尚的奇人文一彪并非奇在神技三绝，乃是奇在一身侠肝义胆，满腔浩然正气，他不惜为救助百姓的杜知县断臂，却又毅然使背信弃义的杜知县毙命，这种有是有非，重信重义的品质，不正是日趋世俗的当代人所缺少的吗？

礼失而求诸野，求诸先人，旧志陈史，民间传奇，借助它们只要能够表达现代的思考，它就有着永新的价值。试思一个民族，一个政体，若是对内对外均已失却"信义"二字，即便经济能够腾飞一时，又安能真正长久立于世界强国之林！当代作家为标新高，好发异声，以至于当今文坛以及影视圈内，杀人的暴君，贪色的艳帝，争宠的皇妃，斗嘴的臣子，嬉戏于封建王朝的金銮大殿而笑傲江湖百姓的惨淡人生，过也是功，非也是是，作者以此立身扬名，火速成为文坛黑马。

与其相比，舍生取义的文一彪无非是区区小城中的一介小民，史志未载，国人不晓，为其操刀做传，绝无功利可言，不料数百年后却有一个李振斌突然对他产生了兴趣，这只能说明他们在不同的时空，追求着某种相同的独立人格以及文化操守。

读罢《悬石鼓》，眼前竟出现了一位大山里的鼓手，赤膊而出，红绸系身，手中的鼓槌上下翻飞，正淋漓酣畅，兀自从腰间胁下玩出一个花招，目的是告诉观者，击鼓者少有守则，法无定法，因此他觉得方式可以是多种的，只要鼓声嘹亮，振聋发聩，这就算是承认了鼓手的价值。

前些年的文坛曾有人提出形式即内容，对传统理论下的内容决定形式发起挑战，后来便有了消解内容的形式，以及形式和内容与思想的脱节。本书作者在这一方面浅尝辄止，落脚现实，这当然是明智之举。在以后的创作中，我认为问题是怎样使三者统一起来，形式上自然流畅，内容上丰富新颖，思想上深刻独到，如此，鼓声再响之时，鼓手必然已站在一个更高的境界了。

2000 年 12 月 12 日写于北京听风楼

破烂王和他的作家梦

——读王继学长篇小说《末唐风雷》（两卷）

　　这个破烂王，并非说他捡的破烂最多，拥有全中国最大的垃圾场，被中国捡破烂家协会选举为他们的主席。而是因为姓王，一个捡废品的六十二岁的王老头，王继学，山东青岛城阳人。

　　白居易说，"卖炭得钱何所营？身上衣裳口中食"。那么捡破烂的王继学，卖破烂得钱何所营呢？却是买书，买笔墨纸砚（当然买不起电脑），写长篇小说，他比唐朝的卖炭翁有理想，他想当作家。三十年前，在他三十二岁的时候就开始做这个梦了。

　　写什么呢？写唐朝，不是盛唐，唐太宗李世民执政的时候，而是晚唐，唐懿宗李漼腐败堕落荒淫无道,差点儿断送了大唐二百四十年江山的这段衰史。不是对这个昏君感兴趣，而是对另一个人感兴趣。"待到秋来九月八，我花开后百花杀。冲天香阵透长安，满城尽带黄金甲。"他的山东老乡，乱世武举，冲天大将军黄巢，是青年王继学崇拜的偶像。黄巢起义自始至终十六年，而他著述这场起义用了三十年，几乎是那位英雄的两倍。他都是在晚上写的，青岛的夜风静涛息，他能听见马嘶人吼，看见白刃血光。白天他不能写，他要去捡破烂。

就这样写了七十万字，上下两卷，书名取作《末唐风雷》。书出之日，破烂王百感交集，泪流满面。

这个老实巴交的老汉，读书教书（他当过职校教师），买书写书（除《末唐风雷》外还写过大量的中短篇小说、散文和诗歌），却不会寄书，不懂得书是怎么从一个地方寄到另一个地方的。他想把书寄一套到北京，请我看看，看他是不是个疯子，是不是个傻子，如果既不疯也不傻，那么他付出三十年的代价到底值不值得？他又怕书寄丢了，想挂个号，青岛邮局的人说挂号寄书不行，必须装个包裹，不然丢了该他倒霉。他不愿倒这个霉，就听话地用一个包裹把书寄来，害我放下自己的写作跑到邮局去取。我回信说，书收到了，我认为你值得，你总不能为捡破烂而捡破烂吧（二十世纪三十年代有个文艺口号叫作为艺术而艺术，鲁迅先生非常生气）？捡走的是废纸，写出的是美文，让一个到处捡破烂的老头儿写书给一代到处扔破烂的年轻人读吧，让他们懂点历史，懂点国家的兴衰更替，历史是怎样被英雄和人民一道创造的。

关于唐朝的历史小说，古人写，今人也写。古人写的有《隋唐演义》《说唐》《薛仁贵征东》《罗通扫北》，今人仅《武则天》就写了若干个版本，淫妇，悍女，毒婆，伟大的英明的空前绝后的女皇，更妙的歌词是一部电视连续剧片头歌中的一句："也给咱女人抖了回精神！"也有的避开了宫闱艳事，疆土征战，而写民间的反叛，江湖的豪杰，楚人杨书案曾赠我《九月菊》一卷，即是倾无限激情于反王黄巢之作，由此始开中国新时期唐朝历史小说之先河。这些书，王继学老头儿可能用卖破烂的钱都买来读过，但他不同意，或者不满足，他在破烂中拣到了很多新的史料，他还有一些新的研究，新的思考，决定重新再写一遍，三十年就三十年，不就是一个人的半辈子吗？

虽然不是住在国家的房子里从事专业写作，稿费不多工资不少的一级作家（有的一级作家一辈子也没写出破烂王这么多字数的作品），但这本书写得还算不错，章回体的，总共一百一十三回。黄巢的爱与恨，恩与仇，喜与悲，荣与辱，成与败，生与死，对与错，功与过，都写了。大闹考场，烽火举旗，两进长安，兵败虎狼，这些都没有推翻过去书中的黄巢，添加的是人物、故事和情节，强化的是环境、气氛和评说。冲天大将军的最后一幕，依然是子丧妻亡，兵尽将死，身陷虎狼谷中，屹身最高峰上，面对唐军和沙陀两路追兵，怒目圆睁，拔剑自刎。

　　这部书是国际文化出版公司正式出版的，它出版了破烂王做了整整三十年的一个梦。在当今物欲横流的红尘世界，破烂王的故事本身就是一部传奇。

　　记者同志如果看到这篇文字，可能会偶生采访之念，但去前最好换身行头。这蜗居青岛的老头儿悄悄地告诉我一个人说，他家堆满了破烂，有有用的，有没有用的，就像这世上的人，像这世上所有的东西。

1999 年 3 月 17 日写于北京百万庄

文学是可以排行的

——读《中国文学》（英、法文版）

中国文学排行榜是简称，它的全称是"中国当代文学最新作品排行榜"，是二十世纪末诞生于中国文坛的一件新事。为作家和作品张榜排行，在历史上似乎是第一次，此前只知道姜子牙为诸将封神，宋江为梁山泊一百单八位英雄排座次，还有隋唐第一条好汉李元霸和依序而下的宇文成都、裴元庆、罗成、秦琼等十多条。古代科考以天下举子的应试文章而选拔状元、榜眼、探花和以下的进士，入选者名单贴在皇城上，这是典型的张榜方式，此古风至今日犹存，并且还走向了世界，国际奥运会以运动员的比赛成绩而决定冠军、亚军和季军，这实际上就是各国体育健儿的排行榜。

给文学作品排行当然要难得多，因为既没有八股文作为标准，也不能看谁能把谁挑于马下。当今文坛不仅群雄竞起，而且还有一批越来越厉害的女作家，没有人会妄称第一，谁敢沙场点兵，贸然排行，就等于先把自己像耶稣一样钉在了十字架上。

然而有人却敢，曾为新时期文学立下汗马功劳，推出过大量精品名作的《北京文学》，与她的合作者一起，已将这项万人瞩目的文学工程，成功地进行了五年之久。它以半年为期，最初在短篇小说、中篇小说、散文随笔、报告文学以及诗歌等五项作品中，从一至五各排五名，全数二十五篇，所排作品，结集面世，获奖者多，赞美声众。进入二十一世纪之后，排榜者为市场计，忍痛割去诗歌一项，并且眼光愈苛，前三个项目即中短篇小说和散文随笔虽各维持五篇的旧例，但第四项报告文学却减至四篇，不合标准，即便一篇也不充数。

上排行榜的标准究竟是什么？这个问题恐怕是复杂的，多重的，答案将在所排诸篇上榜之作的字里行间揭晓：看其艺术格调，思想品质，人性剖析，现实把握……标准已经昭然若揭了。排榜者上不取那些手段圆熟却垂垂暮气，故作高深却淡淡乏力的文坛腐朽之作，下无视那些以出卖隐私而博得街头喝彩，以耍弄花枪而浪得江湖虚名的左道旁门之术，廉价的赞歌，卑微的逢迎，顾影自怜，无病呻吟和有病乱投医，统统都不在排榜者的视野之中。

这需要一种大浪淘沙的气度，还得有一种拨云见日的目力，它是文学的倡导，还是文坛的使命。

请看四类作品的四个第一名：

短篇小说《我讲最后一个故事》，是军中才女裘山山讲的一个谜语般的故事，它和神秘的西藏有关，和更加神秘的爱情有关，因此这个故事是神秘的，永恒的，富有无穷魅力的，尤其在女作家那支生花的妙笔之下。

中篇小说《旧世纪的疯癫》，是文坛宿将周大新艺术上的大力探索，重新揭开二十世纪三十年代的血色挂历，他从战争的背后记录了战争，用手术刀切下心脏，剖开人性，相同的是爱情，不同的却是跨国之恋，生死之痛。

散文随笔《关于父亲的死》，是鲁迅之子周海婴六十五年后的一场噩梦般的回忆，病中的鲁迅是否为日本医生须藤谋杀？周建人致许广平的信根据何在，或许是一个永世无法破译的秘密，海婴的记忆却是深刻的。

报告文学《下访——黑脸书记姜瑞峰反腐败最新报告》，作者一半是百姓之子，一半是民情密探，他报告了一位当代包公。黑脸姜瑞峰能把一个告状的老婆子喊娘，能给一大片喊冤的老百姓下跪，读者同志，你身边有整日喝酒的红脸，麻木不仁的青脸，面无表情的白脸，有这样下跪喊娘的黑脸吗？没有就在书上看一看吧。

排榜者是固执的，同时又是严肃的，为了让这十九篇作品集中得到读者的检阅，现已将它们结集出版，上下两卷，精美庄重，出版于新世纪，出版者新世界，这似乎是一个象征，喻示着多出这样的新书，一切都将成为新的。

2002 年 3 月 5 日写于北京百万庄

双剑三客

——读阿成、何立伟、聂鑫森"话里画外文丛"（三卷）

京城的书海总是茫茫，但好书总是能浮出水面，日前看到的一套"话里画外文丛"，便使人心明眼亮。昆仑出版社借名山之奇，独出心裁，招贤纳文，将三位能绘画的当代作家网络一处，集文配画，各出一书，书里书外清新爽目，阅之可冲八月暑气。三本话里有画的随笔集分别为阿成的《影子的呓语》，聂鑫森的《阑干拍遍》，何立伟的《稿纸上的蝴蝶》。

当代文坛能写会画的作家，在我心中有这么几位，津门的冯骥才，西安的贾平凹，北京已故的汪曾祺老人，余下就是何、聂、阿，还有韩静霆等。几年前我曾将汪、贾、冯等的小说、散文、诗歌、书法、绘画以及历史珍照各取十件，荟萃一卷，赋名"中国当代才子书"，交由长江文艺出版社出版，初版不久告罄，二次印刷亦无存书，据说有的城市还出现了盗版，只是铜版彩色图画部分印得乌七八糟，污蔑了大才子的一世英名，实在可恶得很。鉴于这个原因，英俊作家石钟山的漂亮夫人，"话里画外"的责任编辑祁周虹女士，放弃了铜版彩印，把三本书做得玲珑小巧，册薄价菲，让盗版者望书踌躇，盗之利微。

541

三位都是文体派作家，无论是短篇小说，还是散文随笔，造句与别人有大不同，我都是很喜欢的，甚至感叹和惊讶。我常常把他们的作品推荐给翻译，让翻译鼓捣成其他国家的语言，让全世界的人民随了我的喜欢而喜欢，同时也给他们弄些银子来使，因为有一次何立伟曾写信向我诉苦，说是没有钱买米了。我还逼着阿成和聂鑫森，把《唐诗》和《宋词》翻译成现代白话诗，还要押韵，还要一句对着一句，还要原诗词中的每一个字都在句中，以此试出他们终究还有多大的学问，还有多少的手艺，就如同香油坊里贪心的榨油师傅对于含油量较大的农作物。

我从文丛中认出了某些篇章，原本是出于我替朋友的约稿，三位作家的三本书中，几乎不约而同地都有着这么三个板块，其一是写名流，或文坛先烈，或身边友人，何立伟写丰子恺心中只藏了四件事：天上的神明与星辰，人间的艺术和儿童。钱庄的老板不会写丰子恺和五谷丰登的"丰"，只会写汇丰银行和咸丰皇帝的"丰"；写汪曾祺爱护他的极白而极浓，极俗而极雅的语言，呷多了酒孩子似的生气，怨编辑乱改他的文字"简直不像话"！写阿城在美国洛杉矶一如既往地热爱八大山人和麻婆豆腐，像斯大林和罗斯福那样大抽烟斗，面对狂人李昂的提问回答说他不会生孩子。

阿成写刘恒"用骨头蘸着鲜血写作""把他的刀柄刃血的匕首扎上了鲜花"；写信佛谈禅的贾平凹默立于广州寺院泪流满面的焚香者一侧，末后又要到东北走一走，看看白皮肤脸的女人；写高大英俊的苏童，脚穿一双只有东北刀枪炮头子才穿的圆口布鞋；写他的女儿崇拜池莉，她的作品中"弥漫着一股美丽的巫气"。

聂鑫森写首届茅盾文学奖得主，英年早逝的湘人莫应丰才华横溢，书画皆精，幼子聂耶于锅边不舍活鱼，莫公挥笔而画十尾，题字曰："耶耶小侄怜鱼致泣，余一挥即得十条以赠之"；写邓一光托乡下的朋友找一处土地，搭两间茅屋，自己要住到那里去；写藏族的阿来讲笑话，迷足球，说是四川的女球迷见全兴队丢了球就狂喊；写东北的阿成文思如泉，倚马可待，白天在防洪大堤上浴泥抗险，晚上回家洗一个澡给野莽写长篇历史小说《赛金花》，一月交卷。无论谁写，无论写谁，都写得与众不同，画虎画骨，如闻其啸，如摄其魂。

其二是写风情，聂鑫森写九江的美庐、威宁的草海、青云谱的牌匾、张家界的岩石、湘潭湘江潇湘馆、芙蓉王村凤凰城、木楼竹寺白云庵、蒹葭白露杨梅洲；阿成写北国的江畔，冰城的花鸟、童年的老街、雪中的酒店、雁荡山、戒台寺、黄金小镇、城堡饭店、哥伦比亚冰原、俄罗斯餐厅；何立伟写江南的雨、上海的吧、过年的花炮、儿子的游戏、三条腿的椅子、两柜子的衣服，都写得风流别致，情趣诱人。

其三虽然最俗，却最有味，因为是吃。三人写过来写过去，写到后来纷纷露出一脸吃相，民以食为天。

阿成一会儿说是吃在朗乡，一会儿说是吃在温州，语无伦次都不知道到底哪儿的东西好吃了，八百里朗乡有黄蘑、蕨菜、猴头、桑芹、红焖细鳞鱼、干炸川丁子，更绝的是雪地里烤野兔、野鸡和活鱼，佐以辣椒、孜然和盐，喝枸杞酒，阿成醉醺醺地说："前面不远是雪山含红日，后面是半封半流犹抱琵琶半遮面的巴兰河。斯情斯景，不是仙人，胜似仙人，岂能不醉？"但他刚一吃饱喝足，马上就羡慕起人家温州了。相比起端碗就喝的东北人来，文化了不得的温州人是先吃菜，而且是油光光的米粉肉，然后一小口一小口地喝酒，这样不伤胃。吃又名状元鱼的凤尾鱼，喝鲵鱼汤或中药煲的凤梨汤，海鲜如大龙虾、鲈鱼、鳝，生吃闸蟹、生吃花蛤、生吃牡蛎，这些项目，东北彪形大汉阿成看都不敢看，他只敢吃鱼羹、炸鸭舌、蛇、章鱼、桑拿蚕虾、红烧黄皮鹿、红烧黑鱼、苦菜小螺蛳汤、芹菜目鱼、家常小蛸蠓、蟹肉水潺羹、酒糟田鱼、带鱼鳞的石鱼，还有一种当地人管它叫"白灵鬼儿"的小炸鱼。

何立伟的吃不是大吃，而是零食之类，譬如说蚕豆，香喷喷的，咯嘣嘣的，何先生贵有自知之明，料定目前吧唧大嚼巧克力和口香糖的儿童们，"大约是很瞧蚕豆一类东西不来的"。此外他还喜欢喝凉开水，呷腊肉，呷辣椒，并且是红的，朝天椒的。

聂鑫森比以上二位似乎要斯文一点儿，要雅一点儿，他很重视茶，身在株洲，却一直怀念着古城湘潭一个名叫"大家乐"的小茶馆，"门面很旧，直角形的柜台，一边临街，一边伸向店堂，留出一条通道过往顾客；柜台里挨墙立着货架，摆着香烟、槟榔、糕点、瓜子、花生以及酒坛、茶罐。这里卖的酒是谷酒，三毛钱一两，啤酒是散装啤酒，按杯论价。长方形的店堂里，摆着几张八仙桌，漆色斑驳，看得出有年岁了。里面坐着许多茶客，有年老的，也有年轻的。他们彼此大声地谈笑，一点顾忌也没有……一杯茶才五毛钱，不断地有人来续水，态度殷勤。你可以从早上喝到半夜，绝没有人来驱赶你……"

我佩服聂老倌子真好记性，这是多少年前的事了吧，现在还有三毛钱的酒，五毛钱的茶，赖在那里不走没人赶的事吗？不过此公爱吃槟榔，我却是见识过了。1999 年之春，我主编的一套"重说千古风流"丛书的首发式在京举行，写赛金花的阿成也来了，写董小宛的聂鑫森也来了，大吃家阿成行李中倒是没

543

有狍子肉，茶客聂鑫森兜里却藏了暗器，一下飞机，就迫不及待地摸出一枚黑乎乎的东西递给我，兴致勃勃地道："你呷一个！"我接过没嚼几口就不行了，头晕，有一种被旱烟熏醉的感觉，转过脸去悄悄吐了，回头看他，却吧唧吧唧嚼得正来劲儿，一张瘦脸神采奕奕。

丛书名为"话里画外"，书中当然要有画的。何立伟是漫画家，受丰子恺和西洋漫画的影响，画中有情趣，有哲理，他画桥边月下，歪着脖子的西门大官人向团扇遮面的潘美人求婚，其恋爱独白是："娘子不必介意，我不过是介于狼与羊之间的某种可爱的动物。"

聂鑫森的是水墨文人画，受齐白石的熏陶，清淡疏朗，寥落数笔，寄意于画，寓画以诗，他画一株白菜，两枚柿子，配诗曰："山野寻常味，清白一世身。官声若似此，处处享太平。"

阿成是文如其人，画如其文，谁也不师从，谁也不模仿，喝了酒提笔就画，潇洒极了，可爱极了，为了证明吃在朗乡，他画了一个大吃家，挺圆的肚子约等于身子的三倍，酷似拿破仑远征军进占莫斯科时军乐手们挂在腹前的一面战鼓，尤为可乐的是此人留长发，戴眼镜，以示是个知识分子。

知识分子尚且吃成这番模样，工人农民的肚子还能不撑破吗？

2002 年 4 月 13 日写于北京听风楼

紫贝壳的魅力

——读聂鑫森、残雪、林白、裘山山"紫贝壳"丛书（四卷）

　　把写作风格大体相似的作家作品荟萃一丛集中出版，如长江文艺出版社推出的"当代名家笔记小说"丛书，昆仑出版社推出的"话里画外文丛"，从茫茫书海跳跃而出，首版告罄，这是编辑的一种成功；把写作风格完全相异的作家作品也编为一套集中出版，如华文出版社刚刚推出的"紫贝壳"丛书，则以她的五光十色，闪烁迷离而吸引着读者大海寻针一般的眼睛，使之觉得新奇，这是编辑的另一种成功。前者的亮点是军营阅兵之美，后者的魅力则是服装表演之美，新世纪之夏，国内各路出版大军的争奇斗妍，真正让读者大饱了一回眼福。"紫贝壳"的编者独具只眼，放过无数的名家新秀，在偌大的文学海滩率先拾起的四枚贝壳，以他们写作风格上的巨大反差，展示出了他们各自存在的理由和价值。

　　二十世纪八十年代中期，一位隐居于湖南的青年女作家横空出世，以《苍老的浮云》等一系列小说与国内所有的作家区别开来，梦幻般的画面，呓语般的文字，使国内文坛大惊失色，并迅速得到英、法、德、日等国的追踪翻译，从此她的小说被称作先锋派、现代派、荒诞派以及梦幻小说，始开了中国新时期新小说的先河。这位名叫残雪的女作家十多年来继续离群索居，独弄异花，

545

她的新作散见于各家名刊，却很难被人集中收读，"紫贝壳"中的《长发的遭遇》一书，虽然未必是她的遭遇，但是曾经追踪过她的读者则可从书中看到她的一些蛛丝马迹。

广西女作家林白的展示人之自身秘密的小说，早已被批评家划入私人写作一族，但读者似乎并不关心这些，生性好奇的读者只是喜欢读她大胆暴露的隐私小说。《一个人的战争》春瓶乍破，惊心动魄，代表了作者二十世纪末痛苦孤独的内心长思，震撼了迷惘中的男人和女人。新的世纪她又在想些什么，读者只须打开她的新书《枪，或以梦为马》，便可发现她骑上马背的灵魂此时又飞到了哪里。

军中才女裘山山不同于残雪也不同于林白，她似乎在任何时候都喜欢看到有人相爱，喜欢听到感人的爱情故事发生。她把她对爱情的理解诉于笔端，于是笔下的现代恋人就有了一种古典的忠贞和宗教的虔诚。《我在天堂等你》是她前一段时间的山盟海誓，从而也使她一语走红，此后的爱情故事讲到了哪里，请读她依然略带感伤的《落花时节》。

最后的一枚贝壳选得是太好了，他历经了二十多年的风雨淘洗，至今愈发光彩照人，聂鑫森实在是一枚难得的老贝，笔下字字都是珍珠。他写的人都是在风雨中行走的江湖上人，九流三教，七十二行，他爱将自己对人生的善良理想，赋之于小说中有血性之气的人物，以极柔软之情写出他们的极强硬之心，以极细腻之笔写出他们极豪侠之举，美轮美奂，再思再读。国外读者为之痴迷的他的英文版小说集《镖头杨三》，其中的镖头和众多江湖艺人的人性和品格，以及对世事的观念对生死的选择，令东西方人叹为观止。"紫贝壳"中的《都市江湖》一书是他新创，他发现了开放时代的人文变革，遂引江湖入都市，染城区以民俗，使其成为世纪交替之际一道鱼龙混杂的景观，古色新香，平中传奇。

残雪初闯文坛之时，老将王蒙曾说他"把残雪的小说当诗来读"；徐坤则说林白，"以她卓越不凡的勇气，以一种凤凰涅槃似的决绝姿态，优雅弹跳出女性话语的一次从容无畏的再生"；陈岚是这样评价裘山山的："关注城市女性的婚恋意识及其嬗变，是裘山山小说创作和情感世界的旗帜"；而王一川却对聂鑫森发出了知己的感叹："生存像不息的溪流，把白的浪花抛给我们，却让我们的秘密深藏不露。我们常为这种显意与隐意间的矛盾而困惑，为难以破解这一秘密而焦虑。聂鑫森的小说叙事似乎正是要显示这种困惑，并排解这种焦虑。"现在，四种截然不同的思维方式，四种大相径庭的写作风格，都各自献出了新的贝壳。"紫贝壳"的颜色注定了这套丛书的格调，不以红炫人，亦不以黄媚俗，它就是淡淡的紫，轻轻地诉，这是文学的本来颜色，这就是文学。

2002 年 7 月 13 日写于北京百万庄

辽河有约

——读《辽河》杂志（4期）

1. 北京三人行

第三期：

鸡年伊始，《辽河》杂志主编白凤德先生网上来信，特约我为该刊主持一个栏目，名字叫作《辽河有约》，邀请全国各地的著名作家，一是来稿，二是来人，国内的大型城市想必都已走了个遍，今年不妨来看看中等城市营口的风光。我觉得此意甚好，欣然应允。说话间春节就来了，各地朋友纷纷电话以及短信拜年，我便将此任务安排下去，并且想了一个绝妙的主意，以省市自治区为单位，各出三名壮劳力，组成一个代表队，每人万字以内的短篇小说一篇，作为一期，年终让批评家与读者评议，哪个代表队的活儿干得最漂亮。这就相当于一个规模精致的运动会，以往的运动会一般都在首都北京召开，但今年是鸡年，这个规矩应该一嘴啄破，别的地方也可以，比方说是东北，比方说是营口，只要空气新鲜，只要地主热情，只要有主赛场，只要有啦啦队，我们就去。

谁来打第一阵呢？当然是北京队。这一次北京队的三个选手，可能大家都熟悉，一个是激情燃烧的石钟山，这几年他的长篇小说，以及动不动就是几十集的电视连续剧，烧得他红得发紫，出版社的编辑们都等着要他的畅销书，这个名叫《砒霜》的短篇，是他鸡年初一都没休息，躲在窝里下的一个"新鲜蛋"；一个是温文敦厚的星竹，他的小说写得棒极了，随笔也写得棒极了，但是这次我们不要他写随笔，我们就要他写小说，大年三十我守株待兔，等他电话一来，顺手将他擒住，一急之下，他就写了一个《自投罗网》；一个是英雄年少的温亚军，别听他的名字叫作亚军，从他出道以来获奖不止，刚刚又一举夺得鲁迅文学奖看，未来冠军才是他的奋斗目标，《冬天的歌谣》，多么美丽的名字啊，用雪莱的话说，冬天来了，春天还会远吗？

2. 湘军来了

第四期：

二十世纪八十年代，中国文坛把当年清廷对曾国藩英勇善战的军队的褒奖，借用在了湖南作家的身上：无湘不成军。

这次东渡辽河，来的自然是湘军主力，《镖头杨三》的作者聂鑫森宝刀未老，《那山那人那狗》的作者彭见明再度牵黄，《左邻右舍》的作者姜贻赋把他睦邻友好的关系发展到了辽宁的营口。他们此前的作品早在国内外已拥有众多的读者，这次新的创作必然又绽放了新的生机。

3. 听卫嘴子讲故事

第五期：

我一直认为最好的小说家应该出在天津，为嘛呢，因为小说是说的艺术，天津人又最会说。京油子，卫嘴子，保定府的什么我们不去管它，那是时代使然，跟写作无关。我们听马三立的相声，就跟侯宝林的不一样，侯宝林是说学逗唱，其中唱功占了不止四分之一，马三立却纯粹是说，并且绝大多数是一个人说，不要捧哏。因此侯宝林的相声属于曲艺，马三立的相声则偏重文学。假如有一位剽客把马大师的单口相声脚本拿去稍事加工，寄给一家小小说刊物，那是可以当作幽默小说发表的，而侯宝林的相声脚本只能寄给曲艺杂志。

天津人会讲故事，抖绝活，新时期文学一开始就被人盯上了。冯骥才是第一个出场，由此有了津味儿小说。林希是在津味儿小说快要冷场的时候，也是在本国小说家纷纷朝着外国小说转向的时候突然出场的，他一出场就不得了，神算，神偷，混混儿，手艺人，玩家子，各自身怀绝技，接踵登台，令人大开了一回眼界，作家们于是就私下点头，小说还是要说哇！接下来又出了个肖克凡，肖克凡是马三立式的冷幽默，与上述二位前辈有一定的区别，二位说的是旧天津卫，肖克凡以说目前的天津为主，兼说旧港码头，前者有他二十年前一举成名的《黑砂》，后者譬如此次给辽河人民带来的《失传的笑话》。

李治邦和吕舒怀是两位功力扎实的作家，在天津大名鼎鼎，国内也是风头正健。我对肖克凡发短信说这次参会除他以外，要再抓两个壮劳力，肖克凡回复说有的是基干民兵，就将两位给抓了来。乙酉年五月十二日，我们在天津昆明路 117 号花园别墅初次聚会，相见甚欢，同时确证了津门少帅肖克凡身高一米八八，系天津文坛的第二巨人。老爷子林希身穿绿色棒球衫也赶来助兴，还有两位六七十年代出生的帅哥作家，可以说是三世同堂，天津写小说的爷们儿都在这里，齐活儿了。

4. 孙氏兄弟和春天的故事

第六期：

今年春天，有一家与时俱进的杂志社，搞了一个别具匠心的擂台赛，每期选一位短篇高手做擂主，号召全国作家登台打擂，规则是擂主写得好，算是守擂成功，打擂者写得更好，擂主就得下台，其性质之残忍，类似于《水浒传》里燕小乙血战擎天柱。我是擂台赛的五位评委之一，新年第一期的第一位擂主，该杂志选中了河南的孙方友。孙方友披挂上马，写了一个《贾知县》，打擂者云集，然而都没有打下擂主的趋势，看到最后一篇署名墨白的《寻找》，眼睛陡然发亮，似觉篇中那个失踪的老汉略胜贾知县一筹，于是我把墨白排在第一，心想萝卜白菜，各有所爱，余下四位评委未必与我相投。孰料揭榜之际，组委会给我打来一个电话，说是不好了，五个评委排名结果，孙方友两个第一，墨白三个第一，其他打擂者全都在第三以后，根据规则，孙方友就被他的同胞兄弟墨白打下了擂台。

我在电话里说，这么好的作家不能下台，反正他们兄弟二人都是我的好朋友，我承认我酒后眼睛发花，准头不好，像阿 Q 一样，明明是想挽哥哥一个圈儿，笔头一抖挽到了弟弟身上，劳驾你们给我纠正过来，好歹要把孙方友保住。这事墨白至今还蒙在鼓里，本来我并不打算告诉他，骨肉同胞，吃个哑巴亏也就算了。然而今天河南代表队做客辽河，冲锋陷阵的又是孙氏伯仲，我心里这一高兴，忍不住就把实话说了出来。从这里可以说明一个问题，就是这兄弟二人的短篇小说都写得精妙绝伦，全国有那么多武艺高强的打擂者，为什么打到最后，进入决战的恰恰就是他们两个呢？

戴来的名字使人想到春天，并不仅仅因为在二十一世纪的第一个春天，她从雨后春笋的新人丛中跃身而出，一举取走了春天文学奖，更多的理由则是她的小说比起老气横秋的前辈作家，竟是一派盎然的春意，酷似二月春风里的第一朵挂着露水的小喇叭花，那么新鲜，那么招惹你的眼睛。你看她的小说是这样开头的："后来他们都老了。"老作家们会这么写吗？不会，老作家们都会把这句话按部就班地放在最后，而戴来，只有这个跟春天一样年轻的女孩儿，才有资格不忌讳这个"老"字，才敢把本该属于后面的东西移栽在开头。

2006 年 12 月 8 日辑于北京听风楼

养殖麻雀的艺术

——读冯骥才、孙方友、聂鑫森等"中国当代名家小小说精品集"（七卷）

河南出最长的小说，刘震云的《故乡面和花朵》，两百多万字，相当于两部《红楼梦》外加董卓进京以前的《三国演义》。同时河南也出最短的小说，《小小说选刊》把全国最短、最新、最好的小小说一网捞尽。全国小小说写得最多、最妙、最绝的是孙方友，号称"笔记大王"，也是河南作家。河南人的小说为什么写得短，侯宝林曾经有过研究，他说一个人看见另一个人半夜起床，北京上海以及其他各地的人都会有一番啰唆的对话，但要是两个河南人就特别干脆：谁？我！咋？尿！四个字就把事情摆平了，比海明威的电报语言还要凝练。

河南文艺出版社目前推出一套"中国当代名家小小说精品集"，分别是：冯骥才的《绝顶聪明的人》、孙方友的《美人展》、许行的《宁静的小街》、阿成的《扎满鲜花的吊桥》、聂鑫森的《紫绡帘》、墨白的《拥有阳光的日子》等，一共七本书。把这七个人从全国选出来，看谁能把半夜起床这件事说得不仅最短，而且最好听和最有意思。

孙方友在七个人里首屈一指，他是正宗的中原语言文化的继承者，一件贪污案报到陈州知府那里，为杀还是不杀开会研究了七天八夜，孙大王只让知

552

府一个字解决："中！"贪官头就掉了，大快民心。冯骥才的绝活像天津的狗不理包子，一口下去，半分钟不到就没有了，但是吃过之后余口生香，回味无穷。

聂鑫森的精品短制则像湖南土产的槟榔，小小的一粒，不是拿大碗装的，要慢慢地嚼，它能让人无端地流泪。阿成是只雪国的老狐狸，他的小小说如烟似雾，你要想捉住它，得在烟雾中跟着它跑，最终捉不捉得住很难说，也许得到的是一种追的感觉。墨白是最复杂的，他能在一千个字里说出人性的两面，就像他的名字，一面是黑，一面是白，他基本上把传统的脸谱化的小说淹死在一口单色的墨缸里了。

许行今年八十岁，本来是一个老诗人，偶尔写一写小小说，就成了中国当代小小说领域的黄忠。不幸阵亡，身后留下数以千计的绝妙微章，是中国文坛无人可替的一笔遗产。这本书是他生前百里挑一的精品，从历史到现代，从狐国到人间，敢跟蒲松龄叫板，篇篇都闪耀着灿烂的珠光和宝气。

七位作家都不是专门写小小说的，冯骥才除写长篇、中篇、短篇和文化散文，还是一个风格独到的画家，除去中、短篇小说，聂鑫森的书法和丹青也颇有造诣。阿成、孙方友、墨白都是长、中、短篇小说的高手，不仅如此，他们还都涉足影视创作。正因为如此，在他们偶或为之的小小说里，才把束缚小小说的那些套式一脚踢了开去，让读者和文坛承认全世界所有的文学艺术，原来都是先有作品，后才有理论的。

这套别具匠心的丛书，总名叫"中国当代名家小小说精品集"，然后是谁的一本，书上就印着谁的卷名，设计非常精美，内容非常好看。

2008 年 3 月 16 日写于北京听风楼

553